會校會注會評會圖

西廂記【貳】

張燕瑾　張人和　汪龍麟　編纂

汪龍麟　執筆

教育部人文社會科學重點研究基地重大項目（12JJD750021）成果
教育部人文社會科學重點研究基地首都師範大學中國詩歌研究中心規劃項目成果
全國高等院校古籍整理研究工作委員會資助項目成果

學苑出版社

本册目錄

西廂記五劇第三本　張君瑞害相思雜劇 ……………………………… 401
　楔子 …………………………………………………………………… 403
　第一折 ………………………………………………………………… 406
　　【驥尾附】注一十三條 ……………………………………………… 431
　　【六幻本】五劇箋疑 ………………………………………………… 434
　　【會注】 ……………………………………………………………… 438
　第二折 ………………………………………………………………… 444
　　【驥尾附】注二十條 ………………………………………………… 490
　　【六幻本】五劇箋疑 ………………………………………………… 494
　　【會注】 ……………………………………………………………… 498
　第三折 ………………………………………………………………… 506
　　【驥尾附】注一十五條 ……………………………………………… 535
　　【六幻本】五劇箋疑 ………………………………………………… 539
　　【會注】 ……………………………………………………………… 542
　第四折 ………………………………………………………………… 547
　　【驥尾附】注一十四條 ……………………………………………… 572
　　【凌尾附】西廂記第三本解證 ……………………………………… 575
　　【六幻本】五劇箋疑 ………………………………………………… 576
　　【會注】 ……………………………………………………………… 578

西廂記五劇第四本　草橋店夢鶯鶯雜劇 ……………………………… 583
　楔子 …………………………………………………………………… 585
　第一折 ………………………………………………………………… 590
　　【驥尾附】注一十八條 ……………………………………………… 610
　　【六幻本】五劇箋疑 ………………………………………………… 612
　　【會注】 ……………………………………………………………… 614
　第二折 ………………………………………………………………… 621

【騄尾附】注一十四條 ··· 650
　　【六幻本】五劇箋疑 ··· 653
　　【會注】··· 655
　第三折 ·· 658
　　【騄尾附】注一十九條 ··· 687
　　【六幻本】五劇箋疑 ··· 690
　　【會注】··· 693
　第四折 ·· 700
　　【騄尾附】注一十四條 ··· 726
　　【凌尾附】西厢記第四本解證 ··· 730
　　【六幻本】五劇箋疑 ··· 730
　　【會注】··· 733

西厢記五劇第五本　張君瑞慶團圞雜劇 ·· 737

　楔子 ·· 739
　第一折 ·· 744
　　【騄尾附】注一十三條 ··· 768
　　【六幻本】五劇箋疑 ··· 771
　　【會注】··· 773
　第二折 ·· 779
　　【騄尾附】注一十五條 ··· 801
　　【六幻本】五劇箋疑 ··· 803
　　【會注】··· 807
　第三折 ·· 815
　　【騄尾附】注一十三條 ··· 844
　　【六幻本】五劇箋疑 ··· 846
　　【會注】··· 848
　第四折 ·· 852
　　【騄尾附】注二十一條 ··· 887
　　【凌尾附】西厢記第五本解證 ··· 890
　　【六幻本】五劇箋疑 ··· 891
　　【會注】··· 894

西廂記五劇第三本

[元] 王實甫　填詞

張君瑞害相思雜劇 *

＊西廂記五劇第三本　元王實甫填詞　張君瑞害相思雜劇：徐畫本作"新刻訂正元本批點畫意北西廂卷三　元大都王實甫編　第三折　正名　老夫人命醫士，崔鶯鶯寄情詩，俏紅娘問湯藥，張君瑞害相思"，驥本作"新校注古本西廂記卷三　元大都王實甫編，明會稽方諸生校注，明山陰徐渭附解，吳江詞隱生、古虞謝伯美評，山陰朱朝鼎同校　第三折，楔子引曲一章用廉職韻紅，第一套仙呂宮曲一十四章用支思韻紅，第二套中呂宮曲一十九章用寒山韻紅，第三套雙調曲一十三章用家麻韻紅，第四套越調曲一十三章用侵尋韻紅"，延本作"北西廂卷三　元大都王實甫編，關漢卿續，明山陰延閣主人訂正"，張本作"張深之先生正北西廂秘本卷三　正名　老夫人命醫士，崔鶯鶯寄情詩，俏紅娘問湯藥，張君瑞害相思"，六幻本作"王實父西廂記第三本"，湯沈本作"西廂會真卷三"，三合本作"三先生合評元本北西廂卷三　正名　老夫人命醫士，崔鶯鶯寄情詩，俏紅娘問湯藥，張君瑞害相思"，毛本作"西廂記卷之三，西河毛甡字大可論定并參釋"，潘本作"西來意（元本北西廂，一稱夢覺關），渚山恒忍雪鎧道人說意（原名潘廷章號梅嚴氏）"。範本、龍本、羅本、屠本、容本、起本、徐音本、徐參本、虎本、何本、陳本、秀本、碌本、天李本、湯本、魏本、峒本、封本無。

楔子①

（旦上云）自那夜聽琴後，【封眉】前夜，時本多誤作"昨夜""那夜"，後同。聞說張生有病，② 我如今着紅娘去書院裏，看他說甚麽。③【潘旁】故意尋頭尋腦。【陳眉】【硃眉】【峒眉】你的病症和他一般。【秀眉】叫紅探望，可見思慕之極矣。【魏眉】你病他病，總一般病。（叫紅科）④（紅上云）姐姐喚我，不知有甚事，⑤ 須索走一遭⑥。（旦云）

---

① 楔子：弘本作"第一折　詩句傳情"，範本、龍本、繼本、容本、起本、徐參本、徐音本、虎本、秀本、硃本、湯沈本、魏本、峒本、封本作"第九齣　錦字傳情"，屠本作"第十折"，徐畫本作"第一套"，驥本作"一套，今本第九折　傳書"，何本作"傳情"，陳本、湯本作"第八齣　錦字傳情"（按，湯本係刊誤，上齣亦爲第八齣，且與目錄不合），延本、張本作"第一折"，天李本作"錦字傳情"，三合本作"第一套　傳書"，潘本作"第一折　書院傳情"。
② 自那夜聽琴後，聞說張生有病：那夜，容本、起本、徐參本、虎本、何本、陳本、秀本、硃本、六幻本、湯本、魏本、峒本、毛本作"昨夜"，封本作"前夜"；聞說，陳本作"聞說道"。弘本、羅本、繼本、徐畫本、徐音本、張本、湯沈本、三合本、潘本作"自昨夜聽琴，更不復見張生"，範本、龍本作"紅滿枝，綠滿枝，宿雨懨懨睡起遲，閑庭花影移。憶佳期，數佳期，夢見雖多相見稀，相逢知幾時。自從那夜聽琴之後，再不復見張生"，屠本作"自從昨夜聽琴之後，再不聞張生消息"，驥本、延本作"自昨宵聽琴，再不復見張生"。
③ 我如今着紅娘去書院裏，看他說甚麽：我，張本作"俺"；着，驥本、張本、毛本作"央"。屠本作"如今着紅娘到書房中，看他說些甚麽"。
④ （叫紅科）：屠本無。
⑤ 姐姐喚我，不知有甚事：姐姐喚我，張本作"小姐喚俺"；甚事，羅本作"甚麽事"。屠本作："姐姐喚紅娘，有何事幹？"封本作"姐姐喚我，有甚事？"
⑥ 須索走一遭：範本、龍本、屠本、封本無。

這般身子不快呵①，你怎麼不來②看我？【徐參眉】鶯鶯不得張生到手，牽腸挂肚，乃"女之耽兮"。（紅云）你想張③……（旦云）張甚麼？（紅云）我張着姐姐哩。【容旁】【湯旁】妙！【容眉】【湯眉】關目好。【硃眉】關目妙甚。（旦云）我有一件事央及你咱④。（紅云）甚麼事⑤？（旦云）你與我望張生去走一遭，看他説甚麼，你來回我話者⑥。（紅云）我不去，夫人知道不是耍⑦。【潘旁】先作一跌後，便撇強得來。（旦云）好姐姐，我拜你⑧兩拜，你便與我走一遭⑨。（紅云）侍長請起，我去則便了。【羅眉】長，上聲。説道："張生，你好生病重⑩，【潘旁】語便雙關。則⑪俺姐姐也不弱。"⑫ 只因午夜調琴手⑬，引起春

---

① 這般身子不快呵：驥本、延本此句前多"俺"。屠本作"紅娘，我身子十分不快"。
② 怎麼不來：範本、龍本作"怎麼不出來"，屠本作"如何不來"。
③ 張：範本、龍本、屠本作"張哩"。
④ 我有：驥本、延本、六幻本、湯沈本作"我心裏有"。咱：屠本作："你肯去麼？"
⑤ 甚麼事：屠本作"紅娘是姐姐聽使人員，誰敢不去"。
⑥ "你與我望張生去走一遭"至"你來回我話者"：望張生去走一遭，弘本、羅本、繼本、容本、起本、徐畫本、徐音本、徐參本、陳本、秀本、硃本、天李本、六幻本、湯本、湯沈本、三合本、魏本、峒本、封本、毛本、潘本作"去望張生走一遭"，驥本、延本作"望張生一遭"，張本作"去望張生一遭"；説甚麼，張本作"説甚話"；你來，驥本、延本、湯沈本作"便來"，封本作"來"。屠本作："你與我去望張生，看他説些甚的。"
⑦ 我不去，夫人知道不是耍：夫人，延本作"老夫人"。屠本作"姐姐，這個紅娘不敢去，恐夫人知道，如何是了"。
⑧ 我拜你：驥本、延本、六幻本作"我深深拜你"。
⑨ 你便與我走一遭：便，徐參本、何本、陳本、秀本、硃本、天李本、湯本、毛本無。屠本作"是必走一遭兒"。
⑩ 你好生病重：驥本、延本作"病重"，張本作"你病重"，潘本作"你好害病"。
⑪ 則：驥本、延本無。
⑫ "侍長請起"至"則俺姐姐也不弱"：屠本作："姐姐，我去便了，焉敢動勞世長。但不知有甚話説？須索分付紅娘知道。（鶯云）你只道連日哥哥身子不安，俺姐姐也不道好哩。"
⑬ 調琴手：驥本作"彈琴手"。

閨愛月心。①【潘夾】"害病"二句，將張生小姐對針一挑，故將崔張關情深處，明明點破，亦早為下數節許多"一個""一個"埋伏下綫索也。

【仙吕】【賞花時】俺姐姐②針綫無心不待拈，脂粉香消懶去添③，春恨壓眉尖。【羅眉】壓，音雅。若得靈犀一點，【範眉】【龍眉】【繼眉】古曲云："身無彩鳳雙飛翼，心有靈犀一點通。"【羅眉】若，去聲。得，上聲。【徐畫眉】【田眉】【延眉】犀角之根，有一點白，直通至尖，謂之駭雞犀。古詞有"靈犀一點通"，極褻之詞也，如此用，却亦免俗。【田補眉】俊！【徐參眉】相思畫不出，被此說出如畫。敢醫可了④病懨懨。【徐音眉】若得靈犀一點，二病霍然俱起矣。【陳眉】【硃眉】說真方。【秀眉】古本有削去此引詞，覺無為處。【湯沈眉】此曲語甚俊。胭粉，今本作"脂粉"。消香，今本作"香消"，與上"針綫無心"不對。【峒眉】逼真語。（下）【毛夾】徐天池曰：通天犀有白星透角，曰靈犀一點，褻詞。（旦云）⑤紅娘去了，看他回來說甚話⑥，我自有⑦主意。（下）【潘夾】下文許多撒假之意，此時已先算定了。

---

① "好姐姐"至"引起春閨愛月心"：範本、龍本作"好姐姐，可憐我害病。你没奈何走一遭。（紅云）去則便了。姐姐這兩日瘦損了花貌呵"。封本此句後多標目"楔子"。
② 俺姐姐：徐畫本、徐音本、驥本、延、張本、毛本、潘本無。
③ 脂粉香消懶去添：脂粉，六幻本、湯沈本、毛本作"胭粉"；香消，陳本、硃本作"香銷"，湯沈本作"消香"，毛本作"銷香"。徐畫本、徐音本、驥本、延本作"胭粉香消懶欲添"，潘本同，但"香消"作"消香"。
④ 敢醫可了：徐畫本、徐音本、驥本、延本、三合本、潘本作"姐姐，敢醫可這"，張本同，但無"這"字；六幻本、湯沈本同，但"這"作"了"。毛本作"敢醫可這"。
⑤ （下）（旦云）：徐畫本、徐音本、張本、三合本、潘本作"（紅下）（鶯吊場）"。
⑥ 看他回來說甚話：說甚話，弘本、範本、龍本、羅本、繼本、徐畫本、徐音本、驥本、虎本、何本、陳本、秀本、硃本、延本、天李本、六幻本、湯沈本、毛本作"說甚麼話"，張本、封本作"說甚麼"，三合本、潘本作"說些什麼"。屠本作"待他回來說些甚麼"。
⑦ 我自有：弘本、龍本、羅本、繼本、徐畫本、徐音本、驥本、延本、湯沈本、三合本、潘本作"我有"，屠本作"自有"，徐參本、虎本、何本、陳本、秀本、硃本、天李本、六幻本、湯本、魏本、峒本、封本、毛本作"再作"，張本作"俺自有"。

第一折①

　　（末上云）害殺②小生也。自那夜聽琴③之後，再不能勾見俺那小姐④。我着⑤長老説將去，道⑥："張生好生病重⑦！"却怎生不見⑧

---

① 第一折：弘本、範本、龍本、繼本、容本、起本、徐畫本、徐音本、徐參本、驥本、虎本、何本、陳本、秀本、硃本、延本、張本、天李本、湯本、湯沈本、三合、魏本、峒本、封本、潘本無，六幻本作"三之一　錦字傳情"，毛本作"第九折"。
② 害殺：徐參本、魏本、峒本作"害殺了"。
③ 那夜：龍本、屠本、驥本、延本作"那一夜"，封本作"前夜"。聽琴：繼本、容本、起本、徐參本、虎本、何本、陳本、秀本、硃本、天李本、六幻本、湯本、魏本、峒本、封本、毛本作"弄琴"。
④ 再：容本、起本、徐參本、虎本、何本、陳本、秀本、硃本、天李本、湯本、魏本、峒本作"却"，封本無。俺那小姐：張本作"小姐"。
⑤ 我着：徐畫本、徐音本、驥本、延本、三合本、毛本、潘本作"我央"，張本作"俺央"。
⑥ 道：容本、徐參本、魏本、峒本作"道説"，陳本、硃本、湯本作"説道"。
⑦ 張生好生病重：驥本、延本作"張生病重"，張本作"俺病重"。
⑧ 却怎生：封本作"怎生"。不見：容本、起本、徐參本、虎本、何本、陳本、秀本、硃本、天李本、湯本、魏本、峒本、毛本作"又不見"，徐畫本、徐音本、驥本、延本、三合本、潘本作"不着"。

人來看我？却思量上來①，我睡些兒咱②。（紅上云）奉小姐言語③，着我看④張生，須索走一遭⑤。我想咱每一家⑥，若非張生⑦，怎存俺一家兒性命也⑧！

【仙呂】【點絳唇】相國行祠，寄居蕭寺。【羅眉】國，音鬼。行，音興。【秀眉】蕭寺，梁武帝姓蕭好佛，因名焉。因喪事，幼女孤兒，將欲從軍死。【容眉】叙事如見。【徐畫眉】【田眉】三詞鋪叙，迢遞明顯，事事不亂。【田補眉】行祠，猶言行宮、行臺之謂。寄居祠中，以值喪事也。孤幼欲死，又值兵亂也。【徐音眉】數語鋪叙，迢遞明顯，事事不亂。【硃眉】【湯眉】叙事如見。【湯沈眉】三詞鋪叙，迢遞不亂。【三合眉】鋪叙迢遞明顯，事事不亂。【魏眉】【峒眉】叙事簡而盡。【毛夾】參釋曰：自此至"害相思"作一段，爲兩人相思原始耳。赤文曰："祠"字是陰字，然元詞不

---

① 却思量上來：繼本作"我困倦上來"，六幻本同，但無"我"；屠本作"却又思量上來了"，驥本、延本作"恰思量上心來"，容本、起本、徐參本、虎本、何本、陳本、秀本、硃本、天李本、湯本、魏本、峒本、毛本作"没奈何"，張本作"困思上來"，湯沈本作"却思量上心來"。
② 我睡些兒咱：我，張本作"俺"，容本、起本、徐參本、驥本、何本、陳本、秀本、硃本、天李本、六幻本、湯本、魏本、峒本、毛本作"我且"，繼本作"且"，封本作"没奈何，且"。範本、龍本作"我睡些兒"，屠本作"且睡下者"。
③ 奉：羅本作"奉着"。言語：屠本作"之命"。
④ 着我看：屠本、驥本、延本、毛本作"着我去看"，張本作"着俺看"。
⑤ 走一遭：屠本作"走一遭去"。
⑥ 我想咱每一家：想，弘本、羅本、繼本、容本、起本、虎本、何本、陳本、秀本、硃本、天李本、湯本、湯沈本、三合本、魏本、峒本、潘本作"想來"；咱每一家，屠本作"俺一家兒性命"。驥本、延本、湯沈本作"咱每"，張本作"俺想來"，六幻本、毛本作"我想來咱每"。
⑦ 張生：弘本、羅本、繼本、容本、起本、徐畫本、徐音本、徐參本、驥本、陳本、秀本、硃本、延本、張本、天李本、六幻本、湯本、湯沈本、三合本、魏本、峒本、封本、潘本作"張生呵"。
⑧ 怎存俺一家兒性命也：存，徐畫本、徐音本、驥本、延本、三合本作"得"；也，弘本、範本、驥本、延本、毛本作"也呵"，三合本作"兒"，秀本無。屠本作"怎能够半個兒存活"，潘本作"怎得俺一家兒的性命"。

拘，說見第一折。

【混江龍】謝張生伸志，【虎眉】志，一作"致"。一封書到便興師。【羅眉】一，音已。顯得文章有用，【羅眉】得，上聲。足見天地無私。【潘旁】文章有靈，天作之合。【湯沈眉】殄滅賊徒，是其無私。若不是翦草除根①半萬賊，險些兒滅門絶戶了俺②一家兒。【羅眉】若，去聲。賊，入聲。一，音已。鶯鶯君瑞，許配雄雌；【羅眉】雄，音兄。夫人失信，推托別詞；【羅眉】托，音討。將③婚姻打滅，以④兄妹爲之。如今都⑤廢却成親事。【潘旁】説來可恨。【羅眉】却，音巧。【徐參眉】夫人可謂負了張生。【陳眉】説來可恨。【凌眉】"鶯鶯君瑞"俱四字疊句，可有可無，可多可少，并可不用韵。直至"成親事"三字，始入本調正句耳。【張眉】"廢却"句承上文來言夫人也。添"都"字，非。【魏眉】真可恨。【峒眉】悔盟可恨。【封眉】即空主人曰："鶯鶯君瑞"俱四字疊句，可有可無，可多可少，并可不用韵，直至"成親事"三字，始入本調正句耳。一個價⑥糊突了胸中錦綉，【秀眉】突，音秃。一個價泪揾

---

① 若不是翦草除根：是，張本無。徐畫本、徐音本、三合本、潘本作"若不剪草除根了那"，驥本、延本同，但無"那"字。毛本此句後多"了"。
② 險些兒：徐畫本、徐音本、驥本、延本、三合本、毛本、潘本作"怎不"，張本作"險些"。絶戶了俺：屠本、張本、封本作"絶戶"，容本、起本、徐參本、虎本、何本、陳本、秀本、碌本、天李本、六幻本、湯本、湯沈本、魏本、峒本作"絶户俺"。
③ 將：徐畫本、徐音本、驥本、延本、張本、三合本、潘本無。
④ 以：徐畫本、徐音本、驥本、張本、三合本、潘本無。
⑤ 如今都：徐畫本、徐音本、驥本、延本、張本、三合本、潘本作"如今"。
⑥ 一個價：屠本、徐畫本、徐音本、驥本、延本、張本、三合本、封本、潘本作"一個"。

濕了①臉上胭脂。②【謝眉】"價"字，俱是助語詞。【繼眉】一個價，作白是。【羅眉】上，音賞。【田補眉】"糊突了"和"泪流濕"作對不整，疑有誤。【徐音眉】通出害相思，狀態如流。【封眉】時本作"一個價"者，謬。【毛夾】伸志，只作奮志解。若以得鶯爲張之志，則謝字不合矣。參釋曰：文章有用，頂"一封書"來；天地無私，頂"便興師"來，言除暴亦天意也。"一個價"二句，連下曲作一氣。糊突，解見後第二十折。又參曰："滅門絕戶"句，亦元詞成語。如《蝴蝶夢》劇"那裏便滅門絕戶了俺一家兒"。勿詁其俗。【潘夾】此二闋歷叙前文，似爲閑筆。因欲描寫兩人害病，遂不得不將緣由提撥一番，此是一路來心口自想之詞。有心人事事記在心頭，未嘗忘却也。"天地無私"句，暗指許婚，説便有皇天后土實聞斯言之意。

【油葫蘆】憔悴③潘郎鬢有絲，【繼眉】潘安仁《秋興賦》："春秋三十有二，始見二毛。"杜韋娘不似舊時，【羅眉】憔，音悄。時，音詩。【繼眉】劉禹錫詩："浮揎梳頭宮樣妝，春風一曲杜韋娘。"帶圍寬清減了瘦腰肢④。【起眉】瘦，一作"小"，覺勝。【凌眉】王伯良曰："潘郎""杜韋娘"二句，參差相對；"帶圍"句對"鬢有絲"，俗本添"一個"二字，謬甚。【湯沈眉】"憔悴潘郎"句與"杜韋娘"二句，參差相對。"寬減"二字相連讀，勿斷，調法如此。下六句自相對偶。【封眉】徐文長曰：杜韋娘之腰瘦，

---

① 一個價泪搵濕了：搵濕了，弘本、羅本、繼本、容本、起本、虎本、何本、陳本、秀本、天李本、六幻本、湯本、湯沈本、毛本作"流濕"，範本、龍本、徐參本、砅本、魏本、峒本作"流濕了"。屠本作"一個泪濕了"，徐畫本、徐音本、驥本、延本、張本、三合本、封本、潘本作"一個泪流濕"。
② 範本此處多"（紅云）我想張生病，和俺姐姐的病，他兩個都一般樣害"。
③ 憔悴：弘本、羅本、屠本、容本、起本、徐參本、虎本、何本、陳本、秀本、砅本、魏本、峒本作"憔悴了"。
④ 帶圍寬：弘本、範本、龍本、羅本、屠本、容本、起本、徐參本、虎本、何本、陳本、秀本、砅本、天李本、湯本、魏本、峒本作"一個帶圍寬"。清減了：徐畫本、徐音本、驥本、延本、湯沈本、三合本、潘本作"減了"，張本作"減"。瘦腰肢：繼本、屠本作"小腰肢"。

對潘郎之鬢絲。"不似舊時"乃助語。過到"瘦腰",不得添"一個"二字于"帶圍"之上,下文六句"一個"方是對。一個睡昏昏不待觀①經史,【虎眉】觀,一作"親"。瘦,一作"小",覺勝。一個意懸懸懶去②拈針指;【範眉】【龍眉】指,一作"繭"。【張眉】第二句多一字。"帶圍"上添"一個",非。第四五句俱多一字。一個絲桐上調弄出離恨譜,一個花箋上刪抹成③斷腸詩;一個④筆下寫幽情,一個⑤弦上傳心事:兩下裏都一樣⑥害想思。⑦【徐畫旁】上句十句,各相分席,相爲對稱。只此一句總收,有千鈞之力,莫糊突看去。【範眉】【龍眉】結句千鈞之力。【羅眉】筆,音彼。上,音賞。傳,音穿。【徐畫眉】【田眉】杜韋娘之腰瘦,對潘郎之鬢絲。不似舊時,乃助語。過到"瘦腰",不得添"一個"二字,下文六句"一個",方是對。【徐參眉】兩人病症一般,一要發汗,一要下針。非此盧扁無術,紅娘亦怕□(難)治。【陳眉】【硃眉】真郎中,看出一病兩症。【秀眉】對句甚妙。【延眉】杜韋娘之腰瘦,對潘郎之鬢絲。不似舊時,乃助語。過到"瘦腰肢",不得添"一個"二字,下文六個"一個",方是對。俗本"帶圍"上有"一個"二字。【張眉】"筆下"兩句,回繳上文,添"一個"字,蠢絕。【湯沈眉】結句千鈞之力。【魏眉】少不得太醫院一名。【峒眉】的確是一樣症候。【三合夾】嵇,音止。【毛夾】"杜韋娘"二句對"潘郎"一句,俗本"帶圍"上添"一個"兩字,謬。帶圍,"圍"字是襯字。帶寬清減瘦腰肢,

---

① 不待觀:弘本、範本、龍本、羅本、繼本、容本、起本、徐參本、虎本、何本、陳本、秀本、硃本、天李本、六幻本、湯本、湯沈本、魏本、峒本、毛本作"不待要觀",徐畫本、徐音本、驥本、延本、三合本、潘本作"無意看"。
② 懶去:徐畫本、徐音本、驥本、延本、三合本、潘本作"不待"。
③ 刪抹成:羅本作"刪抹成了",屠本作"刪抹就",徐畫本、徐音本、潘本作"刪抹",徐參本作"刪抹些"。
④ 一個:張本無。
⑤ 一個:張本無。
⑥ 兩下裏都一樣:裏,容本、硃本、湯本無;都,徐畫本、徐音本、驥本、延本、張本、三合本、封本、毛本、潘本無;一樣,屠本作"十樣"。
⑦ 範本、龍本此處多"(紅云)天下佳人才子也有,只是難比我那小姐與張生兩人"。

七字句也。王本刪"清"字，反以"寬""減"連讀，不通。【潘夾】許多"一個""一個"，都兩兩對說，與前"張生害病，小姐也不弱"相應。又將"一樣害相思"句總結一筆，通勢方有結束。

【天下樂】【徐畫旁】作五段，妙甚。【田補旁】妙甚！方信道①才子佳人信有之，【三合眉】既曰"信有之"，又贅以"方信道"，可笑，故刪去。【封眉】"才子"上，時本有"方信道"三字，可笑。紅娘看時，【天李眉】忽然說到自家身上，妙甚，趣甚。有些②乖性兒，則怕③有情人不遂心也似此。【羅眉】才，音猜。時，音詩。則，音自。情，音青。【張眉】第四句多一字。他害的有些④抹【凌旁】一作魔。媚，【張眉】"抹媚"，喬樣之謂，言害相思恁般喬樣。"恁"訛"有些"，非。【三合眉】抹媚，方言，喬樣也。我遭着没三思，一納頭安排着⑤憔悴死。【湯沈旁】紅原極有韻致的。一納頭，鄉語。【範眉】【龍眉】【繼眉】【秀眉】一納頭，是鄉語。【羅眉】着，音招。【徐畫眉】【田眉】既有"信有之"，又贅以"方信道"，可笑，故刪之。此一枝絕妙之詞而解者盡昧。蓋言常人牽情，不過常態，而崔張二人一個如此，一個如彼，如上文云云，是其害相思，有些害得喬樣也。看來才子佳人，雖是害相思，亦與常人不同，故曰"信有之"。既又言，或者有一種有情人，不遂心時，容亦有如此者。但說使是我遭着，決沒許多喬樣，只"一納頭"準備"憔悴死"而已，是何等風趣！抹媚，方言，喬樣也；乖性兒，亦即喬樣意。言看來此等乖性，此等喬樣，惟才子佳人有之也。即使

---

① 方信道：屠本作"方道是"，徐畫本、徐音本、驥本、延本、湯沈本、三合本、封本、毛本、潘本無。
② 有些：弘本、範本、龍本、羅本、屠本作"有些個"，徐畫本、徐音本、驥本、延本、六幻本、湯沈本、三合本、毛本、潘本作"倒有些"。
③ 則怕：範本、龍本、屠本作"則怕那"。
④ 他害的：弘本、範本、龍本、繼本、屠本、容本、起本、徐參本、虎本、何本、陳本、秀本、碛本、天李本、六幻本、湯本、湯沈本作"見他害的"，羅本作"害的人"。有些：驥本、延本作"有"，張本作"恁"。
⑤ 一納頭：羅本作"兩下裏"。着：驥本、延本、毛本作"着個"。

他人容或有之，然如我遭着，決沒此喬樣，做出來也。此入骨入髓之妙語。凡紅言崔張，必將己插入，否則冷淡無味。此詞僅五十字，分作五段，有許多轉摺，"情思"句法錯縱，而理則調貫，妙極！妙極！【徐音眉】此言才子佳人，害相思亦害得喬樣也。抹媚，即方言"喬"。【延眉】俗本"才子"上有"方信道"三字。既有"信有之"，又贅以"方信道"，可笑，故刪之。此一枝絕妙之詞而解者盡昧。蓋言常人彼此牽情，不過常態，而崔張二人一個如此，一個如彼，如上文云云，是其害相思，有些害得喬樣也。看來才子佳人，雖是害相思，亦與常人不同，故曰"信有之"。既又言，或者有一種有情人，不遂心時，容亦有如此者。但說使是我遭着，決沒許多喬樣，只"一納頭"准備"憔悴死"而已，是何等風趣！抹媚，方言，喬樣也；乖性兒，亦即喬樣意。言看來此等乖性，此等喬樣，惟才子佳人有之也。即使他人容或有之，然如我遭着，決沒此喬樣，做出來也。此入骨入髓之妙語。凡紅言崔張，必將己插入，否則冷淡無味。此詞僅五十字，分作五段，有許多轉摺，"情思"句法錯縱，而理則調貫，妙極！妙極！【湯沈眉】此一枝絕妙之詞。"方信道"與"信有之"重，去之。言害相思的常有，自紅看來，倒有乖性兒。乖性兒，即"抹媚"、喬樣之謂。或有一種多情人不遂心時，也如此害相思，但他有些喬樣。我若遭着，不暇三思，如上絲桐傳恨、花箋寄詩事也。只一直頭安排個憔悴死而已。【魏眉】【峒眉】亦怕自己害此病，真情真情。【驥夾】【延夾】三，去聲。【毛夾】此承上曲"一樣"來，言兩人相思，害作一樣，始知"才子佳人信有之"也。特我看自已亦有乖性，或者遇有情而不得遂，當亦一樣。但他有抹媚，我無抹媚，直害死而已。此借己之不一樣處，以見兩人一樣之妙。抹媚，猶妝喬；三思，即抹媚也。解見下【後庭花】曲。【潘夾】抹媚，方言喬樣也。前邊只用敘事，此一節遂因前事而評斷之，寫出無數深情妙致來。首句緊承"害相思"說下，言才子佳人信有害相思的，似亦不足為怪，但似我看來，我倒有些乖覺。從來有情人如你們害相思也有，只是你們害得來偏喬樣。若我遭此不遂心的事，別無他計，只索死便休，決不如你們喬樣也。此段要不是真話，特將自己襯說，正所以深寫崔張之多情，所謂過量人也。

却早來到書院裏①，我把唾津兒潤破窗紙，看他在書房裏做甚麼②。【陳眉】【硃眉】到處唾津用。【凌眉】此等正不必瑣解，以意得之可也。【三合眉】此味却少不得。

【村裏迓鼓】我將這紙窗兒濕破③，悄聲兒④窺視。多管是和衣兒⑤睡起，羅衫上前襟⑥褶裉。【羅眉】前，音千。【秀眉】褶裉，音折至。孤眠況味⑦，凄涼情緒⑧，【羅眉】情，音青。無人伏侍⑨。覷了他⑩澀滯氣色，【秀眉】澀，音色。聽了他⑪微弱聲息，看了他⑫黃瘦臉兒。【羅眉】色，音灑。黃，音荒。【陳眉】【硃眉】【魏眉】【峒眉】

---

① 來到書院裏：三合本、潘本此句前多科介"（生睡科，紅）"。來，秀本無；裏，陳本無。弘本、羅本、繼本、湯沈本作"來到這花園裏"，屠本作"來到花園裏"，驥本、延本作"來到這花園裏也"，張本作"來到也"。

② 我把唾津兒潤破窗紙，看他在書房裏做甚麼：我，張本作"俺"；窗紙，徐參本、驥本、延本、魏本、峒本作"紙窗"；書房，封本作"房"；甚麼，範本、龍本、徐畫本、徐音本、三合本、潘本作"甚麼哩"，驥本、延本、毛本作"甚麼也"。屠本作"呀，你看他把書房門兒閉的謹謹的，不知做些甚麼勾當也"。

③ 我將這：徐畫本、徐音本、驥本、延本、張本、三合本、潘本作"將"。紙窗兒：張本作"紙窗"。濕破：驥本、延本、毛本作"潤破"。

④ 悄聲兒：延本作"俏聲兒"，張本作"悄聲"。

⑤ 是：徐畫本、徐音本、驥本、延本、張本、三合本、潘本無。兒：徐參本、張本、魏本、峒本、毛本無。

⑥ 羅衫上前襟：屠本作"羅衫上有前襟"；徐畫本、徐音本、三合本、潘本作"你看那羅衫上前襟兒"，驥本、延本、張本、毛本同，但無"兒"字；封本作"你看羅衫上前襟"。

⑦ 孤眠況味：屠本作"似這般孤眠滋味"。

⑧ 情緒：徐畫本、徐音本、驥本、延本、三合本、潘本作"活計"。

⑨ 伏侍：徐畫本、徐音本、三合本、潘本作"扶侍"。

⑩ 覷了他：徐參本作"睹了他"，徐畫本、徐音本、驥本、延本、張本、三合本、毛本、潘本無。

⑪ 聽了他：弘本、湯沈本作"聽了那"，徐畫本、徐音本、驥本、延本、張本、三合本、毛本、潘本無。

⑫ 看了他：弘本、容本、起本、徐參本、虎本、何本、陳本、秀本、硃本、六幻本、湯本、魏本作"看了他這"，徐畫本、徐音本、驥本、延本、張本、三合本、毛本、潘本無。

望聞問切。【凌眉】睡起、況味、情緒、聲息，俱元不用韵。張生呵，你若不悶死，【羅眉】若，去聲。多應是害死。①【謝眉】三句調得體，折折有情。【徐參眉】不得鶯鶯，總是一死。【田補夾】【驥夾】【延夾】䘳，音至。【三合夾】褶，音質。澀，音塞、澀。【毛夾】䘳，音至。此于未叩門時預寫一段。"多管"二句，寫其睡起時也，二句呼應，言似乎和衣睡起者。何也？只看他前襟之褶䘳，則非坐褶可知也。"孤眠"三句，寫其寂寥；"澀滯"二句，寫其憔悴。俱不用韵，祇以"伏侍""臉兒"作韵，調法如此。末句總結，正點問病意，言不病亦死耳。參釋曰："潤破"勿作"濕破"，此用董詞"把紙窗兒潤破，見君瑞披衣坐"語，《㑇梅香》劇"潤破紙窗兒偷瞧"。【潘夾】不是畫出紅娘，只欲畫出一個害相思的張生來。獨自臥病書齋，種種情懸，誰人見來？特借紅娘挖窗俏視，曲曲傳寫。不是病是害，妙甚！是紅娘代張生伸訴也。夫人害之，抑小姐害之？

【元和令】金釵敲門扇兒。②【三合眉】侍兒那得金釵？（末云）是誰③？（紅唱）我是個散相思的五瘟使。④【徐畫旁】【田旁】焦猗園云：氤氳，非"五瘟"也。【潘旁】妙至此乎？【繼眉】五瘟使，當是"氤氳使"之誤。朱起慕女伎寵寵，精神恍惚。一日，郊外逢青巾杖藥籃者，熟視起，曰："郎君幸遇貧道，否則危矣。君有急，直言吾能濟汝。"起再拜，以寵

---

① 張生呵，你若不悶死，多應是害死：應，魏本作"因"。徐畫本、徐音本、潘本作"不病死，多應害死。我且把門敲一聲"，驥本、三合本、毛本作"不病死，多應害死"，張本作"不病死，多應悶死"。範本、龍本、繼本、湯沈本此句後多"（紅云）我且把門敲一聲"，三合本同，但無科介"（紅云）"；屠本此句後多"（做敲門科）"，徐參本此句後多"（敲門介）"。
② 羅本此處多"金釵敲門扇兒"。
③ （末云）是誰：（末云），陳本、碛本、延本、天李本、湯本、湯沈本、魏本、峒本作（生問云），毛本作"（正末問云）"。屠本作"（生問）你是誰"。
④ 我是個散相思的五瘟使：個，驥本、延本、毛本、潘本無；的，弘本、羅本、容本、起本、徐參本、虎本、何本、陳本、秀本、碛本、湯本、封本、毛本無；五瘟使，六幻本、湯沈本作"氤氳使"。徐畫本、徐音本、張本、三合本作"我是散相思的氤氳使"。

事訴。青巾笑曰："世人陰陽之契，有繾綣司統之，其長名'氤氳大使'。諸夙緣當合者，須鴛鴦牒下乃成。我即爲子囑之。"疑是此。【起眉】王曰："散相思""五瘟使"，單語中雕琢于法者也。人巧極，天工錯。【徐音眉】相思誰可散？【陳眉】【三合眉】使乎？使乎？【凌眉】王伯良曰：俗本謂"五瘟使"是"氤氳使"之誤，渠自不識調，五字當用仄聲，用不得平聲也。俺小姐想着①**風清月朗夜深時，使紅娘來探爾**②。【羅眉】月，音曰。時，音詩。來，音賴。【湯沈眉】俗本"五瘟"，瘟字平聲，失韵，當是"氤氳使"。昔朱起慕女伎寵愛，逢一青巾問之。青巾笑曰："世人陰陽之契，有繾綣司統之，其長名'氤氳大使'。諸夙緣當合者，須鴛鴦牒下乃成。我即爲子囑之。"探爾，俗作"你"，非韵。紅娘早已窺破鶯心事。【封眉】王伯良曰：俗本謂"五瘟使"是"氤氳使"之誤，渠自不識，當用仄聲，用不得平聲也。探爾，時本作"探你"，非。（末云）既然小娘子來，小姐必有言語。③（紅唱）**俺小姐至今脂粉**④**未曾施，念到有**⑤**一千番張殿試**。【潘旁】妙至此乎？千聲念佛不如一念慈悲。【容眉】【硃眉】【湯眉】妙！【徐參眉】張生聽得此言，病减大半。【虎眉】五瘟使，當作"氤氳使"。坊解爲得。到，一作

---

① 俺小姐想着：想着，張本作"想着那"，驥本、延本、毛本作"趁着這"，湯沈本作"趁着"。徐畫本、徐音本、三合本、潘本作"趁着這"。
② 探爾：範本、龍本作"探你一遭兒"，羅本、繼本、容本、起本、徐畫本、徐音本、徐參本、虎本、何本、陳本、秀本、硃本、天李本、湯本、三合本、魏本、峒本、毛本、潘本作"探你"。
③ 既然小娘子來，小姐必有言語：既然，封本作"既然着"；小姐必有，弘本、羅本、徐參本、虎本、何本、陳本、硃本、天李本、湯本、峒本、封本作"必定有"，繼本、湯沈本作"必有"，魏本作"一定有"，毛本作"必定有甚"。屠本作"既是小姐着你來，必定有甚麼話説"，驥本、秀本、延本、張本無。
④ 俺小姐：徐畫本、徐音本、驥本、延本、張本、六幻本、湯沈本、三合本、封本、毛本、潘本作"他"。脂粉：弘本、範本、龍本、羅本、繼本、屠本、容本、起本、徐畫本、徐音本、驥本、虎本、何本、陳本、秀本、延本、張本、天李本、六幻本、湯本、湯沈本、三合本、魏本、峒本、毛本、潘本作"胭粉"。
⑤ 念到有：範本、龍本、繼本、屠本作"念道有"，徐畫本、徐參本、驥本、延本、三合本、毛本、潘本作"念到"，張本作"念有"。

"道",似妥。【秀眉】按,殿試自唐起,元亦有之。【毛夾】趁着這風清月朗夜深時,因乘夜訪生,故見簡在曉。諸本"趁"字作"想"字,不可解。豈想前聽琴時耶?挑白一問起末二句,言無他語也,祇念之甚耳。至今,指聽琴後言。他本刪挑白二句,全失詞例。參釋曰:五瘟使,俗作"氤氳"使。"氳"是平聲字,與曲調不合。又參曰:"你"字入齊微韵,然元詞不拘,解見第五折。【潘夾】五瘟使者,專以瘟病散之人間。紅娘此來,亦將以相思病散之張生。此雖爲一時謔浪之詞,實爲下文許多請醫寫方作領也。風清月朗,自是昨夜的話,大凡人初念最誠,機變皆生于轉念。雙文連夜教紅探張,此初念最誠處也。一則聞琴知感,憐才心急;一則朗月清風,輒思云度。念到一千番張殿試,見口下心頭,絕無他語,情詞至此,使人口頰流芬。

(末云)小姐既有①見憐之心,小生有一簡②,敢煩小娘子達知肺腑咱③。(紅云)只恐他番了面皮④。

【上馬嬌】他若是見了這詩,看了這詞⑤,【封眉】那詩、那詞,時本俱誤作"這"。他敢⑥顛倒費神思。【羅眉】神,音申。【峒眉】

---

① 小姐既有:毛本作"原來小姐也有"。
② 有一簡:屠本作"有一首詩一個簡兒",魏本、峒本、潘本作"有一束",封本作"欲寫一簡,附以拙詩"。
③ 敢煩小娘子達知肺腑咱:敢,毛本作"怎生";咱,徐參本作"者",範本、龍本、徐畫本、徐音本、三合本、潘本無。屠本作"敢煩紅娘姐帶去何如",驥本、延本作"怎生煩小娘子達知他",張本作"敢煩小娘子達知他"。
④ 只恐他番了面皮:只恐,徐參本、魏本、峒本作"只怕";番了面皮,範本、龍本作"番過面皮來",屠本作"翻了臉時,着我將甚麼話對他",陳本作"反了面皮"。驥本、延本、張本、毛本無。範本、龍本此句後多"(生云)望小娘子,好歹替我傳了去"。
⑤ 他若是見了這詩,看了這詞:他若是,徐畫本、徐音本、驥、延本、三合本、潘本作"若是",碌本、湯本作"他若";這詩、這詞,封本作"那詩""那詞"。張本作"若是見這詩,看這詞",毛本作"只恐他見了詩,看了詞"。
⑥ 他敢:屠本、封本作"敢",徐畫本、徐音本、驥本、延本、張本、六幻本、湯沈本、三合本、毛本、潘本無。

是費神思。他拽扎起面皮來①："查得誰的言語你將來②，這③妮子怎敢胡行事！"【羅眉】胡，音乎。行，音興。【三合眉】決不割捨得。他可敢嗤、嗤的扯做了紙條兒④。【潘旁】妙，妙！聲容并見，情態宛然。【範眉】【龍眉】待兒料嬌主嬌羞情狀，犁然如契。【容眉】妙！妙！【起眉】李曰：紅娘料鶯鶯嬌羞情狀，犁然如契。【田補眉】嗤，一字句。【徐音眉】扯，猶云裂開。【徐參眉】識破鶯鶯行藏。【秀眉】嗤，音痴。嗤者，扯紙之聲。【凌眉】"嗤"字用韵，一字句，下"嗤"字乃襯下句者。【張眉】"拽扎"是插白，俗訛正曲，非。添兩"嗤"字，非。【湯沈眉】嗤，音痴；扯，音者，猶言裂開。【湯眉】妙！妙！【魏眉】真諸葛！【封眉】即空主人曰："嗤"字用韵，一字句，下"嗤"字乃襯下句者。管，時本作"敢"，非。【徐畫夾】【田夾】【三合夾】嗤，音痴；扯，音者，韵書：猶云裂開。【驥夾】【延夾】嗤，音參差之差，一字句。【毛夾】扎，音札；嗤，音雌。此時尚未寫書，紅不知是書，故稱詩詞。諸本以"只恐他"作"他若是"，以"詩""詞"上添兩"這"字，俱似現成者，皆非也。嗤，裂紙聲，亦作"撏"，一字句也。《倩女離魂》劇"被我都嗤嗤的扯做紙條兒"。《劉行首》劇"撏撏撏扯碎布袍"，與《㑳梅香》"嗤的失笑"不同。王解作笑聲，誤。【潘夾】嗤，音痴，裂紙聲。扯，音者，韵書：猶云裂開。此是紅娘故作波瀾，乃不幸言而中。

---

① 他拽扎起面皮來：毛本此句前多"（帶云）"。他拽扎，峒本作"他拽了"，封本作"拽扎"；面皮來，弘本、羅本、容本、起本、徐參本、陳本、秀本、碌本、湯本、魏本、峒本、封本作"面皮"，範本、龍本、繼本、徐畫本、徐音本、張本、六幻本、湯沈本、三合本、潘本作"面皮道"。屠本、驥本、延本無。
② 查得誰的言語你將來：查得誰的，範本、龍本作"這是什麼的"，羅本作"這的是誰的"，繼本、徐畫本、徐音本、張本、六幻本、湯沈本、三合本、潘本作"這是誰的"。屠本、驥本、延本、毛本無。
③ 這：屠本、驥本、延本、六幻本、湯沈本、毛本作"道這"。
④ 他可敢嗤、嗤的扯做了紙條兒：他可敢，屠本作"敢"，封本作"他可管"；扯做了，弘本、羅本、繼本、屠本作"扯做"。徐畫本、徐音本、三合本、潘本作"嗤，扯做了紙條兒"，驥本、延本、張本、毛本同，但無"了"；六幻本、湯沈本作"嗤、嗤的扯做紙條兒"。羅本此句後多"嗤、嗤的扯做紙條兒"。

（末云）小生久後多以金帛拜酬小娘子。①

【勝葫蘆】（紅唱）哎，你個饞窮酸俫沒意兒，②【謝眉】"俫"字，是北人鄉語，助辭。【凌眉】饞窮，徐、王改爲"挽弓"，以爲折白"張"字。後對弈中，亦有姓挽弓語。然舊本不然。【三合眉】挽弓，折白"張"字。酸俫，調侃秀才。賣弄你③有家私，莫不圖謀你④東西來到此？【羅眉】來，音賴。先生的⑤錢物，與紅娘做⑥賞賜，是我愛你的金貲⑦？【三合旁】愛他什麼？【容眉】【硃眉】【湯眉】愛他甚麼？【徐畫眉】【田眉】【延眉】挽弓，折白"張"字也。酸俫，調侃秀才也。"莫不我圖謀"至"金貲"，是與張生相詈之詞，一口數去。若"愛"字上着"非是我"三字，便懶散不成片段。【徐參眉】你愛他甚麼來？所愛者在言外。【湯沈眉】此因張金帛相酬之言發怒也。饞窮，方本作"挽弓"。酸俫，調侃秀才也云云。二曲正與快口婢子動氣時傳神。【魏眉】【峒眉】你愛他甚麼來？【驥夾】【延夾】【毛夾】俫，郎爹反。

---

① 小生久後多以金帛拜酬小娘子：多以金帛，驥本、延本作"以金帛"；拜酬，峒本作"酬謝"；小娘子，羅本作"小娘子便了"。屠本作"紅娘姐，小生久後多以金帛拜酬"。範本、龍本此句後多"（紅云）這個窮酸鬼，希圖你的錢哩"。
② 哎，你個饞窮酸俫沒意兒：饞窮酸俫，屠本作"窮酸"。徐畫本、徐音本、驥本、延本、張本、三合本、毛本、潘本作"這個挽弓酸俫沒意思"。
③ 賣弄你：張本作"賣弄"。
④ 莫不：徐畫本、徐音本、驥本、延本、張本、三合本、潘本作"莫不我"。你：範本、龍本、羅本、繼本、屠本、容本、起本、徐參本、虎本、何本、陳本、秀本、硃本、六幻本、湯本、湯沈本、魏本、峒本作"你的"，張本無。
⑤ 先生的：張本作"先生"。
⑥ 與紅娘做：徐畫本、徐音本、驥本、延本、三合本、毛本、潘本作"做紅娘的"，張本作"做紅娘"。
⑦ 是我愛你的金貲：是我，弘本、範本、龍本、羅本、繼本、屠本、容本、起本、虎本、何本、陳本、秀本、硃本、天李本、湯本、湯沈本作"非是我"，徐參本、魏本、峒本作"非是俺"；愛，六幻本作"愛了"。徐畫本、徐音本、三合本、潘本作"愛了你的金貲"，驥本、延本作"俺受了你金貲"，張本作"愛了你金貲"，毛本作"受了你金貲"。羅本此句後多"非是我愛你的金貲"。

【幺篇】你看①人似桃李春風墻外枝【潘旁】自立身價。，【羅眉】墻，音槍。賣俏②倚門兒。【範眉】【龍眉】【繼眉】《史記》："刺綉文，不如倚市門。"【徐畫眉】【田眉】【延眉】"你看人"句與"賣俏倚門"句，皆數落張生輕己之意。如"賣俏"句上着"又不比"三字，亦緩却口氣。此所以貴古本之真也。【田補眉】三曲正與快口婢子動氣時傳神。【秀眉】倚門，《史記》云："刺綉文不如倚市門。"【硃眉】【湯眉】妙！【張眉】"賣笑"句緊接上文，添"又不是"，隔礙文義，非。【封眉】時本"賣俏"上有"又不比"三字，誤。我雖是個婆娘有氣志③，【湯沈旁】一本添出"家""些"二字。【起眉】【虎眉】今本無"家""些"字。【陳眉】果有志氣。則説道④：【羅眉】則，音自。"可憐見⑤小子，隻身⑥獨自！"【潘旁】妙至此乎？【三合眉】説的楚楚可憐。恁的呵⑦，顛倒⑧有個尋【湯沈旁】一作"意"。思。【起眉】【虎眉】尋，一作"意"。【徐音眉】説出真情，何用□□（尋思）。【容眉】【魏眉】【峒眉】妙！【凌眉】徐文長曰：二曲妙在一氣急急數去，正與快口婢子動氣時傳神。【硃眉】【湯眉】【容夾】也妙！【張眉】"可憐小子，隻身獨自"二句俱叶韵，訛一句，非。"到有"訛"顛倒"，非。【湯沈眉】紅娘的

---

① 你看：屠本、驥本、延本、張本、毛本作"看"。
② 賣俏：弘本、範本、龍本、羅本、繼本、屠本、容本、起本、徐參本、虎本、何本、陳本、秀本、硃本、天李本、湯本、湯沈本、魏本、峒本作"又不比賣俏"，驥本、延本、張本、毛本作"賣笑"。
③ 是個婆娘有氣志：個，張本無；氣志，三合本、潘本作"志氣"。容本、起本、徐參本、虎本、何本、秀本、天李本作"是婆娘家有些氣志"，陳本、硃本、湯本、魏本、峒本同，但"氣志"作"志氣"；封本、毛本同，但無"些"字。
④ 則説道：屠本、六幻本、湯沈本作"則合道"，徐畫本、徐音本、驥本、延本、張本、三合本、毛本、潘本作"你則合道"。
⑤ 可憐見：張本作"可憐"。
⑥ 隻身：驥本、延本作"一身"。
⑦ 恁的呵：羅本作"我"，屠本、徐畫本、徐音本、驥本、延本、張本、三合本、毛本無。
⑧ 顛倒：張本作"到"。

是個女俠。【毛夾】兩曲一氣頂賓白"酬謝"語來。拆白"張"字曰"挽觥"。酸倈,即酸丁,挽弓酸倈,總稱張秀才也。受,勿作"愛",言你以錢物酬我,是做我賞賜也,而謂我受之,則輕人甚矣。倚門,倚市門也,見《史記》。顛倒,猶反也,言你只恁說,我反有個主張耳。元曲如此一氣甚多,亦是詞例。參釋曰:可憐見小子,"子"字是韵,俗作"小生",非。【潘夾】此處忽將張生呵斥一番,張生一味愚誠,不能相席打令,遂惹動這張快嘴,却是耐他俊利。

（末云）依着姐姐:"可憐見小子,隻身獨自!①"【三合眉】一教便會,張生亦善領略。（紅云）兀的不是也②,你寫來③,咱與你將去④。（末寫科）（紅云）寫得好呵,讀與我聽咱。（末讀云）⑤"珙百拜奉書芳卿可人⑥妝次:自別顏範⑦,鴻稀鱗絕,悲愴不勝⑧。【潘

---

① 依着姐姐,可憐見小子,隻身獨自:姐姐,範本、龍本作"小姐";可憐見,張本作"可憐";小子,弘本、羅本、容本、起本、徐參本、虎本、何本、陳本、秀本、硃本、天李本、湯本、魏本、峒本作"小生"。屠本作"多謝紅娘姐見憐,我張珙終不敢有忘"。
② 兀的不是也:屠本無。
③ 你寫來:弘本、羅本、繼本、容本、起本、徐畫本、徐音本、徐參本、虎本、何本、陳本、秀本、硃本、張本、天李本、六幻本、湯本、湯沈本、三合本、魏本、峒本、封本、潘本作"你寫",屠本作"你試寫書",驥本、延本、毛本作"你寫與我"。
④ 咱:弘本、羅本、繼本、屠本、容本、起本、徐參本、驥本、虎本、何本、陳本、秀本、硃本、延本、天李本、六幻本、湯本、湯沈本、魏本、峒本、封本、毛本作"我"。將去:屠本作"帶去"。
⑤ （紅云）寫得好呵,讀與我聽咱。（末讀云）:好呵,羅本作"好",驥本、延本、毛本作"好也呵";讀,羅本、驥本、延本作"你讀";聽咱,徐畫本、徐音本、張本、三合本、潘本作"聽",徐參本作"聽者",秀本作"咱"。屠本無。
⑥ 百拜:驥本、延本、張本、毛本作"再拜"。奉書:羅本、繼本作"書奉",容本、起本、徐參本、虎本、何本、陳本、秀本、硃本、天李本、六幻本、湯本、魏本、峒本、封本作"書奉鶯娘",毛本作"奉書鶯娘"。可人:潘本無。
⑦ 自別顏範:屠本作"自別範顏",徐參本作"自違顏範",封本作"自別仙姿",張本無。
⑧ 鴻稀鱗絕,悲愴不勝:悲愴,封本作"怨慕"。張本無。屠本此句後多"竟以成疾"。

旁】束牘淺俗乃爾。孰料夫人以恩成怨①，變易前姻②，豈得不爲失信乎③？使小生目視東墻④，恨不得腋翅于妝臺左右⑤；患成思渴⑥，垂命有日⑦。因紅娘至，聊奉數字，以表寸心。⑧ 萬一有見憐之

---

① 孰料夫人以恩成怨：孰料夫人，張本作"自夫人"，封本作"老夫人既"。屠本作"誰料夫人以恩爲怨"。
② 變易前姻：弘本、繼本、容本、虎本、何本、天李本、六幻本、湯沈本、毛本作"遂易前因"，羅本作"遂易前言"，起本、徐畫本、徐音本、徐參本、驥本、陳本、秀本、硃本、延本、湯本、三合本、魏本、峒本作"遂易前姻"，屠本、潘本作"遂毀前盟"，封本作"頓易前姻"，張本無。
③ 豈得不爲失信乎：張本、封本、潘本無。
④ 使小生目視東墻：東墻，容本、起本、虎本、何本、陳本、秀本、硃本、天李本、湯本、湯沈本、魏本、峒本作"墻東"。封本作"使小生徒目視墻東，潸潸灑泣"。
⑤ 恨不得腋翅于妝臺左右：恨不得，徐參本作"恨不能"，硃本作"恨不"；腋翅于，範本、龍本作"奮翼于"，驥本、延本、毛本作"奮翅于"，六幻本、湯沈本作"奮飛于"，峒本作"翅飛于"。繼本、屠本作"魂飛西舍"，張本作"不勝悲愴"。封本此句後多"坐臥相依"。
⑥ 渴：弘本、繼本、屠本、容本、驥本、虎本、何本、秀本、延本、張本、天李本、六幻本、湯沈本、毛本作"竭"。
⑦ 垂命有日：張本作"垂命如絲"。
⑧ 因紅娘至，聊奉數字，以表寸心：聊奉數字，封本作"敬修短札"；寸心，繼本作"存心"。屠本作"偶因紅娘之便，聊達數字，以表寸心"，張本作"因紅娘來慰，便奉數字，略攄鄙懷"。

意①，書以擲下，庶幾尚可保養。②造次不謹，伏乞情恕。③【徐畫旁】【容眉】【硃眉】【湯眉】書柬甚不風流。【徐畫珠眉】甚不風流。【三合眉】柬甚不風流。【魏眉】柬乏風流氣味。後成五言詩一首④，就書錄呈⑤：相思恨轉添，謾把瑤琴弄。樂事又逢春，芳心爾亦動。此情不可違，

---

① 萬一有見憐之意：意，弘本、羅本、容本、起本、徐參本、虎本、何本、陳本、秀本、硃本、天李本、湯本、魏本、峒本作"心"。繼本、屠本無。
② 書以擲下，庶幾尚可保養：尚可保養，湯沈本作"尚保餘生，不然，命在須臾"。範本、龍本、徐畫本、徐音本、張本、三合本作"伏乞速惠好音，庶救殘喘"，繼本、屠本作"萬一不弃，幸留殘喘"，容本、起本、徐參本、虎本、何本、陳本、秀本、硃本、天李本、湯本、魏本、峒本、封本作"不惜好音示下，庶幾可保殘喘"，六幻本作"不惜好音示下，庶幾尚保餘生，不然，命在須臾"，毛本作"不惜好音擲下，庶幾尚可保養，不然，命在須臾"，潘本作"伏乞速惠好音"。驥本、延本此句後多"不然，命在須臾"。
③ 造次不謹，伏乞情恕：範本、龍本、徐畫本、徐音本、三合本、潘本作"造次欠恭，幸惟恕罪"，張本同，但"欠恭"作"不恭"；羅本作"造次書奉，伏望不謹爲恕"，繼本、驥本、延本、湯沈本作"造次奉書，伏乞不謹爲恕"，屠本作"造次奉啓"，六幻本作"造次奉書，伏乞不罪"。
④ 後成五言詩一首：後成，容本、起本、徐參本、虎本、何本、陳本、秀本、硃本、天李本、湯本、魏本、峒本、封本作"偶成"，徐畫本、徐音本、三合本作"後呈"；五言詩一首，弘本、羅本、驥本、延本作"五言律詩一首"，範本、龍本、徐畫本、徐音本、湯沈本、三合本作"五言一首"，繼本作"五言一律"，容本、起本、虎本、何本、陳本、秀本、硃本、天李本、湯本、魏本、峒本、毛本作"五言八句詩一首"，封本作"拙詩一首"。屠本作"再成一詩"，張本作"附五言一詩"，六幻本作"偶成五言八句一首"，潘本作"五言一首"。
⑤ 就書錄呈：範本、龍本、徐畫本、徐音本、張本、三合本、潘本作"錄呈見情"，繼本、六幻本、湯沈本作"呈覽"，屠本作"伏乞均照"，容本、起本、徐參本、虎本、何本、陳本、秀本、硃本、天李本、湯本、魏本、峒本作"錄呈于後"，封本作"附錄于後"。弘本、驥本、延本、毛本此句後多"詩曰"，羅本此句後多"以達卿覽云"。

芳譽何須奉①。莫負月華明，且憐花影重。②"【潘旁】故有待月拂花之答也。【容眉】詩稱之。【徐參眉】柬乏風流，多因病思不揚。詩句佳，末興方濃處。【陳眉】書乏風流意味，詩却稱之。【秀眉】有詞必有詩，情文兩盡也。【湯眉】詩稱之。【三合眉】詩妙于柬。【峒眉】書欠風流意味，詩却稱之。【毛夾】前因，諸本作"前姻"爲是，然"因"亦解"姻"。《逸雅》："姻，因也。"《南史·王元規傳》："姻不失親，古人所重，豈敢輒婚非類。"亦以"因"爲"姻"，可證。

【後庭花】（紅唱）我則道拂花箋打稿兒③，【羅眉】拂，音甫。兒，音二。元來他染霜毫不勾思④。【範眉】【龍眉】"不勾思"三字，可登詞場神品。【起眉】李曰："不勾思"三字，細入冰蠶絲口。【虎眉】元來他，一作"却元來"。【凌眉】徐士範曰："不勾思"三字，可登詞場神品。不勾思，猶言不消思量得，言才有餘、不勾他思索也。董詞"不打草，不勾思"可證。徐、王俱改爲"構"，便索然。【張眉】構，亦作"勾"。【封眉】即空主人曰：不勾思言才有餘也，徐、王改爲"構"，便索然。先寫下⑤幾句寒溫序，後題着五言八句詩。【羅眉】着，音招。【秀眉】數句接續甚妙。不移

---

① 樂事又逢春，芳心爾亦動。此情不可違，芳譽何須奉：違，容本、陳本、碻本、湯本、魏本、峒本、毛本作"遲"；芳譽，弘本、羅本、繼本、容本、起本、徐畫本、徐音本、徐參本、驥本、虎本、何本、陳本、秀本、碻本、延本、張本、天李本、六幻本、湯本、湯沈本、三合本、魏本、峒本、封本、毛本、潘本作"虛譽"。屠本無。

② 且憐花影重：且憐，屠本作"空憐"，并于此句後多"（紅云）先生詩作得好，書寫得好"。重，魏本、峒本作"動"。

③ 打稿兒：徐畫本、徐音本、驥本、延本、毛本、潘本作"打草兒"。

④ 元來他染霜毫不勾思：元來他，範本、龍本、羅本、屠本、六幻本、湯沈本作"元來是"。徐畫本、徐音本、張本、三合本、潘本作"誰想染霜毫不構思"，驥本、延本同，但"染霜毫"作"舉霜毫"。

⑤ 先寫下：徐畫本、徐音本、驥本、延本、張本、三合本、潘本作"先寫成"。

時，把①花箋錦字，叠做個同心方勝兒。忒聰明②，【羅眉】忒，入聲，下同。忒煞③【湯沈旁】一作"煞"。思【凌旁】"煞思"者，有意思之"思"，非思量之"思"也。【範眉】【龍眉】煞，音廈，夫甚曰廈。今京師猶有此語。【繼眉】煞，音廈。大甚曰煞，今京師猶有此語。白樂天詩："西日憑輕照，東風莫煞吹。"自注：煞，去聲，俗書作傻，平水韵。傻俏，不仁，一曰不慧也。【凌眉】太甚曰"煞"，今京師猶有此語。徐、王俱改爲"三"，無謂。忒風流④，忒浪子⑤。【湯沈眉】風流、浪子，皆稱人美詞。【封眉】"聰明"四句，時本多舛。雖然是⑥假意兒，【潘旁】妙。小可的難到此。⑦【謝眉】【後庭花】類多但名同，而字有多寡。【徐畫眉】【田眉】謂上文作簡題詩，恭敬的意兒雖是假，小可人兒亦難辨其真假也。俗改"辨"爲"到"，殊謬。【徐音眉】此言其賣弄文藝，正小才莫辨。【延眉】"雖是些"三字意謂上文作簡題詩，恭敬的意兒雖是假，小可人兒亦難辨其真假也。俗改"辨"爲"到"，殊謬。【張眉】辨，言此書非小可人兒所能辨者。訛"到"者，既非矣。徐文長又改"辨"，謂"作簡題詩，恭敬意兒雖是假，小可人兒亦難辨其真假"，更支離不通。【毛夾】勾，音構。【潘夾】此處又將張贊揚一番，紅便是賞鑒家。

---

① 把：範本、龍本、屠本作"把這"。
② 忒聰明：弘本、範本、龍本、羅本、繼本、屠本、容本、起本、徐參本、虎本、何本、陳本、秀本、硃本、六幻本、湯本、魏本、峒本、毛本作"忒風流"，徐畫本、徐音本、驥本、三合本、潘本作"你也忒聰明"。
③ 煞：弘本作"敬"，徐畫本、徐音本、驥本、延本、湯沈本、三合本、毛本、潘本作"三"。
④ 風流：弘本、範本、龍本、羅本、繼本、屠本、容本、起本、徐參本、虎本、何本、陳本、秀本、硃本、六幻本、湯本、魏本、峒本、毛本作"聰明"。
⑤ 浪子：徐參本、魏本、峒本作"蕩子"。
⑥ 雖然是：徐畫本、徐音本、驥本、延本、張本、三合本、毛本、潘本作"雖是些"。
⑦ 難到此：徐畫本、徐音本、驥本、三合本作"難辨此"，延本、張本、湯沈本、潘本作"難辦此"。範本、龍本此句後多"（生云）小娘子，小生呵"，羅本此句後多"小可的難到此"，封本此句後多"（生云）姐姐在意者"。

【青哥兒】① 顛倒寫鴛鴦②兩字，方信道"在心③爲志"④

【湯沈旁】一作"之"。【徐畫眉】【田眉】是以作簡存心爲志，言其專心致志也。【秀眉】如今行禮書，顛倒寫"鴛鴦"兩字。【延眉】"在心"是已作簡，在心爲志，是以作簡爲志，言其專心致志也。【天李眉】用頭巾，妙。看喜怒其間覷個意兒。⑤【虎眉】傳奇中一牌名絕無分唱者，一本自"顛倒"句起，至"意兒"句止，妄作生唱，復增惡白二段，可笑極矣。志，一作"是"。【凌眉】"顛倒"至"意兒"，俗作生唱，謬甚！放心波⑥學士！【羅眉】學，音校。我願⑦爲之，并不推辭，自有言詞。⑧【容眉】【湯眉】【峒眉】好！【田補眉】"道甚言詞"二語，以白作曲，淡而濃，簡而俊，俱屬妙境。【徐音眉】"道甚言詞"數句，自是傳東主意如此。【徐參眉】妙，妙！則說道⑨："昨夜彈琴的那人兒⑩，【湯沈旁】"那"字與後"那"字相掩映，妙甚！【虎眉】"那"字下得極妙，且與後"那"字相掩映，今本則間遺之矣。【凌眉】那人兒，"兒"字用韻，非襯字也。教⑪傳示。"【範旁】

---

① 範本、龍本此處多"（生唱）"。
② 鴛鴦：弘本、範本、龍本、羅本、繼本、容本、起本、徐參本、虎本、何本、陳本、秀本、硃本、天李本、六幻本、湯本、湯沈本、魏本、峒本、封本作"鴛鴦鴛鴦"。
③ 在心：弘本、範本、龍本、羅本、繼本、容本、起本、虎本、何本、陳本、秀本、硃本、天李本、六幻本、湯本、湯沈本、魏本、峒本、封本作"在心在心"。
④ 範本、龍本此處多"小娘子，你去到小姐面前呵，用意呵"，毛本此處多"（正末云）姐姐將去，是必在意者。（紅唱）"。
⑤ 看喜怒其間覷個意兒：徐畫本、徐參本、驥本、延本、三合本、潘本作"喜怒其間覷那意兒"，張本同，但無"那"字；毛本同，但前多"我"字。範本、龍本此句後多"（紅云）我自有道理。（紅唱）"。
⑥ 放心波：張本、毛本作"放心"。
⑦ 我願：張本作"我"。
⑧ 自有言詞：徐畫本、徐音本、驥本、延本、張本、六幻本、湯沈本、三合本、潘本作"道甚言詞"。範本、龍本此句後多"（生云）小娘子卻怎生說？（紅唱）"。
⑨ 則說道：徐畫本、徐音本、驥本、延本、張本、三合本、潘本無。
⑩ 昨夜彈琴的那人兒：昨夜，封本作"前夜"。範本、龍本作"彈琴那人"。
⑪ 教：徐畫本、徐音本、驥本、延本、三合本、潘本作"來"。

【龍旁】題起衷腸。【羅眉】則，音自。昨，音早。【凌眉】【青哥兒】本調末句宜三字，本傳"成秦晉""愁無奈"，《悟真如》劇"瀉向紅蓮葉兒中，菩薩種"，《千里獨行》劇"漢室江山漸漸消，兵傾倒"，馬東籬小令云"翡翠坡前那人家，鰲山下"，皆可證。徐、王皆以"兒"字為襯，而去"教"字，非調也。【張眉】教者，那人教也，訛"來"者，豈那人來也？【湯沈眉】在心為志，小心在意之謂。紅言我此行須看他喜怒意思方投束，你自放心。波，助語。學士，稱張之謂。我既應求了你，願為之而不必推辭也。我見時，亦何以措辭哉，"則說道"云云。【魏眉】妙！【封眉】即空主人曰：那人兒，"兒"字用韻，非襯字也。【青歌兒】本調末句宜三字，本傳"成秦晉""愁無奈"，《悟真如》劇"瀉向紅蓮葉兒中，菩薩種"，《千里獨行》劇"漢室江山漸漸消，兵傾倒"，皆可證。徐、王以"兒"字為襯而去"教"字，非調矣。【毛夾】勾思，即"構思"，元詞通用。風流、浪子、三思、聰明，俱誦美詞。《謝天香》劇"不三思，越聰明，不能勾無外事"，鮮于伯機詞"元來則是賣弄他風流浪子"。不然，不勾思而又稱"三思"，自矛盾矣。觀此則前曲"沒三思"，正所云"不抹媚"也。假意，猶俗言"撮空"，指上"賣弄"言，非以其偽也。在心為志，出《毛詩大序》："在心為志，發之為詩。"此正嘉其能發為詩，故引此一句作歇後語，猶下曲"有美玉于斯"一例。若《謝天香》劇"聖人道：'在心為志，發言為詩。'"則全引之者。俗解謂娼家封書，鈴作"志"字，拆開則為"心干"二字，固妄誕可笑。王伯良既破其誤，而亦解作"小心在意"，始知解詞曲亦未易也。自有言詞，承上二句來，他本作"道甚言詞"，則"推辭"句住不得矣。言我將于喜怒間窺其機而投之，你自可放心也。況我既許之，自有詞說，但說昨夜彈琴人教我傳示，則彼自曉然耳。參釋曰：喜怒其間，勿斷，七字句也。俗于"喜怒"上添一"看"字，與"覷"字重矣。又參曰："拂花箋"數語，及"顛倒寫鴛鴦"字，俱用董詞。【潘夾】"喜怒"二字，即下文性難按納處，"彈琴那人"便是志誠種，諒得雙文心死。此處又將張生安慰一番，紅便是個俠客。

這簡帖兒我與你將去①，先生當以功名爲念，休墮了志氣者！②【徐畫珠眉】紅娘也道學起來。【三合眉】張生又該長跪受教。【魏眉】妙！

【寄生草】你將那③偷香手，【虎眉】你將那，今或作"你那裏"，非。准備着④折桂枝。【羅眉】備，音被。着，音招。休教那淫詞兒污了⑤龍蛇字，【徐畫眉】【田眉】人情然也。王云："誤"字，"污"字勝之。宜從今。【延眉】人情然也。藕絲兒縛定鶤鵬翅，黃鶯兒奪了鴻鵠志；休爲這⑥翠幃錦帳一佳人，誤了你⑦玉堂金馬三學士。【範眉】【龍眉】愛不忘規，何物妮子如此！【羅眉】黃，音荒。奪，音到。人，音賃。學，音爻。【容眉】【湯眉】紅娘也道學起來。【起眉】李曰：淫蕩中不忘箴規之意，字字眼目，色色神采。《滑稽傳》無此象，柏梁體無此韵。【徐畫諸眉】上"誤"字，宜"污"字勝之。末句"誤"字，宜"誤"字是。【徐音眉】慰之且勉之，兒女子意態往往如是，然亦情之不已也。【徐參眉】風浪中着篙，亦見力量，紅娘爲之。【陳眉】【峒眉】這丫頭也來講道學。【秀眉】數句說欲張生上進。【珠眉】紅娘也學得道學。【湯沈眉】此詞句句皆對。歐陽文忠公《與趙概呂公著同宴作口號》有"玉堂金馬三學士，清風明月兩閑人"之句。【魏眉】紅娘也來講道學。【封眉】爲着那，時本作"休爲這"，非。【毛夾】忽作憐生語，因簡帖而惜其才也。兩"休"字懇切。王本注：《澠水燕談》載，歐陽

---

① 這簡帖兒我與你將去：簡，魏本作"柬"。屠本作"張先生，簡帖我自將去"。
② 先生當以功名爲念，休墮了志氣者：休，毛本作"你休"；者，秀本無。範本、龍本作"先生放心，但當以功名爲念，休得損了志氣者"，并于此句後多"（生云）謹依小娘子嚴命"；屠本作"恩情之事，固雖在念；功名之志，尤不可忘也"。
③ 你將那：弘本、羅本作"你那裏"，驥本、延本作"你"。徐畫本、徐音本、張本、三合本、潘本無。
④ 准備着：徐畫本、徐音本、驥本、延、張本、三合本、潘本作"准備"。
⑤ 休教那淫詞兒污了：那，驥本、延本、張本、三合本、毛本、潘本無。徐畫本、徐音本作"休教淫詞兒誤了"。
⑥ 休爲這：徐畫本、徐音本、驥本、延本、張本、三合本、潘本作"休爲"，封本作"爲着那"。
⑦ 誤了你：驥本、延本、張本作"誤了"。

文忠公、趙少師、呂學士同宴，作口號云："金馬玉堂三學士，清風明月兩閑人。"【潘夾】此處又把張生勸勉一番，紅便是一個嚴師。

（末云）姐姐在意者！（紅云）放心，放心。①

【煞尾】②沈約病多般，宋玉愁無二，【繼眉】沈約求外補不許，陳情于徐勉曰："老病百日瘦損，不堪金帶垂腰。"宋玉作《九辯》，有云："獨悲愁其傷人兮，馮鬱鬱其何極。"清減了③相思樣子。【潘夾】妙至此乎？【封眉】做，時本作"了"，誤。則你那④眉眼傳情未了時，中心日夜藏之。怎敢⑤因而，【張眉】因而，急緩也。【三合眉】因而，方言，輕慢之意。"有美玉于斯"。【謝眉】美玉如斯，《論語》中義。【徐畫眉】【田眉】【延眉】因而，方言，急緩也。"美玉"句，是言不敢韞櫝而藏，此帖不達，是紅娘調文袋，作謎語也，謔詞也，甚有趣。此下數句，俱申言此一句。【田補眉】記中紅娘諸曲，大都掉弄文詞，而文理每不甚妥貼。正以模寫婢子情態，用意如此，非妙手不能。【陳眉】不妝病景，不極相思滋味。【凌眉】有美玉于斯，以成語泛贊生耳。徐謂調文袋，以爲"韞匱而藏之"歇後，王謂珍重其書，皆牽強。【湯沈眉】沈約求外補，曰："老病百日瘦損，不堪金帶垂腰。"宋玉曰："獨悲愁其傷人兮，馮鬱鬱其何極。"首三句俊甚，極言其瘦之甚。怎敢因而，作句；因而，方言，輕慢之意。"有美玉"句，以此珍重

---

① （末云）姐姐在意者！（紅云）放心放心：姐姐，屠本作"紅娘姐姐"，封本作"姐姐千萬"；放心放心，屠本作"先生放心放心"，容本、起本、徐參本、虎本、何本、陳本、秀本、碌本、天李本、六幻本、封本、毛本作"你放心"。範本、龍本作"（生云）感謝小娘子教訓，只是可憐小生孤身旅邸，愁病相兼。望小娘子用心，救小生一命。"

② 【煞尾】：魏本、峒本作"【尾聲】"，封本作"【賺煞】"，潘本作"【尾】"。

③ 清減了：徐畫本、徐音本、驥本、延本、三合本、潘本作"清減做個"，張本、封本、毛本作"清減做"。

④ 則你那：範本、龍本作"咱人則爲這"，屠本作"則爲這"，徐畫本、徐音本、驥、延本、張本、三合本、潘本作"咱人這"，毛本作"則這"。

⑤ 怎敢：屠本作"我怎敢"，張本作"怎"。

其書之意。我須教有①發落，歸着這張紙②。【羅眉】落，去聲。着，音招，下同。憑着我舌尖兒上③説詞，【秀眉】説，音税。更和這簡帖兒裏心事④，【起眉】【虎眉】心事，一作"才思"，殊不妥。管教那人兒來探你⑤一遭兒。（下）【羅眉】一，音已。【徐音眉】小紅獨非志誠種乎？【徐參眉】看他一個打心球。【峒眉】説話太滿。【毛夾】此許其傳書之用心也，頂賓白來。清減做相思樣子，言清減處做個相思榜樣也。俗作"清減了"，非。因而，坊語苟且意。《隔江鬥智》劇"這姻緣甚的天賜"，且"因而，有美玉于斯"，借下文"韞匱"語以比珍重其書之意，歇後語也。則這眉眼傳情，諸本作"咱這"，非也。言爲你憔悴，只這眉眼傳情未了之時，便中心不忘，今既得書，豈敢苟且暴露乎？當定有歸結也。憑我之能與汝之才，管教那人降心也。眉眼傳情，指從前初會時，故云"未了"。徐天池曰：紅娘諸曲多掉弄文詞，而文理每不甚妥帖，正模寫婢子情態，用意如此。參釋曰：首二句用董詞"沈約一般，潘安無二"。【潘夾】好個相思樣子，還是將來作前車之鑒？還是將來作駿骨之收？"眉眼傳情"二句，直從眼花撩亂、臨去秋波時説來，言從你兩個眉眼關情起頭，我便爲你兩個留心，豈到今日反浮沉。你的柬帖"美玉于斯"，歇後韞櫃而藏也，教張生聽候發落，妙！妙！這張紙，又輕薄得妙，許他主考處去説人情，見我舌頭有靈，你試卷也未必得力。管教那人探你，將

---

① 我須教有：弘本作"我雖教有"，羅本作"我雖教"，屠本作"須教有"。
② 歸着：範本、龍本作"有歸着"。這張紙：繼本、屠本作"這一張紙"，徐畫本、徐音本、驥本、延本、三合本、潘本作"一張兒紙"，硃本作"這張生"，張本、毛本作"一張紙"，湯沈本作"這一張兒紙"。
③ 憑着我舌尖兒上：徐畫本、徐音本、驥本、延本作"賣着舌尖兒上"，三合本、潘本同，但無"上"字；張本作"憑着舌尖上"。
④ 更和這簡帖兒裏心事：更和這，六幻本、湯沈本作"和你這"；裏，弘本無；心事，毛本作"才思"。徐畫本、徐音本、驥本、延本、三合本、潘本作"和你這簡帖兒裏才思"，張本作"和這簡帖裏才思"。
⑤ 管教：徐畫本、徐音本、三合本、潘本作"須教"。那人兒：容本、起本、徐參本、虎本、何本、陳本、秀本、硃本、張本、天李本、湯本、魏本、峒本、封本、毛本作"那人"。來探你：羅本作"探你"。

此事又一肩挑去矣。忽諧忽莊，直如戲海游龍，徐文長曰："維摩天女，隨地說法，隨處徵心。"今看紅娘，舌底真有青蓮。

（末云）小娘子將簡帖兒去了①，不是小生說口②，則是一道會親的符籙③。他明日④回話，必有個次第⑤。且放下心⑥，須索好音來也⑦。且將宋玉風流策⑧，寄與蒲東窈窕娘。⑨（下）【硃眉】【湯批】【容夾】忒饞！

【容尾】【湯尾】總批：曲白妙處，盡在紅口中摩索兩家，兩家反没有實際，神矣！【徐音尾】批：生慧不如鶯鶯，巧不如紅，故生被鶯攝了神魂，鶯被紅持了綫索。【硃尾】曲白妙處，盡在紅口中摩索兩家，兩家反不有實際，神矣！【三合尾】湯若士總評：紅娘委實是大座主，張生合該稱紅娘爲老老師，自稱爲小門生。恐今之稱老師、稱門生者，未必如紅娘惓惓接引、白白無私

---

① 小娘子：屠本、徐畫本、徐音本、張本、六幻本、三合本、潘本作"紅娘"。簡：魏本、峒本作"柬"。
② 説口：屠本、徐畫本、徐音本、張本、六幻本、湯沈本、三合本、潘本作"誇口"。
③ 則是一道：屠本作"則是"，驥本、延本作"則是一道兒"。符籙：徐畫本、徐音本、張本、三合本、潘本作"符驗"。
④ 他明日：屠本作"他説明日來"，驥本、延本、六幻本、湯沈本、毛本作"他説明日"。
⑤ 次第：繼本、容本、起本、徐參本、虎本、何本、陳本、秀本、硃本、天李本、湯本、魏本、峒本、封本、毛本作"分曉"。
⑥ 且放下心：弘本作"且放心下恨"，羅本、繼本、屠本、容本、起本、虎本、何本、陳本、秀本、硃本、天李本、六幻本、魏本、峒本作"欲消心下恨"，封本作"欲寬心下悶"，張本、三合本、潘本無。
⑦ 須索好音來也：也，弘本、羅本、繼本、屠本、徐畫本、徐音本、徐參本、虎本、何本、陳本、秀本、硃本、天李本、六幻本、湯本、魏本、峒本、封本無。張本、三合本、潘本無。
⑧ 策：弘本作"客"，屠本、湯沈本作"字"。
⑨ "（末云）小娘子將簡帖兒去了"至"寄與蒲東窈窕娘"：寄與，徐畫本、徐音本、驥本、張本、三合本、潘本作"寄語"。此段道白及下場詩，範本、龍本作："（生云）未遇青鸞信，全憑紅葉詩。（紅云）得他心肯處，是你運通時。（并下）"羅本、繼本、容本、起本、徐參本、虎本、何本、陳本、秀本、硃本、天李本、六幻本、湯本、魏本、峒本、封本無"且將宋玉風流策，寄與蒲東窈窕娘"。

也。李卓吾總評：曲白妙處，盡在紅口中摹索兩家，兩家反不有實際，神矣。徐文長總評：讀"靈犀一點"，紅是大國手；讀"剪草除根"，紅是公直人；讀"賣弄家私"，紅是清廉使客；讀"可憐見小子"，又是慈悲教主；讀"忒聰明"數語，又是賞鑒家；讀"偷香手"數語，又是道學先生。總之是維摩天女，隨地説法，隨處徵心。今而後余不敢以侍兒身目紅娘矣！【魏尾】總批：生慧不如鶯鶯，巧不如紅，故生被鶯攝了神魂，鶯被紅持了綫索。【峒尾】批：不妝病景不極相思滋味。此使女的是個勾魂使者。【潘尾】説意：此篇寫得紅娘一片風雲，使人捉着猶將飛去。當其未晤張前，純是一段憐才盛心，何其淒憫。一入門來，便作詼諧排調之詞，將自家抬到九霄雲裏，駡得張生酸氣直逼。及尺牘方成，忽肰大聲贊揚張生，一時弄巧市才情景，被他洞見肺腑。乃贊揚未已，復加安慰，安慰未已，又加教訓。即良醫之于病人，嚴師之于學者，未有體貼諄復至于如此者也。忽嗔忽喜，忽予忽奪，使張生一時捉摸不來，幾于顛倒豪杰矣。張懦于用情，波瀾不出，紅事事從中提撥，故不覺入其云中也。紅真人杰也哉！【點絳唇】至【天下樂】四闋，如湘靈降渚，眇眇言愁。【村裏迓鼓】一闋如山鬼窺人，倚燈欲泣。【元和令】【上馬嬌】二闋，如天女散花，列真微笑。【勝葫蘆】二闋，如麻姑鳥爪，呵呵逼人。【後庭花】【青歌兒】【寄生草】三闋，如青鳥西來，喜見劉郎，已具仙骨。【賺煞】如紅綫反命出潞州城，曉風殘月，瞥然竟去。

【驥尾附】注一十三條

【賞花時】俊詞也。《游宦紀聞》：通天犀有白星徹端。古詩："心有靈犀一點。"通古本"胭粉"，較今本作"脂粉"似俊。消香，今本作"香消"，與上"無心"不對，今正。徐云：此極褻之詞，却用得免俗。

【點絳唇】行祠，猶言行官、行臺之謂。相國之寄居祠中，以值喪事也。幼女孤兒之欲死，以又值兵亂也。

【混江龍】詞隱生云：伸志，言張生伸己之意志，而拯救其危也。文章有用，指興師之書。天地無私，言不容賊徒肆惡，而巫殄滅之也，即下"剪草除根"之意。糊突,即糊塗,北人塗、突元同音,然"糊突了"與下"泪流濕",作對不整,疑有誤。

【油葫蘆】憔悴潘郎鬢有絲,與"杜韋娘不似舊時""帶圍寬減了瘦腰肢"句,參差相對。"杜韋娘"對"潘郎","不似舊時"對"憔悴";"帶圍"係七字句,襯一字對"鬢有絲";"寬減"二字相連,讀勿斷,調法如此。下六句自相對偶。俗本于"杜韋娘"句下添"一個"二字,謬甚。【驥眉】俗本之訛,往往如此。筆下寫幽情,頂"花箋"句;弦上傳心事,頂"絲桐"句。末句總承上文,"筆下寫幽情"二句,法當用七字句,以對偶稍變。

【天下樂】承上曲來。言張生、鶯鶯二人,如此情致,如此聰明,所謂才子佳人,世間信有,便害相思,亦與他人不同。【驥眉】説得淋漓,委曲動人。看來我紅娘倒也是個乖巧伶俐的人,或者遇着有情之人,不得遂心,也要如此害相思。但他每害得有些喬樣,我若遭着時,不暇如此三思,但一直頭安排個憔悴死而已。抹媚,猶言妝喬,即下之"三思",上之絲桐傳恨、花箋寄詩等事也。他害的有抹媚,與"我遭着没三思",二語正相對。今本"有"字下添一"些"字,遂爾不整,意亦後人誤增,今第削去,便自瞭然。【驥眉】徑削去"些"字更爽,此等之疑,不闕可也。"媚"字原不用韵,古注謂紅娘説自己性乖,故不像二人之憔悴至死。徐謂紅娘不能為上文"三思"之事,反言己之呆,倒是乖,而皆以"有情人不遂心"句,泛指天下人,俱覺纏擾不妥耳。今并存之。

【村裏迓鼓】(董詞:"把紙窗兒微潤破,見君瑞披衣坐。")又(鄭德輝《翰林風月》劇:"門掩蒼苔書院悄,潤破紙窗偷瞧。")古本作"濕破",并前白亦然,"潤"字佳,當是傳寫之誤,今從"潤"。睡起、況味、活計、聲息,俱元不用韵,各三句,鼎足對法也。

【元和令】(董詞:"手取金釵把門打。")散相思,以相思散與人也。俗本謂"五瘟使"是"氤氲使"之誤,渠自不識調。"五瘟"之"五"字,當用仄聲,用不得平聲也。"探爾"之"爾",俗本作"你",便非韵。蓋元省作"爾",又尔、你字形相近之誤耳。(董詞:"起來梳裏,脂粉未曾施。")張殿試,猶言張狀元也。

【上馬驕】"這妮子"下，替鶯鶯口氣說；"妮子"勿斷，七字成文。嗤，笑聲，笑其扯做紙條也。(《倩女離魂》劇："被我都嗤、嗤扯做紙條兒。"正用此語。)"嗤"字另唱，與首折"偏、宜貼翠花鈿"，"偏"字另唱一例。

【勝葫蘆】此因張生金帛相酬之言而發怒也。二曲一氣連看下，勿斷。張、章二姓，俗有挽弓、立早之別。挽弓，拆白"張"字也。酸俫，調侃秀才也。言你個張秀才好沒意思，你說多以金帛酬我，欲賣弄自家有家私耶？我之此來，爲圖謀你的東西而來耶？【驥眉】暢甚。若你把錢物作賞賜而我受了，你是看我做墙花路柳、賣笑倚門而爲娼妓等人也。我雖婢子，卻有志氣而不重錢物，你只下個小心求我，我倒有個尋思，而替你寄去不辭耳。"可憐見小子"作句，"一身獨自"作句。徐云：二曲妙在一氣急急數去，正與快口婢子動氣時傳神。俗本添許多些字，口氣便緩而懈矣。此可與智者道耳。賣笑，今本作"賣俏"。《史記》："刺繡紋，不如倚市門。"

【後庭花】(董詞："也不打草，不勾思，先序幾句俺傳示，一揮揮就一篇詩。")勾，從古本作"構"，然元詞俱止作"勾"。風流浪子，皆稱人美詞。(鮮于伯機詞："元來則是賣弄他風流浪子。")(《倩女離魂》劇白："那王秀才生的一表人物，聰明浪子。")(顧君澤詞："風流浪子怎教貧。")可證。末"小可的難辨此"，辨，猶言優爲也，言上文作束題詩，雖是弄聰明而爲此假意，然使小可之人，亦不能優爲之也。辨，諸本作"到"，筠本作"辯"字解，俱非。辯、辨，古字元通用，朱本只作"辦"。

【青哥兒】(董詞："須臾和泪一齊封了，上面顛倒寫一對鴛鴦字。")在心爲志，小心在意之謂。有俗解謂娼家封書，于交縫處作一"志"字，折開則成"心干"二字，殊非大雅。紅娘言我此行看他意思喜怒，然後投東，你自放心，我既膺承了你，決不又推辭而誤你也。我見小姐何以措辭，則說昨夜彈琴之人，教我傳示于你，而待他自尋思之也。"喜怒其間"勿斷，七字句，"那"字係襯字。徐云："道甚言辭"二語，以白作曲，淡而濃，簡而俊，俱屬妙境。

【寄生草】此調句句皆對。筠本"淫詞兒污了龍蛇字"作"誤了"，下"誤了玉堂金馬三學士"作"送了"，今從朱本。《澠水燕談》：歐文忠公與趙少師概、呂學士公著同宴,作口號,有"玉堂金馬三學士,清風明月兩閒人"之句。

【煞尾】如沈約之病多般,與宋玉之愁無二,相思樣子,語俊甚,極言其瘦之甚也。(董詞:"沈約一般,潘安無二。")"怎敢因而"作句,因而,方言,輕慢之意。(《謝天香》劇:"初相見,呼你爲學士,謹厚不因而。")及後寄書折"勿得因而"可證。有美玉于斯,以比珍重其書之意,却借用下文"韞匵而藏"語也。因實白張生有"姐姐在意"之囑,故言你二人向日眉眼傳情未了之時,我已中心藏之而不敢忘矣;你之書與重價之美玉一般,我怎敢輕慢而沉匿了你;我須教此去定有發落,歸着這一張紙也。記中紅娘諸曲,大都掉弄文詞,而文理每不甚妥帖,正以模寫婢子情態。用意如此,非妙手不能。【驥眉】三昧語。"那人兒"勿斷,斷則兩"兒"字矣,元七字句。

【六幻本】五劇箋疑

楔子

俺姐姐:一本無此三字。

脂粉消香懶去添:胭,一作"脂"。消香,一作"香消"。去,一作"欲"。

靈犀一點:犀角之根,有一點白理直通至尖,謂之通天犀。杜紫微《題會真詩》有:"密約千金値,靈犀一點通。"又古曲云:"身無彩鳳雙飛翼,心有靈犀一點通。"《董詞》作"梅犀子"謂:"此乃水火既濟之丹,非指坎位宜中之實。"《易》曰:"天地絪縕,萬物化醇。"絪縕者,靈犀通也。點子,勿作點水之"點"解。

姐姐,敢醫可了病懨懨:一本"了"作"這",一本無"姐姐"二字。

三之一　錦字傳情

謝張生伸志:一作"伸致",連讀,下書字句。

若不是翦草除根半萬賊:一作"若不翦草除根了那半萬賊"。

險些兒滅門絕戶俺一家兒：一作"怎不滅門絕戶了俺一家兒"。

將婚姻打滅以兄妹爲之：一本無"將"字"以"字，"鶯鶯君瑞"以下，俱四字疊句，皆調外襯句也，可有可無，可多可少，亦可以不用韵。直至"如今都廢却成親事"句，始入本調。

糊突了胸中錦綉：一本"糊"上有"愁"字。李白《送仲弟令聞》曰："爾兄心肝五臟皆錦綉耶？不然，何開口成文也？"

淚流濕：一本"濕"下有"了"字。

憔悴潘郎鬢有絲：潘安仁《秋興賦》："春秋三十有二，始見二毛。"一本"悴"下有"了"字。

杜韋娘：劉禹錫詩："浮檀梳頭官樣妝，春風一曲杜韋娘。"

帶圍寬減了瘦腰肢：俗本"帶圍"上有"一個"二字。徐文長云："鬢絲""腰瘦"二句，長短錯對，不得添"一個"二字。下文六句"一個"方是對。一本"寬"下有"清"字，一本"瘦"作"小"。

不待要觀經史：一作"無意看經史"，一本"觀"作"親"。

删抹成斷腸詩：一無"成"字。

都一樣害相思：一無"都"字。

天下樂：徐云：此詞解者盡昧，言別人相思無甚奇异。崔張二人，一個如此，一個如彼。其害相思害得喬樣也。佳人才子雖是害相思，與庸人不同，故曰"信有之"。或者有一種有情人，不遂心時，容亦有如此者，但設使我遭著，決沒許多喬樣。只一納頭，准備憔悴死而已。抹媚，方言喬樣也。乖性，亦即喬樣意。凡紅言崔張，必將已插入，否則冷淡無味。一本無"方信道"三字，一本無"倒"字。

羅衫上：一本上有"你看那"三字。

摺絰：摺，音折；絰，音至。摺，從手，或從衣，非。

淒凉情緒：情緒，一作"活計"。

無人伏侍：伏，一作"扶"。

覷了他澀滯氣色，聽了他微弱聲息，看了他黃瘦臉兒。張生呵，你若不悶死，多應是害死：一本無"覷了他""聽了他""看了他""張生呵，你若是"等字。

氤氲使：昔朱起慕女妓，寵愛。逢一青巾，問之，青巾笑曰："世人陰陽之契，有繾綣司統之。其長名氤氲，使夙緣當合者，須駕鴛牒下乃成。我即爲子囑之。"俗本作"五瘟使"，恐散相思的差使，用不著這位尊神也。

俺小姐想著：一作"趁著這"，無"俺小姐"三字。

他至今：一作"俺小姐"。

念到有：到，一作"道"。一本無"有"字。

顛倒費神思：一本上有"他敢"二字。

道這妮子：一本無"道"字。

嗤嗤的扯做紙條兒：一本"嗤"一字爲句，下"嗤"字連下爲一句。一作"嗤，扯做了紙條兒"。哎你個饞窮酸俫沒意兒：酸俫，調侃秀才也。俫，郎爹切。一本作"你個挽弓酸俫沒意思"，無"哎"字。

是我愛了你的金貲：一無"了"字，一作"非是我愛你的金貲"。

我雖是個婆娘有氣志：一作"我雖是個婆娘家有些氣志"。

恁的呵：一本無此三字。

拂：上聲。

打稿兒：稿，一作"草"。

元來是：一作"却元來"，一作"誰想"。

不構思：一作"不勾思"，云才有餘，不勾他思量也。又云："不勾思"三字，可登詞場神品。此解非不佳，但可作文士鉤深尖巧之語，以加紅娘，或未稱。

先寫下：下，一作"成"。

忒風流：一本上有"你也"二字。風流，作"聰明"；聰明，作"風流"。

忒煞思：太甚曰煞。白樂天詩："西日憑輕照，東風莫煞吹。"自注：煞，去聲，俗書作"傻"。按，殺、煞二字，古通用。一本作"忒三思"。

雖然是假意兒，小可的難到此：一作"雖是些假意兒，小可的難辦此"。

鴛鴦鴛鴦，在心在心：一本不重疊。

覷個意兒：一本"個"作"那"。自"顛倒起"至"意兒"，俗本有作生唱者。

道甚言詞：一作"自有言詞"。

則說道昨夜彈琴的那人兒，教傳示：一無"則說道"三字。教，一作"來"。昨，平聲。

你將那：三字一本無。

龍蛇字：李太白《贈懷素草書歌》："恍恍如聞神鬼驚，時時只見龍蛇走。"

鴻鵠志：陳勝少時，同人耕于壟上。悵然曰："苟富貴，無相忘。"傭者笑之，勝曰："燕雀安知鴻鵠之志哉。"

玉堂金馬三學士：楊雄《解嘲》：歷金門上玉堂，然《谷永傳》"陛下抑損椒房玉堂之盛寵"，是宮禁矣。其謂翰林為玉堂，不知何始。宋學士院玉堂東，承旨閣子窗格上，有火然處，太宗嘗夜幸。蘇易簡為學士，已寢，遽起無燭，具衣冠。宮嬪自窗格引燭入照之，至今不欲易，以為玉堂一盛事。《三輔黃圖》：漢武帝得大宛馬，以銅鑄像，立于署門，因名"金馬門"。歐文忠與趙概、呂公著同宴，口號有"玉堂金馬三學士，清風明月兩閒人"句，此用歐詩也。

沈約病：休文與徐勉書有："外觀傍覽，尚似全人。形體力用，不相綜攝。常須過自束持，方可僶俯解衣一臥。支體不復相關，上熱下冷，月增日篤。取暖則煩，加寒必利。後差不及前差，後劇必甚前劇。百日數旬，革帶嘗應移孔；以手握臂，率計月減半分。似此推算，豈能支久？"此沈自狀老病也，後人率為少年引用，殊不思。

宋玉愁：宋玉《九辯》："悲哉，秋之為氣也。蕭瑟兮，草木搖落而變衰。憭慄兮，若在遠行，登山臨水送將歸。泬寥兮，天高而氣清。寂寥兮，收潦而水清。憯悽增欷兮，薄寒之中人。愴怳懭悢兮，去故而就新。坎壈兮，貧士失職而志不平。廓落兮，羈旅而無友生。惆悵兮，而私自憐。"秋之為悲如此也，宋玉之愁，悲秋也。

清減了相思樣子：一作"清減做個相思樣子"。

咱眉眼傳情：一本"咱"下有"人這"二字。

怎敢因而：因而，方言怠緩也。于"而"字句，"尺素緘愁"折亦有"勿得因而"，意同。

有美玉于斯：珍重簡帖之語。是紅娘調文袋，謎語也，謔詞也。記中紅娘諸曲，大都掉弄文詞，而文理故作不甚妥帖。模寫婢子通文情態。

憑著我舌尖兒上說詞：一作"賣著舌尖兒說詞"。舌，平聲。

心事：一作"才思"。

管教那人兒：管，一作"須"，一無"兒"字。

【會注】

【弘注】【範注】【羅注】【秀注】【湯注】靈犀一點（羅本無"一點"）：【秀眉】犀，音西。出《太平廣記》（羅本無"出"，秀本無"出《太平廣記》"），《抱樸子》云："通天犀角，有白理如線。置米（秀本作"之"）群雞（群雞，羅本、秀本作"于雞群"）中，雞往啄米（羅本、秀本無無），（羅本此處多"見"）犀（秀本無）輒驚駭，故南人呼爲駭雞犀。"後因作【鷓鴣天】一曲（秀本此處多"云"）："繡（秀本作"秀"）轂雕鞍狹路逢，一聲腸斷彩簾中。身無彩鳳雙飛翼，心有靈犀一點通。金作屋，玉爲籠，車如流水馬如龍。劉郎已恨蓬山遠，更隔巫山十二峰。"【起注】【陳注】【硃注】靈犀：曲云秀（陳本、硃本無）："身無彩鳳雙飛翼，心有靈犀一點通。"【徐音注】靈犀：古詩："心有靈犀一點通。"【徐參注】靈犀：犀角能通天，即靈犀。曲云："身無彩鳳雙飛翼，心有靈犀一點通。"【魏注】【峒注】靈犀：【鷓鴣天】曲云："繡谷雕鞍狹路逢，一聲腸斷彩簾中。身無彩鳳雙飛翼，心有靈犀一點通。金作屋，玉爲籠，車如流水馬如龍，劉郎已恨蓬山遠，更隔巫山十二峰。"

【弘注】蕭寺故事詳見第一折【賞花時】下。

【弘注】【範注】【羅注】【秀注】【湯注】胸中（羅本無"胸中"）錦繡：出《詩學》，又《文集》（範本、湯本無"又《文集》"，羅本、秀本無"出

《詩學》，又《文集》")。李白《送仲弟令聞》曰："心肝五臟，皆錦繡耶？不然，何開口成章，下筆（下筆，羅本作"揮毫"）霧散也？"【起注】【徐音注】【陳注】【硃注】【魏注】【峒注】胸中錦繡：唐李白送弟序："嘗醉自語曰（徐音本無"嘗醉自語曰"）：'兄心肝五臟，皆錦繡耶？不然，何開口成章，下筆霧散也？'"【徐參注】胸中錦繡：唐李白送弟序："嘗醉自語曰：'兄心肝五臟，皆錦繡耶？'"

【弘注】潘郎鬢：出《翰墨》《排年事實》。晉潘岳，字士安，又安仁。少為奇童，《秋興賦》云："予春秋三十二，始見二毛之白。"為河陽縣令，令種桃李，滿縣皆花。人謂"河陽一縣花"，又謂"花縣"。與本傳潘安貌，擲果潘安，鬢似愁潘，咸一人也。【範注】【羅注】【秀注】【湯注】潘郎鬢：出《翰墨》（羅本、秀本無"出《翰墨》"）。晉潘岳（秀本無），字（秀本無）士安。少為奇童，【羅眉】少，去聲。（羅本、秀本此處多"姿貌絕美"，【秀眉】姿，音茲。）《秋興賦》云（羅本作"序"）："予（羅本作"余"）春秋三十二，始見二毛之白。"為何（羅本、秀本作"河"）陽縣令，令（羅本、秀本作"栽"）種桃李滿縣，人謂"何（羅本、秀本作"河"）陽一縣花"。又，潘安般貌，擲果潘安，【秀眉】擲，音尺。一人也。【起注】潘郎鬢：晉潘岳："予春秋三十二，始見二毛之白。"又，潘安般貌，擲果潘安。【徐音注】【陳注】【硃注】【魏注】潘郎鬢：晉潘岳賦："予春秋三十二，遂見二毛之白。"又，潘安美姿容，每出，婦妓（陳本、硃本無"婦妓"）擲果盈車。【峒注】潘郎鬢：晉潘岳賦："予春秋三十二，始見二毛之白。"為何陽縣令，令種桃李滿縣，人謂"何陽一縣花"。又，潘安美姿容，每出，婦女擲果盈車。

【弘注】杜韋娘不似舊時：出《唐宋遺史》。韋應物罷蘇州，過杜鴻漸，飲大醉，宿傳舍。既醒，見二妓在側，驚問之，曰："郎中席上與司空詩，因遣某來侍。"何詩曰："高髻雲鬟宮樣妝，春風一曲杜韋娘。司空見慣渾閒事，惱亂蘇州刺史腸。"又云，劉禹錫罷蘇州，過揚州帥杜鴻漸，飲大醉，宿傳舍。既醒，見二妓在側，驚問之，乃曰"郎中"云云。【範注】【羅注】【起注】【陳注】【秀注】【硃注】【湯注】【魏注】【峒注】杜韋娘：出《唐宋遺史》（羅本、起本、陳本、秀本、硃本、魏本、峒本無"出《唐宋遺史》")。韋應物罷(起本、魏本、峒本作"刺")蘇州，過杜鴻漸，飲大醉，宿傳舍。既醒，見一妓在側，驚問(羅本、秀本此處多"之")，曰："郎中席上與司空詩，因遣妓來侍(羅本、秀本此處多"左右")。"(起本、秀本、魏本此處多"問何"，陳本、硃本此處多"問")詩曰(羅本、秀本作"云")："高髻雲鬟宮樣妝，春風一曲杜韋娘。司空見慣渾閒事，惱亂蘇州刺史腸。"(魏本此處多"韋大慚")【徐音注】。杜韋娘：韋應物為蘇州刺史，過司空杜鴻漸，飲大醉，見一妓在側，韋詩曰："高髻雲鬟宮樣妝，春風一曲杜韋娘。司空見慣渾閒事，惱亂蘇州刺史腸。"

【弘注】斷腸詩：出《氏族》。朱淑真有詩集行于世，名曰《朱淑真斷腸詩》。劉後村多選其詩。

【弘注】賣笑倚門：出《貨殖傳》。富而可求，則市門可得而倚矣。凡編戶之民，富相什則卑下，百則畏憚之，千則役，萬則使，物之理也。夫用貧求富，農不如工，工不如商，繡紋不如倚市門。此言末業，貧者之資也。

【弘注】偷香故事詳見第一折【耍孩兒】五煞下。

【弘注】折桂：出《酉陽雜俎》。月中有桂，高五百丈。下有一人常斫之，樹創隨合，其人姓吳剛，西河人。學仙有過，謫令斫樹。

【起注】【徐音注】【徐參注】【陳注】【硃注】【魏注】【峒注】一納頭：是(徐音本、徐參本、為本無)元時鄉語。

【弘注】龍蛇字：出《翰墨》。晉王羲之，字逸少。善草書，如龍跳天門。稱者"飄若游龍，矯若驚鴻"。【範注】【羅注】【湯注】龍蛇字：出《翰墨》(羅本無"出《翰墨》")。晉王羲之，字逸少。善草書，筆勢如龍蛇。稱之曰"飄若游雲，矯若驚蛇"。【起注】【徐音注】【徐參注】【陳注】【秀注】【硃注】【魏注】【峒注】龍蛇字：晉王羲之善草書，筆勢如龍蛇。

【弘注】鴻鵠志：出《翰墨》，又《史記》。昔陳勝，少與人傭耕。輟耕之壟上，悵然曰："苟富貴，無相忘。"傭者笑。勝曰："燕雀安知鴻鵠之志哉？"【範注】【湯注】鴻鵠志：出《翰墨》。漢陳勝，少時與人傭耕。一日同人耕于壟上，悵然曰："苟富貴，無相忘。"傭者笑。勝曰："燕雀安知鴻鵠之志哉？"後至大夫。【羅注】【秀注】鴻鵠志：【秀眉】鵠，音谷。漢陳勝，少時與人傭耕。一日同人耕于壟上，悵然曰："苟富貴，無相忘。"傭伴笑之，勝曰："燕雀安知鴻鵠志哉？"後果至大夫。【起注】【徐音注】【陳注】【硃注】【魏注】【峒注】鴻鵠志：漢陳勝，少時與人傭（人傭，徐音本、峒本作"傭人"）耕。一日同人（徐音本、魏本、峒本作"衆"）耕于壟上，悵然久之（徐音本、峒本無"悵然久之"），曰："苟富貴，毋（徐音本、峒本作"無"，魏本作"無相"）忘此時。"耕者笑曰："若爲傭耕。安可富貴哉？"勝嘆息曰："嗟乎！燕雀安知鴻鵠之志哉？"【徐參注】鴻鵠志：陳勝嘗曰："燕雀焉知鴻鵠之志哉？"

【弘注】【範注】【羅注】【秀注】【湯注】玉堂：出《氏族》（出《氏族》，羅本作"《翰墨》"，秀本無）。蘇易簡（易簡，範本、湯本作"簡易"）爲學士（範本、羅本、秀本、湯本此處多"時"），宋太祖以玉堂之設，乃于紅綃（範本、羅本、秀本、湯本此處多"之"）上御（羅本作"玉"）書飛白四字，挂于玉堂之上，方知（羅本、秀本此處多"尊"）貴矣。【起注】【陳注】【硃注】玉堂：蘇易簡爲學士時，宋太祖御書飛白四字挂于玉堂之上。【徐音注】玉堂：蘇易簡爲學士，宋太祖御書飛白玉堂之署以賜之。【魏注】【峒注】玉堂：蘇易簡爲學士，宋太祖御書飛白玉堂之署四字，挂之堂中。

【弘注】【範注】【湯注】金馬：出《三輔黃圖》。武帝得大宛馬，以銅鑄像立于署門，因名金馬門。東方朔、嚴安、徐樂，皆待詔金馬門，即此。【羅注】金馬：《三輔黃圖》。漢武帝得大宛馬，以銅鑄像立于署門，因名金馬門。東方朔、嚴安、徐樂三人，待詔于金馬門，即此門也。【起注】【徐音注】【陳注】【秀注】【硃注】【魏注】【峒注】金馬：（秀本此處多"《三輔黃圖》。漢"）武帝得大宛馬，以銅鑄像立于署門，【秀眉】鑄，音住。因名（因名，徐音本作"名曰"）金馬門。

【弘注】【範注】【湯注】三學士：出《群書》。翰林院、弘文館、集賢院，各置學士署掌（署掌，範本、湯本作"以掌之"）。【羅注】三學士：翰林院、弘文館、集賢院，三處各置學士以掌之。【起注】【徐音注】【陳注】【硃注】

【魏注】【峒注】三學士：翰林院、弘文館、集賢院，各置學士掌之。

【弘注】【範注】【羅注】【秀注】【湯注】沈約病：出《氏族》，又《文選》（羅本無"出《氏族》，又"，秀本無"出《氏族》，又《文選》"）。沈約，字休文。少篤志，【羅眉】少，去聲。左目重瞳，聰敏過人。集書萬卷，久處端揆。有志臺司，梁武帝不用。求出外，不許，乃求（羅本、秀本作"致"）書陳情于徐勉，曰："老病百日瘦損，不堪金帶垂腰。"（羅本、秀本此處多"乞"）謝事求歸。【起注】【陳注】【硃注】【魏注】【峒注】沈約病：沈約久處端揆，有志臺司。致書陳情于徐勉曰："老病百日損瘦，不堪金帶垂腰。"故謝事求歸。【徐音注】沈約病：沈約典徐勉書曰："老病百日瘦損，不堪金帶垂腰也。"云云。【徐參注】沈約病：沈休文久處端揆，有志臺司，致書陳于徐勉，曰："老病百日瘦損，不堪金帶垂腰。"故謝事歸。

【弘注】【範注】【湯注】宋玉愁：出《書言》。宋玉，屈原弟子。憫惜其師以忠放逐，故作《九變》，悲屈原也。又作《神女》《高堂》二賦，皆寓言托興，有所諷也。【羅注】【秀注】宋玉愁：宋玉，屈原弟子。憫惜其師以忠放逐，故作《九辨》歌，悲愁以紓其憤懣之意。又作《神女》《高唐》二賦。皆寓言托興，有所諷也。【秀眉】諷，音捧。【起注】【徐參注】【陳注】【硃注】【魏注】【峒注】宋玉愁：宋玉，屈原弟子。憫惜其師以忠放逐，故作《九辨》歌，悲屈原。又作《神女》《高唐》二賦，皆寓言托興，有所諷也。【徐音注】宋玉愁：宋玉嘗作悲秋賦。

【弘注】【範注】【羅注】【湯注】有（羅本無）美玉于斯：出（羅本無）《論語》。子貢見孔子有道（範本、羅本、湯本無"有道"）不仕，故設言："有美玉于斯，將蘊之于匱而藏之乎？亦將待價而賣（範本、羅本、湯本作"沽"）之乎？"蓋比孔子也。

【起注】字音

鍼，音真，與針同。㦜，音胭。臉，音減。鬢，即鬢也。牋，音尖，即箋也。抹，音墨。澀，音色。滯，音治。慳，苦閑反。扎，查，入聲。嗤，音痴。倈，來，去聲。褶，音摺。袏，音至。妮，音尼。哎，呼帶切。

【徐音注】字音

鍼,針。懨,烟。鬢,鬘同。抹,墨。澀,色。慳,見。札,查,入聲。嗤,痴。俫,來,去聲。褶,摺。桎,至。妮,尼。哎,嗐。

【徐參注】字音

鬢,鬘同。澀,音色。嗤,音痴。俫,來,去聲。褶,音摺。桎,音至。妮,音尼。哎,呼帶切。

【陳注】【硃注】字音

鍼,真,與針同。懨,胭。臉,輦。鬢,鬘。牋,尖,即箋也。抹,墨。澀,色。滯,治。慳,苦閑反。札,查,入聲。嗤,痴。褶,摺。桎,至。妮,尼。俫,來,去聲。哎,呼帶切。

【魏注】字音

鍼,同針。懨,胭。鬢,即鬘字。牋,尖。抹,墨。澀,色。滯,治。慳,坑。札,查,入聲。嗤,痴。俫,來,去聲。褶,摺。桎,至。妮,尼。哎呼帶切。

【峒注】字音

鍼,真,與針同。懨,胭。鬢,即鬘也。牋,尖,即箋也。抹,墨。澀,色。滯,治。慳,苦閑反。札,查,入聲。嗤,痴。俫,來,去聲。褶,折。桎,至。妮,尼。哎,呼帶切。

第二折①

（旦上云）② 紅娘伏侍老夫人，不得空，③ 偌早晚敢待來也。④

---

① 第二折：範本、龍本作"第十齣　玉臺窺簡"，羅本作"第十齣"，屠本作"新刊合并王實甫西廂記卷下，赤水屠隆長卿父校正，樂天周居易子平父校梓，第十一折"，繼本、容本、起本、虎本、陳本、秀本、硃本、湯本、湯沈本、封本作"第十齣　妝臺窺簡"，徐畫本作"第二套　妝臺窺簡"，徐音本、徐參本作"妝臺窺柬"，驥本作"二套（今本第十折）省簡"，何本作"窺簡"，天李本作"妝臺窺簡"，六幻本作"三之二　妝臺窺簡"，三合本作"第二套　窺簡"，魏本、峒本作"第十齣　妝臺窺柬"，毛本作"第十折　鬧簡"，潘本作"第二折　妝臺窺簡"。
② 徐畫本、徐音本、三合本、潘本此處多："天欲曉，殘漏穿花聲繚繞；夢斷枕幃空悄悄，泪花落枕紅綿小。"
③ 紅娘伏侍老夫人，不得空：紅娘，弘本、羅本、延本無；老夫人，三合本、潘本作"夫人"；不得空，羅本、屠本、容本、起本、徐參本、虎本、何本、陳本、秀本、硃本、延本、天李本、湯本、三合本、魏本、峒本、封本、毛本、潘本作"不得空便"。繼本、六幻本、湯沈本作"着紅娘去探張生"，徐畫本、徐音本作"伏侍夫人，不得空便"，驥本作"伏侍老夫人，不得空便"。張本無。
④ 偌早晚敢待來也：偌，徐畫本、徐音本、驥本、延本、張本作"紅娘這"，三合本、潘本作"這"，六幻本無。繼本、湯沈本無。羅本、繼本、屠本、容本、起本、徐畫本、徐音本、徐參本、驥本、虎本、何本、陳本、秀本、硃本、延本、張本、天李本、六幻本、湯本、湯沈本、三合本、魏本、峒本、封本、毛本、潘本此句後多"起得早了些兒"。

【秀眉】偌，音熱。偌字乃北人鄉語。困思上來，再睡些兒咱①。（睡科)②【容眉】【湯眉】【魏眉】【峒眉】嬌態。【徐參眉】是個相思態。【三合眉】嬌態，軟哈哈。（紅上云）奉小姐言語，去看張生，③ 因伏侍老夫人④，未曾回小姐話去⑤。不聽得聲音⑥，敢又⑦睡哩。我入去看一遭。⑧【容眉】【湯眉】關目好。【徐畫珠眉】好關目。

【中呂】【粉蝶兒】風靜簾閑，透【湯沈旁】一作"繞"。紗窗

---

① 再睡些兒咱：再，羅本、繼本、屠本、容本、起本、徐參本、虎本、何本、陳本、秀本、硃本、天李本、六幻本、湯本、湯沈本、魏本、峒本、毛本作"我再"。徐畫本、徐音本、驥本、延本、三合、潘本作"我再睡些咱"，張本作"俺再睡些咱"。
② （睡科）：羅本、繼本、屠本、容本、徐參本、驥本、虎本、何本、陳本、秀本、硃本、延本、天李本、六幻本、湯本、湯沈本、魏本、峒本、毛本無。
③ 徐畫本、徐音本、張本、三合本、潘本此處多"取得一封書來"。
④ 因伏侍老夫人：老夫人，屠本、容本、起本、徐參本、虎本、何本、陳本、秀本、硃本、天李本、湯本、魏本、峒本作"夫人"。羅本作"却伏侍夫人"，繼本、六幻本、湯沈本作"却纔伏侍了夫人"，驥本、延本作"却伏侍了老夫人"。張本無。
⑤ 未曾回小姐話去：未曾，羅本、繼本、驥本、延本、六幻本、湯沈本無；去，秀本、封本無。徐畫本、徐音本、三合本、潘本作"不曾回得小姐話，今早回他話去"，張本作"回他話去"。
⑥ 不聽得聲音：聲音，徐畫本、徐音本、驥本、延本、三合本、潘本作"小姐聲音"。張本作"呀，不聽得小姐聲音"。
⑦ 又：徐畫本、徐音本、張本、三合本、潘本作"還"。
⑧ "（旦上云）紅娘伏侍老夫人"至"我入去看一遭"：我入去看一遭，驥本、延本作"我入去看他一遭也"，秀本作"我去看他一遭"，張本作"俺入去看他一遭"。範本、龍本作："（鶯上云）天欲曉，殘漏穿花聲繚繞；夢斷枕幃空悄悄，淚花落枕紅綿小。身子困懶，殘睡未醒，且再睡些兒。（作睡科）（紅上云）憑將宋玉高唐賦，寄與巫山窈窕娘。昨日小姐着俺探望張生，取得一封書來。因伏侍老夫人，不曾回得小姐話。今早回他話去，繡户還不開，敢還睡哩。我入去看一遭，綠窗睡起遲遲日，紫燕啼殘寂寂春。"屠本作："（紅上云）昨日奉小姐的言語，去看張生。恰纔伏侍了夫人，且去回他話來。呀，只見繡房門兒兀自謹謹閉着。正是：綠窗睡起遲遲日，紫燕啼殘寂寂春。"繼本、徐畫本、徐音本、張本、六幻本、湯沈本、三合本、潘本此句後多"綠窗睡起遲遲日，紫燕啼殘寂寂春"。

麝蘭①香散，啓朱扉搖響雙環。【延旁】妙！妙！【硃眉】好！【三合眉】濃艷婉麗，周昉《仕女圖》亦不過如此。絳臺高，金荷小，銀釭【湯沈旁】音江。猶燦。【羅眉】釭，音江。【繼眉】晏叔原詞："今宵剩把銀釭照。"釭，古亦作"虹"。李長吉詩："飛燕上簾鉤，曉虹屏中碧。"亦謂貴人晏眠，而曉燈猶在釭也。【田補眉】妙！【封眉】釭，與"缸"不同。缸，甕也，俗多誤。比及將②暖帳輕彈，先揭起這梅紅羅③軟簾偷看。④【容眉】【湯眉】好！【田補眉】元時上表箋，以梅紅羅綾封裏，蓋當時所尚。【湯沈眉】首三曲濃艷婉麗，委曲如畫，周昉《仕女圖》亦不過此。釭，古亦作"虹"。李長吉詩："飛燕上簾鉤，曉虹屏中碧。"亦謂貴人晏眠，而晚燈猶在釭也。【三合眉】紅娘也要作賊。【驥夾】【延夾】釭，音姜，與"缸"不同。【六幻夾】釭，音姜，燈也，與"缸"不同。俗字音俱誤。【潘夾】由窗外入房門，由入門見房內，由房內至榻前，由榻前啓羅帳，凡添香、換履、啓帳、吹燈，皆貼緊侍兒職也。曲曲寫來，嬌女深閨春曉，及侍兒惜玉憐香，種種情況，俱宛然可想。輕彈、偷看，惟恐驚覺雙文也，有多少小心次候處，更有多少深心愛護處。紅之殷勤，亦于此可見一斑。

【醉春風】則見他釵嚲【繼旁】音朵。玉橫斜⑤，【凌旁】朱本作"斜橫"。【延旁】妙。【羅眉】則，入聲。髻偏雲亂挽。日高猶自不明

---

① 透：徐畫本、徐音本、驥本、延本、張本、三合本、毛本、潘本作"繞"。麝蘭：範本、龍本、徐參本、魏本、峒本作"蘭麝"，何本作"一蘭"。
② 比及將：徐畫本、徐音本、驥本、延本、張本、三合本、潘本作"將這"。
③ 先揭起這：羅本、屠本作"先揭起"，徐畫本、徐音本、延本、張本、三合本、潘本作"揭起"。梅紅羅：張本作"海紅羅"。
④ 範本、龍本、徐畫本、徐音本此處多"（紅云）姐姐緣何這般模樣"，三合本同，但無"（紅云）"。
⑤ 則見他：驥本、延本、張本作"則見"。橫斜：弘本、羅本、繼本、容本、起本、徐畫本、徐音本、驥本、虎本、何本、陳本、秀本、硃本、延本、張本、天李本、湯本、三合本、魏本、峒本、封本、毛本、潘本作"斜橫"。

眸①，【田補眉】《洛神賦》："明眸善睞。"【凌眉】明眸，開目也。本無可疑，王謂語費力而改爲"凝"，何謂？且既以注視解"凝"，而又曰朦朧未開，不注視與朦朧亦遠。**暢好是懶，懶。**②【謝眉】"懶"字，作二句韵。【湯沈眉】鬌，音朵，下垂貌。橫斜，徐作"斜橫"。明眸，方作"凝眸"。"暢好"字，見前注。（旦做起身長嘆科）（紅唱）③ **半晌抬身，幾回搔耳，一聲長嘆。**【潘旁】我見猶憐。【範眉】【龍眉】模寫困鬱之狀宛然。【羅眉】一，音已。長，音昌。【容眉】【砯眉】畫。【起眉】李曰：大是嬌淫豐度。本自《離騷》："既含睇兮又宜笑，子慕余兮善窈窕。"變化而調成之者也。妙在意，不在象。【徐畫眉】【田眉】【延眉】妙。【徐音眉】狀鶯之懶之恨，字字生活。【陳眉】便是個會真像。【秀眉】摹寫困鬱之狀宛然。【張眉】第一二句俱少一字。第四句俗失三字。【三合眉】我見猶憐，何況小張。【魏眉】【峒眉】大是嬌淫丰度，妙在意，不在象。【驥夾】【延夾】鬌，音朵。凝眸，一作"明眸"。【毛夾】鬌，音朵。此一折絕大關鍵，首二曲寫鶯初起時，是曉閨之絕艷者。"風靜"二句，相承語，惟"風靜"故"簾閑"，惟"簾閑"故"香繞"。此從外看入者，故以"啓朱扉"承之。絳臺、金荷，承燭盤也，既曉而"銀釭猶燦"者。閨房多停燭，猶吳宮詞"見日吹紅燭"也。彈，即揭也，將彈暖帳，先揭軟簾，亦漸入次第也。"玉斜橫"則"釵鬌"，"雲亂挽"則"髻偏"，日高而目未明，故懶，然統是意中語。今或以"暢好懶"爲向鶯語，爲鶯怒之由，則不知紅當日何以必唱【醉春風】曲，使鶯得聞也。《洛神賦》"明眸善睞"，"不明眸"以朦朧言。"半晌"三句，亦祇是懶，而繼以長嘆，則其情可知耳。參釋曰：梅紅羅軟簾，以梅紅之羅爲之。《翰墨全書》載：元時上箋表

---

① 明眸：驥本、延本作"凝眸"。
② 暢好是懶懶：暢好是，範本、龍本作"姐姐你暢好是"，驥本、延本作"你好"，張本作"暢好是那"，毛本作"暢好"。徐畫本、徐音本、三合本、潘本作"好懶懶"。徐參本作"暢好是你你"。
③ （旦做起身長嘆科）（紅唱）：封本作"（鶯轉身嘆科）（紅）"。弘本、羅本、屠本、容本、起本、徐參本、驥本虎本、何本、陳本、秀本、砯本、延本、天李本、湯本、湯沈本、魏本、峒本、毛本無。

者，以梅紅羅單綾封裹，即此。【潘夾】"則見他"三字，緊承"偷看"二字說，下"懶懶"二字，寫出綉戶春深，海棠未足來。"半晌抬身"三句，猶然懶也，一種春睡懵懂，神思恍惚景象，宛然在目。崔之多情亦于此可見一斑。

我待便將簡帖兒①與他，恐俺小姐有許多假處哩②。我則將這簡帖兒放在③妝盒兒上，看他見了說甚麼。（旦做照鏡科見帖看科）④【容眉】【徐畫珠眉】【陳眉】【湯眉】關目好。【徐參眉】一片心事安排做得。

【普天樂】（紅唱）曉⑤妝殘，烏雲軃⑥，【繼眉】軃，音朵。下垂貌。【凌眉】"軃"字是歌戈，非寒山，然舊本皆然，豈亦可借音"挕"耶？寒山中多"擲、憚"等字。古字偏旁同者皆可叶，如"旂"字叶斤，"輝"字

---

① 我待便：陳本、硃本、湯本作"我待"，六幻本作"（紅云）俺小姐心多，便"。簡帖兒：驥本、延本、毛本作"這簡帖兒"。
② 恐俺小姐有許多假處哩：小姐，毛本作"姐姐"；許多，弘本、羅本、湯沈本作"多少"。驥本、延本作"俺小姐有多少假意哩"，六幻本作"有多少撒假哩"。
③ 我則將這簡帖兒放在：我則將，驥本、延本作"我將"；放在，繼本、屠本、容本、起本、徐參本、虎本、何本、陳本、秀本、硃本、天李本、湯本、魏本、峒本、毛本作"悄悄放在"。封本作"我則悄悄的放在"。
④ "我待便將簡帖兒與他"至"（旦做照鏡科見帖看科）"：（旦做照鏡科見帖看科），羅本作"（鶯睡起對鏡得柬看科）"，繼本同，但"對鏡得簡"作"臨鏡得柬"；延本、湯沈本、毛本同，但"睡起"作"做"，"得柬"作"見柬"；屠本、起本、虎本、何本、秀本、天李本作"（鶯睡起得簡看科）"，容本、陳本、硃本、湯本、魏本、峒本作"（鶯睡起得簡帖科）"，六幻本作"（鶯做對鏡見簡看科）"，封本作"（放下躲過偷覷科）（鶯起照鏡看簡科）"。徐參本無"說甚麼"，科介作"（鶯起看柬帖科）"。此段道白及科介，範本、龍本、徐畫本、徐音本、三合本作："（紅云）俺小姐心多，把這簡帖兒就遞與他，他定然撒假。我把來放在妝盒兒裹，等他見了作甚麼。（鶯整妝見帖看科）（紅偷覷者）（鶯云）這是那裏來的？"張本同，但"我把來"作"俺將來"，"作甚麼"作"說甚麼"，無"（鶯云）這是那裏來的"；潘本同，但"我把來"作"我將來"，"作甚麼"作"說甚麼"。屠本作："（紅云）這簡帖兒我待當面與他，又恐怕他女孩兒家害羞。且放在妝盒兒裹面，看他見了說些甚麼。（鶯做睡醒臨鏡及看簡科）。"
⑤ 曉：弘本、羅本、繼本、屠本、容本、起本、徐畫本、徐音本、徐參本、驥本、虎本、何本、陳本、秀本、硃本、延本、張本、天李本、六幻本、湯本、湯沈本、三合本、封本、毛本、潘本作"晚"。
⑥ 軃：驥本、延本、六幻本、毛本作"散"，張本作"揮"，封本作"嶂"。

叶軍之類。然詞家未聞有之。王改爲"散"，是韵非舊本，不敢從。王伯良曰：《緋衣夢》"睡起來雲鬢兒覺偏觶，插不定秋色玉連環"，則"觶"或又作"殫"音耶？【張眉】觶，北方言，不整齊之謂。訛"觶"，失韵，亦作"散"。【封眉】幝，音灘，敝貌。時本誤作"觶"。《詩》"檀卓幝幝"。徐廣曰：車弊則木連，及韋革金樽飾，皆起若敗巾，故從巾。此蓋言睡起妝殘，而髮巾鬆緯也。

輕匀了粉臉①，**亂挽起雲鬟**②。【範眉】【龍眉】大是嬌淫丰度。【徐音眉】"亂挽起"句，是見書而罷也。【湯沈眉】觶，朱本作"散"。臉，方作"面"。晨而曰"晚妝"，宿妝未經梳洗也。前"雲亂挽"，此"烏雲觶"及"亂挽起雲鬟"，稍重。**將簡帖兒拈**【凌旁】"拈"字元不用韵，非犯簾纖也。，**把妝盒兒按，開拆**③【凌旁】俗作"拆開"，非也。第二字宜仄。**封皮孜孜看**【潘旁】心中何其歡喜。，【羅眉】皮，音陪。【秀眉】孜，音茲。【封眉】即空主人曰："拈"字原不用韵，非犯簾纖也。又曰：俗本作"拆開"，非也，第二字宜仄。**顛來倒去不害心煩**。【張眉】第八句多一字。（旦怒叫）紅娘！④【容旁】【徐畫旁】【田旁】假得妙！【陳旁】假處。【潘旁】假意。（紅做意云）⑤ 呀！決撒了也！⑥ **厭的早**⑦**扢**【湯沈旁】音蓋。**皺了黛**

---

① 匀：魏本作"勾"。粉臉：驥本、延本作"粉面"。
② 雲鬟：封本作"鴉鬟"。
③ 開拆：弘本、範本、龍本、羅本、繼本、屠本、容本、起本、徐畫本、徐音本、徐參本、驥本、虎本、何本、陳本、秀本、硃本、延本、張本、天李本、六幻本、湯本、湯沈本、三合本、魏本、峒本、毛本、潘本作"拆開"。
④ （旦怒叫）紅娘：屠本、徐畫本、徐音本、張本、三合本、潘本作"（鶯怒科）"，繼本作"（鶯怒叫紅科）"。
⑤ （紅做意云）：羅本、繼本、屠本、湯沈本作"（紅云）"，容本、起本、虎本、何本、陳本、秀本、硃本、天李本、湯本、魏本作"（紅上慌云）"，徐參本作"（紅慌云）"，峒本作"（紅慌上云）"，封本作"（紅做慌云）"。
⑥ "（旦怒叫）"至"決撒了也"：驥本、延本、毛本無。
⑦ 厭的早：弘本、羅本作"俺厭的"，範本、龍本、屠本、徐畫本、徐音本、張本、湯沈本、三合本、封本、潘本作"則見他厭的"，繼本作"則見他厭的波"，容本、起本、徐參本、虎本、何本、陳本、秀本、硃本、天李本、湯本、魏本、峒本作"則見他俺厭的"，驥本、延本、毛本作"則見厭的"。

眉。【秀眉】扢皺,音革奏。(旦云)小賤人,不來怎麼!(紅唱)①忽的波②低垂了粉頸,氲的呵改變了③朱顏。【徐畫眉】【田眉】【延眉】"晚妝殘"三句,以昨晚之妝已殘而梳洗。"亂挽起"句,是見書而罷也。不害心煩,言不以費心爲害也。"厭的"句,是見書不悅。"忽的"句,是想此事,明與紅言耶?抑瞞紅耶?"氲的"句,畢竟自不認錯。【徐參眉】此是鶯鶯伎倆,紅娘必識。【張眉】此處"了"字皆已然之詞,雖襯字,却去不得。【三合眉】却要如此做做。【魏眉】【峒眉】好嬌才,好老奸。【封眉】"厭的""忽的""氲的"下,時本多妄增字。【驥夾】【延夾】散,上聲。扢,音蓋。【毛夾】不曰"曉妝"而曰"晚妝",以宿妝未經理也。前言"雲亂挽",髻偏故也。此言"烏雲散",則髻解將理矣。又曰"亂挽起雲鬟",則因見簡帖而又倉卒綰結也。此正模畫入阿堵處,而不知者以爲重複,何也?湯若士曰:"則見"三句,遞伺其發怒次第也。皺眉,將欲決撒也;垂頸,又躊躇也;變朱顏,則決撒矣。參釋曰:此秘寫其見簡之狀也。"則見"三句,亦用董詞"低頭了一晌,讀了又尋思"諸語。【潘夾】"撒假"二字,是雙文一生性子,被紅娘鶻眼拈出。【普天樂】一闋自作兩截寫,"不害心煩"以上,言其心中實喜。"扢皺眉黛"以下,乃言其外面妝喬。皺眉是打算,垂頸是沉思,變顏方是做出。三句有無數轉關,此事如何應付,還是認真認假,低頭一算,便決計撒起假來。不但一時撒假,并寫回書的意思,此時已算到了。此事畢竟是紅娘不是,他明明使你去,你自該明明覆他。將書暗投妝盒,自家反立在野裏閑看,未免弄乖使巧。雙文此時即欲開心見意,能不爲小妮子所忽笑?便尋思一計,他當面做個鬼過關,我也當面使個仙人跳,落得將他打個下馬威,仍要罰他做個星趕

---

① (旦云)小賤人,不來怎麼!(紅唱):不來,容本、起本、徐參本、虎本、何本、陳本、秀本、碛本、天李本、湯本、魏本、峒本、封本作"還不來"。繼本、屠本、徐畫本、徐音本、驥本、延本、張本、六幻本、三合本、毛本、潘本無。
② 忽的波:屠本、徐畫本、徐音本、驥本、延本、張本、六幻本、湯沈本、三合本、封本、毛本、潘本作"忽的"。羅本無。
③ 氲的呵:羅本作"氲的可",屠本、徐畫本、徐音本、驥本、延本、張本、六幻本、湯沈本、三合本、封本、毛本、潘本作"氲的"。改變了:魏本、峒本作"改變的"。

月。紅娘十二分尖酸，小姐偏廿四分狡獪，看他兩個便鬥出無數法來。

（旦云）①小賤人，這東西那裏將來的②？【三合眉】天喜星送來的。我是相國的小姐③，誰敢將這簡帖來④戲弄我？【潘旁】虧你出得口來。【陳眉】那也是張尚書的公子。【湯沈眉】喬舌！我幾曾慣看這等東西⑤？告過夫人⑥，打下你個⑦小賤人下截來？【容眉】【硃眉】【湯眉】也要如此做一做。【徐畫珠眉】也要如此做一場。【田補眉】純乎賈語。（紅云）⑧小姐使將我去⑨，他着⑩我將來，我不⑪識字，知他寫着甚麼？⑫【容旁】妙！【容眉】【徐畫珠眉】推到他身上，高！【湯眉】妙！【湯沈眉】利口！

【快活三】分明是你⑬過犯，沒來由把我⑭摧殘；使別人

---

① （旦云）：毛本作"（旦兒怒云）"。
② 將來的：張本作"來的"。
③ 相國的小姐：範本、龍本作"相國之女"。
④ 這簡帖來：弘本、羅本、繼本、屠本、容本、起本、徐畫本、徐音本、驥本、虎本、何本、陳本、秀本、硃本、延本、張本、天李本、六幻本、湯本、湯沈本、三合本、潘本作"這簡帖兒來"，範本、龍本作"這簡帖"，徐參本、魏本、峒本作"這柬帖兒"，封本作"這樣帖兒來"，毛本作"這簡帖兒"。
⑤ 我幾曾慣看這等東西：這等，秀本、張本作"這"。範本、龍本無。
⑥ 夫人：範本、龍本作"夫人行"，毛本作"老夫人"。
⑦ 你個：範本、龍本作"你的"。
⑧ （紅云）：封本作"（向紅擲簡紅拾科，云）"。
⑨ 小姐使將我去：將，徐畫本、徐音本、張本、三合本、潘本無。範本、龍本作"因姐姐使我將去"，驥本、延本作"小姐你使我去來"。
⑩ 着：範本、龍本作"使"。
⑪ 不：範本、龍本、繼本、屠本、容本、起本、徐畫本、徐音本、徐參本、驥本、虎本、何本、陳本、秀本、硃本、延本、張本、天李本、湯本、三合本、魏本、峒本、封本、毛本、潘本作"又不"。
⑫ "（旦云）小賤人，這東西那裏將來的"至"知他寫着甚麼"：甚麼，羅本作"甚麼哩"，驥本、延本作"甚麼哩也"。此段道白及科介，屠本作："（鶯云）紅娘，這東西是那裏的？（紅云）姐姐，甚麼東西？（鶯云）小賤人，你還強口哩。這簡帖兒是你將來的，我扯你告夫人去。（紅云）因姐姐使我看張生，他着我帶來的。"範本、龍本此句後多"早是我放在粧盒哩，你還撇清哩。到要告過夫人，若遞在你手，正好罵哩"。
⑬ 你：屠本作"你的"。
⑭ 把我：範本、龍本作"將我"，屠本作"把人"。

【凌眉】別人，紅自指，今俗猶有此語。顛倒惡心煩，即無頭惱、不耐煩之意。王謂使我去而顛倒作惱，恐未是。**顛倒惡心煩。**① 【羅眉】來，音賴。由，音憂。惡，音袄。**你不"慣"，誰曾"慣"?**【砆旁】【湯旁】没得說。【徐畫眉】【田眉】【徐音眉】【延眉】妙！妙！【田補眉】言你不曾看慣，我亦不曾寄慣，似乎直指鶯說，謬甚。【徐參眉】一轉語便將鶯鶯調弄。【陳眉】【砆眉】一轉語便將鶯兒玩弄掌股之上。【秀眉】此紅娘將鶯鶯指實也。【凌眉】"你不慣"三字，即以鶯白語而反詰之，非直言鶯慣也，極明白。王謂鶯原不真慣，而解爲你不慣看，我不慣寄，穿鑿甚。【湯沈眉】惡，去聲。慣，應白：幾曾慣來?【魏眉】一轉語便將鶯兒調弄。【峒眉】一轉語便將鶯鶯調弄。【容夾】没得說。【驥夾】【延夾】惡，去聲。【毛夾】惡，去聲。使我去，是"過犯"也。顛倒，只作"反"字看，要使別人反憚煩耶？你固不慣，誰則曾慣耶？此頂賓白"慣"字來。惡，即好惡之"惡"，古樂府"中心靡煩"，《切膾旦》劇"你却便引得人來心惡煩"。參釋曰："你不慣"句，不斷而意斷，勿一氣下。不然，似鶯真慣矣。王解爲鶯不慣看，紅不慣寄，增出二字，又非語氣。

　　姐姐休鬧，比及你對夫人②**說呵，我將這簡帖兒**③**，去夫人行出首去來**④**！**【潘旁】妙，妙。此先着也。【羅眉】行，音杭。首，去聲。（旦做揪住科）**我逗**⑤**你耍來。**【容夾】【湯夾批】露出本來面目。【砆眉】露出

---

① 範本、龍本此處多"（鶯云）我幾曾慣曉此事來?（紅唱）"，屠本此多"（鶯云）我幾曾做慣這事"。
② 比及你對夫人：你對，魏本作"對你"。驥本、延本、毛本作"比及姐姐對老夫人"。
③ 我將這簡帖兒：我將，毛本作"我先將"；簡帖兒，羅本作"柬帖兒"。驥本、延本作"我先將這柬帖兒"。
④ 去夫人行出首去來：夫人行，驥本、延本、毛本作"老夫人行"，封本作"夫人行先"。範本、龍本、徐畫本、徐音本、張本、三合本、潘本作"先到夫人行出首去"，羅本作"去夫人行出首來"，容本、起本、徐參本、虎本、何本、陳本、秀本、砆本、天李本、湯本、魏本、峒本作"去夫人行先出首來"。
⑤ 逗：徐畫本、徐音本、驥本、延本、張本、三合本、毛本、潘本作"假逗"。

本來面目。妙甚!【三合眉】羞!羞!(紅云)放手①,看打下下截來!【容旁】【湯旁】妙!【徐畫珠眉】好關目。【潘夾】即將"慣"字劈面翻來,使小姐對口無言。復將出首夫人一劫,使小姐急無應着,不得不把真情畢露。先被他鬥出一法,紅娘輸了雙帖,小姐幾乎無梁。(旦云)②張生兩日如何③?(紅云)④我則不說。【容旁】【湯旁】【三合旁】【陳眉】妙!(旦云)好姐姐,你說與我聽咱!⑤【容眉】【湯眉】關目好。

【朝天子】(紅唱)張生近間⑥、面顏,瘦得來⑦實難看。【謝眉】面顏,兼上句者爲是。【羅眉】得,音的。來,音賴。不思量⑧茶飯,【凌眉】"思量"句,王謂連下七字句,而此四字二句爲變體,非也。乃襯一字耳。怕見動憚⑨;【張眉】俗訛"飯"爲韻,添字作兩句,非。【封眉】憚,時本誤作"憚"。曉夜將佳期盼,廢寢忘餐。黄昏清旦,望東牆淹泪眼。【三合旁】可憐!【範眉】【龍眉】所謂冷語剩言,傳情篤

---

① 放手,潘本作"放下手"。
② 容本、起本、虎本、何本、陳本、秀本、硃本、天李本、湯本、魏本、岣本、封本、毛本此處多"紅娘"。
③ 兩日如何:兩日,弘本、羅本、繼本、容本、起本、徐參本、虎本、何本、陳本、秀本、硃本、天李本、六幻本、湯本、湯沈本、岣本作"近日",封本作"這兩日",徐畫本、徐音本、張本、三合本、潘本作"近日病體",驥本、延本、毛本作"近日病勢"。魏本作"近日何如"。
④ (紅云):弘本、羅本、繼本、容本、起本、徐參本、虎本、何本、陳本、秀本、硃本、天李本、湯本、湯沈本、魏本、岣本作"(紅背云)",徐畫本、徐音本、張本、三合本、潘本作"(紅背科)",封本、毛本作"(紅背科云)"。
⑤ "姐姐休鬧"至"你說與我聽咱":你說與,驥本、延本、毛本作"你試說與",張本作"你說",潘本作"說與";咱,天李本作"着"。屠本作:"(紅云)我將這簡帖兒,夫人前出首去!(鶯云)好姐姐,我逗你耍子兒。(紅云)姐姐,我也是諕你耍子兒。(鶯云)張生近日病體如何?(紅云)他的身子連日十分沉重。"
⑥ 張生近間:徐畫本、徐音本、驥本、延本、張本、三合本、毛本、潘本作"近間"。
⑦ 瘦得來:張本作"瘦得"。
⑧ 不思量:張本作"不思"。
⑨ 怕見動憚:見,張本無;憚,封本作"揮",毛本作"彈"。

至。【羅眉】黄，音荒。墙，音槍。【起眉】王曰：冷語刺人，透入心骨。【徐音眉】又畫出張生來。【秀眉】提起東墙，方顯出西廂來意。【湯眉】【容夾】説得可憐。（旦云）請個好太醫看他證候咱①。【陳眉】郎中藥包内，恐無這一味妙藥。【硃眉】你便是大藥王。郎中藥包内，恐無這一味妙藥。【三合眉】你便是好太醫。【容夾】【湯夾評】你便是大藥王。（紅云）他證候吃藥不濟②。病患③、【凌旁】作"平"。要安，【封眉】時本作"患病"，非。患，平聲作句，音還。則除是出幾點④風流汗。【三合旁】怎麼樣出？【羅眉】則，音自。【徐畫眉】【田眉】【延眉】妙，妙！【田補眉】"黄昏清旦"與"曉夜"，字似重。【徐參眉】對症開方，藥到即愈。【魏眉】【峒眉】妙句。【容夾】【湯夾批】怎麼樣出？【潘夾】紅娘對病發藥，便是扁鵲復生。後日雙文藥方，遂從此語參出。

（旦云）紅娘，不看你面時⑤，我將與老夫人看⑥，看他有何面

---

① 請個好太醫看他證候咱：請，弘本、羅本、繼本、容本、起本、徐畫本、徐音本、虎本、何本、陳本、秀本、硃本、六幻本作"唤"；看他，徐畫本、徐音本、三合本作"看"。屠本作"怎麼不請個太醫來看"，徐參本作"没個好太醫看他證候者"，張本作"唤一個好太醫看證候咱"，毛本作"唤個太醫看他證候也好"，潘本作"唤個好太醫看證候咱"，驥本、延本無。

② 他證候吃藥不濟：吃藥，徐參本作"吃了"。範本、龍本作"他這病吃藥無效"，屠本作"藥也不濟"，徐畫本、徐音本、張本、三合本、潘本作"他證候吃藥也無效"，毛本作"看什麽證候"，驥本、延本無。

③ 病患：屠本作"這病患"，容本、徐參本、湯本、魏本、峒本作"患病"。

④ 則除是：徐畫本、徐音本、驥本、延本、張本、三合本、毛本、潘本無。幾點：屠本作"幾點兒"。

⑤ 時：弘本、羅本、繼本、容本、起本、驥本、虎本、何本、陳本、秀本、延本、天李本、湯本、湯沈本、魏本、峒本、封本、毛本作"呵"。

⑥ 老夫人看：弘本、羅本、繼本、容本、起本、徐參本、虎本、何本、陳本、秀本、天李本、湯本、湯沈本、魏本、峒本作"夫人"，封本作"夫人看"。

目①見夫人！雖然我家虧他，②只是兄妹之情③，焉有外事④。紅娘，早是你口穩哩⑤，若別人知呵⑥，甚麼模樣！⑦【潘旁】偏要使乖，真人前說甚假話。（紅云）你哄着誰哩，【潘旁】更乖。你把這個餓鬼，弄的他⑧七死八活，却要怎麼？⑨【徐畫夾】妙極，妙極！紅娘誠言語之善者。【封眉】時本此白誤置【四邊靜】後。

【四邊靜】怕人家調犯⑩，【湯沈旁】一作"泛"。【範眉】【龍眉】【繼眉】調犯，是鄉語，猶云不穩貼。【虎眉】犯，一作"泛"，似是而非。【秀

---

① 有何面目：弘本、羅本、繼本、容本、起本、徐參本、驪本、虎本、何本、陳本、秀本、延本、天李本、湯本、湯沈本、魏本、峒本、封本、毛本作"有甚麼面顏"。
② "紅娘，不看你面時"至"雖然我家虧他"：我家虧他，羅本作"我家待他"，繼本、容本、起本、徐參本、虎本、何本、陳本、秀本、天李本、湯本、魏本、峒本、毛本作"我着你看他"，驪本、延本作"我一家虧他"。範本、龍本、徐畫本、徐音本、硃本、張本、六幻本、三合本、潘本無。封本此句後多"我着你看他"。
③ 只是兄妹之情：範本、龍本、徐畫本、徐音本、張本、六幻本、三合本、潘本作"我和張生只是兄妹之情"。硃本無。
④ 焉有外事：範本、龍本、徐畫本、徐音本、張本、六幻本、三合本、潘本作"那有外事"。硃本無。
⑤ 哩：硃本作"來"。
⑥ 知呵：徐畫本、徐音本、張本、六幻本、三合本、潘本作"知道"，硃本作"知道呵"。
⑦ "紅娘，不看你面時"至"甚麼模樣"：甚麼模樣，硃本作"成何家法"，并于此後多"今後他這般的言語，你再也休題。我和張生只是兄妹之情，有何別事？（紅云）是好話也呵"。屠本無。弘本、羅本、繼本、容本、起本、徐參本、驪本、虎本、何本、陳本、秀本、延本、天李本、湯本、湯沈本、魏本、峒本、毛本將此段道白科介移在【四邊靜】曲後。
⑧ 弄的他：徐畫本、徐音本、六幻本、三合本、潘本作"弄的"。
⑨ "（紅云）你哄着誰哩"至"却要怎麼"：張本作"（紅）你哄誰哩，你把個餓鬼，弄的七死八活，却要怎麼"，封本作"（紅云）你哄誰哩"。弘本、羅本、繼本、屠本、容本、起本、徐參本、驪本、虎本、何本、陳本、秀本、硃本、延本、天李本、湯本、湯沈本、魏本、峒本、毛本無。
⑩ 犯：範本、龍本、屠本作"泛"。

眉】調犯，猶云不穩貼。"早共晚夫人見些①破綻，你我②何安。"問甚麼他遭③危難？擯斷得④上竿，掇了⑤梯兒看。【徐畫眉】【田眉】此下五套，曲盡人情。妙，妙！人家，即伊家、他家之謂。問甚，是"管"字意，言你執拗不成就，恐怕他家調犯不已。萬一夫人見些破綻，則必累及張矣，而你我何安哉？苟有此事，皆你拿班做勢以至此也。我之要你與他成就，省得他犯出此樣，累及你我，豈是管張危難耶？今你既不肯矣，却叨叨在此問他甚病，勢之危難也。"擯掇"二句，又言鶯不管張危難，而弄他意。危難，即上文所云病症。【徐音眉】小紅之心，大是惻隱。【凌眉】即把鶯白中意敷演幾句，言如此怕人，怕夫人又問他危難，怎的哄人上了竿，去了梯兒便是。蓋恨鶯拿班，而反言以誚之也。"早晚"二句，亦體鶯意中語，如白所云"將與老夫人看""看他有甚面顏"之謂也。徐、王之解，俱費力甚。調犯，即調舌；擯斷，即擯掇。【延眉】人家，即伊家、他家之謂。問甚，是"管"字意，言你執拗不成就，恐怕他家調犯不已。萬一夫人見些破綻，則必累及張矣，而你我何安哉？苟有此事，皆你拿班做勢以至此也。我之要你與他成就，省得他犯出此樣，累及你我，豈是管張之危難耶？今你既不肯矣，却叨叨在此問他甚病，勢之危難也。"擯掇"二句，又言鶯不管張危難，而弄他意。危難，即上文所云病患。【張眉】撒，亦作"掇"。【湯沈眉】此下五套，曲盡人情。妙，妙！人家，指張生言。調犯，鄉語，猶言調戲也。擯斷，即斷送之意。【魏眉】擯，呂官反。【驥夾】【延夾】難，去聲，後同。擯，粗酸反。【毛夾】

---

① 早共晚夫人見些：夫人，屠本作"夫人行"。徐畫本、徐音本、驥本、延本、三合本、潘本作"若早晚夫人見些"，張本同，但無"些"字；碌本作"早晚怕夫人行"。

② 你我：碌本作"只是你吾"。

③ 問甚麼他遭：他，繼本、起本、徐參本、虎本、何本、陳本、天李本、湯本、湯沈本、魏本、峒本、封本、毛本無。羅本、屠本作"爲甚遭"，徐畫本、徐音本、驥本、延本、三合本、潘本作"問甚他遭"，秀本作"問甚麼"，碌本作"又問甚他"。

④ 擯斷得：弘本、容本、起本、徐參本、虎本、何本、陳本、秀本、天李本、六幻本、湯本、魏本、峒本、封本、毛本作"咱擯斷得"，範本、龍本、繼本、徐畫本、徐音本、驥本、延本、三合本、湯沈本、潘本作"咱則擯斷得"，碌本作"你只擯斷"。

⑤ 掇了：徐參本作"奪了"，碌本作"拔了"，張本作"撒了"。

難，去聲，後同。擤，粗酸切。"病患"以下皆使氣語，言何必太醫也，只恁足矣；且亦何必問病也。既怕調犯，則萬一破綻，大家不安，遑問甚病乎？只賺人上竿而掇梯，看之足矣。此以反激爲使氣語，最妙。初最愛王伯良解，但過于奧折，且曲白不對，又與爾時情理稍有未合，今幷參之。王伯良曰：我之寄書，非爲張也，怕調弄之久。夫人偶覺，你我何安耶？故每爲汲汲以成其事，正爲你我，所謂爲楚非爲趙也。若彼病勢之危，何足問哉？掇梯賺人，固吾本事耳。參釋曰：陳大聲詞"風風雨雨，擤斷得病兒重"。【潘夾】人家，猶言他家，指張言。小姐不早成就，恐此人調犯不已，夫人必見破綻。喪他行止，你我于心何安？苟或至此，皆是你害他的。你竟不管，明明送上高竿，掇了梯也。句句疼痛張生，句句緊鞭小姐。

　　（旦云）①　將描筆兒②過來，我寫將去回他，着他下次休是這般！③【容眉】【湯眉】老世事。【陳眉】鶯果有老世事。（旦做寫科）（起身科云）④　紅娘，你將去說⑤："小姐看望⑥先生，相待兄妹之禮如

---

① （旦云）：屠本作"（鶯云）紅娘，我不看你面上，將這簡帖兒送到夫人前，如何是了？我家雖是虧你，只宜兄妹稱呼，何以淫詞調弄，倘有外人知道，甚麼勾當？"徐畫本、三合本、潘本此處多："紅娘，不看你面呵，我將與老夫人看，看他有甚麼面顏見夫人！雖然我家虧他，與他兄妹，豈得如此？"碌本、張本此處多："雖是我家虧他，他豈得如此？"六幻本此處多"紅娘"，封本此處多"紅娘，不看你面呵，我將與夫人，看他有甚麼面顏見夫人！"
② 將描筆兒：範本、龍本作"取紙筆"，繼本、容本、起本、徐參本、虎本、何本、陳本、秀本、天李本、湯本、魏本、峒本、封本作"將紙筆"，碌本作"你將紙筆"，張本作"你將描筆兒"。
③ 着他下次休是這般：這般，封本作"這樣"。碌本作"教他下次休得這般"，幷于句後多："（紅云）小姐，你何必如此？（鶯云）紅娘，你不知道。"羅本此句後多"（紅云）紙筆現在"。
④ （旦做寫科）（起身科云）：（起身科云），天李本、六幻本、湯本、湯沈本、三合本、魏本、峒本、潘本無。封本作"（紅取置幾上，鶯寫科了云）"。
⑤ 說：碌本作"對他說"。
⑥ 看望：碌本作"看"。

此①，非有他意。再一遭兒是這般呵②，必告夫人知道③。"和你個小賤人都有說話！④（旦擲書下）⑤【潘旁】丟書竟去，妙！【容眉】【湯眉】畫，畫。好關目。【徐參眉】且在此生支，即鶯鶯好巧也，納書名爲拒書。【三合眉】活强盗。【魏眉】【峒眉】關目好。【陳夾】關目妙！【潘夾】寫書駡張，雙文又鬥一法。好没分曉，嗔紅娘之不解事也，此是雙文啞謎。紅娘多少鶻伶，一時猜他不破，也算紅娘輸了一帖。

【脫布衫】【張眉】借用正宮。（紅唱）⑥【繼眉】此枝一本作鶯唱者，謬甚。【虎眉】【脫布衫】枝，今本多作鶯唱，大謬。【湯沈眉】此曲今本作鶯

---

① 相待兄妹之禮如此：相待，弘本、徐畫本、徐音本、三合本、潘本作"可待"，羅本、繼本、容本、起本、徐參本、虎本、何本、陳本、秀本、天李本、六幻本、湯本、湯沈本、魏本、峒本、封本無。碌本、張本作"乃兄妹之禮"。
② 再一遭兒是這般呵：碌本作"若這如此"。
③ 必告夫人知道：容本、繼本、起本、徐參本、虎本、何本、陳本、秀本、天李本、湯本、魏本、峒本、封本作"必告知夫人"，徐畫本、徐音本、驥本、延本、張本、六幻本、湯沈本、三合本、毛本、潘本作"必告俺老夫人知道"。
④ "將描筆兒過來"至"和你個小賤人都有說話"：和你個，起本、徐參本、驥本、虎本、何本、陳本、秀本、天李本、湯本、魏本、峒本、毛本作"和你"，碌本作"和你這"；說話，弘本、羅本、繼本、容本、起本、徐參本、虎本、何本、陳本、秀本、天李本、湯本、魏本、峒本、毛本作"話說"，徐畫本、徐音本、驥本、張本、三合本、潘本作"話說也"，碌本、湯沈本作"說話也"。屠本作："我再寫幾字回他，下次休是這般放肆！（鶯做寫書科）紅娘，你將這簡帖送與張生，道此後不可如此，恐夫人知道，難自干休。"
⑤ "（旦做寫科）"至"（旦擲書下）"：（旦擲書下），弘本、屠本、驥本、湯沈本無，羅本、繼本、容本、起本、徐參本、虎本、何本、陳本、秀本、天李本、湯本、魏本、峒本、封本作"（鶯擲書下）（紅拾書作怒指鶯科）"，碌本作"（紅云）小姐，你又來了。這帖兒我不將去，你何苦如此？（鶯擲書地下云）這小妮子好没分曉。（鶯下，紅拾書嘆云）咳，小姐你這個性兒那裏使得"，毛本作"（擲書科下）（紅拾書了）"，張本、潘本作"（紅）姐姐，你又弄人也。這帖兒我不將去。（鶯丟書科）這丫頭好没分曉。【潘旁】挂一語留參，更妙！（下）"。此段科介道白，範本、龍本作："（鶯做寫科）（紅接書云）姐姐，你又弄人也。這帖兒我不將去。（丟書科）（鶯云）這丫頭好没分曉呵！"徐畫本、徐音本、六幻本、三合本同，但無"（鶯做寫科）"。
⑥ （紅唱）：弘本作"（旦紅辯口）"，範本、龍本作"（鶯唱）"。

唱，大謬。小孩兒家口沒遮攔①，【謝眉】小孩兒，應前"大孩兒家"意。一迷【凌旁】【田補旁】去聲。的將言語摧殘②。【張眉】摧，訛"傷"，非。【封眉】一謎，時本多作"一味"。把似你使性子，【潘旁】指丟書說。休思量秀才③，做多少好人家風範。④（紅做拾書科）⑤【三合眉】原是妙人！【驥夾】【延夾】迷，去聲。【毛夾】小孩兒，指鶯。俗作鶯唱，非。沒遮攔，無遮蔽也，亦詞中習語。一謎，猶一味，方語也。把似，何如也。"把似"數語一氣下，言如此使性，何如使性不做歹勾當，只做好勾當也。此與《㑳梅香》劇"見他時膽戰心驚，把似你休眼思夢想"，語氣同。【潘夾】"把似你"二句，言你這樣妝喬，怪不得秀才越禮，休思量好風範，即上"調犯"意。

【小梁州】【張眉】借用正宮。他⑥爲你夢裏成雙覺後單，【羅眉】覺，音絞。廢寢忘餐。【陳眉】好。羅衣不奈⑦五更寒，【封眉】時本作"羅衣"，非。愁無限，【羅眉】愁，音蒭。寂寞淚闌干⑧。【範

---

① 遮攔：秀本、砵本、張本、魏本、峒本、封本作"遮攔"，驥本、延本作"遮闌"。
② 一迷的將言語摧殘：一迷的，範本、龍本、砵本、天李本、湯本、湯沈本作"一味的"，羅本、封本作"一謎的"，屠本作"一密裏"，張本作"一味"；將，弘本、六幻本、封本無。繼本、容本、起本、虎本、何本、陳本、秀本、魏本、峒本作"一味的言語摧殘"；徐畫本、徐音本、驥本、延本、三合本、潘本作"一迷的教言語傷殘"，毛本同，但"一迷的"作"一謎的"；徐參本作"一味的語言摧殘"。
③ 秀才：繼本、容本、徐參本、虎本、何本、陳本、秀本、天李本、六幻本、湯本、湯沈本、魏本、峒本、封本作"那秀才"。
④ 範本、龍本、徐畫本、徐音本、三合本此處多"（紅云）姐姐道我使性子，便索將去，只是害殺那人相思也"，【三合眉】是，是！潘本同，但"姐姐道我"作"姐姐在我行也"。
⑤ （紅做拾書科）：張本作"姐姐，你害殺那人相思也。（拾書科）"，羅本、繼本、容本、起本、徐參本、驥本、虎本、何本、陳本、秀本、砵本、延本、天李本、湯本、湯沈本、魏本、峒本、封本、毛本無。
⑥ 他：徐畫本、徐音本、驥本、砵本、延本、六幻本、湯沈本、毛本、潘本作"我"。
⑦ 羅衣：封本作"羅衾"。不奈：驥本、砵本、延本、毛本作"不耐"，魏本作"不禁"。
⑧ 闌干：砵本作"欄干"，魏本、峒本作"欄杆"。

眉】【龍眉】單語中佳語。【起眉】王曰：單語中佳語，一黍米煉成舟頭，餘皆靈光照映耳。【徐畫眉】【田眉】"我爲你"云云，是鑽鶯鶯心也。五句一氣讀下，亦是一意。【徐音眉】小紅之勞，惟天知之，亦必天使之也。【徐參眉】何當有此醜態？【陳眉】千錢難買此段話。【凌眉】【脫布衫】【小梁州】係【正宮】調，【哨遍】【耍孩兒】係【般涉調】；本傳前後皆入【中呂】。至【中呂】之【滿庭芳】【快活三】【上小樓】【朝天子】【四邊靜】又入【正宮】，即元曲多有然者，意此數調可互用耶？【延眉】"我爲你"云云，是鑽鶯之心也。五句一氣讀下，亦是二意。【張眉】第二句少三字，末句少一字。【湯沈眉】我，紅自謂；你，鶯也。言爲你如此如此想他。"羅衣"句，謂起得早也。闌干，縱橫貌，俗作"欄杆"，非。【峒眉】千金難買此曲。【田補夾】闌干，縱橫貌。【驥夾】【延夾】覺，音較。

【幺篇】① 似這等辰勾【凌旁】一本"勾"下有"月般"二字。【湯沈旁】一本無"月"字。空把②佳期盼，【範眉】【龍眉】"辰勾月"是院本傳奇，元人吳昌齡撰，托陳世英感月精事。舊解附會，謬甚。近《西廂正訛》作"辰勾"，遺去"月"字，又爲可笑。解西廂當以意會，如"撮合山"，即兩下說合意，亦是鄉語，舊解謬甚。【繼眉】"辰勾月"是院本傳奇，元人吳昌齡撰，托陳世英感月精事。舊解附會，謬甚。近《西廂正訛》作"辰勾"，去"月"字，尤爲可笑。解西廂當以意會，如"撮合山"，即兩下說合意，亦是鄉語，舊解謬甚。【徐音眉】【三合眉】辰勾，水星，其出雖有常度，見之甚難。【虎眉】一作"辰勾月"，雖有依據，但考非元本耳。【秀眉】辰勾月，最難得也。不勾平平，若勾之主年豐，祥雲現，出賢人。【張眉】辰勾星最難見，言盼佳期如等辰勾之難也。【封眉】即空主人曰：徐逢吉本舊評："辰勾月"是院本傳奇，元人吳昌齡撰，托陳世英感月精事。舊解附會，謬甚。近《西廂正

---

① 【幺篇】：硃本作"換頭"。
② 似這等辰勾空把：這，硃本、張本無；辰勾，範本、龍本作"辰勾月般"，繼本、六幻本、湯沈本作"辰勾月"。羅本作"似這般辰勾月空把"，徐畫本、徐音本、驥本、延本、三合本、毛本、潘本作"似等辰勾常把"，封本作"似等辰勾月般空把"。

訛》作"辰勾"，遺去"月般"字，可笑。我將這角門兒世【湯沈旁】一作"世"。不曾牢拴①，【羅眉】角，音覺。【凌眉】"辰勾"有三説，皆載《解證》中。角門不牢拴，以便私出入做夫妻也，意本明。王解多費轉折，多費過文。徐謂中有爲鶯忌己而怨之之意，益遠。則願你做夫妻無危難。②【封眉】疑難，時本作"危難"。我向這③筵席頭上，【羅眉】頭，音偷。整扮做一個縫了口的撮合山④。【徐畫眉】【田眉】"似等"云云，亦是鑽鶯之心，中有爲鶯鶯忌己而怨之之意。言己只要成就此事完全，兩邊并不泄漏，不勞忌己也。辰勾，水星，其出雖有常度，見之甚難。盼佳期如等辰勾，以見無夜不候望也。撮合山，荷包上壓口，取以比己不泄漏矣。【凌眉】撮合山，媒人也。婚姻筵席，媒人與焉，故戲言"筵席間整備做不漏泄的媒人"。王改轉"你我"字而强解之，甚拙。【延眉】"似等"云云，亦是鑽鶯之心，中有爲鶯鶯忌己而怨之之意。言己只要成就此事完全，兩邊并不泄漏，不勞忌己也。辰勾，水星，其出雖有常度，見之甚難。盼佳期如等辰勾，以見無夜不候望也。撮合山，荷包上壓口，取以比己不泄漏意。【湯沈眉】辰，星名。辰星勾月最難得，勾之，主年豐國泰。撮合山，稱媒人，謂其兩下説合耳。【三合眉】撮合山，荷包上壓口，比己不泄漏。【驥夾】【延夾】合，音閣。【毛夾】"夢裏成雙"六句，俱着鶯言，言我因你如此故也。羅衣不耐五更寒，言徹夜

---

① 我將這角門兒世不曾牢拴：我將這，羅本作"爲你呵"；世，六幻本、湯沈本作"是"；牢拴，毛本作"牢關"。徐畫本、徐音本、驥本、延本、張本、三合本、潘本作"我將角門兒世不曾牢關"，砾本作"我將角門兒更不牢拴"。
② 則願你做夫妻無危難：則願你，徐畫本、徐音本、驥本、延本、張本、三合本、潘本作"願得"，砾本作"願你"；做夫妻，屠本作"做了夫妻"；危難，封本作"疑難"。範本、龍本此句後多"（鶯云）紅娘放口穩着。（紅唱）"
③ 我向這：弘本、羅本、繼本、屠本、容本、起本、徐參本、虎本、何本、陳本、秀本、天李本、湯本、魏本、峒本、封本作"我向"，徐畫本、徐音本、驥本、砾本、延本、張本、六幻本、三合本、潘本作"您向"，湯沈本作"恁向"，毛本作"你向"。
④ 做一個縫了口的撮合山：做一個，六幻本、湯沈本、毛本作"我做個"；的，秀本無。徐畫本、徐音本、驥本、砾本、延本、張本、三合本、潘本作"我做個縫了口撮合山"。

不睡也，勿作起早解。乘夜往來，故角門不關，此與前折"趁着這風清月朗夜深時，使紅娘來探你"，正相發明。俗解候張入來，大非。無危難，言無阻滯耳。"你"向下一轉，言既要撮合，又要不傳遞，將欲爲新人者"整扮"，而使爲媒人者"縫口"，無是理矣。縫口，詁人語，董詞"打折你大腿，縫合你口"，與下"縫合唇送暖偷寒"一意。但此重"縫口"，下重"偷送"耳。王解"縫口"爲不漏泄，大非。撮合山，媒人諢名，如《揚州夢》劇"將你這個撮合山慢慢酬答"可驗。參釋曰："我爲你"一氣至"佳期盼"止，我爲你，我字，紅自指也，俗改"他爲你"，指生，不通。王伯良曰：闌干，縱橫貌，《長恨歌》"玉容寂寞淚闌干"。辰勾，辰星，即水星，《博雅》謂之鈎星。鈎星難見，故曰"等辰勾"，言無夜不候望也。俗本添一"月"字，且引吳昌齡《辰勾月》劇爲證，可笑。撮合山，元詞稱媒人皆然，古注謂是荷包上壓口，更屬杜撰。【潘夾】辰勾水星，出有常度，見之甚難。

（紅云）我若不去來①，道我違拗他②，那生又等我回報③，我須索走一遭④。（下）【陳眉】還該去一去。【潘夾】此二闋紅自言苦心，熱中巴不得兩個成雙作對。曉夜用心，爲之撮合，縅口不泄，不必疑我也。（末

---

① 我若不去來：我若，張本作"俺若"，毛本作"我待"；去來，範本、龍本作"來"。羅本、容本、起本、徐參本、虎本、何本、陳本、秀本、天李本、湯本、魏本、峒本、封本作"我如今欲待不去來"。
② 道我違拗他：我，張本作"俺"；違，驪本無。範本、龍本作"則道我使性子違拗姐姐"，屠本作"他又道我違拗"。
③ 那生又等我回報：那生，屠本作"張生"；我，張本作"俺"；回報，弘本、羅本、繼本、屠本、容本、起本、徐畫本、徐音本、徐參本、驪本、虎本、何本、陳本、秀本、延本、張本、天李本、六幻本、湯本、三合本、魏本、封本、毛本、潘本作"回話"，峒本作"回頭"。範本、龍本作"他那裏又望我回報"。
④ 我須索走一遭：我，羅本、繼本、容本、起本、徐參本、虎本、何本、陳本、秀本、天李本、六幻本、魏本、峒本、封本、毛本無。範本、龍本作"則索走一遭來"；屠本、徐畫本、徐音本、張本、潘本作"只得再去走一遭也"，三合本同，但無"也"字；驪本、延本作"則索走一遭"。

上云）那書①倩紅娘將去，未見回話。我這封書去，必定成事。② 這早晚敢待來也③。（紅上）須索④回張生話去。小姐，你性兒忒慣得嬌了！⑤【潘旁】二句逗起下【石榴花】【鬥鵪鶉】兩闋。有⑥前日的心，那得今日的心來？⑦【天李眉】妙絕，妙絕！世間禪不能解此。【驥夾】【延夾】喬，舊作"嬌"。

【石榴花】當日個⑧晚妝樓上杏花殘，【虎眉】當，或作"今"，非。猶自怯衣單；那一片【湯沈旁】一作"遍"。聽琴心⑨【湯沈旁】一作"時"。【範旁】【龍旁】不脫聽琴。，清露月明⑩間。【羅眉】月，音曰。【張眉】第四句少三字。昨日個⑪向晚，【羅眉】昨，音早。【封眉】先説"那一片聽琴心"，方説"前日個向晚"，倒鎖法也。不怕春寒，幾乎險

---

① 那書：弘本作"那詩"，驥本、延本作"詩"。
② 我這封書去，必定成事：封，驥本、延本、毛本作"一封"。封本無。
③ 來也：張本作"回話來也"。
④ 須索：封本作"我去"。
⑤ "（末上云）"至"小姐，你性兒忒慣得嬌了"：小姐，峒本無；嬌，驥本、延本、六幻本作"喬"。範本、龍本作"（鶯先下）（紅指鶯云）"。
⑥ 有：範本、龍本作"你"，羅本、繼本、容本、起本、徐參本、虎本、何本、陳本、秀本、天李本、六幻本、湯本、魏本、峒本、封本、毛本作"既有"。
⑦ "那書倩紅娘將去"至"那得今日的心來"：那得今日的心來，徐畫本、徐音本、張本、湯沈本、三合本、毛本、潘本作"那裏有今日的心來"，驥本、延本作"那裏有今日的心來也呵"。屠本作"昨日紅娘將我那一封書去小姐看了，必定相憐，這件大事，料然成了，這早晚敢待來也。（紅上云）姐姐又使我去回張生的話。我想他性兒慣的嬌了，全不似聽琴的時節"，硃本無。
⑧ 當日個：弘本、羅本作"今日個"，屠本作"當時個"，硃本作"你"，徐畫本、徐音本、驥本、潘本無。
⑨ 那一片聽琴心：徐畫本、徐音本、驥本、延本、張本、三合本、潘本作"那一遍聽琴時"，秀本作"那聽琴心"，硃本作"那一夜聽琴時"，毛本作"那一遍吟詩"。
⑩ 清露月明：徐參本作"清露明月"，硃本作"露重月明"。
⑪ 昨日個：硃本作"爲甚"，封本作"前日個"，徐畫本、徐音本、三合本、潘本無。

被先生饌①【湯沈旁】音暫，方作"撰"，非。。【徐畫珠眉】【徐參眉】【容眉】【湯眉】【三合眉】【魏眉】【峒眉】那裏瞞得他過？【秀眉】賺，音暫。【凌眉】言晚妝怕冷，聽琴就不怕冷？先生饌，調成語也，言聽琴時幾乎被他到了手也。俗作"賺"，閉口韵，固非；徐、王作"撰"，以爲戲弄；亦造。【張眉】俗有作"賺"者，亦佳，但非韵，不如成語之得也。【封眉】好被，時本作"險被"。即空主人曰：先生饌，調成語也，言幾乎被他到了手也。俗本作"賺"，閉口韵，固非；徐王作"撰"，亦造。那其間豈不胡顏？【凌眉】胡顏，羞也。曹植《責躬應詔表》云"詩人胡顏之譏"，甚明。徐云"胡顏，是及于亂"，不通。【徐畫眉】【田眉】【延眉】撰，做弄之意。胡顏，是及于亂也。爲一個不酸不醋風魔漢②，隔墙兒險化做了望夫山。③【羅眉】隔，音揭。墙，音搶。【田補眉】《寰宇記》：夫行役，妻每登高而望，故名。【徐音眉】怨景如畫。【湯沈眉】此曲笑鶯，前係情于張，今何妝喬如此！【驥夾】【延夾】日，借叶作平。【毛夾】日，借叶平聲。【潘夾】此一闋，是叙小姐前日的真情，與賓白"前日的心"相應。見平日極是怕寒，偏聽琴之夜不畏風露，豈非鐘情所至？所謂愛他風雪耐他寒也。

---

① 險被：封本作"好被"。饌：範本、龍本、羅本、繼本、屠本、容本、起本、徐參本、虎本、何本、陳本、秀本、天李本、湯本、湯沈本、魏本、峒本作"賺"，徐畫本、徐音本、驥本、延本、三合本、潘本作"撰"。

② 爲一個：屠本作"爲你個"，徐畫本、徐音本、驥本、延本、張本、三合本、毛本、潘本作"爲個"，硃本作"爲他"。不酸不醋風魔漢：不酸不醋，魏本作"不酸不酸"，峒本作"不醋不醋"。徐參本作"不酸不辣風魔的"。

③ 隔墙兒險化做了望夫山：隔墙兒，硃本作"隔窗兒"；險化做了，弘本作"險化"，繼本、屠本、容本、起本、徐畫本、徐音本、徐參本、驥本、虎本、何本、陳本、秀本、硃本、延本、張本、天李本、六幻本、湯本、湯沈本、三合本、魏本、峒本、封本、毛本、潘本作"險化做"。範本、龍本此句後多："（紅云）姐姐，你自家要做這就裏，到來胡纏我呵。"

【鬥鵪鶉】你用心兒撥雨撩雲①，我好意兒傳書寄簡②。不肯搜③自己狂爲，【繼眉】【虎眉】狂，一作"胡"。則待要覓④別人破綻。【徐畫珠眉】【容眉】【湯眉】【陳眉】自己早已破綻多了。【峒眉】自己早已破綻了。受艾焙⑤權時忍這番，⑥暢好是奸！⑦【起眉】李曰："不肯搜自己狂爲，則待要覓別人破綻"，點破鶯鶯肝竅，雖不如化工肖物，自是顧愷之、陸探微寫生。李曰："受艾焙也，權時忍這番"，似稚却蒼，似浮却俏。金谷園中，那一些小物不爲珍寶？【徐畫眉】【田眉】暢好是乾，言乾乾受這一番艾焙也，言前番受鶯鶯一場摧殘折挫也。艾焙，艾火也，譬喻受苦。【徐音眉】暢好是乾，言乾乾受這一番艾焙也。【凌眉】古本是"奸"字，下二句正言其奸處。徐、王作"乾"，無謂。【延眉】暢好是乾，言乾乾受這一番艾焙也，是上枝受鶯鶯一場摧殘折挫也。艾焙，艾火也，以譬喻受苦。【張眉】第六句少二字。【湯沈眉】艾焙，灼艾之火也。"受艾焙權時"句，猶俗言忍灸只忍這遭，此後再不爲之傳送也。暢好是奸，言鶯滿情滿意的奸詐。徐本作"乾"，亦趣甚。【三合眉】艾焙，艾火也。暢好是乾，言乾乾受這一番艾焙也，喻受苦。【封眉】即空主人曰：舊本是"奸"字，下二句正言其奸處。徐王作

---

① 你：徐畫本、徐音本、驥本、延本、張本、三合本、毛本、潘本作"你待"，硃本作"你既"。撥雨撩雲：屠本作"握雨攜雲"。
② 我好意兒：弘本、容本、起本、虎本、何本、陳本、秀本、天李本、六幻本、湯本、魏本、峒本作"我好意兒與他"，範本、龍本、繼本、徐參本、湯沈本作"我好意兒與你"，徐畫本、徐音本、驥本、延本、張本、三合本、毛本、潘本作"我是好意兒"，硃本作"我便好意兒"。傳書寄簡：羅本、徐參本、魏本、峒本作"傳書寄柬"，徐畫本、徐音本、驥本、張本、三合本、潘本作"傳書送簡"，延本作"傳送書簡"，毛本作"傳書遞簡"。
③ 不肯搜：何本作"怎肯搜"，硃本作"不肯收"。
④ 則待要覓：硃本作"只待覓"，張本作"則待覓"。
⑤ 艾焙：範本、龍本、繼本、六幻本、湯沈本作"艾焙也"，硃本作"艾焙吾"。
⑥ 範本、龍本此處多"姐姐呵"。
⑦ 暢好是奸：徐畫本、徐音本、張本、三合本、潘本作"暢好是乾"，驥本、延本、毛本作"暢好乾"，硃本作"暢好似奸"。

"乾"，無謂。"張生，是兄妹之禮，焉敢如此！"① 對人前巧語花言②；没人處便想張生③，背地裏愁眉淚眼。【謝眉】巧語愁眉，正好"折證"。【徐參眉】如見鶯鶯肺肝。【驥夾】【延夾】焙，音貝。乾，音干，一作"奸"。【毛夾】焙，音貝。當日個，酬詩時；昨日個，聽琴時。總承賓白"前日"二字來，蓋疏前事歷數之也。諸本誤"吟詩"爲"聽琴時"，遂致假爲古本者。去"昨日個"三字，則【石榴花】調將少一句。昨日個向晚，五字句也。又或去"當日個"三字，則前二句既無所屬，"昨日個"三字仍接不上。不知吟與琴，字聲之誤。詩與時，字形之誤。向非原本，幾乎删盡矣。當日樓頭晚妝，杏花初謝，猶是"怯衣單"時也。如許一會，月明清露間，而不之顧。昨日向晚，則春光已盡，不畏晚寒矣，然亦險爲彼所算。爾時豈不愧耶？且不特此也，爲個酸丁，常盼望欲死，然則我之爲此者，以你用心，故我亦好意也，乃不責己而責人耶？先生饌，正用四書語借作調侃，元詞多如此，如《岳楊樓》劇"總是個有酒食先生饌"。諸本或作"賺"，或作"撰"，俱非。艾焙，艾火也，《㑳梅香》劇"着碗來大的艾焙燒"。權時忍這番，言非可久耐受也。暢好乾，言即耐受亦枉也。"巧語花言"頂"覓綻"言，"愁眉淚眼"頂"狂爲"言，言對面搶白，背地又胡做耳。董詞"花言巧語搶了俺一頓"。乾，諸本作"奸"，然"奸"意尚在後曲"心腸轉關"句內。王本注：望夫山，以

---

① 張生，是兄妹之禮，焉敢如此：弘本此句前多"（旦云）"，容本、起本、虎本、何本、陳本、秀本、天李本、湯本、魏本、岫本此句前多"（紅云）道"，繼本、徐參本、六幻本、湯沈本、封本此句前多"道"。屠本作"俺姐姐開口就是兄妹相稱"，徐畫本、徐音本、三合本、潘本作"只説道：張生，是兄妹之禮，焉敢胡行？没人處便不索如此"，驥本、硃本、延本、張本、毛本無。

② "張生，是兄妹之禮"至"對人前巧語花言"：對人前，徐畫本、徐音本、三合本、潘本作"對着人前"，驥本、延本作"對着人"，硃本作"對別人"。範本、龍本作"對人前巧語花言，只説道：張生，是兄妹之情，焉敢如此"。

③ 没人處便想張生：便想張生，弘本作"我見張生"，範本、龍本作"便不索如此"，羅本作"我見那生"。屠本、繼本、容本、起本、徐畫本、徐音本、徐參本、驥本、虎本、何本、陳本、秀本、硃本、延本、張本、天李本、六幻本、湯本、湯沈本、三合本、魏本、岫本、封本、毛本、潘本無。

夫行役，妻登望得名。見《寰宇記》。【潘夾】此一闋是叙小姐今日的假意，與賓白"今日的心"相應。言自己藏頭露尾，徒將我來鞭迫，我亦只得忍耐此一番。所謂解惺惺處惜惺惺也。末二句又雙收兩節，正見性難按納處。"對人前"句是一個"假"字，"背地裏"句是一個"真"字，到底真心假不來，看他如何瞞我？

（紅見末科）（末云）①小娘子②來了，擎天柱，大事如何了也？③（紅云）不濟事了，先生休傻④。（末云）小生簡帖兒⑤，是一道⑥會親的符籙，則是小娘子不用心⑦，故意⑧如此。（紅云）我不用心⑨？有天理⑩？你那簡帖兒，好聽⑪！【湯沈眉】文有波瀾，語亦

---

① （紅見末科）：三合本、潘本無。（末云）：弘本、延本、毛本作"（末起云）"，碌本作"俺若不去，道俺違拗他。張生又等俺話，只得再到書房。（推門科，張生上云）"。
② 小娘子：徐參本、峒本作"紅娘"，碌本作"紅娘姐"。
③ 擎天柱，大事如何了也：如何了也，羅本、繼本、容本、起本、徐參本、虎本、何本、陳本、秀本、天李本、湯本、峒本、毛本作"如何"，魏本作"何如"，封本作"如何也"。驥本、延本、張本作"大事如何"，碌本作"簡帖兒如何"。
④ 休傻：範本、龍本作"罷休"，徐參本作"休傻想"。
⑤ 簡帖兒：徐參本、魏本、峒本作"柬帖兒"。
⑥ 是一道：驥本、碌本、延本作"是"。
⑦ 則是小娘子不用心：不用心，羅本、徐畫本、徐音本、張本、三合本、潘本作"不肯用心"。碌本作"只是紅娘姐不肯用心"。
⑧ 故意：碌本作"故致"。
⑨ 我不用心：碌本作"是我不用心哦"。
⑩ 有天理：弘本、繼本、容本、起本、徐畫本、徐音本、徐參本、驥本、虎本、秀本、延本、張本、天李本、六幻本、三合本、湯本、湯沈本、魏本、封本、毛本作"有天哩"，羅本作"有天理哩"，碌本作"先生，頭上有天哩"。
⑪ "小娘子來了"至"你那簡帖兒好聽"：你那簡帖兒好聽，羅本、容本、起本、虎本、何本、陳本、秀本、天李本、湯本、湯沈本、封本作"你那簡帖兒到好聽"，繼本作"你簡帖兒，倒好聽"，徐畫本、徐音本、碌本、張本、三合本、潘本作"你那個簡帖兒裏面，好聽也"，徐參本、魏本、峒本作"你那柬帖兒到好聽也呵"，驥本、延本、毛本作"那簡帖兒裏面好聽"。屠本作"紅娘姐來了，千斤擔子一擔兒挑着，事如何了？（紅云）不停當了，小姐也變了卦了。（生云）我的簡帖兒，是一道會親的符籙，多因紅娘姐不肯用心，故意如此。（紅云）張先生，我若不用心呵？自有天理"，範本、龍本無。羅本此句後多"（生云）怎的道"。

甚俊。

【上小樓】這的是先生命慳①【湯沈旁】一作"限"。，須不是紅娘違慢②。【徐音眉】不驟得，妙！那簡帖兒③，到做了你的招狀④，【凌旁】一作"伏"。【徐畫眉】【田眉】【延眉】招伏，猶供招，伏作"狀"字，誤。【徐音眉】招伏，猶□□（供招）。【張眉】招伏，供招也，訛"狀"，非。【三合眉】招伏，猶供招。他的勾頭⑤，【羅眉】頭，音偷。我的公案。【陳眉】【峒眉】那裏就招奸情？若不是⑥覷面顏，【羅眉】若，去聲。斯顧盼，擔饒輕慢⑦。先生受罪，禮之當然。賤妾何辜？⑧ 爭些兒把你娘⑨拖犯！⑩【繼眉】紅娘，一作"你娘"，非。【起眉】【虎眉】紅，今

---

① 這的是先生命慳：的，硃本無。徐畫本、徐音本、驥本、延本、張本、三合本、毛本、潘本作"也是先生命限"。
② 須不是：徐畫本、徐音本、驥本、延本、張本、三合本、潘本作"非是"，硃本、毛本作"不是"。違慢：魏本作"違謾"。
③ 那簡帖兒：範本、龍本作"則你那簡帖兒呵"，羅本作"那簡"，屠本作"這簡帖兒呵"，徐畫本、徐音本、三合本、潘本作"則是那個簡帖兒"，徐參本、魏本、峒本作"那束帖兒"。驥本、硃本、延本、張本、毛本無。
④ 到做了你的招狀：你的，魏本作"的你"；招狀，弘本、羅本、繼本、屠本、何本、湯沈本、封本作"招伏"。徐畫本、徐音本、驥本、硃本、延本、張本、三合本、毛本、潘本作"那的做了你的招伏"。
⑤ 勾頭：徐參本作"勾當"。
⑥ 若不是：繼本、容本、起本、徐參本、虎本、何本、陳本、秀本、硃本、天李本、湯本、魏本、峒本、毛本作"若不"。
⑦ 輕慢：秀本作"輕便"，封本作"輕判"。
⑧ 先生受罪，禮之當然。賤妾何辜：賤妾何辜，範本、龍本、徐畫本、徐音本、張本、三合本作"干妾何事"，羅本作"與賤妾何干呵"，屠本作"我爲甚來"。驥本、硃本、延本、毛本、潘本無。
⑨ 你娘：羅本作"咱"，繼本、容本、起本、徐參本、虎本、何本、陳本、秀本、天李本、湯本、峒本作"紅娘"，徐畫本、徐音本、張本、三合本、封本、潘本作"娘"，硃本作"奴"，魏本作"紅"。
⑩ 範本、龍本此處多"（生云）這是小生累着小娘子也"，繼本、徐畫本、徐音本、湯沈本、三合本、潘本此處多"（生云）小姐幾時能勾相見一面"，【潘夾】胸中尚作會親符錄的想頭。屠本同，但無"一面"。

多作"你"。按本奇，红呼张生则有云云者。既称张"先生"，则不应突有"你娘"之戏。何今本之多庋也。【徐画眉】【田眉】【延眉】红自己称"娘"，谑词。【徐参眉】都是虚唬话头，张生那里听着，毕竟万分红娘，到手方休。【凌眉】你娘，元剧用字之常。一作"红娘"，一作"咱"，无味。【汤沈眉】招伏，谓供招。勾头，即勾牒。言莺若不看我面皮，不顾盼我，不担饶你书词之轻慢，他险些打我，而把你娘拖犯矣。你娘，红自称，以谑张也。担饶，情恕之意。【三合眉】红自称"娘"，谑词。【封眉】伏，时本多作"状"。判，时本多作"慢"，误。时本作"把你娘""把红娘"，皆非。【潘夹】红自己称"娘"，隽甚！此处自己称"娘"，矜贵得妙。巧辩自己称"小贱人"，卑贱得妙。其自己矜贵处，奢遮张也；其自己卑贱处，调侃崔也。各有风云。

【幺篇】从今后相会少，见面难。① **月暗西厢，凤去秦楼，云敛巫山。**【罗眉】月，音日。云，音运。【魏眉】【峒眉】都是虚吓话。**你也趂，我也趂**，② **请先生休訕**③，【谢眉】趂，乃教坊中语。【范眉】【龙眉】趂，教坊中语。【徐画眉】【田眉】【延眉】趂，冷淡之义，言你我大家冷淡，再无指望矣。訕，怨谤也，言张生亦不得怨谤己，但丢手走散而已。【徐音眉】趂，冷淡之义。【秀眉】上"趂"字，散诞之辞；下"訕"字，戏谑之辞。【凌眉】趂，教坊中语，今犹然。趂脸儿，即厚颜之意，则此"趂"字可想。王谓北人谓走为"趂"，旧注亦曰奔走也。恐未是。徐谓冷淡，无指望，亦近之。【张眉】趂，冷淡意，言大家冷淡也。【三合眉】趂，冷淡也，言你我大家冷淡。一云留恋。【封眉】讪，时本多作"趂"。**早寻个酒阑人散。**【田补眉】此直以危词绝生，亦戏生而故穷之也。【汤眉】妙！【汤沈眉】此直以危词绝生，还是信莺不真处。北人方语谓走为"趂"。訕，谤也。

---

① 从今后相会少，见面难：从今后，徐画本、徐音本、骥本、延本、张本、三合本、潘本作"今以后"。罗本作"从后后相见少，会面难"，砅本作"从今后我相会少，你见面难"。
② 你也趂，我也趂：继本、屠本作"你也訕，我也訕"，封本作"你也讪，我也讪"。
③ 请：骥本无。訕：弘本作"趂"。

言今事已無成，只大家走散，不必再怨訕留戀之也。"赸"字，諸本多作"訕"，非。【驥夾】樓，一作"臺"。赸，音盞，平聲。【毛夾】赸，走闌切。此盡情辭生也，數曲極見頓挫之妙。"那的"三句，言那簡帖已如此矣。面顏、顧盼，俱自指。輕慢，指生。言若不看我而怨汝，則幾及我矣。赸，走散也。《酷寒亭》劇"你與我打鬧處先赸過"，皆鬧場走散之意。酒闌人散，調語，取"散"字也。參釋曰：招伏，即供招。勾頭，即勾牒，多見元詞，俗本作"招狀"，僞古本作"勾當"，俱非。【潘夾】赸，散淡也，言大家冷淡。此一闋忽然將長亭草橋景象閃逗出來，使人恍然在月落鐘鳴撒歌聞哭之時。百年聚散只是如此。必待長亭草橋而後，知酒闌人散者，固也。將秦樓巫山陪說西廂，妙甚！見古人雲月同歸夢幻，此乃全書關鎖，不止爲下文起波。

（紅云）只此再不必申訴足下肺腑①，怕夫人尋②，我回去也③。【容旁】妙！【潘旁】已到水窮處。【潘夾】"只此"二字，忽加一閃，將前後文情一筆截斷，如空中飛來卓錫聲，使人陡然失驚，嗒然收住。（末云）④ 小娘子此一遭去⑤，再着誰與小生分剖？⑥ 必索做一個道理⑦，方可救

---

① 只此再不必申訴足下肺腑：再不必申訴，弘本作"再不伸訴"，六幻本、湯沈本作"再不必多説"，封本作"再不多説"。範本、龍本作"再不必申訴衷情"，羅本、容本、起本、徐參本、虎本、何本、秀本、天李本、魏本、峒本作"再不多説"，繼本作"只此不必多説"，屠本作"不必重申肺腑"，陳本、湯本作"再不必多説"，硃本作"只此足下再也不必伸訴肺腑"。
② 怕夫人尋：範本、龍本、徐畫本、徐音本、驥本、延本、張本、三合本、潘本作"怕老夫人尋"，硃本作"怕夫人尋我"。
③ 我回去也：範本、龍本作"我歸去也"，屠本、張本、三合本、潘本作"我且回去者"，驥本、延本作"我回去"。
④ （末云）：硃本作"（張生云）紅娘姐。（定科良久，張生哭云）"。
⑤ 小娘子此一遭去：遭，封本無。硃本作"紅娘姐你一去呵"。
⑥ 再着誰與小生分剖：再着，弘本、延本、張本、湯沈本、毛本作"更着"，硃本作"更望"。羅本、繼本、容本、起本、徐參本、虎本、何本、陳本、秀本、天李本、湯本、魏本、峒本、封本作"更着誰與小生分剖肺腑"。
⑦ 必索做一個道理：一，張本、封本、潘本無。硃本作"（張生跪云）紅娘姐，你必做個道理"。

得①小生一命。【陳眉】又恐人命牽連了。（未跪下揪住紅科）②（紅云）張先生是讀書人③，豈不知此意，其事可知矣。④【魏眉】【峒眉】畫！

【滿庭芳】你休要⑤呆裏撒奸。【秀眉】呆，音捱。你待要⑥恩情美滿，却教我⑦骨肉摧殘。老夫人手執【湯沈旁】音鬧。着棍兒摩娑看⑧，【羅眉】着，音招。【凌眉】鶯每言"告過夫人、打下截"，故紅亦祇言"老夫人"。徐、王改爲"他"，意指鶯，不思鶯實未嘗自言打之也。粗麻綫怎透得⑨【田補旁】一作透。針關？【繼眉】粗，粗，全。直待我

---

① 救得：秀本作"救"。
② （未跪下揪住紅科）：揪住，天李本、湯本、湯沈本、魏本、峒本、封本、毛本作"扯住"。三合本、潘本作"（跪扯紅科）"，碌本無。
③ 張先生是讀書人：張先生，弘本、湯沈本作"張生"，羅本、繼本、容本、起本、徐參本、虎本、何本、陳本、天李本、六幻本、湯本、魏本、峒本、封本作"張生你"，徐畫本、徐音本、張本、三合本、潘本作"先生"，秀本作"張先生你"。碌本作"先生你是讀書才子"。
④ "小娘子此一遭去"至"其事可知矣"：其事可知矣，弘本作"其事已知矣"，驥本、延本、毛本作"事可知矣"，羅本、繼本、容本、起本、徐參本、虎本、何本、陳本、秀本、碌本、張本、天李本、六幻本、湯本、湯沈本、三合本、魏本、峒本、潘本無。屠本作"紅娘姐你若去了，誰與小生做主？（作跪科）望紅娘姐救小生這條性命！（紅云）先生是讀書之人，豈不明這道理"。
⑤ 你休要：徐畫本、徐音本、驥本、碌本、延本、張本、六幻本、三合本、毛本、潘本作"你休"。
⑥ 你待要：徐畫本、徐音本、三合本、潘本作"恁待"，驥本、碌本、延本、張本作"您待"，六幻本作"您待要"。
⑦ 却教我：弘本作"都教我"，屠本作"却管我"，徐畫本、徐音本、驥本、延本、張本、三合本、毛本、潘本作"教我"，碌本作"苦吾"，羅本無。
⑧ 老夫人手執着棍兒摩娑看：棍兒，屠本作"檀棍兒"。徐畫本、徐音本、潘本作"他手搭着檀棍摩娑着看"，三合本同，但"看"作"眼"；驥本、延本、毛本作"他手搭着檀棍摩娑看"，張本、六幻本、湯沈本同，但張本"檀棍"作"棍子"，六幻本、湯沈本"檀棍"作"棍兒"。碌本作"他只少手搭棍兒摩娑看我"。
⑨ 怎透得：羅本、屠本、驥本、延本、六幻本、湯沈本、毛本作"怎透"，徐畫本、徐音本、碌本、張本、三合本、潘本作"怎過"。

拄着拐幫閑①鑽懶，【羅眉】着，音招，下同。【繼眉】【虎眉】幫，一作"棒"，非。【魏眉】拐，音乖，上聲。縫合唇②送暖偷寒。【徐音眉】拄拐，是撞之有所傷；縫口，是制之不得言。待去呵③，小姐性兒撮鹽入火④，消息兒踏着泛⑤；【繼眉】踏着泛，一作"踏定泛"。【虎眉】着，一作"定"。【秀眉】此是紅娘假做疑難之狀。待不去呵⑥，（末跪哭云）【三合旁】【湯眉】【容夾】忒極。小生這一個性命，都在小娘子身上。⑦【起眉】王曰："拄着拐幫閑鑽懶，縫合唇送暖偷寒。"打諢中別出駢儷語也。待去呵、待不去呵，描寫進退維谷。女中英雄弄丸，解兩家之難。何事其人生活語，令我喉中嘆嗟？【陳眉】可憐。（紅唱）禁不得你⑧甜話兒熱趲。【魏眉】趲，音斬。好着我兩下裏做人難⑨。【謝眉】【範眉】【龍眉】元人樂府，半雅半俗，俱從老宿參禪中打出來。【容眉】【湯眉】好關目。【徐畫眉】

---

① 直待我：繼本、屠本、六幻本作"直待要"，徐畫本、徐音本、驥本、延本、張本、湯沈本、三合本、毛本、潘本作"直待教我"，砆本作"直待吾"。幫閑：羅本作"棒閑"，徐畫本、徐音本、三合本、潘本作"梆閑"。
② 唇：砆本作"口"。
③ 待去呵：毛本此句前多"（帶云）"。砆本無。
④ 小姐性兒撮鹽入火：撮鹽，徐參本作"撒鹽"。屠本、驥本、延本、砆本無。
⑤ 消息兒踏着泛：泛，屠本、徐畫本、徐音本、驥本、延本、張本、湯沈本、三合本、毛本、潘本作"犯"。砆本作"前已是踏着犯"。
⑥ 待不去呵：毛本此句前多"（帶云）"。範本、龍本作"我待不去呵"，屠本作"不去呵"，驥本、延本作"待不去"，砆本無。
⑦ （末跪哭云）小生這一個性命，都在小娘子身上：（末跪哭云），六幻本無。一個，六幻本作"一條"，潘本作"個"。砆本作"（生跪不起，哭云）小生更無別路，一條性命都在紅娘姐身上"，屠本、驥本、延本無。
⑧ 禁不得你：屠本作"禁不得"，徐畫本、徐音本、驥本、延本、三合本、潘本作"教"，張本作"他"，砆本作"我又禁不起你"，毛本作"禁不得他"。
⑨ 好着我兩下裏做人難：好着我，弘本、繼本、容本、起本、虎本、何本、陳本、秀本、天李本、六幻本、魏本、嶼本、封本作"好教我"。徐畫本、徐音本、驥本、延本、張本、三合本、毛本、潘本作"好教我左右做人難"，砆本同，但"我"作"吾"。

【田眉】【延眉】骨肉摧殘，即鶯鶯執棍要打之意。幫閒鑽懶者，須手脚伶俐；送暖偷寒者，須口舌無忌。今紅娘慮小姐捶楚之嚴，故爲此説。拄拐，是撻之有所傷，可幫閒鑽懶乎？縫唇，是制之不得言，可送暖偷寒乎？言傳送不已，其禍必至于此，其後不欲傳送，亦必至此。故"消息兒"以下，又有回心爲計之意。摸擬婦人之心軟，絶妙！【徐參眉】紅娘善調弄小。【湯沈眉】摧殘，即執棍意。"他"字，指鶯。搭，按也。言你痴想好事，却教我骨肉摧殘，按著棍兒打，譬粗麻綫思透針關耶！直待打傷了，教我拄著拐幫襯你，縫了口，爲你傳送耶？言去則幫傳消息，踏著罪犯，不去，又爲張熱意催趲。是左右做人難也。【三合眉】終是婦人心軟。【驥夾】【延夾】搭，音鬧，又音糯，一作"搦"。合，借叶去聲。【三合夾】搭，音搦。【毛夾】搭，音搦。合，借叶去聲。呆里撒奸，係方語，謂呆處用巧也。你要成就，只使我摧殘耶？若只顧寄送而不顧摧殘，是欲使拄拐行幫襯，縫口作傳遞矣，此必不能也。消息兒，機括兒也。踏着，揣着也。消息兒踏着犯，言揣着不是好消息也。元詞有"踏着消息兒"語，又有"踏不着主毋機"語。參釋曰：粗麻綫怎透針關，亦方語，言放不過也。或作"怎過"，遂有訛作"縱過"者，縱、怎，字音之轉。【潘夾】兩"去"字，去對小姐説也。待去呵，先作一揚，待不去呵，又作一揚。幾于飄鷹脱兔，又作路轉峰回，想來想去，中有無數情事。

我没來由分説①，小姐回與你的書②【潘旁】復看雲起時。，你自看

---

① 分説：屠本作"分説了"，硃本作"只管分説"。
② 小姐回與你的書：回與你，繼本、硃本作"回你"。屠本作"小姐一場，這是他回你的書"。

者①。【陳眉】【魏眉】【峒眉】赦書到。（末接科，開讀科）② 呀，有③這場喜事，撮土焚香，三拜禮畢。④ 早知小姐簡至⑤，理合遠接⑥；接待不及⑦，勿令⑧見罪。小娘子，和你也歡喜。⑨【徐音眉】喜出望外。【凌眉】【封眉】白之酸處，正是元人伎倆處。時本改削之，便失本色。（紅云）怎麼⑩？（末云）⑪ 小姐罵我都是假⑫【潘旁】假是雙文一生妙得，挽弓不宜說破。，書中之意⑬，着我今夜花園裏來⑭，和他"哩也波，哩

---

① 你自看者：者，羅本、屠本無，六幻本、湯沈本、毛本作"去"。驪本、延本作"你自去看去"。
② （末接科，開讀科）：範本、龍本作"（生跪作開讀科）"，屠本作"（生看書科）"，徐畫本、徐音本、張本、三合本、潘本作"（生跪接開讀科）"，硃本作"（遞書科，張生拆書讀畢，立起笑云）"，驪本、延本、毛本作"（生接書了，開讀科）"，六幻本作"（生接書開讀云）"，魏本、峒本作"（生接書開讀科）"，封本作"（生接書開看科云）"。
③ 有：徐參本作"是"，硃本作"紅娘姐，今日有"，峒本作"你"。
④ 撮土焚香，三拜禮畢：屠本作"且撮土焚香"，範本、龍本、徐畫本、徐音本、硃本、張本、三合本、潘本無。驪本、延本、六幻本此句後多科介"（云）"。
⑤ 簡至：羅本、徐參本、魏本、峒本作"柬至"，屠本作"有此好意"，硃本、毛本作"書至"。
⑥ 理合遠接：驪本、延本作"只合遠接"，硃本作"理合應接"。
⑦ 不及：屠本、徐畫本、徐音本、秀本、三合本、潘本作"不周"。
⑧ 勿令：屠本作"無令"，徐畫本、徐音本、驪本、延本、張本、六幻本、三合本、湯沈本、潘本作"恕勿"，硃本作"切勿"。
⑨ 小娘子，和你也歡喜：小娘子，硃本作"紅娘姐"。屠本作"紅娘姐，連你也是喜的"。
⑩ 怎麼：屠本作"怎麼說話"，驪本、延本、毛本作"怎麼說"，硃本作"却是怎麼"。
⑪ （末云）：硃本作"（張笑云）"。
⑫ 罵我：羅本、容本、起本、徐參本、虎本、何本、陳本、秀本、天李本、湯本、魏本、峒本、封本作"怪我"，驪本、延本、六幻本、毛本作"罵你"，硃本作"罵吾"。
假：屠本作"假意"。
⑬ 書中之意：屠本作"書中"。驪本、延本前多"這"。
⑭ 着我今夜花園裏來：來，範本、龍本作"相會"，屠本作"來哩"，張本、封本作"去"。硃本無。

也囉"哩①!【容眉】【湯眉】【三合眉】【魏眉】【峒眉】老張不濟,不如鶯鶯多矣。【田補眉】哩也波哩也囉,北人方言,猶言如此。【湯沈眉】哩也波哩也囉,北人方言,猶言如此如此也。【三合眉】"哩也波"二句,方言,猶如此如此。(紅云)你讀書我聽②。(末云)③ "待月西廂下,迎風戶半開。隔墻④花影動,疑是玉人來。"⑤【秀眉】密約佳期,是詩分蓄殆盡。【封眉】拂墻,時本作"隔墻",誤。(紅云)怎見得他着你來?你解與我聽咱。⑥【湯沈眉】紅娘是有心人。(末云)⑦ "待月西廂下",着我月上

---

① 和他"哩也波,哩也囉"哩:和他,碌本無。範本、龍本、屠本無。
② 你讀書我聽:你讀書,範本、龍本、羅本、容本、起本、徐參本、虎本、何本、陳本、秀本、天李本、六幻本、湯本、魏本、峒本作"你讀與",繼本作"你讀",屠本作"讀書",徐畫本、徐音本、張本、三合本、潘本作"你試讀與"。驥本、延本、毛本作"你試讀我聽咱",湯沈本同,但"讀"作"讀書";封本同,但"試讀"作"讀與"。碌本作"怎麼?(張云)書中約我花園裏去。(紅云)約你花園裏去怎麼?(張云)約吾後花園相會。(紅云)吾只不信。你讀與吾聽"。
③ (末云):封本作"(生讀云)"。弘本、範本、龍本、繼本、屠本、徐畫本、徐音本、張本、湯沈本、三合本、潘本此後多"是四句詩",驥本、延本、毛本此後多"是四句詩,詩曰",碌本此後多"是五言詩四句哩"。
④ 隔墻:徐畫本、徐音本、驥本、碌本、延本、張本、六幻本、湯沈本、三合本、封本、毛本、潘本作"拂墻"。
⑤ 碌本此處多:"紅娘姐,你信也不信?"
⑥ (紅云)怎見得他着你來?你解與我聽咱:來,封本作"去";解,弘本作"讀"。範本、龍本作"(紅云)你解與我聽",屠本作"(紅云)詩中怎見的此意",驥本、延本作"(紅云)你解與我聽咱",碌本作"(紅云)此是甚麼解",張本作"(紅云)這是怎麼解"。
⑦ (末云):碌本作"(張云)我便解與你聽",弘本無。六幻本此科介後多"是四句詩"。

來①;"迎風户半開",他開門待我②;"隔墙花影動,疑是玉人來",着我跳過墙來③。【容眉】【湯眉】不濟不濟,如何都説出來?【徐畫珠眉】老張不濟,不如鶯多矣,如何都説出來。【徐參眉】張生能解鶯鶯意,未解瞞紅娘心語以泄敗,信然不如鶯鶯多矣。【陳眉】似淺。【三合眉】不濟不濟,緣何都説出來?(紅笑云)④ 他着你跳過墙來⑤,你做下來⑥。端的有此

---

① 着我月上來:來,範本、龍本、硃本作"而來"。羅本、容本、起本、徐參本、虎本、何本、陳本、秀本、天李本、湯本、魏本、峒本作"教我月下來",繼本、屠本、徐畫本、徐音本、驥本、延本、張本、六幻本、湯沈本、三合本、毛本、潘本作"着我待月上而來",封本作"教我月上去"。

② 他開門待我:他,範本、龍本、驥本、延本作"是";待我,弘本、繼本、徐畫本、徐音本、張本、六幻本、湯沈本、三合本、潘本作"等我",硃本作"等吾"。羅本、容本、起本、徐參本、虎本、何本、陳本、秀本、天李本、湯本、魏本、峒本、毛本作"是門欲開未開",屠本作"他開着門兒等我",封本作"是略掩着門兒等我"。

③ "隔墙花影動,疑是玉人來",着我跳過墙來:隔墙,封本、毛本作"拂墙";跳過墙來,封本作"跳過墙去"。範本、龍本作"'隔墙花影動',着我跳個墙來;'疑是玉人來',説我已至矣",張本同,但"跳個"作"跳過";繼本、六幻本、湯沈本作"'拂墙花影動',着我跳過墙來;'疑是玉人來',謂我至矣",徐畫本、徐音本、驥本、延本、三合本、潘本同,但"謂我至矣"作"説我已至矣";硃本同,但"着我"作"着吾","謂我至矣"作"是説我至矣"。

④ (紅笑云):弘本、羅本、容本、起本、虎本、何本、陳本、秀本、天李本、六幻本、湯本、魏本、峒本、封本作"(紅云)"。

⑤ 他着你跳過墙來:羅本、容本、起本、徐參本、虎本、何本、陳本、秀本、天李本、湯本、魏本、峒本、封本作"張生",屠本作"元來小姐書中暗包着許多意思",繼本、徐畫本、徐音本、硃本、張本、六幻本、湯沈本、三合本、潘本無。

⑥ 你做下來:做,魏本、峒本作"坐"。繼本、屠本、徐畫本、徐音本、硃本、張本、湯沈本、三合本、潘本無。驥本、延本、毛本此句後多"了"。

說麽①？（末云）俺是個猜詩謎的社家②，【徐畫眉】【田眉】【延眉】【三合眉】《輟耕錄》載雜劇目，有"杜大伯猜詩謎"一題，但不見其有本耳。【凌眉】社家，猶言作家也。俗本作"杜"，徐引《輟耕錄》，有《杜大伯猜詩謎》，證其爲"杜"，非古本，不敢從。【封眉】徐文長曰：《輟耕錄》載雜劇目，有"杜大伯猜詩謎"一題，但不見其有本耳。風流隋何③，浪子陸賈。【天李旁】二用，好。我那裏有差的勾當④？（紅云）⑤你看我姐姐⑥，在我行也使這般道兒⑦。【凌夾】道兒，方語，元白中多有"休着了道兒"等語。《水滸傳》李逵云"着了兩遭道兒"，可證。王增一"乖"字，贅。【封眉】時本作"這乖道兒"，誤。【毛夾】董詞：讀詩時亦有"哩哩囉""哩哩來"諸和聲，皆合歡調語。你做下來了，言你定做破也，與第十四折"我道你做下來了"同。紅白三句，凡三轉，急急頂去，皆疑忌語氣。猜詩謎杜家，陶九仍錄

---

① 端的有此說麽：端的，範本、龍本作"的"；說麽，羅本、起本、徐參本、虎本、何本、陳本、秀本、天李本、湯本、魏本、峒本作"話說"，六幻本作"話麽"。屠本作"先生恐怕錯猜了也"，硃本作"真個如此解"。

② 俺是個猜詩謎的社家：俺是個，弘本、屠本、虎本、何本、陳本作"我是個"，容本、湯沈本作"我是"，硃本作"小生乃"；社家，範本、龍本、硃本作"杜家"。羅本、徐畫本、徐音本、驥本、延本、張本、三合本、封本、毛本、潘本作"我是個猜詩謎的杜家"，繼本、起本、徐參本、秀本、天李本、六幻本、湯本、魏本、峒本同，但無"個"字。

③ 隋何：弘本、範本、龍本、屠本、驥本、硃本、延本、三合本、毛本、潘本作"隨何"。

④ 我那裏有差的勾當：我，繼本、徐畫本、徐音本、三合本、潘本無。屠本作"那得差來"，硃本作"不是這般解怎樣說？（紅云）真個如此寫？（張笑云）紅娘姐，如今現在"，張本作"那裏有差勾當"。

⑤ （紅云）：硃本作"（紅怒云）"。

⑥ 你看我姐姐：屠本此句前多"呀"。我，羅本、繼本、容本、起本、徐參本、虎本、何本、陳本、秀本、天李本、湯本、魏本、峒本、封本無。硃本作"你看吾家小姐"。

⑦ 在我行也使這般道兒：這般，徐畫本、徐音本、驥本、延本、張本、三合本、毛本、潘本作"乖"。弘本作"我行也使道兒"，羅本、繼本、容本、起本、徐參本、虎本、何本、陳本、天李本、湯本、魏本、峒本作"我行也使謊呵"，屠本作"在我面前也使這般見識"，秀本作"我行也說謊呵"，硃本作"原來在我行使乖"，六幻本、湯沈本作"在我行也使謊呵"。

雜劇名目有《杜大伯猜詩謎》題，是詞家故事，如"李白嚇蠻"等。陸賈、隨何，見《漢史》，然無他風流事，惟李賀詩"陸郎騎斑騅"，注是陸賈，然亦烏有也。【潘夾】妙在直至此時，方記出書來，前半日幾同説夢。試問紅娘姐，此來爲何？懷書不達，臨去猶忘，平生多少機警，而忽同于魯人徙宅，一時愚不至此。不知紅娘無數熱中，在此寫出。夫袖中一緘非他，乃授命絶交者也。院中之人，肅境以待將軍，乃不以玉帛，而以干戈，躬爲盟主，而不能合楚之成，豈所稱慷慨然諾者乎？一路行來，踟躇百計，未免相對芒芒，擔憂失事，殷深源熱中過甚，竟達空函，手致之而手忘之，世固有此咄咄怪事也？及至開緘説詩，使人頤解，而紅娘一肚皮牢騷反從此生出。與人家國之事，而不蒙腹心之托，一腔熱血汛灑何地，冷冷含笑，便思量鬥起一法來。

【耍孩兒】【張眉】借用【般渉調】。幾曾見寄書的顛倒瞞着①魚雁，【潘旁】崔忒俏乖，紅也料不到此。【繼眉】坊本"瞞"字上增"顛倒"二字，便覺纏繞。【徐音眉】古來魚雁之受瞞者多矣。【虎眉】坊本"瞞"字上增"顛倒"二字，便見纏繞。【陳眉】也難直對魚雁説。【封眉】時本多漏"顛倒"二字，"魚"上乃多一"着"字。小則小心腸兒②轉關。【羅眉】着，音招，下同。則，音自。【起眉】李曰"寄書的瞞着魚雁"，句句折倒鶯鶯公案。"小心腸兒轉關"句又得宗門轉語，乃爲入妙。【徐畫眉】【田眉】"小則小"句，謂鶯鶯年紀雖小，却揣摩不定，如轉關然。【延眉】"小自小"句，謂鶯鶯年紀雖小，却揣摩不定，如轉關然。寫着道西廂待月等得更闌③，

---

① 顛倒瞞着：着，張本、封本無。弘本、羅本、繼本、容本、起本、徐參本、虎本、何本、陳本、秀本、天李本、湯本、魏本、峒本作"瞞着"。
② 小則小：驥本、延本作"小自小"。兒：張本無。
③ 寫着道西廂待月等得更闌：寫着道，徐參本作"寫他道"，徐畫本、徐音本、驥本、延本、張本、三合本、毛本、潘本無；等得，屠本、繼本、張本、六幻本、湯沈本作"等"，容本、起本、虎本、何本、陳本、秀本、天李本、湯本、魏本、峒本作"等待"，徐參本作"等着"。硃本無。

着你跳東墻"女"字邊"干"①。【田補旁】拆白"奸"字。【湯沈旁】此句舊本所無。【羅眉】月，音日。墻，音槍。【虎眉】【秀眉】一作"西廂待月等更闌，跳東墻'女'字邊'干'"，語亦便捷。蓋舊本所無，必不與易，是茲刻意也。【凌眉】"女"字邊"干"，拆白"奸"字。【三合眉】"女"字邊"干"是"奸"字，拆白道字也。元來那詩句兒裏包籠着②三更枣，【範眉】【龍眉】三更枣，高僧參五祖事，是隱語。【繼眉】高僧參五祖，祖與粳米三粒、枣一枚，僧悟曰：令我三更早來。簡帖兒裏埋伏着③九里山。【徐畫眉】【田眉】【延眉】三更枣，六祖黃梅園傳佛事；九里山，韓淮陰徐州伏兵折楚事。以其瞞人也，借用。故下文有"鬧中取靜"云云。"女"字邊着"干"字是"奸"字，所謂拆白道字也。末折有"肖字邊着個立人""木寸馬户尸巾"，仝此。【三合眉】三更枣，六祖黃梅園傳佛事；九里山，韓淮陰徐州伏兵折楚事。他着緊處將人慢④，【潘旁】足令豪杰灰志。恁會雲雨⑤鬧中

---

① 着你跳東墻女字邊干：着你，徐畫本、徐音本、驤本、硃本、延本、張本、六幻本、湯沈本、三合本、毛本、潘本作"教你"；跳東墻，起本、徐參本、虎本、何本、陳本、秀本、天李本、湯本、魏本、峒本、封本作"跳過東墻"。繼本作"跳東墻，女字邊干"，屠本作"跳東墻，女字兒邊干"。
② 元來那詩句兒裏包籠着：元來，潘本作"見來"；那詩句兒裏，羅本、毛本作"那詩句兒"，屠本作"那詩句裏"，徐畫本、徐音本、驤本、延本、三合本、潘本作"詩謎也似"，張本作"詩句也"。硃本作"原來五言包得"。
③ 簡帖兒裏埋伏着：簡帖兒，徐參本、魏本、峒本作"柬帖兒"，張本作"簡帖"。徐畫本、徐音本、三合本、潘本前多"誰想你"，驤本、延本、湯沈本前多"誰想"。硃本作"四句埋將"，毛本作"誰想簡帖裏埋伏着"。
④ 他着緊處：他，毛本作"你"，屠本、張本無。徐畫本、徐音本、驤本、延本、湯沈本、三合本、潘本作"你着緊"，硃本作"你吃緊"。慢：魏本、峒本、封本作"谩"。
⑤ 恁會雲雨：恁，弘本、繼本、屠本作"您"，羅本作"你"，徐畫本、徐音本、驤本、延本、張本、六幻本、湯沈本、三合本、毛本、潘本作"你只待"，硃本作"你要"。容本、起本、徐參本、虎本、何本、陳本、秀本、天李本、湯本、魏本、封本作"您會雲雨的"，峒本作"恁會雲雨的"。

取静，我寄音書①忙裏偷閑。②【徐參眉】以行奸目張鶯，亦憤心所發哭果，不當是幹事人。【湯沈眉】轉關，言揣摩不定。女字邊干，是"奸"字。所謂拆白道字也。三更枣，高僧參五祖，與粳米三粒、枣一枚，僧悟曰：令我三更早來。九里山，韓信伏兵折楚事。以其瞞人也，借用，故又有"鬧中取静"云云。【驥夾】【延夾】謎字仄聲，籠字平聲，俱不叶。【三合夾】搭，音搦。【毛夾】籠，借叶上聲。【潘夾】將詩謎背地傳人，如佛祖授偈；把簡帖暗中埋伏，如大將伏兵。極言雙文使着多少機心。

【四煞】③紙光明玉板④，【繼眉】陳師道詩："南朝官紙女兒膚，玉板雲英比不如。"【田補眉】玉版，箋名。字香噴⑤麝蘭，行兒邊湮透非春汗？⑥【羅眉】行，音興。【繼眉】今本"非"字下增一"是"字，便羞澀。【起眉】【虎眉】今本"非"字下增一"是"字，句便羞澀。一緘情泪紅猶濕，滿紙春愁墨未乾⑦。從今後⑧休疑難，放心波玉堂學

---

① 我寄音書：徐畫本、徐音本、碄本、張本、三合本、潘本前多"却教"，驥本、延本、六幻本、湯沈本、毛本前多"則教"；容本、起本、徐參本、虎本、何本、陳本、秀本、天李本、湯本、魏本、峒本後多"的"。封本作"俺寄音書的"。

② 範本、龍本此處多"（生云）原來小姐到瞞着小娘子哩"。

③ 【四煞】：屠本作"【三煞】"。

④ 玉板：羅本、驥本、秀本、碄本、延本、毛本作"玉版"。

⑤ 噴：碄本作"漬"。

⑥ 湮透非春汗：湮透，繼本、容本、起本、徐參本、虎本、何本、陳本、秀本、天李本、湯本、魏本、峒本作"湮透的"；非，徐畫本、徐音本、驥本、延本作"非是"；春汗，碄本作"嬌汗"。弘本、範本、龍本、屠本、六幻本、湯沈本作"湮透的非是春汗"。徐畫本、徐音本、驥本、延本、湯本、三合本、潘本此句後多"正是"，碄本此句後多"是他"。

⑦ 春愁：弘本、羅本、繼本、屠本、容本、起本、徐畫本、徐音本、徐參本、虎本、何本、陳本、秀本、天李本、湯本、湯沈本、三合本、魏本、峒本、潘本作"春心"。
墨未乾：徐參本作"黑未乾"。

⑧ 從今後：碄本作"我也"，張本無。

士①,【起眉】【虎眉】一作"放心波玉堂學士",辭則工而意索然矣。穩情取金雀鴉鬟。②【羅眉】學,音爻。雀,音悄。【田補眉】金雀鴉鬟,指鶯鶯也。李公垂《鶯鶯歌》:"金雀鴉鬟年十七。"俗本以爲是紅娘,遂改作"丫鬟",謬甚。【秀眉】倩,音青,去聲。【凌眉】王伯良曰:李公垂《鶯鶯歌》云"金雀鴉鬟年十七",俗改"丫鬟",謬甚。【徐音眉】小紅前□□□合則情恰,鶯已深心報面,于此具見。【湯沈眉】玉板,箋名。金雀鴉鬟,指鶯。俗本以爲紅娘,改作"丫鬟",謬甚。【三合眉】玉版,箋名。金雀鴉鬟,指鶯。【封眉】王伯良本曰:李公垂《鶯鶯歌》云"金雀鴉鬟年十七",俗本作"丫鬟",謬甚。【潘夾】"紙光明玉板"五句,即"背地裏愁眉泪眼"意,從紙墨上看出真情。"休疑難"以下,竟一肩推開矣,道他既瞞我,亦便不干我事,你們滿意自做你們的工夫,當得穩穩到手。句句是皮裏春秋。

【三煞】③ 他人行別樣的親④,俺根前⑤取次看,【羅眉】行,

---

① 放心波玉堂學士:波,徐畫本、徐音本、驥本、延本、湯沈本、三合本、潘本作"你個";玉堂,弘本、容本、起本、虎本、何本、陳本、天李本、湯本、湯沈本無。硃本作"放著個玉堂學士"。
② 穩情取金雀鴉鬟:穩情取,硃本作"任從你";鴉鬟,弘本、繼本作"丫鬟",範本、龍本作"釵鬟",徐畫本、徐音本、張本、三合本、封本、潘本作"鴉鬟"。羅本、屠本、容本、起本、徐參本、虎本、何本、陳本、秀本、天李本、湯本、魏本、峒本作"穩倩取金雀丫鬟",驥本、延本、湯沈本作"穩情取個金雀鴉鬟"。徐畫本、徐音本此句後多"(生云)我張珙全靠着小娘子,再不敢使一點兒甜言美語",潘本此句後多"(生)我張珙全靠着小娘子"。【潘夾】張亦居然自謂得手,連此語也做個虛人情。
③ 【三煞】:屠本作"【二煞】"。
④ 他人行別樣的親:的,弘本、羅本、繼本、屠本、容本、起本、徐參本、虎本、何本、陳本、秀本、張本、天李本、六幻本、湯本、湯沈本、魏本、峒本、封本、毛本無。硃本作"將他來別樣親"。
⑤ 俺根前:羅本、繼本、容本、起本、徐畫本、徐音本、徐參本、驥本、虎本、何本、陳本、秀本、延本、天李本、六幻本、三合本、湯本、湯沈本、魏本、峒本、毛本、潘本作"俺跟前",硃本作"把俺來",張本作"我跟前"。

音杭。前，音千。更做道①**孟光接了梁鴻案**。別人行**甜言美語**②**三冬暖**，【田補眉】他人、別人，俱指張生。【凌眉】"甜言"二句，諺語也，故對不整。徐本作"媚你"以對"傷人"則整矣。然元人用此二句，又有作"甜言與我"者，不知竟當何從。爲頭看，從頭看也，今本作"回頭"，非。**我根前**③**惡語傷人六月寒**。【凌旁】一作"九夏寒"亦妙。【徐參眉】怪不得紅娘怨恨。【魏眉】【峒眉】怪不得他怒恨。【封眉】"甜言"二句，諺語也，故對不整。徐改"媚你"以對"傷人"，可發一笑。**我爲頭兒**④**看**：【羅眉】頭，音偷。【徐畫眉】【田眉】【延眉】爲頭，猶言打頭也、從頭也，言我且從頭看。【虎眉】爲，一作"回"，亦可。【封眉】即空主人曰：爲頭，猶從頭也，俗本作"回頭"，誤。**看你個**⑤**離魂倩女**，【範眉】【龍眉】【繼眉】離魂倩女，出《虞初志》。**怎發付**⑥**擲果潘安**。【湯旁】不干你事。【繼眉】潘安仁妙有姿容，少時挾彈出洛陽，婦人遇者，莫不連手共縈之，或以果擲之滿車。【徐畫眉】【田眉】只倩女，却怎生擲果與潘安？此紅言看他怎生瞞過己也。【延眉】這倩女，却怎生擲果與潘安？此紅言看他怎生瞞過己也。【湯沈眉】他人、別人。俱指張。媚你，諸本作"美語"，與"傷人"不對。回

---

① 更做道：羅本、屠本、徐畫本、徐音本、張本、三合本、毛本、潘本作"便做道"，碌本作"是幾時"。
② 別人行甜言美語：別人行，羅本作"他人行"；美語，徐畫本、徐音本、驥本、延本、六幻本、三合本、湯沈本、潘本作"媚你"，峒本作"蜜語"，毛本作"媚汝"。碌本作"將他來甜言媚你"，張本作"既甜言媚你"。
③ 我根前：羅本、繼本、容本、起本、徐參本、虎本、何本、陳本、秀本、天李本、湯本、魏本、峒本作"我跟前"，徐畫本、徐音本、驥本、延本、六幻本、三合本、湯沈本、毛本、潘本作"俺跟前"，碌本作"把俺來"，張本作"怎"。
④ 我爲頭兒：範本、龍本、羅本、繼本、徐參本、陳本、秀本、魏本、峒本作"我回頭兒"，屠本作"爲頭兒"，徐畫本、徐音本、驥本、延本、張本、三合本、毛本、潘本作"爲頭"，碌本作"今日回頭"，湯沈本作"回頭"。
⑤ 看你個：弘本、容本、起本、徐參本、虎本、何本、陳本、秀本、碌本、天李本、湯本、魏本、峒本作"看你"，張本無。
⑥ 怎發付：徐畫本、徐音本、驥本、延本、張本、三合本、潘本無。碌本作"怎生的"。

頭，作"爲頭"，非。怎發付，言如何瞞我也。【三合眉】【容夾】不干你事。【驥夾】【延夾】前"看"字，平聲。倩，音千，去聲。【毛夾】數曲反覆，悵鶯兼懟恚生也。魚雁，寄書者也，寄書而瞞魚雁，猶寄書而瞞寄書人也。顛倒，猶反也，與前折"顛倒有個尋思"、前曲"顛倒惡心煩"同。俗解瞞之顛倒，非。非春汗，豈非春汗耶？嘲之也。情泪、春愁，亦嘲語。金雀鴉鬟，指鶯，見李公垂《鶯鶯歌》。他人、別人，俱指生。便做道，諸本作"更做道"，字形之誤。言便做夫婦相待，亦不必一過親而一過憎也。梁鴻、孟光，借夫婦嘲之也。爲頭，從頭也，勿作"回頭"。元天寶詞"爲頭兒引見根苗"；《勘頭巾》劇"爲頭兒對府君説詳細"，爾時直欲從旁作冷眼矣。王伯良曰：女字邊干，折白"奸"字。三更棗，六祖事；九里山，項羽事。玉版，箋名，陳後山詩"南朝官紙女兒膚，玉版雲英此不如"。參釋曰：媚汝，或作"浼汝"，或作"美語"，皆字聲之誤。甜言，頂"別樣親"來；傷人，頂"取次看"來。【潘夾】爲頭，猶言從頭看也。言我只立開身子，閒閒冷覷，意中便思鬥出一法來。崔張之交且成矣，紅何爲而呶呶也？則以臣無勛焉故也。嘻，此何事也，而可使卿有勛耶？此又何事也，而可不使卿有勛耶？

（末云）小生讀書人，怎跳得那花園過也。①【三合旁】滯貨。【容夾】【徐畫夾】腐甚，滯甚，實亦喜甚。【湯夾批】腐甚，滯甚。實亦甚喜。

【二煞】②（紅唱）隔牆花又低③，【湯沈眉】一本"拂花牆又低"，筠本作"隔花階又低"。迎風戶半拴，【羅眉】隔，音揭。墻，音槍。偷

---

① 小生讀書人，怎跳得那花園過也：讀書人，秀本作"讀書的人"；那花園過也，弘本、毛本作"那花園過"，繼本、徐畫本、徐音本、秀本、張本、六幻本、湯沈本、三合本作"那花園牆過"，驥本、延本作"您那花園過也"。範本、龍本作"怎生發付小子"，屠本作"這樣高墻，怎生跳得過去"，容本、起本、虎本、何本、陳本、天李本、湯本作"小生自小讀書的人，怎跳得那花園過"，徐參本、魏本、峒本、封本同，但"自小"作"自幼"；"那花園過"，徐參本作"這花園過"，封本作"花園過也"；硃本作"只是小生讀書人，怎生跳得花園墻過"。羅本無。
② 【二煞】：屠本作"【一煞】"，峒本作"【三煞】"。
③ 隔墻花又低：隔墻，硃本、張本、封本作"拂墻"。徐畫本、徐音本、三合本、潘本作"拂花墻又低"，驥本、延本作"隔花階又低"。

香手段今番按。怕墙高①怎把龍門跳？嫌花密難將仙桂攀②。【容眉】【湯眉】俗！【徐音眉】跳龍門，攀仙桂者，正未可借口。【陳眉】【魏眉】豈不曾讀孟子"不摟，則不得妻"句？【峒眉】孟子云："不摟，則不得妻。"放心去③，休辭憚。你若不去呵④，【徐畫旁】【田旁】【延旁】【三合旁】凑！望穿他⑤盈盈秋水，【張眉】俗少"莫教"兩字，便承接無味。甃損了⑥淡淡春山。【謝眉】盈盈、淡淡，世未有如此之句。【範眉】【龍眉】【繼眉】秦少游詞："也應似舊，盈盈秋水，淡淡春山。"【秀眉】秋水喻眼，春山喻眉。【驥夾】【延夾】花階，一作"墻花"。拴，尸關反。【毛夾】拴，尸關切。隔墻花又低，此借詩作調笑語。他本作"隔花階又低"，指階爲低固繆，且下"怕墻高"二語，一頂"墻"字，一頂"花"字，與"階"無涉。望穿他、甃損他，兩"他"字俱指鶯，與前【耍孩兒】曲兩"你"字俱着眼處，蓋于慇懃中并誚之也。"盈盈秋水"二語，見秦少游詞。【潘夾】極力贊成，極力攛掇，却句句是皮裏春秋。跳龍門、攀仙桂，手段雖高，却不如開角門的便。紅娘如何肯做美？紅娘亦如何得做美？

（末云）小生曾到那花園裏⑦，已經⑧兩遭，不見那好處⑨。這

---

① 怕墻高：範本、龍本、徐畫本、徐音本、驥本、延本、張本、湯沈本、毛本、潘本前多"你若"，硃本前多"你"。
② 攀：徐參本、魏本、峒本作"扳"。
③ 放心去：硃本作"疾忙去"，張本無。
④ 你若不去呵：硃本、張本無。
⑤ 望穿他：徐畫本、徐音本、驥本、延本、湯沈本、三合本、潘本作"他望穿"，硃本作"他望穿了"，張本作"莫教他望穿"。
⑥ 甃損了：徐畫本、徐音本、張本、湯沈本、三合本、潘本作"甃損"，驥本、延本作"他甃損"，封本、毛本作"甃損他"。
⑦ 那花園裏：裏，驥本、延本無。弘本、羅本、繼本、容本、起本、徐畫本、徐音本、徐參本、虎本、何本、陳本、秀本、張本、天李本、六幻本、湯本、湯沈本、三合本、魏本、峒本、封本、毛本、潘本作"花園"。
⑧ 已經：驥本、延本、毛本作"凡經"。
⑨ 不見那好處：那，範本、龍本、驥本、延本、張本無。容本、起本、徐參本、虎本、何本、陳本、秀本、六幻本、湯本、魏本、峒本、封本、毛本作"不曾得些好處"。

一遭，知他又怎麽①?【三合旁】腐物！【容夾】【湯夾批】一發滯極了。（紅云）如今不比往常。②【徐畫旁】妙！【潘夾】張一味愚誠，至此亦漸漸露些垂覺。閱歷既久之後，天下遂少一味樸實頭人。

【煞尾】③你雖是去了④兩遭，我敢道⑤不如這番。你那隔牆酬和都胡侃⑥，【田補眉】【湯沈眉】胡侃，無準實之意。【秀眉】侃，音砍。證果的是今番這一簡⑦。（紅下）【起眉】李曰：一刀截斷衆流，不著枝枝蔓蔓語，舌尖兒自倒斷，自甘軟。【徐畫眉】【田眉】【延眉】釋氏收成云"證果"。【徐參眉】未來事暗如漆，□難□過。【三合眉】自引人着勝地。【毛夾】參釋曰：佛家以圓成爲"證果"。【潘夾】落句純用反詞諷刺，雙文變卦，早已決撒。【耍孩兒】五闋，"顛倒瞞着魚雁"句，是其總領也。只因礙着

---

① 怎麽：弘本、羅本、容本、起本、驥本、虎本、何本、陳本、秀本、延本、天李本、湯本、魏本、峒本、封本、毛本、潘本作"如何"，繼本、徐畫本、徐音本、徐參本、張本、六幻本、湯沈本、三合本作"何如"。
② "小生曾到那花園裏"至"如今不比往常"：如今不比往常，容本、起本、徐參本、虎本、何本、秀本、魏本、峒本、封本、毛本作"如今既有這詩，不比往常了"；陳本、湯本同，但"詩"作"書"；天李本同，但"詩"作"話"；驥本、延本、湯沈本作"如今不比那往常"。屠本作"我到花園裏兩遍了，都不見有些好處"，硃本作"曾見花園，已經兩遭"。
③ 【煞尾】：弘本、屠本作"【收尾】"，羅本、繼本、容本、起本、虎本、何本、陳本、秀本、天李本、湯沈本、魏本、峒本作"【尾聲】"，驥本、延本、毛本作"【尾】"。
④ 你雖是去了：去了，毛本作"走了"。弘本、範本、龍本、羅本、繼本、容本、起本、徐參本、虎本、秀本、天李本、湯本、魏本、峒本作"你須是去"，何本、陳本作"你雖是去"，屠本作"你須是去了"，硃本作"雖是去"，湯沈本作"你雖是去了"。
⑤ 我敢道：硃本作"敢"。
⑥ 你那隔牆酬和都胡侃：你那，硃本作"你當初"，弘本、羅本、繼本、容本、起本、虎本、何本、陳本、秀本、天李本、六幻本、湯本、湯沈本、魏本、峒本無；隔牆，徐畫本、徐音本、驥本、延本、三合本、毛本、潘本作"隔牆兒"。屠本作"隔牆兒酬和都是胡侃"，張本、封本作"那隔牆兒酬和都胡侃"。
⑦ 證果的是今番這一簡：是，範本、龍本作"敢只是"，屠本無；簡，羅本、徐參本、魏本、峒本作"束"。徐畫本、徐音本、三合本、潘本作"證果你只是今番這簡"，驥本、延本、毛本同，但"簡"作"一簡"；硃本作"證果是他今朝這一簡"，張本作"證果如今這一簡"。

他眼前釘，又要將他作鬼使，肚裹未免藏幾分牢騷，口頭亦帶無數諷刺，却一味蘊藉尖酸，略無憤怒之色。千伶百俐，人莫看得粗狠。

（末云）①萬事自有分定②，誰想小姐有此一場好處③。小生是猜詩謎的社家④，風流隋何，浪子陸賈，⑤【天李旁】二用。好！到那裏扢扎幫便倒地⑥。【湯眉】妙！今日頼天百般的難得晚。⑦天⑧，【封眉】天，一字句，作"天那"者，非。你有萬物于人，何故⑨爭此一日？疾下去波！⑩讀書繼晷怕黃昏，不覺西沈強⑪掩門。欲赴海棠花下

---

① （末云）：張本作"（紅下）（生笑）"。
② 萬事自有分定：萬事，弘本、羅本、繼本、容本、起本、徐畫本、徐音本、徐參本、驥本、虎本、何本、陳本、秀本、硃本、延本、天李本、六幻本、湯本、湯沈本、三合本、魏本、峒本、封本、毛本、潘本作"嘆萬事"。屠本作"萬事看來真有分定"。
③ 誰想小姐有此一場好處：此，範本、龍本、屠本作"這"。硃本作"適纔紅娘來，千不歡喜，萬不歡喜，誰想小姐有此一場好事"。
④ 小生是：硃本作"小生實是"，封本作"小生是個"。社家：範本、龍本、羅本、繼本、容本、起本、徐畫本、徐音本、徐參本、驥本、虎本、何本、陳本、秀本、硃本、延本、天李本、六幻本、湯本、湯沈本、三合本、魏本、峒本、封本、毛本、潘本作"杜家"。
⑤ 風流隋何，浪子陸賈：隋何，弘本、範本、龍本、驥本、硃本、延本、毛本作"隨何"。徐畫本、徐音本、三合本、潘本無。
⑥ 到那裏扢扎幫便倒地：硃本作"此四句詩，不是這般解，是怎樣解？'待月西廂下'，是必須待得月上；'迎風户半開'，門方開了；'隔墙花影動，疑是玉人來'，墙上有花影，小生方好去"。
⑦ "小生是猜詩謎的社家"至"今日頼天百般的難得晚"：頼天，硃本作"這頼天"；百般的，驥本、延本作"百般"，硃本作"偏百般的"。屠本無。
⑧ 天：範本、龍本、繼本、屠本、徐畫本、徐音本、六幻本、湯沈本、三合本、潘本作"天那"，硃本作"天呀"。
⑨ 何故：硃本作"何苦"。
⑩ "天，你有萬物于人"至"疾下去波"：波，範本、龍本作"咱"，徐畫本、徐音本、三合本、潘本作"者"，天李本作"罷"。屠本作"怎生便得日頭落了下去也，正是"，驥本、延本無。弘本、驥本、延本此句後多"（生念）"，毛本此句後多"（念）"。
⑪ 強：驥本、延本作"又"。

約，太陽何苦又生根？①（看天云）②呀，纔晌午也③，【羅眉】纔，音才。再等一等，又看咱。④【容眉】【徐畫珠眉】【湯眉】畫，畫、畫亦不到此。【三合眉】一副相思圖。今日萬般的⑤難得下去也呵！⑥碧天萬里無雲，空勞倦客身心。恨殺太陽貪戰，不教紅日西沈。⑦呀，却早倒西也⑧。再等一等咱。⑨無端三足烏，團團光爍爍。⑩安得后羿弓，射此一輪落！⑪【徐音眉】一味慌得妙。【魏眉】相思畫。【峒眉】想思畫。謝天地，却早日下去也！⑫呀⑬，却早發擂也！呀，却早撞鐘也！⑭

---

① "讀書繼晷怕黃昏"至"太陽何苦又生根"：又，驥本、延本作"強"。碌本作"快書快文快談論，不覺開西立又昏。今日碧桃花有約，鰾膠黏了又生根"。
② （看天云）：弘本作"（末云）"，羅本、繼本、屠本、驥本、虎本、何本、陳本、秀本、碌本、延本、天李本、六幻本、三合本、魏本、峒本、毛本、潘本無。
③ 纔晌午也：晌午，碌本作"向午"。屠本作"此時天纔晌午也"。
④ 再等一等，又看咱：又看咱，羅本、容本、起本、徐參本、虎本、何本、陳本、秀本、天李本、湯本、魏本、峒本、毛本無。屠本作"再等一會兒"。範本、龍本此上爲第十齣，尾標"重刻元本題評音釋西廂記卷上"。
⑤ 今日萬般的：萬般的，弘本、羅本、繼本、容本、起本、徐畫本、徐音本、徐參本、驥本、虎本、何本、陳本、秀本、碌本、延本、天李本、六幻本、湯本、湯沈本、三合本、魏本、峒本、毛本作"百般的"。封本作"哎，怎這般的"。
⑥ 驥本、延本、毛本此處多"（念）"。
⑦ "碧天萬里無雲"至"不教紅日西沈"：不教，弘本、起本、徐畫本、徐音本、徐參本、虎本、何本、陳本、秀本、天李本、湯本、湯沈本、三合本、魏本、峒本作"不覺"。碌本作"空青萬里無雲，悠然扇作微塵。何處縮天有術，便教逐日西沉"。
⑧ 却早倒西也：却，驥本、延本、毛本無。碌本作"初到西也"。
⑨ 等一等咱：徐參本作"等一等者"。弘本此句後多"（生念）"，驥本、延本、毛本此句後多"（念）"。
⑩ 無端三足烏，團團光爍爍：無端，何本作"無足"。碌本作"誰將三足烏，來向天上閣"。
⑪ "（看天云）"至"射此一輪落"：潘本無。
⑫ 謝天地，却早日下去也：碌本作"謝天謝地，日光菩薩，你也有下去之日。呀，却早上燈也"。
⑬ 呀：容本、徐參本、驥本、虎本、何本、陳本、秀本、延本、天李本、湯本、魏本、峒本、毛本無。
⑭ "小生是猜詩謎的社家"至"却早撞鐘也"：張本無。

拽上書房門①，【秀眉】拽，音葉。到得那裏，手挽着垂楊，滴流撲跳過墻去。②（下）③【謝眉】本傳爲二帙，雜記爲一帙，覽者便明，各有次序。【徐畫珠眉】《西廂》文字，一味以模寫爲工。如鶯張情事，只從紅口中模索之；老夫人及鶯意中事，則從張口中模索之；且鶯、張及老夫人未必實有此事也。的是鏡花水月，神品，神品！【陳眉】一幅想思畫。【凌眉】只此一段白，自是元人手筆。【湯眉】【容夾】一幅相思畫。【三合眉】又算發。

【容尾】【湯尾】總批：嘗言吳道子、顧虎頭，只畫得有形象的，至于相思情狀，無形無象，《西廂記》畫來的的逼真，躍躍欲有，吳道子、顧虎頭又退數十舍矣。千古來第一神物，千古來第一神物！又評：白易直，《西廂》之白能婉；曲易婉，《西廂》之曲能直。此所以不可及也。又評：《西廂記》耶？曲耶？白耶？文章耶？紅娘耶？鶯鶯耶？張生耶？讀之者李卓吾（湯本"李卓吾"作"湯海若"）耶？俱不能知也，倘有知之者耶？又評：《西廂》曲文字，如喉中癰出來一般，不見有斧鑿痕、筆墨迹也。又評：《西廂》文字，一味以模索爲工。如崔張情事，則從紅口中模索之；老夫人及鶯意中事，則從張口中模索之。且鶯、張及老夫人未必實有此事也。的是鏡花水月，神品，神品！

---

① 拽上書房門：張本作"小生"。
② 滴流撲跳過墻去：滴流撲，徐畫本、徐音本、三合本作"滴流撲剌"，徐參本、六幻本、湯沈本作"滴溜溜"，何本作"洒溜撲"，碌本作"滴溜撲碌"，張本、潘本作"滴溜撲剌"，峒本作"滴溜溜撲"，毛本作"滴溜撲剌的"。驥本、延本作"滴流撲剌跳過墻"。何本此句後多"北西廂卷上終"，繼本、徐畫本、徐音本、六幻本、湯沈本、三合本、潘本此句後多"抱住小姐，丟翻在綠茸茸草上。小姐，我則是替你愁哩。爲盼洞房春，專待西廂下"，張本同，但"我則是"作"俺則是"，"西廂下"作"西廂月"；驥本、延本此句後多"抱住小姐，丟翻在綠茸茸草上。小姐，我是替你愁哩。（下）"，碌本此句後多"抱住小姐。咦，小姐，我只替你愁哩。二十顆珠藏簡帖，三千年果在花園。（下）"。
③ "今日萬般的難得下去也呵"至"滴流撲跳過墻去。（下）"：屠本作"呀，今日百般難得天晚。看：碧天千里遠，紅日一輪高。寄與知心者，相思望獨勞。呀，這會纔見日頭西墜，謝天謝天，却早發擂了，又早撞鐘了。輕輕將書房門兒拽上，到得那裏，一隻手挽着垂楊柳，一隻手扳住太湖石，怕他墻高，只待一跳。那時抱定小姐，却說道：我爲你憂了多少，愁了多少，今日纔得見你。爲盼洞房春，專待西廂夜。（下）"，範本、龍本無。

【徐音尾】批：曲中全是以摸索爲工。如鶯張情事，則從紅口中摸索之；老夫人及鶯鶯意中事，則從張口中摸索之。便如鏡花水月，以神傳神。【陳尾】批：胸中如鏡，筆下如刀，千古傳神文章。鶯鶯喜處成嗔，紅娘回嗔作喜。千種翻覆，萬般風流。【硃尾】西廂文雖十六篇，而足以開發心智，此最多。由具意智靈變，筆情輕倩，以此熟讀得，具如此筆氣，又安往而不利乎？是在乎能自得師者乎。【三合尾】湯若士總評：崔家娘，風流蘊藉；至誠種，參透了一緘詩謎。張解元，狂魔痴潑；可喜娘，賺得來半戶花魂。哎，若不是撮合山，乾受些摧殘言語，則這道會親符，險些兒人散酒闌。李卓吾總評：吳道子、顧虎頭，只畫得有形象的，至如相思情狀，無形無象，《西廂記》畫來的的逼真，躍躍欲有。吳道子、顧虎頭又退數十舍矣！千古來第一神物。徐文長總評：痛喝熱罵，美語甜言，都是皮裏春秋，藥中甘草。【魏尾】【峒尾】總批：曲中全是以摸索爲工。如鶯張情事，則從紅口中摸索之，老夫人及鶯鶯意中事，則從張口中摸索之。張及老夫人，未必實有是事也，的是鏡花水月，以神傳神。又批：胸中如鏡，筆下如日，千古傳神文章。【潘尾】說意：觀于《窺簡》一篇，而知紅之當日，所處之勢爲最難也。夫紅亦何難乎爾也？彼雙文者，固所稱多情小姐也；張生者，又所稱至誠種也。非至誠不足以結多情之感，非多情不足以繫至誠之心，加以紅娘鶻伶之識，殷勤之意，見事風生，迎機導款，以此遨游二帝之間，周旋兩宮之側，宜其言聽計從，情投意洽者也。則紅亦何難乎爾也？雖然以張之至誠，而竟以懦用；以崔之多情，而純以假用也。夫懦者，君子所以自節其情者也。不懦，則爲強暴，則爲狂且，懷朕情而不發，托褰修以致辭。是以江思漢思，而不敢求也。假者，士女之所以自坊其身者也；不假，則爲招搖，則爲奔越。心不同兮媒勞，恩不甚兮輕絕，是以胡帝胡天而不可測也。以不敢求之志，當不可測之情。紅即有懸河之口，煉石之才，其能使之驟爲合哉？況懦以志誠用，則懦益纏綿而不已。假以多情用，則假又詭出而不窮。距張生而遂絕之，不忍也，憐其至誠，尤憐其懦也；取雙文而驟致之，不能也，畏其假尤畏其多情也。此紅所以致嘆于"左右做人難"也。雖然，張之懦，張之誠爲之也。雙文之假，夫乃非人情乎哉？吾爲深思其故，而知夫假也者，亦由情而起，緣性而作，而竊嘆夫先王之禮之所由來也。君與臣，可合也，而不可驟合也，爲之賦蘭以招之，執雉以見之，若是其多文也；朋與友，可合也，而不可驟合也，爲之聞聲而思之，涉江以贈之，若是其多飾也；夫與婦，可合也，而不可驟合也，爲之問名以求之，閉閣以避之，若是其多節也。夫先王豈不能徑情而直行，而必爲是文之飾之節之之多端者？誠惡夫徑情而直行，而天下遂相率而出于亂也，故不得已而出于此也。柱史有言曰："禮者，性之華，而僞之首。"此以明夫禮之所由來爲甚假也。然則雙文之假，殆雙文之猶能以禮範身，而不竟同于淫奔者乎？故事可合，而不欲其即合；情可合，而不予以遽合；心可合，而不求其驟合。誠爲之致難于其間也，此紅之所尤斷斷者也，君子曰："禮失而求諸假差，猶愈于賄遷也。"

【驥尾附】注二十條

【粉蝶兒】首三曲，穠艷婉麗，委曲如畫。周昉《仕女圖》故不過此。元喬夢符論作詞之法曰"鳳頭、猪肚、豹尾"，謂起要美麗，中要浩蕩，結要響亮。《西廂》正得此體，每曲皆然。《翰墨全書》載元時上表箋者，以梅紅羅單綾封裹，蓋當時所尚。徐云：香繞窗紗，以無風而簾不動也。

【醉春風】朱本"玉斜橫"，諸本俱作"玉橫斜"，但對下"雲亂挽"，則當從"玉斜橫"爲的。諸本"日高猶自不明眸"，語頗費力，朱本作"凝眸"，謂注視也，言日高而目尚矇矓未開也。詞隱生引《洛神賦》"明眸善睞"，謂語非無出，今并存之，然似終有誤字。

【普天樂】朱本"烏雲散"，諸本作"䰂"，䰂，音朵，見上文。然（關漢卿《緋衣夢》劇："則今番臨綉床有些兒不耐煩，則我這睡起來雲鬢兒覺偏䰂，插不定秋色玉連環。"）則䰂或又可作獺音耶？第此曲止宜作"散"字耳。晨而曰"晚妝"，宿妝未經梳洗也。前"雲亂挽"，此"烏雲散"及"亂挽起雲鬟"，稍重。（董詞："把束帖兒拈，抬目視是一幅花箋，寫着三五行字兒，是一首斷腸詩。低頭了一晌，讀了又尋思。"）

【快活三】言招惹張生寄簡，分明是你過犯，却緣何罵我，把我摧殘？你使我去，而顛倒作惱，此何理也？你固不慣，誰人又曾慣耶？言你不曾看慣，我亦不曾寄慣也。【驪眉】看得委曲。因上白"我幾曾慣看這東西"而言。俗解：你不慣，却誰慣耶？直指鶯說，謬甚。鶯何嘗真慣耶？"惡心煩"之"惡"，去聲。（《切膾旦》劇："你却便引得人來心惡煩。"）可證。俗作"如"字音，非。

【朝天子】第四句元七字，此作四字二句，係變法。"病患、要安"，與上"近間、面顏"，各二字爲句。"黃昏清旦"與"曉夜"，字似重。

【四邊靜】此反詞以激鶯也。人家，指張生，猶他家、伊家之類，今北人鄉語猶然。言我今日非爲張生，怕他日逐在此調戲，萬一老夫人見出些破綻，則你與我將如之何？是大家不好看也。故今日我汲汲于你二人之成就者，亦爲你我自身計也。若張生病勢危難，我那裏管他，正要哄他上竿，掇了梯兒閑看之耳。【驪眉】"擪斷上竿"，作指鶯說，未爲不可，與"問甚"句，便不相蒙。必如此看，方巧俊動人。徐云：言掇梯賺人，此等本事，本來能做。只爲你計較利害，故如此委曲爲他傳遞。你如何反怪我耶？擪斷，即斷送之意。（石子章《竹窗雨》劇："擪掇了人生有限身。"）（陳大聲詞："雨雨風風，擪斷的病兒重。"）

【脫布衫】此鶯鶯已去，背後罵之之詞。小孩兒，正指鶯也。俗本改作鶯唱，非是。一迷【驪夾】去聲。，鄉語，今吳越間亦有之，即前"一納頭"之意。

【小梁州】此二曲一直下，"我爲你"三字直管到"佳期盼"句；我，紅娘自謂；你，鶯鶯也。言爲你如此想他。故不憚勤勞，替你傳消問息，而如今倒做嘴臉【驪夾】音斂。罵我耶？俗本作"他爲你"，則"他"字謂張生矣，于上下文全無謂，謬甚。羅衣不耐五更寒，謂起得早也。闌干，縱橫貌。白樂天《長恨歌》："玉容寂寞淚闌干。""廢寢忘餐"與前【朝天子】重，"寂寞淚闌干"亦與"望東墻淹淚眼"重。

【幺】辰勾，水星。其出雖有常度，然見之甚難。《西漢天文志》及《淮南子》，謂一時不出，其時不和；四時不出，天下大饑。張衡云：辰星，一名勾星。《博雅》云：辰星謂之鉤星，故亦謂之辰勾。李尋曰：四時失序，則辰星作异；政絕不行，則伏不見，而爲彗孛。晋灼謂：常以四仲之月分，見奎婁東井角亢牽牛之度，然亦有終歲不一見者。【驪眉】詳博之甚，俗解可唾。盼佳期如等辰勾之出，見無夜不候望也。（《青衫淚》劇："恰便似盼辰勾，逢大赦。"）俗本添一"月"字，俗注又引吳昌齡《辰勾月》劇爲證，可笑之甚。撮合山，世以比稱媒人，元劇用之最多。如（喬夢符《揚州夢》劇："將你這個撮合山慢慢酬答。"）（王煥《百花亭》劇："索那撮合山花博士。"）（《陳摶高臥》劇："撮合山錯了眼光。"）（《鴛鴦被》劇："當初是那撮合的姑姑，送了這望夫石的玉英。"）（《㑇梅香》劇："那時將撮合山恁時節賞。"）等可證。古注謂是荷包上壓口，杜撰無據。言我爲你如此盼望佳期，着我夤夜奔走，不曾牢關角門，今反如此摧殘于我耶？又猜你既如此思想張生，而又佯怪我之傳書送簡，意或怕我之漏泄言語而然耳。你何用如此疑我，我只願你安穩做了夫妻，向筵席頭上打扮去做新人，我做個縫了口的媒人，決不漏泄此事也。

　　【石榴花】不怕春寒，正應"猶自怯夜單"句。撰，戲弄之意，俗本改作"賺"，便落閉口韵，非。胡顏，羞也。此皆極形容以嘲鶯之意。"猶自怯衣單"及"不怕春寒"二語，與前【小梁州】"羅衣不耐五更寒"又重。"向晚"上，古本無"昨日個"三字，然調法當五字作句，"晚"字宜韵。若"向晚"與"不怕春寒"一句下，本調便少一句，今從諸本存之。但"日"字須作平聲唱，乃叶耳。"晚"字與上"晚妝樓"亦重。望夫山，《寰宇記》謂：夫行役，妻每登高而望，故名。《路史》謂是"望敷"之訛，以望敷淺原也。

　　【鬥鵪鶉】此承上曲意來。艾焙，灼艾之火也。受艾焙權時忍這番，猶俗言忍灸只忍這遭，言此後再不爲之傳送也。古本"暢好乾"，今本作"奸"。徐云：暢好乾，乾之甚也。巧語花言，即上覓人破綻之意。謂我着甚要緊，管你這事？你今日對我有許多巧語花言，傷犯着人。到背地裏，却又愁眉泪眼，不能自持也。詞隱生云：乾，似不如"奸"字明白。言鶯之奸詐爲甚也。然接上"受艾焙"句語氣，則"乾"字就紅娘言，又似較勝耳。今并存。

　　【上小樓】那的，謂簡帖也。招伏，謂供招。（張仲章《勘頭巾》劇白："掌刑名者有十個字，是原法、事頭、正犯、招伏、結案。"）（鄭廷玉《後庭花》劇："若是有證見，便招伏。"）勾頭，即"勾牒"。（馬東籬《岳陽樓》

劇："將勾頭來吊你。"）（《百花亭》劇："追人命的勾頭。"）（《魯齋郎》劇："那一個官司敢把勾頭押。"）古本作"勾當"，語既與招伏、公案不倫，而此句下二字，法當用平聲，若"勾當"，則去聲矣。今不從。下言鶯鶯若不看我的面顏，有顧盼我的意思，而擔饒你書辭之輕慢，他險些打及我，而把你娘拖犯矣。你娘，紅娘自稱，以謔張生也。擔饒，情恕之意。（董詞："官人每更做擔饒。"）

【幺】此直以危詞絕生，亦戲生而故窘之也。北人方語，謂走爲赼，見《墨娥小錄》。（劉時中小令："馮魁破產，雙生緊趕，小姐先赼。"）訕，謗也，言今日事已無成，只大家走散，不必再怨訕留戀之也。秦樓，筠本作秦臺。徐云：不如"樓"字。

【滿庭芳】撒奸，使乖之意。呆裏撒奸，亦方言，謂事勢如此，用不得乖也。【驪眉】本文元自直截，俗本誤人多矣。"他"字，指鶯鶯。搭，按也。怎透針關，古本作"縱過"，似費力。紅娘言：你如今休再痴想，你要恩情美滿，却做我着，教我骨肉摧殘。小姐手按着檀棍，只要打人，譬"粗麻綫怎透得針關"耶？幫閑鑽懶，須手脚利便；送暖偷寒，須口舌無禁忌。又言：你如今直侍要我打得傷了，拄着拐去幫襯；禁得不説話，縫了唇，去傳遞耶？下又形客其心軟，不能拒絕之意。犯，諸本作"泛"，非。言去則傳遞消息，踏着罪犯；不去，又難爲張生熱意催趲，是左右做人難也。"他"字，俗本改作"老夫人"，謬，渠不通上下文理耳。（董詞："打折你大腿，縫合你口。"）

【白】：哩也波哩也囉，北人方言，猶言如此如此也。

【耍孩兒】小則小，謂鶯年紀雖小，却揣摩不定，如轉關然。女字邊干，拆白"奸"字。三更棗，六祖事。九里山，項羽事。鬧中取靜，言使他人奔走，而自處安逸也。

【四煞】玉版，箋名。宋陳後山詩："南朝官紙女兒膚，玉版雲英比不如。"金雀鴉鬟，指鶯鶯也。李公垂《鶯鶯歌》："金雀鴉鬟年十七。"俗本以爲是紅娘，遂改作"丫鬟"，謬甚。

【三煞】他人，別人，俱指張生。更做道孟光接了梁鴻案，言其既以夫婦之情待之矣。【驦眉】天成之語，天然之對。甜言媚你，諸本俱作"甜言美語"，一本作"甜言浼汝"。"美語"與下"傷人"不對，又與"惡語"犯重；"浼汝"對整而太文，蓋皆聲相近之誤。古本"爲頭看"，今本作"回頭"。爲頭看，猶言從頭看也。謂鶯約你偷期，而又以惡言傷我，我且從頭看，你這離魂倩女與擲果潘安兩個，到其間如何做事，如何瞞我也。離魂、擲果，俱不作用力看，只借言倩女、潘安而帶言之耳。如此解，庶與上下文勢相貫。古注謂：起初就看見你倩女，欲投果潘安，言鶯先去調戲張生。語氣既懈。徐說：紅恨鶯瞞己又辱己，而擬欲管束之，謂我且看這倩女如何離魂，如何擲果，猶言決瞞我不得也。此又與上下意不屬。詞隱生云："爲"字難解，不如"回頭"明白。今并存。

【二煞】朱本及諸本作"隔墻花又低"，筠本作"隔花階又低"，并存。嫌花密，古本作"嫌花鬧"，似不如"密"字勝。盈盈秋水、淡淡春山，用秦少游詞句。兩"他"字用在句上更俊。俗本作"望穿他""麼損了"，便俗。徐云：後【二煞】紅雖擅掇張去，亦稍露功不由己，意在冷言冷語中。據下折張事敗而紅多訕辭可見。

【煞尾】胡侃，無准實之意。證果，見佛書。釋氏得道謂之證果。（元詞："證果了風流少年子。"）

【六幻本】五劇箋疑

三之二　妝臺窺簡

透紗窗：透，一作"繞"。

銀釭猶燦：釭，音江，燈也，與"缸"字不同。俗字音俱謬。

梅紅羅：元時上表箋，以梅紅羅單綖封裹。蓋當時所尚，故云。

釵軃玉橫斜：軃，音朵，下垂貌。橫斜，一作"斜橫"。

暢好是懶懶：一作"好懶懶"。

烏雲散：散，上聲，舊本作"軃"，今從王伯良本作"散"，然"軃"亦有

"殫"音也。

盒：平聲。

折開：折，音訣。一作"開折"。

厭的早扢皺了黛眉：一作"則見他厭的扢皺了黛眉"。

忽的：一本下有"波"字。

氳的：一本下有"呵"字。

調犯：方言，猶云調戲。犯，一作"泛"。

早共晚：一作"若早晚"。

問甚麼他遭危難：一無"麼"字，一無"他"字。

咱攛斷得上竿：攛斷，即斷送之意，一云猶攛掇也。一本無"咱"字，一本"咱"下有"則"字。一迷的：迷，去聲，猶一味也。一作"一味的"。

言語摧殘：一作"教言語傷殘"。

休思量那秀才：一無"那"字。

我為你：我，紅自謂。你，指鶯。一作"他為你"。

闌干：《長恨歌》："玉容寂寞淚闌干，梨花一枝春帶雨。"又，《琵琶行》："夜深忽夢少年事，醒啼妝淚紅闌干。"闌干，縱橫貌。

似這等辰勾月：院本、傳奇名，元人吳昌齡撰，托陳世夢感月精事。舊解：辰，星名。辰星勾月最難遇，勾之主年豐國泰。亦有正作"辰勾"而去"月"字者矣。一作"似等辰勾"。

是不曾牢拴：是，一作"世"。拴，尸關切，一作"關"。

則願你：一作"願得"。

您向筵席頭上整扮我做個縫了口的撮合山：您向，一作"我向"。我做個，作"做一個"。謂婚姻筵席，媒人與焉，故云"撮合山"，自來媒人別號。或解作荷包上壓口，以比不泄漏意，恐非。當日個：三字一本無。

那一片聽琴心：一作"那一遍聽琴時"。

先生饌：用成語，言幾被他到手也。俗本作"賺"，誤。一作"撰"，亦不可解。

胡顏：羞也。曹植《責躬應詔表》云："詩人胡顏之譏。"

爲一個：一本無"一"字。

望夫山：詳四之三。

你用心兒撥雨撩雲：一本"你"下有"待"字。

我好意兒與他傳書寄簡：一本"我"下有"是"字，無"與他"二字；一本"與他"作"與你"。

受艾焙：灼，艾之火也。猶俗言忍炙，只忍這一遭。

暢好是奸：滿情滿意的。奸，詐也。徐本"奸"作"乾"，亦趣言。乾，乾受這番艾焙。但下文說不去。

這的是先生命慳：一作"也是先生命限"。

須不是：一作"非是"。

那簡帖兒倒做了你的招伏：那簡帖兒，一作"那的"。伏，一作"狀"。一本無"倒"字。擔饒：情恕意。

把你娘拖犯：你，一作"紅"。一無"你"字。

秦樓：李太白詩："簫聲咽，秦娥夢斷秦樓月。"詳二之二。

你也赸：北方謂走曰"赸"，未知何據。徐文長謂冷淡之義。一本"赸"作"訕"，下句同。

休訕：訕，怨謗也。言今事已無成，只索大家走散，再不必怨訕也。或通作"赸"字，非。

你休呆裏撒奸：一本"休"下有"要"字。

您待要：一無"要"字。

却教我：一無"却"字。

他手搭著棍兒摩挲看：一作"他手搭著檀棍摩挲著看"。他，一作"老夫人"。搭，一作"執"。搭，一音鬥，一音糯，一音搦。又，女卓、女革二切，或作"搦"。

怎透針關：一本"透"下有"得"字。

直待要拄著拐幫閑鑽懶，縫合唇送暖偷寒：幫閑鑽懶者，須手脚伶俐。送暖偷寒者，須口舌無忌。紅娘慮捶楚之事，故爲此說。拄拐，是撻之已傷，可幫閒鑽懶乎？縫唇，是制之不得言，可送暖偷寒乎？直待要，一作"直待教我"。幫，一作"挪"，一作"捧"。

踏著泛：泛，一作"犯"。

禁不得你甜話兒熱趕：一作"教甜話兒熱趕"。

好教我兩下裏做人難：教，一作"著"。兩下裏，一作"左右"。

哩也波哩也囉：方言如此如此。

魚雁：古詩："客從遠方來，遺我雙鯉魚。呼童烹鯉魚，中有尺素書。長跪讀素書，書中竟如何？上有加餐飯，下有長相憶。"舊注引陳勝以帛書置魚腹中，令賣之。買者烹之，得書曰："陳勝王。"然與此無涉。蘇武使匈奴，匈奴留之十九年，詭言武死。後漢使至彼，常惠教使者謂單于，言："天子射上林中，得雁。雁足繫書，言武等在大澤中牧羊。"使者如惠言以語單于，單于大驚，乃歸武。寫著道：三字一本無。

教你：一作"著你"。

元來那詩句兒裏：一作"元來詩謎也似"。

三更棗：六祖黃梅園傳法事，五祖與粳米、棗三枚。六祖悟曰："令我三更早來也。"

九里山：在徐州。韓信與項羽戰九里山前，十面埋伏以敗羽。

他著緊處：一作"你著緊"。

您只待：一無"只待"二字。

則教我：一本"則"作"却"，一本"則教"二字。

非是春汗：一無"是"字，一本"汗"下有"正是"二字。

春愁：一作"春心"。

放心波玉堂學士：波，一作"你個"，一本無"玉堂"二字。

金雀鴉鬟：李紳《鶯鶯歌》："金雀鴉鬟年十七。"謂鶯也。俗本認爲紅娘，遂改作"鴉鬟"，而"情"字改作"倩"字，謬甚。

別樣親：一作"別樣的親"。

更作道孟光接了梁鴻案：梁鴻妻孟光，字德耀。鴻家貧，賃舂爲事。妻每進食，舉案齊眉。此引言婦敬夫也。更，一作"便"。董詞俱做"更做"，義同便。

甜言媚你：媚你，一作"美語"。

六月寒：一作"九夏寒"。

我爲頭兒看：一無"我"字、"兒"字。爲，一作"回"。

離魂倩女：《離魂記》：張鎰女倩娘，私奔王宙，生二子。歸寧，倩娘乃久病，閨中聞之，出迎，合爲一體。

怎發付擲果潘安：安仁妙有姿容，少時挾彈出洛陽。婦人遇者，連手共縈。或以果擲之滿車。一本無"怎發付"三字。

隔牆花又低：一作"拂花牆又低"，一作"隔花階又低"。

怕牆高：一本上有"你若"二字。

嫌花密：密，去聲，一作"鬧"。

望穿他：一作"他望穿"。

瘞損了：一無"了"字。

去了兩遭：一無"了"字。

隔牆酬和都胡侃：胡侃，無准實之意。一本"隔牆上"有"你那"二字，一本"牆"下有"兒"字。

證果的是今番這一簡：一作"證果你只是今番這簡"。

【會注】

【弘注】銀缸：閨房之燈也，又東坡詞云："孤燈照銀缸，淚點界殘妝。"解爲燈也。【範注】【湯注】銀缸：閨房之燈也，又東坡詞云："孤燈照銀缸，淚點戒殘妝。"又云："笑剔銀燈看海棠。"【起注】【徐參注】【陳注】【硃注】【峒注】銀缸：燈也。東坡詞云："今宵剩把銀缸照。"【徐音注】【魏注】銀缸：燈也，詩云："今朝剩把銀缸照。"

【起注】【徐參注】【陳注】【硃注】【峒注】調犯：是鄉語，猶云不穩貼。

【徐音注】【魏注】調犯：猶云不穩貼。

【弘注】泪闌干：出《長恨歌》。闌干，眼眶也。"玉容寂寞泪闌干，梨花一枝春帶雨。"《琵琶行》又云："夜深忽夢少年事，夢啼妝泪紅闌干。"【範注】【湯注】闌干：眼眶也。出《長恨歌》："玉容寂寞泪闌干，梨花一枝春帶雨。"又，《琵琶行》云："夜深忽夢少年事，醒啼妝泪紅闌干。"【羅注】泪闌干：眼眶也。《長恨歌》："玉容寂寞泪闌干，梨花一枝春帶雨。"又《琵琶行》云："夜深忽夢少年事，醒啼妝泪紅闌干。"【起注】【陳注】【硃注】泪闌干：眼眶也。《琵琶行》云："夜深忽夢少年事，醒啼妝泪紅闌干。"【魏注】【峒注】泪闌干：闌干，泪落貌。《琵琶詞》云："夜深忽夢少年事，醒啼妝泪紅闌干。"

【弘注】辰勾：出《天文志》。辰勾月，辰是星名，居于卯地。月是陰精，晝夜行天，俱照下土。辰星勾月，最難得也。不勾平平，若勾之，主年豐國泰，慶雲現，賢人出。【範注】【羅注】【湯注】辰勾：出《天文志》。辰是星名，居于卯地。月是陰精，晝夜行天，俱照下土。辰星勾月，最難得也。不勾平平，若勾之，主年豐國泰，祥雲現，出賢人。【起注】【徐參注】【陳注】【硃注】【峒注】辰勾：辰是星名，居于卯地。月是陰精，晝夜行天，俱照下土。辰星勾月，最難得也。不勾平平，若勾之主年豐國泰。【徐音注】辰勾：辰，星名；勾，亦星名。二星最難遇見也。【魏注】辰勾：辰，星名，居卯地。月，陰精。晝夜行天，俱照下土。辰星勾見，最難得也。不勾平平，若勾之主年豐國泰。

【弘注】撮合山：出《不說》，又《地理志》。昔二山相連。後一名敖山，自南而北；一山不返山，自北而南。誓不相合。後被一人和合，說勸之，二山尤復連接。猶今之媒人，通二姓，使男女合而為婚也。昔合和之說，即今之冰人是也。【範注】【湯注】撮合山：昔二山相連。後一山名敖山，自南而北；一山不返山，自北而南。誓不相合。後有一仙人和合，勸之二山，尤復相連，以比今之媒人也。【羅注】【秀注】撮合山：昔有二山相連。後一山名敖山，自南而北；一名不返山，自北而南。誓不相合。後有一仙人，和合而勸之，二山猶復相連，以比今之媒人也。【起注】【徐音注】【徐參注】【魏注】【峒注】撮合山：一山名敖山，自南而北；一山不返山，自北而南。誓不相合。後有一仙人和合，勸之相連。以比今之媒人通合。

【弘注】望夫山：出《群玉》，詳第四折【滿庭芳】下。嚴灌夫妻慎氏。十年無嗣，出之。慎氏毅然登舟。留詩曰："當時心事已相關，雨散雲收一餉間。便駕片帆從此去，不堪重過望夫山。"遂如初，即望夫石。【範注】【湯注】望夫山：出《群玉》。昔嚴灌，娶妻慎氏。十年無嗣，出之。慎氏毅然登舟。留詩曰："當時心事已相關，兩散雲收一晌間。更駕片帆從此去，不堪重過望夫山。"【羅注】【秀注】望夫山：昔嚴灌娶毗陵儒家女慎氏爲妻，【秀眉】毗，音皮。十年無嗣，出之。慎氏毅然登舟。留詩云："當時心事已相關，雨散雲收一晌間。即駕孤帆從此去，不堪重過望夫山。"其夫覽之，惄然不忍，遂與偕老，後亦得子終焉。【起注】【徐參注】【陳注】【硃注】【峒注】望夫山：嚴灌娶妻慎氏。十年無嗣，出之。毅然登舟，留詩云："當時心事已相關，雨散雲收一晌間。更駕片帆從此去，不堪重過望夫山。"夫婦遂如初。【徐音注】望夫山：嚴灌娶妻慎氏，十年無嗣，出之。慎氏留詩曰："當時心事已相關，兩散雲收一晌間。更駕片帆從此去，不堪重過望夫山。"嚴感而復合焉。【魏注】望夫山：嚴灌娶妻慎氏。十年無嗣，出之。慎毅然登舟，留詩云："當時心事已相關，雨散雲收一晌間。更駕片帆從此去，不堪重過望夫山。"嚴見之，遂相好如初。

【弘注】秦樓：出《詩學》。秦女弄玉善吹簫于樓上，故曰秦樓。即簫史鳳凰臺。【範注】【秀注】【湯注】秦樓：出《詩學》。秦女弄玉吹簫于樓上，故曰秦樓。即簫史，詳注六折下。【羅注】秦樓：秦弄玉吹簫于樓上，故名秦樓。即簫史事，詳六出下。【起注】【陳注】【硃注】【峒注】秦樓：秦女弄玉吹簫于樓下，故曰秦樓。即簫史。【魏注】秦樓：秦女弄玉吹簫于樓中，故云。即簫史事。

【弘注】巫山故事詳見前第一折【要孩兒】下。

【弘注】酒闌：出《高帝紀》注。飲酒半醒半酣曰闌。【範注】【湯注】酒闌：出《高帝紀》。大宴之後，止有數十餘人，飲者皆散。帝曰："酒闌人散。"

又云，半酣曰闌。【羅注】【秀注】酒闌：漢高帝大宴之後，止有數千餘人，飲者皆散去。帝曰："酒闌人散"，又云半酣曰闌。【秀眉】酣，音罕，平聲。【起注】【陳注】【硃注】【峒注】酒闌：高帝大宴，飲者皆散。帝曰："酒闌人散。"又，半酣曰闌。【魏注】酒闌：闌，散也。又，半酣曰闌。

【弘注】【範注】【湯注】魚書：出《群玉》，又《古樂府》（範本、湯本無"又《古樂府》"）。陳勝以丹帛書成墨字，置魚腹中令賣之，買者烹之，（範本、湯本此處多"乃"）得書。又云："客從何方來，遺我雙鯉魚。呼童烹鯉魚，中有尺素書。長跪讀素書，書中竟何如？上有加餐飯，下有長相憶。"云云。【羅注】魚書：陳勝以丹帛書成墨字，置魚腹中令賣之。買者烹之，得書云："陳勝作天子"，皆傳播四處。古樂府云："客從遠方來，遺我雙鯉魚。呼童烹鯉魚，中有尺素書。長跪讀素書，書中竟何如？上有加餐飯，下有長相憶。"云云。【起注】【陳注】【硃注】魚書：陳勝以丹帛書成王字，置魚腹中，買者烹之，乃得書。古樂府云："客從何方來，遺我雙鯉魚。呼童烹鯉魚，中有尺素書。"【徐音注】魚書：古詩云："客從何方來，遺我雙鯉魚。呼童烹鯉魚，中有尺素書。"【秀注】魚書：古樂府云："客從何方來，遺我雙鯉魚。呼童烹鯉魚，中有尺素書。長跪讀素書，書中竟何如？上有加餐飯，下有長相憶。"云云。【魏注】【峒注】魚書：陳勝以丹帛書成墨字，置魚腹中，買者烹魚得書。古詩云："客從遠方來，遺我雙鯉魚。呼童烹鯉魚，中有尺素書。"

【弘注】【範注】【湯注】雁書：出《通鑒》。蘇武使匈奴十九年，昭帝與匈奴和親，求武等（範本、湯本此處多"歸"）。匈奴詭言武死。後漢使至，常惠私教使者，謂單于言："天子射上林中，得雁足有繫帛書（有繫帛書，範本、湯本作"繫書"），言武等在大澤中牧羊。"使者如惠語以讓（範本、湯本作"語"）單于，單于驚謝，乃歸武。【羅注】【起注】【陳注】【秀注】【硃注】【魏注】【峒注】雁書：漢（起本、陳本、硃本無）蘇武使匈奴十九年，昭帝與匈奴和親，求武等（魏本、峒本無）歸。匈奴詭言武已死矣（已死矣，起本、陳本、硃本、魏本、峒本作"死"）。後漢使至，常惠私教使者（魏本、峒本無），謂單于言："天子射上林中，得雁足繫（魏本、峒本此處多"帛"）書，言武等在大澤中牧羊。"【羅眉】中，去聲。使者如惠語以語（魏本、峒本作"讓"）單于，單于驚謝，乃歸武。【徐音注】雁書：蘇武居匈奴，寄書繫雁足，以上漢帝。

【弘注】三更棗：出《高僧傳》。昔有一僧謁六祖參問。六祖不答，但與粳米三粒，棗三枚。其僧遂去，人問其故，僧曰："師令我三更棗來。"【範注】【羅注】【起注】【徐參注】【陳注】【秀注】【硃注】【湯注】【魏注】【峒注】三更棗：出《高僧傳》（羅本無"出"，起本、徐參本、陳本、秀本、魏本、峒本無"出《高僧傳》"）。昔（羅本此處多"有"）一僧參問五祖，五祖不答，與粳米三粒、棗一枚。【秀眉】棗，音早。枚，音梅。僧自誤曰："師令我三更棗（羅本、起本、徐參本、陳本、秀本、魏本、峒本作"早"）來。"【羅眉】令，平聲。【徐音注】三更棗：六祖參問于師，師不答，與粳米三粒、棗一枚。祖悟曰："師令我三更早來。"

【弘注】九里山：出《漢書》。漢高祖與項羽戰，在徐九里山前，與樊噲、王陵、亞夫等人，編作八八六十四卦陣勢，十面埋伏以降項羽，至今遺迹猶存。【範注】【羅注】【秀注】【湯注】九里山：漢高祖、（羅本、秀本此處多"命"）韓信與項羽戰，在徐州九里山前，與樊噲、王陵、亞夫等兵，【秀眉】噲，音劊。排作八八六十四卦陣勢，十面埋伏以降羽，逼至烏江（羅本、秀本此處多"自刎"）。【起注】【陳注】【硃注】【魏注】【峒注】九里山：漢高祖、韓信與項羽戰，在徐州九里山前，埋伏以降羽，逼至烏江。【徐參注】九里山：韓信九里山前埋伏以破項羽，逼至烏江。

【弘注】【範注】【羅注】【湯注】玉板：（範本、湯本此處多"好紙之稱"）出《詩學》（出《詩學》，羅本作"好紙之稱也"）。陳師道詩云："南朝官紙兒女（兒女，羅本作"女兒"）膚，玉版雲英比不如。乞與張公元不稱，他年留與大蘇書。"【起注】【陳注】【硃注】【魏注】【峒注】玉板：好紙之稱（魏本無"之稱"）。陳師道詩云："南朝官紙兒女膚，玉板雲英比不如。"【徐參注】玉板：好紙之稱。

【弘注】孟光接了梁鴻案：出《翰墨》。孟光，字德耀，梁鴻聞其賢而娶之。鴻貧，賃舂于皋伯通廡下。妻每饋食，不敢仰視，舉案齊眉，始終如一。【範注】【羅注】【湯注】梁鴻案：出《列女傳》（羅本無"出《列女傳》"）。梁鴻妻孟光，字德耀，姿（羅本作"容"）貌甚醜而德行甚修。【羅眉】行，去聲。鄉里各求（各求，羅本作"求匹"），而女執不肯。行年三十，父母問其所欲（羅本作"以"），對曰："欲節操如梁鴻者。"時（羅本此處多"梁"）鴻未娶，世家多願妻者，亦不許，聞孟氏女言，遂求納之。孟氏盛飾入門，七日而禮不成，妻跪問曰："竊聞夫子高義，斥數妾，妾亦已偃蹇數夫，今來而見擇，請問其故？"鴻曰："吾欲得衣裘褐之人，共遁避時。今若衣綺繡，傅粉黛，非鴻所願也。""竊聞（竊聞，羅本作"光曰"）夫子不堪，妾幸有隱居之具（羅本作"所"）矣。"乃更粗衣椎髻而前。鴻喜曰："如此誠鴻妻也。"鴻家貧，賃舂（羅本無）為事，妻（羅本無）每進食，舉案齊眉，不敢仰視。共（羅本作"其"）遁霸陵山中，耕耘織作，以供衣食。即（羅本作"亦"）舉案齊眉。【起注】【陳注】【硃注】【硃注】【魏注】【峒注】梁鴻案：梁鴻妻孟光，姿貌甚醜而德行甚修。鄉里皆求，而女執不肯。行年三十，父母問其所欲，對曰："欲節操如梁鴻者。"鴻聞，求納之。孟氏盛飾入門，七日而禮不成，妻跪問曰："竊聞夫子高義，斥數妾，妾亦已偃蹇數夫，今來而見擇（魏本、峒本作"拒"），請問其故？"鴻曰："願得衣裘褐之人，共遁避世。今若衣綺繡，傅粉黛，非鴻所願也。"乃更粗衣椎髻而前。乃進食，舉案齊眉，不敢仰視。共遁霸陵山中。【秀注】梁鴻案：梁鴻妻孟光，字德耀，容貌甚醜而德行甚修。鄉里求婚，而女執不肯。行年三十，父母問其所以，對曰："欲節操如梁鴻者。"時鴻未娶，世家多願妻者，亦不許，聞孟氏女言，遂求納之。孟氏盛飾入門，七日而禮不成，妻跪問曰："竊聞夫子高義，斥數妾，妾亦已偃蹇數夫，【秀眉】蹇，音檢。今來而見擇，請問其故？"鴻曰："吾欲得衣裘褐之人，共遁避時。【秀眉】遁，音頓。今若衣綺繡，傅粉黛，非鴻所願也。""竊聞夫子不堪，妾幸有隱居之服矣。"乃更粗衣椎髻而前。鴻喜曰："如此誠鴻妻也。"鴻家貧，賃為事，每進食，舉案齊眉，不敢仰視。共遁霸陵山中，耕織以供衣食焉。

【弘注】【範注】【湯注】擲果潘安：出《群玉》，又《晉書》（範本、湯本無"又《晉書》"）。晉潘岳（範本、湯本作"安"）字士安，又安仁（範本、湯本無"又安仁"），美姿容。挾彈出洛陽道，婦人皆連手投之以果，滿車而歸。【羅注】【起注】【陳注】【硃注】【魏注】【峒注】擲果潘安：《群玉》（起本、陳本、硃本、魏本、峒本無"《群玉》"）：晉潘安美姿容，挾琴彈出（起本、陳本、硃本、魏本、峒本此處多"于"）洛陽道，婦人皆連手投之以（起本、陳本、硃本、魏本、峒本無）果，滿車而（起本、陳本、硃本、魏本、峒本無）歸。【徐參注】擲果潘安：晉潘安美姿容。挾琴彈出于洛陽道，婦人皆連手以果投之，果滿車而歸。

【範注】【湯注】菱花：鏡也，狀若菱花，魏武帝時有此制。

【起注】字音

扉，音非。絳，音降。挽，音碗。搔，音騷。扢，音概。攛，呂官反。掇，端，入聲。拴，胡番反。抝，于教反。赸，音訕。拐，乖上聲。噴，盆，去聲。侃，音坎。爍，音灼。晷，音舉。趲，音斬。拴，胡番反。

【徐音注】字音

扉，非。絳，降。挽，宛。扢，暨。拴，佺。抝，澳。侃，款。爍，灼。晷，鬼。幫，邦。

【徐參注】字音

挽，音晚。搔，音騷。扢，音客。攛，篡，平聲。掇，音端，入聲。赸，音山。拐，乖，上聲。晷，音鬼，日影。

【陳注】【硃注】字音

扉，非。絳，降。挽，碗。搔，騷。扢，概。攛，呂官切。掇，惴，入聲。拴，胡番反。抝，于教反。拐，乖，上聲。赸，訕。噴，盆，去聲。侃，坎。爍，灼。晷，舉。鑽，斬。

【魏注】字音

扉，非。絳，降。挽，碗。搔，騷。扢，概。拴，胡番反。抝，于教反。侃，坎。爍，灼。晷，舉。幫，邦。

【峒注】字音

扉，非。絳，降。挽，碗。搔，騷。扢，概。攛，呂官反。掇，端，入聲。拴，胡番反。拗，于敎反。赸，訕。拐，乖，上聲。侃，款。爍，灼。礨，鬼。綻，斬。

第三折①

【封眉】此篇重出。（紅上云）今日小姐着我寄書與張生②，當面偌多般意兒③，【羅眉】偌，音惹。【封眉】多般，時本作"多假"，非。元來

---

① 第三折：弘本此處不分折。範本、龍本作"重刻元本題評音釋西廂記卷下。第十一齣　乘夜逾墻"，羅本作"重校北西廂記二卷，第十一齣"，繼本、容本、起本、虎本、秀本、硃本、湯本、湯沈本作"第十一齣　乘夜逾墻"，屠本作"第十二折"，驥本作"三套（今本第十一折）逾垣"，徐畫本、三合本作"第三套　逾墻"，徐音本作"新訂徐文長先生批點音釋北西廂卷下，第十一齣　乘夜逾墻"，徐參本作"新刻徐文長公參訂西廂記下卷，第十一齣　乘夜逾墻"，何本作"北西廂卷下　渤海逋客校梓　逾墻"，陳本作"鼎鐫陳眉公先生批評西廂記卷之下，潭陽徽韋蕭鳴盛校，雲間眉公陳繼儒評，一齋敬止余文熙閱，書林慶雲蕭騰鴻梓，第十一齣　乘夜逾墻"，天李本作"李卓吾先生批點西廂記真本卷下　乘夜逾墻"，六幻本作"三之三　乘夜逾墻"，魏本作"新刻魏仲雪先生批評西廂記卷下　第十一齣　乘夜逾墻"，峒本作"新刻筆峒徐先生批評西廂記下卷，第十一齣　乘夜逾墻"，封本作"詳校元本西廂記卷之下，元大都王實父編，第十一齣　乘夜逾墻"，毛本作"第十一折　賴簡"，潘本作"三折　乘夜逾墻"。
② 張生：硃本作"張"。
③ 偌多般意兒：般，羅本、繼本、徐畫本、徐音本、驥本、張本、延本、六幻本、湯沈本、三合本、潘本作"假"；意兒，弘本、屠本作"假意兒"。範本、龍本作"撇許多假意兒"。

詩内暗約着①他來。小姐也不對我②說，我也不瞧破③他【潘旁】兩下俱在暗中鬥法。，則請他燒香。今夜晚妝處比每日較別④，我看他到其間怎的瞞我⑤？【徐音眉】魚雁有心。【徐參眉】鶯鶯瞞紅娘，正是瞞自己。【陳眉】【峒眉】果瞞不得。【魏眉】鶯鶯自痴，如何瞞得他過。（紅唤科）⑥姐姐，咱燒香去來⑦。（旦上云）花陰重叠香風細，庭院深沈淡月明。⑧【田補眉】"庭院無人"，語佳，然上句"花香重叠"，則作"庭院深沉"

---

① 元來詩内暗約着：元來，徐畫本、徐音本、三合本、潘本作"後來"。範本、龍本作"元來詩句暗暗的約"，張本、封本作"詩内却暗約着"。
② 也不：羅本、繼本、容本、徐參本、虎本、何本、陳本、秀本、天李本、六幻本、湯本、湯沈本、魏本、峒本、封本、毛本作"既不"，碌本作"不"。我：張本作"俺"。
③ 我：張本作"俺"。也不：弘本、屠本、驥本、延本作"不"。瞧破：羅本、繼本、容本、起本、徐參本、虎本、何本、陳本、秀本、碌本、天李本、湯本、湯沈本、三合本、魏本、峒本、封本、毛本、潘本作"說破"。
④ 今夜晚妝處比每日較別：今夜，羅本、屠本、六幻本、湯沈本作"今日"；處，範本、龍本無，六幻本、封本作"呵"；較別，弘本、羅本、繼本、屠本、徐畫本、徐音本、驥本、延本、湯沈本、三合本、潘本作"覺別"。容本、起本、徐參本、虎本、何本、陳本、秀本、碌本、天李本、湯本、魏本、峒本、毛本作"今夜晚妝呵，比每日覺別"。張本無。
⑤ 我看他到其間怎的瞞我：張本作"看他到其間怎的瞞俺"，魏本作"我看他至其間怎的瞞我"。
⑥ （紅唤科）：弘本作"（叫紅科）"，範本作"（紅唤鶯科）"，羅本、繼本、容本、起本、徐畫本、徐音本、徐參本、虎本、何本、陳本、秀本、碌本、天李本、六幻本、湯本、湯沈本、三合本、魏本、峒本、潘本作"（叫鶯科）"，驥本、延本作"（紅唤旦科，云）"，張本作"（向内）"，封本作"（叫鶯云）"，毛本作"（做唤旦兒云）"。屠本無。
⑦ 咱燒香去來：咱，弘本、羅本、容本、起本、徐畫本、徐音本、徐參本、驥本、虎本、何本、陳本、碌本、延本、張本、天李本、湯本、湯沈本、三合本、魏本、峒本、封本、毛本、潘本作"俺"，秀本無。屠本作"天氣晴明，正好花園中燒香去來"。弘本此上爲第二折。
⑧ 花陰重叠香風細，庭院深沈淡月明：弘本此句前開始"第三折"。香風，六幻本作"和風"。弘本、羅本、繼本、容本、起本、徐畫本、徐音本、徐參本、虎本、何本、陳本、秀本、碌本、張本、天李本、湯本、三合本、魏本、峒本、毛本、潘本作"花香重叠和風細，庭院無人淡月明"，屠本作"花香暗度和風細，人影輕過皓月明。是好天氣也"，湯沈本、封本作"花香重叠和風細，庭院深沉淡月明"。

之本，較整對耳。【湯沈眉】古本作"庭院無人"，語崔，然"無人"對不過"重疊"。【三合眉】可作《西廂》聯。（紅云）① 今夜月明風清，好一派景致也呵！②【潘旁】此語便蓄機鋒。【容眉】【珠眉】【湯眉】淡中有滋味。【徐畫珠眉】作《西廂》者，妙在竭力描寫鶯之嬌痴，張之笨趣，方爲傳神。若寫作淫婦人、風浪子模樣，便河漢矣。在紅則一味滑便機巧，乃不失使女家風。讀此記者，當作是觀。【徐音眉】寫得人景俱靜。【封眉】俗作"派"，非。派，音孤，水名。【潘夾】不說破他，看他怎的，此便是紅娘鬥的法。

　　　【雙調】【新水令】③ 晚風寒峭透窗紗，控金鉤繡簾不挂。門闌凝暮靄，樓角④【凌旁】一作"閣"。斂殘霞。【羅眉】角，音攬。【秀眉】點暮景妙。【張眉】角，俗訛"閣"，非。【封眉】檐角，時本作"樓角"，非。恰對菱花，樓上晚妝罷。⑤【容眉】【湯眉】好。【徐畫眉】【田眉】【陳眉】妙！【珠眉】曲妙。【湯沈眉】即入丹青，亦成妙手。樓角，方作"樓閣"。

---

① （紅云）：範本、龍本、屠本無。弘本、羅本、繼本、起本、徐畫本、徐音本、何本、珠本、張本、天李本、湯本、湯沈本、三合本、魏本、峒本、封本、毛本此後多"姐姐"。

② 今夜月明風清，好一派景致也呵：月明，羅本、容本作"月明朗"，繼本、起本、虎本、何本、陳本、秀本、天李本、六幻本、湯本、湯沈本、魏本、峒本、封本、毛本作"月朗"；風清，徐參本、魏本、峒本作"朗風清涼"。弘本作"今夜月朗風清，好一派星致也呵"，徐畫本、徐音本、毛本同，但"星致"作"佳致"；驥本、延本同，但"星致"作"佳景"；珠本同，但"星致"作"景致"，無"呵"；張本同，但"星致"作"佳景"，無"呵"；三合本、潘本同，但"星致"作"佳致"，無"呵"。範本、龍本、屠本無。

③ 弘本、羅本、繼本、屠本、容本、起本、徐參本、虎本、何本、陳本、秀本、珠本、天李本、湯本、魏本、毛本此處多"（紅唱）"，範本、龍本此處多"（鶯唱）"。

④ 樓角：範本、龍本、驥本、延本作"樓閣"，封本作"檐角"。

⑤ 樓上晚妝罷：晚妝，陳本作"滿妝"。範本、龍本此句後多"（紅云）今夜月朗風清，夜深人靜，好景致也呵"。

【駐馬聽】① 不近喧嘩，嫩綠池塘藏睡鴨；【羅眉】綠，音呂。自然幽雅，淡黃楊柳帶棲鴉。②【範眉】【龍眉】駢儷中景語。"淡黃楊柳帶棲鴉"，賀方回詞。此演出四句，可謂青出于藍，無方並美。【繼眉】淡黃楊柳帶棲鴉，賀方回詞。此演出四句，可謂青出于藍，無妨並美。【田補眉】"淡黃"句，賀方回詞。【秀眉】淡黃楊柳帶棲鴉，賀方回詞。此演出四句，可謂青出于藍，無方並美。金蓮蹴損牡丹芽，玉簪抓住荼蘼架。③【羅眉】蹴，音促。損，上聲。抓，音招。荼蘼，音屠迷。夜涼苔徑滑，露珠兒濕透了④凌波襪。⑤【羅眉】凌，音林。【繼眉】《洛神賦》：凌波微步，羅襪生塵。【起眉】王曰："嫩綠""睡鴨""淡黃""棲鴉""蹙損牡丹""抓住荼蘼"，字字有色有韻，半疑濃妝，半疑淡掃。華麗中自然大雅。予故稱西廂此曲壓卷。【徐畫眉】【田眉】是隔句對，妙！【徐參眉】天然語，足當天然景。【延眉】是隔句對，妙！【湯沈眉】"不近喧"四句，王元美謂"駢儷中景語"。【三合眉】得此勝地，便足了一生。【驥夾】【延夾】抓，音爪。滑，叶呼佳反。襪，忘罵反。【毛夾】抓，音爪。【潘夾】上闋"樓上晚妝"甫畢，此闋次第入園。時已初夏，寫景處，筆筆襯染，却句句帶出晚色，非畫家可到。

---

① 弘本、範本、龍本、羅本、容本、起本、徐參本、虎本、何本、陳本、秀本、硃本、天李本、湯本、魏本此處多"（紅唱）"。
② 徐畫本、徐音本、驥本、三合本、潘本此處多"我則怕"，張本此處多"俺則怕"。
③ 範本、龍本此處多"（紅云）露下了咱。（鶯唱）"。
④ 露珠兒：徐畫本、徐音本、三合本、潘本作"露珠的"。濕透了：弘本、羅本、徐畫本、徐音本、張本、湯沈本、三合本、峒本、潘本作"濕透"，驥本、延本作"潤濕"。
⑤ 弘本、羅本、屠本、何本、天李本、湯本、湯沈本、魏本、峒本此處多"（紅云）"，封本此處多"（背云）"。

我看那生和俺小姐，巴不得到晚。①【徐音眉】小紅口裏摸索人情，無所不至。【陳眉】【硃眉】【魏眉】【峒眉】紅娘口中有筆，一一描寫極真。

【喬牌兒】② 自從那日初時③【湯沈旁】一本"初出時"。想月華【延旁】佳。，【虎眉】初出時，今一作"初時"，一作"初出"。此枝一作生唱，誤甚。捱一刻似一夏。見④柳梢斜日遲遲下，早道"好教賢聖打"⑤。【謝眉】【範眉】賢聖打，舊解或是。【徐參夾】紅娘口中出畫，舌上生蓮。【凌眉】賢聖打，羲和鞭日爲是，必非魯陽揮戈。【張眉】小說言二郎賢聖彈打落日。【湯沈眉】北人稱菩薩神祇曰"聖賢"。此因日之不下，欲令聖賢打之。【三合眉】只在紅娘口中摹擬，故佳。【封眉】時本多漏"見"字與"早道"二字。李白詩："大力運天地，羲和無停鞭。"【湯眉】【容夾】只在紅口中

---

① 我看那生和俺小姐，巴不得到晚：巴不得到晚，驥本、延本、毛本作"巴不到晚哩"。範本、龍本作"（生上云）早已是黃昏時候，拽上書房門。到得那裏，等着小姐出來者"，羅本作"我看那生和俺的姐姐，都巴不得到晚"，屠本作"我看他兩個，都巴不到晚哩"，容本、起本、徐參本、虎本、何本、陳本、秀本、硃本、天李本、湯本、湯沈本、三合本、魏本、峒本、封本作"我看那生，巴不得到晚"，張本作"俺看那生和小姐，巴不得到晚哩"。

② 弘本、容本、起本、徐參本、虎本、何本、陳本、秀本、硃本、天李本、湯本、魏本、峒本、毛本此處多"（紅唱）"，六幻本據上文亦是"（紅唱）"，範本、龍本此處多"（生唱）"。

③ 那日初時：範本、龍本、容本、起本、虎本、何本、陳本、硃本、天李本、湯本、魏本、峒本作"那日初出時"，徐畫本、驥本、延本、張本、三合本、魏本、潘本作"日初"，封本作"日初出時"。

④ 見：峒本作"况"，弘本、羅本、繼本、屠本、容本、起本、徐畫本、徐音本、徐參本、虎本、何本、陳本、秀本、硃本、張本、天李本、六幻本、湯本、湯沈本、三合本、魏本、峒本、毛本、潘本無。

⑤ 早道"好教賢聖打"：早道，弘本、羅本、繼本、屠本、容本、起本、徐參本、虎本、何本、陳本、秀本、硃本、張本、天李本、六幻本、湯本、湯沈本、魏本、峒本、毛本無。範本、龍本此句後多"（生云）早到那墻角邊，手挽著垂楊，腳踏著花枝，滴溜起撲跳過墻去。不怕小姐走上天去，且在這壁廂等着。（紅云）姐姐這湖山下立地，我開了寺裏角門兒。怕有人聽俺說話，我且看一看。俺那小姐呵"，羅本、繼本、容本、起本、徐參本、虎本、何本、陳本、秀本、硃本、延本、天李本、湯本、魏本、峒本、封本、毛本此句後多"（紅云）俺那小姐呵"。

模擬，妙，妙！【驥夾】【延夾】打，當雅反。【毛夾】打，當雅反。樓角，勿作"樓閣"，下"樓"字頂上"樓"字。既曰"夜涼露濕"，又曰"柳梢斜日"，不相背者。以"夜涼"是實指，"斜日"是倒溯耳。參釋曰：首二曲晚閨最佳。【喬牌兒】曲合寫張鶯，【攪箏琶】曲單寫鶯。淡黃楊柳帶棲鴉，賀方回詞。賢聖，解見第一折。此以日不下，教賢聖打日，用董詞"不當道你個日光菩薩沒轉移，好教賢聖打"語。【潘夾】"夏"字趁筆，記時也。

【攪箏琶】① 打扮的身子兒詐②，【徐畫眉】【田眉】乍，角角撐張之意，亦爾爾之意。今俗人亦有此語，曰"乍蓬鬆"，但音疑似"涉大"字耳。此言衣服之整也。【徐音眉】乍，角角撐張之意。【虎眉】詐，一作"窄"，似是。【凌眉】王伯良曰：詐，喬也，董詞"不苦詐打扮，不甚艷梳掠"可據。【張眉】乍，撐張也，言衣服之整也。准備着③雲雨會巫峽。【羅眉】峽，音匣。只爲這燕侶鶯儔，【羅眉】儔，音裯。【張眉】燕侶鶯儔，成語，言配偶也。徐文長改"燕子鶯兒"，無味。【魏眉】上段模。鎖不住心猿意馬。④【範眉】"燕侶鶯儔"二句的對，又自一法。【秀眉】燕侶鶯儔，的對，

---

① 弘本、範本、龍本、容本、起本、徐參本、虎本、陳本、秀本、硃本、天李本、湯本、魏本、峒本、毛本此處多"（紅唱）"，六幻本據上文亦是"（紅唱）"。
② 身子兒詐：驥本、延本、毛本作"身子詐"，徐畫本、徐音本、天李本、三合本、潘本作"身子兒乍"，張本作"身兒乍"。
③ 准備着：徐畫本、徐音本、驥本、延本、三合本、張本、潘本作"准備"。
④ 只爲這燕侶鶯儔，鎖不住心猿意馬：鎖，弘本作"瑣"。徐畫本、徐音本、驥本、延本、三合本作"思量着燕子鶯兒，争扯殺心猿意馬"，張本作"只爲那燕侶鶯儔，争扯殺心猿意馬"，毛本作"只爲這燕子鶯兒，鎖不住心猿意馬"，潘本作"思量着燕侶鶯儔，争扯殺心猿意馬"。

又自一法。不則俺那小姐①,害那生呵②,一二日來水米不黏牙。③【繼眉】二三日來水米不粘牙,一本作白,則【攪箏琶】缺一句。粘,音拈。【起眉】【虎眉】"二三日"句,坊本間作唱。若謂牽合牌名,而于此記責之,是猶騁龍媒而欲計數,其躞蹀也。因姐姐④閉月羞花,真假,這其間性兒難按納,一地裏⑤胡拿。【徐畫眉】【田眉】【延眉】"真假"二字極難解,古本解亦未及此。愚意顔色既閉月羞花矣,如此其美,而又獨留情于生,一時非假,一時若真,猝難猜料。然未必不真也,因此惑人,故色性難按,"一地胡拿"耳。萬一拿着,亦未見得。【徐參眉】綫索在手,暗暗調弄,鶯鶯若傀儡。【張眉】真假,言非真非假,猝難捉摸。故云"難按納,一地胡拿"。【湯沈眉】詐,古本作"乍",無解。詐者,猶言打扮得喬也。想小姐兒雖美而情意或真或假,捉他不著,則這色性越難按納,一迷裏胡爲亂做也。還著張説。【三合眉】真假,言崔色既閉月羞花而美,乃獨留情于生,一時非假非真,猝難猜料,故色性難按,一地胡拿。【封眉】"羞花",句。"真假"二字,句。【驥夾】【延夾】峽,叶霞。納,叶囊亞反。【毛夾】此曲單指鶯言,

---

① 不則俺那小姐:不則俺那,弘本、容本、起本、虎本、陳本、碌本、魏本、峒本作"(紅云)則不俺那",範本、龍本作"則想俺那",羅本、繼本、徐畫本、徐音本、六幻本、湯沈本、三合本、潘本作"則想俺",徐參本、秀本、湯本作"則不俺那",何本作"(紅云)則想俺的",張本作"想俺",天李本作"(紅云)則想俺那"。屠本、驥本、延本、毛本無。

② 害那生呵:害,範本、龍本、羅本、繼本、徐畫本、徐音本、張本、六幻本、湯沈本、三合本、潘本作"害得";呵,弘本、容本、起本、虎本、何本、陳本、秀本、碌本、天李本、湯本、魏本、峒本無。屠本作"你看那生害的樣子",徐參本作"害得那生",驥本、延本、毛本無。

③ 一二日來水米不黏牙:一二日來,弘本、封本作"二三日",範本、龍本、繼本、六幻本、湯沈本作"二三日來",羅本、屠本作"兩三日";徐畫本、徐音本、驥本、延本、張本、三合本、毛本、潘本無。容本、起本、徐參本、虎本、何本、陳本、秀本、碌本、天李本、湯本、魏本、峒本作"二三日水米不黏牙哩"。容本、起本、何本、陳本、碌本、天李本、湯本、魏本、峒本此句後多"(紅唱)"。

④ 因姐姐:徐畫本、徐音本、驥本、延本、三合本、毛本、潘本作"想姐姐",繼本、何本、六幻本作"因小姐"。

⑤ 一地裏:屠本作"一密裏",張本作"一地"。

俗本于"水米不粘牙"上添"那生呵"一句，則"想姐姐"爲生想鶯，大是無理。王本刪"俺那小姐呵"一句，以爲此曲直頂前白言。水米不粘牙，爲生與鶯大家飲食俱廢，則"打扮身子"句又去不得矣。曲白之不可刪易如此。"想姐姐"以下，疑之甚也。閉月羞花，如許容貌，乃忽有此事，真耶？假耶？這其間果性兒難按納，一地胡做耶？"閉月羞花"以貌言，與"性兒"對，此就其打扮之詐，而故作擬議語。王解泥"羞""閉"二字，以爲借言其深藏密護，不令人見之意，則迂曲矣。按納，按而納之；胡拿，胡弄也。《兩世姻緣》劇亦有"怎按納"，《梧桐雨》劇亦有"一地胡拿"語。參釋曰：巧樣曰"詐"，僞古本作"乍"，非。董詞"不苦詐打扮"。"燕子鶯兒"見張小山詞，俗作"燕侶鶯儔"，非。《百花亭》劇"成就他燕子鶯兒"。【潘夾】乍，修整收束也。子建云：肩若削成，腰如約素。于此一字可想。真假二字，寫盡鶯情。道他是真，忽而妝喬；道他是假，忽而央及。今夜之來，還是真還是假？捉摸他不定，只好胡猜耳。紅于此處未免入其玄中。

①這湖山下立地②，我開了③寺裏角門兒。怕有人聽俺說話，我且看一看。④（做意了）⑤ 偌早晚，傻角却不來⑥，"赫赫赤赤"來？⑦

---

① 弘本、羅本、繼本、屠本、容本、起本、徐參本、驪本、虎本、何本、硃本、延本、天李本、六幻本、湯本、湯沈本、魏本、峒本、毛本此處多"（紅云）姐姐"，徐畫本、徐音本、秀本、張本、湯沈本、三合本、封本、潘本此處多"姐姐"。
② 這湖山下立地：湖山下，驪本、延本作"湖山石下"，秀本作"湖山"。陳本作"（紅云）則不俺那小姐立地"。
③ 開了：羅本、繼本、徐畫本、徐音本、驪本、延本、張本、潘本作"閉了"。
④ 怕有人聽俺說話，我且看一看：俺，徐參本作"我"，張本作"咱"，六幻本作"俺每"。驪本、延本作"看一看，怕有人聽俺每說話"，張本作"怕有人聽咱說話"。
⑤ "這湖山下立地"至"（做意了）"：（做意了），羅本、繼本、屠本、容本、起本、徐畫本、徐音本、虎本、何本、陳本、秀本、硃本、天李本、湯本、湯沈本、三合本、魏本、峒本、毛本、潘本作"（做看科）（紅云）"，徐參本、張本作"（看科）"，六幻本作"（做意了）（紅云）"，封本作"（做往看科，云）"，驪本、延本無。範本、龍本作"（紅云）"，屠本作"權立在湖山下，怕有人來，待我閉上角門兒者"。
⑥ 傻角却不來：不，秀本無。範本、龍本作"那傻角還不來"。
⑦ "偌早晚"至"赫赫赤赤來"：赫赫赤赤來，徐參本、魏本、峒本、毛本作"赫赫赤赤"，硃本作"赫赫來"。屠本作"你看這生，還未來哩"，驪本、延本無。

（末云）這其間正好去也，赫赫赤赤①。【凌眉】赫赫赤赤，暗號也。元人偷期號多用之，《燕青博魚》劇可證。（紅云）那鳥來了。②【硃眉】妙。【三合夾】鳥，音吊。【毛夾】鳥，音丁了切。【潘夾】夜闌人靜，深院有誰竊聽？明明將約下的人來點逗。紅娘思鬥一法，未免機鋒稍露。雙文極是心多，聞之陡然刺心，那得不思變法？

【沈醉東風】③我④則道槐影風搖暮鴉，【田補眉】"風搖暮鴉"句，思巧甚。【湯沈眉】風搖暮鴉，思巧甚。元來是玉人⑤帽側烏紗。一個潛身在⑥曲檻邊，【羅眉】側，音宰。檻，音現。一個背立在⑦湖山下。那【湯沈旁】上聲。裏叙寒溫？【容眉】【湯眉】妙！【田補眉】"那"字作上聲讀。【張眉】那，平聲。那裏，既是言那曾云云。俗添"并不曾"，重疊文義，非。并不曾⑧打話。【起眉】王曰：恆語、訕語，拈成巧語。【徐參眉】不打話是有差錯處。【秀眉】此形容崔、張二人實事。【三合眉】不交一言，亦極有會。【封眉】那裏，方言。即何曾，并不曾之謂。（紅云）赫赫赤赤，那鳥來了。⑨（末云）小姐，你來也。（摟住紅科）⑩【硃眉】【湯

---

① 赫赫赤赤：徐畫本、徐音本、張本、潘本無。
② "（末云）這其間正好去也"至"那鳥來了"：那鳥，張本作"傻角"；來了，峒本作"來了也"。屠本作"（生上云）而今恰好去了。（做潛行科）"，驥本、延本作"（生上云）這其間正好去也"。
③ 容本、起本、徐參本、虎本、何本、陳本、秀本、硃本、延本、天李本、湯本、魏本、峒本、毛本此處多"（紅唱）"，六幻本據上文亦是"（紅唱）"。
④ 我：徐畫本、徐音本、張本、三合本、潘本作"俺"。
⑤ 玉人：羅本、屠本、徐參本作"玉人兒"。
⑥ 潛身在：張本作"潛身"。
⑦ 背立在：延本作"背面在"，張本作"背立"。
⑧ 并不曾：張本無。
⑨ （紅云）赫赫赤赤，那鳥來了：赫赫赤赤，容本、起本、徐參本、虎本、何本、陳本、秀本、硃本、天李本、湯本、魏本、峒本作"赫赫"。範本、龍本、羅本、繼本、徐畫本、徐音本、張本、潘本無。
⑩ "（紅云）赫赫赤赤"至"（摟住紅科）"：屠本作"（生做摟科）小姐，你來了"，驥本、延本作"（生摟住紅科）"。

眉】【魏眉】【峒眉】【容夾】好關目。（紅云）禽獸！（末云）①是我。（紅云）②你看得好仔細着③！若是夫人④怎了？（末云）小生害得眼花⑤，【陳眉】那飽秀才更多眼花的。【峒眉】即飽秀才，更多眼花的。妙。搜得慌了些兒，不知是誰。⑥望乞恕罪⑦。（紅唱）便做道搜得慌呵⑧，你也索⑨覷咱，多管是餓得你個窮神⑩眼花。【繼眉】酸，今本作"神"。【虎眉】酸，今本多作"神"。【凌眉】窮神，嘲酸子之常語，一本

---

① （末云）：弘本、範本、龍本、羅本、繼本、屠本、容本、起本、徐畫本、徐音本、徐參本、驥本、虎本、何本、陳本、秀本、碌本、延本、張本、天李本、六幻本、湯本、湯沈本、三合本、魏本、峒本、封本、毛本、潘本無。
② （紅云）：弘本、範本、龍本、羅本、繼本、屠本、容本、起本、徐畫本、徐音本、徐參本、驥本、虎本、何本、陳本、秀本、碌本、延本、張本、天李本、六幻本、湯本、湯沈本、三合本、魏本、峒本、封本、毛本、潘本無。
③ 你看得好仔細着：好，範本、龍本、羅本、繼本、容本、起本、徐畫本、徐音本、徐參本、虎本、何本、陳本、秀本、碌本、張本、天李本、湯本、湯沈本、三合本、峒本、封本、毛本、潘本無。徐參本、驥本、延本、魏本、峒本作"你看的仔細"，屠本作"你看的仔細些，纔好動手"。
④ 若是：範本、龍本作"是"，屠本作"倘是"。夫人：羅本、繼本、容本、起本、徐參本、驥本、虎本、何本、陳本、秀本、碌本、延本、天李本、六幻本、湯本、湯沈本、魏本、峒本、封本、毛本作"老夫人"。
⑤ 害得眼花：屠本作"害得眼睛花了"，容本、起本、徐參本、虎本、何本、陳本、秀本、碌本、天李本、湯本、魏本、峒本作"害得眼花瞭亂"，繼本、徐畫本、徐音本、張本、六幻本、三合本、封本、潘本無。
⑥ 搜得慌了些兒，不知是誰：不知是誰，弘本作"不知誰"，驥本、延本、毛本作"却不知是誰"，繼本、容本、起本、徐畫本、徐音本、徐參本、虎本、何本、陳本、秀本、碌本、張本、天李本、六幻本、湯本、湯沈本、三合本、魏本、峒本、封本、潘本無。屠本作"一時荒忙失錯，望乞恕罪"。
⑦ 望乞恕罪：繼本、徐畫本、徐音本、張本、六幻本、湯沈本、三合本、潘本無。
⑧ 搜得慌呵：容本作"搜得呵"，驥本、徐畫本、徐音本、延本、三合本、潘本作"你搜慌"，張本作"搜慌"，毛本作"搜慌呵"。
⑨ 你也索：屠本作"也須"，驥本、延本、張本、三合本、潘本作"索"。
⑩ 你個窮神：你個，徐參本作"你"；窮神，繼本、容本、起本、虎本、何本、陳本、秀本、碌本、天李本、湯本、湯沈本、封本作"窮酸"。羅本作"窮神"，驥本、延本、魏本、峒本、毛本作"你窮酸"，張本作"你窮神"。

作"窮酸",無味。【三合眉】餓得眼花,方可稱"風魔情士"。【封眉】窮酸,即空本妄改"窮神"。【毛夾】參釋曰:"那裏不曾也搜慌"一段,亦用董詞"你便做搜慌,敢不開眼"。【潘夾】紅娘潛去偷瞧,張先閃入檻邊。紅已見張,張不見紅。故有搜慌之事。"打話"二字,正撮合山的本等。從來賓主交接,必有擯介從中打話;兩國通好,必有使臣從中打話;男女婚媾,必有媒妁從中打話。今崔張竟訂私交,不煩牽合,那裏有這樣事?蓋早已決其事之不成也,明明顯出破法神通。

　　(末云)小姐在那裏?(紅云)在湖山下①。我問你咱②:真個着你來哩③?(末云)小生猜詩謎社家④,風流隋何,浪子陸賈,⑤【天李旁】三用,好。准定扢扎幫便倒地⑥。(紅云)你休從門裏去,則道⑦我使你來。【潘旁】欲入而閉其門,賣弄手段。你跳過這墙去,⑧今

---

① 在湖山下:屠本作"小姐在湖山下哩"。
② 我問你咱:咱,羅本、繼本、陳本、張本、湯沈本、潘本無。屠本作"他可曾着你來"。
③ 真個着你來哩:屠本作"不是耍也"。
④ 小生:屠本作"我是個",驥本、延本、張本、毛本作"小生是"。社家:範本、龍本、羅本、繼本、容本、起本、徐畫本、徐音本、徐參本、虎本、何本、陳本、秀本、硃本、張本、天李本、六幻本、湯本、三合本、魏本、峒本、潘本作"杜家",驥本、延本、封本、毛本作"的杜家"。
⑤ 風流隋何,浪子陸賈:徐畫本、徐音本、三合本、潘本無。
⑥ 扢扎幫便倒地:屠本作"扢扎丟翻在地,決不放他"。
⑦ 則道:驥本、延本、湯沈本作"他則道",硃本作"却道"。
⑧ 徐畫本、徐音本、三合本、潘本此處多"張生,你看麽",驥本、延本、張本、六幻本、湯沈本、毛本此處多"張生,你見麽"。

夜這一弄兒①,助你兩個成親②。我說與你,依着我者。③【容眉】【硃眉】【湯眉】妙!【徐畫眉】【田眉】【延眉】一弄兒,即一番之謂。下"淡雲籠月""似"字,通貫一曲纔是。【徐音眉】一弄兒,即一番之謂。【魏眉】妙妙。【潘夾】角門本是開的,公然走去關了。人已闌入門內,翻教他出去跳墻。着着有操縱在手之意。

【喬牌兒】④ 你看那⑤淡雲籠月華,似紅⑥紙護銀蠟;【羅眉】蠟,音臘。【秀眉】淡雲籠月,似紅紙護蠟,比喻甚妙。柳絲花朵垂簾下,綠莎茵鋪着⑦綉榻。【羅眉】綠,音呂。莎,音梭。【繼眉】莎,音梭。【容眉】【湯眉】【岣眉】亦巧。【徐畫眉】【田眉】【延眉】俱以"花"字比鋪蓋供帳,以"雲月"比燈籠。下,是"放下"之"下",即"挂"字意。【徐音眉】俱以"花"字比鋪蓋供帳,以"雲月"比燈籠。【徐參眉】紅娘真老手。【虎眉】一"茵"字下多一"勝"字。【陳眉】亦巧。【陳補眉】莎,音梭,草名。茵,音因,褥也。【張眉】末句多一字。【魏眉】巧。【驥夾】【延夾】蠟,郎架反。莎,音梭。榻,叶湯打反。【湯沈夾】莎,音梭。【潘夾】下,即放下

---

① 這一弄兒:弄,徐參本作"會"。羅本、徐畫本、徐音本、張本、六幻本、三合本、潘本作"一弄兒風景",繼本、湯沈本作"一弄兒"。
② 助你兩個成親:成親,羅本作"成事者",毛本作"成親也"。徐畫本、徐音本、六幻本、三合本、潘本作"分明助你兩個成親也"。
③ "你休從門裏去"至"依着我者":我說與你依着我者,羅本作"張先生,我與你說着,你索依着我者。(生云)紅娘姐,却怎生道呵",繼本、湯沈本作"我說與你",徐參本、魏本、岣本作"我說與你,可依着我者",驥本、延本、張本作"也",三合本、毛本無。屠本作"既然如此,你可從墻跳過,謹謹的拿定,這一弄兒風景,分明助你兩個成就好事哩"。範本、龍本此句後多"(生云)小娘子,可分付小生怎麼樣子"。
④ 弘本、範本、龍本、羅本、容本、起本、徐參本、虎本、何本、陳本、秀本、硃本、延本、天李本、湯本、魏本、岣本、毛本此處多"(紅唱)",六幻本據上文亦是"(紅唱)"。
⑤ 你看那:徐畫本、徐音本、驥本、延本、張本、三合本、潘本作"你看"。
⑥ 紅:屠本作"絳"。
⑦ 鋪着:屠本、驥本、延本、張本、毛本作"鋪"。

之"下",猶言挂也。"淡雲籠月華"一闋,甚言野合佳况。雲月作花燭,花柳作簾帷,幕莎茵作綉榻,皆是緄染的話也。

【甜水令】①【繼眉】【甜水令】,今本誤作【新水令】。【起眉】【虎眉】【甜水令】,今或作【新水令】,這是訛。良夜迢迢②,【凌眉】迢迢,王易以"迢遥",似是。【封眉】迢遥,時本多作"迢迢"。閑庭寂静,花枝低亞③。【徐畫眉】【田眉】【延眉】亞,襯貼也。他是個④女孩兒家,你索將性兒⑤温存,【羅眉】索,音曬。話兒摩弄,意兒謙【湯沈旁】一作"謙"。洽⑥。【虎眉】浹,一作"謙"。【秀眉】洽,音甲。休猜做敗柳殘花。⑦【範眉】【龍眉】【湯沈眉】偷香能事畢此。【容眉】【徐畫眉】【陳眉】【秀眉】【湯眉】【三合眉】【峒眉】不要你管,漢家自有制度。【田補眉】夜長人静,工夫有餘,正須緩性温存,莫作敗柳殘花,造次摧挫之也。【魏眉】漢家自有制度。【田補夾】前言教他款款輕輕,慮鶯鶯軟弱。又教他温存,恐其躁急也,可謂細心之極。【硃眉】妙。【封眉】看,時本作"猜"。【驥夾】【延夾】洽,叶霞。

---

① 【甜水令】:羅本作"【新水令】"。弘本此處多"(紅對生説旦)",範本、龍本、容本、起本、徐參本、虎本、何本、秀本、延本、天李本、湯本、魏本、峒本此處多"(紅唱)",硃本此處多"(紅云)",六幻本據上文亦是"(紅唱)"。

② 迢迢:徐畫本、徐音本、延本、張本、六幻本、湯沈本、三合本、封本、毛本、潘本作"迢遥"。

③ 亞:弘本作"啞",屠本作"壓"。

④ 他是個:張本作"他是"。

⑤ 你索將性兒:將,驥本、延本作"教";性兒,湯沈本作"意兒"。屠本作"你須將意兒",徐畫本、徐音本、延本、三合本、潘本作"你索教意兒",張本作"你索意兒"。

⑥ 意兒謙洽:屠本作"性兒謙恰",繼本、容本、起本、徐參本、虎本、何本、陳本、硃本、天李本、六幻本、湯本、魏本、峒本、封本作"意兒浹洽",徐畫本、徐音本、張本、湯沈本、三合本、潘本作"性兒浹洽",延本作"性兒謙洽"。

⑦ 猜:封本作"看"。敗柳殘花:張本作"路柳墻花。(生)小生理會得"。範本、龍本、徐畫本、徐音本、三合本、潘本此句後多"(生云)小生理會得,俺自有偷花手哩",封本此句後多"(生云)小生理會得"。

【折桂令】① 他是個嬌滴滴美玉無瑕，② 粉臉生春，雲鬢堆鴉。怎的般③受怕擔驚【潘旁】自言平素用心。，④ 又不⑤圖甚浪酒閑茶。【秀眉】數語一團意趣。則你那夾被兒時當奮發⑥，【羅眉】則，音自。指頭兒⑦告了消乏。【徐畫眉】【田眉】【延眉】夾被奮發，言被窩中亦有春意也。古法：探春者剪爪，故曰"指頭消乏"，非褻詞也。後篇"不強如手勢指尖兒恁"，乃是褻詞也。准擬支撐了達，以快此大欲也。【徐音眉】夾被奮發，言被窩中亦有春意。古法：探春者剪爪，故曰"指頭消乏"。【凌眉】夾被兒時當奮發，言被裏亦及時興頭也。指頭兒告了消乏，玩童詞只是因彈琴以挑之之故，故云。徐謂采春者剪爪，王謂褻詞，皆陋甚。【三合眉】夾被奮發，言被窩中亦有春意。古法：探春者剪爪，故指頭消乏。打叠起⑧【湯沈旁】一本無"起"字。嗟呀，【繼眉】一本無"起"字。畢罷了⑨牽挂，收拾了⑩憂愁，准備着撐達。⑪【羅眉】畢，音被。撻，音搭。【繼眉】撐達，音鐺塔，往來相遇貌。【容夾】【徐參眉】【硃眉】【湯眉】【三合眉】【魏眉】【峒眉】為他人作嫁衣裳。【虎眉】一本無"起"字。達，一作

---

① 範本、龍本、容本、起本、徐參本、虎本、何本、秀本、硃本、湯本、魏本、峒本、封本此處多"（紅唱）"。
② 驥本、延本、毛本此處多"你看"。
③ 怎的般：範本、龍本作"您的般"，羅本、屠本、張本作"似這般"，徐畫本、徐音本、驥本、延本、三合本、毛本、潘本作"俺這般"。
④ 羅本此處多"似這般受怕擔驚"。
⑤ 又不：徐畫本、徐音本、驥本、延本、三合本、潘本作"不曾"，張本、毛本作"不"。
⑥ 則你那：徐畫本、徐音本、驥本、延本、張本、三合本、潘本作"你那"，徐參本作"則要你"。奮發：魏本、峒本作"發奮"。
⑦ 羅本此處多"指頭兒"。
⑧ 打叠起：羅本、張本作"打叠"。
⑨ 了：張本無。
⑩ 了：屠本作"起"，羅本、張本無。
⑪ 着：張本無。範本、龍本此處多"（紅云）我閉上角門，你還跳過墻者，他則道我放你進來"。

"攃"。【湯沈眉】古法:探春者剪爪,故曰"指頭消乏"。撐達,解事之謂,音鐺塔。【封眉】即空主人曰:"指頭兒"句,玩董詞,只是因彈琴挑之之故,故云。王謂褻詞,陋甚。"夾被"句,言亦及時興頭也。【驥夾】【延夾】發,方雅反。乏,扶加反。疊,一作迭。達,當家反。【湯沈夾】疊,一作"迭"。【毛夾】"淡雲"三句,參差對。垂簾下,如垂簾之下。謙洽,和洽也,勿作"浹洽"。《看錢奴》劇"沒半點和氣謙洽"。指頭兒告消乏,褻語,謔生。奮發,即動彈,言憐其被底時時動彈,使指頭勞苦告消乏耳。後折有"手勢指頭兒恁"語,董詞"彈琴時有十個指頭兒,自來不孤,你今夜裏彈琴,你也須得替"諸語,亦同。撐達,謂不惡縮。《琵琶記》"不撐達害羞的喬相識"。俗注解"指頭"句,謂預辦偷春,剪落指甲,一何可笑!參釋曰:"淡雲"三句,頂賓白"助成親"來;"嬌滴滴"三句頂上曲"休猜做"來;"俺這般"四句,是謔生語;"打疊起"四句,是慫恿生語。【潘夾】兩闋寫得情意濃至,正反襯後文之冷淡也。"受怕擔驚"二語,略帶牢騷。

(末作跳墻摟旦科)① (旦云)是誰?(末云)是小生。(旦怒云)② 張生,你是何等之人!我在③這裏燒香,你無故至此④。【三合眉】怎說得個"無故至此"?若⑤夫人聞知,有何理說⑥?(末云)呀⑦,變了⑧卦也!【潘旁】愚甚。【潘夾】"無故"二字,當面說謊。花前侍月,開戶迎風,豈是無因而至乎?而顯然執為聲罪之辭。使張生禪詔出諸袖中,崔將何辭以對?只因眼前礙着一人,便欲口中說句強話,固其性難按納處,然其意

---

① (末作跳墻摟旦科):秀本作"(生跪科)",六幻本作"(生跳墻科)"。
② (旦怒云):徐參本作"(鶯云)"。
③ 我在:屠本作"我"。
④ 你無故至此:你,弘本、羅本、繼本、屠本、徐畫本、徐音本、六幻本、湯沈本、三合本、潘本無;至此,驥本、延本、毛本作"到此處",封本作"越墻而來"。範本、龍本作"無故至此何幹"。
⑤ 若:屠本作"倘若",範本、龍本、驥本、延本、毛本作"老"。
⑥ 理說:弘本作"禮說",屠本作"道理"。
⑦ 呀:秀本無。
⑧ 變了:屠本作"你也變了"。

正欲使張生意會。

　　【錦上花】（紅唱）爲甚媒人，心無驚怕？【潘旁】此言今日放膽。【徐畫眉】【田眉】【延眉】【湯沈眉】兩言相協，故爲媒者無驚怕。赤緊的夫妻每①、意不爭差②。【起眉】【虎眉】今本間作"赤緊的夫人意不差"，便與上"無驚怕"字、下"呀"字不應。【秀眉】到此緊中取緩，又狀其形容。【張眉】有爭差，即下文云云，訛"不"，非。我這裏③躡足潛踪，【羅眉】躡，音聶。足，上聲。悄地聽咱：一個羞慚，一個怒發。④【容眉】【湯眉】畫。【陳眉】【硃眉】【峒眉】丹青難及舌頭巧。【封眉】幺篇見前。張生無一言，呀⑤，鶯鶯⑥變了卦。一個⑦悄悄冥冥，【羅眉】冥，音明。一個⑧絮絮答答。【田補眉】悄悄冥冥，正生之無言；絮絮答答，正鶯鶯變卦饒舌。【張眉】"悄悄"以下，敷衍上文也，一氣讀妙。且兩"一個"字，前已分明，何必再出耶？却早禁住⑨隋何【徐畫旁】【田旁】【三合旁】應賓白。，迸住⑩陸賈【天李旁】四用，妙甚！趣甚！，【繼眉】隋何、陸賈應前語。【徐音眉】隋陸無能。【凌眉】隋何、陸賈，即以前生白語調之也。王伯良謂：此教張生語，非替鶯數落張生也。看後【清江引】一曲，良

---

① 的夫妻每：驪本、延本作"的夫妻"，張本作"夫妻"。
② 不爭差：繼本作"不曾"，張本作"有爭差"。
③ 我這裏：徐畫本、徐音本、驪本、延本、張本、三合本無。
④ 怒發：潘本作"發怒"。繼本、屠本、容本、起本、徐畫本、徐音本、徐參本、虎本、何本、陳本、秀本、硃本、張本、天李本、六幻本、湯本、湯沈本、三合本、魏本、峒本、封本、毛本、潘本此句後作"【幺】"。
⑤ 呀：屠本、徐畫本、徐音本、驪本、硃本、延本、張本、三合本、封本、毛本、潘本無。
⑥ 鶯鶯：徐參本、張本作"小姐"。
⑦ 一個：張本無。
⑧ 一個：張本無。
⑨ 却早禁住：禁，毛本作"噤"。羅本作"禁住"，驪本、延本、張本、六幻本作"迸定"，三合本、潘本作"并定"。
⑩ 迸住：驪本、延本作"噤住"，毛本作"迸定"，六幻本、潘本作"禁住"。

然。叉手①躬身,【秀眉】叉,音抄。妝聾做啞。②【羅眉】迸,音兵。叉,音抄。【容眉】【硃眉】【湯眉】真滯貨!【徐畫諸眉】天下真正佳人不輕合,若此而苟合者,則爲野草閑花,非爲才子佳人。方見鶯鶯非淫女之可比。至張生病重,憐念救之而方與合,此所以爲佳人中之才子也。【徐參眉】描鶯張模樣□。【驥夾】【延夾】答,叶平聲。【毛夾】所以不害怕者,爲其真相許,無差繆也,不意如此也。四"一個"與前【沉醉東風】兩"一個"相應。陋君改去兩"一個",自誇獨得,而不敢改此四"一個",何也?"却早"四句,遂借生自誇語調寫之。《西廂》譜《會真》耳。三五之召,《會真》自訴其意,此正胡然胡然處。近有盱衡抵掌者,斷謂見簡已前,怒紅之肆;召生已後,恨生之愚,則《會真》未嘗有開簡前幾曲子也。若謂《會真》作法,須仿《昆侖奴傳》爲之,則小說家亦須著律令矣。李卓吾評《西廂》了無是處,而獨于此折云:"若便成合,則張非才子,鶯非佳人。"最爲曉暢。《會真》之奇,亦祇奇此一阻耳。且即此一阻,亦并無他意。忽然決絕,即倏然成就,是故奇耳。必欲盱衡抵掌,強爲立説,而刪改舊文,無一字本來,嗟乎!亦獨何也?【潘夾】"心無驚怕"四字,特特與上文"受怕擔驚"相反。"受怕擔驚"是局中人行徑,"心無驚怕"是局外人心腸。赤緊,言其平日之疼熱也。言這樣好夫妻,成就了也不差。爲何又撒開這番,干繫却不在我身上。"叉手躬身"二句,寫得張愚懦,醜態畢露。

　　張生背地裏嘴那裏去了③,向前摟住丢番④。告到官司,怕羞了你。⑤【潘旁】紅的是個老法家。【容眉】【硃眉】【湯眉】【三合眉】這丫頭倒通得。【田補眉】紅娘見張生無用,姑教唆他,言羞鶯鶯而不羞你也。【陳眉】

---

① 叉手:秀本作"叉身"。
② 弘本、範本、龍本、羅本、繼本、容本、徐參本、驥本、虎本、何本、陳本、秀本、硃本、延本、天李本、湯本、湯沈本、魏本、峒本、毛本此處多"(紅云)"。
③ 張生背地裏嘴那裏去了:嘴,張本、六幻本、三合本、潘本作"硬嘴";去了,徐畫本、徐音本、三合本、潘本作"去來"。屠本作"張生只是背地裏嘴"。
④ 向前摟住丢番:屠本作"你若向前一把揪住"。羅本、繼本無。
⑤ 告到官司,怕羞了你:你,屠本作"你也"。羅本、繼本無。

虧這丫頭咬破牙。【魏眉】非紅娘巧舌，怎描得兩家模樣？【峒眉】非紅娘怎描的兩家模樣。【容夾】沒人處則會閑嗑牙。

【清江引】① 沒人處則會②閑嗑牙【延旁】妙！，【羅眉】別，音月。嗑，音合。【徐畫眉】【田眉】嘲他當場沒用，妙！就裏空奸詐。怎想湖山邊，不記"西廂下"③。【張眉】不意，不料也。訛"記"，非。香美娘處分破④花木瓜。【謝眉】香美娘，是排兒名。花木瓜，好看不好吃。【範眉】【龍眉】【秀眉】香美娘，是排兒名。處分，猶云發付。花木瓜，搬演者云："看得吃不得。"【繼眉】香美娘，是排兒名；花木瓜，看得吃不得。【起眉】【虎眉】元本有"處"字，今本皆缺。【徐畫眉】【田眉】【延眉】處分，猶言打發也、發落也。木瓜酸，嘲其爲措大也。【徐音眉】木瓜酸，嘲其爲措大也。【凌眉】花木瓜，言中看不中吃，非調酸子也，詳《解證》。【張眉】處分，處置也。訛"分破"，非。【湯沈眉】此嘲笑張生當場沒用處。香美娘，指鶯鶯，亦見成語。木瓜味酸，嘲其爲措大也。分破，方本作"處分"，難解。【三合眉】處分，猶言打發也。木瓜酸，嘲其爲措大也。【驥夾】【延夾】嗑，音課。【毛夾】誰想到"湖山邊"，便忘却"垂楊下"，"扢扎幫"之語，此"花木瓜"也。花木瓜外看好，不中吃，須得香美娘處分之，此又預起下"處分"作一過語，大妙！《李逵負荊》劇"花木瓜外看好"，《誤入桃源》劇"空結實花木瓜"。徐天池謂以酸嘲生，謬。參釋曰：此頂賓白愨愿語而又嘲之。又參曰：《埤雅》云："木瓜于熟時，鏤紙作花粘之，以灒噀其上，得露日之氣乃紅，其花如生，名花木瓜。"【潘夾】木瓜味酸，嘲其措大。寫張懦處，便懦殺

---

① 容本、起本、徐參本、虎本、何本、陳本、秀本、硃本、延本、天李本、湯本、魏本、峒本、毛本此處多"（紅唱）"，六幻本據上文亦是"（紅唱）"。

② 沒：驥本、延本作"無"。會：屠本作"理會"。

③ 不記西廂下：不記，張本、三合本作"不意"；西廂下，徐畫本、徐音本、驥本、延本、三合本、毛本、潘本作"垂楊下"。六幻本作"不意垂楊下"。

④ 香美娘：魏本、峒本作"香柳娘"。處分破：弘本作"分破"，範本、龍本作"分破了"，徐畫本、徐音本、驥本、延本、六幻本、三合本、毛本、潘本作"處分俺那"，徐參本作"處分破了"，張本作"處分"。

人，得不令抱雞翁悶死。紅譏雙文則云："對人前巧語花言，背地裏愁眉泪眼。"其譏張生，則云："沒人處則會閑磕牙，就裏空奸詐。"一個人前會講，一個沒人處會講。一假一懦，鑿鑿不刊。垂楊下，閑話處；湖山邊，今立地也。"香美娘"兩句，紅娘在暗地裏看雙文如何處分，料想必從我衙門經過。

（旦云）紅娘，有賊①！（紅云）是誰？【田補旁】賈不知，妙，妙。（末云）是小生。（紅云）②張生，你來這裏有甚麼③勾當？（旦云）扯到夫人那裏去④。（紅云）到夫人那裏⑤，恐壞了⑥他行止。我與姐姐處分他一場。⑦【潘旁】解上臺不如發下司，易于結局。【容夾】【湯眉】看你兩個如何處分。【三合眉】看你兩個如何處置。張生，你過來，跪着⑧！你既讀孔聖之書，必達周公之禮。夤夜來此⑨何干？【徐參眉】鶯鶯明忍這一遭，還猶己見不定。【陳眉】【硃眉】【峒眉】鶯鶯捉得賊，紅娘不放贓。【田補夾】老夫人變卦，事之常也，小姐不從，真出人意表者也。【潘夾】喊賊奇矣，問賊又奇，認賊更奇，拷賊奇不可言。

---

① 賊：屠本作"賊了"。
② 是誰？（末云）是小生。（紅云）：屠本作"姐姐，是個偷花的小賊，放了他罷"。
③ 甚麼：驪本、秀本、延本、毛本作"甚"。
④ 扯到夫人那裏去：扯到，弘本、範本、龍本作"拖去"，徐畫本、徐音本作"扯去"，驪本、延本作"拖去老"，六幻本、湯沈本作"扯去老"，毛本作"拖到老"。屠本作"拖去告夫人"。
⑤ 到夫人那裏：夫人，驪本、延本、六幻本、湯沈本、封本、毛本作"老夫人"；那裏，羅本、繼本作"那裏去"。屠本作"拖到夫人前"。
⑥ 壞了：範本、龍本、驪本、延本作"壞"。
⑦ 我與姐姐處分他一場：姐姐，驪本、延本作"你"；他，秀本作"去"；一場，封本作"一場罷"。弘本、範本、龍本作"我與你處問他一場"，屠本作"待我搶白他一場"，徐畫本、徐音本、六幻本、湯沈本、三合本、潘本作"我與你去問他一場"，張本作"我與你處分罷"。虎本、秀本、硃本、天李本此句後多"（紅云）"，陳本此句後多"（紅對生云）"，毛本此句後多"（對正末云）"。
⑧ 跪着：弘本作"（生跪科）（紅云）跪着"，範本、龍本作"跪着聽者"，屠本作"（生跪科）（紅云）張生"，驪本、延本作"跪者"。
⑨ 夤夜：範本、龍本作"今夜"。來此：屠本、徐參本、陳本、硃本作"到此"。

【雁兒落】①不是俺一家兒喬作②【凌旁】一作"坐"。銜【田補旁】何其自大。,【範眉】【龍眉】【繼眉】【秀眉】北人謂假爲喬。喬坐銜,猶云假裝家意。【徐畫眉】【田眉】【延眉】【三合眉】喬坐銜,自據其所而自大意,猶云七石缸、門裏大也。【張眉】"喬坐銜",據其所而自大之意。言此番不是俺自大,咱說衷腸話如下文云云。俗添"怎能發"三字,支離隔礙,全不省章法,可笑。【湯沈眉】喬作銜,猶云假裝家。說幾句衷腸③話:【容旁】【湯眉】妙!我則道你文學海樣深④,誰知你色膽有天來大⑤。【虎眉】今本無"有"字。【驥夾】【延夾】中長,今作"衷腸"。大,唐乍反,與前折音墮不同。【毛夾】大,唐乍反。【潘夾】與賊說衷腸,這便是腹心之賊,與肘腋不同。孫飛虎肘腋竊發五千人可以奪帥,酸措大腹心爲奸,恐十萬師難以力破。

(紅云)⑥你知罪麼?(末云)小生不知罪⑦。【徐音眉】張生怎不說出詩媒?【陳補眉】說幾句衷腸話告免罷。

---

① 範本、龍本、容本、起本、徐參本、何本、陳本、秀本、硃本、延本、湯本、魏本、峒本、毛本此處多"(紅唱)"。
② 兒:徐畫本、徐音本、三合本、潘本作"的"。作:屠本、徐畫本、徐音本、驥本、延本、張本、六幻本、湯沈本、三合本、毛本、潘本作"坐"。
③ 幾句:範本、龍本作"幾句兒"。衷腸:驥本、延本作"中長"。
④ 我則道:徐畫本、徐音本、驥本、延本、三合本、魏本、潘本作"我只道",張本作"只道你"。海樣深:徐畫本、徐音本、三合本、潘本作"海量寬"。
⑤ 誰知你色膽有天來大:有,弘本、羅本、繼本、秀本、六幻本、封本無。範本、龍本、屠本、徐畫本、徐音本、驥本、延本、湯沈本、三合本、毛本、潘本作"誰想你色膽天來大"。
⑥ (紅云):張本、三合本、封本、潘本作"張生"。弘本、範本、龍本、羅本、繼本、屠本、容本、起本、徐畫本、徐音本、徐參本、驥本、何本、陳本、秀本、硃本、延本、天李本、六幻本、湯本、湯沈本、魏本、峒本、毛本此後多"張生"。
⑦ 小生不知罪:罪,驥本、延本、六幻本作"甚罪"。屠本作"我不知甚罪"。

【得勝令】（紅唱）誰着你①黰夜入人家？非奸做賊拿②【田補旁】可以入奸盜條律。【羅眉】黰，音寅。【凌眉】王伯良以次句拗，而易爲"非盜做奸拿"，且引周挺齋識"沈烟裊綉簾"，宜"沈宴裊修簾"乃叶。不知第四字不可不平，第二字用平者極多。即如本傳"莊周夢蝴蝶，難忘有恩處"，《抱妝盒》劇"得推辭且推辭"，《慶賀詞》"諸邦盡朝獻"，皆然。况"非奸即盜"是成語，亦無"非盜做奸"之説。"賊"字，入聲，叶平，非仄也。【封眉】時本作"非奸做賊"，誤。【得勝令】次句第二字可平可仄，第四字不可不平。你本是③個折桂客，做了④偷花漢；不想去⑤跳龍門，學⑥騙馬。⑦【範眉】【龍眉】【繼眉】北人謂哄婦人爲騙馬。【羅眉】折，平聲。客，音楷。學，音效。【容眉】老面皮，也妙！【徐畫眉】【田眉】【延眉】如此踪迹，可以入奸盜條律。故曰"做得個"，此北方常語。北人謂哄婦人爲"騙馬"。【陳眉】【硃眉】粉墻把當龍門跳，樹稍權做仙桂攀。【陳補眉】□□好大膽！【秀眉】騙，音片。【張眉】騙馬，欺哄婦人也。"折桂客""跳龍門"兩句是襯。【湯沈眉】騙馬，躍而上馬之謂。借字義以形容，言大才而小用之耳。俗注謂哄婦人，非。姐姐，且看⑧紅娘面，饒過這生⑨者。（旦云）

---

① 誰着你：羅本作"呀，你不合"，徐畫本、徐音本、驥本、延本、張本、三合本、毛本、潘本作"做得個"。
② 非奸做賊：驥本、延本作"非盜作奸"。拿：硃本作"那"。
③ 你本是：弘本、範本、龍本、羅本、徐畫本、徐音本、驥本、延本、張本、湯沈本、三合本、毛本、潘本作"你是"，屠本作"本是"。
④ 做了：屠本作"倒做了"。
⑤ 不想去：徐畫本、徐音本、驥本、延本、張本、三合本、潘本作"不想"。
⑥ 學：張本作"到來學"。
⑦ 弘本、範本、龍本、羅本、何本、秀本、硃本、魏本、峒本此處多"（紅云）"。
⑧ 且看：範本、龍本作"看"。
⑨ 這生：羅本作"這張生"。

若不看紅娘面①,扯你到夫人那裏去②,看你有何面目見江東父老③!【潘旁】却有詩爲證。【徐畫珠眉】【湯眉】老面皮。【三合眉】說分上的都是紅娘。起來④。(紅唱)⑤ 謝小姐⑥賢達,看我面遂【湯沈旁】一作"遂"。情⑦罷。【羅眉】逐,音諸。【繼眉】遂,今本訛作"逐"。若到⑧官司詳察,⑨"你既是秀才,只合苦志于寒窗之下,誰教你貪夜輒入人家花園⑩?做得個非奸即盜。"⑪ 先生呵,⑫ 整備着精皮膚吃頓

---

① 面:弘本作"薄面",範本、龍本作"之面",羅本作"的面"。
② 扯你:弘本作"你"。夫人:六幻本、湯沈本作"老夫人"。那裏去:範本、龍本作"根前"。
③ 看你:羅本作"看你每",範本、龍本無。見江東父老:秀本、張本無。
④ 起來:容本、起本、徐參本、虎本、何本、陳本、秀本、硃本、天李本、湯本、魏本、峒本作"起來罷",繼本、張本、湯沈本、三合本、封本、潘本無。
⑤ "姐姐,且看紅娘面"至"起來。(紅唱)":屠本作"(鶯云)不是紅娘面上,決然不肯輕易放過",驪本、延本、毛本無。
⑥ 小姐:範本、龍本、羅本、繼本、屠本、徐畫本、徐音本、六幻本、湯沈本、三合本、潘本作"姐姐"。
⑦ 看我面遂情:遂情,弘本、範本、龍本、羅本、屠本、容本、驪本、秀本、延本、湯沈本、三合本、毛本作"逐情"。徐畫本、徐音本、張本、潘本作"看面逐情"。
⑧ 若到:弘本、範本、龍本、驪本、延本作"若",羅本、屠本、張本作"到"。
⑨ 弘本、何本、秀本、天李本、湯本、魏本、峒本此處多"(紅云)",封本此處多"説"。
⑩ 輒入人家花園:羅本作"入人家的花園"。
⑪ 做得個非奸即盜:即盜,羅本作"便即盜"。弘本作"做得非奸即偷"。弘本此句後多"(唱)"。
⑫ "你既是秀才"至"先生呵":先生呵,羅本作"張生",秀本作"張先生呵"。範本、龍本、繼本、徐畫本、徐音本、六幻本、湯沈本、三合本、毛本、潘本作"先生呵",屠本、驪本、延本、張本無。容本、起本、何本、陳本、秀本、天李本、湯本、魏本、峒本此句後多"(紅唱)"。

打①。【羅眉】皮，音陪。膚，音夫。【徐畫眉】好會妝腔。【田補眉】先謝小姐而却爲求饒，正是紅娘狡獪，下又云"官司詳察"云云，又代鶯鶯發落，皆是妙處。【徐參眉】犯人無悲，張生之謂。【陳眉】【魏眉】【峒眉】誰敢凌辱斯文？【秀眉】面叱數言，張生豈不自報？【張眉】末句多一字。【三合眉】到官司，張家央個分上，崔家反要問個一兩三。【驥夾】【延夾】察，叶上聲。【毛夾】賊，平聲。此處分也，喬坐衙，即"喬作衙"，妄自尊大之謂。《青衫泪》劇"俺那愛錢娘一日坐八番衙"，即此。衷腸，或作"中長"，字聲之誤。做的個，頂賓白"不知罪"來，言做得這個罪也。非奸做賊拿，是成語。雖"奸"字宜仄，"賊"字宜平，與調不合，見周德清"務頭"。然元詞每用成語，便不拘。且"賊"本平聲，"奸"字在可平可仄之間，原非不合。如《昊天塔》劇"五臺又爲僧"，後本《莊周夢蝴蝶》"怎忘有恩"處，俱可驗。且"務頭"諸論，與元曲毫釐不合。往欲遍，作引斷以袪其妄。因無暇，且俟知者。若詞隱生王伯良輩，竟改此句爲"非盜做奸拿"，陋矣！騙馬，言跳而上馬，比跳墻也。《合汗衫》劇"穩拍拍乘舟騙馬"，《任風子》劇"我騙土墻騰的跳過來"，可驗。俗以"騙馬"爲哄婦女，總是杜撰。謝小姐賢達，將欲爲解釋，而先作是語，以邀其必然。然亦詞例如此。如欲處分而先爲"香美娘"句一類。參釋曰：第十七折"有意訴衷腸"語，定知非"中長"。【潘夾】紅娘精于律例，斷案簡明。但云做賊拿，未免又深文矣。承問衙門，反爲賊到上臺説人情，上臺亦遂聽從批允。甚矣，賊之通神也，何時而其鋒稍戢哉。

---

① 整備着精皮膚吃頓打：整備，範本、龍本、羅本、繼本、屠本、容本、起本、虎本、何本、陳本、秀本、天李本、六幻本、湯本、湯沈本、魏本、峒本、封本、毛本作"准備"，徐參本作"准被"。徐畫本、徐音本、三合本、潘本作"精皮膚一頓打"，驥本、延本、張本作"先生精皮膚一頓打"。驥本、延本、張本、毛本于此句後多："（紅云）姐姐，怎生看紅娘面，饒過這生者。"

（旦云）先生雖有活人之恩①，恩則當報②。既爲兄妹，何生此心③？萬一夫人知之，先生何以自安？④今後再勿⑤如此。若更爲之，與足下決無干休。⑥【徐參眉】鶯鶯色屬内荏，瞞過誰來？（下）（末朝鬼門道云）⑦你⑧着我來，却怎麽有偌多説話⑨？【容眉】【徐畫珠眉】【硃眉】何不當面説。【湯眉】畫！何不當面説？【三合眉】何不早説？【魏眉】何不當面説，滯才。（紅扳過末云）羞也，羞也！⑩却不⑪"風流隋何，

---

① 先生雖有活人之恩：先生，弘本、羅本、潘本作"張生"；活人，範本、龍本、繼本、屠本、張本作"活命"，徐畫本、徐音本、六幻本、湯沈本、三合本、潘本作"活我"。容本、起本、徐參本、虎本、何本、陳本、秀本、硃本、天李本、湯本、魏本、岣本作"張生雖有活命之恩"，驥本、延本、毛本作"若不看紅娘面，送你老夫人那裏去，看你有何面目見人。你雖活我一家之命"，封本作"張生，你雖有活命之恩"。
② 當報：弘本作"云報"。
③ 何生此心：屠本作"自有名分"。
④ 萬一夫人知之，先生何以自安：夫人，驥本、延本、毛本作"老夫人"；先生，封本作"你"。屠本無，秀本無"先生何以自安"。
⑤ 勿：屠本作"休"。
⑥ "先生何以自安"至"與足下決無干休"：決無，徐畫本、徐音本、三合本、潘本作"更無"；干休，延本作"甘休"。秀本作"決無干休"。
⑦ （下）（末朝鬼門道云）：範本、龍本、羅本作"（鶯下）（生背道云）"，繼本、容本、起本、徐參本、虎本、何本、陳本、秀本、硃本、天李本、六幻本、湯本、湯沈本、魏本、岣本作"（下）（生背云）"，屠本作"（生云）小姐"，徐畫本、徐音本、三合本、潘本作"（下）（生）"，張本作"（下）（生低）"，封本作"（下）（生朝内云）"，毛本作"（下）（正末背科，云）"。
⑧ 你：範本、龍本作"是你"。
⑨ 却怎麽有偌多説話：説話，徐畫本、徐音本、徐參本、驥本、延本、三合本、岣本作"話説"。屠本作"如何罪我"。
⑩ （紅扳過末云）羞也羞也：羞也羞也，弘本、徐畫本、徐音本、驥本、延本、六幻本、三合本、毛本、潘本作"羞也吒羞也吒"。範本、龍本作"（紅扶過生云）羞也呵"，屠本作"（紅云）張先生羞也"，張本作"（紅羞生科）羞也吒羞也吒"。
⑪ 却不：容本、徐參本、陳本、魏本、岣本作"怎不"，徐畫本、徐音本、張本、三合本、潘本作"却不道"。

浪子陸賈"?【天李旁】五用，妙絶！趣絶！（末云）① 得罪波"社家"②，【延眉】《輟耕錄》載雜劇目錄有"杜大伯猜詩謎"一題，但不見其本耳。今日便早則死心拓地。③【驥夾】【延夾】咥，火角反。【三合夾】咥，音好。【毛夾】咥，音嗃。

【離亭宴帶歇拍煞】（紅唱）④ 再休題春宵一刻千金價，准備着寒窗更守⑤十年寡。【徐畫旁】【田旁】【徐音旁】【延旁】男人守寡。【潘旁】自此至"西廂下"，掃去猜詩謎一案。【羅眉】更，音徑。【封眉】《爾雅》云：無夫無婦，并謂之寡。猜詩謎的社家⑥，尒【徐畫旁】【田旁】音欺。【凌旁】音祈。拍了"迎風戶半開⑦"【田補旁】此數語言其猜不着也。【謝眉】尒，音欺。或音水者，非。【範眉】【龍眉】尒，音欺或音水。【繼眉】尒，音欺。【徐音眉】尒拍，猶云不停當也。【陳補眉】尒，音歧，□

---

① （末云）：繼本、容本、起本、徐畫本、徐音本、徐參本、驥本、虎本、何本、陳本、秀本、硃本、延本、張本、天李本、湯本、湯沈本、魏本、峒本、封本、毛本、潘本無。

② 得罪波"社家"：社家，羅本、徐畫本、徐音本、驥本、延本、六幻本、湯沈本、三合本、毛本作"杜家"。範本、龍本作"今日便早則死也"，張本作"得罪杜家"，潘本作"猜詩謎杜家"。繼本、容本、起本、徐參本、虎本、何本、陳本、秀本、硃本、天李本、湯本、魏本、峒本、封本無。

③ "却不風流隋何"至"今日便早則死心拓地"：今日便早則死心拓地，範本、龍本作"再望小娘子周全這件親事呵"，驥本、延本、張本、湯沈本、三合本作"今日早死心塌地也"，封本作"今日則死心塌地也"，毛本作"今日便早死心塌地囉"，六幻本、潘本作"今日便早死心塌地也"；徐畫本、徐音本無"則"；繼本、容本、起本、徐參本、虎本、何本、陳本、秀本、硃本、天李本、湯本、魏本、峒本無。屠本作"好猜詩謎社家，好風流隋何，好浪子陸賈，從今後只須死心塌地了吧"。

④ （紅唱）：徐畫本、徐音本、張本、三合本、封本、潘本無。

⑤ 守：徐畫本、徐音本、驥本、延本、潘本作"受"。

⑥ 的社家：範本、龍本、羅本、繼本、容本、起本、徐參本、虎本、何本、陳本、秀本、硃本、天李本、六幻本、湯本、湯沈本、峒本、封本作"的杜家"，驥本、延本、張本、三合本、魏本、毛本、潘本作"杜家"。

⑦ 戶半開：弘本作"月半開"。

差也。【秀眉】伱，音欺。山障了"隔墙①花影動"，緑慘了"待月西廂下"。【羅眉】伱，音欺。隔，音揭。緑，音吕。【徐畫眉】【田眉】【延眉】伱拍、山障、緑慘，皆方言。伱拍，不中節之謂，猶俗云不停當也；山障，隔絡之謂；緑慘，陰暗之謂。并是不濟事意。紅娘謂張生自稱猜詩云云，却一件件都猜不着。【張眉】伱拍，不停當也；山障，隔絶也；緑慘，陰暗也，皆言不濟事也。【三合眉】伱拍，不停當也；山障，隔絡也；緑慘，陰暗也。皆力言皆不濟事。紅娘謂張生自稱猜詩云云，却一件件都猜不着。你將何郎粉面搽②，【繼眉】傅粉，今本作"膩粉"，太鑿。【封眉】即空本作"何郎粉面"，欠自然。他自把張敞眉兒③畫。【徐畫旁】【田旁】【延旁】妙，妙！【潘旁】自此至"偎紅話"，掃去"風流浪子"一案。【張眉】粉去搽，眉來畫，又虛泛，又實帖。訛云"眉兒畫"猶可，"傅粉搽"是何語？强風情措大。【範眉】【龍眉】【秀眉】措大，北人謂酸丁爲"窮措大"。【繼眉】措大，宋太祖與趙普論桑維翰，帝曰：措大賜與千萬貫，則塞破屋。【起眉】【虎眉】傅粉，一作"粉面"，不通；一作"膩粉"，又鑿了。措大，一作"醋大"，非。昔宋太祖與趙普論桑維翰，帝曰：措大賜予千萬貫，則塞破屋了。【張眉】强，去聲，猶言硬有理也。與鬧道場折内"口强"意同。【湯沈眉】伱，音祁，亦音欺。伱拍，不中節之謂；山障，隔絶也；緑慘，陰暗也。都是不濟事意。紅笑張猜詩謎，却一件件猜不著。措大，調侃秀才，即"酸丁"之謂。晴乾了尤雲殢雨心，悔過了竊玉偷香膽，删抹了倚翠偎紅話。【徐

---

① 隔墙：驥本、延本、三合本、封本、毛本、潘本作"拂墙"。
② 你將何郎粉面搽：粉面，弘本、繼本、容本、起本、徐參本、虎本、何本、陳本、秀本、硃本、天李本、湯本、魏本、峒本作"傅粉"，羅本作"膩粉"。屠本作"一任將何郎膩粉搽"，徐畫本、徐音本、三合本、潘本作"一任你將何郎傅粉搽"，驥本、延本、六幻本、湯沈本作"一任你將何郎膩粉搽"，張本、毛本作"一任你將何郎粉去搽"，封本作"你漫將何郎傅粉搽"。
③ 他：徐畫本、徐音本、驥本、延本、張本、湯六幻本、沈本、三合本、毛本、潘本作"他待"。兒：張本作"來"。

參眉】一天好事頓丟。（末云）小生再寫一簡，【潘旁】頭醋不酸。煩小娘子①將去，以盡衷情如何②？（紅唱）③ 淫詞兒早則休，【羅眉】㛂，音滯。竊，音切。刪，音山。則，音自。簡帖兒從今罷。猶古自參不透風流調法④【徐畫旁】【田旁】嘲他。【羅眉】調，音吊。【徐音眉】古，助語字，猶"沙"字、"波"字之類。【三合眉】毆殺。從今後悔罪也⑤【湯沈旁】一作"波"。卓文君，【起眉】【虎眉】元本"悔罪波"，今本無"波"字。一作"了"字，又不好。你與我學去波⑥【湯沈旁】助語。漢司馬。（下）【徐畫眉】【田眉】【延眉】古，助語字，猶"沙"字、"波"字之類，但看合用仄用平耳。"你早則"二句，上句勸解鶯，下句勸解張。【徐參眉】紅娘也丟手了。【陳眉】【硃眉】沒趣沒趣。【秀眉】漢司馬，乃相如也。【凌眉】猶古自，即"尚兀自"，曲中常語，猶言猶複爾也。徐不知而解曰：古，助語字，猶"沙"字、"波"字之類，但看合用平用仄耳。不思此襯字，豈深論平仄？即宜用平，而曰猶"沙"、猶"波"亦不通。學去波漢司馬，譏

---

① 小娘子：弘本作"娘子"，屠本作"紅娘姐"。
② 以盡衷情：衷情，六幻本作"衷腸"。屠本無。如何：繼本、徐參本作"何如"，徐畫本、徐音本、六幻本、湯沈本、三合本、潘本無。
③ "（末云）小生再寫一簡"至"（紅唱）"：（紅唱），六幻本無。驥本、延本、張本、毛本無。
④ 猶古自參不透風流調法：猶古自，範本、龍本、羅本、繼本、屠本、徐參本、陳本、湯沈本、三合本、潘本作"尚兀自"，張本作"兀自"；調法，驥本、延本作"調發"。弘本作"尚古自參不透風流詞法"，容本、起本、虎本、何本、秀本、硃本、天李本、湯本、魏本、岫本作"尚兀自參不透風流詞法"，毛本作"尚古自參不透風流調發"。
⑤ 從今後悔罪也：也，弘本無，範本、龍本、屠本、陳本、六幻本、湯沈本作"了"，繼本作"波"。羅本作"從悔過"，容本、起本、徐參本、虎本、何本、秀本、硃本、天李本、湯本、魏本、岫本作"從今悔罪波"，徐畫本、徐音本、驥本、延本、三合本作"你早則息怒嗔波"，張本作"他息怒嗔波"，封本作"他如今悔罪也"，毛本作"我則勸那息怒嗔波"，潘本作"他早則息怒嗔波"。
⑥ 你與我學去波：羅本作"學去波"；徐畫本、徐音本、三合本、潘本作"你早則與游學去波"，驥本、延本同，但無"與"；張本作"你游學去波"，毛本作"你則與我游學去波"。

其不能及相如，言這樣漢司馬，還須再學學去也。即前白調其隋何、陸賈一例。俗本作"游學去波"，不通。王解爲勉其再去讀書，酸甚。【湯沈眉】調法，戲弄也，一作"調發"。徐云：末上句勸其休怪鶯鶯，下句勉其再去讀書。真透頂之針。【封眉】即空主人曰：猶古自，即尚兀自，猶言猶復爾也。他如今，時本多作"從今後"。即空主人曰："學去波"句，譏其不能及相如，還須再學學去也。徐作"游學去波"，不通。【驥夾】【延夾】伱，音祁，俗音欺，非。學，借叶去聲。【三合夾】伱，音欺。殢，音貳。【毛夾】伱，音祁。學，借叶去聲。此雜嘲之而勸其已也。十年寡，指生。《爾雅》"男女無夫婦并謂之寡"，故《左傳》"崔杼生成及疆而寡"。伱，參錯之貌，拍合也。伱拍了迎風戶半開，言半開之戶，今錯關矣。山障，如山之隔。綠慘，不明也。拂墻如山，待月而暗。皆就詩語極嘲之，正頂"猜詩謎"來，言只此數語，皆誤猜者。"一任"二語，言任君傳粉，他無煩畫眉也，所謂"強風情"者也。"何郎粉"與"張敞眉"對，"去"字與"兒"字各虛字對，最整。俗本作"傳粉搽"，則搽、傳複出。他本改"膩粉"，則"膩"與"眉"又不對矣。尚古，即猶古，古是襯字。《岳陽樓》劇"猶古自參不透野花村霧"。調發，戲弄也。《竹塢聽琴》劇"出家人休調發我"。俗作"詞法"，一是形誤，一是聲誤。末二句，上句指鶯，下句指生。元劇【煞】調法俱然。此與《兩世姻緣》劇"息怒波忒火性卓王孫"指張延賞，"噤聲波強風情漢司馬"指韋皋，正同，徐天池謂：末二句俱指生。上句勸其休怒鶯，下句勸其再讀書。反傷巧矣。烏知元曲【煞尾】有成數耶？況生幾嘗敢怒鶯耶？參釋曰：措大，亦作"醋大"，與酸丁同。宋藝祖謂桑維翰，措大賜與十萬貫，則塞破屋子矣。"淫詞兒早則休"諸語，用董詞。晴乾，即曬乾，北詞。【潘夾】紅娘也竟去了。伱音欺。雙文滿眼前礙着紅娘，紅娘滿肚裏也只怪着小姐。今將無數牢騷發泄在張生身上，秀才家從來懦，或者不激不奮耳。再寫一簡，的是措大行徑，專靠弄筆頭過日子。"猶自參不透"句，明授以三昧。教，參也。參得透者，便可立登彼岸，親證菩提；參不透者，縱使九年面壁，終無一字。便知上文十數語不是大概冷淡話，欲其脫盡從前知解，別求頓悟。前日"一地胡拿"，紅自已且參不透，今則撇下蒲團矣。

（末云）你這①小姐送了人也！此一念②小生再不敢舉。【潘旁】懦甚。奈有③病體日篤，將如之奈何④？夜來得簡方喜，今日强扶至此，又值這一場怨氣，眼見⑤休也。則索回書房中納悶去。⑥桂子閑中落⑦，槐花病裏看。（下）⑧【毛夾】參釋曰：他本或以"休也"作"休矣"，"休矣"與上押韵，如此則又不當贅"回書房"一句矣。總是改本，定無妥處。【潘夾】說意：此篇寫盡紅娘隱情，有口中說不出者，作兩大截看。自【新水令】至【甜水令】七大闋，在崔張未晤以前，多用信疑未定之辭。自【錦上花】至【離亭宴】五大闋，在崔張既晤以後，多作驚喜得志之辭。其信疑未定者，危其事之成也；其驚喜得志者，快其事之不成也。蓋紅無日不欲其事之成者也，乃一旦出于禍成樂敗之意，是豈廢寢忘餐、擔驚受怕之素志哉。吾謂雙文所以任之者，不誠，忌之者，大過。既足以灰豪杰之心，而張生又方以登庸指日，此事無復須卿。尺一飛來，滿懷當璧，遂無一語借援，將紅十年

---

① 你這：驥本、延本、張本作"你"。
② 一念：驥本、延本、毛本作"念"。
③ 奈有：繼本、容本、起本、徐畫本、徐音本、徐參本、驥本、虎本、何本、陳本、秀本、硃本、延本、張本、天李本、六幻本、湯本、湯沈本、三合本、魏本、峒本、封本、毛本、潘本作"奈"。
④ 奈何：徐畫本、徐音本、徐參本、驥本、硃本、延本、張本、六幻本、湯沈本、三合本、魏本、峒本、封本、毛本、潘本作"何"。
⑤ 眼見：弘本、羅本、繼本、容本、起本、徐畫本、徐音本、徐參本、驥本、虎本、何本、陳本、秀本、硃本、延本、張本、天李本、六幻本、湯本、湯沈本、三合本、魏本、封本、毛本、潘本作"眼見得"。
⑥ 弘本、驥本、延本此處多"（生念）"，毛本此處多"（念）"。
⑦ 桂子閑中落：落，範本、龍本、羅本、容本、起本、虎本、陳本、秀本、硃本、天李本、湯本作"客"，徐參本、魏本、峒本作"坐"。封本無。
⑧ "你這小姐送了人"至"槐花病裏看。（下）"：槐花病裏看，徐畫本、徐音本、三合本、潘本作"槐花夢裏看"，徐參本作"槐花鬢裏看"，封本無。弘本、範本、龍本、羅本、繼本、起本、徐參本、虎本、何本、陳本、秀本、硃本、張本、天李本、湯本、魏本、峒本無"（下）"。屠本作"只被小姐送了人也。一場愁怨，萬種思量。眼見的病體沉重，且回書房中納悶也"。

之功弃于一旦。固其所由，五岳方寸隱然難平者也。前文有之曰"幾曾見寄書的，顛倒瞞着魚雁"，此文有之曰"那裏叙寒温，并不曾打話"。幾以見已之投足，可爲輕重一言勝于鼎呂。彼吳楚舉事而不收，劇孟早已知其事之無成矣，然而紅不能無疑也。彼懷人之句，誠不知其有焉，否也。今崔且憧憧其飾矣，成之有其徵矣；且珊珊其來矣，成之益有其徵矣；且悄乎其思優乎，其望矣，成之益有其徵矣。于是遂以閉門瞧人之語，略破機關以示肺肝之見，而雙文應惻惻其心動也。乃未幾而張且爲上宫之要矣，成之決矣；且爲東家之摟矣，成之愈決矣。信然矣，無可疑矣。以腹心奔走之才，而竟不得與于定策之勛紅于此，將何以自解與于是？以極無聊之意，姑爲相慶之辭，而孰知雙文竟以一語刺心，終于變計哉。紅今而後喜可知也。已踟躕四顧，自鳴得意，忌我者不成，忘我者亦敗，驚怕可無驚怕也，處分須我處分也。拷賊縱賊，公然上下其手；猜詩刪詩，盡廢從來公案。如欲平治天下，當今之世舍我其誰哉！今而後莫予忌也，已此紅自恃之機權，而不言之衷曲也，則引斯情以斷斯獄，而不謂紅之敗。其成者，非法也。

【容尾】【硃尾】【湯尾】總批：此時若便成交，則張非才子，鶯非佳人，見一對淫亂之人了。與紅何异？有此一阻，寫盡兩人光景，鶯之嬌態，張之怯狀，千古如見，何物文人，技至此乎！【徐音尾】【陳尾】【魏尾】【峒尾】批：中緊外寬，虧這美人做出樣子來，然亦理合如此，倘一逾即從，趣味便爾索然。【三合尾】湯若士總評：看這懦秀才做事，俾我黯然悶殺，恨不得將紅娘兑做張生，把嬌滴滴的香美娘抢扎幫便倒地也。李卓吾總評：此時即便成合，則崔張是一對淫亂之人，非佳人才子矣！有此一阻，寫出張生怯狀，崔子嬌態，千古如生。何物文人，技至此乎！徐文長總評：須看張之熱，崔之媚，紅之冷。熱令人豪，媚令人憐，冷令人達。

【驥尾附】注一十五條

（白）今本"花香重疊和風細，庭院深沉淡月明"，古本作"庭院無人"，語佳。然上句"花香重疊"，則"庭院深沉"，似對較整耳。

【新水令】即入丹青，亦成妙手，樓閣斂殘霞，古作"樓角"，上曰"門闌"，則對須從"樓閣"耳。兩"晚"字、兩"樓"字重。

【駐馬聽】淡黃楊柳帶棲鴉，賀方回詞，對句景調俱稱。"我則怕"三字管至末。

【喬牌兒】北人稱菩薩神祇，不曰"聖賢"，則曰"賢聖"。前游寺折"拜了聖賢"可證。此因日之不下，而欲令賢聖打之也。（董詞："一刻兒沒巴臂抵一夏，不當道你個日光菩薩，沒轉移好教賢聖打。"）

【攪箏琶】身子詐，古本作"乍"，打扮的詐，猶言打扮得喬也。（董詞："不苦詐打扮，不甚艷梳掠。"）可證。【驥眉】"詐"字無證，便不可解。"乍"字無據，今不從。"水米不粘牙"句，屬上文看。自前調"自從日初想月華"，至此調"水米不粘牙"九句，皆并指鶯、生二人言。【驥眉】此調意本曲折，解得妙絕。觀上紅白"我看那生和俺小姐巴不得到晚"及"爭扯殺"三字，可見"水米不粘牙"承上句來。言大家都爲心猿意馬所牽繫，而飲食俱廢也。下又言我想小姐平日閉月羞花，深自珍重，由今日觀之，果真耶假耶？不意今日其風流之性，一旦難自按納，而遂一地裏胡爲亂做至此也。閉月羞花，借言其深藏密護，不易令人見之意，不得泥平常稱人之美説。此曲頗難解，若以"水米不粘牙"屬下文，遂以張生想鶯鶯言，便大瞶瞶矣。（元張小山詞："燕子鶯兒，蜂媒蝶使。"）蓋亦見成語。金本謂"真假"是"直家"，可噱；朱本作"直加"，亦大無謂。

【沉醉東風】徐云："風搖暮鴉"，思巧甚。那裏之"那"，作上聲讀，言其不曾叙寒溫也，與下"并不曾打話"相對。（董詞："女孩兒謊得一圍兒聲顫，低聲道'解元聽分辨'，你更做搜荒敢不開眼。"）亦佳。

【喬牌兒】淡雲籠月似紅紙護燭，柳絲花朵似簾幕下垂，綠莎如茵似鋪綉榻，正應實白"今日這一弄兒助你兩個成親"意。"下"字，作活字用。

【甜水令】"良夜迢遙"三句相對，"迢遙"元作"迢迢"，不應一句獨用疊字，今直更定。【驥眉】曲中誤字，類此甚多，賴具眼拈出，甚快！言夜長人靜，工夫有餘，正須緩性溫存，莫作敗柳殘花，造次摧挫之也。

【折桂令】首三句屬上曲看，正見不可摧殘之意。夾被兒時當奮發，指頭兒告了消乏，即後折"手勢指頭兒恁"之意，褻詞也。（董詞："十個指頭兒，自來不孤，你孤眠了一世，不閑了一日。今夜裏彈琴，不同恁地，還彈到斷腸聲，得姐姐學連理。指頭兒我也有福囉，你也須得替。"）即此意。言我爲你成就此事，不圖你謝，只憐你"夾被奮發"之時，指頭已告消乏，故不辭受怕擔驚，替你說合。你從今儘可"打疊起"舊時之"嗟呀"云云，以省你指頭之勞苦，但須準備撐達以快其事也。打迭，或作"打疊"，義同。撐達，解事之謂。（《揚州夢》劇："禮數撐達。"）（《紅梨花》劇："這秀才暢撐達，將我問根芽。"）（《琵琶記》："不撐達害羞的喬相識。"）古注謂：夾被獨宿清寒，今有伴侶，乃是奮發。指頭預辦偷春，剪落指甲，乃是消乏。過爲求文，非作者本色，謬甚。【驥眉】正爾不必過爲求文。又解撐達爲支撐了達，亦無據。

【錦上花】言今夜逾牆，我何爲放膽？只道鶯鶯真許張生做夫妻，而意不爭差耳。却緣來如此變卦也。悄悄冥冥，正張生之無言；絮絮答答，正鶯鶯之變卦而饒舌也。隨何、陸賈，亦不過取其舌辯，能哄動人，二人未嘗有風流浪子事實。《史記》隨何，只紀其說英布事；陸生自說尉佗之外，又言其安車駟馬，從歌舞琴瑟，侍者數十人爲娛。其所著《南中行紀》謂：雲南中百花，惟素馨香特酷烈，彼中女子以彩絲穿花心，繞髻爲飾。楊用修詩有"曾把風流惱陸郎"之句，他無所見也。

【白】"張生背地裏嘴那裏去了"數句，紅娘見張生無用，故教唆他，言何不向前摟住丟番，便告到官司，亦羞他而不羞你也。若作替鶯鶯數落張生口氣，便失作者之意。

【清江引】此即前賓白意，且以嘲笑張生也。言其只會背後誇口，當場沒用，却何故湖山相遇之時，忘却垂楊下準備之語，而令香美娘得處分你這個花木瓜也。香美娘指鶯鶯，蓋亦見成方語；處分，發落之謂。徐云：此隱語也。舊解花木瓜，言其好看不中吃。《本草》：木瓜味酸。以酸丁嘲張生。《方輿勝覽》云：宣州人種木瓜始成，則鏤紙花以貼其上，夜露日曝而變紅，花紋如生可愛，故曰花木瓜。又見《爾雅翼》。（《兩世姻緣》劇有："那等花木瓜長安少年。")(《誤入桃源》劇:"空結實花木瓜。")皆用此語。又(《舉案齊眉》劇:"則你那花木瓜兒外看好。")則舊解似亦可據。

【雁兒落】凡官員坐堂鞫事,謂之坐衙;喬坐衙,假意尊大之謂。(馬致遠《青衫淚》劇:"俺那愛錢娘,一日坐八番衙。"古本"中長話",今本作"衷腸"。中長話,猶言有道理,好說話也。言非是我每妄自尊大,待說幾句中長好話以教訓你,你讀書人,緣何不用心文學,而如此大膽好色也?古注以中長話無出,欲從今本作"衷腸"。詞隱生亦云:"中長"二字似太生澀,然安知非當時常用方語也。今并存。海樣深,古作"海量寬",似上語勝。

【德勝令】做得個,猶言入得你這個罪也。諸本舊作"非奸做賊拿",于本調不叶,今更定。周挺齊極譏《陽春白雪集》【德勝令】。沉烟裊綉簾,須唱作"沉宴裊羞簾",正此句也。詞隱生云:《中原音韻》"賊"字叶平聲,易作"盜"字佳,今從。躍而上馬謂之騗馬,今北人猶有此語。(《雍熙樂府·咏西廂》【小桃紅】詞:"騗上如龍馬。")(馬東籬《任風子》劇:"我騗土墻騰的跳過來。")可證。以"騗馬"對"跳龍門",正猶上句以"偷花漢"對"折桂客",上有"漢"字,其旨甚明。下止言"騗馬",不過借字義以形容,謂大才而小用之耳。俗注謂哄婦人為騗馬,不知何據。【驥眉】俗注之可恨以此。紅求饒之白,置此曲後,先謝小姐而却為求饒,正是紅娘狡獪。下又云"若官司詳察"云云,又代鶯鶯發落,皆是妙處。俗本移在"謝姐姐"前,正不達詞人深意耳,今從古本更正。

【離亭宴帶歇拍煞】猜詩謎的杜家,【驥眉】向來誤作社家,非此語終瞶瞶矣。《輟耕錄》雜劇名目有《杜大伯猜詩謎》,即古本亦訛作"社家",今改正。儞拍,是拍參差不中節之謂。山障,隔絕之謂。綠慘,陰暗之謂。張生前說是"猜詩謎的杜家",紅娘笑他一件件都猜不着。說"迎風戶半開",是開門等你。今儞拍了也。說"拂墻花影動",是着你跳過墻來,今山障了也。說"待月西廂下",是鶯鶯等你,今綠慘了也。膩粉,或作"傳粉",則"傳"字與"搭"字相犯,或作"粉面",又與下"眉兒"不對。元人呼粉曰"膩粉"。【驥眉】曲中用膩粉,亦方言也。《輟耕錄》:製漆方,用黃丹膩粉。無名異,可見。又,白樂天詩:"素艷風吹臙粉開。"又（元《舉案齊眉》劇："重整頓布襖荊釵，打迭起胭脂臙粉。"（《百花亭》劇："花費了些精銀響抄，收買了臙粉胭脂。"）（《後庭花》劇白："臙粉輕施點翠鬟。"）皆用此語，其爲"臙粉"無疑。二句言：一任你如何郎之傅粉，強自妝飾，以哄動他，他却不來采你，不要你這張敝來替他畫眉也。措大，調侃秀才。宋藝祖謂桑維翰："措大賜與十萬貫，則塞破屋子矣。"強風情，勉強風情也。晴乾，猶言曬乾。（董詞："情詩兒自後休吟，簡帖兒從今莫寫。"）猶古，北語，"古"與"兀"同，猶今俗言"還""固"也。董詞"尚古子不曾梳裹"亦此意。調發，戲弄、哄誘之意。（石子章《竹塢聽琴》劇："出家人休調發我。"）（喬夢符詞："休把這紙鷂兒厮調發。"）（鄭德輝《王粲登樓》劇白："是丞相數次將書，調發小生來到京師。"）【驪眉】真是透頂之針。徐云：末二句，一句勸其休怪鶯鶯；一句勉其再去讀書。言基于風流家數尚參不透，何可怪得鶯鶯？你還用再去游學讀書，以長見識也。古注謂上句勸解鶯鶯，下句勸解張生，便索然，非本旨矣。

【六幻本】五劇箋疑

三之三　乘夜逾墻

樓角斂殘霞：角，一作"閣"。

鴨：去聲。

金蓮蹴損：一本上有"我則怕"三字。蹴，上聲。

抓：音爪。

滑：呼佳切。

凌波襪：《洛神賦》："凌波微步，羅襪生塵。"襪，忘罵切。

自從那日初時想月華：一無"那"字、"時"字。一本"初"下有"出"字。

好教賢聖打：北方稱神祇曰賢聖。此因日之不下，欲教賢聖打之也。古語曰："羲和鞭白日。"一本"好教"上有"早道"二字。

身子兒詐：詐，喬也。董詞亦有"不苦詐打扮，不甚艷梳掠"語，一本作"乍"。

准備著雲雨會巫峽：一無"著"字。峽，平聲。

只為這燕侶鶯儔：一作"思量著燕子鶯兒"。

鎖不住：一作"爭扯殺"。

二三日來水米不黏牙：一本九字作白，一本"二"作"兩"。黏，一作"沾"。一本無"二三日來"四字，并無上白"則想俺小姐害得那生呵"十字，是言鶯害得水米不黏牙也。

因小姐閉月羞花，真假。這期間性兒難按納，一地裏胡拿：言生因小姐閉月羞花，如此其美。而其留情處，真假猝難猜料。只恐未必全假，所以性難按納而胡做也。一本"因小姐"作"想小姐"，言小姐平日閉月羞花，深自珍重，繇今觀之，真耶？假耶？不意今日，一旦性難按納，而胡做至此。觀上文脈，此解不為無見。

便做到摟得慌呵，你也索覷咱：一作"便做道你摟慌，索覷咱"。

赫赫赤赤：暗號也。元詞幽期劇多用之，恐只是黑洞洞、寂魃魃之意，非有深義。

杜家：《輟耕錄》載雜劇目錄有《杜大伯猜詩謎》一卷。

隨何：辯士，為漢說九江王英布歸漢。

陸賈：亦漢辯士。奉使南越，南越王稱臣。

一弄兒：猶言一段。

蠟：去聲。

綠莎茵鋪著綉榻：一本"因"下有"勝"字。莎，音梭；榻，上聲。

迢遙：一作"迢迢"。

意兒淡洽：淡，一作"謙"。洽，音霞。

夾被兒時當奮發：雖是夾被，目下常有春意。發，方雅切。

指頭兒告了消乏：即後折"手勢指頭恁"之意。董詞《彈琴》云："十個指頭兒，自來不孤。你這一回，看你把戲。孤眠了半世，不閑了一日。今夜裏彈琴，不同恁地。還彈到斷腸聲，得姐姐學連理。指頭兒，我也有福囉，你也須得替。"此語本董詞，原非求雅。古注謂指頭，預辨偷春。翦落指甲，乃是消乏。過為文語，非作者本色。乏，扶加切。

撑達：解事之謂，准擬支撑了達，以快此大欲也。達，當家切。

我這裏躡足潛踪：一無"我這裏"三字。

答答：平聲。

呀，鶯鶯變了卦：一無"呀"字。

却早迓定隋何：一無"却早"二字。

嗑：音課。

不意垂楊下：意，一作"記"。

香美娘處分俺那花木瓜：香美娘指鶯，花木瓜指生。皆現成諢語。花木瓜，言中看不中用也。處分，猶言發落也。處分俺那，一作"分破"，一作"處分破"。

喬坐衙：坐衙，升堂也。喬坐衙，假意尊大之謂。

海樣深：一作"海量寬"。

誰知你色膽天來大：一作"誰想你色膽有天來大"。

誰著你：一作"做得個"。

非奸做賊拿：一作"非盜做奸拿"。

跳龍門：鮪魚出鞏穴三月，渡龍門得為龍，否則點額而還。故唐人謂登第如跳龍門。

騙馬：躍而上馬謂之騙上。然此引用不切，當是扁馬耳，言學做騙子也。扁旁之馬，疑多。

看我面遂情罷：遂，即後遂殺人心之"遂"，言即處分得暢快，丟開手罷也。一本作"逐倩"，無"我"字。

若到官司詳察：一無"到"字。察，上聲。

准備著精皮膚吃頓打：一無"准備著"三字。吃。作"一"。

吒：火角切，北地助語辭。

更守十年寡：守，一作"受"。

尔拍：尔，音祈，又音欺。尔拍，不中節之謂，猶人不停當。

隔墻：一作"拂墻"。

一任你將何郎膩粉搽：一作"你將何郎粉面搽"。膩，一作"傅"，無"一任"二字。

他待自把：一無"待"字。

措大：調侃秀才。

猶古自：即尚兀自意。元曲之俗本改"尚"。兀自，不必。

從今後悔罪也卓文君：一作"你早則息怒嗔波卓文君"。一無"後"字。也，一作"了"。

你與我學去波漢司馬：譏其不能及相如，言這樣漢司馬，還須再學學去也。一作"你則索與游學去波漢司馬"。

【會注】

【弘注】菱花：出《詩學》。菱花，鏡名。魏武帝有此鏡。

【弘注】金蓮故事詳見第一折【耍孩兒】三煞下。

【弘注】玉簪：出《詩學》，又《群玉》。"昨夜已三更，嫦娥墜玉簪。馮夷不敢受，捧出碧波心。"【範注】【羅注】【秀注】玉簪：首笄也。出《詩學》（出《詩學》，羅本、秀本作"《詩學》云"）。"昨夜已三更，嫦（羅本、秀本作"姮"）娥墜玉簪。馮夷不敢受，捧出碧波心。"【羅眉】笄，音開。姮，音常。【起注】【陳注】【硃注】【湯注】【魏注】【峒注】玉簪：首笄也。

【弘注】【範注】【羅注】凌波襪：出《白帖》（範本、羅本無"出《白帖》"）。曹子建《洛神賦》（範本、羅本此處多"云"）："凌波微步，羅襪生塵。"喻體輕（羅本此處多"也"）。一說（一說，羅本作"又"）唐玄宗在東都夢一女子，高髻廣（範本、羅本作"黃"）裳，【羅眉】髻，音計。拜而言曰："妾凌波池中女，護寶花。陛下知音，乞賜一曲。"帝覺，為作《凌波曲》，奏于池上，神仙（範本、羅本作"女"）出現波間。【起注】【徐音注】【徐參注】

【陳注】【硃注】【湯注】【峒注】凌波襪：《洛神賦》云"凌波微步，羅襪生塵"，喻體輕也。【秀注】凌波襪：曹子建《洛神賦》"凌波微步，羅襪生塵"，喻體之輕也。

【弘注】賢聖打：出《詩苑》《群玉》《詩學》，又《淮南子》。昔虞公與夏戰，日欲落，公以劍指日，日退不落。魯場與韓構戰酣，日暮拔戈而揮之，日爲之退三舍。一說清源妙道真君，降齊天大聖，日欲落，二郎、大聖以劍打日，日不落。又羲和鞭白日。【範注】【羅注】【秀注】賢聖打：出《詩學》（羅本、秀本無"出《詩學》"）。昔虞公與夏戰，日欲（羅本、秀本作"將"）落，虞公以劍指之，日則（羅本、秀本作"遂"）落遲矣。又云"羲和鞭白日"。【羅眉】羲，音希。

【弘注】隋何：出《氏族》。隋何，辯士。爲漢謁者，說九江王黥布歸漢。【範注】【羅注】【起注】【陳注】【秀注】【湯注】【魏注】【峒注】隋何：出《氏族》（羅本、起本、陳本、秀本、硃本、湯本、魏本、峒本無"出《氏族》"）。辯士也，爲漢使謁者，說九江王黥布歸漢。【羅眉】黥，音擎。【秀眉】九江，今屬江西治。黥，音英。【徐音注】隋何：辯士也，爲漢高祖使，說九江王黥布歸漢。【徐參注】隋何：辯士也，嘗說黥布歸漢。

【弘注】【範注】陸賈：出《通鑒》。陸，漢稱詩書，號其書曰《新語》。奉使南越，南越王賜印，封爲王，佗（範本無）稱臣，拜賈爲大中大夫。【羅注】陸賈：《通鑒》。陸賈，號其書曰《新語》。奉使南越，南越王賜印綬，封爲王，稱臣，拜賈爲大中大夫。【起注】【陳注】【湯注】陸賈：陸，漢稱詩書，號其書曰《新語》。【徐音注】陸賈：亦漢之說客。【徐參注】陸賈：賈作書以獻帝，說其書曰《新語》。【秀注】陸賈：陸賈號其書曰《新語》。奉使南越，南越王賜其印綬，拜賈爲大中大夫。【魏注】【峒注】陸賈：陸賈見帝，稱說詩書，作書以獻帝，號其書曰《新語》。

【起注】【徐音注】【徐參注】【陳注】【硃注】【湯注】【魏注】【峒注】香美娘：是排兒名。

【起注】【徐音注】【徐參注】【陳注】【湯注】【魏注】【峒注】處分，猶云發付。

【弘注】花木瓜：出《毛詩》木瓜篇："瓜有瓜瓞，桃有羊桃，李有雀李。"木瓜者，狀如奈，花生于春末，深紅色，其實大者如瓜，小者如拳。【範注】木瓜：出《毛詩》木瓜篇："瓜有瓜瓞，桃有羊桃，李有雀李。"木瓜狀如奈，花生于春，瓜內色深紅，其實大者如瓜，小者如拳。【羅注】【秀注】花木瓜：《毛詩·木瓜篇》："瓜有瓜瓞，【羅眉】瓞，音迭。【秀眉】瓞，音跌。桃有羊桃，李有雀李。"木瓜狀如奈，花生于春，瓜內色微紅，微酸，其實大者如小瓜，小者如拳。【起注】【徐音注】【徐參注】【陳注】【硃注】【湯注】【魏注】【峒注】花木瓜：看得吃不得。

【起注】【徐音注】【徐參注】【陳注】【硃注】【湯注】【魏注】【峒注】喬作衙：北人爲（徐音本、徐參本、硃本、魏本、峒本作"謂"）假作喬，猶（陳本、湯本作"衙"）云假裝家意。

【弘注】有何面目見江東父老：出《項籍傳》。漢追項羽，欲渡烏江，亭長艤舟相待，謂羽曰："江東雖小，亦足以王。願急渡。"羽笑曰："縱江東父老憐我而王，何面目見之哉！"【範注】有何面目：出《通鑒》。漢追項羽至烏江亭，小舟以俟，謂羽曰："江東雖小，亦足以王。願急渡。"羽笑曰："縱江東父老憐我而王，有何面目以見之哉！"【起注】【陳注】【湯注】【魏注】【峒注】有何面目：漢兵圍項羽于垓下，羽聞四面皆楚歌，懼曰："漢已得楚乎？"以騎八百餘人潰圍，馳走至烏江，亭長艤舟以俟，謂曰："江東雖小，亦足王也。願大王急渡。"羽笑曰："籍與江東子弟八千人渡江而西，今無一人還。縱江東父老憐而王我，我何面目見之？"遂自刎而死。【徐參注】有何面目：項羽不肯渡江，曰："有何面目見江東父老？"因刎。【硃注】有何面目：項羽馳走江東，烏江亭長艤舟以待，謂曰："江東雖小，亦足王也。願大王急渡。"羽笑曰："籍與江東子弟八千人渡江而西，今無一人還。縱江東父老憐而王我，我何面目見之？"遂自刎。

【弘注】跳龍門：出《地志》。龍門在馮翊夏陽縣，今河中府龍門縣是也。又《水經》云："鱣鯉出鞏穴，三月上度龍門。得度爲龍，否則點額而還。"故唐之有曰人登科者，曰"跳龍門"也。【範注】跳龍門：出《地志》，今河中府龍門縣。又《水經》云："鱣鯉出鞏穴，三月渡龍門。度得爲龍，否則點額而還。"故唐人稱登第如"跳龍門"。【羅注】跳龍門：出《三秦記水經》云："鱣鯉出鞏穴三月，上渡龍門，得渡爲龍，否則點額而還故。"唐人稱世子登第如"跳龍門"。【起注】【陳注】【硃注】【湯注】【魏注】【峒注】跳龍門：鱣鯉出鞏穴三月，上渡龍門。得渡爲龍，否則點額而還。故唐人稱士子登第如"跳龍門"。【徐音注】龍門：鯉過龍門則化爲龍，故喻稱登者曰"跳龍門"。

【弘注】何郎粉故事詳見前第一折【耍孩兒】五煞下。

【弘注】張敞眉故事詳見前第一折【耍孩兒】四煞下。

【弘注】措大：出《書言》，又《通鑒》。宋太祖曾與趙普言桑維翰。普曰："使維翰在，陛下亦不用，維翰愛錢。"上曰："苟用其長，當護其短。措大賜予十萬貫，則塞破屋子矣。"

【弘注】卓文君：漢司馬故事，出《翰墨》，又《書言》。卓王孫有女文君，新寡好音，故相如以琴心挑之，于是文君夜奔相如。司馬相如素與臨邛富人有善，假貸尤足爲生。相如與之臨邛，盡賣車騎，置酒舍，文君當爐，相如滌器。後相如以詞賦得幸于武帝，爲中郎將。【範注】卓文君：出《翰墨》，卓王孫之女名文君，新寡好音，漢相如以琴心挑之，文君夜奔相如。相如與之臨邛，置肆賣酒，文君當爐，相如滌器。後相如以詞賦得幸于武帝，爲中郎將。【羅注】【秀注】卓文君：卓王孫之女，聰敏好琴，新寡。相如以琴心桃之，文君夜奔就相如。相如與之臨邛，置肆賣酒，文君當爐，相如着犢鼻褌（秀本無"着犢鼻褌"）滌器。【秀眉】滌，音剔。後以詞賦得幸，爲中郎將。【羅眉】邛，音窮。爐，音盧。褌，音昆。滌，音剔。【起注】【陳注】【湯注】【魏注】【峒注】卓文君：漢卓王孫有女名文君，善琴，新寡。適司馬相如與臨邛縣令王吉相善，王孫聞令有貴客，設宴召之。飲酣，吉令相如鼓琴，文君竊視而心愛，長卿以琴心挑之，文君夜奔相如。【徐音注】卓文君：卓文君新寡，司馬相如以琴心挑之，文君夜奔從相如。【徐參注】卓文君：文君聽琴私奔相如，後作《白頭吟》自嘆。【硃注】卓文君：漢卓王孫有女名文君，善琴，新寡。適司馬相如與臨邛縣令王吉相善，王孫召飲，相如鼓琴，文君竊視心愛，夜奔從之。

【起注】字音

偌，音惹。抓，音瓜。荼，音途。蘼，音迷。蠍，音蠟。莎，音梭。撐，音稱。撻，音達。躡，音業。嗑，音合。夤，音寅。

【徐音注】字音

惹，偌。抓，爪。荼，途。蘼，迷。蠍，蠟同。莎，梭。撐，稱。撻，達。躡，業。嗑，合。夤，寅。价，欺。

【徐參注】字音

抓，音爪。荼蘼，音途迷，花名。蠍，音蠟。莎，音梭。撐，音睜。撻，音獺。嗑。音堪，入聲。

【陳注】【硃注】【湯注】【魏注】【峒注】字音

偌，惹音。抓，瓜。荼，途。蘼，迷。蠍，蠟。莎，梭。撐，稱。撻，達。躡，業。嗑，合。夤，寅。

第四折①

（夫人上云）早間長老使人來，説張生病重。我着長老使人請個太醫去看了②，一壁道與③紅娘，看哥哥行問湯藥去者④。問⑤太醫下甚麽藥，證候如何⑥，便來回話⑦。（下）【徐參眉】老夫人豈不知生病根？姑揜飾耳。（紅上云）老夫人纔説張生病沈重⑧，【羅眉】纔，

---

① 第四折：範本、龍本、繼本、容本、起本、徐音本、徐參本、虎本、何本、陳本、秀本、硃本、延本、天李本、湯本、魏本、峒本、封本作"第十二齣　倩紅問病"。羅本、湯沈本作"第十二齣"，屠本作"第十三折"，徐畫本作"第四套　倩紅問病"，驥本作"四套（今本第十二折）訂約"，秀本作"第十二齣　遣紅問恙"，六幻本作"三之四　倩紅問病"，三合本作"第四套　問病"，毛本作"第十二折　後候"，潘本作"第四折　寄方問病"。
② 我着長老使人請個太醫去看了：我，屠本無；使人請，徐畫本、徐音本、三合本、潘本作"請"，陳本、潘本作"使"。張本作"俺着長老去請太醫"。
③ 道與：張本作"分付"。
④ 看哥哥行問湯藥去者：繼本、徐畫本、徐音本、湯沈本、三合本、張本、潘本作"看去者"。
⑤ 問：驥本作"問他"，容本、起本、虎本、硃本、六幻本、湯沈本、毛本作"再問"。
⑥ 證候如何：徐畫本、徐音本、驥本、延本、張本、三合本、潘本作"證候脉息如何"。
⑦ 回話：驥本、延本、毛本作"回我話者"，張本作"回話者"。
⑧ 老夫人纔説張生病沈重：沈重，六幻本、潘本作"重"。弘本、繼本、屠本、容本、起本、徐參本、虎本、何本、陳本、秀本、硃本、天李本、湯本、湯沈本、峒本、封本、毛本作"老夫人説張生病重"，驥本、延本作"老夫人説張生病沈"，張本作"老夫人使俺去看張生"。

音才。昨夜吃我那一場氣，越重了①。鶯鶯呵，你送了他人②。（下）（旦上云）我寫一簡③，則說道④藥方，【潘旁】此續命丹回生訣也。着紅娘將去與他⑤，證候便可⑥。【秀眉】此方見鶯鶯實處。【三合眉】是真正聖惠方。（旦喚紅科）（紅云）姐姐，喚紅娘怎麼？⑦（旦云）張生病重⑧，我有一個好藥方兒⑨，與我將去咱⑩。【羅眉】咱，音咂。【徐畫諸眉】此藥方比仙丹更高萬倍。（紅云）又來也⑪。娘呵，休送了他

---

① 昨夜吃我那一場氣，越重了：繼本、容本、起本、徐參本、虎本、何本、陳本、秀本、硃本、天李本、六幻本、湯本、湯沈本、魏本、峒本、封本、毛本、潘本此句前多"却怎知"。我，屠本、驥本無。張本作"想是昨夜吃那一場氣，越不停當了"。
② 鶯鶯呵，你送了他人：人，湯沈本作"也"。羅本、繼本、容本、起本、徐參本、虎本、何本、陳本、秀本、天李本、硃本、湯本、魏本、峒本、封本、毛本作"小姐呵，你送了人也"，六幻本同，但"人"作"他"；屠本作"姐姐呵，你定要送了他也"，徐畫本、徐音本、三合本、潘本作"姐姐呵，斷送了他命也呵"，驥本、延本、張本作"小姐呵，送了他命也"。
③ 我寫一簡：一，硃本作"一個"。羅本、繼本、徐畫本、徐音本、張本、六幻本、湯沈本、三合本、潘本作"聞張生病重，我寫一簡"，屠本作"聞得張生病重，我昨夜沒來頭搶白了他一場，今日再寫一個簡兒"，張本作"聞張生病重，俺寫一簡"。
④ 則説道：屠本作"當做"。
⑤ 將去與他：屠本作"送去"。
⑥ 證候便可：便可，範本、龍本作"便了"，容本、起本、徐參本、虎本、何本、陳本、秀本、硃本、天李本、湯本、魏本、峒本、封本、毛本作"自可"。繼本、徐畫本、徐音本、張本、六幻本、湯沈本、三合本、潘本作"做個道理"，屠本作"看他再説些甚麼話來"。
⑦ （旦喚紅科）（紅云）姐姐喚紅娘怎麼：屠本作"紅娘那裏"。
⑧ 張生病重：羅本、容本、起本、徐參本、虎本、硃本、天李本、湯本、魏本、峒本、封本此句前多"聞"，屠本此句前多"聞得"。
⑨ 好藥方兒：屠本作"藥方兒"。
⑩ 與我將去咱：屠本作"你與我送去"，硃本作"與將去"。
⑪ 又來也：屠本、容本、起本、虎本、何本、陳本、秀本、硃本、天李本、湯本、湯沈本、峒本、、封本、潘本作"又來了"，徐參本、魏本作"又來了呵"。

人①！【潘旁】紅尚疑崔爲庸醫。【陳眉】【魏眉】便是雅謔。（旦云）好姐姐，救人一命，②【潘旁】崔自信爲面子。將去咱③。（紅云）不是你④，一世也救他不得⑤！【徐畫旁】妙！【潘旁】此便會意，紅見地最敏捷。【三合眉】一個說送命，一個說救命，還是那個是？如今⑥老夫人使我去哩，我就與你將去走一遭⑦。（下）（旦云）紅娘去了，我綉房裏等他回話。⑧（下）（末上云）⑨ 自從昨夜花園中吃了這一場氣，投着⑩舊證候，眼見得休了⑪也。【秀眉】爲色損軀，如此狼狽，豈不自省？老夫人說，着長老喚太醫來看我；我這頹證候⑫，非是太醫所治⑬的。則除是⑭那小姐美甘甘、香噴噴、凉滲滲、嬌滴滴一點唾津兒咽下去，

---

① 娘呵，休送了他人：他人，羅本、繼本、容本、起本、徐參本、虎本、何本、陳本、秀本、硃本、天李本、湯本、魏本、峒本、封本作"人的性命"，徐畫本、徐音本、驫本、延本、張本、六幻本、三合本、毛本、潘本作"他命"，張本作"他命也"。屠本作"好姐姐，你休要送了他性命"。
② 好姐姐，救人一命：屠本作"救人一命"，毛本作"好姐姐，你也須救人一命"。
③ 將去咱：屠本作"快與我送去"。
④ 不是你：屠本、驫本、延本、毛本作"姐姐不是你"。
⑤ 救他不得：弘本作"救他不得這病"，驫本、延本、毛本作"救他這病不得"，硃本作"醫他不得"。
⑥ 如今：魏本作"如命"，弘本、屠本、驫本、延本無。
⑦ 我就與你將去走一遭：屠本作"我便與你送去"，徐參本作"我與你將去走一遭兒"。
⑧ （旦云）紅娘去了，我綉房裏等他回話：我綉房裏等他回話，屠本作"我綉房等他回話者"，張本作"（鶯）我專等你回話"。驫本、延本無。
⑨ （末上云）：屠本作"（生做病科云）"。
⑩ 投着：徐參本作"正接着"，虎本、何本、秀本、硃本、天李本、湯本、湯沈本、魏本、峒本、封本、毛本作"正投着"。
⑪ 休了：驫本、延本作"休"。
⑫ 頹證候：屠本、秀本作"證候"。
⑬ 所治：屠本作"所能治"。
⑭ 則除是：驫本、延本作"則是"。

這屙病便可①。【潘旁】勝過金莖露一杯，非此無以解相如之渴。【羅眉】頯，音頰。嚏，音忿。參，音滲。唾，托，去聲。【容眉】【陳眉】【硃眉】【湯眉】【魏眉】【峒眉】此藥宜廣施。【徐參眉】真是靈丹妙藥。【凌眉】屙，吊，上聲，詈語也。【三合眉】自身有病自心知。（潔引太醫上）（"雙鬥醫"科範了）②【三合旁】前方妙。【潘旁】藥只消一貼，但另有好方，非太醫可爲。【羅眉】診，音軫。【凌眉】雙鬥醫，元劇名，見《太和正音譜》。必有科諢可仿，故古本如此，猶今南戲中所謂"考試照常"之類。【封眉】時本多漏"醫云"一段。（下）（潔云）下了藥了③，我回夫人話去④，少刻再來相望⑤。（下）（紅上云）俺小姐送得人如此⑥，又着我去動問⑦，送藥

---

① 這屙病便可：屙，範本、龍本、羅本、繼本、屠本、容本、起本、徐參本、虎本、何本、陳本、秀本、硃本、天李本、湯本、湯沈本、魏本、峒本、封本無；可，徐畫本、徐音本、三合本、潘本作"可了"，驥本、延本作"好了"。張本作"這病便可了"。弘本此句後多"（外發科了）"。

② （雙鬥醫科範了）：範本、龍本、羅本、繼本、容本、起本、徐參本、虎本、何本、秀本、硃本、張本、天李本、湯本、魏本、峒本作"（胗脈下藥科）"，屠本作"（本同醫看病科，并回夫人話，同下）"，徐畫本、徐音本、三合本作"（胗脉下藥科）（醫）此證兩手脉沉細，由于七情感傷，抑鬱之疾，只一貼藥便好。（科包了）先生放心"，驥本、延本、湯沈本、毛本作"（診脉科）（醫診云）此證兩手六脉沉細，由夫七情感傷，抑鬱之疾，先生放心，只一帖藥便好。（科犯了）"，陳本作"（胗脉下藥法）"，六幻本作"（胗脉下藥科）此證兩手六脉沉細，乃七情感傷，抑鬱之疾。先生放心。一貼藥便好。（雙鬥醫科範了）"，封本作"（胗脉科，醫云）此病由于七情感傷，抑鬱所致，只下寬中理氣藥一兩劑便好了，先生放心。（下）"，潘本作"（胗脉下藥科）（醫）此證兩手脉沉細，由夫七情感傷，抑鬱之疾，只一貼藥便好，我包了，先生放心"。

③ 下了藥了：驥本、延本、張本、毛本作"下了藥也"，湯沈本作"用了藥了"，屠本無。

④ 我回夫人話去：六幻本無"我"。驥本、延本作"我自去回老夫人話去"，屠本無。

⑤ 少刻再來相望：屠本、驥本、延本、張本、毛本無。

⑥ 送：徐畫本、徐音本、驥本、延本、張本、三合本、潘本作"哄"。如此：張本作"一病狼當"。

⑦ 又着我去動問：徐畫本、徐音本、三合本、潘本作"又着我動問他"，驥本、延本、毛本作"又着我去動問他"，秀本、魏本作"又着我動問"，張本作"如今又着俺"，六幻本作"又着我"，繼本無。

方兒去，越着他病沈了也①。【潘旁】此方對症，可以無憂。我索走一遭②。【徐畫旁】妙!【潘旁】兩方并用爲是。【驤夾】【延夾】屌，音雕，上聲。【三合夾】屌，音遼，獸之陽物。【毛夾】屌，底鳥反。【潘夾】此篇專爲投贈藥方，即以太醫下藥開端，贈方是雙文三昧，却從紅娘前日"病患要安"一語參出。若依紅娘定方，只須發汗，當用麻黃桂枝湯。若據張生撮藥，又須止渴，當用乾葛細辛湯，不知雙文如何治法。【潘旁】兩方并用爲是。

【越調】【鬥鵪鶉】則爲你③彩筆題詩，回文織錦；送得人卧枕着床，忘餐廢寢；折倒得④鬢似愁潘，【羅眉】着，音照。鬢，音殯。腰如病沈。【範眉】【龍眉】駢儷中諢語。腰如病沈，乃衰老之態。辭家往往舉爲風流之症，良可笑也。【繼眉】腰如病沈，本衰老之詞家，往往舉爲風流話柄爾，沿襲之誤。【凌眉】此謂鶯以"待月"一詩哄生致病也。徐云説張，誤。【魏眉】張之病正謂火裏添油。恨已深，病已沈，昨夜個熱臉兒對面搶白，【羅眉】昨，音早。白，音擺。今日個冷句兒將人厮侵。【起眉】李曰："熱臉兒搶白""冷句兒厮侵"，本是諢語，不是莊語，却自諢，却自莊，却自冶。【徐畫眉】【田眉】二詞從"真假性兒難按"上來，議論鋪序俱妙。前詞説張，後詞説崔。與"相國行祠"，結構、敷演絶不相類，而序事則一也。【田補眉】厮侵，亦做弄之意。【徐音眉】二詞從"真假性兒難按"上來，議論鋪序俱妙。【秀眉】熱臉兒，冷句兒，天然句段。【湯沈眉】

---

① 送藥方兒去，越着他病沈了也：越着他病沈了也，屠本作"越添了他的病也"，徐畫本、徐音本、三合本、潘本作"越着他病沈重也"，六幻本作"越着他病沈重了也"。張本作"送藥方兒，俺去則去，只恐越着他沈重也"。

② 我索走一遭：弘本、範本、龍本、繼本、容本、起本、徐參本、虎本、何本、陳本、秀本、硃本、天李本、六幻本、湯本、湯沈本、魏本、峒本、封本、毛本作"我索走一遭。异鄉易得離愁病，妙藥難醫腸斷人"，羅本同，但無"走"字；徐畫本、徐音本、驤本、延本、三合本、潘本同，但"遭"後多"去"；屠本、張本同，但無"我索走一遭"。

③ 則爲你：徐畫本、徐音本、三合本、潘本作"則爲那"。

④ 折倒得：張本無。

"腰如"句，衰老之態，往往舉爲風流話柄，亦沿襲之誤。末二句，王元美謂駢儷中諢語。厮侵，做弄之意。【三合眉】駢麗中諢語。

　　昨夜這般搶白他呵①！【陳眉】【硃眉】【峒眉】雪上加霜，如何不重！【毛夾】二曲作一節，數鶯之負生也。北人謂"重"爲"沉"，冷句厮侵，但指使己言，與下"侍妾逼臨"相應。若解"冷句"爲送方，則此時未知是詩也，何"冷句"耶？把似，何如也，解見第十折。"休倚着"三句一氣，頂賓白來，言這般搶白，何如休恁般也。他本不解"把似"，將賓白一句，與"休倚着""休"字一并刪去，便無解矣。"怒時節"頂"熱臉"句來，"歡時節"頂"冷句兒"來。迭窨，與"跌窨""鐵窨""擷窨"同，解見第九折。綫脚不離針，言我反不得開交也。從今後教他一任，與下二句一氣，言今後但爾反省纏繞耳，此反激之詞。參釋曰：元詞無正字，故"跌窨"亦作"迭窨"。碧筠齋稱爲古本，而以"窨"作"害"，此何說也？【潘夾】"則爲那"三字，直從病根發源處探討來，扁鵲之兄治病于神，故名不出千里。若依紅娘，則病根上早治，亦何至名出于國哉，然而雙文願爲扁鵲也，不願爲扁鵲之兄也，齊桓存三亡國，必待其既危而後救之。于是有存亡繼絕之名，小姐用藥，純是霸道，不是王道。

　　【紫花兒序】把似你休倚着②櫳門兒待月，依着韵脚兒聯③詩，【繼眉】吟，一作"聯"。側着耳朵兒④聽琴。【羅眉】着，音照，下同。櫳，平聲。角，音攪。朵，音倒。琴，音欽。見了他撒假喏多話：【潘旁】事事落紅眼裏，真人前何須假話。"張生，我與你兄妹之禮，甚麽勾

---

① 昨夜這般搶白他呵：六幻本無"他"。湯沈本作"昨夜這般搶白也"，屠本、延本、張本無。
② 把似你休倚着：徐畫本、張本作"把似你倚着"，秀本作"他似你休倚着"，潘本作"把自你倚着"。
③ 聯：繼本、徐畫本、徐音本、三合本、潘本作"吟"。
④ 耳朵兒：硃本作"你朵兒"。

當！"①【容旁】【湯旁】妙，妙！【硃眉】【湯眉】【容夾】述他二語，無限光景，妙絕，妙絕！【徐畫硃眉】述他二語，無限光景，妙絕！【秀眉】事將成，把前事歷數，的的良心。【三合眉】述鶯數語，無限光景，妙絕！【魏眉】【峒眉】述他二語，光景妙絕。怒時節把一個書生來迭嗊②。【羅眉】嗊，音窨。【繼眉】迭嗊，音蝶窨。【張眉】跌窨，葬埋之謂，猶言推跌黑窨處也。【封眉】即空主人曰：背地評跋，宛如話出，此等方是元劇中本色勝場。喑，時本誤作"嗊"。嗊，字書無，喑，音音，兒啼不止也，又聚氣貌，又聲也。又，喑，噁懷怒氣，此蓋謂鶯遷怒，責生不已也。歡時節："紅娘，好姐姐，去望他一遭！"③將一個侍妾來逼臨④。【徐參眉】紅娘爲張生着恨，亦無如何。又述鶯鶯語，更覺鶯鶯可嗤。難禁，好着我似綫脚兒般殷勤不離了針⑤。【徐畫旁】【田旁】【延旁】不管他。【羅眉】脚，音攪。從今後⑥教他一任。這的是俺老夫人的不是⑦——【容夾】【硃眉】【湯

---

① 見了他撇假偌多話："張生，我與你兄妹之禮，甚麼勾當"；話，張本、潘本作"説"。屠本、延本、毛本無。
② 怒時節把一個書生來迭嗊：怒時節，龍本作"怒時時"；迭嗊，驥本作"擷窨"，六幻本作"迭窨"，湯沈本、封本作"迭喑"。徐畫本、徐音本、延本、三合本、潘本作"怒時節把個書生迭窨"，張本作"怒時節把個書生跌窨"，毛本作"怒時節把個書生來迭窨"。
③ 歡時節，紅娘，好姐姐，去望他一遭：歡時節，張本作"如今又道"。屠本、驥本、延本作"歡時節"。
④ 將一個侍妾來逼臨：徐畫本、徐音本、驥本、延本、三合本、潘本作"將個侍妾逼臨"，張本作"歡時節將個侍妾逼臨"，毛本作"把個侍妾來逼臨"。
⑤ 好着我似綫脚兒般殷勤不離了針：好着，徐畫本、徐音本、驥本、延本、三合本、潘本作"可教"，湯沈本作"好教我"；般，屠本無；了，徐畫本、潘本無。張本作"可教俺似綫脚般殷勤不離針"。
⑥ 從今後：張本無。
⑦ 這的是俺老夫人的不是：這的是，羅本、繼本、容本、起本、徐參本、何本、陳本、秀本、硃本、天李本、湯本、湯沈本、魏本、峒本、封本作"這也是"；老夫人，潘本作"夫人"。張本作"想來還是俺老夫人不是"，屠本、驥本、延本、毛本無。

眉】白妙甚。將人的**義海恩山**，都做了**遠水遙岑**①。【範眉】【龍眉】事將成，把前事歷數，的的良心。【徐畫眉】妙！【徐音眉】暗中細數，兒女子情話喁喁。【凌眉】背地評跋，宛如話出。此等方是元劇中本色勝場。今人但知賞其俊麗處者，皆未識真面目者也。【湯沈眉】言若依昨日搶白之情，則再休提前事矣。迭窨，即擷窨意，一作"迭噷"。"從今後"三句，怨鶯負張之詞。【潘夾】怒時節、歡時節，即前喜怒其間，性難按納，實實注腳"殷勤"二字，紅說出自家情分。崔只是一個假，張只是一個懦，紅娘只是一個殷勤。一個越假，一個越懦；一個越懦，一個越假；兩個越假越懦，一個越殷勤。"從今教他一任"句，寫出殷勤言，從今自家不復再出主意，任他或真或假，我去應之東西南北，唯君所使耳，不是坐觀成敗之論。

（紅見末問云）哥哥病體若何？（末云）害殺小生也！我若是死呵②，小娘子，閻王殿前少不得你做個干連人③。【潘旁】死亦把娘拖犯。【陳眉】閻王殿前，奸情人命，干證好難做。【三合眉】生死把娘拖犯。（紅嘆云）④普天下害相思的，不似你這個傻角⑤。【繼眉】傻，音灑。

【天淨紗】心不存學海文林，夢不離柳影花陰，則去那**竊玉偷香上**⑥用心。【容旁】【硃眉】【湯眉】妙！【羅眉】學，音效。竊，音

---

① 將人的義海恩山，都做了遠水遙岑：徐畫本、徐音本、驥本、延本、張本、三合本、潘本作"將人些義海恩山，變做了遠水遙岑"，封本作"把人的義海恩山，都做了遠水遙岑"。
② 若是死呵：若是，範本、龍本作"是"，秀本作"若"。屠本作"若死了"。
③ 閻王殿前：張本句前多"小娘子"，驥本、延本、毛本作"閻王行"。干連人：屠本作"干連"。
④ （紅嘆云）：六幻本作"（紅云）"。
⑤ 不似你這個傻角：這個，容本、起本、徐參本、虎本、何本、陳本、硃本、天李本、湯本、湯沈本、魏本、峒本、封本、毛本作"這"，張本作"個"。屠本作"都不似你這個歪揣漢子"，驥本、延本作"不似你"，秀本作"不似你這傻角了"。
⑥ 則去那：弘本作"則去"，徐畫本、徐音本、驥本、延本、張本、三合本、毛本、潘本作"則向"，六幻本作"則向那"。上：張本無。

切。【張眉】第一二句俱多一字。又不曾①【田補旁】曾。得甚【田補旁】恁，【徐參眉】何必得甚的？越想越有意味。【田補眉】不曾得恁，正下文所說"乾相思"也。自從海棠開想到如今【湯沈旁】孫夫人詞。【謝眉】【湯沈眉】打覷張生，與前"空妄想"相應。【範眉】【龍眉】【秀眉】打覷張生，與前"空妄想"相應。孫夫人詞："海棠開後，想到如今。"【繼眉】鄭文妻孫夫人詞："海棠開後，望到如今。"【起眉】李曰"竊玉偷香上用心。又不曾得甚"，堪人咀嚼。"自從海棠開想到如今"，又把孫夫人詞變換出餘味，津津不了。【陳眉】妙。【魏眉】【峒眉】何必得甚第，越想越有意味。【毛夾】不曾得恁，猶云無甜頭也。孫夫人詞："海棠開後，望到如今。"【潘夾】不曾得恁，即下文所云"乾相思"也，言其費心于無益。

因甚的便病得這般了②？（末云）都因你行——怕說的謊——因小侍長上來③，當夜書房一氣一個死④。小生救了人，返被害了⑤。

---

① 又不曾：徐畫本、徐音本、三合本作"不從"，延本、張本、潘本作"不曾"。
② 因甚的便病得這般了：徐畫本、徐音本、張本、三合本、潘本作"你因甚便害得這般了"，驪本、延本、毛本作"你因甚便病得這般了"。
③ 都因你行，怕說的謊，因小侍長上來：容本、起本、徐參本、虎本、何本、陳本、秀本、天李本、六幻本、湯本、魏本、峒本、封本作"都因你行，說的謊"，徐畫本、徐音本、延本、三合本作"你行，怕說的謊，都因小姐上來"，驪本作"你行，怕說的謊，却因小姐上來"，硃本作"都因你行說的謊言"，張本、潘本作"你行，怕說的慌，都因小姐來"，湯沈本作"都因你行說的謊"，毛本作"你行，怕說的謊，都因上姐姐來"，繼本無。
④ 當夜書房一氣一個死：當夜，弘本、徐畫本、徐音本、驪本、延本、張本、三合本作"當夜回"，容本、起本、徐參本、虎本、何本、陳本、秀本、硃本、天李本、六幻本、湯本、湯沈本、魏本、峒本、封本作"回到"，毛本、潘本作"當夜回到"。繼本無。
⑤ 返被害了：徐參本、秀本作"反被人害了"，張本作"反被人害"。

自古人云①："痴心女子負心漢"，今日返其事了。②【三合眉】救人反被人害，如今比比。

【調笑令】（紅唱）③ 我這裏自審，這病爲邪淫④，【封眉】這的，時本作"這病"，非。尸骨⑤嵓嵓鬼病侵。【羅眉】【繼眉】嵓，音岩。更做道秀才每從來恁⑥。似這般乾相思的怎好撒唔⑦。【徐畫旁】【田旁】【延旁】【三合旁】自然好。【徐音眉】撒吞，猶言扯淡。【張眉】撒吞，猶言扯淡也。功名上⑧早則不遂心，婚姻上更⑨返吟復吟。【羅眉】則，音自。更，音境。【謝眉】年頭爲伏吟，對宮爲返吟。星命家云："返吟伏吟，涕泣淋淋。"【範眉】【龍眉】年頭爲伏吟，對宮爲返吟。星命家云："返吟伏吟，涕泣漣漣。"【繼眉】年頭爲復吟，對宮爲返吟。星命家云："返吟復吟，涕泣漣漣。"【徐畫眉】【田眉】【延眉】就使秀才每宜犯此病，然不應于干相思中如此着意也。撒吞，猶言扯淡。六壬課有"吟復吟，并不成

---

① 自古人云：範本、龍本、羅本、繼本、容本、起本、徐參本、虎本、何本、陳本、秀本、碌本、天李本、六幻本、湯本、湯沈本、魏本、峒本、封本、毛本、潘本作"自古云"，徐畫本、徐音本、張本、三合本作"古云"，驥本、延本作"古人云"。
② "因甚的便病得這般了"至"今日返其事了"：屠本作"（生云）想我當日救了他性命，他如今反害了我也，却怎生是好"。
③ （紅唱）：弘本作"（生對紅說）"，範本、龍本、羅本、繼本、容本、起本、徐參本、虎本、何本、陳本、秀本、天李本、湯本、魏本、峒本作"生唱"。
④ 我這裏自審，這病爲邪淫：這病，六幻本作"喑沉"，封本作"這的是"。羅本作"我這裏自審，我這裏自審，這病爲邪淫，自知爲邪淫，呀"，徐畫本、徐音本、驥本、延本、三合本、潘本作"喑沉爲邪淫"，張本作"自審爲邪淫"，毛本作"我這裏喑沉爲邪淫"。
⑤ 尸骨：張本作"看尸骨"。
⑥ 更做道秀才每從來恁：徐畫本、徐音本、驥本、延本、三合本、毛本、潘本作"更做道秀才家從來恁"，張本作"暢道秀才從來恁"，峒本作"便道秀才們從來恁"。
⑦ 似這般乾相思的怎好撒唔：怎，屠本無。繼本、六幻本作"似這般乾相思好撒吞"，驥本、延本、潘本作"似這般乾相思得好教撒唔"，張本、毛本作"似這般乾相思好教撒吞"。
⑧ 功名上：徐畫本、徐音本、驥本、延本、張本、三合本、毛本、潘本作"功名"。
⑨ 婚姻上更：張本作"婚姻更"，峒本作"婚姻上又"。

事"。【秀眉】辭家應舉，阻行寓邸，貪歡惹恙，良可笑也。【凌眉】撒唔，猶含忍也，詞中有"低着頭，凡事兒撒唔"與"妝憨推聾"并用。徐士範曰：年頭爲伏吟，對宮爲返吟。星命家云："返吟伏吟，涕泣連連。"【張眉】反吟復吟，六壬課，云不成事也。【湯沈眉】撒唔，猶言扯淡，或作"掇浸"。返吟復吟，術家占婚姻事，遇此不成。【三合眉】撒吞，猶言扯淡，六壬課有"吟復吟，并不成事"。【驥夾】唔，他禁反。撒唔，古作"掇浸"。【毛夾】唔，他禁反。院本凡四折，内必用一折參他人唱，此定體也。他本改俱作紅唱，反失體矣。且"功名"二句與"秀才家"語，俱與紅語氣不合。凡改舊文，并無有一得當者，人亦何苦必爲此也。喑沉，喑喑而沉重也。邪淫，邪之過也。猶扁鵲傳精神，不能止邪氣，與佛書"正淫邪""淫"不同。然此是反詞，言豈爲邪淫耶？鬼病侵，謂病得不明白也，便做道秀才家從來恁，謂讀書人雖易病。撒唔，猶調誕，言這乾相思的好調誕也。劉庭信詞"不堤防幾場兒撒唔"。伏吟反吟，涕泪淫淫，見《命書》。言功名既不遂，婚姻又不成，自傷之詞。詞家重頓挫，故既寫生病，便爾極筆描寫，此作詞之法。必欲盱衡抵掌，謂生病不極，則鶯必不至。嗟乎，《會真記》何嘗着太醫診脉看病耶？參釋曰：若此曲作紅唱，則"好教撒唔"，與上曲"不曾得恁"意複出矣。撒唔，猶言做弄。今南人調人猶有稱唔人者，或改作"掇浸"，反稱古本，可恨。【潘夾】撒吞，猶言扯淡。六壬課有"吟復吟，并不成事"。"乾相思"以上四句，言張生自討若吃，"功名不遂心"三句，言張生命中所犯，皆極力慰勸之詞。前闋語似師保，此闋上半語似醫巫，下半語似星卜。紅娘辭鋒簇簇，觸事靈通，便可療疾。

（紅云）老夫人着我來①，看哥哥要②甚麽湯藥。小姐再三伸

---

① 老夫人：屠本作"夫人"。着我來：驥本、延本作"着來"，封本作"着我來看"。
② 看哥哥要：要，徐畫本、徐音本、張本、六幻本、三合本、潘本作"吃"，驥本作"用"。封本作"是用"。

敬①，有一藥方②，送來與先生③。（末做慌科）④ 在那裏⑤？（紅云）用着幾般兒⑥生藥，各有制度⑦，我說與你⑧：【徐參眉】說鶯鶯有方，病即可。

　　【小桃紅】"桂花"搖影夜深沉，酸醋⑨"當歸"浸。（末云）桂花性溫，當歸活血，怎生制度⑩？（紅唱）面靠着湖山背陰里窨⑪。【羅眉】窨，音陰。【範眉】【龍眉】【繼眉】地窨曰"窨"，所以藏酒。這方兒⑫最難尋，一服兩服令人恁。【羅眉】令，音凌。【繼眉】古有藥名詩。（末云）忌甚麼物⑬？【容夾】【徐畫旁】【硃眉】【湯眉】多此白，反失光景。【容眉】【徐畫硃眉】【硃眉】【湯眉】傷巧可厭。【徐音眉】小紅已開出生藥鋪。（紅唱）忌的是⑭"知母"未寢，怕的是"紅娘"

---

① 再三伸敬：伸敬，羅本、繼本、容本、起本、徐畫本、徐參本、徐音本、虎本、何本、秀本、硃本、張本、天李本、六幻本、湯本、湯沈本、三合本、魏本、峒本、封本、毛本、潘本作"伸意"，屠本作"拜上"。陳本作"再一伸意"。
② 藥方：秀本作"藥方兒"。
③ 與先生：封本作"或者與證候合者"。
④ （末做慌科）：屠本作"（生驚云）"。
⑤ 在那裏：驪本、延本作"藥方在那裏"。
⑥ 幾般兒：徐參本作"幾般"。
⑦ 制度：封本作"忌犯製造"。
⑧ "用着幾般兒"至"我說與你"：說與你，範本、龍本、徐畫本、徐音本、驪本、徐參本、延本、六幻本、湯沈本、三合本、魏本、毛本作"說與你聽"，繼本、容本、起本、虎本、何本、陳本、秀本、硃本、天李本、湯本、峒本、封本作"說與你咱"，張本作"且說與你聽"，潘本作"說與聽"。屠本作"在這裏。我細細讀與你聽"。
⑨ 酸醋：徐畫本、徐音本、驪本、延本、三合本、潘本作"將酸醋"。
⑩ 怎生制度：驪本、延本、張本、封本、毛本無。
⑪ 面靠着湖山背陰裏窨：徐畫本、徐音本、驪本、延本、三合本、峒本、毛本、潘本作"緊靠着湖山背陰裏蔭"，張本作"緊靠湖山背陰裏窨"。
⑫ 這方兒：徐畫本、徐音本、驪本、延本、三合本、潘本作"這方"，張本無。
⑬ 忌甚麼物：屠本作"忌甚麼"，峒本、封本無。
⑭ 忌的是：硃本作"忌則是"。

撒沁①。【徐畫眉】【田眉】【延眉】撒沁，北人謂不用心，怠慢也。【凌眉】撒沁，放潑也，又不同心之意。《菩薩蠻》劇有"正好教他撒沁"。【張眉】撒沁，謂不用心也。【三合眉】撒沁，北語，云不用心，怠慢也。吃了呵穩情取"使君子"一星兒"參"②【凌旁】參，痊可也。。【範眉】【龍眉】隱藏藥名。【徐參眉】鶯鶯是藥，紅娘是方，此劑無不對症。【田補眉】六藥名，借以寓意。總言此方能使君子之病有一星之痊可也。【陳眉】妙藥妙方，國手，國手！【凌眉】徐士範曰：地窖曰"窨"，所以藏酒。又曰：隱藏六藥名。【秀眉】以藥方含蓄衷情，深有意趣。【張眉】末句多一字。【湯沈眉】"一服兩服"句，趣甚。恁，謂好也。撒沁，不瞅睬之謂。參，借言病可滲滲然也。使，借作上聲。【魏眉】【峒眉】國手，國手！藥到病痊。【封眉】即空主人曰：參，痊可也。【毛夾】沁，音侵，去聲。不急出藥方，先口傳方藥，作波瀾。如六朝藥名詩，雙關見意，最妙。蔭，熨藥之法。恁，這等，隱言好也。撒沁，撒清之意，《蕭淑蘭》劇"爲我自己輕浮不能管束，正好教他撒沁"。參，即參，此借作參差之"參"，言病當差耳。王伯良曰：桂、當歸、知母、紅娘子、使君子、人參，六藥名。使君子之"使"，本作去聲，因郭使君有子服此藥而愈，故名。今借作上聲。一星，以分兩言。【潘夾】雙文贈方之意，本從紅娘前日"病患要安"一語參出。今日聞生病劇，遂不得不用其方。紅在此日，蓋不參已透，明屬雙文以意語意，不復瞞着魚雁也。但到張前不先道破，紅真捕風捉影，全非解事，隨着將贈方之意順口謅成一篇藥性賦，將機關隱隱道破。使張開緘讀之，便可啞然失笑。

---

① 怕的是紅娘撒沁：徐畫本、徐音本、三合本、潘本作"怕紅娘子撒沁"，驥本、張本、毛本作"紅娘撒沁"，硃本作"怕則是紅娘撒沁"，延本作"怕紅娘撒沁"。

② 吃了呵穩情取"使君子"一星兒"參"：吃了呵穩情取，徐畫本、徐音本、驥本、延本、張本、六幻本、三合本、潘本作"吃了怎生便見效也"，毛本作"吃了怎生便見效也。（紅唱）穩情取"。屠本作"吃了時穩倩取使君子半星兒參"。

這①樂方兒，小姐親筆寫的②。（末看藥方大笑科）（末云）③早知姐姐書來④，祇合遠接⑤，小娘子⑥……【徐畫旁】又來了，不記湖山下事了？（紅云）又怎麼？却早兩遭兒也。（末云）不知這首詩意⑦，小姐待和小生"里也波"哩⑧。（紅云）不少了一些兒？⑨【徐音眉】此因張生有"待和小生哩也波"一句，乃不明說出，而含糊言鶯許已成就意，故紅猶疑之。【驥夾】【延夾】沁，音侵，去聲。【三合夾】沁，音糝。【毛夾】"又怎麼"句，斷。不差了一些兒，非疑詰詞，是調詞，言一些不差的。俗增"不要又差"，非。

【鬼三臺】足下其實㗪【湯沈旁】音林，去聲。，休⑩妝唔。【羅眉】㗪，音禁。唔，音吞。【範眉】【龍眉】【秀眉】口閉為㗪，妝唔，是鄉語。【繼眉】口開為㗪，妝唔，是鄉語，音禁。【凌眉】王伯良曰：㗪，愚也；唔，

---

① 這：徐畫本、徐音本、驥本、延本、張本、三合本、毛本、潘本作"兀的"。
② 小姐親筆寫的：小姐，封本作"是小姐"。屠本作"是小姐親筆寫來的"。
③ （末看藥方大笑科）（末云）：弘本、驥本、延本作"（末看科大笑）"，繼本作"（生看藥方大笑）"，張本作"（生看笑科）"，封本作"（生開看大笑科，云）"，毛本作"（正末看科了，大笑科）"。
④ 早知姐姐書來：姐姐，六幻本作"小姐"；書，弘本作"到"。驥本、延本作"早知小姐到來"，徐參本、魏本、岣本無。
⑤ 祇合遠接：徐參本、魏本、岣本無。
⑥ 小娘子：繼本、容本、起本、徐參本、驥本、虎本、何本、陳本、秀本、碌本、延本、張本、天李本、湯本、湯沈本、魏本、岣本、封本、毛本無。
⑦ 不知這首詩意：徐畫本、徐音本、驥本、延本、張本、三合本、毛本、潘本作"小娘子不知這首詩意"，封本作"小娘子不知，今番"。
⑧ 里也波哩：封本作"真個的哩也波哩"。
⑨ "早知姐姐書來"至"不少了一些兒"：不少了，繼本、容本、起本、徐參本、虎本、何本、陳本、秀本、碌本、張本、天李本、湯本、湯沈本、三合本、魏本、岣本、封本、潘本作"不要又差了"，徐畫本、徐音本、驥本、延本、六幻本、毛本作"不差了"。屠本作"早知小姐有這一段好情，我這病也不害了。（紅云）又怎的，却早兩遭兒了。（生云）紅娘姐不知，這詩中不似前番了，說道今夜定有佳期。如此則小生那有病來？（紅云）我只怕他又要哄你這遭兒"。
⑩ 休：延本作"佯"。

撒也。笑你個風魔的翰林①，無處問②佳音【田補旁】妙，妙。【張眉】無投處，言尋路頭不着也。向簡帖兒上③計稟【湯沈旁】音筆錦反。【潘旁】說盡張生積習。【凌眉】見王文璧本韻注：稟，筆錦反。得了個紙條兒恁般④綿裏針，【範眉】【龍眉】【秀眉】綿裏針，是教坊中語。【三合眉】紅疑張無處討實信，就此束帖中設計套取，此即綿裏藏針之計。若見⑤玉天仙怎生軟廝禁【湯沈旁】平聲。？俺那小姐忘恩⑥，【凌眉】"恩"字，元不用韻。赤緊的僂人負心⑦。【羅眉】僂，音妻。【容眉】【硃眉】【湯眉】妙！【徐畫眉】【田眉】【延眉】此詞因張生白中有"待和小生哩也波"一句，乃是不明說出，而含胡言鶯鶯許己成就意。故紅疑其無處討真實信，而就此束帖中行計，以套取之也，此即綿裏藏針之計也。綿裏針，軟纏人也，猶言軟尖刀也。既又言得一個束帖，不過紙條耳，亦綿綿軟軟相纏不已。如此，倘見得鶯鶯，怎當其軟綿哉？但不知鶯鶯，打緊是個負心之人，未必束帖中許你也。禁，當也；廝禁，猶言當不得你之纏也。紅自謂參透張生奸滑處，又量得鶯鶯爲人，亦是忘恩之輩，而不知鶯之束帖中，實約之成就也。【徐參眉】【峒眉】妙，妙！【張眉】首句少三字。第三句少一字。【湯沈眉】啉，愚也，作貪解，非。唔，即撒唔，哄人之意。綿裏針，猶言軟尖刀也。軟廝禁，不能硬撐布擺之謂。【驥夾】【延夾】啉，音林，去聲。古注音吝，非。唔，音見前。古注音吞，去聲，非。稟，筆錦反，俗音丙，非。禁，平聲。【毛夾】啉，音林，去聲。唔，見前。此紅以調笑爲疑詰語。啉，痴也。王元鼎詞"笑吟吟妝

---

① 笑你個風魔的翰林：徐畫本、徐音本、驥本、延本、張本、三合本、毛本、潘本作"你個風魔翰林"。
② 無處問：張本作"無投處問"，峒本作"無門問"。
③ 上：六幻本、潘本作"行"。
④ 得了：張本作"得"。恁般：屠本作"般"。
⑤ 若見：屠本、驥本、延本作"若見那"，毛本作"見了那"。
⑥ 俺那小姐忘恩：徐畫本、徐音本、驥本、延本、張本、三合本、毛本、潘本作"俺小姐正合忘恩"，陳本作"俺那小姐念恩"。
⑦ 赤緊的：張本無。僂人負心：硃本作"僂負人心"。

呆妝㕭"。唗，即撒唗之"唗"。風魔，亦痴意。綿裏針，有心計也。計稟，即計較，亦綿裏針意。軟廝禁，不挣揣也。紅疑生所喜是假爲探己之法，故云足下是真痴人，不須假爲調誕，以探我也。你個痴翰林無處討消息，只向簡帖兒上使計較，得了個紙條兒有許多心計，緣何那日親遇著反不挣揣耶？你道俺小姐尚有意耶？俺小姐正在打緊負心時耳。參釋曰：傻人，即"傻科""傻儸"，解見第六折。【潘夾】此一闋故作揚語，見張一片風魔，略將冷風吹破。若紅尚懷鬼胎，則前【小桃紅】一闋又何其見事明了也？軟廝禁，指昨夜之懦，言得書即踴躍，見人便畏縮，如何得有成就日子？且小姐正爾忘恩負心，意中全不俙睬，莫要一天歡喜皆極力作揚語也。

　　書上如何說①？你讀與我聽咱②。（末念云）"休將閒事苦縈懷，取次摧殘天賦③才。不意當時完妾命④，【羅眉】行，去聲。豈防今日作君災？仰圖⑤厚德難從禮，謹奉新詩可當⑥媒。【潘旁】既有媒妁之言，可廢親迎之禮。寄與⑦高唐休咏賦，今宵端的雨雲⑧來。"【繼眉】明宵，一作"今宵"，非。【起眉】【虎眉】明，今本皆作"今"，豈不失十三折次第？【陳眉】【硃眉】禱雨卦得水天需。【秀眉】數句露出一種心思，私通苟合。【毛夾】參釋曰：完妾幸，以全我爲幸也，即董詞"豈防因妾幸，却被作

---

① 書上如何說：書上，屠本作"書中"；說，弘本作"說話"。驥本、延本無。
② 你讀與我聽咱：你，繼本、徐畫本、徐音本、三合本、潘本無；咱，徐參本作"者"，屠本無。驥本、延本作"你讀詩與我聽咱"，張本作"讀與我聽着"。徐畫本、徐音本、三合本、潘本此句後多"汝欲聞好語，當誠斂袂而前"，驥本、延本、張本此句後多"你欲聞好語，須誠心斂袂而前"。
③ 賦：魏本作"負"。
④ 不：弘本作"本"，屠本作"祇"。命：弘本、羅本、繼本、屠本、容本、起本、徐畫本、徐音本、徐參本、虎本、何本、陳本、秀本、硃本、張本、天李本、六幻本、湯本、湯沈本、三合本、魏本、峒本、潘本作"行"，驥本、延本、毛本作"幸"。
⑤ 圖：六幻本、潘本作"酬"。
⑥ 當：秀本作"作"。
⑦ 與：六幻本作"語"。
⑧ 今宵：羅本、繼本、容本、起本、徐參本、虎本、何本、陳本、秀本、硃本、天李本、湯本、魏本、峒本、封本、毛本作"明宵"。雨雲：硃本作"雲雨"。

君灾"語。俗改"妾行",非。今宵,宜作"明宵",此亦照董詞而誤者。此韻①非前日之比,小姐必來②。(紅云)他來呵,怎生?③【湯眉】【魏眉】【峒眉】要死!【三合眉】紅娘專會耳朵當眼睛。【潘夾】雙文此偈,直捷了當,已是明明囑咐,不比"待月迎風"之句,尚作噓噓聲。張解元在西廂座下三年,吃了百頓棒,至此梅子熟了也。

【禿廝兒】④ 身臥着一條布衾,【羅眉】着,音照。衾,音欽。頭枕【湯沈旁】去聲。着三尺瑶琴,【徐畫旁】【田旁】【延旁】妙!妙!【羅眉】着,音照。他來時怎生和你一處寢⑤?凍得來戰兢兢,【秀眉】凍,音洞。説甚知音?⑥【徐畫旁】【田旁】【延旁】此尚疑其未真。【徐畫眉】【田眉】【延眉】不煞,方言,猶云不怎麼也。"身臥着"云云,謔其寒寂。若鶯鶯真來,何以待之?【徐參眉】紅娘善謔,節節有情趣。【秀眉】凍,音洞。【湯沈眉】此紅嘲生寒寂之狀。【三合眉】虧殺小張受此寒寂。【魏眉】【峒眉】耍生恨鶯,節節妙。【驥夾】【延夾】枕,去聲。【毛夾】此頂賓白來,言未必然也。此是何處而肯來耶?不煞知音,言不甚知音也。嘲其詩句往來,

---

① 此韻:羅本、繼本、徐畫本、徐音本、張本、湯沈本、三合本、毛本、潘本作"此詩",屠本作"今日此詩"。
② 必來:屠本作"定來"。
③ 他來呵,怎生:怎生,範本、龍本作"怕受不得這等禁持呵,(生云)怎麼説",羅本、繼本、徐畫本、徐音本、何本、張本、湯沈本、三合本、潘本作"怎生發付他",六幻本作"怎生發付"。屠本作"倘若來時,看你怎生發付了他",驥本、延本作"他來呵"。
④ 六幻本此處多"你"。
⑤ 他來時怎生和你一處寢:和你,徐畫本、徐音本、驥本、延本、三合本、毛本、潘本無。張本作"來時怎生一處寢"。
⑥ 凍得來戰兢兢,説甚知音:來,羅本作"他",徐音本、張本作"也";戰兢兢,弘本、範本、龍本、羅本、屠本、徐音本、繼本、容本、起本、徐參本、虎本、何本、秀本、硃本、天李本、六幻本、湯本、湯沈本、峒本作"戰戰兢兢"。驥本、延本作"你凍得也戰欽欽,不煞知音",徐畫本、三合本、潘本作"凍得也戰戰兢兢,不煞知音",毛本作"凍得來戰兢兢,不煞知音"。屠本此句後多:"(生云)小姐既云有心,小生豈是無意。"

故稱"知音"。凍得戰兢兢，五字句，俗作"戰戰兢兢"，于本調多一字，固非。若王本以"兢"字爲失韵，改作"欽"字，則謬甚矣。元詞用韵寬，解已見前，若以"欽欽"爲元詞習用，則元詞豈無用"兢兢"者？《硃砂擔》劇"諕得我戰兢兢提心在口"，豈非"兢兢"乎？參釋曰：布衾瑤琴，即起下鴛鴦枕、翡翠衾一調。【潘夾】前則誚他"黄飯酸虀"，此則嘲他"布衾木枕"，俱是調侃窮措大的話，都從他極濃豔處，撒得他極寡淡也，當冷風吹背。

【聖藥王】果若你有心，他有心，昨日鞦韆院宇①夜深沈；【羅眉】昨，音早。鞦，音秋。韆，音遷。【繼眉】唐天寶時，宮中呼鞦韆之樂爲半仙之戲。"鞦韆"四句，蘇東坡春宵詩。花有陰，月有陰，"春宵一刻抵千金"，何須②"詩對會家吟"？【羅眉】刻，音楷，上聲。吟，音因。【容夾】【湯眉】你哪知？【徐畫眉】【田眉】【延眉】紅娘因張讀詩，鶯鶯真意，恨昨夜之可惜。若肯成就，真是一刻千金，何必今日吟甚詩也。【徐音眉】此尚疑其未真。【凌眉】王伯良曰：此紅猶疑鶯之許未必然。言設若有心，昨宵便當成事，何必今日又寄詩耶？古注追惜昨宵，稍懈。【湯沈眉】紅猶疑其未真情。若果真，則昨夜當成就，又何必今日寄詩以訂約耶？末句，古語也。【三合眉】紅那得知？【毛夾】此又作一轉，正言其未必然也。彼果有心，何不昨宵成之，而必以詩訂約？如所云"詩對會家吟"耶？會家，解會之家，即知音。此元詞成語，如《蕭淑蘭》劇"早難道詩對會家吟"。徐天池欲移此曲【東原樂】後，以爲上下語勢不合，不知【禿廝兒】後必次【聖藥王】，此調例也。且【禿廝兒】言無衾枕，雖來無歡也；【聖藥王】言未必來也；【東原樂】言若果來，雖無衾枕，猶無害也。文勢最順，徐不深解耳。【潘夾】非説昨夜不成，今晚亦未必成。言你兩下有心，昨夜便可成事，何須今日吟詩復訂？惜張自家錯過千金一刻，紅至此蓋已漸漸用着激發之詞。

---

① 昨日：羅本、驥本、延本、毛本作"昨夜"。院宇：屠本作"院落"。
② 何須：徐畫本、徐音本、延本、張本、六幻本、三合本、毛本、潘本作"何須的"。

（末云）小生有花銀十兩①，有鋪蓋賃與小生②一付。【容夾】【湯眉】【三合眉】賃鋪蓋，奇妙！【硃眉】奇妙。

【東原樂】（紅唱）俺那鴛鴦枕，翡翠衾，【魏眉】翡，音菲。便遂殺了人心③，【羅眉】衾，音欽。殺，音灑。【凌眉】遂殺了人心，猶言像意煞也。如何肯賃？至如你不脫解和衣兒更怕甚④？【延旁】小看，大妙語。不強如手執【湯沈旁】徐作"勢"。定指尖兒恁⑤？【延旁】謔甚。【羅眉】脫，音托。更，音境。【凌眉】手執定指尖兒恁，疑不過握拳忍耐之意。徐、王皆從手勢，云是極褻之詞，恐度詞者未必陋惡之想至此。至引史弘肇手勢令為證，益無干。【張眉】"你便"句，俗添"如許"字，勾輈難讀。尖，訛"頭"，非。【封眉】"手勢"句，徐王本云極褻之詞，意可會也。出《五代史·史弘肇傳》恐未然，有作"手執定"者，則非。倘或成親，到大來福蔭。⑥【羅眉】不通。【徐畫眉】【田眉】【延眉】"至如"以下，如云縱不脫解，和衣與鶯共臥，更要甚翠衾鴛枕也，卻勝如手勢之多也。手勢指尖兒，極褻之詞，意會可也。倘或成親，君瑞福蔭，豈小小哉？"手勢"云，出《五代史·史肇弘傳》。【秀眉】蔭，音應。【湯沈眉】言縱不脫解，即和衣與鶯共臥，亦自好。更待甚"翠衾鴛枕"也？【驥夾】【延夾】【湯沈夾】"心"

---

① 小生有花銀十兩：有，屠本作"備"；十兩，容本、起本、徐參本、虎本、秀本、硃本、天李本、湯本、湯沈本、魏本、峒本、封本、毛本作"一錠"。張本作"不須你多疑"，驥本、延本無。
② 有鋪蓋：徐參本作"鋪蓋"，驥本、延本作"有鋪陳"。小生：屠本無。
③ 便遂殺了人心：了，弘本、範本、龍本、羅本、繼本、屠本、容本、起本、徐畫本、徐音本、徐參本、驥本、虎本、何本、陳本、秀本、硃本、延本、天李本、六幻本、湯本、湯沈本、三合本、魏本、峒本、毛本、潘本無。張本作"遂殺人心"。
④ 至如你不脫解和衣兒更怕甚：怕，徐畫本、徐音本、三合本、潘本作"待"。驥本、延本、毛本作"至如不脫解和衣兒更待甚"，張本作"你便和衣兒更待甚"。
⑤ 手執定指尖兒恁：手執定，徐畫本、徐音本、三合本、封本、潘本作"手勢"；恁，屠本作"您"。驥本、延本、六幻本、毛本作"手勢指頭兒恁"，張本作"指尖兒恁"。
⑥ 倘或成親，到大來福蔭：倘或，六幻本作"倘"；來，毛本無。徐畫本、徐音本、驥本、延本、張本、三合本、潘本作"倘成親，到大福蔭"。

字勿斷。【毛夾】此以嘲生，而兼疑其未必然，言衾枕便佳，但不肯賚耳，且亦何必衾枕也？假如不脫解和衣兒更怕甚耶？不强如恁般耶？且亦未必來耳，倘來則厚幸矣，尚計衾枕耶？待甚，非待衾枕也，猶言"怕甚"耳。董詞"便是六丁黑煞待甚麼"？手勢，手其勢也。凡稱"穢"曰"勢"，元詞"村勢煞娘勢煞，搭著只管獨磨"，正手勢之解。與《史弘肇傳》"手勢令"不同。倒大，解見第五折。【潘夾】紅娘見地事事俏，便錦衾角枕，必待借來鋪設。猶不脫秀才門面氣味，那得其事速成。從來英雄舉事揭竿便可，聚衆必待鍛甲修矛而後往者，正恐坐失事機也。

（末云）小生爲小姐如此容色①，莫不小姐爲小生，也減動丰韵麼②？【羅眉】丰，音風。【徐參眉】自然消瘦。【陳眉】【魏眉】【峒眉】自然。【三合眉】兩個裏一樣相思。

【綿搭絮】（紅唱）他眉彎【湯沈旁】一作"黛"。遠山不翠，【繼眉】【湯沈眉】飛燕妹合德，召入宮中，爲薄眉，號遠山眉。眼橫秋水無光，③【凌眉】"眉彎"四句本董解元本白，言眉則使"遠山不翠"，眼則使"秋水無光"也。四句不用韵，故然，已詳第二本末折中。俗本强叶韵而易以"無塵"，且又有譏其犯真文者，皆憒憒。【延眉】秋水無光，原作"秋水無

---

① 小生爲小姐如此容色：容色，弘本作"容易"，羅本作"容顏"，繼本、徐畫本、徐音本、張本、六幻本、湯沈本、三合本、毛本、潘本作"憔悴"，驥本、延本作"容顏憔悴"，容本、起本、徐參本、虎本、何本、陳本、秀本、碛本、天李本、湯本、魏本、峒本、封本作"瘦顏"。範本、龍本作"小姐這幾日丰采何如"，屠本作"小生爲着小姐容顏憔悴"。

② 莫不小姐爲小生也減動丰韵麼：也，弘本無；動，羅本、徐參本、虎本、何本、陳本、秀本、碛本、天李本、湯本、魏本、峒本、封本、毛本作"些"，徐畫本、徐音本、張本、六幻本、湯沈本、三合本、潘本作"了些"。範本、龍本作"莫不小姐爲小生病中愁損些來"，屠本作"不知小姐近時丰姿還似舊麼"，驥本、延本同，但"丰姿"作"丰韵"。

③ 眉彎遠山不翠，眼橫秋水無光：弘本、範本、龍本、羅本、繼本、屠本、容本、起本、徐參本、虎本、何本、陳本、秀本、碛本、天李本、湯本、魏本、峒本、封本作"眉黛遠山鋪翠，眼橫秋水無塵"，張本作"眉黛遠山浮翠，眼橫秋水無塵"，六幻本作"眉彎遠山鋪翠，眼橫秋水無塵"，毛本作"眉似遠山鋪翠，眼如秋水無塵"。

塵"。解者謂"塵"字非閉口字，以爲誤入。真韵不知百韵有轉用通用二等，出入寬甚，非誤也。唯中州韵乃嚴其禁耳，不必甚拘拘也。**體①若凝酥，腰如弱柳②，俊的是③龐兒，俏的是④心，體態溫柔性格兒沈。**【羅眉】黛，音代。酥，音蘇。態，音太。格，上聲。【繼眉】成帝謂合德觸體皆靡，名爲溫柔鄉，曰："吾老是鄉矣，不能效武皇求白雲鄉也。"【秀眉】詠體貌心性，鋪緒得停當。【張眉】首四句失韵，與"聽琴"折同。**雖不會法灸神針，更勝似⑤救苦難觀世音。**【範旁】【龍旁】與首折相應。【羅眉】神，音申。難，去聲。【範眉】【龍眉】此折【越調】，用"侵尋"韵，本閉口，而此間誤入真文，乃知全璧之難也。【徐音眉】却就相思而相憐，張生又現出情癡。【徐參眉】畫成一幅美人圖。【陳眉】真妙！【秀眉】難，去聲。【湯眉】妙！【魏眉】好一幅美人圖。黛，音代。【峒眉】妙絕！【驥夾】首四句不韵，詳見注。【延夾】首四句不韵。【毛夾】難，去聲。此對賓白"小姐也減些丰韵"一問，言不減也。此正疑其未必然，故調生乾思處。碧筠本賓白有誤，王本又從金在衡本刪改賓白，遂致曲文俱不達矣。"雖不會"二句，略借病意調之，仍説不減耳。首四句用董詞而改數字者，王本仍改照董詞，最爲多事。無塵，"塵"字原不用韵，解見第八折。參釋曰：他本以"眉似"爲"眉黛"，以"眼如"爲"眼橫"，如許拖累。【潘夾】寫出絶世獨立意象，末二句言勝于求醫禱佛也。

---

① 體：張本作"膚"。
② 弱柳：弘本、範本、龍本、羅本、繼本、容本、起本、徐畫本、徐音本、虎本、何本、陳本、秀本、硃本、天李本、六幻本、湯本、三合本、魏本、峒本、封本、毛本、潘本作"嫩柳"，徐參本作"軟柳"。
③ 俊的是：張本、潘本作"俊的"。
④ 俏的是：張本作"俏的"。
⑤ 更勝似：弘本、繼本作"猶勝這"，羅本、容本、起本、徐參本、虎本、何本、陳本、硃本、天李本、六幻本、湯本、湯沈本、魏本、峒本、封本、潘本作"猶勝似那"，徐畫本、徐音本、秀本、三合本、毛本作"猶勝似"。

（末云）今夜成了事，小生不敢有忘。①

【幺篇】（紅唱）你口兒裏②謾沈吟，夢兒裏苦③追尋。往事已沈，只言目今，今夜相逢管教恁④。【起眉】王曰：警語。【田補眉】言你把今夜景象，子細想像，往事休題，今番管教成事也。不圖你甚⑤白璧黃金，【張眉】第六句少二字，訛連下作一句，非。則要你⑥滿頭花，拖地錦。【羅眉】白，音擺。則，入聲。【繼眉】此枝【越調】用侵尋韵，本閉口字，而"秋水無塵"句，誤入真文韵。白璧微瑕，政自不免。【徐畫眉】【田眉】【延眉】古本注云：滿頭花，妝雜；拖地錦，裙長，掩足之不纖也。并娘子妝也。此亦太鑿。【徐畫諸眉】紅娘說也不圖白璧黃金，只要一條錦裙。【徐音眉】滿頭花，雜妝也；拖地錦，長裙也。【秀眉】煞尾收拾得更妙。【陳眉】【硃眉】【峒眉】多謝，多謝。【張眉】末句多一字。"滿頭花" "拖地錦"，首飾、衣服，上下備也。【湯沈眉】篇中上幾段，語法有數個"恁"

---

① 今夜成了事，小生不敢有忘：弘本作"今夜成就了事呵，小子未敢有忘"，範本、龍本作"今夜成了事，小生不敢有負"，羅本作"今夜成就事呵，小子未敢有忘"，繼本、徐參本、何本、秀本、六幻本作"今夜成就了呵，小生不敢有忘"，屠本作"今夜成就了，小生久後決不敢忘"，容本、起本、虎本、陳本、硃本、天李本、湯本、湯沈本、魏本、峒本作"今夜成就了呵，小子不敢有忘"，徐畫本、徐音本、三合本、潘本作"今夜成了事呵，小生不敢有負"，驥本、延本作"今夜成就了事呵，小生雖死不敢有忘"，張本作"今夜成了事呵，小生雖死不敢有忘"，封本作"果得成就了呵，小子不敢有忘"，毛本作"今夜成就了呵，小生雖死不敢有忘"。
② 你口兒裏：弘本、羅本、繼本、容本、起本、徐參本、虎本、何本、陳本、秀本、硃本、天李本、六幻本、湯本、魏本、峒本作"口兒裏"。
③ 苦：徐畫本、徐音本、驥本、延本、張本、三合本、毛本、潘本作"再"。
④ 今夜相逢管教恁：羅本作"今夜相逢忒志成，管教恁握雨攜雲"，繼本作"今夜相思管教恁"，徐畫本、徐音本、驥本、延本、湯沈本、三合本、潘本作"今夜相逢管教你恁"，毛本作"今夜相逢敢教恁"。
⑤ 不圖你甚：弘本、羅本、繼本、容本、起本、徐參本、虎本、何本、陳本、秀本、硃本、魏本、峒本、封本作"不圖你"，徐畫本、張本、六幻本、三合本、潘本作"我也不圖甚"，徐音本、驥本、延本、湯沈本、毛本作"我也不圖甚"。
⑥ 則要你：徐畫本、徐音本、驥本、延本、張本、三合本、潘本作"則要"。

字韵脚，皆極蓄有味。【三合眉】滿頭花，妝雜；拖地錦，裙長，皆娘子妝也。【毛夾】對賓白，慢言謝也，仍恐未必然也。心兒裏，諸作"夢兒裏"，非。此是到底作未信語，故云請再思之。敢教恁，果教如是耶？果如是，則何必謝，祇以媒人待我足矣。滿頭花，媒所帶者；拖地錦，謝媒之物。《牆頭馬上》劇"也強如帶滿頭花，向午門左右把狀元接；也強如挂地紅，兩頭來往交媒謝"，正同。舊解謂"梅香服飾"，王解謂"汎等妝飾"，俱謬。參釋曰：敢教恁，諸本誤以"敢"作"管"，遂使解者以沉吟追尋爲想像會合繚繞，不妥。【潘夾】張亦疑昨夜敗事，皆由紅不做美，故特爲乞援之詞。"管教恁"三字，紅亦便一力擔當，然口氣亦居功不淺。

（末云）怕①夫人拘繫，不能勾出來②。（紅云）則怕小姐不肯。果有意呵。③【三合眉】那怕能管束的親娘。

【煞尾】雖然是老夫人曉夜將門禁，好共歹④須教你稱心。【起眉】甚淺甚俗，却真却俊。（末云）休是昨夜不肯⑤。（紅云）你掙揣咱⑥。【魏眉】掙揣，與"閩閫"同。來時節肯不肯盡⑦由他，見時節

---

① 怕：徐畫本、徐音本、六幻本、湯沈本、三合本、潘本作"則怕"，屠本、徐參本、虎本、何本、陳本、秀本、砆本、天李本、湯本、魏本、峒本、封本作"只怕"，張本作"倘或"。
② 不能勾出來：勾，徐參本無；出來，屠本作"便來"。張本作"却是如何"。
③ 則怕小姐不肯，果有意呵：六幻本此句後多"你放心"。弘本、羅本、驪本、延本作"則怕姐姐不肯，果有意呵，你放心"，繼本作"你放心"，屠本作"但得他肯來呵"，徐畫本、徐音本、三合本、潘本作"只怕姐姐不肯，果有意，你放心"，徐參本作"就怕姐姐不肯，果有意呵"，張本作"則怕小姐不肯哩，果有意呵，你放心"。
④ 好共歹：徐畫本、徐音本、驪本、延本、張本、三合本、毛本、潘本作"早共晚"。
⑤ 休是昨夜不肯：休是，弘本、羅本、繼本、徐畫本、徐音本、六幻本、湯沈本、三合本、潘本作"休似"。容本、起本、徐參本、砆本、張本、天李本、湯本、魏本、峒本、封本、毛本作"休似昨夜"，屠本作"只怕他害羞不肯"，驪本、延本無。
⑥ 你掙揣咱：咱，範本、龍本作"呵"，徐畫本、徐音本、三合本、潘本作"着"。徐參本作"你掙取者"，張本作"你掙着"，屠本、驪本、延本無。
⑦ 盡：弘本、範本、龍本、羅本、屠本、容本、起本、徐畫本、徐音本、徐參本、驪本、虎本、何本、陳本、秀本、砆本、延本、張本、天李本、六幻本、湯本、湯沈本、三合本、魏本、峒本、封本、毛本、潘本作"怎"。

親不親在于恁①。【徐畫旁】妙在白口述鶯語。【徐畫眉】【田眉】"來時節"至"盡在恁",乃懲前事而戒之也。【徐音眉】小紅已又畫計如此。【徐參眉】若來定肯,何須囑付?【凌眉】"來時節"二句,語意明白。時刻多作"怎由他""盡在恁"。夫"來時節肯不肯",如何不由他耶?所謂肯否,正謂肯來與否,如白中所云"只怕小姐不肯"之說耳。若說來後之肯不肯,既已來矣,豈同生之往而有不肯耶?正不必商確矣。【秀眉】您,音寧,上聲。【張眉】四句俱多一字。【湯沈眉】末二句慫恿張生著實下手,不可如前日再放過也。【毛夾】首二句頂賓白來,來時節、見時節,重提疊喚。雖屬慫恿,然亦正恐未必然耳。果然,則挣揣在此不在彼矣。【潘夾】紅至此便將一"敢"字和盤托出,頓使懦夫有立志,使昨晚用著紅娘,受此秘密法藏,何憂石頭路滑。(并下)

【絡絲娘煞尾】因今宵傳言送語,看明日携雲握雨。②【繼眉】【湯沈眉】一本有"【絡絲娘煞尾】因今宵傳言送語,看明日携雲握雨",今刪去。【魏眉】握,音岳。【毛夾】諸本列紅下場在此曲下,後本生下場亦然。餘解見前。

---

① 在于恁:弘本、範本、龍本、羅本、繼本、容本、起本、徐畫本、徐音本、徐參本、驥本、虎本、何本、陳本、秀本、硃本、延本、張本、天李本、六幻本、湯本、湯沈本、三合本、魏本、峒本、封本、毛本、潘本作"盡在您"。

② 【絡絲娘煞尾】因今宵傳言送語,看明日携雲握雨:看,徐畫本、田本、徐音本、三合本、潘本作"有";明日,峒本作"明朝"。繼本、屠本、驥本、延本、張本、湯沈本、封本無。

題目　老夫人命醫士　　崔鶯鶯寄情詩
正名　小紅娘問湯藥　　張君瑞害相思①

【毛夾】兩次傳簡，何以不覆？此處頗費措置，作者着眼俱在下一折內。如初次約生，下一折是跳牆，則于訕怨中盡情相許，以起下不成就意。二次約生，下一折是合歡，則于驚疑中盡情撇脱，以起下成就意。總是抑揚頓挫之法。

西廂記五劇第三本終②

【容尾】【湯尾】總批：妙在白中述鶯語。【徐音批】真病遇良醫，藥未即服，蚤已心寬三分，病減七分。【陳尾批】真病遇良醫，良藥雖未曾服，而十病減九矣。【硃尾】妙在白中述鶯語。【三合尾】湯若士總評：紅娘的是個精細人，只因昨夜虛套賺煞窮神，故今日當場，并不敢下一實信語。李卓吾總評：妙在白中述鶯語。徐文長總評：張生受過多許摧挫，只是一味痴痴顛顛，到底也被他括上，故知沒頭情事，越是痴人越做得來。【魏尾】總批：真病遇良醫，藥來即服，早已心寬三分，病減七分。【峒批】真病遇良醫良藥，雖未曾服，

---

① 題目：老夫人命醫士，崔鶯鶯寄情詩。正名：小紅娘問湯藥，張君瑞害相思：範本、龍本題目正名在第九齣前，作"題目：小紅娘傳書簡，張君瑞害相思。正名：老夫人命醫士，崔鶯鶯寄情詩"；繼本正名在第九齣前，徐畫本、田本、三合本正名在第三卷第一套前，潘本正名在第三卷第一折前，作"正名：老夫人命醫士，崔鶯鶯寄情詩。俏紅娘問湯藥，張君瑞害相思"；驪本、延本、毛本作"正名：老夫人命醫士，崔鶯鶯寄情詩。小紅娘問湯藥，張君瑞害相思"；張本正名在第三卷第一折前，作"正名：老夫人命醫士，崔鶯鶯寄情詞。俏紅娘問湯藥，張君瑞害相思"；湯沈本題目正名在第三卷第九齣之前，作"老夫人命醫士，崔鶯鶯寄情詩。俏紅娘問湯藥，張君瑞害相思"。屠本、容本、起本、徐音本、徐參本、虎本、何本、陳本、秀本、硃本、天李本、六幻本、湯本、魏本、峒本、封本無。

② 西廂記五劇第三本終：弘本作"奇妙全相注釋西廂記卷之三"，繼本作"重校北西廂記三卷"，徐畫本、三合本作"北西廂卷三終"，驪本作"新校注古本西廂記卷三終"，毛本作"西廂記卷之三終"。範本、龍本、羅本、屠本、容本、起本、徐音本、徐參本、虎本、何本、陳本、秀本、硃本、延本、張本、天李本、六幻本、湯本、湯沈本、魏本、峒本、汲本、封本、潘本無。

而十病九減矣。【潘尾】説意：上篇結尾處，紅娘竟將張生一交推出，絶不更爲設一謀，建一策，而張生亦遂百念索休，略無一語借援。將崔張向來情事，漸漸鬥筍，浸浸合縫，忽復一斧劈開，幾于懸崖墜石，絶不復續矣。不知文章之勢，如轆轤然，此落則彼上；如數珠然，此盡則彼生。在停婚之日，縫已不合矣，自紅先鬥一筍，而授以琴挑，縫可合矣而未合也。于是張復鬥一筍，而托以簡誘，縫可合矣而竟不合也。此時而必欲張復一謀，紅又一策，非但覆軍之將不足言勇，没石之技未堪再試，而文思重疊，豈足與盡變乎？于是作者特留此一筍，以待雙文之自鬥也。夫筍由人鬥者，雖慘憺經營而苦于鑿柄，故屢鬥而未合也。筍出己鬥者，必得心應手而巧于運斤，故一鬥而即合也，此藥方所以授自雙文也。夫琴以耳治，簡以目治，藥以心治，聞聲而思，固不如見意而察也，見意而察，又不如取懷而予也。縫之合，有淺深；筍之鬥，有疏密也。然未聞聲而思，而遽欲其見意而察，不入也。未見意而察，而遽欲其取懷而予，不能也。則縫之合必由淺入深，筍之鬥亦由疏入密也，苟非張鬥一筍于崔之前，紅更鬥一筍于張之前，而遽欲崔之自鬥也，得乎哉？此筍必于漸漸鬥而縫，亦以浸浸合，蓋文章之次第有法，而情事之曲折多端也。而特于將合之頃，故爲之勢高而跌重焉，所以有前文之截斷也。

【驥尾附】注一十四條

（白）老夫人説張生病沉，北人謂"重"爲"沉"。（《團圓夢》劇白："妾的擔兒沉，怎生放得下。"）可證。

【鬥鵪鶉】"彩筆題詩"二句，指前日寄詩而言；熱勁兒對面搶白，指跳墙時説；冷句將人厮侵，指寄藥方説。厮侵，亦做弄之意。（《蕭淑蘭》劇："誰想你夢裏也將人冷侵。"）徐云："昨夜今日"須活看，言昨夜如此，今日又如此，句冷句熱以調弄之也。蓋紅娘不知是情詩訂約，真以爲送藥方，又哄之也。

【紫花兒序】朱本"迭窨"，筠本作"迭害"。迭，與"擷"通。擷窨，見前"張解元識人多"折解。迭害，不見他詞，必字形相似之誤。"把似你"直管至"侍妾逼臨"。綫脚殷勤不離針，言終日傳書寄簡也。從今後教他一任，言今後你只管是這樣忘恩負義也。蓋怨鶯負張之詞。

【天淨沙】不曾得恁，正下文所謂"乾相思"也。"海棠開"勿斷，一直下，六字句。"開"係襯字，孫夫人詞："海棠開後，想到如今。"

【調笑令】喑，泣不止貌。沉，言病之重也。今本撒唔，唔字義見後【鬼三臺】注。古本作"掇浸"，注謂全無滋潤之謂，未知何據。（元王元鼎詞："走將來乜斜頭撒嘆。"）或"撒嘆"與"掇浸"字形相近之誤，或直是"撒唔"亦未可知。詞隱生云：當從"撒唔"。今并存之。好教，猶言好喚做也。言張生病之喑沉，非正項症候，蓋爲邪淫所致。所以尸骨岩岩，成了鬼病也。便做道秀才家從來如此邪淫，但似他乾相思，好喚做乾之甚耳。反吟伏吟，見沈括《筆談》六壬論。又命書：年頭爲伏吟，對宮爲反吟。云"伏吟反吟，涕淚淫淫"。術家占婚姻，遇此雖成，亦有遲留之恨。言前日功名不遂，今日又婚姻不成，蓋憐之也。

【小桃紅】桂、當歸、知母、紅娘子、使君子、人參，六藥名，借以寓意，猶古之有藥名詩也。酸醋，又以嘲張生爲酸丁也。恁，猶言這樣，隱詞謂好也。撒沁，不俵采之意。（《蕭淑蘭》劇："爲我自己輕浮，不能管束，正好教他撒沁。"）知母，借指夫人；君子，借指張生；一星，以分兩借言；參，借言病可，滲滲【驥夾】平聲。然也。總言此方能使君子之病，有一星之瘥可也。《本草》：使君子之"使"，本作去聲。有郭使君者，其子病，服此藥而愈，故遂名曰"使君子"。此却借上聲，作役使之"使"用。

【白】紅云：又早兩遭兒也。指前猜詩謎説，猶言你又如此也。下云"不差了一些兒"，猶言你説小姐書中許你如何如何，果然認得真切，不差錯乎？紅蓋疑張詐己，如下曲所云也。

【鬼三臺】㗘、唔二字，俱係閉口音，鄉語俗字也。筠注謂：㗘，貪也。誤。㗘，古又與"婪"通用。渠見作婪之㗘，注作貪，遂并此㗘字，亦以貪字解耳。《石林燕語》謂㗘爲燂，即聲相近，殊非。唔，筠注作欲吐復吞解，亦意會之説，非本義也。【驥眉】訓字稍不精博，便爾誤人，賴此洗發。蓋㗘，愚也，見王文璧本韵注。又（王元鼎詞："笑吟吟妝呆妝㖠。"）（元人小令："妝㖠妝呆瞞過咱。"）可證。唗，亦見王注，謂撒也。北語撒唗，徐云：是哄人之意。（元劉庭信詞："不堤防幾場兒撒唗。"）可證。綿裏藏針，有心計之意。軟廝禁，言不硬掙也。紅蓋不知鶯書中實有詩以約張，見張之見書大笑及欣幸之詞，疑張爲用計誆已，欲得其實，故云"足下其實愚"，乃佯妝伶俐，以哄套我實話，是無處審問佳音，特從簡帖中行計稟，而希圖得之也。又嘲而挫之云：你得一紙書，有許多綿裏藏針的計較，何故前番正要緊時，遇着鶯鶯，却又軟了，而不能硬掙布擺之耶？又謔：你如今還痴想他如此如此。【驥眉】解得俊。而撒唗以套我消息，不知小姐他偏會忘恩。赤緊的負心，固小人之常事也。風魔翰林，猶俗言呆先生之謂。行計稟，"稟"字，音筆錦反，亦屬閉口，在庚清韵，別作丙音。下"忘恩"之"恩"，元不用韵。

【禿廝兒】"身臥着"三句指張生，"凍得"二句指鶯鶯。古本及諸本俱作"戰戰兢兢"，于【禿廝兒】調多一字，今去一"戰"字，此五字句，當韵；下二字句，又韵。"兢"字，入庚青韵，不叶。【驥眉】從來無人究解至此。（馬東籬《薦福碑》劇："我戰欽欽撥盡寒爐。"）（元《風雪漁樵記》："戰欽欽凍得我話難言。"）近（周獻王《曲江池》劇："送的我戰欽欽忍冷擔饑。"）兢兢，蓋"欽欽"之誤無疑，今直改正。不煞知音，謂此時凍得沒甚高興也。

【聖藥王】此紅猶疑鶯之許未必然也，言設若彼此有心，則昨良宵邂逅，便當成事了，又何必今日之寄詩以訂約耶？古注謂紅追惜昨夜之可惜，亦通，第稍懈耳。詩對會家吟，古語也。徐本以此曲置【東原樂】後，觀上下語勢，良是。但自來【聖藥王】曲必與【禿廝兒】相次，今并存之。

【東原樂】言我家衾枕自有，你倒便邈殺人心，却如何肯賃與你耶？你便不解脫，和衣得與鶯寢，亦幸矣，更待甚衾枕？不強如你平常無妻之時，長用手勢指頭作那樣事耶？儻得真個成就，便大是福蔭矣，又何必忞要肆意爲也。《五代史·史弘肇傳》"酒酣爲手勢令"。倒大，語詞，（《竇娥冤》劇："倒大來喜。"）（《曲江池》劇："倒大來冷。"）今本有"來"字。邈殺人心、如何肯賃，一句下。

【綿搭絮】"眉彎遠山不翠"四句，俱係董白。言眉則能使遠山不翠，眼則能使秋水無光也。"眉彎"原對"眼橫"，"彎"字作活字用，俗作"眉黛"，下"無光"作"無塵"，"弱柳"作"嫩柳"，俱非，即古本亦然，從董本改正。【驢眉】洗盡冤枉。四句全不用韵，説見前"疏簾風細"條。即"無光"作"無塵"，亦俗子強取叶韵，而易此一字，然不知入真文韵，非。侵尋，閉口，本韵也。舊上文白作"小生爲小姐如此容色，莫不小姐爲小生也減動丰韵麽？"與此曲全不相蒙，今從金本參正。"龐兒"及下"温柔"，俱勿斷，七字句。

【幺】言你把今夜景象，子細想像，往事休題，今番管教成事也。古注謂梅香好帶滿頭花，長裙可遮大脚，故曰則要滿頭花，拖地錦，詎言本等服飾也。然拖地錦，元劇屢用，不專以梅香言。蓋紅娘只要妝飾之物爲謝，故云不要白璧黄金，則要滿頭花、拖地錦也。

【收尾】末二句慫恿張生，須着實下手，不可如前日之再放過也。徐云：言魚入綱，本没逃處，却在漁翁手脚利鈍耳。

【凌尾附】西廂記第三本解證

第二折

辰勾：舊注云："出天文志，辰是星名，居于卯地。月是陰精，晝夜行天。俱照下土，辰星勾月最難得也。"不勾平，平若勾之，主年豐國泰，慶雲見，賢人出。徐逢吉本舊"辰勾月"，是院本傳奇，元人吳昌齡撰托陳世英，感月精事，舊解附會，謬甚。近西廂正僞，作辰勾遺去，月字可笑。王伯良曰："辰勾水星，其出雖有常度，見之甚難。"張衡云："辰星，一名勾星。"博雅云："辰星謂之勾星，故亦謂之辰勾。"晉灼謂："常以四仲之月分見奎婁，東井角元牛度，然亦有終歲不一見者。"盼佳期如等辰勾之出見，無夜不候望也。三説似王爲確然，調中有勾辰，就月總是難成就，意則舊解亦非無處。

三更棗：舊注《高僧傳》：一僧參五祖，與粳米三粒、棗三枚，僧遂去人間。故僧曰："師令我三更早來。"

第三折

花木瓜：調中看不中用也，亦有游花奸猾之意。舊詞云："那回期今番約，花木瓜兒看好，又有外頭花木瓜，裏頭鼓豌豆。"《誤入桃花源》劇云："不似你猱兒每狡猾，似宣州花木瓜。"《李逵負荊》劇："原來是花木瓜兒外看好。"《水滸傳》亦有"花木瓜，空好看"。其他意可想而見。徐解云："木瓜，酸嘲措大也。"他詞豈亦皆爲措大發耶？

騙馬：王伯良云："躍而上馬謂之騙"，今北人猶有此語，《雍熙樂府》咏西廂【小桃紅】詞："騙上如龍馬。"《任風子》劇"騙土墻騰的跳過來"可證。不過借字義以形容，謂大才而小用之耳。俗注：謂哄婦人爲騙馬，不知何處。按唐人有"蜀馬臨階騙"之嘲句，則其來已遠矣。

看我面，遂情罷。因賓白鶯言："若不看紅娘之面，扯到夫人那裏去。"故紅云："然遂情罷者，遂爾情恕也。"坊本刻爲"遂情便"，不可解。徐本又去"我"字，作"看面遂情"，更不知何語矣。

【六幻本】五劇箋疑

三之四　倩紅問病

屌：音吊，上聲。今通作"鳥"。詳續之三。

雙鬥醫：元劇名，見《太和正音譜》。必有科諢可仿，猶他劇考試照嘗之類，故不備載。

則爲你彩筆題詩：此謂鶯以《待月》一詩，哄生致病也。一本"你"作"那"。題詩，指生詩。

熱臉兒：臉，一作"劫"。

把似你休倚著：一本無"休"字。

把一個、將一個：一本無二"一"字。

迭窨：即擷窨也。一作"迭噷"。

逼：平聲。

好著我：一作"可教我"。

不離了針：一無"了"字。

都做了：都，一做"變"。

則向那：向，一作"去"。

又不曾得甚：一作"不從得甚"。

我這裏自審：一本無此五字。

喑沈爲邪淫：喑沈，一作"這病"。

秀才每：每，一作"家"。

干相思：干，一作"乾"。記中乾、干通用。

好撒唵：猶云扯淡也。唵，他禁切。一云猶含忍也，或作"撒浸"，又作"撒吞"。一本"好"上有"得"字，一本有"的"字。

功名上：一無"上"字。

反吟復吟：術家占婚姻事，遇反吟復吟者，多不成。

怕的是紅娘撒沁：撒沁，不用心，怠慢也，一云放潑也。一作"怕紅娘子撒沁"。沁，音侵，去聲，一作"心"。

吃了呵使君子一星兒參：一本"吃了呵"下有"穩情取"三字，一本無"吃了呵"三字。

其實啉：啉，愚也。一云口開爲啉，音林，去聲，合口音也，古注音吝，非。或作貪解，更誤。

休妝唵：唵，即撒唵，哄人之意。休，一作"伴"。

笑你個風魔的翰林：一無"笑"字"的"字。

行計稟：行，一作"上"。

軟廝禁：不硬掙也。廝，去聲；禁，平聲。

俺那小姐忘恩：一作"俺小姐正合忘恩"。

頭枕著：枕，去聲。

怎生和你一處寢：一無"和你"二字。

凍得來：來，一作"也"。

説甚知音：一作"不煞知音"。

何須的：一無"的"字。

詩對會家吟：舊諺："酒逢知己飲，詩向會人吟。"

便遂殺人心：一本作"便遂殺了人心"。

更怕甚：怕，一作"待"。

手勢指頭兒恁：《五代史·史弘肇傳》有"手勢令指頭兒恁"，言借指頭兒如此也，謔甚矣。此本董詞"指頭兒得替來"，非，解者誤也。一作"手執定指尖見恁"。

倘成親，倒大來福蔭：一作"倘或成親，到大來福蔭"。

他眉彎遠山鋪翠，眼橫秋水無塵：趙飛燕妹合德，入宮爲薄眉，號遠山眉。鋪，一作"不"；塵，一作"光"。

腰如嫩柳：嫩，一作"弱"。

猶勝似：猶，一作"更"。

夢兒裏苦追尋：苦，一作"再"。

管教他：一作"管教你恁"。

我也不圖甚：一作"不圖你甚"，一作"不圖你"。

滿頭花拖地錦：滿頭花妝雜拖地錦裙，長掩足之不纖也，并婢子飾。

好共歹：一作"早共晚"。

肯不肯怎緐他：怎，一作"儘"。

【會注】

【弘注】鬢似愁潘故事詳見本折【油葫蘆】下。【羅注】賓似愁潘：即潘安事，見九齣下。

【弘注】腰如病沈故事詳見第三折【寄生草】煞尾下。【羅注】腰如沈病：沈約，見九齣下。

【起注】【徐音注】【徐參注】【陳注】【硃注】【湯注】【魏注】【峒注】返吟

復吟：年頭爲復吟，對宮爲返吟。星命家云："返吟復吟，涕淚零零。"

【起注】【徐音注】【徐參注】【陳注】【硃注】【湯注】【魏注】【峒注】窨：地窖曰窨，所以藏酒。

【起注】【徐參注】【陳注】【硃注】【湯注】【魏注】【峒注】唦休妝吞：口閉爲唦。妝吞，是鄉語。【徐音注】唦休妝唅：口閉唅爲唦。妝，元時鄉語。

【弘注】【範注】知音：出《呂氏春秋》《群玉》《尚書》《列子》。（範本無"《尚書》《列子》"）伯牙（範本此處多"善"）鼓琴，志在高山，鍾子期曰："巍巍乎若泰山。"志在流水，曰："蕩蕩（範本此處多"乎"）若流水。"子期死，伯牙絕弦破琴，以世無知音者（範本無），終身不復鼓琴。【羅注】【秀注】知音：《呂氏春秋》（秀本無"《呂氏春秋》"）：伯牙善鼓琴，志在高山，鍾子期曰："巍巍乎若泰山。"志在流水，曰："蕩蕩乎若江河。"子期死，伯牙破琴絕弦（秀本作"音"），以世無知音，終身不復鼓矣。【起注】【陳注】【硃注】【湯注】【魏注】【峒注】知音：伯牙善鼓琴，志在高山，鍾子期曰："巍巍乎若泰山。"志在流水，曰（硃本無）："蕩蕩乎若流水。"子期死，伯牙絕弦不彈，曰："世無知音者（硃本此處多"云云"）。"【徐音注】知音：伯牙善彈琴，子期善聽，故稱知音。

【弘注】鞦韆：出《群玉》。北方寒食爲秋遷戲，以習輕趫。漢武後庭之戲，本謂千秋祝壽。《涅槃經》云："唐天寶宮中，呼爲半天之戲。"【範注】鞦韆：寒食爲秋遷戲，使侍女登戲之，以解其意春也。【羅注】鞦韆：《古今藝術》。鞦韆，北方山戎之戲，以習輕矯態。按《荊楚歲時記》：春節懸長繩于高木，士女袒服，坐立其上推引之，名曰"鞦韆"。楚俗謂之"施鉤"，《涅槃經》謂之"骨索"，漢武帝後宮之戲本謂之"鞦韆祝壽"，唐天寶宮中寒食節，立鞦韆爲樂，呼爲"半遷戲"云云。【起注】【陳注】【硃注】【湯注】【魏注】【峒注】鞦韆：《荊楚歲時記》：春節懸長繩于高木，士女袒服，坐立（硃本無）其上推引之，名曰"鞦韆"。

【羅注】一刻抵千金：宋蘇東坡《春宵》詩云："春宵一刻值千金，花有清香月有陰。歌管樓臺聲細細，鞦韆院落夜沉沉。"【起注】【陳注】【硃注】【湯

注】【魏注】【峒注】一刻千金：蘇東坡《春宵》詩云："春宵一刻值千金。"

【弘注】【範注】眉黛遠山：出《玉京》。又，卓文君眉不加黛，望如遠山眉（範本無）。趙飛燕妹合德，召入宮中，爲薄眉，號爲（範本作"之曰"）"遠山眉"。【羅注】【起注】【陳注】【湯注】眉黛遠山：卓文君眉不加黛，望如遠山。又（起本、陳本、湯本無），趙飛燕妹（起本、陳本、湯本作"妹"）合德，召入宮中，爲薄眉，號之（起本、陳本、湯本無）曰"遠山眉"。【徐音注】眉黛遠山：卓文君眉不加黛，望如遠山。趙飛燕爲薄眉，號"遠山眉"。【徐參注】眉黛遠山：黛，畫眉物。眉曰遠山。【秀注】眉黛遠山：卓文君眉不加黛，【秀眉】黛，音代。望如遠山。【硃注】眉黛遠山：卓文君眉秀如黛，望如遠山。趙飛燕妹合德，召入宮中，爲薄眉，號"遠山眉"。

【弘注】秋水：出《群玉》。秋水，謂眼也。水經霜後，徹底澄清。眼號秋水無塵，似美盼兮。【範注】秋水：謂眼也。水經霜後，徹底澄清，以目美如秋水之澄清。【羅注】秋水：謂眼也，水經霜後，徹底澄清，以目美如秋水之澄清。故徐卿二子歌云："秋水爲神玉爲骨。"【起注】【陳注】【硃注】【湯注】【魏注】【峒注】秋水：眼也。目美如秋水之澄清。【徐音注】秋水：目美如秋水之清。【徐參注】秋水：眼也，目秀如秋水之澄澈。

【弘注】【範注】體態溫柔：出《趙飛燕外傳》。趙飛燕（趙飛燕，範本作"燕"）妹合德，有純一色，帝謂合德爲溫柔鄉，謂樊姬曰："吾老是鄉亦足矣，不能效武帝求白雲鄉也。"【羅注】【秀注】體態溫柔：【秀眉】態，音太。趙合得（秀本作"德"）體有純一之色，帝謂之"溫柔鄉"，曰："吾老是鄉足矣，不能效武帝求白雲鄉也。"【起注】【陳注】【湯注】【魏注】【峒注】體態溫柔：趙飛燕妹合德，帝號爲溫柔鄉，謂樊姬曰："吾老是鄉亦足矣，不能效武帝求白雲鄉也。"【徐參注】溫柔：肌膚之潤澤。【硃注】體態溫柔：趙飛燕妹合德，帝號爲溫柔鄉。

【弘注】救苦難觀世音：出《史記》。昔盧景裕繫晉陽獄，至心誦觀世音，桎梏自脫。又有人當死，誦觀世音千遍，臨刑刀折，因赦之。此經遂行。

【起注】字音

頹，音推。滲，參，去聲。唾，拖，去聲。嚥，音咽。岑，音根。癡，音癡。嵓，音岩。撒，音殺。窨，音蔭。沁，音信。啉，音禁。唗，音吞。僂，音婁。鞦韆，音秋千。翡，音菲。蔭，音應。丰，音風。黛，音代。握，音岳。掙揣，閘闒同。

【徐音注】字音

頹，推。滲，參，去聲。唾，拖，去聲。嚥，咽。岑，根。癡，癡。嵓，岩。撒，殺。窨，蔭。沁，信。啉，禁。蔭，應。丰，風。

【徐參注】字音

頹，音推。滲，參，去聲。唾，拖，去聲。嚥，咽。岑，音根。嵓，音岩。啉，音禁。唗，音吞。掙揣，閘闒。

【陳注】【硃注】字音

頹，推。滲，參，去聲。唾，拖，去聲。嚥，咽。岑，根。癡，癡。嵓，岩。撒，殺。窨，蔭。沁，信。啉，禁。蔭，應音。鞦韆，秋千。翡，菲音。丰，風音。黛，代。握，岳。唗，吞。僂，婁。掙揣，閘闒同。

【湯注】字音

頹，推。滲，參，去聲。唾，拖，去聲。嚥，咽。岑，根。癡，癡。嵓，岩。撒，殺。窨，癊。沁，信。啉，禁。唗，吞。僂婁。鞦韆，秋千。翡，菲。癊，應。丰，風。黛，代。握，岳。掙揣，閘闒同。

【魏注】字音

頹，推。滲，參，去聲。唾，拖，去聲。嚥，咽。岑，根。癡，癡。嵓，岩。撒，殺。窨，蔭。沁，信。蔭，應音。丰，風。

【峒注】字音

頹，推。滲，參，去聲。唾，拖，去聲。嚥，咽。岑，根。癡，癡。嵓，岩。撒，殺。窨，蔭。沁，信。啉，禁。唗，吞。僂，婁。翡，菲。蔭，應音。丰，風。黛，代。握，岳。掙揣，閘闒同。

西廂記五劇第四本
[元] 王實甫　填詞

草橋店夢鶯鶯雜劇*

＊西廂記五劇第四本　元王實甫填詞　草橋店夢鶯鶯雜劇：弘本作"奇妙全相注釋西廂記卷之四　雨雲幽會"，範本、龍本作"題目：小紅娘成好事，老夫人問原因。正名：長亭上送君瑞，草店裏夢鶯鶯"，繼本作"校北西廂記四卷　正名　小紅娘成好事　老夫人問情由　短長亭斟別酒　草橋店夢鶯鶯"，徐畫本作"新刻訂正元本批點畫意北西廂卷四　元大都王實甫編　關漢卿續　第四折　正名　小紅娘成好事　老夫人問情由　短長亭斟別酒　草橋店夢鶯鶯"，驥本作"校注古本西廂記　卷四　元大都王實甫編　明會稽方諸生校注　明吳江詞隱生評　古虞謝伯美山陰朱朝鼎仝校　第四折"，延本作"西廂卷四　元大都王實甫編　明山陰延閣主人訂正　關漢卿續"，張本作"深之先生正北西廂秘本卷四　正名　小紅娘成好事　老夫人問緣情　短長亭斟別酒　草橋店夢鶯鶯"，三合本作"三先生合評元本北西廂卷四　第四折　正名　小紅娘成好事　老夫人問情由　短長亭斟別酒　草橋店夢鶯鶯"，毛本作"西廂記　卷之四　西河毛甡　字大可　論定并參釋　山陰葉維侯屏侯邵炳赤文較訂"，潘本作"西來意　元本北西廂（一稱夢覺關）　渚山忍雪鎧道人說意（原名潘廷章，號梅岩氏）第四卷　正名　小紅娘成好事　老夫人問情由　知長亭斟別酒　草橋店夢鶯鶯"。羅本、屠本、何本、天李本、湯沈本無。

楔子①

（旦上云）昨夜紅娘傳簡去與張生②，約今夕和他相見③，等紅娘來做個④商量。【潘旁】瞞他不得。【三合眉】偷漢的也要個主文。（紅上

---

① 楔子：弘本、延本、張本作"第一折"，範本、龍本、繼本、容本、起本、徐音本、徐參本、虎本、陳本、秀本、硃本、湯本、湯沈本、魏本、峒本、封本作"十三齣 月下佳期"，羅本作"十三齣"，屠本作"十四折"，何本作"佳期"，徐畫本作"第一套 月下佳期"，驪本作"楔子引曲一章用江陽韻（紅）；第一套仙呂宮曲一十八章用皆來韻（生）；第二套越調曲一十四章用尤侯韻（紅）；第三套正宮曲一十九章用齊微韻（旦）；第四套雙調曲一十六章用車遮韻（生旦）。一套（今本第十三折）就歡"，天李本作"月下佳期"，六幻本作"王實父西廂記第四本"，湯沈本作"十三齣"，三合本作"第一套 佳期"，潘本作"第一折 月下佳期"。
② 昨夜紅娘傳簡去與張生：屠本此句前多"小庭春寂寂，涼月夜懨懨"。與，驪本、延本無。範本、龍本、徐畫本、徐音本、三合本、潘本作"小庭春寂寂，涼月夜懨懨。正是春色惱人眠不得，月移花影上闌干。紅娘傳簡去與張生"，張本作"紅娘傳簡去"。
③ 約今夕和他相見：和，徐畫本、徐音本、陳本、硃本、湯沈本、三合本、魏本、峒本、潘本作"與"；見，驪本、延本、六幻本、毛本作"會"。範本作"約今夜與他相見"，龍本作"約今夜與他相會"，徐參本作"約今日與他相見"，張本作"約張生今夕與他相會"。
④ 做個：屠本作"時再作"，毛本作"再作"。

云）姐姐着我傳簡兒①與張生，約他今宵赴約②。俺那小姐我怕又有說謊③，送了他性命，不是耍處。④【羅眉】耍，音灑。我見小姐，看他說甚麼。⑤（旦云）紅娘，收拾臥房，我睡去。⑥【徐畫諸眉】又故意說"我睡去"。（紅云）不爭你要睡呵，那裏發付那生？⑦【容夾】【硃眉】【湯眉】【三合眉】你就發付他便了。（旦云）甚麼那生⑧？【徐畫諸眉】故意說"甚麼人"，使紅娘先開口。（紅云）姐姐，你又來也⑨，送了人性命，

---

① 傳簡兒：弘本、羅本、繼本、容本、起本、參本、驥本、虎本、何本、陳本、秀本、硃本、延本、張本、天李本、六幻本、湯本、湯沈本、魏本、峒本、封本、毛本作"送簡"，屠本作"送書"，徐畫本、徐音本、三合本、潘本作"送簡兒"。

② 約他今宵赴約：約他，弘本、羅本、繼本、容本、起本、徐畫本、徐音本、驥本、虎本、何本、陳本、秀本、硃本、延本、天李本、六幻本、湯本、湯沈本、三合本、封本、毛本、潘本作"許他"。範本、龍本作"約他今夜相會"，徐參本、峒本作"許今夜赴約"，張本作"約他今宵相會"，魏本作"許他今夜赴約"。

③ 俺那小姐我怕又有說謊：我怕又有說謊，弘本、繼本、徐畫本、徐音本、何本、湯沈本、三合本、潘本作"我怕又說謊"，羅本、秀本、天李本、湯本、封本作"我怕又說謊啊"，容本、起本、徐參本、虎本、陳本、硃本、魏本作"我怕你又說謊呵"，六幻本作"怕又說謊"。範本、龍本作"則怕他又有機變"，屠本作"怕不又是說謊"，驥本、延本、毛本作"我又怕說謊"，張本作"俺怕又說謊"，峒本作"俺小姐我只怕你又說謊呵"。

④ 送了他性命，不是耍處：他，容本、起本、徐參本、虎本、陳本、秀本、硃本、天李本、湯本、魏本、峒本、封本作"人"；處，繼本、徐畫本、徐音本、何本、張本、六幻本、湯沈本、三合本、毛本、潘本無。範本、龍本作"誤了人性命，不是耍"，屠本作"定然害了他性命"，驥本、延本作"弄了他性命，不是耍"。

⑤ 我見小姐，看他說甚麼：見，容本、起本、虎本、陳本、秀本、硃本、天李本、湯本、魏本、封本作"且見"；小姐，驥本、延本、毛本作"小姐去"。屠本作"待我見時，看他說些甚麼"，徐參本作"我且見小姐，看你說甚麼"，張本作"俺見小姐去，看他說甚麼"，峒本作"我且見小姐，看說甚麼"。

⑥ 紅娘：範本、龍本無；收拾：峒本作"收拾了"。我睡去：屠本作"我睡去咱"，張本作"我去睡"。

⑦ 你要睡：驥本、延本作"你要睡去"，毛本作"你要去睡"。那生：徐畫本、徐音本、驥本、延本、張本、三合本、潘本作"那人"。

⑧ 那生：徐畫本、徐音本、三合本、潘本作"人"，驥本、延本、張本作"那人"。

⑨ 來也：屠本作"來了"，徐畫本、徐音本、驥本、延本、張本、三合本、毛本、潘本作"來了也"。

不是耍處！① 你若又番悔②，我出首與夫人③：你着我④將簡帖兒約下他來。【潘旁】此是紅娘按納得定處。（旦云）這小賤人倒會放刁。【羅眉】刁，音調。【容眉】【硃眉】【湯眉】【三合眉】【魏眉】【峒眉】】不是他放刁，還是你生事。【徐畫諸眉】自己將簡帖兒約定，反說紅娘放刁。羞人答答的，怎生去⑤！【徐畫諸眉】却果羞人，羞人！【徐參眉】鶯鶯又來作假，紅娘又信他是真。（紅云）有甚的⑥羞？到那裏則合着眼者⑦！【容夾】【硃眉】【湯批】【三合眉】傳授心法，是第一好計策。【陳眉】【峒眉】傳授心法。【秀眉】如此淫亂，有玷相門也，耻哉！（紅催鶯云）⑧ 去來，去來！老夫人睡了也。⑨（旦走科）（紅云）⑩ 俺姐姐語言雖是強⑪，【繼眉】

---

① 送了人性命，不是耍處：處，秀本作"的"，張本、毛本無。屠本作"今番定是送了他性命，不當耍處"，驥本、延本作"送人性命，不是耍"。
② 你若又番悔：屠本無。
③ 我出首與夫人：我，屠本作"我自"；夫人，毛本作"老夫人"。驥本、延本作"我去首告老夫人"。
④ 你着我：屠本作"說你將"。
⑤ 怎生去：屠本作"怎生好去"，驥本、延本、毛本作"怎的去"，秀本作"怎麼去"。
⑥ 甚的：弘本、羅本、繼本、屠本、容本、起本、徐畫本、徐音本、徐參本、虎本、何本、陳本、秀本、硃本、張本、天李本、六幻本、湯本、三合本、魏本、峒本、封本、毛本、潘本作"甚麼"。
⑦ 者：屠本作"便了"。
⑧ （紅催鶯云）：屠本作"（做推鶯科）"，驥本、延本作"（紅推旦云）"，陳本作"（紅推科，云）"。
⑨ 去來，去來！老夫人睡了也：屠本作"姐姐快去，快去。老夫人睡着了"。
⑩ （紅云）：弘本、羅本、容本、起本、驥本、虎本、陳本、硃本、延本、天李本、湯本、魏本、峒本、封本作"（紅嘆云）"，屠本作"（紅笑云）"，何本、毛本作"（紅背嘆云）"。
⑪ 俺姐姐語言雖是強：羅本作"俺小姐語言雖是強呵"，何本作"你看俺姐姐語言雖是強"，峒本作"俺姐姐語言雖勉強"。

強，音降。脚步兒早先行也①。【潘夾】此時崔已到九分九了，猶帶半毫假，此半毫斷是缺不得的，缺則不成崔矣。真種子絕不得，假種子尤絕不得。

【仙呂】【端正好】因姐姐玉精神，【羅眉】神，音申。花模樣，無倒斷曉夜思量。着一片②志誠心，蓋抹了漫天謊③。【羅眉】抹，音末。【起眉】李曰"着一片志誠心，蓋抹了漫天謊"，有籠罩千古的口氣。【秀眉】謊，音恍。出畫閣，向書房；離楚岫，赴高唐；學竊玉，試偷香；巫娥女，楚襄王，楚襄王敢先在陽臺上④。（下）【羅眉】閣，音稿。離，音利。學，音效。襄，音相。陽，音快。【田補眉】"因姐姐"四句，俱指張生。"無倒斷"即無休歇之謂，"今夜着個志誠心"指鶯。咱，紅娘謂己，平常似紅娘代爲說謊，今始得改抹之也。【徐音眉】佳會長無聚，至此始交歡。【凌眉】此在【仙呂宮】之【端正好】，時作【正宮】，誤。然考【正宮】調，此止多"出畫閣"至"楚襄王"數疊句耳。凡疊句皆可增，不礙本調，如【混江龍】之六句以後，【新水令】五句以後，【後庭花】之十一句以後，【六幺令】【青哥兒】之三句以後，皆是類也。但首尾須合本調，字句不可移易。則此與【正宮】【法華經】【碧雲天】，毫無异也。而《太和正音》載字句可增減，止及【正宮】【端正好】，反不及【仙呂】，豈可通用耶？【張眉】少第五、九字一句，多"出畫閣"下三字六句。【端正好】在【正宮】

---

① 脚步兒早先行也：脚步兒，範本作"脚步"，張本作"脚步兒却"。羅本作"脚根兒早則行也"，屠本作"脚步早先行"，容本、起本、徐參本、虎本、陳本、秀本、碛本、天李本、湯本、魏本、峒本、封本、毛本作"脚步兒早先行"，徐畫本、徐音本、三合本、潘本作"脚步兒却早先行"，驥本、延本作"脚步却早先行"。封本此句後多"楔子"。
② 着一片：羅本作"辦一片"，徐畫本、徐音本、三合本、潘本作"今夜着個片"，驥本、延本、張本、毛本作"今夜着個"。
③ 蓋抹了漫天謊：蓋抹了，徐畫本、徐音本、張本、三合本、潘本作"改抹咱"；漫，徐參本作"瞞"。驥本、延本、峒本作"改抹咱瞞天謊"。
④ 楚襄王敢先在陽臺上：敢，張本無。羅本作"楚襄王存在得陽臺上"，徐參本、魏本作"敢先在陽臺上"。

者，可惟意增減，此處却誤。或曰作【正宮】亦可，然本折【仙呂】似未應參錯也。【封眉】即空主人曰：此在【仙呂宮】之【端正好】，時本作【正宮】，誤。然改【正宮】調，此止多"出畫閣"至"楚襄王"數疊句耳。凡疊句皆可增，不礙本調，如【混江龍】之六句以後，【新水令】五句以後，【後庭花】之十一句以後，【六幺令】【青哥兒】之三句以後，皆是也，但首尾須合本調。【三合夾】岫，音袖。【毛夾】此調本【仙呂宮】，然元詞多標【正宮】，不拘。王伯良疑其有誤，竟改【仙呂】，正坐不解耳，說見卷首。"因姐姐"指生，"漫天謊"指前簡言。【潘夾】崔從來撒假，至此方顯出至誠來。張的至誠，是天生成，顛撲不破的；崔之至誠，直至水落石出而後見耳。紅前有言曰："誰無至誠？"誰知直至此時方能證果。

第一折①

（末上云）昨夜紅娘所遺之簡②，約小生今夜成就③。這早晚初更盡也④，不見來呵⑤，小姐休說謊咱⑥！人間良夜靜不靜⑦，天上美人來不來？【徐參眉】【魏眉】這樣日子，果是難過。【陳眉】真是難過日子。【峒眉】這日子真難過。

【仙呂】【點絳唇】伫立閑階，【秀眉】伫，音住。夜深香靄、橫金界。瀟灑書齋，悶殺讀書客。【羅眉】瀟，音消。灑，音灑。殺，音灑。客，音楷。【田補眉】此套全篇莽率俚淺，殊寡蘊藉，記中諸曲，

---

① 第一折：弘本、範本、龍本、羅本、屠本、繼本、容本、起本、徐畫本、徐音本、徐參本、驥本、虎本、何本、陳本、秀本、碻本、延本、張本、天李本、湯本、湯沈本、三合本、魏本、峒本、封本、潘本無，六幻本作"四之一　月下佳期"，毛本作"第十三折　酬簡"。
② 昨夜紅娘所遺之簡：屠本此句前多"惜花春起早，愛月夜眠遲"。範本、龍本作"惜花春起早，愛月夜眠遲。月移花影闌干上，疑是佳人出繡闈。紅娘將小姐帖兒"，張本作"小姐簡"。
③ 今夜：屠本作"今宵"。成就：範本、龍本作"相會"。
④ 這早晚初更盡也：盡也，範本、龍本作"將盡"，張本作"盡呵"。容本、起本、虎本、陳本、秀本、碻本、天李本、湯本、湯沈本、峒本、封本作"自日出熬到如今，却早初更盡也"，徐參本作"自日出熬到今，却是初更盡"，魏本作"自日出熬到如今，却是初更盡也"。
⑤ 不見來呵：範本、龍本作"怎生還不見來"，張本作"怎不見來"。
⑥ 小姐休說謊咱：休說謊咱，範本、龍本作"你說謊咱"，屠本作"休說謊也"，徐參本作"休說謊者"，驥本、延本、毛本作"又說謊麼"。張本無。
⑦ 靜不靜：驥本、何本、延本、六幻本、毛本作"靜復靜"。

此最稱殿。【硃補眉】客,音楷。【張眉】【點絳唇】第二句雖用韵,乃連下句讀,謂之"折腰體"。此曲得之。【湯沈眉】此曲莽率俚淺,殊寡蘊藉。【三合眉】瀟灑書齋,那得悶殺你?是別有納悶處。【驥夾】【延夾】客,叶楷。

【混江龍】彩雲何在?月明如水浸樓臺。【羅眉】月,音日。【虎眉】浸,一作"映"。僧居①禪室,鴉噪庭槐。【田補眉】僧居禪室,語稍不倫。李後主所謂"風乍起,吹皺一池春水",干卿何事耳?【湯沈眉】僧居禪室,語稍不倫。風弄竹聲、則道似②金珮響,月移花影、疑是③玉人來。【範眉】【龍眉】【繼眉】秦少游詞:"風搖翠竹,疑是故人來。"【羅眉】竹,音注。則,入聲。月,音日。【秀眉】秦少游詞:"風搖翠竹,疑是玉人來。"【徐畫眉】【硃眉】【湯眉】妙,妙。意懸懸業眼,【凌眉】"意懸懸"可四字作數疊句,止"門兒待"三字,入本調正句,見前。急攘攘情懷,身心一片,無處安排,則索呆答孩④,倚定門兒待。【羅眉】懸,音玄。則,音自。索,音曬。【徐畫眉】【田眉】【延眉】【三合眉】呆打孩,北方語言,如呆子與孩兒打做一隊也。【張眉】呆打孩,言其痴狀如呆子、孩子。打,作一隊也。越越的青鸞⑤信杳,【潘旁】用事湊搭。黃犬音乖。【範眉】【龍眉】【繼眉】【湯沈眉】青鸞,漢武事。黃犬,陸機事。【容眉】妙,妙!【徐音眉】餓窮酸小登科,措大大登科,大抵如此。【徐參眉】好事漸漸來,必須小心守到。【魏眉】如此亦等得不奈煩也。【封眉】即空主人曰:"意懸懸可"四字作數疊句,止"門兒待"三字,入本調正句,見前。【毛夾】先著"佇立"句,後入"夜深",以立階之久也。若倚門則反從立階後,

---

① 居:驥本、延本、毛本作"歸"。
② 則道似:弘本、繼本、容本、起本、徐參本、虎本、陳本、秀本、硃本、天李本、湯本、魏本、封本作"則道是",羅本、徐畫本、徐音本、驥本、何本、延本、張本、六幻本、湯沈本、三合本、毛本、潘本作"則道",屠本、岣本作"道是"。
③ 疑是:毛本作"疑似"。
④ 則索呆答孩:張本作"呆打孩",湯沈本、潘本作"則索呆打孩"。
⑤ 青鸞:徐參本作"孤鸞"。

漸向內耳。參釋曰：前七曲一節，後十曲一節，俱極刻劃。答孩，即"打孩"，助詞。"身心一片"數語，俱出董詞。王本注：青鸞，西王母事；黃犬，陸機事。【潘夾】"彩雲何在"四字，設想縹緲，可抵高唐一賦。"月移花影"二句，即用崔之前語，此重公案，今日方始參出。

小生一日十二①時，無一刻放下小姐。你那裏知道呵②！【陳眉】【硃眉】曉得了。【徐畫夾】怪不得想的。

【油葫蘆】情思昏昏眼倦開，【羅眉】思，去聲。單枕側③，夢魂④飛入楚陽臺。早知道⑤無明無夜因他害，想當初不如不遇傾城色。【範眉】【龍眉】【秀眉】白樂天云："人非木石皆有情，不如不遇傾城色。"【羅眉】色，上聲。【容眉】【陳眉】【硃眉】【湯眉】【峒眉】曲盡形容。【徐參眉】都是如此說。【硃補眉】色，音灑。人有過，【凌眉】徐文長謂："人有過"以下數語不免頭巾，不知元人慣掉四書，以爲當行也。必自責，【硃補眉】責，音載。勿憚改⑥。【天李旁】參些道學，越妙！我却待"賢賢易色"將心戒⑦，【羅眉】色，音煞。怎禁他⑧兜的上心來。【起眉】李曰：委委屈屈，藕斷絲連，詞場中連環手。【徐畫眉】【田眉】【延眉】此張生怨己怨人，到此欲罷不能了。【徐畫珠眉】曲盡形容。【徐音眉】又做又悔，書生本色。【張眉】第二句少三字，第七句少三字。【湯沈眉】此張生怨己怨人，到此欲罷不能了。方云："人有過"以下數語，不免頭巾。【三合眉】此張生怨己怨人，欲罷不能光景。【魏眉】委委曲曲，藕斷絲連，詞場中連珠乎。【封眉】時本作"將心戒"，誤。【驥夾】【延夾】側、責，俱叶齋，上

---

① 十二：屠本作"十二個"。
② 呵：羅本作"咱"。屠本無。
③ 單枕側：羅本作"都將單枕側"。
④ 夢魂：範本、龍本、羅本、繼本、何本、六幻本作"夢魂兒"。
⑤ 早知道：徐畫本、徐音本、驥本、延本、張本、三合本、潘本作"早知恁"。
⑥ 勿憚改：龍本、徐參本、陳本、硃本、魏本、峒本作"謾糊塗，勿憚改"。
⑦ 我却待：羅本作"本待要"。將心戒：封本作"將身戒"。
⑧ 怎禁他：張本作"又"，徐畫本、徐音本、驥本、延本、三合本、潘本無。

聲。色，叶節，上聲。【潘夾】"賢賢易色"一句，正言所思改過之意。兜的上心來，言欲改而終不能改也，是形容到盡頭話。上"勿憚"二字，正反起下"兜的"二字。《左傳》：楚靈王獵于乾溪，聞子革之諫，終夜思之不能自克。隋煬帝欲幸江都，聞楊謝李開之謠，而去思莫挽，皆是將心戒而不勝其"兜的"上心來也。未見好德如好色，宣尼蓋已難之。張解元日習經史，只從"如好好色"句參得一個"誠"字。

【天下樂】我則索①倚定門兒手托腮，【田補眉】又早，正與上"則索"相應。好著我②難猜：【羅眉】索，音曬。猜，音釵。來也那不來③？【秀眉】盼望如此，忒甚。夫人行料應難離側。【羅眉】行，音杭。側，音窄。【硃補眉】側，音載、窄。望得人眼欲穿，想得人④心越窄，【繼眉】窄，音責，狹也。多管是冤家⑤不自在。【容眉】【硃眉】【湯眉】畫，畫！【田補眉】不自在，又疑其病不能出也。【陳眉】【峒眉】畫出相思骨。【驥夾】【延夾】窄，與側同叶。【毛夾】"情思"三句，頂賓白來。單枕側，追指病中，緊接"無明無夜因他害"句，正所謂害也。若此時則但倚門耳，故前曲"則索倚門"，後曲"則索倚門"，兩下相應，最妙。解者必謂此時是"倚枕"，則此時何時，尚"眼倦開"也，尚夢去也。夫如是，則不得不將賓白盡刪矣。北人稱病為"不自在"，"行難離側"與"冤家不自在"句，兩猜語，參錯見妙。參釋曰：不如不遇傾城色，見白樂天詩。"人有過"數語，正酷寫欲撇不下意。則索倚定門兒手托腮，出董詞。此正興前作照應，而王伯良指為重，何也？蕭孟昉曰：前疑一會、等一會、悔一會、撇一會，此又等一會、猜一會。步步轉變。【潘夾】一怕夫人拘管，一恐冤家不自在，情到入手

---

① 我則索：徐畫本、驥本、延本、三合本、潘本作"又早"，張本無。
② 好著我：徐畫本、徐音本、驥本、延本、張本、三合本、潘本無。
③ 來也那不來：羅本作"知他來也那不來"，驥本、延本作"來那不來"，張本作"來不來"。
④ 想得人：羅本作"等得人"。
⑤ 冤家：潘本作"冤家的"。

來，愈加着急。宋之問所云"近鄉情更怯，不敢問來人"也。

偌早晚不來，莫不又是謊麼？①【容夾】【徐畫珠眉】【珠眉】【湯眉】到此真要急。【徐音眉】此番穩些。【三合眉】至此不得不急。【魏眉】曲盡形容。

【那吒令】他若是②肯來，早身離③貴宅；【羅眉】宅，音窄。【繼眉】早身離，一作"早離了"。【珠補眉】宅，音才。他若是④到來，便春生敝齋；他若是⑤不來，似石沈【徐畫旁】沉。大海。【田補眉】揣摩，故是人情。石沉大海，不稱。數着他⑥腳步兒行，【起眉】王曰："數着腳步兒行"句，極有思想。【封眉】時本"腳"字上多一"他"字，誤。倚定⑦窗櫺兒待。【容夾】妙！寄語⑧多才：【謝眉】俱三轉頭，得法。【範眉】【龍眉】無聊延佇，至此極矣。【羅眉】腳，音攪。櫺，音陵。【容眉】【湯眉】妙！【起眉】【虎眉】語，坊本或作"與"，非。【徐音眉】想望如此。【徐參眉】教人怎猜，教人怎解？【陳眉】【珠眉】逼真欲死。【秀眉】無聊延佇，至此極矣。【張眉】末句少三字。【驥夾】【延夾】宅，叶池齋切。【潘夾】"肯來"到"來不來"，作三層寫，即現過去、未來、現在三相。

【鵲踏枝】恁的般⑨惡搶白，【羅眉】惡，音拗。白，音擺。【繼

---

① 偌早晚不來，莫不又是謊麼：莫不又是謊麼，羅本作"莫不又是吊謊麼"，徐參本、魏本、峒本作"小姐莫不又是說謊"，驥本、延本作"莫不又是說謊麼"。屠本無。
② 他若是：驥本、延本作"他若"。
③ 早身離：弘本、屠本作"早晨離"，範本、龍本、羅本、容本、起本、徐參本、虎本、何本、陳本、秀本、珠本、天李本、湯本、湯沈本、魏本、封本作"早離了"，徐音本、三合本、潘本作"早身離了"。
④ 他若是：驥本、延本作"他若"。
⑤ 他若是：徐畫本、徐音本、驥本、延本、三合本、潘本作"他若"。
⑥ 數着他：繼本、何本、六幻本作"數着"，封本作"我數着"。
⑦ 倚定：屠本、徐畫本、徐音本、三合本、潘本作"倚定着"，驥本、延本、六幻本、毛本作"倚着"，張本作"倚定這"，峒本作"倚定着這"。
⑧ 寄語：弘本、秀本、屠本作"寄與"。
⑨ 恁的般：羅本作"吃了一場"。

眉】搶，曰槍。【姝補眉】白，音牌。并不曾記心懷；【徐音眉】不必念及舊惡。撥【徐畫旁】博，換也。得個①意轉心回，【羅眉】得，上聲。【張眉】"怎"是覬望之詞，訛"博"，非。夜去明來②。空調眼色③，【羅眉】調，音吊。色，音煞。經今④半載，【凌眉】"空調"二句，王伯良謂本調變體，非也。二句本一句，多襯一"空"字耳，乃三字一節、四字一節者。【姝補眉】色，音灑。【張眉】加"空"字于"調眼色"上，更添"今"字作兩句，非。【封眉】即空主人曰："空調"二句，王伯良謂變體，非也。二句本一句，襯一"空"字耳，乃三字一節、四字一節者。這其閒委實難捱。【田補眉】今本作"夜去明來"，亦佳。"空調"二句，本調變體。【湯沈眉】"夜去"句，別本作"頻去頻來"。"空調"二句，本調變體。【三合眉】委實難捱。【魏眉】【峒眉】死得成。【驥夾】【延夾】白，叶巴埋切。實，借叶去聲。【毛夾】實，借叶去聲。【潘夾】意轉心回，這便是懦的效驗，所謂漸亦入道也，張也竟以懦得之。

小姐這一遭若不來呵⑤——【徐參眉】不來死得成。

【寄生草】安排着害，准備着抬。⑥【羅眉】抬，音苔。【田補眉】此二句言拚個害死也。想着這⑦异鄉身強把茶湯捱，【羅眉】強，

---

① 撥得個：屠本、徐畫本、徐音本、三合本、潘本作"博得個"，驥本、延本、張本、毛本作"怎得個"。
② 夜去明來：羅本作"煞強似夜去明來"，徐畫本、徐音本、驥本、延本、三合本、潘本作"頻去頻來"。
③ 空調眼色：羅本作"調眼色"，張本作"調眼色空"。
④ 經今：屠本作"今經"，張本作"經"。
⑤ 小姐這一遭若不來呵：這一遭，屠本作"今夜"，徐畫本、徐音本、驥本、延本、張本、三合本作"這遭"。潘本無。
⑥ 安排着害，准備着抬：屠本此句前多"只索"。准備着，三合本、潘本作"准備"。張本作"安排害，准備抬"。
⑦ 想着這：羅本作"我將這"，徐畫本、徐音本、三合本、潘本作"想着"。

上聲。則爲這可憎才，熬得心腸耐①，【羅眉】得，去聲。辦一片志誠心留得形骸在②。【封眉】形骸，時本有誤作"形體"者，誤。試着那司天臺③打算半年愁，【範眉】【龍眉】"司天臺"句，可謂狹邪中謾語。【起眉】王曰："司天臺"句，狹邪中謾語。【徐參眉】不來愁有一天，豈但半年耶？【秀眉】"司天臺"句，可謂狹邪中慢語。端的是太平車約有十餘載④。【羅眉】約，音要。載，音在。【徐音眉】中孚可以格豚魚。【張眉】第三、四、五、六、七句俱多一字。"試教"是設詞，訛"試看"，非。敢，即多管意，訛"約"，非。【湯沈眉】太平車重大，推拉不能速行，緩急難濟，故俗謂云云。【驥夾】【延夾】載，音在，勿作再音。【毛夾】推，去聲。載，音在。三"他若是"，重呼疊喚。石沉大海，亦元詞習語，如《蝴蝶夢》劇"我則道石沉大海"。前云"倚門"，此又云"倚窗"，漸反入內，不惟照應，兼爲下科白"敲門"作地步也。"寄語"句起下曲也。"恁的般"二語，轉；"怎得個"二語，又轉；"空調"三語，又轉；"安排"二語，又轉；"想著這"已後，又轉。凡五轉，皆思前想後語。參釋曰：太平車，牛車也。董詞"欲問俺心頭悶打頦，太平車兒難載"。又參曰："寄語多才"是虛擬語，王解爲對紅說，何故？【潘夾】此一闋追痛從前，幾無活理，惟辦一片志誠心，捱得到今。果有意轉心回之日，張之至誠，全部中四言之矣。始于惠大師曰"你不志誠"，是喝問；嗣于紅娘姐曰"誰無至誠"，是教參；既于雙文曰"恐離了至誠種"，是爲人地；終于自認曰"至誠心留得形骸在"，是爲證果。紅亦謂雙文曰："今夜着個片至誠心，改抹咱瞞天謊。"而張之至誠，遂得與親折證也。

---

① 則爲這可憎才熬得心腸耐：張本作"則爲那可憎才熬得人心耐"。
② 辦一片志誠心留得形骸在：辦一片，徐畫本、徐音本、三合本無；形骸在，容本、起本、陳本、硃本、天李本、湯本、魏本作"形體在"。潘本作"志誠心留得形體在"。
③ 試着那司天臺：試着那，羅本、繼本、秀本、硃本、魏本、峒本作"試看那"，徐畫本、徐音本、驥本、延本、張本、三合本、毛本、潘本作"試教"。徐參本作"試看那司天監"。
④ 端的是太平車約有十餘載：十餘載，硃本作"十二載"。徐畫本、徐音本、驥本、延本、三合本、潘本作"端的太平車敢道十餘載"，張本作"端的太平車敢有十餘載"。

（紅上云）姐姐，我過去，你在這裏。①（紅敲科）【硃眉】【湯眉】【容夾】如何不開門待？（末問云）是誰？②【硃旁】賊極。【潘旁】你道是誰！妙！【湯眉】【三合眉】【容夾】痴人，還要問？（紅云）是你前世的娘。③【陳旁】今世更是娘。【潘旁】妙！（末云）小姐來麼④？【徐畫旁】好關目。小姐真當是你的娘了。（紅云）你接了衾枕者，【潘旁】省了花銀十兩。小姐人來也⑤。張生，你怎麼謝我⑥？【三合眉】便索謝媒錢。（末拜云）小生一言難盡。寸心相報，惟天可表！⑦（紅云）你放輕者⑧，休諕了他。【陳眉】不消分付。【魏眉】【峒眉】如何不在門外等？（紅推旦

---

① 我過去，你在這裏：你在，驥本、延本、張本、六幻本、毛本作"你則在"。屠本作"在此，待我過去敲門"。
② （末問云）是誰：毛本作"（正末驚問云）是誰"，張本無。
③ （紅云）是你前世的娘：張本無。
④ 來麼：弘本作"來等你"，張本作"來了麼"。
⑤ 人來也：屠本作"隨即到來"，容本、起本、徐參本、虎本、陳本、秀本、硃本、天李本、湯本、魏本、峒本、封本作"到來也"，徐畫本、徐音本、驥本、延本、張本、三合本、毛本、潘本作"後面來也"。
⑥ 張生，你怎麼謝我：張生，徐畫本、徐音本、三合本、潘本作"先生"；怎麼，容本、起本、徐參本、虎本、陳本、秀本、硃本、天李本、湯本、魏本、峒本、封本作"怎麼樣"。何本、張本作"你怎麼謝我"，毛本作"你怎麼樣謝我"。驥本、延本句後多"的是"。
⑦ 小生一言難盡。寸心相報，惟天可表：寸心相報，驥本、延本、張本無。屠本作"一言難盡，惟天可表耳"。
⑧ 你放輕者：羅本、繼本、何本作"你"，屠本作"你知趣些兒"。

入，云)① 姐姐，你入去，我在門兒外等你。②（末見旦跪云）張生有何德能③，【潘旁】蠢甚。敢勞神仙④下降，知他是睡裏夢裏⑤？【容眉】【硃眉】【湯眉】【魏眉】【峒眉】酸東西！【徐參眉】死，死！【三合眉】是欣幸實境，亦是酸境。【潘夾】"惟天可表"四字，是對崔的話，豈是對紅的話？只因前者金帛相酬一語，受紅灑落，今者無意可將，聊指天表意，然一時匆忙倒屣，無暇答對意象，于此可想。

【村裏迓鼓】猛見他⑥可憎模樣，小生那裏得病來⑦？早醫可九分不快⑧。【秀眉】一見病痊，何如此愈之速也。先前見責⑨，誰承

---

① （紅推旦入，云）：徐畫本、徐音本作"先生只在門首，等我迎去。（引鶯攙入科）"，驥本、延本作"先生只在門首等着，我迎去。（紅引旦上）（紅推旦入門科）（云）"，張本作"只在門首等着，我迎去。（引鶯推入科）"，天李本、潘本作"先生只在門首等，我迎去。（引鶯推入科）"，毛本作"（做推鶯入門科，云）"。

② "（紅云）你接了衾枕者"至"我在門兒外等你"：我在門兒外等你，容本、起本、虎本、陳本、硃本、天李本、湯本、魏本、峒本、封本、毛本作"我在門兒外等着你"，徐參本作"我在門兒等着你"，驥本、延本、六幻本作"我只在門兒外等着你"，秀本作"我在門外等着你"。弘本無，屠本無"（紅推旦入云）姐姐，你入去，我在門兒外等你"。

③ 張生有何德能：張生，張本、六幻本作"張珙"。屠本作"張珙有何得能"。

④ 敢勞：容本、起本、徐參本、陳本、秀本、硃本、天李本、湯本、湯沈本、魏本、峒本、封本作"有勞"。神仙：驥本、延本作"小姐"。

⑤ 知他是睡裏夢裏：知他是，屠本作"果是"；睡裏夢裏，魏本、峒本作"夢裏睡裏"。驥本、延本、張本無。範本、龍本句後多"（鶯鶯做個不抬頭）"，徐畫本、徐音本、三合本句後多"（鶯不抬頭科）"，封本句後多"（鶯低頭背立科）"。

⑥ 猛見他：羅本、毛本作"猛見了他"，屠本、徐畫本、徐音本、驥本、延本、張本、六幻本、三合、潘本作"猛見了"。

⑦ 小生那裏得病來：驥本、延本、張本無。

⑧ 早醫可九分不快：醫可，繼本、屠本、六幻本作"醫可了"；九分，羅本作"九分九分"，徐畫本、徐音本、三合本、潘本作"九分來"。範本、龍本、何本作"早醫可了九分九分不快"。

⑨ 先前見責：屠本此句前多"想着他"。徐畫本、徐音本作"先見責"。

望今宵歡愛！①【張眉】相待，訛"歡愛"，雅俗遠矣。着小姐這般用心②，不才張珙，合當跪拜③。【三合眉】紅娘傳授。小生無宋玉般容，潘安般貌，子建般才。④【田補眉】董詞：張珙殊無潘沈才，輒把梅犀點污。【張眉】"這般心"下每句俱添襯字，非。姐姐，你則是可憐見爲人在客。⑤【羅眉】客，音楷。【容眉】【陳眉】【硃眉】【湯眉】【魏眉】【峒眉】酸得穀了。【徐音眉】靚面又如醉矣。【徐參眉】何須把心事細刻？【毛夾】此曲雜用董詞。【潘夾】早醫可九分不快，藥方靈驗至此。可憐爲人在客，是紅娘傳授的心法。凡一切不周伏祈見諒之意，亦即寓于其間。

【元和令】⑥ 綉鞋兒剛半拆⑦，柳腰兒勾⑧一搦。【謝眉】搦，叶作力。【繼眉】勾，一作"恰"。【起眉】【虎眉】恰，諸本作"勾"。【田補

---

① 歡愛：徐畫本、徐音本、驥本、延本、張本、三合本、毛本、潘本作"相待"。
② 着小姐這般用心：着小姐，徐畫本、徐音本、驥本、延本、三合本、潘本作"教小姐"，峒本作"着小生"。張本作"姐姐這般心"。
③ 不才張珙，合當跪拜：張本作"不才珙，合跪拜"。
④ 小生無宋玉般容，潘安般貌，子建般才：羅本作"小生無那宋玉容，潘安般貌，子建才"，張本作"小生無宋玉容，潘安貌，子建才"。
⑤ 姐姐，你則是可憐見爲人在客：羅本作"小姐，你則是可憐見小生爲人在客"，徐畫本、徐音本、驥本、延本、三合本、潘本作"姐姐，則可憐見俺爲人在客"，張本作"姐姐，則可憐俺爲人在客"，毛本作"姐姐，則是可憐見俺爲人在客"。徐參本此句後多"（鶯鶯不語，張生起捱鶯鶯坐科）"，六幻本此句後多"（生挨鶯坐科）"，潘本此句後多"（生挨着鶯坐科）"。
⑥ 徐畫本、徐音本、驥本、延本、三合本、潘本此處多"（生挨着鶯坐科）"，張本此處多"（挨鶯坐科）"，封本此處多"（擁入科）"，毛本此處多"（正末挨著旦兒坐科）"。
⑦ 拆：範本、龍本、羅本、繼本、屠本、容本、起本、徐畫本、徐音本、徐參本、虎本、何本、陳本、秀本、硃本、延本、張本、天李本、湯本、湯沈本、三合本、魏本、峒本、封本、毛本、潘本作"折"。
⑧ 勾：羅本、屠本、容本、起本、徐畫本、徐音本、徐參本、驥本、虎本、何本、陳本、秀本、硃本、延本、張本、天李本、六幻本、湯本、湯沈本、三合本、魏本、峒本、封本、毛本、潘本作"恰"。

眉】一搦，一捻也。**羞答答**①**不肯把頭抬，**【徐音眉】羞處貞情畢露。**只將鴛枕捱**②。【容旁】【湯旁】妙！【田補旁】真極。【潘旁】二語幽艷不俗。【容眉】【湯眉】妙，妙！【徐參眉】嬌羞難描。【封眉】半折，即空本作"拆"。恰一捏，作"勾一搦"，皆誤。董詞："三停來罄青布行纏，折半來著黃袖絮襖"，又"穿一對曲彎彎的半折來大弓鞋"，則"折"字不應作"拆"明矣。一捏腰，今語猶然。挨，作"捱"，誤。**雲鬟彷彿墜金釵，偏宜鬆髻兒歪。**③【範眉】【龍眉】【秀眉】人生情欲之會，大都相似。【羅眉】鬟，音還。鬆，音狄。髻，音計。【硃眉】都是妙話。【張眉】末句下少一字。【魏眉】【峒眉】嬌羞描盡。【驥夾】【延夾】拆，叶釵，上聲。搦，叶奈。鬆，音狄。【三合夾】鬆，音借，停聲。【毛夾】鬆，音狄，平聲。

【上馬嬌】**我將這紐扣兒鬆**④，**把摟帶兒解**⑤，**蘭麝散幽齋。**【羅眉】鬆，音松。縷，音柳。麝，音社。**不良會把人禁害**⑥，【起眉】一作"把人忒禁害"。【虎眉】一作"把人忒禁會"。【凌眉】"不良"與"可憎"一樣，喜極而反言，猶稱"冤家"之類也。"咍"字，句，例見前。**咍，**【田補旁】一字句。**怎不肯回過臉兒來？**⑦【容眉】【湯眉】妙！【田補眉】此是平日想慕之極，既乍得親近而問嘴之詞，又不面他回答，故又曰

---

① 羞答答：羅本作"我見他羞答答"，徐畫本、徐音本、三合本、潘本作"羞答答的"。
② 只將：張本作"只將這"。捱：驥本、延本、封本作"挨"。
③ 範本、龍本此多"（生云）我這饞眼惱，今日假方遂了我的相思願呵"。
④ 我將這紐扣兒鬆：我將這，繼本作"我則這"，徐畫本、徐音本、驥本、延本、三合本、毛本、潘本作"將"。張本作"將紐扣鬆"。
⑤ 把摟帶兒解：摟，徐畫本、徐音本、三合本、潘本作"縷"。弘本、羅本、繼本、容本、起本、徐參本、虎本、何本、陳本、秀本、硃本、天李本、六幻本、湯本、湯沈本、魏本、峒本、封本作"縷帶兒解"，張本作"把羅帶解"。
⑥ 不良會把人禁害：不良，何本作"兀良"。羅本此句後多"叫一聲猜"。
⑦ 咍，怎不肯回過臉兒來：咍，何本作"呀"；怎不肯，繼本、張本、湯沈本作"怎不"，驥本、延本作"終不肯"，潘本作"怎的不肯"。範本、龍本此句後多"（生云）姐姐休要害羞，小生自有竊玉偷香的手段，軟款溫柔的模樣哩"。徐參本此句後多"（張生抱鶯鶯，鶯鶯不語科）"。

"終不肯回過臉而來"也。【湯沈眉】不良，猶曰可憎，反詞也。哈，笑聲，一字句。【封眉】即空主人曰：不良，與"可憎"一樣，喜極而反言也，"哈"字句，例見前。【田補夾】小姐之廉恥也。【驥夾】【延夾】哈，音海，平聲。【三合夾】哈，音海。【毛夾】哈，海台切。

【勝葫蘆】我這裏軟玉溫香抱滿懷①。呀，阮肇②【凌旁】今作"劉阮"。到天台。【田補旁】俚。初動。春至③人間花弄色，【羅眉】色，音煞。將柳腰款擺④，花心輕折⑤，【繼眉】折，音趾。【封眉】輕折，作"輕折"，誤。露滴⑥牡丹開。【徐畫旁】【田旁】【湯沈眉】不應如此形容。【範眉】【龍眉】【秀眉】駢儷中諢語。【徐音眉】有香不可抱，有花不可折。是香非香，是花非花，妙難向人言。【徐參眉】便宜死了你。【三合眉】如此形容，便俚穢可厭。

【幺篇】但蘸着些兒⑦麻上來，【徐畫旁】【田旁】俚穢。【羅眉】蘸，音站。【繼眉】蘸，音湛。【凌眉】王伯良曰：首語大傷蘊藉，次語較陳。魚水得和諧⑧，嫩蕊嬌香蝶恣采。半推半就，又驚又愛，檀口搵香腮。【田補旁】如此摩寫，喪盡原氣矣。【容眉】【湯眉】畫。【起眉】王曰：又是駢儷中諢語。朗吟飛過洞庭湖，諢是龍，諢是鶴。【田補眉】唐昭、

---

① 我這裏：徐畫本、徐音本、驥本、延本、張本、三合本、六幻本、封本、毛本、潘本無。
② 呀：羅本無。阮肇：範本、龍本、羅本、繼本、容本、起本、徐畫本、徐音本、徐參本、硃本、六幻本、湯沈本、潘本作"劉阮"，張本作"劉院"。
③ 春至：何本作"春到"。
④ 將柳腰款擺：徐畫本、徐音本、驥本、延本、三合本、潘本作"柳枝款擺"，徐參本作"將柳腰軟擺"，張本作"柳腰款擺"。
⑤ 折：範本、龍本、羅本、繼本、容本、起本、徐參本、驥本、虎本、秀本、硃本、延本、張本、天李本、湯本、峒本、封本、毛本作"拆"。
⑥ 露滴：範本、龍本作"恰便是露滴"，張本作"滴滴"。
⑦ 但蘸着些兒：羅本、徐畫本、徐音本、驥本、延本、張本、天李本、湯本、三合本、潘本作"蘸着些兒"。
⑧ 和諧：徐畫本、徐音本、驥本、延本、三合本、潘本作"同諧"。

僖時，宮中點唇，有聖、植、心等名，謂鶯，搵檀口于香腮也。【徐參眉】愛殺人。【延眉】此等人以爲好。【陳眉】【硃眉】【魏眉】嬌態可憐殺。【秀眉】此中世相，總盡于此矣。【凌眉】"半推"二句，却入妙諦。【湯沈眉】首語俚穢，次語較陳。"半推"二句，王元美謂"駢儷中諢語"。檀口，言香也。【峒眉】嬌態可人。【驥夾】【延夾】着，借叶去聲。推，吐回反。【田補夾】其事畢，則氣衰力竭矣。【毛夾】着，借叶，去聲。推，吐回反。"綉鞋"六句，從下數上，以捱枕故也。半折，他本作"半拆"，王本又引董詞"穿對曲彎彎的半折來大弓鞋"爲證。今考董本亦作"折"。蓋中絕曰"折"，半折，亦猶言折半沒多許耳。捱，作靠解，《墻頭馬上》劇"將畫屏兒緊捱"。鬏髻，即剃髻，假發爲之，《兒女團圓》劇"沒揣的便揪住鬏髻"。不肯把頭抬，是垂頭；不肯回過臉來，是轉臉。各不同。摟帶，拴帶也。《墻頭馬上》劇"解下這摟帶裙刀"，俗作"縷帶"，非。"不良"句，正指下"怎不肯"句，言專會奈何人，如董詞"薄情的奶奶，被你刁蹬得人來，實志地咱"。王伯良曰：唐昭僖時，宮中點唇有"聖檀心"等名。檀口香腮，俱指鶯，謂搵檀口于香腮也。詞隱生曰："檀口"句最難解，生口無點檀理，自稱香腮又不當。搵者，以手扠物，如"搵淚"之"搵"，從手。此推就之際，似羞其不潔而扠口在頰，真刻魂鏤象語。參釋曰：不良，猶"可憎"，與董詞"不良的下賤人"不同。【潘夾】叙述幽歡，情辭太盡，不欲更添一語，以傷雅道。嘗讀樊嬺秘辛之篇，具述微妙，艷等九歌，奧同天問。雖極情極態，何嫌其褻。

（末跪云）謝小姐不弃，張珙今夕①得就枕席，异日②犬馬之報。【容旁】【湯旁】腐！（旦云）妾千金之軀，一旦弃之，此身皆托于足

---

① 張珙：屠本作"微賤"。今夕：毛本、潘本作"今日"。
② 异日：範本、龍本作"异日當效"，羅本、繼本、何本作"异日當"，屠本、六幻本、湯沈本作"异日當思"。

下①，勿以他日見弃②，使妾③有白頭之嘆。（末云）小生焉敢如此④！（末看手帕科）⑤【田補夾】盡在不言中。

【後庭花】春羅元瑩白，【繼眉】瑩，音榮，去聲。【秀眉】瑩，音迅，潔白也。早見紅香點嫩色。【羅眉】瑩，音用。白，音擺。色，音煞。（旦云）羞人答答的，看甚麼。⑥（末唱）燈下偷睛覷⑦，【羅眉】覷，音砌。胸前着肉揣。【潘旁】太褻太俚。【凌眉】王伯良曰："胸前"三句，稍涉猥俗。徐士範曰：此處語意少露，殊無蘊藉。昔人有濃鹽赤醬之誚，信夫。【湯沈眉】"胸前"三句，亦涉猥俗。暢奇哉！【田補眉】暢奇哉，奇之甚也，與前"暢好乾"一例。渾身通泰，【容旁】【湯旁】酸。不知春從何處來。【容眉】【徐畫珠眉】【湯眉】【魏眉】【峒眉】酸人不宜有此奇遇。【徐音眉】病從去處春從來。【徐參眉】張生得到手，就來調情。【陳補眉】妙！【三合眉】如此酸貨，不應有此奇遇。無能的⑧張秀才，孤身西洛客，自從⑨逢稔色，【潘旁】渾是張打油。【羅眉】洛，音澇。客，

---

① 一旦弃之，此身皆托于足下：弃之，弘本、範本、龍本作"去之"。羅本、繼本、容本、起本、徐參本、虎本、何本、陳本、秀本、硃本、張本、天李本、六幻本、湯本、湯沈本、魏本、封本、毛本作"一旦托于足下"，屠本作"一旦付之于君"，徐畫本、徐音本、三合本、潘本作"一旦去之，此身托于足下"，峒本作"一日托于足下"，張本作"一旦托于足下"。
② 勿以他日見弃：屠本作"他日切勿見弃"。
③ 使妾：屠本作"使"。
④ 小生焉敢如此：屠本作"小生焉肯為此薄幸之人"。
⑤ （末看手帕科）：屠本、張本無。驥本、延本此後多"（旦云）羞人答答的，看甚麼"。
⑥ （旦云）羞人答答的，看甚麼：看，弘本、範本、龍本、羅本、繼本、容本、起本、徐畫本、徐音本、虎本、何本、陳本、秀本、硃本、天李本、六幻本、湯本、湯沈本、三合本、魏本、峒本、封本、潘本作"看做"，屠本作"看他"，徐參本作"看你"。驥本、延本無。
⑦ 覷：徐參本、驥本、延本作"看"。
⑧ 無能的：徐畫本、徐音本、驥本、延本、三合本、峒本、毛本、潘本作"無能"。
⑨ 自從：羅本作"自從那日"。

音楷。稔，音忍。色，音煞。【繼眉】稔，音妊。思量的①不下懷。憂愁因間隔，相思無擺劃②。謝芳卿不見責。③【羅眉】隔，音垓。劃，音環。責，音聲。【徐畫眉】【田眉】俚俗且湊。【延眉】俚俗且湊揷。【三合眉】俚惡。【峒補眉】此非《西廂》筆墨。【驥夾】【延夾】隔，叶皆上聲。劃，叶槐。【三合夾】劃，音槐。【毛夾】刮劃，音擺槐。

【柳葉兒】我將你做④心肝兒般看待【魏旁】他未必不然。【潘旁】成何語。，點污了小姐⑤清白【魏旁】且看。。【羅眉】白，音擺。【繼眉】"斷不"句，坊本去"斷不"二字，讀之令人意惡。【容眉】【湯眉】"斷不"句妙甚。【起眉】【虎眉】"斷不"句，諸本無"斷不"二字，讀之輒令人意惡。【封眉】即空本無"斷不"二字，便非。忘餐⑥廢寢舒心害，【田補眉】舒心害，放心受害。【凌眉】王伯良曰：舒心害，放心受害也。若不是⑦真心耐，志誠捱，怎能勾這相思苦盡甘來⑧？【範眉】【龍眉】【秀眉】此處語意稍露，殊無蘊藉。昔人有濃鹽赤醬之誚，信夫！【徐畫眉】【田眉】【三合眉】【延眉】更俚惡。【徐音眉】□忘却小紅之力。【湯沈眉】首三語亦墮惡境。【魏眉】【峒眉】苦的去也，甘的是來。

---

① 思量的：驥本、延本、毛本作"思量"。
② 相思：羅本作"相思病"，徐畫本、徐音本、三合本作"相思得"。擺劃：屠本、毛本作"刮劃"。
③ "【後庭花】春羅元瑩白"至"謝芳卿不見責"：張本無。羅本此句後多"謝芳卿不見責"。
④ 我將你做：羅本作"呀，我將你做"，徐畫本、徐音本、張本、三合本、潘本作"我則待"，驥本、延本、毛本作"我則將"。
⑤ 點污了：羅本、繼本、容本、起本、徐參本、虎本、何本、陳本、秀本、硃本、天李本、湯本、魏本、峒本、封本此句前多"斷不"，六幻本此句前多"肯"。小姐：徐畫本、徐音本、驥本、延本、張本、六幻本、三合本、毛本、潘本作"姐姐"。
⑥ 忘餐：徐畫本、徐音本、驥本、延本、張本、三合本、毛本、潘本作"小生忘餐"。
⑦ 若不是：驥本、延本、六幻本、三合本、毛本、潘本作"若不"。
⑧ 怎能勾這相思苦盡甘來：這相思，羅本作"相思病"。範本、龍本此句後多"（生云）多謝小姐呵"。

【青哥兒】成就了今宵①歡愛，魂飛在九霄②雲外。【田補旁】張打油。【田眉】惡俗。【田補眉】"今宵"及"九霄"，雙疊。此搊彈家所增，非本調也。投至得見你多情③小妳妳，憔悴形骸，瘦似麻秸④。【湯沈旁】音皆。【羅眉】得，上聲。妳，音乃。楷，音皆。【徐畫眉】【田眉】【延眉】惡俗。今夜和諧，猶似⑤疑猜。【容旁】【湯旁】畫。【潘旁】有亂音促節之致。【陳眉】【硃眉】【峒眉】天孫巧成相逢錦。露滴香埃，風靜閒階，月射書齋，雲鎖陽臺。審問明白，【湯旁】畫。【羅眉】埃，音垓。白，音擺。只疑是昨夜⑥夢中來，【羅眉】昨，平聲。愁無奈。【容眉】【湯眉】畫。【起眉】李曰：審問明白，愈顯得猜疑；愁無奈，愈顯得歡愛。【徐畫眉】【田眉】【延眉】"審問"以下，謂昨宵夢與會合，醒後成空。今疑其又如此，以此"愁無奈"，實然而喜。【徐音眉】于真裏又生出疑來，正是人情快不可言處。【徐參眉】人生若夢，雖夢亦奇。【凌眉】王伯良謂此調字句可增減，又非也。止"憔悴"以下，四字疊句可多用耳。前後須含本調。【湯沈眉】"審問"以下，謂昨宵夢與會合，醒後成空。今疑其又如昨

---

① 今宵：弘本、範本、龍本、羅本、繼本、容本、起本、徐畫本、徐音本、徐參本、虎本、何本、陳本、秀本、硃本、天李本、六幻本、湯本、湯沈本、三合本、魏本、峒本、封本、毛本、潘本作"今宵今宵"。
② 九霄：弘本、範本、龍本、羅本、繼本、容本、起本、徐畫本、徐音本、徐參本、虎本、何本、陳本、秀本、硃本、天李本、六幻本、湯本、湯沈本、三合本、魏本、峒本、封本、毛本、潘本作"九霄九霄"。
③ 見你：羅本、繼本、屠本、容本、起本、徐畫本、徐音本、徐參本、驥本、虎本、何本、陳本、秀本、硃本、延本、天李本、六幻本、湯本、湯沈本、三合本、魏本、峒本、封本、毛本、潘本作"見你個"。多情：範本、龍本作"多情的"。
④ 麻秸：羅本、徐畫本、徐音本、三合本、潘本作"麻楷"。
⑤ 猶似：弘本、羅本、容本、起本、虎本、秀本、硃本、天李本、湯本作"由自"，繼本、屠本、徐畫本、徐音本、徐參本、驥本、何本、陳本、延本、張本、湯沈本、三合本、魏本、峒本、封本、毛本、潘本作"猶自"。
⑥ 昨夜：繼本、徐畫本、徐音本、驥本、何本、延本、六幻本、三合本、毛本、潘本作"昨宵"。

夜，故"愁無奈"。然實喜之詞。【封眉】即空主人曰：王伯良謂此調字句可增減，又非也。上"憔悴"以下，四字疊句，可多用耳，前後須合本調。猶自，即空本作"猶似"，非。【驥夾】【延夾】秸，音皆。【毛夾】秸，音皆。燈下偷睛覷，非看帕也，又看鶯耳。胸前著肉揣，非又揣鶯也，但自揣其肉耳，與董詞"猶疑夢寐之間，頻掐肌膚"同。"我則"二句，文氣不接，大概言我則惟看待到極處，故如是耳。不知其唐突也。舒心，解見第六折。瘦似麻秸，生自指也。上曲言非誠求不至此，此曲言及至此而憔悴，則已甚耳。"今宵""九宵"，各重二字，元詞多有此。"今夜"九句，猶今夕何夕意。風月在望，庭階儼然，豈其夢耶？以時及天曉，故既稱"今宵"，亦稱"昨宵"，與末曲稱"今夜"同。天池生謂昨宵曾夢，今恐仍然，則真說不得夢矣。董詞"猶疑慮，實曾相見，是夢裏相逢"。曹受可曰：渾身通泰，甚俗。然與"醫可九分不快"句相應，正十分也。不然，前欠一分，無謂耳。【潘夾】張生至誠，雙文多情，前邊處處各開說。此兩闋中，方合并說來，所謂大家團欒頭，共說無生話也。情到極真處，常疑是假，到極樂處，反生起愁來。偏有此一種，不知其然之故，非深於情者，不知也。讀"愁無奈"三字，張幾欲為情死，我亦當喚奈何。

（旦云）我回去也，怕夫人覺來尋我。① （末云）我送小姐出來②。【徐畫諸旁】該三步一拜而送。【峒補眉】夢中來，正是為了"夢"字。

【寄生草】多丰韵③，忒稔色。【羅眉】丰，音風。稔，音忍。色，音煞。【徐畫眉】【田眉】【徐音眉】【延眉】稔，豐也，言豐其色也。乍時相見教人害，霎時不見教人怪，【虎眉】怪，一作"捱"，亦好。

---

① 我回去也，怕夫人覺來尋我：怕夫人覺來尋我，驥本、延本作"怕老夫人睡醒了來尋我也"，毛本作"怕夫人醒了尋我"。屠本作"我回去罷，怕夫人醒來尋我"。

② 我送小姐出來：出來，範本、龍本、羅本、繼本、容本、起本、徐畫本、徐音本、徐參本、虎本、何本、陳本、秀本、硃本、張本、天李本、六幻本、湯本、湯沈本、三合本、魏本、峒本、封本、毛本、潘本作"去來"，屠本無。驥本、延本無。

③ 多丰韵：羅本作"小姐多丰韵"。

些時①得見教人愛。【羅眉】霎，音殺。得，上聲。【容眉】【陳眉】【硃眉】【湯眉】、"教人害""教人怪""教人愛"，三語酷盡形容。【起眉】王曰："教人害""教人怪""教人愛"，三句三轉，足入三昧。【徐畫硃眉】"教人害""教人怪""教人愛"，酷盡形容。【陳補眉】化境。【三合眉】"教人害"三句，酷盡形容。【魏眉】"教人害"，"教人怪"，"教人愛"，三句三轉，是入三昧。【峒眉】"教人害""教人怪""教人愛"，三句酷盡形容。今宵同會碧紗廚，何時重解香羅帶？【範眉】【龍眉】【秀眉】旅況寒酸，得此亦是天生之福。【田補眉】訂後會。【凌眉】一舊本此白下有末念"上堂已了各西東"之詩。此王播詩也，與此無涉。想因引以解"碧紗"二字，而誤混白中耳，不從。【毛夾】參釋曰：稔色，解見第四折。乍見，不見得見。極纏繞，以起下句。何時，徼詞，與"是必"應。【潘夾】此闋將從前向後情事一一道盡。乍時相見，是佛殿初逢時情事；霎時不見，是行吟彈琴等時情事；些時得見，如齋堂赴宴等時情事。三者皆過去時事。今宵得見，是現在時事；何時重解，是未來時事。張生處處從前後中三際入想，可謂一往有深情。

（紅云）來拜你娘！② 張生，你喜也！③ 姐姐，咱家去來④。

---

① 些時：弘本、範本、龍本、羅本、繼本、容本、起本、徐畫本、徐音本、徐參本、驥本、虎本、何本、陳本、秀本、硃本、延本、張本、天李本、六幻本、湯本、湯沈本、三合本、魏本、峒本、封本、毛本作"些兒"。

② （紅云）來拜你娘：驥本、延本、毛本作"（紅上云）恐老夫人睡覺，我喚俺姐姐去"。屠本、潘本無。

③ 張生，你喜也：喜，範本、龍本、羅本、繼本、屠本、何本、六幻本、湯沈本作"好喜"。容本、起本、徐參本、虎本、陳本、秀本、硃本、天李本、湯本、魏本、峒本、封本此句前多"（生笑科）（紅云）"。徐畫本、徐音本作"張先生，你好喜也"，驥本、延本作"（見生云）你喜也"，張本作"（生笑科）（紅）你好喜也"，三合本作"（生笑科）（紅）張生，你好喜也"，毛本作"（見正末云）你喜也"，潘本作"（紅見生笑科）張生，你好喜也"。

④ 姐姐咱家去來：去來，徐畫本、徐音本作"去來也"。屠本作"姐姐快回去，只恐老夫人尋問"，驥本、延本、毛本作"姐姐去來，休纏了"。弘本此句後多"（生念）堂上已了合西東，慚愧闍黎齋後鐘。三十年前塵土暗，如今始得碧紗籠"，範本、龍本同，但"已了"作"已度"。

【賺煞】（末唱）春意透酥胸，春色橫眉黛，賤却人間玉帛①。【羅眉】色，音煞。却，音巧。帛，音擺。杏臉桃腮，乘着②月色，【繼眉】乘，一作"襯"。【起眉】襯，今多作"乘"，無味。【虎眉】襯，今本多作"乘"，無味。嬌滴滴越顯得③紅白。【羅眉】色，音煞。白，音擺。【湯沈眉】此處見餘嬌餘情，無限風光。妙，妙！下香階，懶步蒼苔，【田補眉】"下香階"二句，形容其會合之後，倦態難勝也。動人處④弓鞋鳳頭窄。【羅眉】窄，上聲。嘆鰍生⑤不才，【羅眉】鰍，音鄒。【秀眉】鰍生，卑小之稱。謝多嬌錯愛。若小姐不弃小生，此情一心者⑥，你是必破工夫明夜早些來⑦。【謝眉】破，本"吞"。一作"破"者，非。【徐畫眉】【田眉】【延眉】五更別去，如云明夜，乃黃昏矣。此見作者用心。【徐參眉】張生又囑明夜，無已太康。【凌眉】明夜，徐、王作"今夜"，以董詞正之。然舊本不然，且上有一"今宵"，此自應爲"明夜"矣。【陳補眉】妙，妙！【張眉】第七句下少一字。【三合眉】引慣了他。【封眉】徐

---

① 賤却：張本作"賤却那"。
② 乘着：容本、起本、徐參本、虎本、何本、陳本、硃本、天李本、六幻本、湯本、魏本、峒本、封本、毛本作"襯着"。
③ 越顯得：羅本、繼本、容本、起本、徐畫本、徐音本、徐參本、虎本、何本、陳本、秀本、硃本、張本、天李本、湯本、三合本、魏本、峒本、封本、毛本、潘本作"越顯"。
④ 動人處：張本作"動人"。
⑤ 鰍生：驥本、延本作"小生"。
⑥ 若小姐不弃小生，此情一心者：小生，羅本、繼本、徐畫本、徐音本、何本、三合本作"小生者"；一心，範本、龍本作"如一"。屠本作"若小姐不弃小生呵"，六幻本、湯沈本、潘本作"若小姐不弃小生者"，毛本作"（帶云）若小姐不弃小生此情者"。驥本、延本、張本無。
⑦ 你是必破工夫明夜早些來：你是必，繼本、六幻本作"是必"；明夜，容本、起本、徐參本作"明"，毛本作"今夜"；早些，羅本、繼本、屠本作"早些兒"。徐畫本、徐音本作"是必破工夫今早些兒來"，驥本、延本、張本作"是必破工夫今夜早些來"，何本、湯沈本、三合本、潘本作"是必破工夫今夜早些兒來"。

王改"明夜"爲"今夜",云五更別去,如云明夜,乃黃昏矣。殊未思前既有兩"今宵",又云"昨夜夢中",則此自應云明夜矣。(下)【徐夾】極盡驚喜之狀。【驥夾】【延夾】帛,與白同叶。【毛夾】此皆乘月送歸語。復及"弓鞋"者,承"懶步"來。但前曰"半折",此曰"窄",則以捱枕時與下階時所見別也。不才,無能。凡三謝,然有三候,各不同。王伯良曰:此時將曉,故稱"今夜"。董詞:"囑付你那可人的姐姐,教今夜早來些。"【潘夾】只"今夜早些來"一語,包盡夜去明來、停眠整宿許多節次,便可省卻多少歡愉之辭。

【容尾】【硃尾】【湯尾】總批:極盡驚喜之狀。【徐音尾】【魏尾】批:幽思處,雲愁雨駭;歡會時,月朗風和。相之至佳,嘗之味美。【陳尾】批:千里來龍,穴從此結,萬種相思,盡從此處撒。真令看西廂者熱腸冷氣,一時快活殺。【三合尾】湯若士總評:讀至崔娘人來,張生捱坐,我亦狂喜雀躍。諒風魔酸漢,霍然奇暢,不必索之枯魚之肆。李卓吾總評:極盡驚喜之狀。徐文長總評:疑真疑假憂思,描摹入聖;乍驚乍喜情事,刻畫傷雅。【峒尾】批:幽思處,雲愁雨結;歡會時,月朗風清。別人間一洞府也。【潘尾】說意:司馬長卿之賦美人也,其卒章曰:"時來親臣,柔滑如脂。"幾于詞之盡矣。夫詞不盡,不足以極情;情不極,不足以見意。長卿欲以曲終之奏,見不亂之志,而因托于甚褻之詞,爲最不能定之情。然後繼之曰:"旦旦不回,翻然長辭。"所爲"眣眣兒女語,劃然變軒昂。分寸不可上,一落千丈強"。使人失驚,如同夢破。今觀于崔張定情之夕,抑何其詞之好,盡至于如此哉。以甚秘之事,而爲是宣宣言之,即欲不謂之褻,不可得也。雖然我世尊嘗言之矣,曰:"卵胎濕化,皆由淫欲,而正性命。"故凡一切眾生,自無始以來,爲愛爲根。由愛生欲,由欲生緣,由緣生業。欲不極則愛根不盡,愛不盡則緣塵不斷,緣不斷則業幻不滅,故于平等本際,特示圓滿,而爲此極情盡意之詞也。西廂前文俱爲此夕,此夕之後不堪再述,故人知爲愛深欲遂之時,而不知其爲業盡緣空之時也。迨至陽臺雲散,書室風清,覺當晚之金珮玉人,花香月色,已不知銷歸何所。即使破盡工夫,不過如同昨夢,豈必待草橋驚覺哉。讀此一則,便可絕愛空緣,斷欲除業,誠不必以咒護咒淫惡破滅也。

【驪尾附】注一十八條

【端正好】此調有二。此屬【仙呂宮】，古本及今本俱誤作【正宮】，今改正。"因姐姐"四句，俱指張生。無倒斷，即無休歇之謂。今夜"着個志誠心"，指鶯鶯。咱，紅娘謂己。平常若似紅娘代爲說謊，今始得"改抹"之也。

【點絳唇】此套全篇莽率俚淺，殊寡醖藉。【驪眉】誠然。記中諸曲，此最稱殿。然實甫《絲竹芙蓉亭》劇內，有【仙呂】曲一套，亦與此曲同韵，殊綺麗濃秀，大是妙絕。若出兩手，何耶？

【混江龍】僧歸禪室，語稍不倫。李後主所謂"風乍起，吹皺一池春水"，干卿何事耳！唐李君虞詩"開簾風動竹，疑是故人來"。打孩，助語詞。（董詞："合不定這一雙業眼，勞勞穰穰，身心一片，無處安排，又悶打孩地愁滿懷。"）

【油葫蘆】此調又追叙平日之思慕，與上曲不相蒙。白樂天詩："人非木石皆有情，不如不遇傾城色。"徐云："人有過"以下數語，不免頭巾。

【天下樂】此調又接前【混江龍】調意來。又早，正與"則索"相應。倚定門兒手托腮，係董詞。倚門，犯重。不自在，又疑其病不能出也。

【那吒令】揣摩，故是人情。石沉大海，不稱。

【鵲踏枝】上"寄語多才"一句，當屬此曲看，直管至【寄生草】曲末，皆對紅娘説，欲其達之鶯鶯也。古本"頻去頻來"，今本作"夜去明來"，亦佳，但與後【鬥鵪鶉】曲重耳。"空調眼色"二句，本調變體。

【寄生草】首二語言拼個害死也。（董詞："欲問俺心頭悶打孩，太平車兒難載。"）太平車，大車也。《邵氏聞見錄》：沈括對神宗曰：今民間輜車，重大椎樸，以牛挽之，日不能行三十里，少雨雪，則跬步不進。故俗謂之太平車，可施于無事之日，兵間不可用也。

【村裏迓鼓】可憎，見前。（董詞："張珙殊無潘沈才，輒把梅犀點污。"）

【元和令】半折，猶言半開。（董詞："穿對兒曲鶯鶯的半折來大弓鞋。"）諸本俱作"折"，非。一搦，一捻也。鬏髻，笵本作"剃髻"，非。剃與剃同，剪髮也。

【上馬嬌】（董詞："好教我禁不過這不良的下賤人。"）白仁甫《流紅葉》劇："不良才歹兒頭"，本罵人語，此言"不良"，猶曰可憎，反詞也。言你不良，却這樣把人禁害也。此是平日想慕之極，既乍得親近而問嘴之詞。鶯鶯不面他回答，故又曰"終不肯回過臉兒來"也。哈，笑聲，一字句。例見前。

【勝葫蘆】古本作"阮肇到天台"，不若今本"劉阮"勝。然二句殊俚。

【幺】首語大傷醞藉，次語較陳。"半推半就，又驚又愛"，却入妙諦。二語俱就鶯鶯說。（丘汝晦《月下聽琴》詞："半羞半肯，又喜又驚。"）正祖此語。（董詞："那孩兒怕子個、怯子個、閃子個。"）亦後。《清異錄》：唐昭、僖時，宮中點唇，有"聖檀心"等名。檀口香腮，亦俱指鶯說，謂搵檀口于香腮也。【驪眉】檀口，亦只言其香也。

【後庭花】"春羅"二句，言手帕也。"胸前"三句，亦少涉猥俗。暢奇哉，奇之甚也。與前"暢好乾"一例。既云"思量不下懷"，又云"相思無擺劃"，兩"思"字重，有誤字。

【柳葉兒】連上曲看，首三語亦墮惡境。舒心害，放心受害也。

【青哥兒】首二句"今宵"及"九霄"二字，舊俱雙叠。此搊彈家所增，非本調也，從朱本去之。"投至得"二句，言比及見得你時，已自形骸瘦盡也。只疑是昨宵夢中來，正猶自疑猜處，猶詩"今夕何夕"之意。（董詞："猶疑慮實曾相見，是夢裏相逢。"）徐云：謂昨宵夢與鶯鶯會合，醒後成空。今疑其又如昨夜，故"愁無奈"。雖云愁，實喜之之辭也。此調字句可增減，與前折不同。"魂飛在九霄雲外"句，又近周高安所稱張打油，惡語也。

【煞尾】徐云：女子經男，則眉偃而乳緩。（董詞："春色褪花梢，春恨侵眉黛。"）"下香階"二句，形容其會合之後，倦態難勝也。此時將及天曉，故曰"今夜早些來"。【驪眉】此"今夜"正與上"昨宵"相照應。（董詞："囑付你那可人的姐姐，教今夜早來些。"）俗本作"明夜"，非。

【六幻本】五劇箋疑

楔子

著一片志誠心：一作"今夜著個志誠心"。

蓋抹了：一作"改抹咱"。

四之一月下佳期

金界：須達多長者白佛言："弟子欲營精舍，請佛居住。唯有祇陀太子園，廣八十頃，林木盛茂，可佛居住。"太子戲曰："滿以金布，便當相與。"須達出金布滿八十頃，精舍告成。故佛地曰"金界"。

呆打孩：只是懵懵之意，董詞用之最多。打，一作"答"。

青鸞：漢武帝元封元年四月戊辰，帝居承華殿。東方朔、董仲舒侍，見青鸞自空而下，忽爲女子，曰："我王母使者也，從昆山來。"語帝曰："聞子輕四海之尊，尋道求生。勤哉，有似可教者也。從今百日清齋，不聞人事。至七月七日，王母暫來也。"言訖不見。七月七日，王母至。

黄犬音：《述异記》：陸機，吴人，仕洛。有犬名黄耳。家絶無書報，機謂犬："汝能馳書往家否?"犬搖尾作聲似應之。機爲書，盛以竹筒，繫犬項。出驛路，走到機家，取筒有書。看畢，犬作聲如有所求者，家作書納筒馳還洛。後犬死葬之，呼爲黄耳冢。

夢魂兒：一無"兒"字。

早知道：早，一作"恁"。

必自責：責，上聲。

易色：易，去聲；色，音篩，上聲。

怎禁他兜的上心來：一無"怎禁他"三字。

我則索：一作"又早"。

好著我難猜：一無"好著我"三字。

側窄：并音齋，上聲。

早身離貴宅：一作"早離了貴宅"，一作"早身離了貴宅"。宅，音柴。

他若是不來：一無"是"字。

數著腳步兒行：一本"著"下有"他"字。

倚著窗櫺兒待：一本"倚"下有"定"字，一本"著"作"定"。

白：巴理切。

撥得個：撥，一作"博"。

夜去明來：一作"頻去頻來"。

委實難捱：實，去聲。

准備著抬：一無"著"字。

想著這：一無"這"字。

辦一片志誠心：一無"辦一片"三字。

試著那：一作"試教"。

端的是太平車約有十餘載：一作"端的太平車敢道十餘載"。太平車，車之任重者。載，音在。

猛見了：了，一作"他"。

早醫可了九分不快：一作"早醫可九分來不快"。

今宵歡愛：一作"今宵相愛"。

著小姐：一作"教小姐"。

子建才：魏曹子建，名植。十歲善文，太祖嘗視其文，曰："汝倩人耶？"植跪曰："言出為論，筆下成章。顧當面試，奈何倩人？"時銅雀臺新成，太祖悉將諸子登臺，使各為賦，植受詔立成，文不加點。文帝即位，頗有宿憾，又令七步成詩，如不成，刑以大法。植即應曰："煮豆燃豆萁，豆在釜中泣。本是同根生，相煎何太急？"文帝感而釋之。

你則是可憐見為人在客：一作"則可憐見文人在客"。

剛半拆：拆，釵上聲，一作"折"。

柳腰兒恰一搦：恰，一作"勾"。搦，音奈。

羞答答：一本下有"的"字。

我將這紐扣兒鬆、縷帶兒解：一本無"我"字"這"字，"縷"上有"把"字。

不良：亦愛極之反詞，如云可憎。

哈：音海，平聲；笑，去聲。

將柳腰欸擺：一無"將"字。

但蘸著：一無"但"字。蘸，音湛；著，去聲。

魚水得和諧：和，一作"同"。

相思無擺劃：一本"思"下有"得"字。

我將你做：一作"我則將"。

肯點污了：肯，一作"斷不"。

若不真心耐：一本"不"下有"是"字。

今宵九宵：一本不疊。

昨宵夢中來：宵，一作"夜"。

霎時不見教人怪：怪，一作"捱"。

襯著月色：襯，一作"乘"。

越顯的紅白：一無"的"字。

帛：與白同叶。

鯫生：《留侯世家》沛公曰："鯫生教我距關，無納諸侯。"注：鯫生，小人也。

是必破工夫明夜早些來：一本"是"上有"你"字。明，作"今"。一本"些"下有"兒"字。

【會注】

【範注】【秀注】離魂倩女：【秀眉】倩，音青，去聲。唐張鎰為衡州大守，有女名倩女。鎰與王生父母指腹為婚，後王生父母俱亡，及長成，至衡州謁鎰，未言親事，令王生居花園館中。忽一夜，倩女于月明中聞王生撫琴，有求凰就鸞之曲。王生辭鎰去，倩女即病，魂隨王生至京師。不醒如醉，王生及歸即愈，始有室家。

【弘注】楚岫故事詳見第一折【耍孩兒】下（即巫山）。【範注】楚岫：即行雲，詳二折下。

【弘注】赴高堂故事詳見第一折【粉蝶兒】下。

【弘注】偷香故事詳見第二折【耍孩兒】五煞下。【範注】偷香：即韓壽香，詳二折下。

【弘注】【範注】【羅注】【起注】【秀注】【湯注】巫娥女：出《襄陽耆舊傳》（《襄陽耆舊傳》，範本、羅本、秀本作《襄王傳》；起本、湯本無"出《襄陽耆舊傳》"）。赤帝之女名瑤姬，未行而卒，葬于巫山之陽，故云（起本、湯本作"曰"）巫娥女。【徐音注】【徐參注】【陳注】【硃注】【魏注】【峒注】巫娥女：赤帝之女名瑤姬，未嫁而卒，葬于巫山之陽，曰娥女。

【弘注】竊玉：出《貴妃外傳》。唐明皇與兄弟同處，妃子竊寧王玉笛吹。張祐詩云："小窗靜坐無人見，閒把寧王玉笛吹。"【範注】【羅注】【秀注】竊玉：出（秀本無）《貴妃外傳》。明皇與兄弟同處，貴妃竊寧王玉笛以（秀本作"而"）吹之。張祐詩云："小窗靜坐無人見，閒把寧王玉笛吹。"【起注】【陳注】【硃注】【湯注】竊玉：出《貴妃外傳》：唐明皇與兄弟同處，竊寧王玉笛以吹之。【徐音注】【徐參注】【魏注】【峒注】竊玉：唐明皇與兄弟同處，楊貴妃竊寧王玉笛吹之。

【弘注】楚襄王：出《史記》。襄王名橫，楚王槐之子。【範注】楚襄王：詳二折下。

【弘注】陽臺：出《地志》。陽臺即雲陽之臺，在巫山縣西北五十步，南枕大江。宋玉賦云："楚王來游雲陽之臺，望高堂之觀。"【羅注】陽臺：在巫山縣西北五十步，南枕大江，宋玉賦云："楚王游雲陽之臺，望高唐之觀。"

【弘注】【範注】金界：出《釋氏要覽》，又《經律異相》（《經律異相》，範本作"經云"，羅本、秀本、峒本無"出《釋氏要覽》，又《經律異相》"）。須達多長者白佛言："弟子欲營精舍請佛住（羅本、秀本、峒本此處多"持"），惟有祇陀太子園，廣八十頃，林木鬱茂（鬱茂，範本作"盛茂"，羅本、秀本、峒本作"茂盛"）可居（可居，範本、羅本、秀本、峒本作"可以請佛居住"）。"白太子（範本、羅本、秀本、峒本無"白太子"），太子戲曰："滿以金布，便當相與。"須達多（範本、羅本、秀本、峒本無）出金布滿（羅本、秀本、峒本無）八十頃，精舍告成。故謂（範本、羅本、秀本、峒本此處多"之"）"金地"，又謂之"金界"【羅注】【秀注】【起注】【陳注】【硃注】【湯注】金界：須達多長者佛，佛言："弟子欲營精舍請佛住，惟有太子祇陀之園，廣八十頃，林木茂盛，可以請佛居住。"太子戲曰："滿以金布，便當相與。"須達出金布滿八十頃告成。故謂之"金地"，又謂之"金界"。【徐音注】【魏注】金界：須達多長者告佛言："太子祇陀之園，廣八十頃，弟子欲營精舍請佛住。"太子戲曰："滿以金布，便當相與。"須達出金布滿八十頃，精舍告成，謂之"金地"，又謂之"金界"是也。【徐參注】金界：佛家有金地、金界之說。

【弘注】書齋：出《詩苑叢珠》。馬融絳帳，仲舒下帷，孫敬閉戶。鵝湖書院，安定蘇湖。經義齋，治事齋，書窗，書房文房，書府書館，書閣書室，書舍書庫，書臺等，諸葛廬，子雲亭，皆讀書之所。【範注】【羅注】書齋：出《詩苑叢珠》。馬融絳帳，仲舒下帷，孫敬閉戶。鵝湖書院，書館書舍，南陽諸葛廬，西蜀子云亭，皆讀書之所也。齋者，肅靜之義也。

【弘注】禪室：出《要覽》。禪室燕坐，又呼爲禪齋。齋者，肅靜義也。如儒家書室謂之書齋，官院判府靜治之處，謂之郡齋。【範注】【羅注】禪室：出《要覽》。儒家曰文房書齋，僧曰禪室禪房，皆燕居之所也。【起注】【陳注】【硃注】【湯注】【峒注】禪室：儒家曰文房書齋，僧曰禪室禪房。【徐參注】禪堂：儒家曰文房精舍，僧曰僧室禪房。【魏注】禪室：僧舍。

【弘注】青鸞信香：出《漢武帝傳》。青鸞即青鳥也。東方朔仕漢武帝時，七月七日，有一青鳥集殿前，帝問方朔，朔曰："此西王母來也。"少頃，王母至。令侍女索桃，母以玉盤盛桃七枚，自啖一枚，五枚與帝。帝留核種之。母曰："此桃非下土所種。三千年一開花，三千年一結子。"指東方朔曰："此桃三熟，此子已三偷食矣。"【範注】青鸞信：即青鳥，詳三折【碧桃花】下。

【弘注】【範注】【羅注】【秀注】黃犬音乖（範本、羅本、秀本無）：出《述異記》。陸機，吳人（範本、羅本、秀本此處多"也"），後仕洛下。有犬名黃耳，家絕無書（範本、羅本、秀本此處多"報，機謂犬曰"），"汝能馳往（馳往，範本、羅本、秀本作"馳書往家"）否？"犬搖尾作聲，似應之。機爲書，盛以竹筒，繫犬項。出驛路，走向吳。及（範本、羅本、秀本無"向吳。及"）到機家，取筒有書。看畢，犬又似人（範本、羅本、秀本無"又似人"）作聲，如有所求。其（範本、羅本、秀本無）家作書納筒，馳還洛。後犬死，葬之，呼爲"黃耳冢"。【起注】【陳注】【湯注】【峒注】黃犬音：後漢（峒本作"晋"）陸機，有犬名黃耳。後爲仕在洛陽。戲語犬曰："汝能馳書往家否？"犬搖尾作聲，似應之狀。機爲書，盛于竹筒，繫犬頸。祝曰："速去速來，防人所害。"犬星夜馳到家，得報書還。（陳本、湯本、峒本此處多"此黃犬音"）【徐音注】黃犬音：陸機有犬名黃耳，嘗爲機帶書往來于家。【徐參注】黃犬音：陸機有犬名黃耳，能帶書通家信。【硃注】黃犬音：後漢陸機，有黃犬能馳書往家，得報書還，此黃犬音。【魏注】黃犬音：後晋陸機，有犬名黃耳。機仕洛，戲語犬曰："汝能馳書往家否？"犬搖尾作聲，似應之狀。機爲書，盛于竹筒，繫犬頸。祝曰："速去速來，防人所害。"犬星夜馳到家，得書還報。

【弘注】楚陽臺：詞异而理同。一説陽臺雲臺，望高唐之觀，赴高唐雲夢之臺。游高唐行雲，巫山雲，巫娥女。【範注】【羅注】楚陽臺：詞异而理同，巫山行雲一也，詞意極妙。詳二折行雲，下同。

【羅注】勿憚改：孔子曰："過則無憚改。"

【弘注】賢賢易色：出《論語》。人能賢人之賢，易改也。好色之心有誠也，人能改好色之心以好賢，則好賢有誠也。【範注】【羅注】賢賢易色：出（羅本無）《論語》。言人不能以賢人之賢，而易其好色之心；言（羅本作"若"）能以好色之心（羅本此處多"而"）好賢，則好善有誠也。【羅眉】好，去聲，下同。

【弘注】傾城色故事詳見第一折【雁兒落】下。

【起注】【陳注】【硃注】【湯注】【魏注】【峒注】糊塗：宋太宗用呂端爲

相，人謂呂端作事糊塗，上曰："（硃本此處多"端"）小事糊塗，大事不糊塗。"

【弘注】宋玉容：出《群玉》。楚襄王時人，爲楚大夫，美姿容。楚襄王與宋玉游雲夢之臺，作《九辯》，悲屈原。【範注】宋玉容：宋玉，楚襄王時人也，爲楚大夫，美姿容。楚襄王曾與游雲夢之臺，又作《九辯》歌，以悲師屈原是也。【羅注】【秀注】宋玉容：宋玉，楚襄王時人也，爲楚大夫，容色極美。襄王嘗携同游雲夢之臺，【秀眉】携，音奚。作《九歌》以悲其師也。

【弘注】【範注】【羅注】【秀注】子建才：出《魏志》（範本、羅本、秀本無"出《魏志》"）。魏曹植，字子建（曹植字子建，範本、羅本、秀本作"曹子建名植"），十歲善屬（範本、羅本、秀本無）文。太祖常視其文曰："汝倩人耶？"植跪曰："言出爲論，下筆成章。願當面試，奈何倩人？"時（範本此處多"作"，羅本、秀本此處多"起"）銅雀臺新成，太祖悉將諸子登臺，使各爲賦。植受立成，文不加點。太祖異之（異之，範本、羅本、秀本作"曰异哉之言也"）。文章即成，（羅本、秀本此處多"兄丕"）頗有宿憾。（羅本、秀本此處多"後兄即位"）又令（又令，範本作"又云"，羅本、秀本作"命以"）七步作詩，如（羅本、秀本此處多"詩"）不成（範本此處多"詩"），刑（範本、羅本、秀本此處多"以"）大法，植即應聲曰："煮豆燃豆萁，豆在釜中泣。【秀眉】釜，音府。本是同根生，相煎何太急？"文帝感而釋之。【起注】【陳注】【硃注】【湯注】【魏注】【峒注】子建才：魏曹子建，七歲能文，七步成（硃本作"能"）詩。【徐參注】子建才：曹植，字子建，七步成詩。

【弘注】潘安貌故事詳見第三折【要孩兒】三煞下。【範注】潘安貌：詳十折下。【羅注】【秀注】潘安貌：潘安，即潘岳也，美姿容，挾彈乘車出游，婦女兒曹觀者，皆連手投之以果，滿載而歸。

【弘注】墜金釵：出《撫言》，又《書言》。唐張祐客淮南幕中，赴宴時，杜紫薇爲支使郎，中書舍人，南座見妓女索骰子賭酒，紫薇吟曰："骰子巡巡裏手抅，無因得見玉纖纖。"祐應曰："但應報導金釵落，仿佛還因見指尖。"

【弘注】軟玉：《杜陽編》。唐天寶中，興國貢獻軟玉，屈之則首尾相就，舒之則徑直。【範注】軟玉：出《杜陽編》。興國貢獻軟玉，曲之即首尾相就，舒之則徑直。【羅注】【秀注】軟玉：天寶中，興國貢獻軟玉，曲之即首尾相就，舒之則徑直。【起注】【徐參注】【陳注】【硃注】【湯注】【峒注】軟玉：興國貢軟玉，屈之則首尾相就，舒之則徑（硃本作"勁"）直。【徐音注】【魏注】軟玉：興國貢軟玉，曲之首尾相就，舒之則直。

【弘注】阮肇故事詳見第一折【耍孩兒】四煞下。【範注】阮肇到天台：即阮郎，注二折。

【弘注】芳卿：出《群玉》。芙蓉城女子名，故云芳卿。【範注】芳卿：芙蓉城美女名也。【羅注】芳卿：芙蓉城仙女名也。

【弘注】書齋故事詳見本折【點絳唇】下。

【弘注】陽臺故事詳見本折【端正好】下。【範注】陽臺：即巫山之陽，詳二折下。

【弘注】碧紗廚：出《群書》。即今青紗帳。昔李藩，僧相之曰："判官是紗籠中宰相，冥司必以紗籠護之。"藩果相。王播客揚州木蘭院，僧下之，飯後擊鐘二紀。播鎮揚州，上碧紗見之矣，續云。【範注】碧紗廚：即紗帳也。【羅注】碧紗廚：廚，即今之有門檐床也，以碧紗為帳，故云。

【弘注】【範注】鯫生：出《漢書》。沛公曰："鯫生說我拒關中，毋納諸侯。"注云："鯫生，小人也。"【羅注】鯫生：鯫生，卑小之稱。【羅眉】鯫，音鄒。《漢書》：沛公曰："鯫生說我拒關中，無納諸侯。"【起注】【陳注】【硃注】【湯注】【魏注】【峒注】鯫生：《漢書》，沛公曰："鯫生說我拒關中，毋納諸侯。"鯫生，小人也。【徐音注】鯫生：小人也。沛公曰："鯫生說我拒關中，毋納諸侯。"【徐參注】鯫生：即小生。

【起注】字音

耍，音灑。搦，音扼。窄，音側。檻，音臨。髻鬟，音的計。鬆，音松。瑩，音閏。矗。音站。覰，音砌。秸，音皆。丰，音風。稔，音忍。霎，音殺。鯫，音鄒。

【徐音注】字音

搦，扭。窄，側。櫺，臨。聚，的。髻，計。鬆，松。蘸，站。秸，皆。稔，忍。霎，殺。鰤，鄒。

【徐參注】字音

搦，音溺。窄，音則。聚，音的。鬆，音松。秸，音皆。稔，音忍。霎，音煞。鰤，音鄒，小魚。

【陳注】【硃注】字音

耍，灑。搦，扭。窄，側。櫺，臨。聚髻，的計。鬆，松。瑩，潤也。蘸，站。覷，趣。秸，皆。丰，風。稔，忍。霎，煞。鰤，鄒。

【湯注】字音

耍，灑。搦，扭。窄，側。櫺，臨。聚髻，的計。鬆，松。瑩，閏。蘸，站。覷，砌。秸，皆。丰，風。稔，忍。霎，煞。鰤，鄒。

【魏注】【峒注】字音搦，扭。窄，側。櫺，臨。聚，的。髻，計。鬆，松。蘸，站。秸，皆。稔，忍。霎，煞。鰤，鄒。

第二折①

（夫人引俫上云）這幾日竊見②鶯鶯，語言恍惚，神思加倍③，腰肢體態④，比向日⑤不同。莫不做下來了麼⑥?【容眉】【硃眉】【湯眉】【魏眉】須問過來人。【陳眉】【峒眉】善相法。【陳補眉】相遲了。【秀眉】老夫人就裏生疑，悔之遲矣。【三合眉】真是過來人。（俫云）前日晚夕⑦，

---

① 第二折：範本、龍本、繼本、容本、起本、徐音本、徐參本、虎本、硃本、湯本作、魏本、峒本、封本作"第十四齣　堂前巧辯"。羅本作"第十四齣"，屠本作"第十五折"，徐畫本、陳本作"第二套　堂前巧辯"，驪本作"二套（今本第十四折）說合"，何本作"巧辯"，秀本作"新刊校正釋義北西廂記評林三卷。第十四齣　堂前巧辯"，天李本作"堂前巧辯"，六幻本作"四之二　堂前巧辯" 湯沈本作"第十四齣　堂前強辯"，三合本作"第二套　巧辯"，毛本作"第十四折　拷艷"，潘本作"第二折　堂前巧辯"。
② 竊見：張本作"見"。
③ 神思加倍：屠本作"神思倦怠"，容本、起本、徐參本、虎本、秀本、硃本、天李本、魏本、峒本作"顏色倍加"。
④ 體態：弘本作"體瘦"。
⑤ 向日：屠本作"前"。
⑥ 莫不：弘本、羅本作"莫不敢"。做下來了麼：屠本作"做出來也"，徐畫本、徐音本、陳本、三合本、潘本作"做下來些兒事來"。
⑦ 晚夕：範本、龍本、屠本作"晚些"。

奶奶睡了①，我見姐姐和紅娘燒香②，半晌不回來③，我家去④睡了。【容眉】【湯眉】畫。（夫人云）這椿事⑤都在紅娘身上。喚⑥紅娘來！（俫喚紅科）（紅云）哥哥喚我怎麽⑦？（俫云）妳妳知道你和姐姐去花園裏去⑧，如今要打你哩⑨！【容眉】【湯眉】畫。（紅云）呀，小姐，⑩你帶累⑪我也！小哥哥你先去，我便來也。⑫（紅喚旦科）（紅云）姐姐，事發了也⑬。老夫人喚我哩，却怎了⑭？（旦云）好姐姐，遮蓋咱⑮！（紅云）娘呵，你做的穩秀者——我道你做下來也！⑯【徐

---

① 睡了：驥本、延本、六幻本、湯沈本、毛本作"睡了呵"。
② 燒香：徐畫本、徐音本、陳本、張本、三合本、潘本作"去後花園燒香"，驥本、延本、湯沈本、毛本作"去花園裏燒香"，封本作"往花園燒香"。
③ 半晌不回來：不回來，羅本作"不來"，六幻本作"等不回來"。徐畫本、徐音本、驥本、陳本、延本、張本、湯沈本、三合本、潘本作"半夜等不回來"。
④ 我家去：屠本作"我去"，張本作"我自去"。
⑤ 這椿事：屠本作"這事"。
⑥ 喚：徐畫本、徐音本、驥本、陳本、延本、張本、三合本、毛本、潘本作"你去喚"。
⑦ 哥哥喚我：屠本作"喚我"。怎麽：硃本作"甚麽"。
⑧ 去花園裏去：屠本作"花園裏的勾當了"，峒本作"花園裏去"，封本作"往花園裏去"。
⑨ 打你哩：屠本、徐畫本、徐音本、驥本、陳本、延本、張本、三合本、潘本作"問你哩"，容本、起本、徐參本、虎本、秀本、硃本、天李本、湯本、魏本、峒本、封本、毛本作"打着問你哩"。
⑩ 呀，小姐：屠本作"姐姐，只着"。
⑪ 帶累：驥本、陳本、延本、張本、三合本、潘本作"連累"。
⑫ 小哥哥你先去，我便來也：小哥哥，驥本、延本作"小哥"，張本作"哥哥"；先去，徐參本作"去"，魏本作"也去"。屠本無。
⑬ 也：秀本無。
⑭ 却怎了：屠本作"却怎是好"。
⑮ 咱：屠本作"些兒"，驥本、延本、毛本作"些"。
⑯ 娘呵，你做的穩秀者——我道你做下來也：娘呵，徐畫本、徐音本、陳本、三合本、潘本無；的穩秀，範本、龍本、羅本、繼本、容本、起本、徐畫本、徐音本、徐參本、虎本、何本、陳本、秀本、天李本、湯本、湯沈本、三合本、魏本、封本、潘本作"的隱秀"，驥本、硃本、延本、峒本、毛本作"隱秀"；也，驥本、延本、毛本作"了"。屠本作"姐姐，畢竟要做出來"，張本作"你隱秀者，我道你做下來也"。

参眉】頭藏尾露處，決不可捫。（旦念）①月圓便有陰雲蔽，花發須教②急雨催。【容眉】【徐畫珠眉】【徐參眉】【硃眉】【湯眉】只是忒發些。

【越調】【鬥鵪鶉】【湯沈眉】全套俱稱妙絕。（紅唱）則着你③夜去明來，到有個天長地久；【羅眉】明，音瞑。長，音昌。【徐畫眉】【田眉】【延眉】妙！【三合眉】何不盡訓誨他兩個。不爭你④握雨携雲，常使我⑤提心在口。【潘旁】妙。【謝眉】反前面"巧語花言"句。【範眉】【龍眉】奇中詞多反對，多如此類。【起眉】李曰："提心在口"四字，誰人能下得？【徐畫眉】【田眉】【延眉】苦思慮者，心近咽喉，如欲嘔出。【秀眉】詞句反對，甚工緻。【凌眉】提心在口，擔干係，小心謹閟之意，此亦方言之常。徐解云：苦思慮者，心近咽喉，如欲嘔出。何謂？【三合眉】苦思慮者，心欲嘔出，故曰"提心在口"。【魏眉】【峒眉】"提心在口"四字妙。則合⑥帶月披星，誰着你⑦停眠整宿？【羅眉】宿，音秀。【封眉】你若是，時本作

---

① （旦念）：屠本、繼本、徐參本、何本、秀本、硃本、湯本、湯沈本作"（鶯云）"，徐畫本、徐音本、陳本、張本、三合本、潘本作"（鶯）"，驥本、延本作"（旦云）"，虎本、天李本、魏本、峒本作"（鶯念）"，封本作"（鶯念云）"，毛本作"旦兒念"。羅本無。
② 花發：封本作"夜發"。須教：屠本作"偏教"，驥本、延本、張本、封本作"偏遭"。
③ 則着你：徐畫本、徐音本、驥本、陳本、延本、三合本、封本、毛本、潘本作"你若是"，張本作"則若是"。
④ 不爭你：容本、起本、虎本、秀本、硃本、天李本、湯本、魏本、峒本作"不爭"，徐畫本、徐音本、驥本、陳本、延本、三合本、潘本作"則爲你"。
⑤ 常使我：徐畫本、徐音本、驥本、陳本、延本、三合本、潘本作"我常是"，硃本作"常我"。
⑥ 則合：羅本作"則合着"，繼本、屠本、何本、六幻本、封本作"也則合"，徐畫本、徐音本、驥本、陳本、延本、張本、三合本、毛本、潘本作"你則合"。
⑦ 誰着你：徐畫本、徐音本、陳本、三合本、潘本作"誰着他"，驥本、延本作"誰教他"，張本作"誰教便"，毛本作"誰許他"。

"則若你"，非。夜去明來，是言宜晚去早回，不合停眠整宿也。老夫人心教①【凌旁】教，疑爲"較"，王本作"數"。此字宜平。【湯沈旁】一作"緒"。多，【虎眉】教，一作"緒"。【封眉】較，作"教"，誤。情性傯②【湯沈旁】一作"傷"。，【羅眉】傯，上聲。【秀眉】傯，音驟。【張眉】傯，言不可輕巧意，讀上聲。【封眉】傯，即空本作"傷"，誤。傷，音驟，妊身人也。傯，心迫也，然却音炒。但查董詞有："一門親事，十分指望著九。不提防夫人情性傯，將下臉兒來不害羞。"又："一封小簡，掉在纖纖手，自來心腸傯。"則是應讀作鄒，上聲矣。或亦有此音，或取形似用之耳。詞中鄉語方言，借音聲偏旁者甚多，不能盡有本字。使不着我③巧語花言，將没做有。④【徐畫眉】【田眉】【延眉】"巧語"二句，正實夫人"心數多，情性傯"也，如云夫人能爲巧語云云，將没尚要作有，况實有的事，豈可欺乎？俗本添"使不着"三字，屬紅娘身上，非作者意也。【徐音眉】爲之未有不知者。【凌眉】"使不着"二句，不過言遮飾不過也。徐、王删"使不着我"，而言"巧語花言"二句，指夫人覺，反隔一重。【湯沈眉】徐本無"使不著"三字，以"巧語"二句作老夫人身上看，與上下文氣相接。【封眉】將没作有，猶將有作没，調成語耳。徐王删"使不著我"四字，謂是亦指夫人言，謬甚。【毛眉】説的有理。【凌夾】俱以成語疊來成曲，足見當家手。【驥夾】【延夾】宿，音羞，上聲，後同。傯，音芻，上聲。【毛夾】傯，音走。【潘夾】"提心在口"四字，恐夫人盤問，時時堤備，將心提在口頭，打點答應，可見其心細，亦徵其

---

① 心教：羅本作"心意"，繼本作"心路"，屠本、天李本作"心緒"，徐畫本、徐音本、驥本、陳本、延本、張本、三合本、毛本、潘本作"心數"，徐參本、何本、六幻本、湯沈本作"心較"。
② 傯：弘本、範本、龍本、徐畫本、徐音本、徐參本、虎本、何本、陳本、秀本、硃本、天李本、六幻本、湯本、湯沈本、三合本、魏本、峒本、封本、潘本作"傯"，屠本作"驟"。
③ 使不着我：徐畫本、徐音本、驥本、陳本、延本、張本、三合本、毛本、潘本無。
④ 範本、龍本、徐畫本、徐音本、三合本、潘本此處多"（鶯云）俺娘猜疑我來"，張本此處多"（鶯）夫人猜疑我來"。

才敏。

【紫花兒序】老夫人猜那①窮酸做了新婿，小姐②做了嬌妻，【徐畫旁】【田旁】【延旁】此"巧語花言，將没作有"之實。【徐畫眉】【田眉】【延眉】妙甚。"這小賤人做了捧頭"③。【潘旁】妙至此乎？【繼眉】【虎眉】只，今本或作"這"或"遺"，殊無短長。【徐畫眉】【田眉】【延眉】"饒頭"二字，絶妙。【凌眉】捧頭，本自妥當，徐、王皆改爲"饒頭"，且曰"妙甚"！不知越人苦認紅娘爲幫丁何謂？如前"寫與從良"，及"那裏發付我"，俱作是解，可笑。不思《會真》本記張生内秉堅孤，終不及亂，未嘗近女色，止留連尤物，僅惑于鶯，此豈易沾染者？而必以饞目酸態扭煞亂紅娘耶！即玩全劇中曲白，張惟注意鶯爾，曾有一語面調紅者否？紅亦止欲成就二人耳，别無自銜之意也。【張眉】"他那""你個"，"我這"等字亦不輕下。"捧頭""饒頭"俱好。"捧頭"人人説得，只不如"饒"字佳爾。【三合眉】不是"饒頭"，倒是個大座主。俺小姐這些時春山低翠④，秋水凝眸⑤。【起眉】王曰：一句一字，一紐一摺，快心爽骨。【張眉】秋水，眼也；瀏，清也，言眼之明如水之清也。訛"眸"，非。不應跟"秋水"來，且對"春山"句不過。

---

① 老夫人猜那：羅本作"猜你"，徐畫本、徐音本作"猜它"，驥本、延本、三合本、潘本作"猜他"，張本作"猜他那"，毛本作"猜那"。
② 小姐：徐畫本、徐音、驥本、延本、三合本、潘本作"猜俺小姐"，張本作"猜你個小姐"。
③ 這小賤人做了捧頭：這，繼本、容本、起本、虎本、何本、陳本、秀本、碟本、天李本、湯本、魏本、峒本作"只"，徐參本作"只這"，封本作"俺"，六幻本、湯沈本無。羅本作"則我這賤人做了饒頭"，屠本同，但無"則我"；徐畫本、徐音本、三合本、潘本作"猜俺那小賤人做了饒頭"；驥本、延本作"猜那賤人做了饒頭"；張本作"猜我這賤人做了饒頭"。
④ 俺小姐：屠本、封本作"小姐"，徐畫本、徐音本、驥本、延本、張本、三合本、潘本作"你"，毛本作"況你"。翠：毛本作"黛"。
⑤ 凝眸：徐畫本、徐音本、驥本、延本、三合本、潘本作"凝流"，碟本作"迎眸"，張本作"凝瀏"。

【魏眉】【峒眉】一句一字，一紐一摺，快心爽骨。別樣的①都休，試把你②裙帶兒拴，紐門兒扣，【秀眉】裙帶拴，紐門扣，露出鶯鶯破綻。比着你③舊時肥瘦，出落得④精神，【羅眉】落，音澇。【繼眉】洛的，今本皆誤作"落得"。【起眉】【虎眉】洛的，今本盡作"落得"，誤至此耶，可笑。【徐畫眉】【田眉】【延眉】出落，猶言盡也、太也，越人俗言和扇也。【封眉】即空主人曰：出落，猶俗言"出脫"也。元曲有"出退得全別"，即是出落意。別樣的⑤風流。【範眉】【龍眉】描寫殆盡。【徐音眉】婦人則知婦人，于此可見。【徐參眉】巧語花言，善爲形容。【湯沈眉】此正夫人"巧語花言，將没作有"處。"這些時"以下數句，見小姐容態較別，果啓人疑。妙，妙。出落，猶言盡也、太也。一本作"洛的"。【封眉】件樣，時本作"別樣"。【毛夾】提心在口，驚恐之意。猶言魂離了殼也。《硃砂擔》劇"諕得我戰兢兢提心在口"。舊解挂念，非也。停眠整宿，指生，故曰"誰許他"。㑻，猶喬，亦作"擗"。董詞"不堤防夫人情性㑻"。巧語花言，以罵己言。解見第十折。"巧語"二句，俱指夫人說，俗本添"使不著我"四字，謬矣。"窮酸"三句正承"將沒作有"來，言無可疑尚爾爾，况有可疑也。低黛，或作"低翠"；凝眸，或作"凝流"；俱非。"眸"難對"翠"，"凝"不可流也。出落，即出色，與"別樣"同，此用董詞"陡恁地精神偏出跳"諸語。然是紅自說，王解作代夫人說，謬矣。【潘夾】"小賤人"替夫人口氣，實自己作波瀾也。"饒頭"二字尤妙，古人一娶九女，後世金釵十二，皆所謂饒頭也。

---

① 別樣的：徐畫本、徐音本、驥本、延本、三合本、潘本作"別個的"，張本作"別的"，毛本作"別的個"。
② 試把你：羅本作"你把這裙帶兒緊"，張本作"試把"，毛本作"祇把你"。
③ 比着你：範本、龍本作"比着你那"，屠本、六幻本、封本作"比着那"，張本作"比着"，三合本、潘本作"比你那"。
④ 出落得：繼本、容本、起本、徐參本、虎本、何本、陳本、秀本、硃本、天李本、湯本、魏本、峒本作"出洛的"，徐畫本、徐音本、驥本、延本、三合本、毛本、潘本作"出落的"，張本作"出落"。
⑤ 別樣的：徐畫本、徐音本、張本、三合本、潘本作"別樣"，封本作"件樣的"。

（旦云）紅娘，你到那裏①，小心回話者②。（紅云）我到夫人處③，必問④："這小賤人⑤！【凌夾】弋陽梨園作生先與紅亂，醜態不一而足，無怪越人有饒頭之癖矣。

【金蕉葉】我着你但去處⑥行監坐守，【繼眉】我，一作"他"。誰着你迤逗的胡行亂走⑦？"【羅眉】迤，音托。逗，音豆。行，音興。【徐畫眉】【田眉】【延眉】【湯沈眉】【三合眉】紅擬夫人責己之語，逼真。【徐參眉】老夫人必是如此問。【秀眉】迤逗，欲進不進之意。若問着此一節呵如何訴休⑧？【徐畫眉】【田眉】【延眉】妙！妙！你便索與他個知情的

---

① 你到那裏：到，徐畫本、徐音本、張本、三合本、潘本作"去"。屠本作"你見老夫人"，驥本、延本、六幻本、毛本作"你去"，碌本作"你到裏"。
② 小心回話者：小心，容本、起本、徐參本、虎本、陳本、秀本、碌本、天李本、湯本、魏本、峒本、封本作"多方"。屠本作"是必小心回話者"。
③ 我到夫人處：到，弘本、羅本、繼本、容本、起本、虎本、何本、陳本、秀本、碌本、天李本、六幻本、湯本、湯沈本、魏本、峒本作"若到"。範本、龍本作"這些都瞞他不得"，徐畫本、徐音本、張本、三合本、潘本作"我到那裏"，屠本作"若見夫人時"，驥本、延本作"到那裏"。
④ 必問：範本、龍本作"到其間必問"，徐畫本、徐音本、驥本、張本、三合本、潘本作"夫人必問道"，延本作"夫人若問道"，屠本作"他必先問我"，毛本作"若問道"。
⑤ 這小賤人：這，徐畫本、徐音本、驥本、延本、張本、三合本作"兀那"，毛本作"兀這"，潘本作"兀的"，弘本、範本、龍本、羅本、繼本、何本、六幻本、湯沈本無。屠本無。
⑥ 但去處：弘本、羅本、容本、起本、徐參本、虎本、秀本、天李本、湯本、峒本作"去處"。
⑦ 誰着你：徐畫本、徐音本、張本、三合本、潘本作"誰教你"。的：羅本作"的人"。亂走：秀本作"胡走"。
⑧ 若問着此一節呵如何訴休：着，峒本作"出"；訴休，羅本作"訴由"。徐畫本、徐音本、驥本、延本、三合本、潘本作"若知道那時如何索休"，張本作"若知道如何訴休"，毛本作"問着此如何索休"。

犯由①。【潘旁】妙！拿定主意。【羅眉】由，音憂。【徐畫眉】【田眉】【延眉】我便索與他知情的犯由，供招也。【虎眉】他，一作"我"。【三合眉】不由你不招伏。【潘夾】第一句先認自家知情便是，廿四分膽力，若從崔張説起便少擔當。

　　姐姐，你受責理當，我圖甚麼來？②【容眉】【徐畫珠眉】難道一些没有？【徐音眉】莫不圖"繞頭"來？【硃眉】【湯眉】難説一些没有。【三合眉】也圖些剩酒殘茶。【毛夾】迤逗，即拖逗。董詞"迤逗得鶯鶯去推探張生病"。犯由，即招伏，《酷寒亭》劇"則被潑烟花送了犯由牌"。參釋曰：言當檢舉也，"我著你"二句，頂賓白"夫人問"來，故緊接"問著此"句。或改"問著此"爲"若知道"，便是難解。

　　【調笑令】你綉幃裏③效綢繆，【延旁】妙！【張眉】繆，叶韻，訛"幃"，非。倒鳳顛鸞百事有。我在④窗兒外，幾曾⑤輕咳嗽【潘旁】更有説不出口處，紅于此際殊難爲情。，【起眉】【虎眉】我却在，今作"却着我"，亦可。【張眉】第三句少一字。【魏眉】這知趣人罕有。【峒眉】這

---

① 你便索與他個知情的犯由：你便索，徐畫本、徐音本、驥本、延本、三合本、潘本作"我便索"，封本作"則便索"；與他個，羅本作"先寫個"，繼本、何本、湯沈本作"與我個"。張本作"我便索與他知情犯縣"，毛本同，但"與他"作"與他個"。

② 姐姐，你受責理當，我圖甚麼來：範本、龍本作"（鶯云）你到那裏小心回話，只是累你咱。（紅云）姐姐，你受責理當，我圖甚麼來？（鶯云）好姐姐，事到其間，且休愁悶哩"，弘本此段道白前多科介"（紅云）"。驥本、延本無。

③ 綉幃裏：張本作"綉幪"。

④ 我在：弘本作"却着在"，繼本、容本、起本、徐參本、虎本、何本、陳本、秀本、硃本、天李本、六幻本、湯本、湯沈本、魏本、峒本作"我却在"，徐畫本、徐音本、驥本、延本、三合本、毛本、潘本作"我向"。

⑤ 幾曾：繼本、屠本、容本、起本、徐畫本、徐音本、驥本、虎本、何本、陳本、秀本、硃本、延本、張本、天李本、六幻本、湯本、湯沈本、三合本、魏本、峒本、封本、毛本、潘本作"幾曾敢"。

丫頭甚是知趣。立蒼苔將綉鞋兒冰透①。【謝眉】"湮透"句，應前"露珠兒濕透"句。【範眉】【龍眉】淫妒、怛怛、咎悔之情，三者備矣。【繼眉】湮，音因。【陳眉】【硃眉】知趣知趣。【秀眉】怨懟之情，見乎詞矣。【凌眉】王伯良曰："首、當"二字句，當韵。冰透，俗作"湮透"，謬。觀紅娘口語如此，豈曾作饒頭者也？【張眉】冰，言地冷，人立涼透鞋也。作"濕"作"湮"，俱非。【封眉】冰透，時本多作"湮透"。今日個嫩皮膚倒將粗棍抽②，【繼眉】麤，音粗。姐姐呵③，俺這④通殷勤的着甚來由？【徐畫眉】【田眉】【延眉】紅怨己之失，二詞雖曰真情，却亦將己插入。【徐音眉】祇爲張生之計，生其惻隱之心，不比一種丫鬟，好事者爲之也。【徐參眉】這知趣人罕有。【陳眉】【硃眉】忠臣忠臣。【三合眉】你自己説"着甚來由"？【毛夾】此又作怨詞，頂賓白來。綉幃，二字句，宜韵。此乃用董詞"綉幃深處效綢繆"句，而偶失之者。綉鞋湮透，即詩餘"夜深沾綻綉鞋兒"。"湮透"二字，亦元詞慣用，如後本"新痕把舊痕湮透""都一般啼痕湮透"類。【潘夾】斬荆棘，犯霜露，相從于矢石之間者，亦欲得茅土，長子孫耳。若使功成不受爵，真不知其圖甚麼也。不意紅與五湖之游同其無我。每誦"一將功成萬骨枯"之句，因嘆居功人亦不易得泰然也。讀紅娘【調笑令】一闋，令崔張静好時損多少歡樂。

---

① 將：屠本、驥本、延本、張本作"把"。綉鞋兒：張本作"綉鞋"。冰透：弘本、徐畫本、徐音本、驥本、延本、張本、三合本、封本、潘本作"冰透"，範本、龍本、繼本、屠本、容本、起本、徐參本、虎本、何本、陳本、秀本、硃本、天李本、湯本、湯沈本、魏本、峒本、毛本作"湮透"。
② 今日個嫩皮膚倒將粗棍抽：倒，徐參本、魏本、峒本無；粗棍，屠本作"粗棍子"。徐畫本、徐音本、三合本、潘本作"如今嫩皮膚又將粗棍子抽"，驥本、延本同，但"嫩皮膚"作"嫩皮膚上"；張本同，但"又"作"倒"；毛本同，但"如今"作"今日個"。
③ 姐姐呵：六幻本、湯沈本、毛本無。
④ 俺這：張本無。

姐姐在這裏①等着，我過去②。說過呵③，休歡喜④；說不過⑤，休煩惱⑥。（紅見夫人科）（夫人云）小賤人，爲甚麼不跪下！⑦ 你知罪麼？⑧（紅跪云）⑨紅娘不知罪⑩。【潘旁】便有歸過夫人意。【容旁】妙！【湯眉】妙！（夫人云）你故自⑪口强哩。【繼眉】强，音降。若實說⑫呵，饒你；若不實說呵，我直打死你這個賤人⑬！誰着你和小姐

---

① 在這裏：屠本作"在此"，徐畫本、徐音本、驥本、延本、湯沈本、三合本、毛本、潘本作"則在這裏"，張本作"你則在這裏"。
② 我過去：屠本作"待我去"。
③ 說過啊：屠本、徐畫本、徐音本、驥本、三合本、潘本作"說的過"。
④ 休歡喜：屠本作"你休喜"，封本作"休喜歡"。
⑤ 過：繼本作"過呵"。
⑥ 休煩惱：屠本作"也休愁"。
⑦ 小賤人，爲甚麼不跪下：爲甚麼，徐畫本、徐音本、張本、三合本、潘本作"怎麼"。屠本作"賤人"，驥本、延本作"小賤人，怎麼不跪着"。
⑧ 弘本、容本、起本、虎本、陳本、天李本、湯本、封本此處多"（紅云）紅娘不知罪"。
⑨ （紅跪云）：何本、秀本、魏本、峒本作"（紅云）"，張本、三合本、潘本作"（紅）"。
⑩ 罪：屠本作"甚罪"，徐畫本、徐音本、驥本、延本、張本、六幻本、湯沈本、三合本、毛本、潘本作"甚麼罪"。
⑪ 你故自：弘本、毛本作"你古自"，範本、龍本作"這小賤人，你還自"，繼本、徐畫本、徐音本、驥本、何本、延本、張本、六幻本、湯沈本、三合本、潘本作"你還自"。
⑫ 實說：魏本、峒本作"說實"。
⑬ 我直打死你這個賤人：你這個，範本、龍本、繼本、容本、起本、徐畫本、徐音本、徐參本、驥本、虎本、何本、陳本、秀本、碌本、延本、張本、天李本、六幻本、湯本、湯沈本、三合本、魏本、峒本、封本、毛本作"你個"。潘本作"直打死你個賤人來"。

花園裏去來?①（紅云）不曾去，②誰見來？（夫人云）歡郎見你去來③，尚故自推哩④！（打科）（紅云）夫人⑤，休閃了手⑥。【潘旁】何從容自在。且息怒停嗔⑦，聽紅娘說⑧。【秀眉】若非考訊紅娘，烏得鶯、生事露？【潘夾】平素則擔驚受怕，臨事則不慌不忙，心細于秋毫之末，而勇足奪三軍之帥，世安得如紅娘者而與屬天下事哉。

【鬼三臺】夜坐時停了⑨針綉，共姐姐閒窮究，說張生哥哥⑩病久，咱兩個背着夫人向書房⑪問候。【徐畫眉】【田眉】【延眉】紅訴已無心犯法。妙！【陳眉】認處高甚。【湯沈眉】回話夫人，妙絕。【魏眉】【峒眉】認處高甚，是炙轂口漫天計。【封眉】即空主人曰：【鬼三台】一調，九句用八韵。"事已休"自應爲句，"咱兩個背著夫人"係襯字耳。（夫

---

① "你故自口强哩"至"誰着你和小姐花園裏去來"：和小姐，徐參本、虎本、陳本、秀本、碛本、天李本、湯本、魏本、峒本作"夜夜和小姐"，封本作"夜間和小姐"，毛本作"半夜和小姐"；花園裏去來，徐畫本、徐音本、六幻本、湯沈本、三合本、潘本作"半夜花園裏去來"，驥本、延本、張本作"半夜花園裏去"。屠本作："這賤人還自口强哩，早早從實說來。（紅云）說些甚麼？（夫云）誰和姐姐花園裏去來？"
② 驥本、延本、毛本此處多"不曾去"。
③ 見你去來：你，驥本、延本、毛本作"你兩個"。封本作"見來"。
④ 尚故自推哩：故自，弘本、毛本作"古自"，弘本、範本、繼本、徐畫本、徐音本、驥本、延本、張本、六幻本、湯沈本、三合本、潘本作"兀自"。屠本無。
⑤ 夫人：徐畫本、徐音本、徐參本、驥本、延本、張本、三合本、潘本作"老夫人"。
⑥ 休閃了手：了，秀本作"貴"；手，容本、起本、徐畫本、徐音本、徐參本、虎本、陳本、碛本、張本、天李本、湯本、三合本、魏本、峒本、封本、毛本、潘本作"貴手"。驥本、延本作"閃了貴手"。
⑦ 且息怒停嗔：屠本作"權且息怒"。
⑧ 聽紅娘說：說，範本、龍本、徐畫本、徐音本、三合本、潘本作"說來者"，繼本、何本、六幻本作"說來"，秀本作"說呵"。屠本作"待紅娘從頭說來"。
⑨ 停了：張本作"停"。
⑩ 哥哥：張本無。
⑪ 背着：張本作"背"。書房：範本、龍本、繼本、屠本、何本、六幻本、湯沈本、三合本、潘本作"書房裏"，驥本、延本作"書幃裏"。

人云）問候呵，他説甚麼？① （紅云）他説來②，【封眉】時本漏"來"字，便不暢。道"老夫人事已休③，將恩變爲讎④，着小生半途喜變做憂⑤。"【徐畫諸眉】話説俱回得妙。【湯沈眉】"道夫人"二語，方本作一句讀。他道⑥："紅娘你且先行，教小姐權時落後。"【潘旁】妙至此乎？【容眉】【湯眉】妙！【徐音眉】小紅霹靂口供，招得妙。【徐參眉】巧紅娘真有見識，該認認。叙事如破竹，索性供來往，怎發落？【陳眉】【硃眉】蘇張舌，孫吳籌。【秀眉】權時落後，分明説出相通之意。【凌眉】【鬼三臺】一調，九句用八韵。"事已休"自應爲句。"咱兩個背着夫人"句，係襯字耳。但"將恩變爲讎"二句宜對，而此少不整，亦少襯字故。【張眉】第四句失韵。説夫人句添"休"作兩句，非。【三合眉】張生反無此快語。【魏眉】【峒眉】妙。索性供來，你怎發落？【毛補眉】如此細細説來，使夫人一時難以發問。不必問矣。【驥夾】"休"字不作韵，説見後注。【延夾】"休"字不作韵。

（夫人云）⑦ 他是個女孩兒家，着他落後怎麼？【陳補眉】傲婆子尚兀不知情，還問怎麼？【三合眉】你自去想。【容夾】【湯夾】你自想。【潘夾】夫人此問，真在無懷葛天以上。

---

① （夫人云）問候呵，他説甚麼：他説，硃本作"他"。屠本作"（夫云）他説些甚麼來"，驥本、延本無。
② （紅云）他説來：繼本、屠本、徐畫本、徐音本、驥本、延本、三合本無。
③ 道老夫人事已休：老夫人，弘本、繼本、徐畫本、徐音本、驥本、虎本、延本、六幻本、三合本、潘本作"夫人"。張本作"説夫人事已"，封本作"説夫人事已休"，毛本作"道夫人呵，（唱）此事休"。
④ 將恩變爲讎：恩，徐參本、魏本、峒本作"恩愛"，封本作"恩來"；變爲，屠本、徐畫本、徐音本、六幻本、三合本、潘本作"變做"，毛本作"變"。驥本、延本作"恩變做讎"，張本作"恩做讎"。
⑤ 着小生半途喜變做憂：做，毛本無。徐畫本、徐音本、驥本、延本、張本、三合本、潘本作"教小生半途喜變憂"。
⑥ 他道：徐畫本、徐音本、驥本、延本、張本、三合本、潘本作"道"。
⑦ 毛本此處多"哎喲"。

【秃厮儿】（红唱）我则道①神针法灸，【谢眉】"神针法灸"应前句。谁承望燕侣莺俦。他两个经今月余则是一处宿②，【延眉】宿，音修。【汤沈眉】一本无"则是"二字。何须你一一问③缘由？④【容眉】【徐画珠眉】【汤眉】索性说明，老夫人有何话说？妙！【徐音眉】招得好狠，夫人口咋矣。【陈眉】【硃眉】一一供状，看他怎么发落。【凌眉】此调末宜有二字一韵句，旧本皆无，必是脱落；或者"问"字是"究"字之误，亦未可知。然旧《冬景词》【秃厮儿】"布四野满长空天涯"，用家麻而"空"字非韵；《嘲伎好睡》词【秃厮儿】"镵烛灭早魂魄昏迷"，用齐微而"魄"字非韵。即本传第三本末折【秃厮儿】"冻得来战兢兢，说甚知音"，用侵寻而"兢"字非韵。或此亦可不用韵耳。【张眉】搜，叶韵，讹"问"，非。【三合眉】索性说明，夫人反无话说了，妙人自有妙计。【封眉】即空主人曰：此调末宜用韵句，疑"问"字或是"究"字之误。然考旧《冬景》【秃厮儿】"布四野满长空天涯"，用家麻而"空"字非韵；《嘲妓好睡》词"镵烛灭早魂魄昏迷"，用齐微而"魄"字非韵。即本传前折"冻得来战兢兢，说甚知音"，用侵寻而"兢"字非韵。或亦可不用韵耳。"何须的"是句，俗本多漏"的"字。【骥夹】【延夹】"缘由"下，缺二字一句。【六幻夹】下缺二字一句。【毛夹】缺二字。

【圣乐王】他每不识忧，不识愁，一双心意两相投⑤。夫

---

① 我则道：徐画本、徐音本、三合本、潘本作"我则道他"，毛本作"端不为"。
② 他两个经今月余则是一处宿：经今，岫本作"今经"；则是，封本无。屠本作"他两个今经月余则在一处宿"；徐画本、徐音本、张本、三合本、潘本作"经今月余一处宿"，骥本、延本同，但句前多"他"。
③ 何须你：弘本、范本、龙本、继本、屠本、容本、起本、徐画本、徐音本、徐参本、虎本、何本、陈本、秀本、硃本、天李本、六幻本、汤本、三合本、魏本、岫本、毛本、潘本作"何须"，张本、封本作"何须的"。问：张本作"搜"。
④ 范本、龙本此处多"（夫人云）好害羞也。（红云）他两个顾不得羞，死也不肯干休"，屠本此处多"（夫云）这个都是你这贱人勾引来的。（红云）不干红娘事"。
⑤ 一双心意两相投：岫本作"一般心意两般投"。

人①得好休，便好休，這其間②何必苦追求？常言道"女大不中留③"。【徐畫眉】【田眉】【延眉】妙！【徐畫諸眉】結得妙。【魏眉】蘇張口，蕭相律，良平策。【峒眉】蘇張之舌。妙甚！【毛夾】諸曲大概本董詞，"此事休將恩變讎"，係七字一句。俗本誤認"休"字是韵，遂截作兩句，而改"此事"爲"事已"，已非調法。至他本或刪去"將"字，遂盡失本來矣。烏知"休將"是連字耶？"着小生"句亦承"休將"來。"端不爲"以下，正檢舉處，俗改"端不爲"爲"我則道"，不通。言斷不爲彼，然亦誰料其有此也。此以投首爲推乾法，若與身無預者然，故下連着兩"他"字，最妙。"何須一一問緣由"句下，考【禿厮兒】調，尚有二字一句，諸本皆缺。詞隱生云：當作"何須一一問從頭，緣由"。似有理，然亦不敢增入。至有改"問"字爲"究"字，以"究"爲韵，則此句須仄仄仄平平，"何須一一究"，俱相反矣。女大不中留，元詞習語。參釋曰：休將恩變讎，是紅主意。與下"大恩人怎做敵頭"相應，但此先借作生語，爲起下法，最妙。【潘夾】極出口不得的話，偏說得一路太平；極歇手不來的事，偏說得毫無疑難。有事只當無事，太氣化做沒氣，紅真可謂辨才無礙，可助廣長說法。《鶡冠子》有云："士有三端可畏，畏猛士之鋒端，說士之舌端，文士之筆端。"今紅娘具此舌端，作西廂者有此筆端，銳于猛士之鋒端，可畏哉。

（夫人云）這端事④，都是你個賤人⑤！（紅云）非是張生、小

---

① 夫人：驥本、延本作"夫人你"。
② 這其間：徐畫本、徐音本、驥本、延本、張本、三合本、潘本作"其間"。
③ 中留：徐參本作"終留"。
④ 這端事：範本、龍本作"這一端事"，繼本、容本、起本、徐參本、虎本、何本、陳本、硃本、天李本、六幻本、湯本、魏本、峒本、封本、毛本作"這樁事"，屠本作"這件事"，徐畫本、徐音本、驥本、延本、張本、湯沈本、三合本、潘本作"這事"。
⑤ 你個賤人：個，繼本、何本、六幻本、湯沈本作"這"，硃本作"這個"。屠本作"你這賤人之罪"，秀本作"這賤人"，封本作"你個賤人之罪"。

姐、紅娘之罪①，乃夫人②之過也。【容旁】【湯旁】妙！【三合眉】好利口，足見有才！（夫人云）這賤人到指下我來③，怎麼是我之過？（紅云）信者，人之根本④，"人而無信，不知其可也。大車無輗，小車無軏，其何以行之哉？⑤"【秀眉】以學究之談，逞嬌娃之辯，亦自快人。當日軍圍普救⑥，夫人所許退軍者⑦，以女妻之。張生非慕小姐顏色，豈肯建區區退軍之策⑧？兵退身安⑨，夫人悔却⑩前言，豈得⑪不爲失信乎？【潘旁】夫人過一。既然不肯成其事⑫，只合酬之以⑬金

---

① 非是張生、小姐、紅娘之罪：是，弘本、範本、龍本無。屠本作"皆非紅娘、張生、小姐之罪"，容本、起本、徐參本、虎本、何本、陳本、碌本、天李本、六幻本、湯本、魏本、峒本、封本、毛本作"非是紅娘之罪，亦非張生、小姐之罪"，驥本、延本作"非紅娘之罪"，秀本作"非是紅娘之罪"。
② 夫人：屠本、驥本、延本作"老夫人"。
③ 到指下我來：到，弘本作"道"，範本、龍本、繼本、屠本、何本、六幻本作"倒"；指，徐參本作"扯"，張本作"說"。徐畫本、徐音本、三合本、潘本作"倒指着我來"，驥本、延本作"倒說下我來"。
④ 信者，人之根本：驥本、延本、毛本此句前多"豈不聞"。屠本作"古語云：信者，人之大寶"。
⑤ 大車無輗，小車無軏，其何以行之哉：屠本、徐畫本、徐音本、驥本、延本、張本、三合本、潘本無。
⑥ 軍：屠本、秀本作"兵"，封本作"賊"。普救：驥本、碌本、延本作"普救寺"。
⑦ 夫人所許退軍者：屠本此句前多"時"。所，張本無；者，弘本無。
⑧ 豈肯建區區退軍之策：建區區，弘本作"區區除"，範本、龍本、繼本、容本、起本、徐參本、虎本、何本、陳本、秀本、碌本、天李本、天李本、六幻本、湯沈本、魏本、峒本、封本作"區區建"，徐畫本、徐音本、驥本、延本、三合本、毛本、潘本作"建"。屠本作"豈肯陳此大計"，張本作"何故無干建策"。
⑨ 兵退身安：兵，封本作"賊"。屠本作"及兵退身安"。
⑩ 却：徐畫本、徐音本作"那"。
⑪ 豈得：張本作"豈"。
⑫ 既然不肯成其事：屠本作"既悔前言"，張本作"既不允親"。
⑬ 酬之以：屠本、張本作"酬以"，驥本、延本、六幻本、毛本作"酬之"。

帛，令張生①捨此而去。却不當留請張生于書院②，【潘旁】夫人過二。使怨女曠夫，各相早晚窺視③，所以夫人有此一端④。目下老夫人若不息其事⑤，一來辱没⑥相國家譜，二來張生日後名重天下⑦，施恩于人⑧，忍令返受其辱哉⑨！使至⑩官司，夫人亦得治家不嚴之罪⑪。【潘旁】夫人過三。官司若推其詳，亦知老夫人背義而忘恩，⑫【潘旁】夫人過四。豈得爲賢哉？紅娘不敢自專，乞望夫人台鑒：⑬莫若恕其

---

① 張生：砆本作"張"，封本作"之"。
② 留請張生于書院：留請，秀本作"留"；張生，封本無。屠本作"留住書院"，驥本、延本作"留書舍"，張本作"留于書院"。
③ 各相早晚窺視：羅本、繼本、六幻本、三合本、毛本、潘本作"各相窺視"，驥本、延本、張本作"各相窺伺"，封本作"早晚窺視"。
④ 所以夫人有此一端：夫人，徐畫本、徐音本、驥本、延本、張本、六幻本、三合本、毛本、潘本無；一端，羅本、繼本、容本、起本、徐參本、虎本、何本、陳本、秀本、砆本、天李本、湯本、魏本、峒本、封本作"一端之過"。屠本作"此又夫人之大失也"。
⑤ 目下老夫人若不息其事：目下，毛本無；老夫人，封本作"夫人"。驥本、延本作"老夫人若不息此事"，張本同，但無"老"字。
⑥ 辱没：弘本作"辱末"，驥本、延本、毛本作"辱莫"。
⑦ 日後名重天下：名重，容本、起本、徐參本、虎本、何本、陳本、秀本、砆本、天李本、湯本、魏本、峒本、封本作"名聞"。徐畫本、徐音本、驥本、延本、三合本、毛本、潘本作"名望不輕"，張本無。
⑧ 施恩于人：驥本、延本、毛本作"既已施恩于人"。
⑨ 忍令返受其辱哉：忍令，封本作"而肯"；哉，徐畫本、徐音本、驥本、延本、三合本、毛本、潘本無。張本作"反受其辱"。
⑩ 使至：容本、起本、徐參本、虎本、何本、陳本、秀本、天李本、湯本、魏本、峒本、封本、毛本作"便至"，徐畫本、徐音本、驥本、延本、張本、六幻本、湯沈本、三合本、潘本作"便到"。
⑪ 夫人亦得：毛本作"老夫人亦有"。罪：驥本、延本作"罪也"。
⑫ 官司若推其詳，亦知老夫人背義而忘恩：而，容本、起本、徐參本、虎本、何本、陳本、秀本、砆本、天李本、六幻本、湯本、魏本、峒本無。毛本作"且知老夫人忘恩負義"。
⑬ 紅娘不敢自專，乞望夫人台鑒：乞望，徐畫本、徐音本作"伏望"，何本作"望"。潘本無。

小過①，成就②大事，擱之以去其污③，【羅眉】擱，音軟。豈不爲長便乎？④【謝眉】堂前巧辯元如此，舌戰群儒果是真。【範眉】【龍眉】此段白以學究之談，逞嬌娃之辯，亦自快人。【容眉】【徐畫珠眉】【珠眉】【湯眉】【三合眉】紅娘真有二十分才，二十分識，二十分膽，有此軍師，何攻不破？何戰不克？宜乎鶯鶯城下乞盟也哉。【徐音眉】夫人失閨誨之謂，何以大義責人？小紅渾身膽口，以視男子吃吃者，又當拜小紅之下風。【徐參眉】紅娘不但小知，尤可大受。責夫人有回天力量，可稱女中元戎。【陳眉】一本西廂全由這女胸中搬演出，口中描寫出，大才、大膽、大忠、大識。【秀眉】指辯數句，令老夫人緘口。【三合眉】此議更勝。【魏眉】此大識見，大力量，是女流中大元帥。【峒眉】一本《西廂》，由這女子胸中搬演，大有識見。【容夾】【湯夾】這丫頭是個大妙人。【潘夾】夫人一句逼緊，紅即用一句跌開，不但爲自己卸肩，且爲張生小姐摸垢，不但爲張生小姐摸垢，且將老夫人頂板，遂發出以下堂堂正正一片大議論來。一語轉關，捷如飛隼，快如并刀，可畏哉。"信者，人之本"以下，直作上書體，妙甚！"釋之以去其污"大作用人語，不但足以排難解紛，且足以救弊幹蠱，那得不令人心折。有此一語，何局結不來，紅洵屬魯仲連一流人物，非儀秦巧詐可方也。

　　【麻郎兒】秀才⑤是文章魁首，【羅眉】才，音猜。姐姐⑥是仕

---

① 小過：硃本作"小罪"。
② 就：毛本作"其"。
③ 擱之以去其污：擱，弘本作"潤"，徐畫本、徐音本、三合本、潘本作"釋"。張本無。
④ "目下老夫人若不息其事"至"豈不爲長便乎"：豈不爲長便乎，張本作"實爲長便"。驥本、延本無"官司若推其詳"至"豈不爲長便乎"。屠本作："今日若不將就，一來辱了相國聲名，二來背了張生恩德，三來玷了夫人閨門。紅娘不敢自專，望乞夫人寬恕，將錯就錯，成了這端大事，豈不謂之淑女以配君子乎？請夫人臺鑒。"潘本此句後多："紅娘愚不諫賢，伏望夫人台鑒。"
⑤ 秀才：徐畫本、徐音本、驥本、延本、張本、三合本、毛本、潘本作"一個"，封本作"張生"。
⑥ 姐姐：屠本作"小姐"，徐畫本、徐音本、驥本、延本、張本、三合本、毛本、潘本作"一個"。

女班頭；一個通徹①三教九流，【繼眉】九流：陰陽家、法家、名家、墨家、縱橫家、雜家、農家、兵家、儒家。一個曉盡描鸞②刺綉。【徐畫眉】【田眉】【延眉】勸當成親處，一句緊一句，詞意特妙。【湯沈眉】紅勸成親處，一句緊一句，詞意妙甚。【驥夾】【延夾】刺，音戚，叶上聲。【毛夾】刺，音戚，上聲。

【幺篇】世有③、便休、罷手，大恩人怎做敵頭④？起【湯沈旁】一作"啓"。白馬將軍故友⑤，【羅眉】白，音擺。【繼眉】啓，今本作"起"，非。【虎眉】啓，諸本作"起"，非。【封眉】時本多漏"想當初"三字。斬飛虎叛賊草寇。⑥【範眉】【龍眉】【秀眉】既炫能而復歸功，撮合神手！【徐音眉】句句難解紛，小紅天下士也。【潘夾】世有、便休、罷手，六字作三句，音節頓挫，冷冷動人。將驚天動地的事，只說作家常茶飯，分毫不消犯力，使盛氣遇之自平。

【絡絲娘】不爭和⑦張解元參辰卯酉，【範眉】【龍眉】【徐畫眉】【田眉】【秀眉】【延眉】【三合眉】參居酉，辰居卯，兩不相見。【繼眉】參居酉，辰居卯，兩不相見。楊子《法言》"吾不睹參辰"之相比也。【凌眉】徐士範曰：參居酉，辰居卯，兩不相見。【湯沈眉】參辰二星，分居卯酉，常不相見。董詞云：到頭贏得自家羞。便是與崔相國出乖弄醜⑧。【羅眉】國，

---

① 通徹：張本作"通徹那"。
② 曉盡：張本作"曉盡那"。鸞：徐畫本、徐音本作"鑾"。
③ 世有：羅本作"他兩個實有"，屠本作"他今日世有"。
④ 怎做敵頭：羅本作"焉敢低做頭"。
⑤ 起：繼本、容本、起本、虎本、何本、陳本、秀本、硃本、張本、天李本、六幻本、湯本、魏本、峒本、毛本作"啓"，封本作"想當初啓"。故友：羅本作"是故友"。
⑥ 斬飛虎叛賊草寇：叛賊，繼本作"反賊"。屠本此句後多"夫人不肯寬恕呵"。
⑦ 和：徐畫本、徐音本、驥本、延本、三合本、潘本作"共"。
⑧ 弄醜：羅本作"露醜"。

音鬼。到底①干連着自己骨肉，夫人索窮究②。【羅眉】着，音招。索，音灑。【起眉】李曰：【麻郎兒】至【絡絲娘】，一折敘其能，一折敘其功，一折激其"到底干連着自己骨肉"，有范睢諫秦王口吻。參破便是蘇長公一篇諫論。【徐參眉】理通山倒，夫人定從此策。【硃補眉】肉，音壽。【張眉】第三句多一字。【三合眉】貴家專以此作勝算。【峒眉】說得天花亂墜。【驥夾】【延夾】肉，叶柔，去聲。【毛夾】世有、便休、罷手，凡三韻，然一氣下，言世固有，便當休息，而罷手之事，下文是也。敵頭，對頭也。"啓白馬"二句，正數其恩也；"不爭和"以下，又一層，言不特當知恩，且宜顧體也。參辰二星，分居卯酉，以比離異。"不爭"三句，言發露其事，不過與張離異，但家醜可念耳。董詞：到頭贏得自家羞。【潘夾】前論其事之是非，以理折之也。此又論其事之利害，以勢劫之也。

（夫人云）這小賤人也道得是③。【三合眉】也不由你不說不是。我不合養了這個④不肖之女。【陳眉】不肖。待經官呵⑤，玷辱⑥家門。【羅眉】玷，音店。罷，罷，俺家無犯法之男，再婚之女，與了這廝罷！【容眉】【徐畫珠眉】【硃眉】【湯眉】老夫人亦不得不是了。【徐音眉】至此忼慨，夫人終明眼人，呼之即轉。【魏眉】露醜不如成美，夫人定是從此一

---

① 底：徐畫本、徐音本、驥本、延本、三合本、毛本作"了"。
② 夫人：羅本作"夫人也"，屠本作"夫人你"。索窮究：繼本、徐畫本、徐音本、驥本、延本、六幻本、三合本、毛本作"索體究"，張本作"須索體究"。
③ 小賤人：屠本、徐畫本、徐音本、驥本、延本、張本、三合本、潘本作"賤人"。道得是：張本作"說的是"。
④ 我不合：驥本、延本作"不合"。養了：何本、六幻本作"養嬌了"。這個：硃本作"這"。
⑤ 待：徐畫本、徐音本、張本、三合本無。呵：峒本作"府"，六幻本作"司"。
⑥ 玷辱：張本作"其實辱沒"。

策。紅娘，喚那賤人來①！（紅見旦云）②且喜姐姐③，那棍子則是滴溜溜在我身上④，【潘旁】純是一塊擔識力量。吃我直說過了，我也怕不得許多。⑤【陳眉】難道不怕？夫人如今喚你來⑥，待成合親事⑦。（旦云）羞人答答的⑧，怎麼見夫人⑨？（紅云）娘根前有甚麼羞！⑩【潘夾】"直說"二字妙極，不獨膽氣好，直是識力過人。夫人心數多，性情謔，難以情求，不可欺詐，止可理奪，或用勢劫耳。若崔一味假，張一味懦，此事如何結得案來。

---

① 來：驥本、延本作"來者"。
② （紅見旦云）：羅本、繼本、容本作"（紅叫鶯云）"，徐畫本、徐音本、三合本、潘本作"（紅喚鶯科）"，魏本、峒本作"（紅喚鶯云）"，封本作"（紅起入內告鶯云）"。
③ 且喜姐姐：徐畫本、徐音本、驥本、延本、張本、三合本、毛本、潘本作"姐姐且喜"。
④ 那棍子則是滴溜溜在我身上：身上，範本、龍本作"身上滾過"。屠本作"棍子只在我身上滴溜溜滾過去了"。
⑤ 吃我直說過了，我也怕不得許多：屠本作"怕不的許多"，徐畫本、徐音本、三合本、潘本作"我也怕不得許多，吃我直說過了"。驥本、延本、張本、毛本作"吃我直說過了"。
⑥ 夫人如今喚你來：夫人，弘本、六幻本、湯沈本作"娘"，毛本作"老夫人"。來，屠本、天李本作"去"，徐畫本、徐音本、張本、三合本、潘本無。羅本、繼本、容本、起本、虎本、何本、陳本、秀本、湯本、封本作"如今喚你去"，碌本作"如今喚去"。
⑦ 待成合親事：待，屠本作"待與張生"；事，封本作"事哩"。徐畫本、徐音本、驥本、延本、張本、三合本、毛本、潘本作"完成親事哩"。
⑧ 答答的：魏本作"羞答答的"，屠本作"答答"。
⑨ 怎麼見：羅本、繼本、容本、起本、虎本、何本、陳本、秀本、碌本、天李本、湯本、毛本作"怎麼見得"，屠本作"怎見"。夫人：徐畫本、徐音本、驥本、延本、張本、三合本、潘本作"我娘"。
⑩ 根前：羅本、繼本、容本、起本、徐畫本、徐音本、徐參本、驥本、虎本、何本、陳本、秀本、碌本、延本、張本、天李本、六幻本、湯本、湯沈本、三合本、魏本、峒本、毛本、潘本作"跟前"。羞：屠本、徐參本作"羞來"。驥本、延本、天李本此句後多"羞呵休做。我說你聽"，六幻本、湯沈本同，但"呵"作"時"。張本此句後多"羞休做"。

【小桃紅】① 當日個月明纔上②柳梢頭，【徐畫旁】【田旁】【延旁】妙！却早人約黃昏後。【謝眉】【繼眉】秦少游詞："月在柳梢頭，人約黃昏後。"【羅眉】月，音曰。明，音瞑。約，音要。羞的我腦背後將牙兒襯着衫兒袖③。猛④凝眸，看時節⑤則見鞋底尖兒瘦。【羅眉】牙，音鴉。着，音招。凝，音膺。時，音詩。則，音自。【硃眉】【湯眉】妙人，妙人。【張眉】怎凝眸，言看不得也，正與上下句光景照應有情。訛"乍"，則是瞥。然此時止瞥然耶？如此文心，豈作痴語。一個⑥恣情的不休，一個⑦啞聲兒廝耨。【範眉】【龍眉】炫能歸功之後，又一段情話。秦少游詞："月在柳梢頭，人約黃昏後。"駢言剩句，雜以訕語，侍兒之情曲盡矣。【羅眉】耨，音漏。【起眉】王曰：駢語、儷語，雜以訕語。【凌眉】俗本二句"一個"下有"搵香腮""摟腰肢"二語，便俗氣熏人。【三合眉】怎凝眸，言看不得也。北人謂相泥曰耨。咋⑧！那其間可怎生⑨不害半星兒羞？【容眉】妙人，妙人。【徐畫眉】【田眉】【延眉】怎凝眸，即俗云看不得。"則見鞋底"句是寫情態，而能極其形容，又不涉于俚俗，此《西廂》所以有

---

① 弘本此處多科介"（紅説旦）"，容本、徐參本、虎本、硃本、天李本、湯本多科介"（紅唱）"，秀本、延本、魏本、峒本多科介"（紅）"，毛本多科介"（唱）"。
② 當日個：弘本、屠本、容本、起本、虎本、何本、陳本、秀本、硃本、天李本、湯本、峒本作"當夜個"，徐畫本、徐音本、驥本、延本、張本、三合本、毛本、潘本作"你那"。上：徐畫本、徐音本、三合本作"到"。
③ 我：徐畫本、徐音本、驥本、延本、三合本、潘本、潘本作"俺"。將：延本作"着"，張本無。襯着衫兒袖：徐參本作"襯着羅衫袖"，驥本、延本、張本作"襯衫袖"。
④ 猛：徐畫本、徐音本、驥本、延本、張本、六幻本、三合本、毛本、潘本作"怎"。
⑤ 看時節：屠本、張本、潘本無。
⑥ 一個：範本、龍本、徐參本、魏本、峒本作"一個搵香腮"。
⑦ 一個：範本、龍本、徐參本、魏本、峒本作"一個摟腰肢"。
⑧ 咋：驥本、延本無。
⑨ 那其間可怎生：羅本、何本作"那其間"，徐畫本、徐音本、驥本、延本、張本、三合本、毛本、潘本作"那時節"。

畫筆之工也。北人謂相泥曰"穤"。【徐音眉】"羞不羞"數語，于鶯鶯又是冷水沃湯矣。【徐參眉】鶯鶯汗流。【秀眉】駢言剩句，雜以訕語，待窺之貌，描寫殆盡。【湯沈眉】秦少游詞："月在柳梢頭，人約黃昏後。""腦背後"勿斷，一直至下"衫袖"，元係七字句。怎凝眸，言羞而不堪看也。"則見鞋底"句，寫態逼真，又不涉俚。北人謂相眤曰"穤"。【魏眉】【峒眉】駢語麗語，雜以訕語。【驥夾】【延夾】唯，音崖。【毛夾】唯，音崖。此接賓白"羞"字來，嘲鶯，大妙。怎凝眸，言看不得也，即接"看時節"者，言看則如此，故看不得也。詞隱生云：紅見鞋底，與《漢官儀》登岱者"後人見前人足胝"，并妙。唯，笑聲。徐天池云：北人謂相眤曰"穤"。《金綫池》劇有"穤處散誕鬆寬著穤"，又散套"不記得低低穤"。參釋曰：月在柳梢頭，人約黃昏後。用朱淑貞詞。【潘夾】怎凝眸，猶俗言看不得也。又接着小姐"羞"字劈面翻來，言與張幽歡時，百般醜態尚不害羞，娘跟前有甚麼羞？亦欲他老着臉皮過去見，徒羞無益也。

（旦見夫人科）① （夫人云）鶯鶯②，【封眉】賤人，時本俱作"鶯鶯"。不肖，怒時情景。我怎生抬舉你來③？今日做這等的勾當④！則是我的孽障⑤，待怨誰的是⑥！我待經官來⑦，辱没了你⑧父親，【陳眉】

---

① （旦見夫人科）：繼本、徐參本無。
② 鶯鶯：封本作"賤人"。
③ 怎生：秀本作"怎"。來：碌本無。
④ 做這等的勾當：做，容本、起本、虎本、何本、陳本、秀本、碌本、天李本、湯本、封本作"做下"；的，張本無。驥本、延本、毛本作"做的好勾當"。
⑤ 則是我的孽障：孽障，弘本、徐畫本、徐音本、驥本、延本、張本、三合本、魏本、潘本作"業障"。範本、龍本作"也是我的業障"，屠本作"見是我的業障"。
⑥ 的是：屠本作"哩"，徐畫本、徐音本、張本、三合本、潘本作"來"。
⑦ 我：屠本無。來：徐畫本、徐音本、張本、三合本、潘本無。
⑧ 辱没：弘本、範本、龍本作"辱末"，屠本作"又怕辱末"，驥本、延本、毛本作"辱莫"。你：羅本作"你的"。

夫人不曾辱了。這①等事，不是俺相國人家的勾當②。【容旁】【湯旁】未必。【三合眉】不是相國人家，未必有此勾當。罷罷罷③，誰似俺養女的不長俊④！紅娘，書房裏喚將那禽獸來⑤！（紅喚末科）（末云）小娘子，喚小生做甚麼⑥？（紅云）你的事發了也⑦。如今夫人喚你來⑧，將⑨小姐配與你哩。小姐先招了也，你過去。⑩（末云）小生惶恐，【陳眉】【魏眉】【峒眉】驚殺。如何見老夫人⑪？當初誰在老夫人行說

---

① 這：驥本、延本、六幻本作"似這"。
② 的勾當：繼本、容本、起本、虎本、何本、陳本、秀本、硃本、天李本、湯本、封本、毛本作"有的"，徐畫本、徐音本、湯沈本、三合本、潘本作"做出來的勾當"，驥本、延本、張本作"做出來的"。
③ 罷罷罷：屠本、徐畫本、徐音本、驥本、延本、張本、三合本、潘本作"罷罷"。
④ 誰似俺養女的不長俊：似，範本、龍本、羅本作"是"，驥本、延本作"想"；女的，徐參本、魏本、峒本作"女兒"；長俊，弘本、繼本、徐畫本、徐音本、驥本、延本、湯沈本、三合本、毛本、潘本作"氣長"，容本、虎本、何本、陳本、秀本、硃本、天李本、六幻本、湯本、魏本、峒本、封本作"氣勢"，徐參本作"志氣"，張本作"長進"。屠本作"誰似我養女兒的不氣長也"。
⑤ 書房裏喚將那禽獸來：書房，驥本、延本作"書院"；將，張本、三合本、魏本、峒本、潘本無。範本、龍本作"書房裏喚那禽獸來哩"，屠本作"你去書房裏喚那禽獸出來"。
⑥ 小娘子，喚小生做甚麼：做甚麼，弘本、範本、龍本作"甚麼"，徐參本、陳本、硃本、湯本、魏本作"做甚"，驥本、延本作"怎麼"。屠本作"紅娘姐，有何事喚小生"。
⑦ 也：屠本、驥本、延本無。
⑧ 夫人喚你來：夫人，驥本、延本作"老夫人"；喚你來，屠本無。封本作"老夫人喚你"。
⑨ 將：封本作"要將"。
⑩ 小姐先招了也，你過去：屠本作"你快去，你快去"。
⑪ 如何見老夫人：如何，驥本、延本作"怎麼"；見，容本、起本、虎本、何本、陳本、秀本、硃本、天李本、湯本、封本、毛本作"見得"，峒本作"好見"。屠本作"怎見夫人"。

來①？（紅云）休佯小心，【秀眉】佯，音羊。過去便了。②【凌眉】夢鳳按：下一曲原題"小桃紅"，二曲相連應書"幺篇"，茲訂正。【延夾】臉，音斂。【潘夾】天下最無可奈何者，是老面皮人。紅娘教雙文不必害羞，教張生老着臉皮，真正是老作家手筆。

　　【幺篇】③既然泄漏怎干休，是我相④【凌旁】相，今本俱作"先"。投首。【羅眉】投，音偷。首，音受。俺家裏陪酒陪茶⑤到搣就，【羅眉】搣，音軟。【徐音眉】搣，搓那之意，言成就此親也。【張眉】搣就，搓挪之意。【三合眉】搣，音純，搓那之意。你休愁，何須約定⑥

---

① 當初誰在老夫人行説來：當初，容本、起本、徐參本、虎本、陳本、硃本、天李本、湯本、魏本、峒本、封本、毛本無；來，張本無。屠本作"端的是誰人説來"，秀本作"誰在老夫人行説"。
② （紅云）休佯小心，過去便了：休佯，容本、起本、虎本、何本、陳本、秀本、硃本、湯本、魏本、峒本、封本作"你休佯"，徐參本作"休要佯"。範本、龍本作"（紅云）怕甚麼羞，事已到此，休且休佯小心，過去便來。（生云）羞殺我也"。徐畫本、徐音本、湯沈本、三合本、潘本作"（紅）且休佯小心，老着臉子過去，則便了"，驥本、延本、張本同，但"且"作"你"；天李本同，但"且"作"你"，"臉子"作"臉兒"，無"則"；六幻本同，但"且"作"你"，無"則"；毛本同，但"且"作"你"，"臉子"作"臉"，無"則"。屠本無。
③ 【幺篇】：羅本、繼本、容本、起本、徐畫本、徐音本、徐參本、虎本、何本、陳本、秀本、天李本、六幻本、湯沈本、三合本、魏本、峒本、封本、潘本作"【小桃紅】"，硃本、湯本無。弘本此處多"（紅説旦）"，容本、起本、虎本、硃本、天李本此處多"（紅唱）"，魏本、峒本此處多"（紅）"。
④ 相：範本、龍本、羅本、繼本、屠本、容本、起本、徐參本、虎本、何本、陳本、秀本、硃本、張本、天李本、六幻本、湯本、湯沈本、魏本、峒本、封本、毛本作"先"，徐畫本、徐音本、驥本、延本、三合本、潘本作"呵先"。
⑤ 俺家裏：徐畫本、徐音本、驥本、延本、張本、三合本、潘本作"他如今"，毛本作"俺如今"。陪酒陪茶：弘本、容本、起本、徐參本、虎本、何本、陳本、秀本、硃本、天李本、湯本、魏本、峒本、封本作"陪茶陪酒"。
⑥ 約定：屠本作"定約"，徐畫本、徐音本、驥本、延本、三合本、毛本、潘本作"把定"。

通媒媾？【羅眉】愁，音篘。何，音呵。約，音要。我弃了部署不收①【湯沈旁】一作"周"。，【凌眉】弃了部署不收，言不管束得也。俗本俱作"弃了個"，少費解。徐、王改爲"擔着個部署不周"，亦因"弃"字誤之耳。【張眉】不周，言照管不嚴謹也，訛"收"，非。【封眉】言不能守也。你元來"苗兒②不秀"。吓③！你是個銀樣鑞【凌旁】一作"臘"。槍頭④。【範眉】【龍眉】【繼眉】銀樣鑞槍頭，中看不中用。【羅眉】頭，音偸。【徐畫眉】【田眉】【延眉】撋，音純，搓那之意，言搓那成就此親也，猶言曲處。部署，是軍中將卒之管束義也。夫人托紅以管束，而今疏漏如此，是"部署不周"之干係，紅旣爲之擔當矣。今請其成親，而生反忍縮不進，如白中云云，則是你到"苗而不秀"也。何須把定通媒媾，言只如此成就婚姻，不必做定要先通媒妁也。【徐參眉】紅娘指張生爲"花木瓜，鑞槍頭"，尚未識"綿裏針"。【秀眉】銀樣鑞槍頭，中看不中用者。【凌眉】徐士範曰：銀樣鑞槍頭，中看不中用。【湯沈眉】撋，音純，搓那成就之意，言曲處親事也。部署，是軍中將卒管束之義，言夫人托我管束，而今疏漏如此，今旣擔當矣，而爾忍縮不進，是猶"苗而不秀"也。鑞槍頭，不中用之謂。【峒眉】老張到不如此女子。【封眉】作"蠟"，非。【驥夾】【延夾】首，去聲。撋，音軟，平聲。銀，筠作"人"。蠟，朱作"鑞"。【毛夾】撋，音軟，平聲。此嘲生，與前曲作對。撋就，搓挪成就也。把定，謂聘定。董詞：不須把定，不用通媒媾。《風光好》

---

① 我弃了部署不收：弃了，範本、龍本、繼本、屠本、容本、起本、徐參本、虎本、何本、陳本、秀本、硃本、天李本、六幻本、湯本、湯沈本、魏本、峒本、封本作"拚了個"。羅本作"我拚着個部署不休"，徐畫本、徐音本、驥本、延本、張本、三合本、毛本、潘本作"我擔着個部署不周"。

② 苗兒：羅本、屠本、徐畫本、徐音本、徐參本、驥本、虎本、何本、陳本、秀本、硃本、延本、張本、天李本、湯本、湯沈本、三合本、魏本、峒本、封本、毛本、潘本作"苗而"，繼本作"苗來"。

③ 吓：徐畫本、徐音本、驥本、延本、三合本、毛本、潘本無。

④ 你是個：張本無。銀樣：徐畫本、徐音本、三合本、潘本作"人樣"。鑞槍頭：弘本、範本、龍本、羅本、繼本、屠本、徐畫本、徐音本、徐參本、驥本、何本、延本、六幻本、湯沈本、三合本、魏本、峒本、潘本作"蠟槍頭"。

劇"我等駟馬高車爲把定物"。俗改"約定"，不通。部署，部分而署置之。《韓信傳》"部分諸將所擊"。言已于婚姻大事安排處置，尚不以不周爲憂，而毅然擔之。今事已垂成，而爾反惶恐，則是有頭無尾，好看不中用矣。銀樣鑞槍頭，謂樣是銀而實則鑞，無用物也。鑞，他本作"蠟"，誤。劉庭信詞："鑞打槍頭軟厮禁。"《氣英布》劇："英布也，你是個銀樣的鑞槍頭。"俱是"鑞"字。參釋曰：銀樣鑞槍頭，與後本"人樣蝦駒"一例，以句意相似耳。碧筠本竟以"銀樣"爲"人樣"，不通。【潘夾】"擔着個部署不周"一句，代人任過，紅自居也，是個擎天柱了。"苗而不秀"兩句，誚張臨事畏縮，略無擔當，將從來之懦一筆寫出。

（末見夫人科）（夫人云）好秀才呵①！【三合旁】怕不好。【潘旁】近日督學所獎德行好秀才，大概若此。豈不聞"非先王②之德行不敢行"？我待送你去官司裏去來③，恐辱没了俺家譜④。我如今將鶯鶯與⑤你爲妻，則是俺三輩兒不招⑥白衣女婿，【陳眉】【硃眉】難道又肯招禽獸？你明日便上朝取應去⑦，我與你養着媳婦。得官呵，來⑧見我；駁落

---

① 好秀才呵：呵，徐參本、驥本、延本、張本、三合本、潘本無。屠本、徐畫本、徐音本作"好張秀才"。
② 豈：徐參本作"你豈"。先王：魏本作"先生"。
③ 我待送你去官司裏去來：我待，羅本作"我到"；送你去官司裏去來，羅本、繼本作"送你到官司"，屠本作"送到官司"，徐畫本、徐音本、三合本、潘本作"送你到官府去來"，驥本、延本作"送你官府去來"，何本作"送你到官司裏去來"，六幻本、湯沈本作"送你到官司去來"。徐參本作"你待送你到官司裏去"。
④ 恐辱没了俺家譜：辱没，弘本、驥本、延本、毛本作"辱莫"，範本、龍本作"辱末"，徐參本、魏本作"壞没"，峒本作"没"。屠本作"又怕辱末了家世"。
⑤ 我如今：屠本作"只得"。與：徐畫本、徐音本、驥本、延本、張本、三合本、毛本、潘本作"配與"。
⑥ 則是俺三輩兒不招：俺三輩兒，徐參本、陳本、硃本、湯本、魏本作"俺三代兒"，何本作"俺三輩"，峒本作"我三代兒"，張本、毛本作"俺家三輩"。範本、龍本作"則是俺家三世來不曾招"，屠本作"爭奈俺家三世兒不曾招個"，驥本、延本、湯沈本作"則是俺家三輩不曾招"，六幻本作"則是俺三輩兒不曾招"。
⑦ 便上朝取應去：取應去，徐參本作"去取應去"。屠本作"即便上朝取應"。
⑧ 來：屠本作"便來"。

呵，休來見我。①【潘旁】此處即轉一峰，妙甚！若入俗套，必先作一番士女行樂圖，肬後送別，文勢便不波峭。【徐參眉】【魏眉】【峒眉】怎麼招個先奸的女婿？【三合眉】休來見你，難道鶯鶯又好尋個主兒？（紅云）張生早則喜也②。【凌夾】《氣英布》劇有"英布也，你是銀樣鑞槍頭"，徐改"銀"為"人"，而曰與人樣貑駒一例，無謂。又《李逵負荊》劇有"翻做了臘槍頭"，俱從"臘"。

【東原樂】相思事，一筆勾，早則展放從前眉兒皺，【秀眉】皺，音奏。美愛③幽歡恰動頭。【羅眉】筆，音彼。則，音自。前，音千。頭，音偷。既能勾，【秀眉】縠，音媾。張生，你覷兀的般可喜娘龐兒也要人消受④。【羅眉】龐，音芳。【起眉】李曰："也要人消受"句，堪著思量。【徐畫眉】【田眉】【延眉】勾，到手也。要人消受，言如此美貌，須如此妙人受用也。"要"字，作"用"字看。"人"字重，猶言非張生不可受用此等渾家也。【虎眉】消受，一作"消瘦"，大謬。【張眉】第五句少三字。【湯沈眉】"早則"句，語俊。勾，言到手也。此二句重。"要"字及"人"字看，言如此美麗之人，須是張生纔能受用之。消受，一作"消瘦"，大謬。【驥夾】【延夾】下"勾"字，去聲。【毛夾】參釋曰：恰動頭，言歡配方始也，誰能縠，起下句。【潘夾】"人"字與上"誰"字相呼應。見非其人，消受不來也。極力印可張生，正極力矜貴雙文。

---

① 駁落呵，休來見我：駁落，驥本、延本、張本、湯沈本、三合本、毛本、潘本作"剝落"。屠本作"落莫呵，休要相見"。範本、龍本此句後多"你可快收拾行李起程"。
② 張生：峒本作"張先生"。早則喜也：驥本、延本作"你喜也"。
③ 美愛：張本作"美"。
④ 你覷兀的般可喜娘龐兒也要人消受：可喜娘，封本作"可喜娘的"；也要人消受，弘本作"要人情受"，繼本、容本、起本、徐畫本、徐音本、徐參本、驥本、虎本、何本、陳本、秀本、砅本、延本、天李本、六幻本、湯本、湯沈本、三合本、魏本、峒本、封本、毛本、潘本作"要人消受"。羅本作"可喜娘龐兒要你消受"，屠本作"你仔細覷波，兀的般可喜娘龐兒要人消受"，張本作"你覷，兀的般可喜娘要人消受"。

（夫人云）明日收拾行裝①，安排果酒②，請長老一同送張生，到十里長亭去③。（旦念）④寄與⑤西河堤畔柳，安排青眼⑥送行人。（同夫人下）⑦【徐音眉】夫人怒則不情，光以遠大相期，次及于己，口吻妙，妙！

【收尾】（紅唱）來時節⑧畫堂簫鼓鳴春晝，【羅眉】鳴，音瞑。列着一對兒鸞交鳳友。那其間纔受你說媒紅⑨，【羅眉】纔，音猜，下同。【繼眉】【起眉】【虎眉】那其間，一作"那時節"。方吃你謝親酒⑩。【潘旁】妙至此乎！【徐畫眉】【田眉】此詞見親事纔成，而紅竟以遠大

---

① 行裝：羅本、繼本、何本、六幻本、湯沈本作"琴劍書箱"。
② 果酒：徐畫本、徐音本、驥本、延本、三合本、潘本作"酒肴果盒"，毛本作"酒果"。
③ 去：徐畫本、徐音本、驥本、延本、張本、三合本、毛本、潘本作"餞行去者"。
④ （旦念）：容本、起本、徐參本、何本、陳本、秀本、碌本、天李本、湯本、湯沈本、魏本、峒本作"（鶯云）"，徐畫本、徐音本、三合本、潘本作"（鶯）"，封本作"（鶯長吁云）"，毛本作"（旦兒念）"。羅本、繼本、屠本、張本無。
⑤ 寄與：羅本、屠本、起本、徐畫本、徐音本、徐參本、驥本、虎本、何本、秀本、碌本、延本、張本、天李本、六幻本、湯本、湯沈本、魏本、峒本、三合本、封本、毛本作"寄語"。
⑥ 青眼：虎本作"青睛"。
⑦ "（夫人云）明日收拾行裝"至"（同夫人下）"：（同夫人下），容本、起本、徐參本、碌本無，徐畫本、徐音本作"（夫鶯下）"，驥本、延本作"（夫人同旦下）"，張本、三合本作"（夫鶯下）"，湯沈本作"（夫人同鶯下）"，魏本、峒本無。範本、龍本作"（生云）多虧着小娘子成就了"。徐畫本、徐音本此後多"（紅）張生，你怎麼謝我。如今早則喜也。（生）多虧了小娘子成就了"，三合本、魏本、潘本同，但"多虧了"作"多虧着"；驥本、延本此後多"（紅云）張生，你怎麼謝我的是？如今早則喜也"，毛本同，但"如今"作"你如今"；張本此後多"（紅）張生，你怎麼謝我"。
⑧ 來時節：陳本作"恁時節"。
⑨ 那其間：徐畫本、徐音本、驥本、延本、湯沈本、三合本、毛本、潘本作"恁時節"，張本無。紅：範本、龍本、屠本、驥本、延本、六幻本作"的紅"。
⑩ 方：羅本作"方纔"。酒：範本、龍本、羅本、屠本、延本、六幻本作"的酒"，并于此句後多"（生云）今日何造次。（鶯云）合歡復合歡。（生云）笑啼俱不敢。（鶯云）方信做人難"。

期之，次及于己。妙極！妙極！【徐參眉】好個官樣媒婆。【秀眉】"說媒紅""謝親酒"，一□一意。【湯沈眉】此詞紅以遠大之事期之，言待你名成做親之時，纔受你謝也。應前白"你怎生謝我"句。（并下）①【毛夾】此又起後四折也。【潘夾】只此一尾，便可省卻多少榮歸合巹惡套。而愚者方欲續貂，不知已爲三語了卻也。說得如花似錦，到底不必徵事，使人只如鏡中看花，水中看月，此西廂之爲至文也。

【容尾】【徐音尾】【陳尾】【硃尾】【湯尾】【魏尾】【峒尾】總批：紅娘是個牽頭，一發是個大座主。【三合尾】湯若士總評：清白家風，都是這乞婆弄壞，更說那個？辱沒家譜，恨不撲殺老狐。李卓吾總評：好事多磨。徐文長總評：當時那得此俊婢，我生不復見此俊婢。

【潘尾】說意：嘗讀《呂相絕秦》一書，而嘆爲策士之濫觴也。凡人之大惡，皆列爲罪案；己之邀禍，悉著爲義聲。總欲暴己之直于諸侯，而要盟城下也。此蘇張一縱一橫之所由來也。今觀于紅娘之巧辯，而又覺過之。當其聞堂上之疾呼也，而心不動也，于是安神定氣以赴之；當大杖之驟加也，而心不動也，于是紆談微笑以應之；當嚴詞之深詰也，而心不動也，于是低聲促節以收之，而夫人之怒已平八九也。紅然後正其色，振其詞以婉巽之。旨忽變而爲伉直之氣，數夫人之過，而備責之，惟吾之所欲言而後已焉。數夫人未已也，復招雙文而數之，數雙文未已也，復招張生而數之，無不唯吾之所欲言而後已焉。而夫人亦遂唯唯而聽其所爲也，而崔張亦無不唯唯而感其所成也，而紅乃大有造于張，大有造于崔，而且大有造于夫人也已。蓋辱夫人家譜者，紅也；敗小姐閨範者，紅也；壞張生行止者，紅也。紅誠中冓之蠹賊，而有唐之罪人也。乃事事立身于無過有功之地，件件道得出，句句說得響，使人亦不得而驟非之。此與呂相暴秦之惡，匿己之短何异？而因益嘆曹孟德譙東令一篇，誠奸雄之尤也。韓非說難，其所稱用說之法詳矣。要皆揣合世主之意，而深中其隱，未有能奪其氣而用之，逆其情而折之者也。今觀紅娘之巧辯，而知非策士

---

① （并下）：徐畫本、徐音本、徐參本、陳本、張本、三合本、魏本、峒本、潘本無。羅本此後多"正名：小紅娘成好事，老夫人問情由。短長亭斟別酒，草橋店夢鶯鶯"。

之所能及也。蓋策士之辯，以巧爲巧者也；紅娘之辯，不以巧爲巧者也。其曰："直說則真巧之至矣。"夫人心數多，性情譎，治家嚴，切難以情求，不可術愚，止堪理奪耳。其所謂理奪者，何也？則曰："非張生小姐紅娘之罪，乃夫人之過也。"凡人謂罪之在人，必難理遣；過之在己，自可情恕。今紅娘據事直陳，使夫人通身汗下，而遂以"釋之以去其污"一語，急爲夫人斡旋，而夫人遂不覺其氣，降而心折也已。戰國養士中，可與語此者，惟一毛先生耳。當平原君之與楚議縱也，爭至日中而不決，毛遂按劍而上，楚王方盛色以待之，而遂乃瞋目張膽而前，曰："今日之事，兩言而決耳。合縱者，爲楚；非，爲趙也。"因以楚之辱先人喪國土爲言，而王乃唯唯而定縱焉。今紅娘之來堂上也，夫人方盛色以待之。若用張之懦，而夫人不可以情求也；若用崔之假，而夫人又不可以術愚也。則有終日而不決耳。而紅遂據理直陳，謂非張生小姐紅娘之罪，乃夫人之過，亦遂以兩言而決也。因以辱相國敗家聲爲言，而夫人亦唯唯而就事焉。紅于是內召小姐，外召張生，與之定婚于堂上。殆與毛先生左手持盤血，右手招十九人相與歃血于堂下等。則張生與鶯鶯，殆亦所謂因人成事者哉？使紅娘而與三千人共處囊中，其爲脫穎而出，當何如也。

【驥尾附】注一十四條

【鬥鵪鶉】"夜去明來"與"天長地久"對，"握雨攜雲""提心在口"與"帶月披星""停眠整宿"對。提心在口，時時挂念之謂。誰教他，指張生也。心數，猶言心事。偢，佁偢偢小人之貌，諸本俱作愀，非。本音上聲，粗叟反，字書并無作平聲音者。（關漢卿《謝天香》劇【醉春風】第四疊字句："我今日個好偢偢。"）可證。（董詞："不堤防夫人情性偢。"）"巧語花言"二句，指夫人說。【驥眉】着夫人說，方與上下文氣相接。言夫人能爲巧語花言，將沒尚要作有，況實有之事，其能掩乎？俗本添"使不着"三字，却屬紅娘身上，謬甚。徐云：全套具稱妙絶。

【紫花兒序】此正夫人之"巧語花言，將沒作有"處。"猜"字總管三語。饒頭，妙甚，今本作"牽頭"，謬。你這些時，"你"字亦替夫人口氣說，直管至末。言夫人已見得你容態較別也，應夫人賓白"腰肢體態比向日不同"意。出落，猶言出類，正對"別樣"，皆形容其甚之詞。（董詞："陡恁地精神，偏出跳轉添嬌，渾不似舊時了。舊時做下的衣服一件小，眼慢眉低胸乳高。"）

【金蕉葉】此亦體夫人口氣說。迤逗，有引誘之意。（董詞："迤逗得鶯鶯去，推探張生病。"）詞隱生云當作"拖逗"，然元詞多作"迤逗"。《武林舊事》載：元夕，京尹取獄囚數人，列荷校，大書犯由云：某人為搶撲釵環，挨搪婦女。蓋犯由者，犯罪之由，即今供招之類。（元羅貫中《龍虎風雲會》劇："元來這犯由牌，先把我渾身罩。"）

【調笑令】（董詞："繡幃深處效綢繆。"）繡鞋冰透，"冰"字俊甚。（實甫《芙蓉亭》劇："露華涼，冰透繡羅鞋。"又："要你只溫和我浸冷的羅鞋。"）更俊。俗改作"湮透"，非。通般勤的，紅娘自指。言鶯向日受用，即今日夫人嗔責，亦所甘心。我不過是為你通般勤的人，前日如此凄涼自忍，今又受責，何所利而連累我也？首句當二字句，當韻，觀前後曲可見。

【鬼三臺】徐云：回話夫人妙絕，末二語更俊。董詞此段微傷直致，須讓實甫數籌。"夫人事已休，恩變做讎"，元是一句，"休"字不必作韻，調法如此。

【禿廝兒】（董詞："經今半載，雙雙每夜書幃裏宿。【驪夾】音羞，上聲。已恁地出乖弄醜。"）此調尾須用五字句，次二字句收，前後諸調可見。"何須一一問緣由"下，少二字一句。【驪眉】少句誠然，但不易補耳。

【聖藥王】（董詞："一雙兒心意兩相投，夫人白甚閑疙瘩，常言道女大不中留。"）女大不中留，蓋古語也。

【麻郎兒】（董詞："君瑞又多才藝，姐姐又風流。"）及【般涉調】凡十一對偶，實甫省而為四。

【幺】首六字作三句，總之言世間自有宜便干休而罷手之事也。敘他退兵之恩，亦拿倒夫人，吃緊語，更不可少。記中凡"乾休"，或作"干休"，朱本作"甘休"，詞隱生云："甘休""乾休"皆可，"干休"則傳訛耳。

【絡絲娘】參、辰二星，分居卯酉，常不相見。言今日發露其事，不是離拆得張生，是辱莫了先相國耳。（董詞："夫人休出口，怕旁人知道，到頭贏得自家羞。"）

【小桃紅】秦少游詞："月在柳梢頭，人約黃昏後。""腦背後"勿斷，一直下至"衫袖"。元係七字句，不然與上"黃昏後"，押兩"後"字矣。【驥眉】看曲要如此看。怎凝眸，言羞而不堪看也。鞋底尖兒瘦，語俊甚。喧，作聲貌。徐云：北人謂相眠曰"檸"。（關漢卿《金綫池》劇有"檸處散誕鬆寬着檸"。）又（散套："不記得低低檸。"）那時不害半星兒羞，正應賓白"娘跟前有甚羞"意。徐云：褻而雅，真妙手也。

【幺】摑，按拏之謂。摑就，攫物而就之也。把定，謂下聘也。（董詞："不須把定，不用通媒媾。"）（《風光好》劇："我等駟馬車爲把定物，五花誥是撞門羊。"）部署不周，夫人托紅娘管束鶯鶯，如部署軍旅然也。紅言如今此事既然漏泄，夫人如何就肯甘休？我只得從實投首。他如今亦無可奈何，倒索賠酒賠茶，搓搓你去成這親事矣。你却何須愁説惶恐怎去見他？如前白所云，又何須執定要下聘定通媒媾，而不將錯就錯成就之耶？況我尚不辭管束不周之罪，你反有頭無尾，不成結果，如蠟槍頭之不中用然，又何爲耶？徐云：蓋往往見其臨機不決，以致失事，故極口懲戒之也。筇本"人樣蠟槍頭"，注謂與後"人樣蝦駒"一例，謂具人之樣而實與蠟槍頭無異，見其無用也。諸本作"銀樣蠟槍頭"，朱本又作"鑞槍頭"。【驥眉】畢竟只"銀樣蠟槍頭"爲是。（元劉庭信詞："蠟打槍頭軟厮禁。"）（《百花亭》劇："我是個百花亭墜了榜的蠟槍頭。"）則當從"蠟"，今并存之。

【東原樂】展放從前眉兒皺，俊語也。前時歡愛，猶帶憂懼，今始無所顧憚，故曰"恰動頭"。徐云"可喜娘"等句，看着只似等閑，却剛合此處語，非苦心不能。下一"勾"字，猶言到手也。此二句重"要"字及"人"字看，言如此美麗之人，須是張生這樣人，纔能受用之也。

【收尾】此以功名成就遠大之事期之，言待你及第後成親之時，纔受你謝也。應白"你怎生謝我的是？"兩句。

【六幻本】五劇箋疑

四之二　堂前巧辯

則著你：一作"您若是"。

不爭你：一作"則爲你"。

長使我：一作"我長是"。

也則合：也，一作"你"，一無"也"字。

誰著你：你，一作"他"。

宿：音羞，上聲。

心較多：較，一作"數"，一作"教"，一作"緒"。

愡，音蓊，上聲，或作"傯"。

使不著我巧語花：一無"使不著我"四字，作夫人能巧語花言解。

老夫人猜那：一無"老夫人"三字。那，作"他"。

小姐做了嬌妻：一本"小姐"上有"猜俺"二字。

小賤人做了牽頭：小賤人，一作"這小賤人"，一作"猜俺那小賤人"，一作"只小賤人"。牽頭，一作"捧頭"，一作"饒頭"。

俺小姐這些時：一作"你這些時"。

秋水凝眸：眸，一作"流"。

比著那：著，一作"你"。

若問著此一節呵，如何訴休：一作"若知道那時，如何索休"。

你便索與他知情的犯繇：犯繇，供招也。你，一作"我"。

我却在：一作"我向"，一作"我在"，一作"却著我"。

幾曾敢輕咳嗽：一無"敢"字。

冰透：冰，一作"湮"。

今日個嫩皮膚倒將粗棍抽：一作"如今嫩皮膚又將粗棍子抽"。

我則道：一本"道"下有"他"字。

他兩個經今月餘則是一處宿：一無"他兩個"及"則是"字。

何須一一問緣繇：一本"須"下有"你"字。

這其間：一無"這"字。

秀才是、姐姐是：一本俱作"一個是"。

刺綉：刺，音戚，叶上聲。

啟白馬：啟，一作"起"。

不爭和：和，一作"共"。

參辰卯酉：參辰二星，分居卯酉，長不相見。

到底干連：底，一作"了"。

肉：柔去聲。

夫人索體究：體事勢、究情理也。俗本作"索窮究"。紅意正言不當窮究，殊悖。

當日個：一作"你那"，一作"當夜個"。

纔上柳梢頭：上，一作"到"。

怎凝眸：猶言看不得。怎，一作"猛"。

啞聲兒廝耨：啞，本或作"喔"。北人謂相昵曰耨，今吳中小兒以衣物相誇，亦曰耨。

那其間可怎生不害半星兒羞：一作"那時節不害半星兒羞"。

是我先投首：一本"我"下有"呵"字。

俺家裏：一作"他如今"。

倒擱就：擱，音純。搓那成就之意，言曲成親事也。

何須約定：約，一作"把"。

我拚了個部署不收：部署，是軍中將卒管束之義。言夫人托我管束，而今疏露如此，是我沒收攝也。一作"我擔著個部署不周"。

咥：一本無此字。

銀樣蠟槍頭：銀，一作"人"；蠟，一作"鑞"。

既能勾：勾，去聲。

那其間：一作"恁時節"。

說媒的紅、謝親的酒：一無二"的"字。

【會注】

【羅注】綢繆：出《毛詩・豳風・鴟鴞篇》："迨天之未陰雨，徹彼桑土，綢繆牖戶。【羅眉】綢，音酬。今此下民，或敢侮予。"

【弘注】【範注】【羅注】【起注】【陳注】【湯注】【峒注】三教：（範本、羅本、起本、陳本、湯本、峒本此處多"儒釋道也"）出《書言》（起本、陳本、湯本、峒本無"出《書言》"）。儒，五星也；釋，日也；道，月也。三教之道，若日月星（範本、羅本、起本、陳本、湯本、峒本此處多"辰"）之并明也。【徐音注】【秀注】【硃注】【魏注】三教：儒釋道也。【徐參注】三教：儒、釋、道三教。

【弘注】【範注】【羅注】九流：出《穀梁序》（範本、羅本無"出《穀梁序》"）。陰陽（範本、羅本此處多"家"）、法家、名家、墨家、縱橫家、雜家、農家、兵家、儒家。【起注】【徐音注】【徐參注】【陳注】【秀注】【硃注】【湯注】【魏注】【峒注】九流：陰陽家、法家、名家、墨家、縱橫家、雜家、農家、兵家、儒家，謂之九流。

【弘注】參辰卯酉：出《左傳》，又《詩學》《詩苑》。參辰，二星名，參居卯地，辰居酉地，二星一出一没，朝暮不能相見。昔高辛氏有二子，長曰閼伯，季曰實沉，居于曠野，不相能也，日尋干戈以相征討。上帝遷閼伯于商丘，主辰，在酉地。遷實沉于大夏，主參，在卯地。二星不相得，各居一方，人之離別不得聚會者似之。【範注】【羅注】參辰卯酉：出《左傳》，又《詩學》。參辰，二星名，參居卯地，辰居酉地，二星一出一没，朝暮不相見。高辛氏有二子，長曰閼伯，次曰實沉，居于曠野，不能相見，見則從干戈以相征討。上帝遷閼伯于商丘，主辰，在酉地。遷實沉于大夏，主參，在卯地。若二星不見之義。【起注】【陳注】【湯注】參辰（湯本作"商"）卯酉：參商，二星名。參星出于東方居于卯位，辰星出于西方居于酉位。二星一出一没，朝暮不得相見，見則從干戈以相征討。上帝遷閼伯于商丘，主辰，在酉地。遷實沈于大夏，主參，在卯地。永不得相見。今人（湯本無"今人"）離別不得聚會者，若二星不見之義（湯本此處多"者也"）。【徐音注】參商卯酉：參星出于東方，居于卯位。商星出于西方，居于酉位。一出一沒，不得相見。人之離別，若二星然。【徐參注】參商卯酉：參星屬木，居于卯位，商星屬金，居于酉位。一出一沒不見。【秀注】參辰卯酉：參辰，二星名，參居卯地，辰居酉地，二星一出一沒，朝暮不相見。【硃注】參商卯酉：參商，二星名。參出東方，居卯位，商出西方，居酉位。二星一出一沒，朝暮不得相見。【魏注】參商卯酉：參商，二星名，參星出于東方，居于卯位，商星出于西方，居于酉位。二星一出一沒，朝暮不得相見。人離別不得相聚會，若二星不見之義。【峒注】參辰卯酉：參商，二星名。參星出于東方，居于卯位；辰星出于西方，居于酉位。二星一出一沒，朝暮不得相見。高辛氏有二子，長閼伯，次實沈，居于曠野，不能相見，見則從干戈以相征討。上帝遷閼伯于商丘，主辰，在酉地；遷實沈于大夏，主參，在卯地。永不得相見。離別不得聚會者，若二星不見之義。

【弘注】【徐音注】【徐參注】部署：出《群玉》（徐音本、徐參本無"出《群玉》"）。玄宗爲祿山第，戒曰："善爲部署。祿山眼孔大。"【羅注】部署：出《史記》：唐玄宗爲安祿山第，戒曰："善爲部署，祿山眼孔大。"【起注】【陳注】【硃注】【湯注】【魏注】【峒注】部署：唐玄宗爲安祿山第（湯本無），戒曰："善爲部署，祿山眼孔大。"

【弘注】苗而不秀：出《論語》。穀之始生曰苗，吐華曰秀。苗而不秀，有苗而不實。以喻人爲學，後達而不成就故也。【範注】苗而不秀：谷之始生曰苗，吐花曰秀，秀而不實，以喻人爲學不成也。【羅注】【秀注】苗而不秀：谷始生曰苗，吐華（秀本作"花"）曰秀。秀而不實，喻人爲學之無（之無，秀本作"不"）成也。

【起注】【徐音注】【陳注】【硃注】【湯注】【魏注】【峒注】銀（徐音本作"人"）樣蠟槍頭：中看不中用。【徐參注】蠟槍：無用之物。

【弘注】一筆勾：出《言行録》。范文正公，宋仁宗時爲相。視不才監司，即除其名。富弼曰："除一人之名，一家哭矣。"仲淹曰："一家哭何如一路哭耶？"

【弘注】青眼：出《群玉》。阮籍，字嗣宗，能爲青白眼。見禮俗之士，以白眼對之。籍母喪，嵇喜吊之，籍不哭，以白眼喜，不悅而退。

【起注】字音

椿，音妝。惷，音驟。迤逗，音拖豆。輗，音倪。軏，音月。覷，音趣。耨，辱上聲。吓，音丕。撋，音軟。媾，音構。鑞，音臘。首，音獸。

【徐音注】字音

惷，驟。迤，移。逗，豆。輗，倪。軏，月。耨，辱，上聲。吓，丕。撋，軟。媾，構。鑞，蠟。

【徐參注】字音

惷，音驟。迤逗，音移豆。輗軏，音宜月。耨，音溽。吓，音丕。撋，音軟。首，音獸。

【陳注】【硃注】字音

椿，妝。惷，驟。迤逗，拖豆。輗，倪。軏，月。儔，綢。覷，趣。耨，辱，去聲。媾，構。鑞，臘。

【湯注】字音

椿，妝。惷，驟。迤逗，拖豆。輗，倪。軏，月。儔，綢。覷，趣。耨，辱，上聲。吓，丕。撋，軟。媾，構。鑞，臘。首，獸。

【魏注】【峒注】字音

惷，驟。迤，移。逗，豆。輗，倪。軏，月。耨，辱，上聲。吓，丕。撋，軟。媾，構。鑞，臘。首，獸。

第三折①

（夫人長老上云）②今日送③張生赴京，十里長亭④，安排下筵席⑤。我和長老先行⑥，【羅眉】長，上聲。【容眉】【徐畫珠眉】【珠眉】【湯眉】夫人！夫人！長老是同行不得的。【三合眉】長老是同行不得的，老夫

---

① 第三折：範本、龍本作"第十五齣　秋暮離懷"，羅本作"第十五齣"，繼本、容本、起本、徐音本、徐參本、虎本、陳本、秀本、硃本、湯本、湯沈本、魏本、峒本、封本作"第十五齣　長亭送別"，屠本作"第十六折"，徐畫本、徐音本作"第三套　長亭送別"，驥本作"三套（今本十五折）傷離"，何本作"送別"，延本、張本作"第三折"，天李本作"長亭送別"，六幻本作"四之三　長亭送別"，三合本作"第三套　送別"，毛本作"第十五折　哭宴"，潘本作"第三折　長亭送別"。
② （夫人長老上云）：長老，屠本作"法本"，封本作"同本"，毛本作"同潔"，範本、龍本、羅本、繼本、秀本、湯沈本無；云，弘本、驥本、延本作"開"。徐畫本、徐音本、三合本、潘本作"（夫）"，徐參本作"（夫本上云）"，六幻本作"（夫人上云）"。
③ 今日送：峒本作"今日"。
④ 十里長亭：弘本、羅本、繼本、屠本、容本、起本、徐畫本、徐音本、驥本、虎本、何本、陳本、秀本、硃本、延本、天李本、六幻本、湯本、湯沈本、三合本、魏本、峒本、封本、毛本、潘本作"就十里長亭"，張本作"俺先到十里長亭"。
⑤ 筵席：峒本作"筵席了"。
⑥ 我和長老先行：和，羅本、繼本、六幻本作"着"。張本作"長老已來久了"。徐畫本、徐音本、驥本、延本、三合本、毛本、潘本此句後多"早到長亭"。

人。不見張生、小姐來到。①【潘旁】便伏下"迤迤""快快"意。(旦末紅同上)(旦云)②今日送張生上朝取應③,早是④離人傷感,況值那暮秋天氣⑤,好煩惱人也呵!⑥悲歡聚散一杯酒,南北東西萬里程。⑦【範眉】【龍眉】【秀眉】【湯沈眉】此折叙離合情緒,客路景物,可稱辭曲中賦。【徐參眉】驟然離別,那人堪此景况?【魏眉】驟然離別,那人堪此?

【正宮】【端正好】碧雲天,黃花地,【範眉】【龍眉】范希文詞:"碧雲天,黃葉地。"【繼眉】"碧雲天"二句,范希文詞。西風緊,北雁南飛。【羅眉】碧,音比。雲,音運。黃,音荒。北,音擺。【湯沈眉】本無"北"字。曉來誰染霜林醉?【羅眉】誰,音瑞。總是離人泪。⑧

---

① "今日送張生赴京"至"不見張生、小姐來到":不見張生、小姐來到,砵本、湯本無"到"字;屠本作"如何不見張生、小姐到來",驪本、延本、毛本作"不見張生和小姐來到",張本作"如何還不見張生和小姐"。範本、龍本作"今日安排行李,收拾酒果,請長老同到十里長亭,送張生上京取應。正是:寄語西河堤畔柳,安排青眼送行人。咱先行,小姐和張生隨後便來"。

② (旦末紅同上)(旦云):弘本作"(旦末同上,云)",範本、龍本作"(鶯紅同上,云)",羅本、繼本作"(生鶯紅上,云)",徐畫本、徐音本、三合本、潘本作"(鶯紅上)",封本作"(鶯紅上)(鶯云)"。

③ 今日送張生上朝取應:張生,驪本、延本、毛本作"俺張生";取應,弘本、羅本、繼本、屠本、何本、六幻本作"取應去"。張本作"今日送行"。

④ 早是:容本、徐參本、陳本、砵本、張本、湯本、魏本、峒本、封本作"早則"。

⑤ 況值那暮秋天氣:況值那,範本、龍本、屠本作"況值",容本、起本、徐參本、虎本、何本、陳本、秀本、砵本、天李本、湯本、魏本、峒本、封本作"況值着"。徐畫本、徐音本、驪本、延本、張本、三合本、潘本作"況值暮秋時候",毛本作"況值着暮秋時候"。

⑥ 弘本、驪本、延本此處多科介"(旦念)",毛本多科介"(念)"。

⑦ 悲歡聚散一杯酒,南北東西萬里程:南北東西,徐音本作"東西南北"。驪本作"悲歡離別一杯酒,南北東西十里程。(唱)",延本、毛本同,但無"(唱)",張本同延本,但句後多科介"(悲科)"。範本、龍本此句後多"(紅云)姐姐,正是:薄情忍作經年別,何日相逢再解衣。(鶯做垂泪科)",徐畫本、徐音本、三合本、潘本此句後多"(鶯悲科)"。

⑧ 範本、龍本此處多"(紅云)姐姐,免愁煩"。

【起眉】王曰："碧雲天""黃花地""西風""北雁"，聲聲色色之間，離離合合之情，便是一篇賦，縱着《離騷》卷中不得，亦自《陽關曲》以上。【徐音眉】語語貼切"別"上。【陳眉】點出秋景甚真。【張眉】《南西廂》"總"改"多管"，人以爲虛摸較勝，殊不知論文法彼固佳，若寫兒女子情，所見皆是實境，"總"正描其恨腸也。【三合眉】絕調。【峒眉】一派秋殺。

【滾繡球】恨相見得①遲，【湯沈旁】一本無"我"字。怨歸去得②疾。【起眉】李曰："遲"字中便是恨，"疾"字中便是怨，著字著句，一段哽咽處，似喉中作關。【虎眉】一本無二"得"字。【張眉】"分別"言兩分離，訛作"歸去"。張生方赴京，豈"歸去"可盡詞乎？柳絲長玉驄難繫。恨不③倩疏林挂住斜暉。【範眉】【龍眉】李太白："恨不得挂長繩于青天，繫西飛之白日。"【羅眉】得，上聲。遲，音締。得，音的。長，音昌。得，音的。【繼眉】李太白《惜餘春賦》："恨不得挂長繩于青天，繫西飛之白日。"【秀眉】李太白辭云："恨不得挂長繩于青天，繫西飛之白日。"馬兒迍迍的行④，【羅眉】行，音興。車兒快快的隨⑤。【潘旁】此崔張所以晚至也。【凌眉】迍迍，即馬遲人意懶也。舊本有作"逆逆"者，要亦不過遲意。徐從之，而解曰：不向前途去，而倒走回。夫倒走回，亦止一霎耳，豈不煩牽轉而竟行耶？于義不通。然"迍"字，平聲，調不合。王直改"運運"，

---

① 恨：湯沈本作"我恨"。得：潘本作"的"。
② 歸去：驪本、延本作"別去"，張本作"分別"。得：潘本作"的"。
③ 恨不：弘本、羅本、繼本、屠本、容本、起本、徐畫本、徐音本、徐參本、驪本、虎本、何本、秀本、碌本、延本、張本、天李本、六幻本、湯本、湯沈本、三合本、魏本、峒本、封本、毛本、潘本作"恨不得"。
④ 迍迍的行：弘本、徐畫本、徐音本、三合本作"逆逆行"，羅本作"你與我慢慢行"，繼本、容本、起本、徐參本、虎本、何本、秀本、碌本、張本、天李本、六幻本、湯本、魏本、峒本、潘本作"迍迍行"，屠本作"慢慢的行"，驪本、延本作"運運行"，封本作"鈍鈍行"，毛本作"慢慢行"。
⑤ 快快的隨：弘本、繼本、容本、徐畫本、徐音本、徐參本、驪本、何本、碌本、延本、天李本、六幻本、湯本、湯沈本、三合本、魏本、峒本、封本、毛本作"快快隨"，羅本作"你與我快快隨"，起本、虎本、秀本、張本、潘本作"快快隨"。

未經見，不敢從。非"逆逆"，即"逗逗"，字形誤耳。却告了①相思回避，破題兒又早②別離。【徐畫眉】【田眉】逆逆行，不向前途去，倒走回也。馬逆行，則車自然不向前去矣，正利"快快隨"，始稱鶯鶯之心也。馬是生騎，故欲其遲；車是崔坐，故欲其快。破題兒，起頭兒也。如云昨夜成親，却纔回避了相思，又早別離。相思纔起也。【徐音眉】逆逆行，不向前途去，倒走回也，指生說。快快隨，指鶯說。而氣，而睡，而泪，一時思想俱到。【徐參眉】此時張鶯真如生龜脫筒。【延眉】運運行，不向前途去，倒走回也。馬逆行，則車自然不向前去矣。正利"快快隨"，始稱鶯鶯之心也。馬是生騎，故欲其遲，車是崔坐，故欲其快。破題兒，起頭兒也，如云昨夜成親，却纔回避了相思，又早別離。相思纔起也。【張眉】破題兒，起頭也。【湯沈眉】迍迍，徐作"逆逆"，方作"運運"，俱未妥。破題兒，猶言起頭也，言方纔脫却相思，今又增別離之恨也。【三合眉】馬是張騎，故欲逆行而遲；車是崔坐，故欲快行而隨。破題兒，起頭兒也。昨夜成親，却纔回避了相思，又早別離，則相思纔起也。【封眉】鈍鈍，時本俱作"迍迍"，平聲調不合，徐本改"逆逆"，即空主人擬改"逗逗"，皆因字形誤之耳。聽得③一聲"去也"，鬆了金釧；【容旁】妙！【羅眉】得，音的。一，音已。了，音料。遥望見十里長亭，減了玉肌。【容旁】【湯旁】妙！【張眉】"猛聽得"二句，俗以"了"字作正字，遂分作四句，非。此恨誰知！【謝眉】鬆金釧、減玉肌，議論尤妙，曲盡本章大旨。【羅眉】遥，音要。亭，音聽。玉，音魚。誰，音瑞。【容眉】【硃眉】【湯眉】妙，妙！【驥夾】【延夾】疾，叶精妻反；運，音允。【毛夾】怨歸去，歸京師也，時生寄居咸陽，故云。慢慢行，與"快快隨"對，馬在前故行慢，車在後故隨快，不欲離也。或作運運行，快快隨。運

---

① 却告了：驥本、延本、張本、六幻本、封本、毛本作"恰告了"。
② 又早：範本、龍本作"又早是"。
③ 聽得：弘本、羅本、繼本、屠本、容本、起本、徐參本、驥本、虎本、何本、硃本、延本、天李本、六幻本、湯本、湯沈本、魏本、峒本、封本、毛本作"聽得道"，徐畫本、徐音本、張本、三合本潘本作"猛聽得"。

亦慢意，快便無理。回避，謂告退。破題，謂起頭，言相思才了，別離又起也。"聽得道"四句雖對，然是轆轤語，言初聽一聲"去"，便已不堪，況將望見長亭耶？是可恨也。參釋曰：此折凡三截，首至【叨叨令】，將赴長亭時語；"下西風"至"長吁氣"，餞時語；"霎時間"至末，別時語。又參曰："碧雲"二句用范希文詞，"曉來"二句用董詞。【潘夾】迍迍行，世本誤作"逆逆"，易曰："迍如，邅如，乘馬班如。"義本此。怏怏隨，世本誤作"快快"，皆由誤書失之，遂傳訛愈遠。迍迍，不前也；怏怏，不快也。送別之舉，都非崔張意中事，故皆遲遲不前。而猶怨去得疾，從意態上寫出情來，并車馬亦無氣色。"妾乘油壁車，郎騎青驄馬。何處結同心，西陵松柏下。"與此意態相去幾許。

（紅云）姐姐，今日怎麼不打扮①？（旦云）你那知我的心裏呵！②

【叨叨令】【張眉】第一、二、三、四句俱多一字。見安排着車兒、馬兒，不由人熬熬煎煎的③氣；【羅眉】見，音簡。着，音招。不，音補。有甚麼心情花兒、靨兒，【羅眉】情，音青。【魏眉】靨，慨入聲。

---

① 姐姐今日：驥本、延本、毛本作"今日姐姐"。怎麼不打扮：弘本作"不打扮"，屠本作"怎麼不打扮來"。
② 你那知我的心裏呵：弘本、羅本、繼本、湯沈本作"紅娘呵，你那裏知道我的心哩"，屠本作"紅娘，你那裏知道我的心裏"。容本、魏本、峒本作"紅娘呵，怎麼不知道我的心哩"，起本、虎本、何本、陳本、秀本、硃本、天李本、六幻本、湯本同，但"怎麼"作"你怎麼"；徐參本同，但"怎麼"作"怎的"，"心哩"作"心事"。徐畫本、徐音本作"紅娘，你那裏知我的心裏呵"。驥本作"紅娘呵，你那知我心裏。（唱）"，延本、張本、毛本同，但無句後科介"（唱）"。三合本、潘本作"紅娘，那裏知我的心裏呵"，封本作"紅娘，你怎麼不知道我的心呵"。
③ 的：徐畫本、徐音本、驥本、延本、張本、三合本、毛本、潘本無。

打扮的嬌嬌滴滴的媚①,准備着被兒、枕兒②,則索昏昏沉沉的③睡;【羅眉】備,音被。着,音招。則,音自。索,音曬。從今後④衫兒、袖兒,都搵做重重叠叠的泪⑤。【羅眉】重,音冲。【容眉】【硃眉】【湯眉】妙,妙。【陳眉】無恨離情,一一畫出。【秀眉】搵,音穩。【張眉】"一任那"猶言只得也。訛"從今後",非。兀的不悶殺人⑥也麼哥,【羅眉】不,音補。也,音耶。兀的不悶殺人⑦也麼哥!【虎眉】今本"不"字下兩接"是"字。【張眉】"閃"則"悶"繼之,兩用好。久【湯沈旁】一作"今"。已後⑧書兒、信兒,【繼眉】今已後,坊本作"久已後",非。【虎眉】今,坊本盡作"久",大非。【封眉】則盼著,時本多作"久以後""今以後",此時本是對紅傷感,非囑生也,大誤。索與我恓恓惶惶的寄⑨。【範

---

① 有甚麼心情:羅本作"有甚心情將",屠本、徐畫本、徐音本、驪本、延本、六幻本、湯沈本、三合本、潘本作"有甚心情",張本作"甚心情"。的媚:弘本、範本、龍本、羅本、繼本、屠本、容本、起本、徐畫本、徐音本、徐參本、驪本、虎本、何本、陳本、硃本、延本、張本、天李本、六幻本、湯本、湯沈本、三合本、魏本、峒本、毛本、潘本作"媚",秀本作"的"。
② 被兒、枕兒:羅本作"被兒單、枕兒冷",徐畫本、徐音本、張本、三合本、毛本、潘本作"衾兒、枕兒"。
③ 的:徐畫本、徐音本、驪本、延本、張本、三合本、毛本、潘本無。
④ 從今後:羅本作"從今已後",張本作"一任那"。
⑤ 都搵做重重叠叠的泪:的,驪本、延本、六幻本、毛本無。弘本、容本、起本、徐參本、虎本、何本、陳本、秀本、硃本、天李本、湯本、魏本、峒本作"搵濕做重重叠叠泪",羅本同,但前多"都"字;徐畫本、徐音本、張本、三合本同,但無"濕"字。潘本作"搵做重重叠叠泪"。
⑥ 兀的不悶殺人:悶,羅本、屠本、張本、毛本作"閃"。徐畫本、徐音本、驪本、延本、三合本、潘本作"則被他閃殺人"。
⑦ 兀的不悶殺人:悶,毛本作"閃"。徐畫本、徐音本、張本、三合本、潘本作"悶殺人",驪本、延本作"閃殺人"。
⑧ 久已後:繼本、容本、起本、虎本、何本、陳本、秀本、硃本、六幻本、魏本、峒本作"今以後",封本作"則盼着"。
⑨ 索與我恓恓惶惶的寄:索,羅本作"則索";的,張本無。驪本、延本作"索與他恓恓惶惶寄"。

眉】【秀眉】連句用重疊字,便見情深。【羅眉】則,音自。索,音矊。【徐參眉】心慵意懶,身心無處安排。【張眉】末句多二字。【湯沈眉】連句用重疊字,俱是情深。【峒眉】無限離情,傷心撲鼻。【驥夾】【延夾】屬,叶益夜反。【毛夾】祗"安排着"一句,是已然准備着。"從今後""久已後"俱是預擬。索與我,欲紅爲我寄生也,逗後本寄贈意。今本作"索與他",此恐誤解與我爲寄已,而以意改竄,殊屬可恨。悶,勿作"悶"。【潘夾】"書兒信兒"句,非望張之詞,乃倩紅之詞。紅娘慣作書郵,故以此相屬,只恐此時渭北、江東,非紅鞭長所及,而雙文一種癡情可想。

(做到見夫人科)① (夫人云)張生和長老坐②,小姐這壁坐,【湯沈眉】如此分坐法,老夫人終始是提防之嫌。紅娘將酒來。張生,你向前來③,是自家親眷④,不要⑤回避。俺今日將鶯鶯與你⑥,到京

---

① (做到見夫人科):弘本、驥本、延本作"(做到了科,見夫人了)",羅本、繼本、容本、起本、徐參本、虎本、何本、陳本、秀本、天李本、六幻本、湯本、湯沈本、魏本、峒本作"(并至長亭見夫人科)",屠本作"(夫人小姐張生相見科)",硃本作"(并至長亭見科)",張本作"(到見夫本科)",封本作"(生引童上見夫人科)",毛本作"(做到長亭科)(見夫人了)"。
② 坐:封本作"一處坐"。
③ 你向前來:範本、龍本作"你近前來些",驥本、延本、六幻本、毛本作"你向前來些",封本無。
④ 是自家親眷:容本、起本、徐參本、虎本、陳本、秀本、硃本、天李本、湯本、魏本、峒本作"是自家人",封本、毛本同,但前多"你"字;徐畫本、徐音本、三合本、潘本作"是自家骨肉親眷",驥本、延本同,但前多"你"字;何本作"是自家親戚",張本作"自家骨肉",六幻本、湯沈本作"你是自家骨肉眷戚"。
⑤ 不要:徐畫本、徐音本、張本、三合本、潘本作"不須"。
⑥ 俺今日:張本作"我今",潘本作"俺今"。與你:驥本、延本、湯沈本、潘本作"既配與你",張本作"配你"。

師休辱末①了俺孩兒，挣揣一個狀元回來者。②（末云）小生托夫人③餘蔭，憑着胸中之才④，視官如拾芥耳⑤。【羅眉】覷，音砌。【陳眉】【硃眉】岳母面前説大話。【魏眉】【峒眉】説大話。（潔云）夫人主見⑥不差，張生不是⑦落後的人。【徐參眉】當如此慰夫人。（把酒了，坐）

---

① 到京師：驪本、延本、張本、潘本作"你到京師"，湯沈本作"到京你"。辱末：驪本、延本作"辱莫"，張本、湯沈本、潘本作"辱没"。

② "俺今日將鶯鶯與你"至"挣揣一個狀元回來者"：挣揣，張本作"挣榨"，潘本作"挣札"。範本、龍本作"此行努力，挣揣做狀元回來"，羅本、繼本、容本、起本、徐參本、虎本、何本、陳本、秀本、硃本、天李本、六幻本、湯本、魏本、峒本作"此行努力，挣揣一個狀元回來。休得辜負了俺孩兒"，封本同，但"辜負"作"孤負"。屠本作"俺今日將鶯鶯與你為妻，休要辱末了俺孩兒，是必挣得一個狀元回來"，徐畫本、徐音本、三合本作："俺今將鶯鶯既配與你，你到京師休辱没了俺孩兒，挣榨一個狀元回來者"，毛本作"俺今日將鶯鶯既配與你，你此行努力，挣揣一個狀元回來。休得辜負了俺孩兒"。

③ 小生：屠本無。夫人：封本作"老夫人"。

④ 憑着胸中之才：憑着，羅本、繼本、容本、起本、徐參本、虎本、陳本、秀本、硃本、天李本、湯本、魏本、峒本、毛本作"憑着我"。屠本作"展小生文才"。

⑤ 視官如拾芥耳：視官，弘本、羅本、繼本、容本、起本、徐畫本、徐音本、徐參本、虎本、何本、陳本、硃本、天李本、湯本、湯沈本、三合本、魏本、峒本作"覷官"，屠本作"覷狀元"，驪本、延本作"覷官爵"，秀本作"覷功名"，六幻本、封本作"覷一官"，毛本作"覷得官"。範本、龍本作"視官爵如拾芥"，張本作"覷狀元如拾草芥耳"。

⑥ 夫人：驪本、延本、六幻本、湯沈本、封本、毛本作"老夫人"。主見：弘本、羅本、繼本、屠本、容本、起本、徐畫本、徐音本、徐參本、虎本、何本、陳本、秀本、硃本、六幻本、湯沈本、三合本、魏本、峒本、毛本、潘本作"主張"。

⑦ 張生不是：屠本作"張生也不是個"，容本、徐參本、虎本、陳本、硃本、天李本、湯本、魏本、峒本、封本作"張先生不是"，徐畫本、徐音本、驪本、延本、三合本、潘本作"料想張生不是"，秀本作"張先生非是"，張本、毛本作"料想張先生不是"。

（旦長吁科）①【三合夾】榨，音揣。

【脫布衫】下西風黃葉紛飛，染寒烟衰草萋迷。【羅眉】黃，音荒。寒，音酣。迷，音眉。酒席上斜簽着坐的②【凌旁】音"底"。，【虎眉】的，今本盡作"地"，訛。蹙愁眉死臨侵地。【範眉】【龍眉】【秀眉】此是發端，情緒便自凄然。【羅眉】着，音招。蹙，音取。【徐畫眉】【田眉】【延眉】斜簽坐，即簽坐不正。死臨侵，是方言，今南方亦有此語，即"死臨枕"也。枕字，"侵"字之語。地，語助，方言。【徐音眉】兩人對面愁懷，苦當衆見，真是□髮□□。【湯沈眉】此是發端，情緒便自凄然。臨侵，語詞，方言也。"地"字即"的"字，亦助詞。【三合眉】發端處情緒便覺凄然。死臨侵，方言，即"死臨枕"也。地，助語，亦方言。【毛夾】酒席上斜簽着坐的，指生，因生與本坐，故斜着也。"的"字妙，上句緊承此句。諸作"坐地"，雖不妨連韵，然費解矣。臨侵，語詞，《蕭淑蘭》劇"害得我病骨嵓嵓死臨侵"。【潘夾】臨侵，猶言逼近也；地，助語，俱方言。斜簽着坐，此便是對面別離，何异黃公酒壚，視之雖近，邈若山河。

【小梁州】我見他③閣淚汪汪不敢垂，【羅眉】閣，音縞。垂，音吹。恐怕人知；猛然見了把頭低，長吁氣④，【羅眉】頭，音偷。

---

① （把酒了，坐）（旦長吁科）：範本、龍本作"（生把酒，云）平野鷺鷀飛一雙，水荭花發秋江碧。劉郎此日別天仙，登綺席，淚珠滴，十二晚峰高歷歷。（鶯把酒，云）躑躅花開紅照水，鷓鴣飛繞青山嘴。行人經歲始歸家，千萬里，錯相倚，懊恨天仙良有以。（鶯作長吁科）"羅本、繼本、容本、起本、徐畫本、徐音本、徐參本、虎本、陳本、秀本、硃本、六幻本、張本、湯本、魏本、峒本、封本作"（把酒坐科）（鶯吁科）"，屠本作"（鶯把酒做長吁科）"，三合本、毛本、潘本作"（把酒了，坐）（鶯吁科）"。
② 上：羅本、驥本、延本作"間"。斜簽着坐的：着，張本無。弘本、驥本、延本作"斜簽着坐地"，範本、龍本作"斜簽坐着地"。
③ 我見他：張本作"我覷他"。
④ 長吁氣：徐畫本、徐音本作"長吁聲"。

長，音昌。推整素羅衣。①【謝眉】句句真，字字緊。【容眉】【硃眉】【湯眉】妙！【徐參眉】無限離情。【張眉】覷，睨視；見，正視。我覷彼見正相照，寫彼此留情處，有無限波瀾。俗俱作"見"者，非。【魏眉】【峒眉】無限離情，宛然如見。【潘夾】雙文自言其怨，則曰"此恨誰知"，代張言愁則曰"恐怕人知"。寫兒女英雄，各極其致。惟整素羅衣，一"惟"字寫得最無聊賴，世本誤作"推"字，悖謬之極！

【幺篇】雖然久後成佳配，奈時間②怎不悲啼。【虎眉】奈時間，今本或作"那其間"，非甚。【凌眉】奈時間，俗本作"那其間"。徐、王本作"這時節"，俱無味。意似痴③，心如醉，【繼眉】漢劉寬曰：任大責重，憂心如醉。昨宵今日④，【羅眉】昨，音造。清減了小腰圍。【徐畫眉】【田眉】【延眉】一大枝中，并是平鋪好語，却無甚警語。【秀眉】漸漸緊，別離之情深也。【湯沈眉】徐本"清減"上有"則是"二字，贅。此句與前"鬆釧減肌"重。【毛夾】我見他，頂前曲來，見其麼愁眉也。"閣淚汪汪"以下，皆鶯自指。他已攢眉，我將含淚也。或謂"閣淚"指生，則既愁眉又泪眼，複矣。"閣淚"句，見古詞。"見了"與"見他"，兩"見"字，應因見他而恐垂泪，故見畢而即低頭也。（夫人云）小姐把盞者。⑤（紅遞酒，

---

① 推：潘本作"惟"。範本、龍本此句後多："（生云）小姐，此別不久，小生得第便回。"
② 奈時間：範本、龍本作"那其間"，徐畫本、徐音本、驥本、延本、張本、三合本、潘本作"這時節"，徐參本、魏本、峒本作"奈其間"，何本、毛本作"這時間"，湯沈本作"奈時節"。
③ 意似痴：羅本作"想着他意似痴"。
④ 昨宵今日：徐畫本、徐音本、延本、湯沈本、三合本、毛本、潘本作"則是昨宵今日"，張本同，但無"是"字。
⑤ （夫人云）小姐把盞者：屠本無。

旦把盞長吁科，云）請吃酒①。

【上小樓】【張眉】借用【中呂】。合歡未已，離愁相繼。【羅眉】已，音以。離，音利。想着俺前暮私情②，【虎眉】一本無"情"字。昨夜③成親，【羅眉】着，音招。前，音千。昨，音造。成，音稱。今日別離。【張眉】"向"字即前折"月餘"語，且分別。"夜"字訛"暮"，非。我諗【湯沈旁】一作"諗"。知這幾日④相思滋味，却元來【湯沈旁】一作"却元來"。此⑤別離情【湯沈旁】一本無"情"字。更增十倍。⑥【羅眉】却，音巧。【容眉】【硃眉】【湯眉】妙！【徐音眉】歡愁之事，雜然踵至，難堪，難堪。【徐參眉】細思細忖，心內成灰。【秀眉】諗，音忍。【凌眉】我諗知這幾日相思滋味，三字二句，四字一句。【幺篇】同。王伯良以上三字作襯字，則本調實字缺。言別離情更甚於相思也。時本以"此"作"比"，是相思味重於別離情矣，失當下語意。一本無"此"字，亦可。【三合眉】幾日

---

① （紅遞酒，旦把盞長吁科，云）請吃酒：範本、龍本作"（鶯低云）張生，我手裏吃一盞者。（生云）那裏有心情吃這個酒哩"；羅本、繼本、虎本、何本、秀本、天李本、六幻本、湯沈本作"（紅遞酒，鶯把盞，生長吁科）（鶯云）請酒"，容本、起本、徐參本、陳本、硃本、湯本、魏本、峒本同，但"長吁"作"吁"；屠本作"（鶯做把酒科）紅娘將酒來，把一杯者"；徐畫本、徐音本、三合本、潘本作"（紅遞酒，鶯把盞科，張生長吁科）（鶯低白）我手裏吃一盞酒者"，張本同，但無"紅遞酒、長、白"；驥本作"（旦把盞科，遞盞與夫人了）（旦低聲面生云）張生，我手裏吃一盞酒者。（唱）"延本、毛本同，但無"（唱）"；封本作"（紅執酒，鶯把盞，生吁科）"。
② 想着俺前暮私情：徐畫本、徐音本、驥本、延本、三合本、毛本、潘本作"前夜私情"，張本作"前向私情"。
③ 昨夜：徐畫本、徐音本、驥本、延本、三合本、毛本、潘本作"昨暮"。
④ 我諗知這幾日：諗，範本、龍本、屠本、毛本作"稔"；這，六幻本、封本作"那"。徐畫本、徐音本、驥本、延本、張本、三合本、潘本作"我恰知那幾日"。
⑤ 却元來此：此，弘本、範本、龍本、羅本、繼本、屠本、容本、起本、徐參本、虎本、何本、陳本、秀本、硃本、天李本、湯本、魏本、峒本作"比"，封本作"這"，毛本無。徐畫本、徐音本、湯沈本、三合本作"誰想這比"，驥本、延本、張本、六幻本作"誰想這"，潘本作"誰想這比"。
⑥ 範本、龍本此處多"（生云）不是小生薄幸，只為功名兩字，因此拋捨了小姐哩"。

前惟不知滋味，故鶯鶯情事，每從紅口摹出。今既知合味，更知離味矣。故此下紅不復道隻字，文章之極有針綫者。【封眉】那幾日，時本多誤作"這幾日"。即空主人曰：我諗知那幾日相思滋味，三字二句，四字一句，【幺篇】同。王伯良以上三字作襯字，則本調實字缺。這別離，即空本作"此別離"，已非，餘本作"比別離"，更誤。【潘夾】別離情，即相思也。更增十倍，以相思喻相思，以相思忘相思也。雖然相思是耽情狂藥，"別離"是割愛，慧刀一纏一脫，其滋味又各不同。非善解者，不能立地剖斷耳。

【幺篇】年少呵，輕遠別①。情薄呵，易弃擲②。全不想腿兒相挨③，【延旁】俗而俗。臉兒相偎，手兒相携。【三合旁】和尚前說不得。【容眉】【硃眉】【湯眉】和尚前說不得如此語。【徐畫眉】【田眉】俗而俗！【陳眉】四語欠雅。【魏眉】【峒眉】語忒真，覺不雅。你與俺④崔相國做女婿，【張眉】"崔相國"訛作襯字，非。妻榮夫貴⑤，但得一個⑥并頭蓮，【羅眉】國，音鬼。得，上聲。頭，音偷。煞【湯沈旁】一作"煞"。煞強如⑦狀元及第。【範眉】【龍眉】【秀眉】上云"却告了相思回避""破題兒又早是別雖"，此又轉深一層。【起眉】一作"強如你狀元及第"，

---

① 遠別：徐參本、陳本、硃本、魏本、峒本作"遠離"。
② 弃擲：徐參本作"拋擲"。
③ 挨：弘本、羅本、繼本、容本、起本、徐畫本、徐音本、徐參本、驤本、虎本、何本、陳本、秀本、硃本、延本、張本、六幻本、湯沈本、三合本、魏本、峒本、封本、毛本、潘本作"壓"。
④ 你與俺：徐畫本、徐音本、驤本、延本、三合本、毛本、潘本作"你與那"，張本作"你與"。
⑤ 妻榮夫貴：容本、起本、徐參本、虎本、陳本、秀本、硃本、魏本、峒本、封本、毛本作"夫榮妻貴"。
⑥ 但得一個：徐畫本、徐音本、驤本、延本、三合本、毛本、潘本作"但得個"，張本無。
⑦ 煞強如：弘本、羅本、容本、起本、虎本、陳本、秀本、硃本作"強似"，範本、龍本、繼本、屠本、徐參本、何本、魏本、峒本、封本作"煞強似"。徐畫本、徐音本、驤本、延本、張本、三合本、毛本、潘本作"索強如"，湯沈本作"索強似"。

不妥。【徐參眉】何用做官？【虎眉】一作"强如你狀元及第"，不妥。【三合眉】你娘却是定要狀元。【驥夾】屬，叶益夜反。【延夾】撇，叶遲。【毛夾】"稔知"二語，較前"恰告了相思回避"二語，又進一層，言別離之難也。"年少"以下，又承"別離"來，言年少薄情，始多離弃，全不想我輩情深，非是之比，不容離也。然且今必離者，得無謂與相國作婿，不招白衣，必夫榮妻貴而後已耶？以我言之，但得并頭已足矣，何必爾爾也？此節從來誤解，致使鶯口中，突作無理誇語，可笑已極。而陋者又復盱衡抵掌，謂從來妻以夫貴，而此則夫以妻貴。嗟乎！哀家梨已蒸食久矣。參釋曰：此怨生將離也。"前夜""昨暮"，總承"合歡"，"今日"承"離愁"，"稔知"或作"恰知"，便淺矣。"却元來"下俗增"比"字，不通。王伯良曰：并頭蓮，同枕譚語也，《謝天香》劇"咱又得這一夜并頭蓮"。赤文曰：爲相國婿，便夫榮妻貴。不惟作者無此陋詞，鶯亦定無此穢語。且通體轉折，俱斷續不合，不知向來何以能耐此二語，不一體貼也？西廂詞世人能誦而不能解，其中多有未安處，經此論定，俱渙若冰釋。謂非此書之厚幸不可矣，文章有神，千古文章自當與千古才子神會。西河之降心爲此，或亦作者有以陰啓之耳？

　　（紅云）姐姐不曾①吃早飯，飲一口兒湯水②。（旦云）紅娘③，甚麽湯水咽得下。④

【滿庭芳】【張眉】借用【中呂】。供食太急，須臾對面，頃

---

① 不曾：驥本、延本、六幻本、湯沈本作"你不曾"。
② 飲一口兒湯水：水，張本作"波"。驥本、延本作"飲一口湯波"。
③ 紅娘：弘本、羅本、繼本、徐畫本、徐音本、驥本、何本、延本、張本、六幻本、湯沈本、潘本作"紅娘呵"。
④ "（紅云）姐姐不曾吃早飯"至"甚麽湯水咽得下"：甚麽湯水咽得下，徐畫本、徐音本、張本、三合本、潘本句後多"也"，湯沈本句後多"去也"，驥本、延本、六幻本作"甚麽湯咽的下去也"。範本、龍本作"（夫人云）紅娘，快趲下飯者。（紅娘應科）就來了"，屠本作"（紅云）姐姐吃口湯兒，吃口飯兒。（鶯云）紅娘，我有甚麽心腸咽的下去"，毛本作"（夫人云）紅娘把盞者。（紅把盞科了）"。

刻別離①。【羅眉】刻，音楷。若不是酒席間子母每當回避②，有心待與他③舉案齊眉。④【範眉】【龍眉】舉案齊眉，用梁鴻故事。【繼眉】舉案齊眉，梁鴻事。【陳眉】【硃眉】不妨。【秀眉】形容鶯之極也。【湯沈眉】"他"字，一作"你"。【三合眉】真！真！【魏眉】【峒眉】不妨。【潘夾】頃刻別離，于怨別中復怨別也。長亭，別地也；長亭中供食，別筵也。望見長亭而即恨，不復是西廂也；"供食太急"而愈恨，又不得久戀長亭也。賈島云："無端更渡桑乾水，却望并州是故鄉。"吾爲襲其句曰："須臾又別長亭去，却望長亭是故鄉。"雖然是廝守得⑤一時半刻，【凌眉】"雖然"以下，俗本作【幺篇】，非也。【滿庭芳】本調如此。也合着俺夫妻每⑥共桌而食。【羅眉】刻，音楷。桌，音爪。【起眉】【虎眉】今本無"每"字。【徐畫眉】【田眉】【延眉】"廝守得"二句，因夫人着"生和長老坐，小姐這壁坐"而言，亦怨詞也。便是一刻也不欲相隔。【徐音眉】愁而怨。【張眉】"算則"句言只好守得頃刻，如何不教一處坐起也。眼底空留意⑦，【繼眉】風流意，今本作

---

① 別離：徐參本作"分離"。
② 酒席間子母每當回避：張本作"席間子母當回避"。
③ 待與他：羅本作"待要"，繼本、屠本、何本作"待"，徐畫本、徐音本、驥本、延本、張本、三合本作"與他"。
④ 範本、龍本此處多"（鶯囑紅云）且慢者。（生云）小生也難就割捨。（紅云）知道了，你且省愁煩哩"。
⑤ 雖然是廝守得：羅本作"雖然是相守不到"，徐畫本、徐音本、三合本、潘本作"俺廝守得"，驥本、延本作"俺則廝守得"，秀本作"雖然是廝相守得"，張本作"算則廝守得"，封本作"雖然是只廝守得"。範本、龍本、羅本、繼本、容本、起本、徐畫本、徐音本、徐參本、虎本、何本、陳本、硃本、天李本、湯本、湯沈本、三合本、魏本、峒本、潘本將"雖然"以下曲另起爲"【幺】"。
⑥ 也合着俺：羅本作"煞強似"，徐畫本、徐音本、三合本、潘本作"也合教俺"，驥本、延本、張本作"也合教"。每：弘本、繼本、何本無。
⑦ 空留意：弘本、繼本、容本、起本、徐參本、虎本、何本、陳本、秀本、硃本、天李本、湯本、魏本、峒本作"風流意"，羅本作"下流情意"，徐畫本、徐音本、三合本、潘本作"淒涼意"。

"空留意"。【張眉】空留，訛"風流"，非。尋思起①就裏，險化做②望夫石。【羅眉】嶮，險同。【起眉】【虎眉】【秀眉】"風流意"下接"尋思"句，是尋思舊日風流，何等蘊藉。而今本多作"空留意"者何哉！【徐參眉】分明肯拼死，不肯分離。【湯沈眉】"厮守"二句，因夫人着生鶯分坐而言，亦怨詞也。空留意，徐作"風流意"，似與上文語不蒙。【魏眉】【峒眉】尋思舊日風流。【封眉】即空主人曰："雖然"以下，俗本作【幺篇】，非也，【滿庭芳】本調如此。空留意，俗本作"風流意"，謬。【驥夾】【延夾】空留，一作"風流"。急，叶几。刻，叶康里反。食、石，俱叶繩知反。【毛夾】以催紅把盞，故云"供食"何"太急"也，我聚首祇"須臾"耳，勿急也。且此須臾中，若非隔席，雖舉案齊眉亦得也，自可勿煩紅也。且此聚首雖須臾，豈宜隔席也？空留眼底，徐思就中焉得不速化也？二曲多少轉折，俗本以"雖然是厮守得"以下作【幺】，于調不合；空留，作"風流"，亦謬。【潘夾】回避，言子母同席，凡事皆當避忌，不則我與他當曲盡夫妻之情也。言母親當面，不便通其殷勤。共卓而食，又打進一層。

（夫人云）紅娘把盞者。（紅把酒科）③【毛夾】諸本以"紅娘把盞"白移此，以此白移【滿庭芳】曲前，則曲白不接。"舉案齊眉"正承"把盞"，"泥滋土氣"緊接"勸食"，文理瞭然。且紅繼鶯把盞，前有成例，不宜間隔。原本之妙每如此。

【快活三】【張眉】借用【中呂】。（旦唱）將來的④酒共食，【繼

---

① 尋思起：徐畫本、徐音本、驥本、延本、張本、三合本、毛本、潘本作"尋思"。
② 做：羅本作"做了"。
③ （夫人云）紅娘把盞者。（紅把酒科）：範本、龍本作"（紅云）姐姐不曾吃早飯，呷一口兒湯水，吃些東西。（鶯云）紅娘呵，甚麼湯水吃得下咽。（生云）小姐休要煩惱，且吃些東西"，屠本作"（紅做把酒科）姐姐、姐夫同請一杯兒別酒"，封本作"（夫人云）紅娘再把一盞者。（紅把酒科，夫人云）小姐陪飲一杯"，毛本作"（紅云）姐姐，你不曾吃早飯，呷一口湯兒波。（旦兒云）紅娘呵，甚麼湯水咽得下"。
④ 將來的：範本、龍本作"將來"。

眉】將"酒食"二字映帶離愁分數。嘗着似①土和泥，【羅眉】嘗，音昌。着，音招。假若便是土和泥，也有些土氣息、泥滋味。②【範眉】【龍眉】此處哀而近傷，然自是體驗中語。【容眉】【湯眉】淡絶，妙，妙！【徐畫眉】【田眉】淡絶，妙絶！【徐音眉】心不存焉，舌不存焉。【陳眉】【硃眉】話頭甚有意味。【凌眉】此正形容別情，當行至語。舊有譏其哀而近傷者，非説夢耶？【張眉】"氣"下多"息"字，非。【湯沈眉】此曲見飲不得別酒之意。【三合眉】相思滋味，却省得了。【魏眉】淡味妙絶。【峒眉】都被相思味奪了。【潘夾】幾日飽飫了相思滋味，自然別樣滋味都忘了，但不知此種滋味是甘是苦，與土泥相去幾許。

【朝天子】【張眉】借用【中呂】。暖溶溶玉醅【湯沈旁】音杯。，【封眉】醅，俗本多誤作"杯"。白泠泠似水，③【範旁】【龍旁】將"酒食"兩字，帶映離愁分數。【羅眉】白，音擺。【徐畫眉】【田眉】【延眉】玉醅，酒也。俗本作"玉杯"，與"白泠泠似水"句不應。玉質温，故冬不凍，況別有一種暖玉。【湯沈眉】玉醅，酒也。俗本作"玉杯"，與"白泠泠似水"句不應。多半是相思淚。【繼眉】范希文詞："酒入愁腸，化作相思淚。"眼面前茶飯怕不待要吃④，【封眉】怕不待，方言。恨塞滿⑤愁腸胃。【羅眉】前，音千。塞，音色。【秀眉】塞，音色。蝸角⑥虛名，蠅頭微利，

---

① 似：繼本、何本作"是"。
② 假若便是土和泥，也有些土氣息、泥滋味：便是，羅本作"便似"，繼本、何本作"是"；息，張本無。徐參本無。範本、龍本此句後多"（夫人云）紅娘把盞者"。
③ 【朝天子】暖溶溶玉醅，白泠泠似水：玉醅，弘本、羅本、屠本、容本、起本、虎本、何本、秀本、天李本、魏本、峒本作"玉杯"，陳本、硃本、湯本、毛本作"玉杯"，範本、龍本作"的玉醅"；似水，範本、龍本作"的似水"。徐參本無。
④ 眼面前茶飯怕不待要吃：要，徐畫本、徐音本、驥本、延本、三合本、毛本、潘本無。張本作"面前茶飯不待吃"。
⑤ 恨塞滿：張本作"恨塞"。
⑥ 蝸角：徐畫本、徐音本、驥本、延本作、張本、三合本、潘本作"只爲蝸角"，毛本作"則爲蝸角"。

【羅眉】角，音攪。頭，音偷。拆鴛鴦在①兩下裏。【謝眉】【範旁】【龍旁】鴛鴦與蝸角、蠅頭相關。【繼眉】鴛央與蝸角蠅頭作類。拆，音跐。【徐音眉】名利之子，點醒看。【徐參眉】名利誤人不少。【魏眉】【峒眉】虛名微利，誤人不少。一個②這壁，一個③那壁，一遞一聲④長吁氣。【羅眉】壁，音卑。壁，音卑。長，音昌。【起眉】【虎眉】一本"鴛鴦"下無"在"字，"個"字兩接"在"字。【秀眉】遞，音地。【驥夾】【延夾】酷，音抔，筠作"杯"。吃，叶恥。壁，叶比。【三合夾】酷，音杯。【毛夾】二曲多用董詞，怕不待吃，言莫不將要吃也，是反語。如《虎頭牌》劇"你可向這裏問，你莫不待替吃"一例。那壁、這壁，又點清"斜簽坐的"，與【滿庭芳】曲暗相呼應。參釋曰：東坡詞：蝸角虛名、蠅頭微利，算來着甚乾忙。【潘夾】酒是泪成，腸因愁飽，這等滋味，不是玉食錦香中人所辦，崔張將來只當家常茶飯。鴻烈解曰："食氣者，神明而壽。"崔張食愁得度，可登離恨界神仙。

（夫人云）輛起車兒⑤，俺⑥先回去，小姐隨後和紅娘來。

---

① 拆鴛鴦在：在，徐畫本、徐音本、驥本、延本、張本、三合本、毛本、潘本無。羅本作"今日個拆鴛鴦"。
② 一個：羅本、屠本作"一個在"，徐畫本、徐音本、驥本、延本、張本、三合本、毛本、潘本作"他在"。
③ 一個：羅本、屠本作"一個在"，徐畫本、徐音本、驥本、延本、張本、三合本、毛本、潘本作"我在"。
④ 一遞一聲：羅本作"只落得一遞一聲"。
⑤ 輛起車兒：屠本作"叫歡郎將車兒來"。
⑥ 俺：陳本作"我"。

（下）①（末辭潔科）（潔云）②此一行別無話兒③，貧僧准備買登科錄看④，做親的茶飯，少不得貧僧的。⑤【陳眉】【硃眉】也該討些補洗庵門。先生在意，鞍馬上保重者。⑥從今經懺無心禮，專聽春雷第一聲。⑦（下）⑧【容眉】【硃眉】【湯眉】和尚也知趣。【徐音眉】這長老大好地主之情。【徐參眉】【峒眉】知趣和尚。【魏眉】知趣和尚。和尚無心，何況

---

① 小姐隨後和紅娘來。（下）：範本、龍本作"紅娘伏侍小姐，隨後便來"，羅本、繼本、徐畫本、徐音本、何本、張本、六幻本、湯沈本、三合本、潘本作"小姐和紅娘隨後來"，屠本作"小姐隨後和紅娘回來"，容本、起本、徐參本、虎本、陳本、秀本、硃本、魏本、峒本、封本作"小姐和紅娘隨後些兒來。（下）"，湯本同，但無"來"；毛本同，但無"（下）"。

② （末辭潔科）（潔云）：（潔云），弘本、範本、龍本無。容本、起本、虎本、秀本、硃本、魏本、峒本作"（本辭生科）"，徐參本作"（本辭云）"，天李本作"（本辭生云）"，湯本、封本作"（本辭生科，云）"，徐畫本、徐音本、張本、三合本、潘本作"（生辭科）（夫）別無他囑。願以功名爲念，疾早回者。（下）（本）"，驥本、延本、毛本作"（生拜辭夫人科）（夫人云）別無他囑。願以功名爲念，疾早回者。（生辭本科）（本云）"。

③ 此一行別無話兒：兒，弘本、羅本、繼本、容本、起本、徐畫本、徐音本、徐參本、驥本、虎本、何本、陳本、秀本、硃本、延本、天李本、六幻本、湯本、湯沈本、三合本、峒本、毛本、潘本作"說"。張本無。

④ 貧僧准備買登科錄看：貧僧，張本作"老僧"；看，範本、龍本作"看了賀喜"，容本、起本、徐參本、虎本、陳本、秀本、硃本、天李本、峒本、封本、毛本無。羅本、繼本、容本、起本、徐參本、虎本、何本、陳本、秀本、硃本、天李本、六幻本、湯本、魏本、峒本、封本、毛本、潘本此句後多"拱候先生榮歸"。

⑤ 做親的茶飯，少不得貧僧的：少不得，弘本、徐畫本、徐音本、延本、湯沈本、三合本、毛本、潘本作"少不了"；貧僧，張本作"老僧"。範本、龍本無。

⑥ 先生在意，鞍馬上保重者：在意，容本、起本、徐參本、虎本、陳本、秀本、硃本、天李本、湯本、峒本無；上，張本、三合本、魏本，潘本無。範本、龍本作"先生在途，鞍馬保重者"，封本作"道路上千萬保重者"。弘本此句後多科介"（僧云）"，範本、龍本此句後多科介"（本云）"，驥本、延本此句後多科介"（本念）"。

⑦ 從今經懺無心禮，專聽春雷第一聲：經懺，容本、徐參本、陳本、硃本、湯本、魏本、峒本作"懺悔"。張本、毛本無。

⑧ "（末辭潔科）（潔云）"至"專聽春雷第一聲。（下）"：（下），範本、龍本作"（夫人長老下）"，六幻本作"（夫本下）（鶯唱）"，湯沈本作"（本下）（鶯唱）"。屠本作"（生辭夫人科）（夫云）張生，此一行須索努力者，途中保重，專望佳音來也"。

小姐。

【四邊静】（旦唱）①【起眉】【虎眉】此枝今本盡作生唱。豈有張生不知鶯鶯宿在那裏之理？第十六折鶯唱"他何處困歇"，是明驗。**霎時間杯盤狼藉**②**，車兒**③**投東，**【羅眉】霎，音殺。投，音偷。**馬兒向西**④。**兩意**⑤**徘徊，**【封眉】兩意，時本多誤"兩處"。**落日山橫翠。**【徐畫眉】【田眉】【延眉】"落日"句，言晚景遮隔。【湯沈眉】"落日"句，言晚景遮隔，故夢難尋。此中意最微，又伏下"草橋驚夢"張本。妙，妙！**知他**⑥**今宵宿在那裏？**【範旁】【龍旁】先埋下草橋根字。【繼眉】"知他"二句，先埋下草橋根子。【羅眉】落，音澇。宿，音戌。【封眉】知你，時本多作"知他"，誤。**有夢也**⑦**難尋覓。**【徐畫珠眉】故夢難尋，此中意最微，又伏下《草橋驚夢》張本。妙！妙！【徐參眉】當向夢中尋覓。【秀眉】"今宵宿在那裏，有夢也難尋覓"，因此二句，方增出草橋夢來。【張眉】第二句多一字。第四句多一字。【三合眉】便埋着"鶯夢"一段。【驥夾】【延夾】籍，借叶濟。覓，叶米，去聲。【毛夾】"車兒投東、馬兒向西"二句，出董詞。與前"馬兒慢慢行，車兒快快隨"，後"據鞍上馬，懶上車兒"俱相應。有夢難尋覓，帶逗後折。【潘夾】此處將"夢"字一逗。

---

① （旦唱）：容本作"（鶯云）"，徐畫本、徐音本作"（生）"。
② 狼藉：弘本、範本、龍本、羅本、繼本、屠本、驥本、虎本、何本、陳本、秀本、延本、張本、天李本、湯本、湯沈本、三合本作"狼籍"。
③ 車兒：羅本作"還要車兒"，徐畫本、徐音本、三合本作"見車兒"。
④ 向西：徐參本作"奔西"。
⑤ 兩意：徐畫本、徐音本、延本、張本、三合本、毛本作"兩處"。
⑥ 知他：羅本無，封本作"知你"。
⑦ 也：羅本作"兒"。

張生①，此一行得官不得官②，疾便回來③。（末云）④ 小生這一去⑤，白奪一個狀元⑥。正是⑦：青霄有路⑧終須到，金榜⑨無名誓不歸。【徐畫旁】【田旁】【容夾】【硃眉】【湯眉】【三合眉】蠢蟲，不知趣極了！【魏眉】蠢子，不知趣極矣。【峒眉】蠢子，不知趣極了。（旦云）君行別無所贈，口占一絕，爲君送行：⑩ 弃擲今何在⑪，【羅眉】擲，音赤。【封眉】何道，時本多誤作"何在"。當時且自親。還將舊來意，憐取眼前人。【徐音眉】可以不介而合，□□痛□薄幸。（末云）小姐之意差矣，

---

① 張生：羅本、繼本、容本、起本、徐畫本、徐音本、徐參本、虎本、何本、陳本、秀本、硃本、天李本、六幻本、湯本、湯沈本、三合本、魏本、峒本作"（鶯云）先生"，屠本作"（生鶯相別科）（鶯云）張生"，張本作"（鶯）"，封本作"君"，毛本作"（旦兒云）張生"，潘本作"（鶯）先生"。

② 此一行：羅本、繼本、徐畫本、徐音本、何本、六幻本、湯沈本、三合本作"此行"，屠本作"此去"。得官不得官：硃本作"得官"。

③ 疾便回來：弘本作"疾早便回來"，屠本作"早些兒回來"，徐畫本、徐音本、虎本、何本、陳本、硃本、天李本、湯本、魏本、峒本、封本作"須早辦歸期"，秀本同，但無"須"字；驥本、延本、毛本作"疾早便回來者"，張本、六幻本作"疾便回來者"。

④ 弘本此處多"小姐心兒裏艱難"，徐畫本、徐音本、驥本、延本、張本、三合本、潘本此處多"小姐心兒裏難捨"。

⑤ 小生這一去：屠本作"小生此行"，徐參本作"這一去"，封本作"小生此去"，毛本作"小生此一行"。

⑥ 白奪一個狀元：白奪，屠本作"白白的奪"，秀本作"必奪"。毛本此句後多"回來"。

⑦ 正是：弘本、屠本、徐畫本、徐音本、驥本、延本、張本、三合本、潘本作"真乃是"。

⑧ 青霄有路：屠本、容本、驥本、陳本、秀本、硃本、延本、張本、六幻本、湯本、魏本、峒本、封本作"青雲有路"，徐參本作"青雲"，毛本作"真乃是青雲有路"。

⑨ 金榜：毛本作"早難道金榜"。

⑩ 君行別無所贈，口占一絕，爲君送行：君行別無所贈，容本、起本、徐參本、虎本、何本、陳本、秀本、天李本、湯本、魏本、峒本、毛本無"別"字，封本作"妾別無可贈"。屠本作"遠別無以爲贈，聊成一絕見意"。弘本、驥本、延本此句後多科介"（旦念）"，毛本此句後多科介"（念云）"。

⑪ 弃擲今何在：今，硃本、魏本作"金"。何在，驥本、延本、封本、毛本作"何道"。六幻本作"弃置今何道"。

張珙更敢憐誰？謹賡一絕，【羅眉】【秀眉】賡，音庚。以剖寸心：① 人生長②遠別，孰與最關情③？不遇知音者，誰憐長嘆人？④【陳眉】不離酸味。【三合夾】賡，音更。

【耍孩兒】【張眉】借用【般涉調】。（旦唱）⑤ 淋漓襟袖啼紅泪⑥，比司馬青衫更濕。【範旁】【龍旁】翻案。【羅眉】更，音竟。【繼眉】"司馬"句翻案用事。伯勞東去燕西飛，未登程先問歸期。【徐畫眉】【田眉】【延眉】先問歸期，夫婦分別，真切景句。【湯沈眉】先問歸期，夫婦分別真切語。【三合眉】先問歸期，是夫婦分別真切意。雖然眼底人千里，且盡生前⑦酒一杯。【謝眉】又翻司馬案。【羅眉】伯，音擺。前，音千。一，音已。【繼眉】且盡生前酒一杯，韓愈詩。【起眉】【虎眉】生，一作"身"。【徐參眉】飲真難下咽。【張眉】"尊"訛"生"，不通。【封眉】尊前，俗本多誤作"生前"。未飲心先醉，眼中⑧流血，【羅眉】血，音

---

① "小姐之意差矣"至"以剖寸心"：之意，張本無；剖，容本、起本、徐參本、虎本、何本、陳本、秀本、硃本、天李本、湯本、魏本、峒本作"表"。屠本作"張珙也賦一絕"，封本作"小姐之意差矣，張珙更敢憐誰"。弘本此句後多科介"（末念）"，毛本此句後多科介"（念云）"。

② 人生：徐畫本、徐音本、湯沈本、三合本、潘本作"人心"。長：屠本、張本作"常"。

③ 關情：弘本、羅本、繼本、容本、起本、徐畫本、徐音本、徐參本、驥本、虎本、何本、陳本、秀本、硃本、延本、張本、天李本、湯本、湯沈本、三合本、峒本、毛本、潘本作"關親"。

④ "張生，此一行得官不得官"至"誰憐長嘆人"：範本、龍本作"（生辭鶯科）（旦云）君今一別，未審何日是歸期也"。羅將範本、龍本科白增補于"誰憐長嘆人"句後。

⑤ （旦唱）：起本、虎本、何本、秀本作"（生唱）"。

⑥ 襟袖：繼本作"錦袖"。啼紅泪：徐畫本、徐音本作"啼清泪"，驥本、延本、張本、三合本、潘本作"啼情泪"。

⑦ 且盡生前：且盡，驥本、延本、三合本、潘本作"且進"；生前，徐參本、秀本、六幻本、封本、毛本作"尊前"，魏本、峒本作"樽前"。張本作"且進尊前"。

⑧ 眼中：徐畫本、徐音本、三合本、毛本、潘本作"眼將"。

歇。心裏①成灰。②【範眉】【龍眉】眼中流血，心裏成灰，亦商人故事。【徐音眉】已曾從西洛來此，但夫妻喁喁之言，不堪多聽。【徐參眉】"悲莫悲兮生別離"，正于此看出。【秀眉】嗟嘆離別情由。【硃眉】妙絕。【湯沈眉】"眼中"二句，俗注以商人事爲證，可笑。【魏眉】【峒眉】情亦悽然。【驥夾】【延夾】濕，叶世，上聲。中，古作"將"。內，古作"已"。【潘夾】此言當下兩分情事。

【五煞】③到京師服水土，趁程途節飲食，【羅眉】趁，音辰。順時自保揣身體。荒村雨露宜眠早，【羅眉】雨，音玉。野店風霜④要起遲。【封眉】星霜，時本多作"風霜"。鞍馬⑤秋風裏，最難調護，【羅眉】護，音戶。最要扶持。⑥【驥夾】【延夾】揣，平聲。【容眉】妙，妙！【徐畫眉】【田眉】【湯沈眉】【三合眉】客邊最着緊事，數言盡矣。【徐畫諸眉】妙絕之句，須當吩咐。此以後俱要緊的話說，今人亦如之者多。最可憐者，但未合多時，而即別去，更有十分難言處。【徐畫硃眉】深情若揭。【陳眉】【峒眉】江湖要訣，曲妙。【秀眉】囑付程途調攝。【硃眉】【魏眉】真切。【張眉】"最難""須要"，極有商量，訛兩"最"字，非。【湯眉】妙絕！【潘夾】此言張前途情事。

---

① 心裏：弘本、羅本、繼本、屠本、容本、起本、徐參本、驥本、虎本、何本、陳本、秀本、硃本、延本、天李本、六幻本、湯本、湯沈本、魏本、峒本、封本作"心內"，徐畫本、徐音本、三合本、毛本、潘本作"心已"。
② 範本、龍本此處多"（紅云）解元，只怕你途路上水土不服，可要仔細保重，早些安歇哩"，徐畫本、徐音本同，但無"哩"字。張本此處多"（紅）解元，路途上可要仔細保重，早些安歇"。
③ 弘本此處多科介"（旦囑生）"。
④ 風霜：封本作"星霜"。
⑤ 鞍馬：羅本作"鞍馬在"。
⑥ 最要扶持：張本作"須要扶持"。範本、龍本此句後多"（生云）小姐呵"。

【四煞】①這憂愁②訴與誰？相思③只自知，老天不管人憔悴。【範眉】【龍眉】此下多可入唐律。淚添九曲黃河溢【湯沈旁】叶异，恨壓三峰華岳低。④【羅眉】壓，音啞。岳，音要。【秀眉】華岳即西華山，頂有三峰，名曰蓮花峰、玉女峰、松檜峰。到晚來悶【湯沈旁】一作"怕"，徐本作"定"。把⑤西樓倚，【起眉】【虎眉】悶，一作"怕"，似妥。添，或作"填"，非。【凌眉】徐改"悶把"為"定把"，而王大譏"悶"字，然舊本無作"定"字者。【封眉】徐改"悶把"為"定把"，而王大譏"悶"字，蓋不可解。見了些⑥夕陽古道，衰柳⑦長堤。⑧【羅眉】夕，音西。長，音昌。【容眉】【湯眉】妙！【徐音眉】孤栖景，蕭瑟景，一一如見。【陳眉】【碌眉】描寫光景入畫，妙！【張眉】"怎見那"言不忍看也。訛"見了些"，有何意味？【湯沈眉】此下多可入唐律。【三合眉】只見些古道長堤，也不妨得。【魏眉】寫思遠人，光景入畫！【峒眉】描寫光景如畫。【驥夾】【延夾】溢，叶异。【潘夾】此崔自言歸後情事！

【三煞】笑吟吟⑨一處來，【起眉】【虎眉】【秀眉】【湯沈眉】鬆金釧，減玉肌，那得"笑吟吟"？亦是記中微疵。【三合眉】鬆金釧，減玉肌，那得"笑吟吟"？此亦是曲中微疵。【魏眉】【峒眉】鬆金釧，減玉肌，那得"笑吟吟"？亦作者失檢。【封眉】悶慊慊，時本誤作"笑吟吟"。湯若士曰：鬆金

---

① 範本、龍本、羅本、何本此處多科介"（生唱）"。
② 這憂愁：繼本、屠本、驥本、延本、張本、湯沈本作"憂愁"。
③ 相思：羅本作"相思病"，虎本、陳本作"想思"。
④ 範本、龍本此處多科介"（鶯唱）"。
⑤ 悶把：徐畫本、徐音本、驥本、延本、三合本、毛本、潘本作"定把"，張本無。
⑥ 見了些：張本作"怎見那"。
⑦ 衰柳：弘本、羅本、徐參本作"衰草"。
⑧ 範本、龍本此處多"（生云）每日假歡天喜地，今日假一個投東，一個向西，好不苦殺我也"，徐畫本、徐音本、三合本同，但後兩句作"一投向西。好不苦殺人也"；潘本同，但"我"作"人"。張本此處多"每日價歡天喜地，今日好不苦殺人也"。
⑨ 笑吟吟：封本作"悶慊慊"。

釧，减玉肌，那得"笑吟吟"也？哭啼啼獨自歸。歸家若到羅幃裏，昨宵個①綉衾香暖留春住，今夜個②翠被生寒有夢知。【羅眉】若，去聲。昨，音造。衾，音欽。寒，音酣。留戀你別無意③，見據鞍上馬，閣不住④泪眼愁眉。【羅眉】據，音倨。閣，音各。【容眉】【硃眉】【湯眉】妙！【起眉】【虎眉】別，今有作"非"字，是削圓方竹杖類也。"閣不住"三字，一本只以一"各"字代之，亦佳。【徐畫眉】【田眉】【延眉】俗本改"因無計"爲"別無意"，改"各"爲"閣不住"，謬甚。鶯與生，尚豈有別無意之話耶？"別無意"成何語？各泪眼，言彼此皆泪，所以然者，正因留戀無計也。【徐參眉】丟得人可憐見。【陳補眉】來時也不能巧笑。見據鞍上馬兒，難笑。【凌眉】徐改"別無意"爲"因無計"，王引董詞作"應無計"，"閣不住泪眼"爲"各泪眼"，意俱佳。【封眉】"留戀"三句，總言不能割捨，無他囑也，詞義甚明。徐改爲"因無計"，王作"應無計"。閣不住泪眼，皆作"各泪眼"，即空主人謂：意俱佳。語云：有逐臭之夫，信哉。【潘夾】此又將當下兩分，去後獨自情事，合并叙一翻。夢字又作一逗，皆結上起下之詞，然此二處俱用暗伏，後白中夢相隋，則直用顯接矣，此緊一步法。（末云）有甚

---

① 昨宵個：弘本、羅本、繼本、容本、起本、徐參本、虎本、何本、陳本、秀本、硃本、天李本、六幻本、湯本、湯沈本、三合本、魏本、峒本、毛本作"昨日個"，徐畫本、徐音本作"昨日"，驥本、延本、張本、潘本作"昨宵"，封本作"前日個"。
② 今夜個：繼本、魏本、峒本作"今日個"，徐參本作"今日裏"，驥本作"今夜"，延本、張本作"今日"。
③ 留戀你別無意：徐畫本、徐音本、三合本、潘本作"留戀因無計"，驥本、延本、張本、毛本同，但"因"作"應"。
④ 閣不住：弘本作"閣不定"，屠本、徐畫本、徐音本、驥本、延本、張本、三合本、毛本、潘本作"各"。

言語，囑付小生咱?①（生云）小姐有甚言語，敢不依從"。【陳眉】盟訂分袂，曉得，記得。

【二煞】（旦唱）你休憂文齊福不齊，我則怕你②停妻再娶妻。【三合眉】不問及，幾乎忘卻這段心事。休要③一春魚雁無消息【湯沈旁】秦少游詞。叶洗。，【範眉】【龍眉】秦少游詞："一春魚雁無消息。"【秀眉】一春魚雁，出秦少游詞。我這裏青鸞有信頻須寄④，【封眉】修寄，時本多誤作"須寄"。你卻休金榜無名誓不歸⑤。【潘補眉】男女之情正滿爾。此一節⑥君須記：若見了那異鄉⑦花草，再休似此處栖遲。【謝眉】前後緊關"不落空"。【羅眉】遲，音綈。【容眉】【湯眉】妙！【徐畫諸眉】此一套俱要緊話，該囑咐。【徐音眉】春閨女子，名心絕輕，何況

---

① （末云）有甚言語，囑付小生咱：有甚，羅本、繼本、徐畫本、徐音本、張本、湯沈本、三合本、潘本作"還有甚"，容本、徐參本、陳本、碌本、湯本、魏本、峒本、封本作"小姐有甚麼"，起本、虎本、秀本、天李本、毛本作"小姐有甚"，何本、六幻本作"小姐還有甚"；咱，羅本、繼本、徐參本、何本作"者"。範本、龍本作"（鶯云）我幾句話兒囑付你。（生云）小姐莫不慮小生文齊福不齊，以此放心不下？（紅云）姐姐，你敢是怕張生又惹着野草閑花哩"，屠本作"（鶯云）我有一句話兒囑付你，須要聽者"。
② 我則怕你：屠本作"我則怕"，徐畫本、徐音本、驥本、延本、三合本、潘本作"我怕你"，張本作"我只怕"。
③ 休要：弘本、羅本、繼本、屠本、容本、起本、徐畫本、徐音本、徐參本、驥本、虎本、何本、陳本、秀本、碌本、延本、六幻本、湯沈本、三合本、魏本、峒本、封本、毛本、潘本作"你休要"，張本無。
④ 我這裏：徐畫本、徐音本、三合本作"你那裏"，潘本無。頻須寄：碌本作"頻須記"，張本作"頻宜寄"，封本作"頻修寄"。
⑤ 你卻休金榜無名誓不歸：你卻休，徐畫本、徐音本、驥本、何本、延本、三合本、毛本作"你休得"，張本作"你切莫"，六幻本作"你卻休得"，潘本作"休得"，弘本無。羅本作"金榜標名急早歸"。
⑥ 此一節：張本無。
⑦ 若見了那異鄉：繼本、屠本、何本、六幻本、毛本作"若見了異鄉"，容本、峒本作"若見了那異香"，徐畫本、徐音本、湯沈本、三合本、潘本作"若見了異香"，驥本、延本、張本作"若見異鄉"。

鶯鶯之貴介乎?【徐參眉】光景逼真,令人若有所失。【硃眉】更有意味于張生。【張眉】"再休似"言切莫再如此處云云。訛"再休提",非。【魏眉】【峒眉】光景逼真。【驥夾】【延夾】息,叶洗。【潘夾】此又將張到京師後情事囑咐一番。

(末云)再誰似小姐,小生又生此念?① 【硃眉】妙不可言。【封眉】時本作鶯紅下後而生方行,誤。【潘夾】惟有夢相隨,全啓下文也。前云"尋覓",此云"相隨",便生出下"走荒郊曠野"至"今宵酒醒何處也"四大套曲來。

【一煞】(旦唱)青山隔送行②,【張眉】"遠"訛"送",非。疏林不做美,【羅眉】隔,音結。行,音興。做,音造。淡烟暮靄相遮蔽。夕陽古道無人語,【羅眉】夕,音西。禾黍秋風聽馬嘶。【秀眉】嘶,音西。我爲甚麼懶上車兒內③?來時甚急,去後何遲!④【羅眉】遲,音締。【徐畫眉】【田眉】妙!【陳眉】盡,畫。【硃眉】畫。【三合眉】景物亦被他埋怨煞。【魏眉】妙不容言。【峒眉】曲盡人情。【封眉】時本多作"車兒內","太急"作"甚急","休遲"作"何遲",皆誤,此時尚未登車也。【毛夾】諸曲皆絕妙好詞也。層見錯出,有緒無緒,俱臻妙境。"未飲心

---

① (末云)再誰似小姐,小生又生此念:再,羅本、繼本、驥本、延本、湯沈本作"再有";又生,容本、起本、虎本、秀本作"怎肯又生",徐參本、陳本、硃本、魏本、峒本作"怎肯生";此念,驥本、延本作"此念哩"。範本、龍本、徐畫本、徐音本、張本、六幻本、三合本、潘本作"(生云)再有誰似小姐的,敢生此念?小姐放心,小生就此拜別。(生云)忍淚佯低面,含情半斂眉。(鶯云)不知魂已斷,空有夢相隨。(生下)",屠本作"(生云)再有誰似小姐,豈敢又生此心?(紅云)天色晚了,請各分手也",何本作"(生云)再有誰似小姐的,敢生此念?小姐放心,小生就此拜辭",封本作"(生云)再誰似小姐,小生怎肯又生此念?小姐放心,小生就此拜別。淚隨流水急,愁逐野雲飛。(下)"。
② 送行:張本作"遠行"。
③ 我爲甚麼懶上車兒內:麼,屠本、何本、封本無;內,湯沈本、封本作"去"。徐畫本、徐音本、三合本、潘本作"懶上車兒去",驥本、延本、張本、毛本作"懶上車兒內"。
④ 來時甚急,去後何遲:封本作"來時太急,去後休遲"。

先醉""留戀應無計"諸句，并用董詞。一春魚雁無消息，用秦少游詞。金榜無名誓不歸，應賓白。各泪眼愁眉，指生與己也；俗作"閣不住"，則與"愁眉"有礙矣。來時甚急，承"車兒快快隨"言。去後何遲，從"懶上車兒內"作一逆問，直起下曲"大小車兒如何載得起"句。此元詞暗度金針之法，從來誤解。屏侯曰：若"去後何遲"作"恨歸去遲"解，于義不合；今作逆問意，則"甚急""甚"字即作"因甚"之"甚"亦得，但下曲只答得"去後"一句耳。【潘夾】秋風聽馬嘶，張猶在聲中；一鞭殘照裏，張猶在望中。其實張去已遠，崔止設之意中耳。來時迤迤、快快，猶怨去疾，雖遲以爲急也；去後獨行無聊，雖急以爲遲也。俱用反說以應前文。

（紅云）夫人去好一會，姐姐，咱家去。①

【收尾】（旦唱）四圍山色中，【羅眉】色，音煞。一鞭殘照裏。遍②人間煩惱填胸臆，【羅眉】填，音田。臆，音意。【秀眉】填，音田。量這些③大小車兒如何載得起？【範眉】"大"字宜略讀。【起眉】李曰：前云"見安排着車兒馬兒"，【煞尾】又斷云"煩惱填胸臆，這些大小車兒如何載得起"，令人遠行時讀之，便有思量不得處。【徐畫眉】【田眉】邵康節謂程明道兄弟"大小聰明"，凡以"大小"作"多少"者，見他書儘有。這"大小車兒"，言眼前所見之車能有多少，而載得許多離愁耶？即"太平車端的

---

① （紅云）夫人去好一會，姐姐，咱家去：夫人，湯沈本作"老夫人"；去，容本、起本、徐參本、虎本、何本、陳本、秀本、硃本、天李本、湯本、魏本、封本作"去罷"，湯沈本作"去來"。範本、龍本作"（鶯云）眇眇凌長道，遙遙行遠之。（紅云）回車背京邑，揮手從此辭"，徐畫本、徐音本、三合本、潘本同，但末句後多"夫人回久，俺們只索回去了罷？（鶯）你看"；屠本作"（紅云）夫人去遠了，請小姐早早回去也"，驥本、延本作"（紅云）老夫人去遠了，姐姐，咱去來。（旦唱）"，張本作"（紅）夫人回久，姐姐，咱只索回去罷。（鶯）你看"，六幻本作"（紅云）老夫人去好一會，俺們只索回去罷。（鶯唱）你看"，毛本作"（紅云）老夫人去遠了，姐姐，咱家去罷"。

② 遍：繼本作"滿"，張本無。

③ 量這些：徐畫本、徐音本、驥本、延本、三合本、毛本作"量着這"，張本作"量這"。

有十餘載"之意。【徐音眉】□□絕□。【徐參眉】前日相思，今日別離，一天愁緒難待。【虎眉】大，一作"偌"，便落町畦。【凌眉】這些大小，言不多大小也，非如舊解，"大"字略讀，詳見《解證》。【硃眉】描畫妙絕。【延眉】河南言大小，猶言多少也。邵康節謂程明道兄弟"大小聰明"，凡以"大小"作"多少"者，見他書儘有。這"大小車兒"，言眼前所見之車能有多少，而載得許多離愁耶？即"太平車端的有十餘載"之意。【湯沈眉】大小，北人鄉語，謂多少。鶯自謂己之離愁無可比擬，故舉目所見之車，能有多少而載得許多耶？非真大小之謂。【三合眉】言眼前所見之車，能有多少，如何載得許多離愁？【封眉】即空主人曰：些大小，言不多大小也，元人有"些娘大些個"，大皆言小。舊解為隨行大小之車，誤。【驥夾】【延夾】臆，叶意。【毛夾】此緊承上曲，言四山如圍，一鞭已遠，塞滿人間煩惱矣。是車有多少堪載此耶？所以"遲遲"，所以"懶上"也。王伯良曰："大小"猶多少，《藍采和》劇"出來的偌大小年紀"，大抵北人鄉語盡然。如邵康節稱程明道兄弟"大小聰明"是也。俗本于"這"字下添一"些"字，謂這些大的小車兒，鄙拙可笑。參釋曰：結句與李易安詞"只恐雙溪舴艋舟，載不動許多愁"意同。【潘夾】"這大"二字下稍頓，言這們大的小車兒，如何載得這樣煩惱起。凡方言甚小的，多以大字襯說，非并言大小也。前言打算半年愁，是平素積漸的，甚言其多，故大車也有十餘載。此言遍人間煩惱，是一時填滿的，甚言其重，故小車如何載得起。其意各有巧會，作一樣解不得。

（旦紅下）① （末云）僕童②，趕早行一程兒③，早尋個宿處。④

---

① （旦紅下）：羅本、繼本、容本、起本、徐參本、虎本、何本、陳本、秀本、硃本、天李本、湯本、封本作"（并下）"，驥本、延本、毛本作"（下）"，魏本、峒本作"（并下）（生云）"，張本、三合本無。
② 僕童：羅本、繼本、容本、起本、徐參本、何本、陳本、秀本、硃本、天李本、湯本、湯沈本、魏本、峒本、毛本作"琴僮"。
③ 兒：湯沈本作"者"。
④ 早尋個宿處：早，湯沈本作"早些兒"。驥本、延本作"尋宿處"。弘本此句後多"（末念）"，驥本、延本此句後多"（生念）"，毛本此句後多"（念）"。

泪随流水急，愁逐野雲飛。（下）①

【容尾】【湯尾】總批：描寫盡情。【徐音尾】【陳尾】【硃尾】【魏尾】【峒尾】：日暮鄉關何處是，烟波江上使人愁。【三合尾】湯若士總評：丈夫面目，兒女肝腸，描摹不漏針芥，自是神手。李卓吾總評：盡情描寫，故描寫盡情。徐文長總評：樂極則悲，萬事盡然。【潘尾】說意：送別一篇，可謂深于言別矣，而仍有若非詞之所得盡者。如未到長亭之前，有向前不得處，如【端正好】【滾綉毬】【叨叨令】，三闋之栖栖于馬後車前，而不能盡其詞者也。既到長亭之後，有蹲坐不得處，如【脫布衫】【小梁州】【上小樓】【滿庭芳】【快活三】【朝天子】【四邊靜】諸闋之耽耽于把酒供食，而不能盡其詞者也。臨別長亭之時，有歸去不得處，此【耍孩兒】五闋之惓惓于客程歸路，而不能盡其詞者也。得此可廢陽關三疊。江文通之賦別也，一語弁之曰："黯然銷魂，惟別而已。"以魂言別，可謂深于言別者矣。而獨其所賦者，皆爲別人，爲別景，爲別事，爲別情，而反不及別魂也。《易》有之曰："精氣爲物，游魂爲變。"《禮》有之曰："魂則無不之也，魄歸于土，魂歸于天。"魂也者，名一而變無算者也。生而不與形守，死而不與物盡。隨所之而可以成形，任所爲而難以方物。而況乎以甚結之情，當忽散之勢，其爲黯然飛越，又何可言狀哉！乃今觀于長亭之賦別，而知善于言魂也。霜葉黃花，皆爲血染；香車寶馬，皆爲恨驅。離亭亦是怨築，別筵亦向憂開。而且傾泪爲酒，蒸愁爲飯；悲填河曲，悶結西樓；相思盈路，煩惱成載。皆崔張之別之所感也，則皆崔張之魂之所變也。浸假而化，崔張之魂以爲林亭；浸假而化，崔張之魂以爲車馬；浸假而化，崔張之魂以爲酒食；浸假而化，崔張之魂以爲河山；浸假而化，崔張之魂

---

① "（旦紅下）（末云）"至"愁逐野雲飛。（下）"：野雲飛，驪本、延本作"野云低"。範本、龍本作"（紅云）馬去遠了，姐姐，家去。（鶯云）情到不堪回首處，（紅云）一齊分付與東風。（并下）"，徐畫本、徐音本、三合本、潘本同，但"東風"作"東流"；屠本作"（生云）琴童，小姐去遠了也。早早尋一個宿處安歇了。可憐：泪隨流水急，愁逐野雲平"，張本作"（鶯）泪隨流水急。（紅）愁逐野云低"，六幻本作"（紅云）馬去遠了，姐姐，家去。（鶯云）眇眇凌長道，遙遙行遠之。（紅云）回車背京邑，揮手從此辭。（并下）"，封本無。

以爲夕陽暮靄；浸假而化，崔張之魂以爲古道長堤而猶未盡也。浸假而又可化，崔張之魂以爲崔張之人。是故投東者崔，而崔之魂不東；投西者張，而張之魂不西迨至草橋。復聚而魂之爲靈，因真成幻，隨幻成真，難萬變也，而實有不變者存焉。此豈劫火之所能滅而關河之所得限哉！雙文之贈行曰："不知魂已斷，惟有夢相隨。"夢者何？蓋即魂之所變也，此一篇之大結束也。于是而別之情盡矣，于是而別之情亦正未可盡矣。

【驪尾附】注一十九條

【端正好】范希文詞："碧雲天，黃葉地。""葉"字易"花"字，平聲，從調耳。（董詞："君不見滿川紅葉，盡是離人眼中血。"）

【滾綉球】徐本"怨別去的疾"，諸本作"歸去"，似"別"字勝。運運，音隕隕，緩行之意，北人鄉語也，亦見字書。張生之馬，有逡巡留戀之意，故曰"運運"；鶯鶯之車，有倥傯趁逐之意，故曰"快快"。【驪眉】字義瞭然，一洗魯魚之障。舊諸本或作"逆逆"，或作"迍迍"，或作"慢慢"；下"快快"，或作"快快"，或作"慢慢"。逆逆，語既不通；"迍"字本音平聲；慢慢，復傷俚鄙。上既云"運運"，則下當以"快快"爲對。蓋逆逆、迍迍、快快，皆字形相近之誤，今直改正。破題兒，猶言起頭也。言昨夜成親，恰纔回避得個相思，今又增個別離之恨也。徐云："鬆釧"二句，與"聽琴"折"一字字更長漏永"二句，俱傷過狠。

【叨叨令】（董詞："衫袖上盈盈搵淚不絕。"）"書兒信兒"句，悲愴之極，言日後即寄書與張，亦不免恓惶不堪也。詞隱生謂：望張生寄書與己，不知此對紅娘之詞，非面生語。且云望生，則與上文語氣全不相接。又，古本元作"索與他"，"他"字明指張生，今本訛作"我"，不足憑也。

【脫布衫】簽，朱本作"僉"。斜簽着坐，傷離恨別，坐不能正也。臨侵，語詞。（《蕭淑蘭》劇："害得我瘦骨岩岩死臨侵。"）（關漢卿《望鄉亭中秋切膾旦》劇："可怎生獨自個死臨侵地。"）兩"地"字皆助詞，然重用，殊疵。徐云：上"地"字當刪去。（《玉鏡臺》劇："我幾曾穩穩安安坐地。"）則"坐地"係現成口語，似不可去。金本作"坐的"，亦後人避"地"字而強易之者，然似不成語耳。

【小梁州】古詞："尊前只恐傷郎意，閣淚汪汪不敢垂。"閣淚汪汪，鶯指己言，恐人之知，故閣淚而不敢垂。偶然被人看見，故把頭低，而"推整素羅衣"也。

【幺】清減了小腰圍，與前"鬆釧、減肌"重。

【上小樓】前夜私情，指未成親時言。我恰知相思滋味之苦，今別離之苦，覺比相思更增十倍也。番上"恰告了相思回避"兩句意。俗本作"比別離情更增十倍"，謬。

【幺】惟年少所以輕遠別，惟情薄所以易拋鄭。"全不想"三句，俚而率，大不成語。此怨張生之重功名而輕別離，言你為相國女婿，便是夫榮妻貴了，但得長相守，為并頭之蓮足矣，何必狀元及第，而去應舉為耶？并頭蓮，同枕譚語也。（關漢卿《謝天香》劇："咱又得這一夜并頭蓮。"）

【滿庭芳】此調俗本自"俺則廝守得一時半刻"以下作【幺】篇，非。此怨夫人令己與張生异席，而不得親近之詞。供食太急，以紅娘勸飲口湯水，言不要趕急，我與生不過須臾聚首也。眼底空留意，古本作"風流意"。徐云：言前日風流況味，只在眼前，便如此間隔，如此別離，尋思到此，幾于化石也。然與上文語不蒙，意亦稍遠，不若從今本，謂面前間隔如此，即今日席間便幾化石，為妥耳。

【快活三】（董詞："吃下酒，沒滋味，似泥土。"）

【朝天子】玉醅，古本作"玉杯"。詞隱生云："玉醅"勝。古詞："莫恨銀餅酒盡，但將妾淚添杯。"（董詞："一盞酒裏，白冷冷的滴殼半盞來淚。"）"茶飯"勿斷。怕不待吃，徐云：只是"不吃"二字。蘇子瞻詞："蝸角虛名，蠅頭微利，算來着甚乾忙？"一遞一聲，謂己與張生也。

【四邊靜】（董詞："頭西下控着馬，東回馭坐車兒。"）較拙。又，（"馬兒向西行，車兒往東拽。"）故不如"車兒投東，馬兒向西"，語簡而俊也。有夢也難尋覓，【驪眉】"夢也"，作去上，妙。朱本作"有夢兒尋覓"，亦通。

【耍孩兒】（董詞："我郎休怪強牽衣，問你西行幾日歸？"）又，（"未飲心先醉。"）古本"眼將流血，心已成灰"，似不如從今本爲妥。二語虛說，俗注以商人事爲證，可笑。

【五煞】順時自保揣身已，言須揣其身之勞苦，而因時保護之也，然語殊拙。

【四煞】"老天不管人憔悴"及下"淚添九曲黃河溢"二句，俱屬欠雅。徐云：黃河、華山，并張之去所經山水，故引之耶。不爾，似涉泛。到晚來定把西樓倚，【驪眉】"定"字，未然之詞，含蓄不盡，作"悶"字，便頭巾矣。俗本改作"悶把"，正可與"一方明月可中庭"，改作"滿中庭"作對。

【三煞】（董詞："離筵已散，再留戀，應無計。"）各淚眼愁眉，指已與張生。欲留戀而無計可留，所以當據鞍上馬，而各淚眼愁眉也。俗木作"閣"，非。

【二煞】金榜無名誓不歸，應前白語。秦少游詞："一春魚雁無消息，千里關山勞夢魂。"（董詞："囑付情郎，若到帝里，帝里酒釀花穠，萬般景媚，休取次，共別人便學連理。"）

【一煞】送來之時，不覺其速；歸去之後，却恨其遲。又與前"恨相見得遲，怨別去得疾"及"車兒運運行，馬兒快快隨"翻案。夕陽古道，重前。

【收尾】大小，北人鄉語，謂多少。【驪眉】解"大小"作"多少"，妙甚。引證的確，能令俗子咋舌。詞隱生云：猶言偌大也。徐云：宋儒語錄多用之。邵康節謂程明道兄弟"大小聰明"。（董詞："大小身心，時下打疊不過。"）又，（"悶打孩地倚着窗臺兒盹，你尋思大小鬱悶。"）又，（《藍采和》劇："出來的偌大小年紀。"）又，（馬東籬《薦福碑》劇："他那年紀兒是大小。"）可證。俗本却改云："量著這些大小車兒。"而釋之者于"大"字下一斷，謂這些大的小車兒如何載得起，以爲獨得之見，俗士復群然賞之。毋論元本元意元不如此，即如此作句，寧得成語也！蓋鶯從荒郊衆旅中，見往來之車甚多，其形容己之離愁，無可比擬，故言舉目之間，量着這多少車兒，可載得起耶！非真大小之謂也。

【六幻本】五劇箋疑

四之三　長亭送別

恨相見得遲：一無"得"字，下句同。

怨歸去得疾：疾，精齊切。

迍迍行、快快隨：馬是張騎，故欲其遲；車是崔坐，故欲其快。迍，徐本作"運"，音允。一本"迍"作"逆"，一本"迍迍"下有"的"字，下句同。

恰告了：恰，一作"却"。

破題兒：起頭也。

聽得道一聲去了：一無"道"字。

靨：音夜。

兀的不悶殺人也麼哥：一本無"兀的不"三字。哥，作"歌"。元詞哥、歌通用。

今以後：一作"久已後"。

黃葉紛飛：葉，去聲。

斜簽著坐的：的，上聲，一作"地"，重下句韵。

死臨侵地：臨侵，方言也。二之三"死沒騰"，意同。地，助語，即的字意。

奈時間：一作"這時節"。

昨宵今日：一本"昨"上有"則是"二字。

想著前暮私情：一無"想著"二字。

我諗知那幾日相思滋味：諗，音審，謀也。相思，念也，亦與審同；一作"恰"。那，一作"這"。

誰想這別離情更增十倍：俗本作"却元來此別離情更增十倍"，是言別離易也，謬。十，平聲。

易弃擲：擲，音遲。

你與他：他，一作"那"。

但得一個并頭蓮：羅隱詩曰："兩枝相倚更風流，照映幽池意未休。桃葉桃根雙姊妹，斜眠青蓋各含羞。"一本無"一"字。

煞強如狀元及第：煞強如，一似強似。煞，一作"索"。一作"強如你狀元及第"。

供食太急：食，平聲；急，上聲。

頃刻：刻，康里切。

雖然是：一本以下至"望夫石"作【幺篇】。

夫妻每共桌而食：一無"每"字。

眼底空留意：空留，一作"凄凉"，一作"風流"。

尋思起就裹：一無"起"字。

望夫石：《神異記》：武昌北山上有望夫石，狀如人立。相傳云：昔有貞婦，其夫從役。攜弱子送至此山，立望其夫而化爲石，因名焉。石，繩知切。

暖溶溶玉醅：玉醅，酒也。醅，一作"杯"。

怕不待要吃：一本無"要"字。吃，音恥。

蝸角虛名：有國于蝸牛之角，左角曰蠻氏，右角曰觸氏。爭地而戰，伏尸數里。逐北，旬有五日而後返。出《莊子》。一本上有"只爲"二字。

蠅頭微利：班固曰："青蠅嗜肉汁而忘溺死，愚者貪世利而陷罪禍。"

拆鴛鴦在兩下裏，一個這壁，一個那壁：一作"拆鴛鴦兩下裏，他在那壁，我在這壁"。壁，音比。

籍：音濟。

車兒投東：一本"車"上有"見"字。

兩意徘徊：意，一作"處"。

覓：去聲。

淋漓襟袖啼紅泪：《拾遺記》：魏文帝時美人入宮，別父母，泪下沾衣皆紅。紅，一作"情"。

更濕：濕，世上聲。

且盡尊前酒一杯：尊，一作"生"，一作"身"。一本"盡"作"進"。

眼中流血，心內成灰：《煙花錄》：昔有一商人子，美姿容，泊舟于西河下。岸上高樓，樓中一女，相視月餘，兩情已契。弗遂所願，商貨盡而去。女思念成疾，死。父焚之，獨心中一物，如鐵不化，磨出，照見中有舟樓相對，隱隱有人形。其父以爲奇，藏之。後商復來，訪其女，得所繇。獻金求觀，不覺淚下成血，滴心上，心即灰。中，一作"將"。內，一作"已"，一作"裏"。

保揣：揣，平聲。

淚添九曲黃河溢：黃河千里一曲，九千里入于海。添，一作"填"。

恨壓三峰華岳低：西岳山頂有三峰，曰蓮華峰、毛女峰、松檜峰。壓、華，俱去聲。

悶把西樓倚：悶，一作"定"，一作"怕"。

昨日個：一作"昨夜個"。

今夜個：一作"今日個"。

留戀你別無意：我所以留戀你者，別無他意，止有一句話耳，即下文"此一節"也。因此話未曾叮囑，所以"見據鞍上馬，閣不住淚眼愁眉"也。生緊接云"還有甚麼語囑付小生"，真是知心湊拍，文意絕妙。或作"應無計"，此際豈宜復有留戀計耶？一作"留戀因無計"。

閣不住淚眼愁眉：一作"各淚眼愁眉"。

息：音洗。

我這裏青鸞有信頻須寄：我這裏，一作"你那裏"。

你却休：一作"你休得"。

若見了异鄉花草：一作"若見了那异香花草"。

二煞收尾二曲：文長評解，多有得失，不謂盡然。至其所評之本，實古善本也。如餞行祖道，行者登程，居者旋返，古今通禮。所以此詞"再有誰似小姐"之後，生即上馬而去，鶯徘徊目送，不忍遽歸。青山隔送行，言生已轉過上坡也；疏林不做美，言生出疏林之外也；淡煙暮靄相遮蔽，在煙靄中也；夕陽古道無人語，悲已獨立也；禾黍秋風聽馬嘶，不見所歡但聞馬嘶也；爲甚麼懒上车儿内，言已宜归而不归也；四围山色中，一鞭残照里，生已过前山，适因残照而见其扬鞭也。宾白填词，的的无爽。而诸本俱作生莺同在之词，岂复成文理耶？且俟曲终，莺红并下而後，生方上马，何其悖也？王实父断不如此，不通。徐本于礼则合，于文则顺，耳食者竞吹其疵，独不于此原之乎？

我为甚麽懒上车儿内：一无"我为甚麽"四字。内，作"去"。

量这些大小车儿：今俗言器物之小者，曰能有许多。大小，挪揄之词也。或解作多少，殊不当。或于大字略断，尤非。量这些，一作"量著这"。

【會注】

【弘注】【範注】【羅注】【秀注】心如醉：出《群玉》（秀本无"出《群玉》"）。後漢劉寬，引（範本、羅本、秀本无"引"）見帝，帝令講經。寬于座（羅本、秀本多"間"）被酒睡伏。帝問："太尉醉耶？"寬對曰："不敢醉。任大責重，憂心如醉（秀本此處多'耳'）。"

【弘注】【範注】【羅注】【秀注】并頭蓮：出（秀本无）《翰墨》。羅隱曰："兩枝相倚更風流，照映幽池意未休。桃葉桃根雙姊妹，【秀眉】姊，音子。斜眠青蓋各障（範本、羅本、秀本作'含'）羞。"

【弘注】狀元：出《詩學》《古詞》。三種清香，狀元紅是，黃爲榜眼，白探花郎是也。

【弘注】舉案齊眉：出《列女傳》。梁鴻妻孟光，字德耀。其姿貌甚醜而德行甚修。鄉里多求，而女輒不肯。行年三十，父母問其所欲，對曰："欲節操如梁鴻者。"時鴻未娶，扶風世家多願妻者，亦不許，聞孟氏女言，遂求納之。孟氏盛飾入門，七日而禮不成，妻跪問曰："竊聞夫子高義，斥數妻，妾亦已偃蹇數夫，今來而見擇，請問其故？"鴻曰："吾欲得衣裘褐之人，共逃避時。今若衣綺綉，傅粉黛，非鴻所願也。"妻曰："竊聞夫子不堪，妾幸有隱居之具矣。"乃更粗衣椎髻而前。鴻喜曰："如此者，誠鴻妻也。"鴻家貧，賃舂爲事，妻每進食，舉案齊眉，不敢仰視。共逃霸陵山中，耕耘織作，以供衣食。【範注】舉案齊眉：詳十折下。

【弘注】【範注】【羅注】望夫石：出（羅本無）《神异記》。武昌北山上有望夫石，狀如人立。古傳云：昔貞婦，其夫從役，遠赴國難。携弱子，送至此（範本、羅本作"北"）山，立望其夫而化爲石，因以（範本無）爲（羅本無）名焉。詩曰（詩曰，羅本作"後人題詩云"）："江（範本、羅本作"山"）頭頑石古人妻，翹首巍巍望隴西。雲鬢不梳新樣髻，月鈎影裏（影裏，羅本作"高挂"）舊時眉。衣衫歲久成苔蘚，脂粉年深墜土泥。妾憶自從郎別後（郎別後，範本作"君去役"，羅本作"君去後"），一番風雨一番啼。"（範本、羅本此處多"又詩云"）"一上青山便化身，不知何代怨離（羅本作"誰"）人。古來節婦皆銷朽，獨爾不爲泉下塵。"【起注】【陳注】【硃注】【湯注】【魏注】【峒注】望夫石：昔有一婦，其夫從役，遠赴國難。携其（魏本無"其"）弱子，送（魏本作"入"）至北山，立望其夫，貞婦（魏本無"貞婦"）忽化爲石，（陳本、硃本、湯本、峒本此處多"時人"）遂呼爲"望夫石"。【徐音注】望夫石：昔有一婦，其夫從役，赴國難。携幼子，登北山，立望其夫，忽化爲石，因名焉。【徐參注】望夫石：昔貞婦立望其夫，忽化爲石，時呼望夫石。【秀注】望夫石：武昌北山上有望夫石，狀如人立。古傳：昔有貞婦，其夫從役遠征。携幼子，送至北山，立望其夫而化爲石，因以名焉。

【弘注】【範注】相思泪：出盧同詩："白玉璞裏琢出相思心，黃金礦裏鑄出相思泪。"韓愈愛其詩，號玉川子。【起注】【陳注】【硃注】【湯注】【峒注】相思泪：盧仝《相思》詩云："白玉璞裏琢出相思心，黃金礦裏鑄出相思泪。"

【弘注】蝸角虛名：出《翰墨》，又《莊子》。昔人有蝸角之于國，左角曰蠻氏，右角曰觸氏，爭地而戰，伏尸數里。逐北，旬有五日而後返。【範注】蝸角虛名：出《翰墨》，又《莊子》。昔人有蝸角之于國，左角曰蠻氏，右角曰觸氏，爭地而戰，伏尸數里。逐北，旬五日而後返。一說蝸蟲類狀如螺，言能離其殼，而不知其返也。【羅注】【秀注】蝸角虛名：【羅眉】【秀眉】蝸，音蛙。《莊子》云：昔人有國于蝸之左角者，曰"蠻氏"，右角者"觸氏"，爭地而戰，伏尸數里。逐北，旬五日而後返。一說蝸角類狀如螺，言能離其殼，而不知其返也。【起注】【魏注】【峒注】蝸角虛名：出（魏本無）《莊子》。"有（魏本、峒本無）蝸角之國，左角曰蠻氏，右角曰觸氏，爭地而戰，伏尸數里。逐北，旬五日而後返。"【徐音注】蝸角虛名：蝸，小蟲也。【陳注】【硃注】【湯注】蝸角虛名：出《莊子》。蝸角之于（硃本、湯本無）國，左角曰蠻氏，右角曰觸氏，爭地而戰，伏尸數里。逐北，旬五日而後還。

【弘注】【範注】蠅頭微利：出《翰墨》。班固曰：青蠅嗜肉汁而忌溺死，眾（範本無）人貪世利而陷罪禍。即（範本作"如"）蠅頭微利。【羅注】蠅頭微利：【羅眉】蠅，音盈。《翰墨》載班固曰："青蠅嗜肉汁而忘溺死，如人貪世利而陷罪禍。"即蠅頭微利也。【起注】蠅頭微利：班固曰："青蠅嗜肉汁忘溺死，人貪世利而罪禍。"言人之貪財如蠅頭之微利。【徐音注】蠅頭微利：蒼蠅亦小物也，若言名利之小。【陳注】【硃注】【湯注】【魏注】【峒注】蠅頭微利：班固曰："青蠅嗜肉汁而汙（魏本、峒本作"忘"）溺死，人貪世（魏本、峒本作"勢"）利而陷罪禍。"言人之貪財（硃本作"利"）如蠅頭之微利。【秀注】蠅頭微利：【秀眉】蠅，音迎。班固曰："青蠅嗜肉汁而忘溺死，如人貪世利而陷罪禍。"即蠅頭微利也。

【弘注】淋漓：出《群玉》。赤龍披鬚血淋漓。又酒淋漓，又墨淋漓，又雨淋漓。【範注】淋漓：謂淚下如雨之淋漓。

【弘注】紅淚：出《王子喬拾遺記》。魏文帝美人忙別父母，淚下沾衣，至升車就路，玉唾成淚，即女紅色。及至京師，凝如血矣。楊妃初入宮，與父母別，淚落凍成紅水。【範注】紅淚：出《拾遺記》。魏文帝美人入宮，忙別父母，淚下沾衣皆紅。【羅注】紅淚：魏文帝美人入宮，別父母，淚下沾衣，升車就路，衣有紅色，及至京師，凝如紅血。又唐楊貴妃初入宮中，與父母相別，淚落成紅水。【起注】【陳注】【硃注】【湯注】【魏注】【峒注】紅淚：魏文帝選美女入宮，其女別父母，淚下沾衣，所滴之淚盡皆紅色，及至京師時（硃本無），淚凝如血。又楊貴妃初入宮，與父母分別，淚落如紅水（魏本、峒本作"雨"）。【徐音注】紅淚：楊貴妃初入宮，與其父母哭別，淚流紅血。【徐參注】紅淚：魏文帝選美人入宮，其女別父母，淚下沾衣皆紅色，至京淚凝如血。

【弘注】司馬青衫更濕：出古文《琵琶行》，又《樂天詩集》。樂天自序，元和十年，左遷九江郡司馬。明年秋，送客潯浦口，聞舟中夜彈琵琶，聽其數曲，曲罷惻然。自敘少小時歡樂事，今漂淪憔悴，轉徙江湖門。予出官二年，恬然自安。感斯人言，是夕始覺有謫意。行末四句："淒淒不似向前聲，滿座聞之皆掩泣。就中泣下誰更多，江州司馬青衫濕。"【範注】青衫濕：詳七折江州司馬下。

【弘注】【範注】【羅注】【秀注】伯勞東去：曹植《惡鳥傳》："陰氣動而鳴，陽氣復而止。名鵙曰博勞，曰伯勞，曰伯趙。"東方朔行渴，叩道邊人家取飲。不知姓名，須臾，見伯勞飛集（範本、羅本無"飛集"，秀本無"飛"）李樹上，朔曰："此主人姓李名伯勞，但呼李伯勞。"果然即應（範本、羅本此處多"與之飲"，秀本此處多"因與之飲"）。【起注】【陳注】【硃注】【湯注】【魏注】【峒注】伯勞東去：曹植《惡鳥傳》："陰氣動而鳴，陽氣復而止。名鵙曰博勞，曰伯勞。"【徐音注】伯勞：一名博勞鳥，相飛必向東。【徐參注】伯勞：鳥名，陰氣動而鳴，陽氣復而止。

【弘注】【範注】【羅注】燕西飛：出《拾遺》（羅本無"出《拾遺》"）。唐王謝居金陵，航海遇風，【秀眉】航，音杭。舟破，謝附一板抵一洲，翁媼皆皂服。謝（羅本無）曰："吾主人郎（範本無"郎"）也。"引至宮室，見王坐大殿，左右皆婦人。王（範本、羅本此處多"服"）烏袍烏冠，金花閃閃。翁以女妻謝，女曰："此烏衣國也。"王召宴于寶墨殿，命（範本作"金"）玉杯勸謝，曰："入吾國者，（羅本此處多"昔"）漢君（羅本作"有"）梅成（羅本作"城"），今有足下。"（羅本此處多"酒酣"）命作詩，卒章云："恨不此身生羽翼。【秀眉】翼，音義。（羅本此處多"隨風飛到建章宮"）"女曰："何相識也？"王不悅，遣之，曰："某日當回。"命取飛雲（羅本此處多"軒"），暫時（暫時，羅本作"既"）至，乃烏氈兜斗（羅本作"子"）。謝入（羅本作"坐"）其中，閉目少息，已至家。（羅本此處多"見"）梁上內（羅本作"雙"）燕呢喃，謝乃（羅本作"方"）悟，所止（所止，羅本作"爲"）燕子國也。

【弘注】眼中流血心内成灰：出《烟花録》。昔有一商，質極萃美，駕舟載貨灣西河下，忽見岸高樓中有一美女，兩情相契，目視月餘，弗果所願。既而商人貨盡歸去，其女以思商之故，得疾而亡。女父焚之，獨心中一物如鐵，磨出，見舟樓相對，隱隱如有人形。其父收藏以爲可貨。後商復來訪女，得其由，獻金求觀。既而不覺泪下，而其心已成灰矣。【範注】【羅注】眼中流血心内成灰：出（羅本無）《烟花録》。昔有一商（羅本此處多"人，年少"），美姿容。泊舟于西河下，岸上高樓中一美女，相視月餘，兩情已契，弗遂所願。（羅本此處多"其"）商貨盡而去，女思成疾而亡（羅本作"死"）。父遂（羅本此處多"殮"）而焚之，獨心中一物不化如鐵，磨出，照見中有舟樓相對，隱隱如有人形。其父以爲奇，藏之。後商復來訪其女，得所由，獻金（羅本作"贄"）求觀，不覺泪下成血，滴心（羅本作"于"）上，心即（心即，羅本作"即化"）成灰。【起注】【陳注】【湯注】【魏注】【峒注】眼中流血心内成灰：昔有一商人，姿容美麗，人物清奇。出商泊舟于西河下，岸上高樓中有一美女，儀容絶世。二人眼角傳情，相視月餘，兩情相契，恨不遂所願。商人貨盡而去，女子思憶商人，遂成一疾，數月而亡。父遂焚之，獨心中一物不化，其硬如鐵，磨出，照見物中有舟樓相對，隱隱如有人形，即如商人泊舟之所。其父以爲奇物，乃藏之家。後商人復來訪，其女已故。察其情由，知有此物，商獻金求觀之，不覺泪下成血，滴心上，心即成灰。【徐音注】眼中流血心内成灰：昔有商人，美姿容。泊舟于河岸，樓上一女子，儀容絶世，彼此眼角傳情，相視月餘，不能遂願。商人貨盡舟歸，女思憶病，數月而死。父取焚之，心中一物不化，其硬如鐵，磨出，照見物中有舟樓相對，隱隱如有人形。其父以爲奇物，乃藏之。後商人復至其處，詢其女，以故聞有此物，求見之，不覺泪下成血，滴于心上，心即成灰矣。【秀注】眼中流血心内成灰：昔有一商人，年少美姿容。泊舟于西河岸上，高樓中一美女，相視月餘，兩情已契，弗遂所願。其商貨盡而去，女思成疾而死。父遂殮而焚之，【秀眉】焚，音墳。獨心中一物不化如鐵，磨出，照見中有舟樓相對，隱隱如有人形。其父以爲奇，藏之。後商復來訪其女，得所由，獻贄求觀，不覺泪下成血，滴于上，即化成灰。

【硃注】眼中流血心内成灰：昔有一商人、一女子，二人眼角傳情，不遂所願。女子思憶，遂成疾而亡。焚之，心中一物不化，硬如鐵。磨出，照見内有一舟，男女對望。以爲奇物藏之。後商人復來訪，其女已故。察其情由，知有此物，乃獻金求觀，不覺泪下成血，滴心上即成灰矣。

【弘注】九曲黃河：出《爾雅》《淮南子》《山海經》《穆天子傳》。河出昆侖墟，色白潜流地，所受渠多沙壞溷渚，故爲一川而水色黄也。每千里一曲一直，自積石至龍門共九曲，其長九千里，入于渤海。【範注】九曲黃河：出《山海經》。源在昆侖山，每千里一曲一直，自積石至龍門共九曲，其長九千里。入于海，水皆黄色，因名焉。【羅注】【徐參注】九曲黃河：源在昆侖山，每一千里一曲一直，自積石至龍門，共有九曲，其長九千里。入于海，水皆黄色，故此因名焉。【起注】【陳注】【硃注】【湯注】【峒注】九曲黃河：源在昆侖山，每一千里一曲一直。自積石（硃本、湯本、峒本此處多"至"）龍門共（湯本作"自"）九曲。其長九千里，入于海，水（硃本作"本"）皆黄色。【徐音注】九曲黃河：黄河千里一曲，迂回共九曲。【魏注】九曲黃河：源出昆侖山，每一千里一曲一直，自積石至龍門共九曲，入于海，水皆黄色。

【弘注】三峰華岳：出《詩學》。蓮花峰，毛女峰，秋檜峰。華岳，西華也。山頂有池，生千葉蓮花，服之羽化，因名華山，直上十仞。【範注】三峰華岳：出《詩學》。即西岳，山頂有三峰，名曰蓮花峰，毛女峰，松檜峰。【羅注】三峰華岳：華岳，即西華山，頂有三峰，名曰蓮花峰、玉女峰、松檜峰。【起注】【陳注】【湯注】【峒注】三峰華岳：即西岳，山頂上有三峰，一名曰蓮花峰，二名毛女峰，三名松檜峰。【徐參注】【硃注】三峰華岳：即西岳。山頂上有三峰，一曰（硃本作"名"）蓮花峰，二名毛女峰，三名松檜峰也。【魏注】三峰華岳：即西岳，山頂有三峰，一名蓮花峰，二毛女峰，三松檜峰。

【弘注】魚書故事詳見第三折【耍孩兒】下。

【弘注】雁書故事詳見第三折【耍孩兒】下。【範注】魚雁無消息：即魚雁書，詳十折下。【羅注】魚雁無消息：見十齣下。

【弘注】青鸞故事詳見第一折【拙魯速】下。

【弘注】金榜：出《唐書》，又《玉京記》。崔紹暴卒復生，見冥間列榜書人姓名，將相金榜，其次銀榜，城縣小官，并是鐵榜。【羅注】金榜：崔紹暴卒復生，見冥間列榜書人姓名，將相金榜，次銀榜，小官鐵榜。【起注】【徐音注】【陳注】【硃注】【湯注】【魏注】【峒注】金榜：崔紹暴卒，三日而（魏本無）復生。見冥間列榜書人姓（魏本作"生"）名，將相金榜，次銀榜，小官鐵榜。

【起注】字音

驄，音匆。屬，慨，入聲。諗，音作審。嶮，音險。蝸，音蛙。臆，音乙。嘶，音西。賡，音庚。輌，音兩。

【徐音注】字音

驄，匆。屬，慨，入聲。諗，審。嶮，險。蝸，蛙。臆，乙。嘶，西。賡，庚。輌，兩。

【徐參注】字音

屬，慨，入聲。諗，音審，告也。嶮，音險。嘶，音西。賡，音庚，賡和。輌，音亮。

【陳注】【硃注】【峒注】字音

驄，匆。屬，慨，入聲。諗，作審。蝸，蛙。嶮，險。臆，乙。嘶，西。賡，庚。輌，兩。

【湯注】【魏注】字音

驄，匆。屬，慨，入聲。諗，作審。嶮，險。蝸，蛙。臆，乙。嘶，西。賡，庚。輌，兩。

第四折①

　　【範眉】【龍眉】一部西廂，少這一段不得。此意本樂天《長恨歌》來。【繼眉】一部《西廂》，少這一段不得。此意本白樂天《長恨歌》來。【徐畫眉】【田眉】與三套同是好語，亦同無警句。【虎眉】《畫統》唐伯虎云：《草橋夢》折是一部小《西廂》。【秀眉】唐伯虎云："草橋夢折是一部小《西廂》。"【延眉】與十五枝同是好語，亦同無警句。【湯沈眉】唐伯虎云：此折是一部《西廂》。

　　（末引僕騎馬上開）② 離了蒲東早三十里也③，兀的前面是草橋

---

① 第四折：範本、龍本、繼本、容本、起本、徐音本、徐參本、虎本、陳本、秀本、硃本、湯本、湯沈本、魏本、峒本、封本作"第十六齣　草橋驚夢"，羅本作"第十六齣"，屠本作"第十七折"，徐畫本、徐音本作"第四套　草橋驚夢"，驥本作"四套（今本十六折）入夢"，何本作"驚夢"，天李本作"草橋驚夢"，六幻本作"四之四　草橋驚夢"，三合本作"第四套　驚夢"，毛本作"第十六折　送別"，潘本作"第四折　草橋驚夢"。

② （末引僕騎馬上開）：羅本、繼本、容本、起本、虎本、何本、陳本、秀本、硃本、天李本、六幻本、湯沈本作"（生引琴僮上云）"，屠本、魏本、峒本、封本作"（生引僕上云）"，徐畫本、徐音本、張本、三合本、潘本作"（生引童上）"，徐參本作"（生琴云）"，毛本作"（正末引僕上云）"。

③ 早三十里也：徐參本、陳本、硃本、魏本作"走三十里也"，峒本同，但無"也"；驥本、延本、毛本作"二十里也"。

店裏①，宿一宵，明日趕早行。②這馬百般兒不肯走。③行色一鞭催去馬，羈愁萬斛引新詩。④【容眉】【硃眉】【湯眉】是想。【徐畫眉】【田眉】天下事，原是夢。《西廂》《會真》，叙事固奇，實甫既傳其奇，而以夢結之，甚當。漢卿紐于俗套，必欲以榮歸為美，續成一套。其才華雖不及實甫，而猶有可觀。閱後復被後人拾。鄭恒求配處，插入五曲，如乞兒癩疽，臭不可言。惜乎漢卿欲附驥尾，反坐續貂，冤哉！

【雙調】【新水令】望蒲東蕭寺暮雲遮，【潘旁】不堪回首。慘離情半林黃葉。【起眉】王曰："慘離情半林黃葉"，景外觀景，情外傷情。馬遲人意懶，風急雁行斜。【羅眉】遲，音絺。行，音杭。【徐音眉】馬遲風急，是絕真離況。【秀眉】行，音杭。離恨⑤【湯沈旁】徐作"愁恨"。重叠，破題兒第一夜。⑥【謝眉】又引起前"破題兒"公案。【羅眉】句俊。【陳眉】盡極旅況。【陳補眉】起句雄逸。【驥夾】【延夾】葉，叶夜。叠，叶爹。【毛夾】原本失標"雙調"二字。元詞多以驚夢寫離思，如

---

① 前面是草橋店裏：前面，容本、起本、徐參本、虎本、何本、陳本、秀本、硃本、天李本、湯本、魏本、峒本、封本作"那前面"；裏，範本、龍本作"到此"，六幻本作"了"，徐畫本、徐音本、張本、潘本無。羅本、繼本作"那前面是草橋店了"，驥本、延本作"前面草橋店"。
② 明日趕早行：趕，驥本、延本、張本無。範本、龍本此句後多"天色已晚"。
③ 這馬百般兒不肯走：百般兒，弘本、羅本、繼本、屠本、徐畫本、徐音本、張本、湯沈本、三合本、潘本作"百般的"，驥本、延本作"百般"。容本、起本、虎本、何本、陳本、秀本、硃本、天李本、湯本、封本作"這馬也百般的不肯走呵"，徐參本、魏本、峒本、毛本同，但無"呵"；六幻本同，但無"也"。弘本此句後多"詩曰"，驥本、延本此句後多"（生念）"，六幻本此句後多"正是"，毛本此句後多"（念）"。
④ 行色一鞭催去馬，羈愁萬斛引新詩：去馬，驥本、延本、封本作"瘦馬"；羈愁，陳本作"寄愁"。範本、龍本、徐參本、魏本、峒本作"你看：平林漠漠烟如織，寒山一帶傷心碧。暝色入高樓，有人樓上愁。闌干空佇立，宿鳥歸飛急。何處是歸程？長亭連短亭"。羅本此句後多"琴童，早行程兒"。
⑤ 離恨：徐畫本、徐音本、驥本、延本、張本、潘本作"愁恨"。
⑥ 弘本此處多"（末云）"，範本、龍本、羅本、繼本、驥本、虎本、何本、陳本、秀本此處多"（生云）"，屠本此處多"（琴童云）官人"。

《梧桐雨》《漢宮秋》類，原非創體，況此直本董詞，毫無增減。謂《西廂》之文青出于藍可也，必欲神奇懺恍，謂《西廂》能作鄭人蕉鹿之解，吾不知之矣。嗟乎！痴人之不可説夢乃爾。離恨，諸本改作"愁恨"，不知離恨、離情，顯然複出，古文不拘撿，每如此。破題，解見前折。劉麗華曰：旅舍魂驚，春閨夢斷，此篇騦語。【潘夾】開口第一句，便將當日相逢的佛殿一筆打減。凡則天之敕施金碧，崔相之呵殿經營，張生之琴書下榻，小姐之錦玉香業，俱付之烟雲滅没之中已。結末二句，張方以爲第一夜，離恨起頭，而不知爲五百年業冤結果，此時蓋尚在夢中也。

想着昨日①受用，誰知今日②凄凉！【容眉】【硃眉】【湯眉】受用甚來？【徐參眉】好受用，難久耳。【三合眉】受用甚的來？【魏眉】【峒眉】果好受用。【毛夾】便是，便如是也。言不想便爾。參釋曰：一説想起受用，便是凄凉處也，亦通。

【步步嬌】【張眉】此曲連襯字讀，與南曲不甚差。昨夜個③翠被香濃薰蘭麝，欹珊枕把身軀④兒趄。【羅眉】昨，音造。欹，音欺。珊，音山。趄，音則。【張眉】"枕"上加"珊"字，特艷其詞爾，非正調，削之。【封眉】趄，遷謝切，身斜也，見□□。臉兒厮揾者，【羅眉】揾，音穩。仔細端詳，可憎的別⑤。【起眉】【虎眉】坊本"的"字下添"模樣"二字，便覺小樣。【徐畫眉】【田眉】可憎的別，可喜的別樣也。【徐音眉】仔細端詳，大有不堪。【湯沈眉】可憎的別，可愛得异樣之謂。【三合眉】可憎的

---

① 昨日：徐畫本、徐音本、六幻本、湯沈本、三合本、封本、潘本作"昨夜"，驥本、延本作"昨夜的"，張本作"昨宵"，毛本作"昨日的"。
② 誰知：範本、龍本作"怎生"，羅本、繼本作"誰知道"，驥本、毛本作"便是"。今日：屠本作"今夜"，驥本、延本、毛本作"今日的"。
③ 昨夜個：弘本、範本、龍本、羅本、繼本、屠本、容本、起本、徐參本、虎本、何本、陳本、秀本、硃本、天李本、魏本、峒本、毛本作"昨日個"，張本作"昨宵個"。
④ 欹珊枕：張本作"欹枕"。身軀：屠本、徐參本作"身子"。
⑤ 的別：範本、龍本作"的模樣別"，羅本作"別"。

别，言可喜的别样也。鋪雲鬟①玉梳斜，【張眉】舊時婦人髮上多插小梳，或玉，或牙，或檀，今北方仍間有之。"雲鬟玉梳斜"即事也，加"鋪"字，非。恰便似②半吐初生月。【範眉】羈旅初情，尤堪凄楚。【羅眉】月，音曰。【容眉】【湯眉】妙，妙！【徐參眉】何等溫存恩愛，無計留住，奈何！奈何！【秀眉】羈旅初情，尤堪凄切。【陳眉】快死！【魏眉】【峒眉】死，死！【驥夾】【延夾】赸，音且，去聲。別，叶邦也反。月，叶魚夜反。後同。【三合夾】赸，于謝切。【毛夾】赸，音且，去聲。此接賓白，正想"昨日受用"處。赸，仄也，《黑旋風》劇"那婦人疊坐着鞍兒把身體赸"。詞隱生曰：臉兒相偎，以臉着臉；臉兒厮搵，以手着臉，仔細關詳，正"搵臉"之謂。

　　早至也。店小二哥那裏？③（小二哥上云）④ 官人，俺這頭房裏下⑤。（末云）琴童，接了馬者⑥。點上燈⑦，我諸般不要吃，則要

---

① 鋪雲鬟：張本作"雲鬟"。
② 恰便似：範本、龍本、繼本、六幻本、湯沈本作"恰便是"，徐畫本、徐音本作"恰兀似那"，驥本、延本作"恰似"，張本作"似"，三合本、潘本作"恰兀似那"。
③ 早至也，店小二哥那裏：早至也，驥本、延本、六幻本、毛本、潘本作"早到也"；店小二哥，封本作"店家"；那裏，範本、龍本、徐參本、魏本、峒本作"在那裏"。屠本作"却早來到也。店小二何在"。
④ （小二哥上云）：範本、龍本、屠本、魏本、峒本作"（店主上云）"，徐參本作"（末云）"，驥本、延本作"（外扮店小二哥上云）"，六幻本、湯沈本、封本作"（小二上云）"，三合本、潘本作"（小二上）"，毛本作"（店小二上云）"。
⑤ 官人，俺這頭房裏下：屠本作"官人，我這裏有頭房安下"，驥本、延本作"請官人俺這頭房裏下者"。毛本此句後多"者"。
⑥ 接了馬者：馬，徐畫本、徐音本、張本、三合本、潘本作"鞭"。封本無。
⑦ 點上燈：範本、龍本、屠本、徐參本、魏本、峒本作"點上燈來"。

睡些兒。① （僕云）小人也辛苦②，待歇息也。（在床前打鋪做睡科）③（末云）今夜甚睡得到我眼裏來也！④【潘夾】全篇只爲"夢"字，便段段將"睡"字來接引，此時須記琴童睡也。

【落梅風】⑤旅館欹單枕，秋蛩鳴四野，【徐畫旁】【田旁】合秋景，妙！【羅眉】蛩，音窮。【秀眉】蛩，音窮。蟲也。經秋夜則鳴。助【徐畫旁】【田旁】助。人愁的是紙窗兒風裂⑥。【張眉】"助人愁"訛"惱人情"，非。乍【湯沈旁】一作"復"。孤眠被兒薄又怯，【繼眉】乍，一作"復"，亦有斟酌。【起眉】【虎眉】乍，一作"復"，亦有斟酌處。【徐音眉】"乍孤眠"三字，凄凉之極。冷清清幾時溫熱！【徐畫旁】【田旁】孫鑛批：這西廂者大不通。他只言離情冷，即不冷，像冬夜了。【徐畫眉】【田眉】

---

① 我諸般不要吃，則要睡些兒：則要睡些兒，範本、龍本作"則要睡也"，驥本、延本作"睡些兒咱"，張本、三合本、魏本、潘本作"只要睡些兒"，峒本作"要去睡些兒"，封本作"則待睡些咱"。屠本作"我諸般不要，只要一覺兒好睡"。
② 辛苦：驥本、延本作"辛苦了"。
③ （在床前打鋪做睡科）：羅本、繼本、容本、起本、虎本、何本、陳本、秀本、硃本、六幻本、湯本、封本作"在床前打鋪咱。（睡科）"，徐畫本、徐音本、湯沈本、三合本、潘本同，但無"咱"；張本同，但"在"作"就在"，無"咱"字；天李本同，但無"咱"，"（睡科）"作"（做睡科）"。驥本、延本作"哥哥，小人就在床前打鋪。（做睡科）"，毛本同，但"打鋪"作"打鋪咱"。
④ "（僕云）小人也辛苦"至"今夜甚睡得到我眼裏來也"：今夜甚睡得到我眼裏來也，六幻本、湯沈本、三合本、潘本"今夜"作"今日"，徐畫本、徐音本、三合本、潘本"來也"作"來者"，張本無"來也"，容本、起本、虎本、何本、陳本、秀本、硃本、天李本、湯本、封本、毛本句尾多"呵"；驥本作"甚睡得到我眼裏。（唱）"，延本同，但無"（唱）"。範本、龍本、徐參本、魏本、峒本作"正是：玉慘容愁出鳳城，長亭堤上草青青。樽前一唱陽關後，別個人人第五程。尋好夢，也難成，那人知我此時情？枕前泪惹秋風雨，隔個窗兒滴到明"，屠本作"（童云）我也辛苦了，睡去罷。（生云）今夜甚麼睡得到我眼裏來也"。
⑤ 【落梅風】：魏本、峒本作"【落梅花】"。
⑥ 助人愁的是紙窗兒風裂：的是，羅本作"的"，繼本、屠本、湯沈本無；兒，範本、龍本無；裂，屠本作"烈"。徐畫本、徐音本、三合本、潘本作"惱人愁紙窗兒風裂"，驥本、延本作"惱人情紙窗兒被風裂"，張本作"助人愁紙窗兒風裂"。

無一字而不入情耳。【徐參眉】相思在兩下裏,想結夢時。【硃眉】【湯眉】像冬夜了。【魏眉】畫極旅況,像冬夜了。【峒眉】畫極旅況。【容夾】像冬夜了。【驥夾】【延夾】蛩,音窮。裂,叶郎夜反。怯,叶丘也反。後同。熱,叶仁蔗反。【三合夾】豰,音溪。

(末睡科)(旦上云)① 長亭畔②別了張生,好生放③不下。老夫人和梅香都睡了④,我私奔出城⑤,趕上和他同去。⑥【陳眉】總是開眼夢。【潘夾】此時張生睡也,須記老夫人紅娘都睡也。

【喬木查】走荒郊曠野,把不住心嬌怯⑦,喘吁吁難將兩氣接。【羅眉】接,音嗟。疾忙趕上者,【羅眉】者,音遮。打草驚蛇⑧。【範眉】【龍眉】【繼眉】打草驚蛇,王魯事。【容眉】【硃眉】【湯眉】這樣想頭,文人從何處得來?【徐畫眉】【田眉】此本非崔張實事,而若此者,正所以說夢也。"打草"句,不必帖王魯事,只是狀疾忙意。【徐參眉】【魏眉】

———

① (旦上云):驥本、延本作"(旦入夢云)",毛本作"(旦兒做入夢上云)"。
② 長亭畔:徐畫本、徐音本、張本、三合本、潘本作"長亭"。
③ 放:驥本、延本、毛本作"放心"。
④ 梅香:徐畫本、徐音本、驥本、秀本、延本、張本、三合本、毛本、潘本作"紅娘"。都睡了:羅本、繼本、容本、起本、徐參本、虎本、何本、陳本、秀本、硃本、天李本、六幻本、湯本、封本作"都睡着了",毛本作"睡着了"。
⑤ 我私奔出城:張本作"俺私奔出來",六幻本作"我私奔"。
⑥ "長亭畔別了張生"至"趕上和他同去":趕上和他同去,徐畫本、徐音本、張本、潘本句尾多"者",驥本作"趕上他和他同去也。(唱)",延本、毛本同,但無"(唱)"。範本、龍本、徐參本作"綠楊芳草長亭路,年少拋人容易去。樓頭殘夢五更鐘,花底離愁今夜雨。坐對銀釭空嘆息,羅袂濕沾紅淚滴。千山萬水不曾行,魂夢欲尋何處覓?自長亭別了張生,好生放不下些。老夫人和梅香都睡了,紅娘也睡熟了。我私自出門趕上張生,與他同去咱",魏本、峒本同,但引詩後幾句道白作"長亭畔別了張生,好生放不下。老夫人和梅香都睡着了。我私奔出門,趕上和他同去";屠本作"自別了張生,好生放他不下。夫人、梅香都睡着了,我且自去,趕上他者"。
⑦ 把不住:驥本、延本作"把不定"。嬌怯:弘本、羅本、虎本、陳本、秀本、魏本、峒本作"喬怯"。
⑧ 打草驚蛇:範本、龍本、徐畫本、徐音本、徐參本、驥本、延本、張本、三合本、魏本、峒本、毛本、潘本作"做個打草驚蛇"。

【峒眉】夢魂已逐故人來。【凌眉】此忽入旦唱者，入夢故變體也。王伯良曰："打草驚蛇"只用見成語，用不得王魯事為解，大略疾忙驚動意，不必喻行之疾速。【延眉】"打草"句，不必帖王魯事，大略亦疾忙、驚動之意。【張眉】第三句多一字。【湯沈眉】末語不必帖王魯事，只是狀疾忙意。【三合眉】這般想頭，文人從何處得來？【封眉】王伯良曰：打草驚蛇，只用見成語，用不得王魯事為解，大略疾忙驚動意，亦不必喻行之疾也。【驥夾】【延夾】接，叶姐。

【攬箏琶】【湯沈眉】此曲比元調多"自別離已後"以下四句，變體也。【三合眉】此曲比元調多"自別離已後"四句，變體也。他把我心腸①搲，【範眉】【秀眉】搲，音者。今教坊中猶有此語。又《韻書》："搲，猶云裂開。"因此②不避路途賒。【羅眉】搲，扯同。賒，音車。瞞過俺能拘管的③夫人，穩住俺廝齊攢的侍妾④。【張眉】擠拶，謂緊挨也。訛"齊攢"，非。想著他臨上馬痛傷嗟，哭得我也似⑤痴呆。【羅眉】呆，音嘊。【三合眉】自是有情痴。【封眉】哭得也似痴呆，是鶯說生，即空本作"哭得我也似痴呆"，誤。不是我⑥心邪，自別離已後，到西【湯沈

---

① 我：張本作"俺"。心腸：範本、龍本、屠本、徐畫本、徐音本、驥本、延本、三合本、潘本作"心腸兒"。
② 因此：範本、龍本、羅本、繼本、屠本、容本、起本、徐參本、虎本、陳本、何本、秀本、硃本、天李本、六幻本、湯本作"因此上"，驥本、延本、張本、三合本無。
③ 瞞過俺能拘管的：俺，弘本無；的，張本無。徐畫本、徐音本、三合本作"穩下俺那收管的"，驥本、延本作"穩下俺那能拘管的"，潘本作"穩下俺那拘管的"。
④ 穩住：徐畫本、徐音本、驥本、延本、三合本、潘本作"説過"，魏本作"穩坐"。廝齊攢的：張本作"廝擠拶"。侍妾：徐畫本、徐音本作"倚妾"。
⑤ 哭得我也似：我，容本、起本、徐參本、虎本、何本、陳本、秀本、硃本、天李本、湯本、魏本、峒本、封本無；也似，繼本作"似"，屠本無。徐畫本、徐音本、驥本、三合本、毛本、潘本作"和我也哭的似"，延本作"我和也哭得似"，張本作"和俺也哭得似"。
⑥ 不是我：張本作"不是"。

旁】一本無"西"字。**日初斜**①,【起眉】【虎眉】今本"到"字下多一"西"字,自朝至中則斜,非西耶?坊刻妄意信縮,大都蹈此。【封眉】西斜,時本多作"初斜",已非。即空本作"西日初斜",更非。**愁得來陡峻**②,**瘦得**③**來陣嚯**。【謝眉】陣嚯,或云即今之守廟之二鬼。左曰"陣",右曰"嚯"。【範眉】【秀眉】陣嚯,今廟中守門鬼。東曰"陣",西曰"嚯"。【羅眉】到,音倒。陡,音斗。峻,音俊。陣,音靴。嚯,音者。【繼眉】一本到"日初斜……瘦得來陣嚯",以下俱無之。大都【攪箏琶】一調,字句可以增損,故多寡不倫。陣嚯,今廟中守門鬼,東曰"陣",西曰"嚯"。【凌眉】"自別離"已後四句,非常調,乃二字句,下之可增四字疊句者,本傳第五本"夫人的官誥、縣君的名稱"是也。金白嶼削去"愁得來陡峻"及末"翠裙"二句,竟以"瘦得來陣嚯"止。不知末二句正添句,後之入本調者,亦妄塗抹矣。【張眉】"別離"四句插白,訛作正曲,非。陣嚯,形容其瘦之甚也。【湯沈眉】穩住,安頓也。厮齊攢,即前"影兒也似不離身"也。陣嚯,形容其瘦甚之意。【三合眉】陣嚯,形容其瘦之甚。**則離得半個日頭**④,**却早又寬**⑤**掩過翠裙三四褶**。【容旁】【湯旁】妙!誰曾經這般磨滅。⑥【容眉】【硃眉】【湯眉】妙,妙!亦曾經來。【徐音眉】掩過翠裙三四褶,可謂瘦損之甚。【陳眉】夢魂已逐故人去。【三合眉】也曾經過。【峒眉】亦曾經來。【封眉】即空主人謂:"自別離以後"四句,非常調。乃"心邪"二字句下之可增四字疊

---

① 到西日初斜:西,弘本、羅本、繼本、容本、起本、徐參本、虎本、何本、陳本、硃本、天李本、湯本、魏本、峒本無;初,屠本無。六幻本、封本作"到日西斜"。
② 愁得來陡峻:來,秀本作"我"。屠本無。
③ 得:六幻本作"後"。
④ 則離得半個日頭:徐畫本、徐音本、驥本、延、六幻本、三合本、潘本無。
⑤ 却早又寬:又,弘本、羅本、繼本、何本、陳本、秀本、硃本、天李本、湯本、魏本、峒本、封本無。徐畫本、徐音本、驥本、虎本、延本、三合本、潘本作"可早覺",張本作"可早寬",六幻本作"却早寬",毛本作"又早覺"。
⑥ "則離得半個日頭"至"誰曾經這般磨滅":這般,驥本、延本、張本作"恁般"。屠本無。

句者，後"夫人的誥敕，縣君的名稱"是也。金伯嶼削去"愁得來陡峻"及末"翠裙"二句，竟以"瘦的來呷嗻"止。不知末二句正添句，後之入本調者，亦妄塗抹矣。徐本亦去"則離得半個日頭"句，何哉？呷嗻，疾快急速之意，舊解謂是廟中守門鬼，可笑。【驥夾】扯，音扯。妾，音且。呆，音耶。呷嗻，音車遮。摺，叶者。滅，叶迷夜反。【凌夾】穩住，安頓也。徐以紅乃腹心婢，改爲"說過"。不知此是夢中語，何爲必欲照顧微細乃爾！【延夾】扯，音扯。妾，音且。呆，音耶。呷嗻，音車遮。【三合夾】褶，音蝶。【毛夾】扯，音扯；呷嗻，音車遮。

【錦上花】有限姻緣，方纔①寧貼；無奈功名，使人離缺②。害不了的愁懷③，【潘旁】一片怨亂。【張眉】"倒"，亦作"了"。却纔覺④【凌旁】一作"較"。些；【羅眉】覺，音叫。【延眉】北人專用"較"字作稍可之意，猶言比較將來稍可也，是歇後語。【湯沈眉】較些，略可些也。掉不下的思量⑤，如今又也。⑥【容眉】【硃眉】【湯眉】【魏眉】妙，妙！【起眉】王曰："害不了愁懷"四句，雖晉語無此品。【三合眉】古本自雋。【峒眉】妙！清霜净碧波，白露下黄葉。【羅眉】白，音擺。黄，音荒。【徐參眉】如畫。下下高高，道路凹折⑦；【張眉】坳，亦作"四"。四野風來，左右亂踅。【湯沈眉】凹折，《雍熙樂府》作"曲折"。

---

① 方纔：徐畫本、徐音本、三合本、封本、潘本作"纔方"。
② 離缺：徐畫本、徐音本、三合本、潘本作"離別"。
③ 害不了的：的，羅本無。徐畫本、徐音本、驥本、延本、張本、三合本、毛本、潘本作"害不倒"，徐參本作"害起萬種"。愁懷：六幻本、湯沈本作"情懷"。
④ 却：驥本、延本、張本、毛本作"恰"。覺：繼本、屠本、徐畫本、徐音本、驥本、延本、張本、六幻本、湯沈本、三合本、封本、毛本、潘本作"較"。
⑤ 的思量：羅本、徐畫本、徐音本、驥本、延本、張本、三合本、毛本、潘本作"思量"，徐參本、秀本作"的相思"。
⑥ 羅本、繼本、屠本、容本、起本、徐參本、虎本、何本、陳本、秀本、硃本、張本、天李本、湯本、魏本、峒本、封本、毛本此下另起曲牌"【幺】"。
⑦ 凹折：屠本、徐畫本、徐音本、驥本、延本、三合本、毛本、潘本作"回折"，張本作"坳折"。

曲字，聲不叶，皆字形相近之誤。跫，風吹盤旋之貌。【三合眉】跫，音雪，風吹盤旋貌。我①這裏奔馳，他何處②困歇？③【羅眉】凹，音窩。歇，音雪。【魏眉】說得夢境如真景。【峒眉】夢景如真景。【封眉】【幺篇】見前。【徐畫夾】跫，音雪。【驥夾】【延夾】貼，叶湯也反。缺，叶區也反。折，叶者。跫，叶徐靴反。歇，叶虛也反。【毛夾】跫，音薛，平聲。院本參唱例，解已見前。陋者不解，祇拾得"北曲不遞唱"一語，遂以為無兩人互唱之例，致改生在場上聽，旦在場內唱，千態萬狀。嗟乎！古詞之遭不幸，一至于此。打草驚蛇，元詞習語，言趁逐之速也，《百花亭》劇"任從些打草驚蛇"。穩住，亦作穩下，安頓也。廝齊攢，即伏侍的勤也。陡峻，險也。哶嘛，已甚也。董詞"那一和煩惱哶嘛"，《黑旋風》劇"那些暢好似忑哶嘛"。又早覺掩過翠裙，或作"又早寬掩過翠裙"，字形之誤。跫，旋倒貌，元詞"羊角風跫地跫天"。回折，俗作"凹折"，《雍熙樂府》作"曲折"，皆字形之誤。參釋曰：別離已後數句，與【攬筝琶】本調不合，第二十折亦然。要是字句不拘者，說見卷首并第二十折。【潘夾】跫，音雪。

【清江引】呆答孩店房兒裏④沒話說，悶對如年夜。【羅眉】夜，音耶。【徐畫眉】【田眉】首二句，崔擬張如此淒涼。【徐音眉】如年夜，夜如年也。暮雨催寒蛩，曉風⑤吹殘月，【羅眉】寒，音酣。月，音日。今宵⑥酒醒何處也？【範眉】【龍眉】【繼眉】【秀眉】柳耆卿詞："今

---

① 我：張本作"俺"。
② 何處：羅本、屠本作"在何處"。
③ 範本、龍本此處多"（鶯云）今夜不知何處歇，清風殘月最關情"，羅本、繼本、容本、起本、徐參本、虎本、何本、陳本、秀本、碛本、天李本、六幻本、湯本、湯沈本、峒本、毛本此處多"（鶯做聽科）"，魏本此處多"（鶯鶯作立聽科）"，封本此處多"（做聽科）"。
④ 呆答孩店房兒裏：答，驥本、延本、張本、毛本作"打"。徐畫本、徐音本、三合本、潘本作"呆打孩店兒裏"。
⑤ 曉風：範本、龍本、驥本、延本作"晚風"。
⑥ 今宵：範本、龍本、徐畫本、徐音本、驥本、延本、張本、三合本、潘本作"看今宵"。

宵酒醒何處？楊柳岸，曉風殘月。"【徐畫眉】【田眉】【延眉】舉盡日光景，故曰"暮雨""曉風""今宵"云云，正見夢中恍惚尋覓也。這一段是旅境。【虎眉】酒，一作"醉"。【湯沈眉】此曲崔擬張旅邸凄涼之狀。【三合眉】這一段是旅境。【驥夾】【延夾】説，叶書遮反。後同。醒，平聲。【毛夾】接"何處困歇"來。董詞"床上無眠，愁對如年夜"。柳耆卿詞"今朝酒醒何處？楊柳外，曉風殘月"。【潘夾】四闋情詞怨亂，景物荒涼，可抵宋玉悲秋一賦。人生惟情焰最難打滅，逼折叙來，僮睡張睡夫人睡，紅娘亦睡。人人向寂，獨雙文猶在奔馳。此自無始來不磨的情種，亦自無始來難消的業障，一受顛倒，九地相隨，非具大覺性者豈能斬斷？或曰北曲不用兩人唱，因欲藏過鶯鶯而作鬼聲。噫嘻，何其舛昧也！彼豈知此篇中原未有鶯鶯唱耶？蓋鶯鶯在長亭別去矣，草橋店中無鶯鶯也。無鶯鶯而何以鶯鶯唱此？即張之魂也，則鶯鶯唱即張生唱也。此時尚認崔張為兩人，何異爭鄭人之鹿撲，莊生之蝶哉。語云：癡人前不可説夢，洵然！

（旦云）在這個店兒裏①，不免敲門②。（末云）誰敲門哩？是一個女人的③聲音，我且開門看咱④。這早晚是誰？⑤

【慶宣和】是人呵疾忙快分説，是鬼呵合速滅⑥。【徐音眉】

---

① 在這個店兒裏：在，羅本、繼本、容本、起本、徐參本、虎本、何本、陳本、秀本、硃本、天李本、六幻本、湯本、魏本、峒本作"元來在"；店兒，湯沈本作"店房"。屠本作"呀，原來在這個店房兒裏"，驥本、延本作"在這座店裏下"，毛本作"元來在這坐店兒裏"，封本無。
② 不免敲門：屠本作"不免敲門者"，驥本、延本、毛本作"我敲門咱"。
③ 是一個女人的：女人的，弘本作"女人"，羅本、繼本、容本、起本、徐畫本、徐音本、徐參本、虎本、何本、陳本、秀本、硃本、張本、天李本、六幻本、湯本、湯沈本、三合本、峒本、封本、潘本作"女子"，驥本、延本、毛本作"婦人"。魏本作"是女子"。
④ 我：張本作"俺"。咱：範本、龍本、硃本作"哩"，徐參本作"者"。
⑤ "誰敲門哩"至"這早晚是誰"：誰，徐參本、魏本、峒本作"誰行"。屠本作"敲門的是個女人聲音，你是誰"。驥本此句後多"（唱）"，封本此句後多"（開門科）"。
⑥ 合速滅：羅本、張本、魏本、峒本作"速滅"，屠本作"便速滅"，徐參本作"疾速滅"。

非人非鬼，是夢是囈。【徐參眉】非鬼非人，非假非真，多是相思境。【魏眉】【峒眉】非人非鬼，非假作真。(旦云)是我①。老夫人睡了②，想你去了呵，幾時再得見③，特來和你同去④。(末唱)聽說罷⑤將香羅袖兒拽，却元來是姐姐、姐姐⑥。【起眉】【虎眉】却元來是，一作"真個是"，似妥。【凌眉】"姐姐"是疊句，前"倒躲、倒躲"，《蟠桃會》劇"壽齊、壽齊"是也，俗本少二字，非調。【三合眉】喜從天降。【封眉】即空主人曰："姐姐"是疊句，前"倒躲、倒躲"是也，俗本少二字，非調。【驥夾】【延夾】拽，叶夜。

難得小姐的心勤⑦！

【喬牌兒】⑧ 你是⑨爲人須爲徹，【徐畫眉】【田眉】【延眉】"你是

---

① 是我：屠本作"是我是我"。
② 老夫人睡了：屠本無。
③ 想你去了呵，幾時再得見：屠本作"想你去了，不知何日相見"，驥本、延本、張本、毛本作"我想你去了呵，幾時便得見"。
④ 和你同去：屠本作"與你同行"。
⑤ 聽說罷：張本作"聽說"。
⑥ 却元來是姐姐、姐姐：却，屠本無；姐姐、姐姐，弘本、範本、龍本、繼本、湯沈本作"姐姐"，容本、起本、徐參本、虎本、何本、陳本、秀本、硃本、天李本、湯本、魏本、峒本作"小姐"，徐畫本、徐音本、三合本、潘本作"俺姐姐"，驥本、延本、六幻本、毛本作"俺姐姐、姐姐"。羅本作"却元來是姐姐，却元來是姐姐"。封本此句後多"(擁入科云)"。
⑦ 難得小姐的心勤：心勤，弘本、範本、龍本作"心動"，徐畫本、徐音本、三合本、潘本作"心勤也"，驥本、張本作"心腸也。(唱)"，延本、張本同，但無"(唱)"。羅本、繼本、容本、起本、虎本、何本、陳本、秀本、硃本、天李本、六幻本、湯本、湯沈本、魏本、峒本、封本、毛本作"難得小姐恁般心勤"，徐參本同，但"心勤"作"辛勤"。屠本作"這時節，難得小姐自己行來"。
⑧ 弘本此處多"(生憐旦)"，虎本、何本、陳本、秀本、硃本、延本、天李本、湯本此處多"(生唱)"。
⑨ 你是：弘本、羅本、繼本、屠本、容本、起本、徐參本、虎本、何本、陳本、秀本、虎本、何本、陳本、秀本、硃本、天李本、湯本、湯沈本、魏本、峒本、毛本作"你"。

"爲人"句，説鶯盡心處，下三句足此句。將衣袂不藉①。【繼眉】【虎眉】藉，一作"惜"。【秀眉】袂，音袂，衣袖也。綉鞋兒被露水泥沾惹②，脚心兒管③踏破也。【徐畫眉】【田眉】北人但言"敢"字，都是疑詞，猶言儻也、或者也，俗言七八也。敢，亦可訓作"必"。【張眉】女人舉步，"跟"與"心"輕重异用，正大小分明處。訛"心"者，未之思爾。【湯沈眉】首語説崔有始有終處，下三句足此句。不藉，不顧之意，一作"惜"。【驥夾】【延夾】撒，叶扯。藉，叶借。【毛夾】"是人呵"數語，全用董詞。却元來是俺姐姐、姐姐，後二字另作句，調法如此；然勿作"小姐"，此亦用董詞"却是姐姐那姐姐"。爲人須爲徹，"須"字不著力，此引成語誦鶯也。不藉，猶不顧，董詞"幾番待撒了不藉"。脚心兒，勿作"脚心裏"，《伍員吹簫》劇"害得你脚心兒蹅做了跰"。（旦云）我爲足下呵④，顧不得迢遞⑤。（旦唧唧了）⑥

---

① 將：範本、龍本作"又將"。不藉：屠本作"不曾藉"，徐畫本、徐音本、六幻本、三合本、潘本作"不卸"。
② 被：範本、龍本作"都被"。泥沾惹：驥本、延本作"沾泥惹"。
③ 脚心兒管，屠本、六幻本作"脚心兒敢"，徐畫本、徐音本、三合本、潘本作"脚心裏敢"，張本作"脚跟兒管"。
④ 足下呵：羅本、繼本、何本、湯沈本作"足下"，屠本作"你"，容本、起本、徐參本、虎本、陳本、秀本、碌本、天李本、六幻本、湯本、魏本、峒本、封本、毛本作"你呵"。
⑤ 迢遞：羅本、繼本、何本作"路途迢遞了"，屠本作"路途迢遞，悄悄的瞞着夫人來了"，容本、起本、徐參本、虎本、何本、陳本、秀本、碌本、天李本、六幻本、湯本、魏本、峒本、封本、毛本作"迢遞了"，湯沈本作"路途迢遞"。
⑥ （旦唧唧了）：範本、龍本作"（鶯吁氣科）（生云）正是：鐵石作心腸，鐵人猶自軟。小姐且休煩惱者"，湯沈本作"（唱）"，毛本作"（做唧唧了）"。羅本、繼本、屠本、容本、起本、徐畫本、徐音本、徐參本、虎本、何本、陳本、秀本、碌本、張本、天李本、湯本、三合本、魏本、峒本、封本、潘本無。驥本此句後多"（唱）"。

【甜水令】①想着你②廢寢忘餐，【張眉】我想那，統括下文之詞。
訛"想着你"，非。香消玉減，花開花謝，猶自覺③【湯沈旁】一作
"較"。爭些。【羅眉】覺，音叫。【繼眉】【起眉】【虎眉】覺，一作"較"，
非。便④枕冷衾寒，鳳隻鸞孤⑤，月圓⑥雲遮，【羅眉】衾，音欽。
月，音曰。尋思來有甚傷嗟？⑦【徐畫眉】【田眉】張生謂"想那離愁消
瘦"，雖對景興懷，猶爲可也。便就形單影隻，方團圓而忽分散者，何以堪？
所以"尋思來又重傷嗟"也。俱作別後說，不必以四句爲追憶往時。【徐音眉】
日裏想着，夜間夢着，毫釐不爽。【凌眉】此曲只爲【折桂令】之首一句，言
想着害相思猶可，便孤狟尋思來亦不苦，而最苦是離別，即前"諗知這幾日相
思"數句一意也。王伯良訓"便"爲"就"，改"有甚"爲"又"，甚強解，無
味。【硃眉】一一訴出衷腸。【延眉】張生謂"想那離愁消瘦"，雖對景興懷，
猶爲可也。便就形單影隻，方團圓而忽分散，其何以堪？所以"尋思來又重傷
嗟"也。俱作別後說，不必以前四句爲追憶往事。【湯沈眉】此下三調，皆鶯
唱也。古注作張生代鶯之詞，殊繆。全曲俱作別後說，不必以前四句爲追憶往
時事也。末句言不堪分散，所以"尋思來又重傷嗟"，而今來追你同去也。【封
眉】即空主人謂：此曲只爲【折桂令】之首一句，言想著害相思猶可，便孤單

---

① 弘本此處多"（生說旦）"，虎本、何本、秀本、天李本此處多"（生唱）"，陳本、硃
本、延本、湯本此處多"（鶯唱）"。
② 想着你：繼本、何本作"想着他"，徐畫本、徐音本、驥本、延本、張本、三合本、
潘本作"我想那"，封本、毛本作"想着那"。
③ 覺：屠本、徐畫本、徐音本、驥本、延本、張本、六幻本、湯沈本、三合本、毛本、
潘本作"較"。
④ 便：羅本作"我爲你"。
⑤ 孤：徐畫本、徐音本、三合本、潘本作"單"。
⑥ 圓：驥本、延本作"滿"。
⑦ 尋思來有甚傷嗟：有，驥本、延本、張本、毛本作"又"。範本、龍本此句後多"（鶯
云）正是：佳期情在此，思憶斷腸人"，徐畫本、徐音本、三合本、潘本此句後多
"（生）正是：鐵石作心腸，鐵心猶自軟。小姐且休煩惱呵"，張本此句後多"（生）小
姐且休煩惱呵！（鶯）"。

尋思來亦不甚苦，而最苦是離別。即前"諗知那幾日相思"數句一意，王伯良妄改謬解，甚牽強。【毛夾】遮，借叶，去聲。

【折桂令】①想人生最苦離別②！可憐見③千里關山，猶自④跋涉。【繼眉】【秀眉】山行曰"跋"，水行曰"涉"。似這般割⑤肚牽腸，【羅眉】割，音縞。【徐音眉】割腹牽腸，誰爲爲之？到不如義斷恩絕。【容旁】妙！【三合眉】怎生斷絕得來？雖然是一時間花殘⑥月缺，休猜做瓶墜簪折⑦。【謝眉】【繼眉】瓶墜簪折，本白樂天歌。【範眉】【龍眉】山行曰跋，水行曰涉。瓶墜簪折，本白樂天歌。【羅眉】月，音曰。折，音舌。【起眉】【虎眉】坊本間遺"你呵"二字，句便突然。【張眉】則怕做，言恐便如此。訛"休猜做"，非。【湯沈眉】瓶墜簪折，白樂天歌。即半途抛弃之意。不戀豪杰，不羨驕奢，⑧【凌眉】俗本作"不羨驕奢，只戀豪杰"，王伯良謂反墮俗境。【封眉】俗本作"休猜做瓶墮簪折"，與上句"雖然"字悖。白樂天詩："井底銀瓶墜，銀瓶欲上絲繩絕。石上磨玉簪，玉簪欲成終

---

① 弘本、範本、龍本、虎本、何本、天李本此處多"（生唱）"，陳本、硃本、湯本、魏本、峒本、潘本此處多"（鶯唱）"。
② 想人生最苦離別：離別，範本、龍本、羅本、繼本、屠本、徐畫本、徐音本、何本、六幻本、湯沈本、三合本、潘本作"是離別"，徐參本作"別離"。封本作"人生最苦是離別"。
③ 見：張本作"你"。
④ 猶自：羅本、繼本、屠本、容本、起本、徐畫本、徐音本、徐參本、硃本、張本、天李本、六幻本、湯本、湯沈本、三合本、魏本、峒本、封本、毛本、潘本作"獨自"。
⑤ 割：張本作"挂"。
⑥ 雖然是：弘本、範本、龍本作"你雖然是"，徐畫本、徐音本、驥本、延本、三合本作"你勸我"，潘本無。花殘：容本作"月殘"。
⑦ 休猜做：弘本、範本、龍本、繼本、容本、起本、徐參本、虎本、何本、陳本、秀本、硃本、天李本、六幻本、湯本、湯沈本、魏本、峒本作"你呵，休猜做"，徐畫本、徐音本、驥本、延本、三合本、潘本作"你休做"，張本作"則怕做"，封本作"則怕你猜做了"，毛本作"你休猜做"。簪折：毛本作"釵折"。
⑧ 不戀豪杰，不羨驕奢：張本此句前多"我"。範本、龍本作"（鶯唱）不羨驕奢，只戀豪杰"，屠本作"不羨驕奢，不戀豪杰"。

久折。瓶墜簪折似何如？似妾今朝與君別。"即空主人曰：俗本作"不羡驕奢，只戀豪杰"。王伯良謂：反墜俗境。**生則同衾，死則同穴。**①【羅眉】則，上聲。同，音通。衾，音欽。則，上聲。【繼眉】"同衾"二句，《毛詩·大車篇》。【徐畫眉】【田眉】【延眉】"不羡驕奢"四句，乃張生代鶯之言，諒其意如此。【徐參眉】夢裏魂靈，都是醒時心事。【砆眉】【湯眉】妙！【魏眉】【峒眉】夢裏魂靈，都是醒時心事。【驥夾】【延夾】別，叶平聲。涉，叶蛇。絕，叶藏靴反。折，亦叶蛇。杰，叶其邪反。穴，叶胡靴反。【毛夾】參唱例，説已見前。俗不識例，又拾得"元曲無遞唱"一語，遂依回其間，或注三曲是生唱。或解三曲是生代鶯唱，無理極矣。《記》中每本有參唱，雖最愚者亦宜自明。但拾"元曲衹一人唱"一語，守爲金科，無怪乎天池生作《度柳翠》劇，以南北間調屬一人唱，而恬不知非也。"廢寢忘餐"一曲，又以相思、離愁比較，言別離比之相思似乎較勝，以相思無着，花開花謝，任其榮落。此則有着矣，何也？以成親故也。但才成親而陡別離，又甚難堪耳。俗解"猶是較爭"爲相思猶可，則"又甚傷嗟"，"又甚"二字無語氣矣。兩折内比較相思與離愁，凡四見，各不同：初曰"相思回避"，"破題别離"，一止一起也；繼曰"稔知相思滋味"，"别離更增十倍"，是離愁甚于相思也；又繼曰"愁懷較些，思量又也"，是離愁仍舊是相思也；此曰"猶較爭些"，"又甚傷嗟"，似離愁較勝於相思，而驟得離愁，則又甚也。每轉每深，愈進愈勝。俗注謂此曲俱作别後説，奧曲無理。古文之似順而難明，每如此。月圓雲遮，"遮"字于調宜仄，故借叶。王本改作"月滿"，雖亦元詞成語，然調仍不叶何必爲此。"想人生最苦離别"十餘句，俱元習語，似集詞然者。凡作詞重韻脚，既人其押，則彼此襲切脚語，以意穿串，謂之填詞。唐人試題，以題字限韻亦然。今人不識例，全不解何爲習語，何爲切脚，便欲删改舊文，此何意也？既云"倒不如義斷恩絕"，隨云"休猜做瓶墜釵折"，似矛盾。此處殊難得語氣，大約言生人苦别，而汝方獨行，所以來也；若任其牽絓而不來相就，是牽絓反不如決絶矣，而可

---

① 生則同衾，死則同穴：屠本此句前多"但則願"。同穴，羅本、起本、虎本、何本、陳本、砆本、天李本、湯本、湯沈本作"共穴"。

乎？雖然暫離，莫謂可決絕也。我則無他美，願同行耳。此正自疏其來意，抑揚頓折，妙不可言。他本改"雖然是"爲"你勸我"，便覺難解。參釋曰：元劇車遮韻多，與此折語同。瓶墜釵折，用白樂天詩；"生則"二句，用毛詩。【潘夾】敘得夢中情事，倍加愷切濃至，有萬萬割絕不來之意。及至覺來，都屬虛幻，便覺從前況味，俱可付之雪淡矣。

（外净一行扮卒子上叫云）①恰纔見②一女子渡河，不知那裏去了，打起火把者！③分明見他走在這店中去也④。將出來⑤！將出來！（末云）却怎了⑥？（旦云）你近後⑦，我自開門對他說⑧。【陳眉】奇思突出。【陳補眉】奇思突出，驚出答，必使生後退，此處騰挪□醒夢，何等便利。

【水仙子】硬圍着普救寺⑨下鍬撅，【起眉】【虎眉】坊本首句添"當日個"三字，若謂分辨今昔，不知此處偏宜作恍惚語。【徐畫眉】【田眉】

---

① （外净一行扮卒子上叫云）：範本、龍本、羅本、繼本、屠本、容本、起本、徐參本、虎本、何本、陳本、秀本、硃本、天李本、六幻本、湯本、湯沈本、魏本、峒本、封本作"（卒子上云）"，徐畫本、徐音本、張本、三合、潘本作"（卒子上）"；驥本、延本作"（外扮衆卒子上叫云）"，毛本同，但無"外"。

② 恰纔見：徐參本作"恰纔有"，驥本、延本、封本作"恰纔"。

③ 不知那裏去了，打起火把者：容本、起本、徐參本、虎本、陳本、秀本、硃本、天李本、湯本、魏本、峒本、封本、毛本無。

④ 分明見他走在這店中去也：見，湯沈本作"是"；走在，羅本、繼本、何本作"走到"；去也，容本、起本、徐參本、虎本、陳本、秀本、硃本、天李本、湯本、魏本、峒本、封本、毛本作"去了"，并于此句後多"打起火把者"。驥本、延本、張本作"走入這店裏去了"。

⑤ 將出來：徐畫本、徐音本、三合本、潘本無。

⑥ 却怎了：範本、龍本、屠本作"却怎了也"。

⑦ 你近後：羅本、繼本、何本作"你退後"，毛本作"你靠後"。封本無。

⑧ 我自開門對他說：屠本作"待我自與他說"，容本、起本、徐參本、虎本、陳本、秀本、硃本、天李本、湯本、魏本、峒本、毛本作"我自開門說去"；驥本作"我自開門與他說也。（唱）"，延本同，但無"（唱）"；張本作"我自與他說"，封本作"我自開門說去。（開門科）"。

⑨ 硬圍着普救寺：寺，驥本、延本、張本無。屠本作"當日個硬圍着普救"。

此架子搭得甚妙。【徐音眉】一卒子甚是奇特，夢中境况，所以必有説起普救。夢中談虎，妙！妙！【魏眉】好像夢中恍惚語。強當住咽喉仗劍鍬。【羅眉】着，音招。鍬，音秋。撅，音厥。喉，音侯。賊心腸饞眼腦天生得劣①。【範眉】【龍眉】入神。【湯沈眉】全篇皆夢中語。從天而降，模寫如畫。【封眉】儳，音讒，貌惡也。時本作"饞"，誤。（卒子云）你是誰家女子，黈夜渡河？（旦唱）休言語，靠後些！②【繼眉】【起眉】【虎眉】"休言語"二句，不但應前，正見崔張魂夢鍾愛處。一本遺生白，作鶯對卒唱，大謬。【容眉】【湯眉】妙，妙，逼真夢裏光景。【秀眉】【湯沈眉】"休言語"二句，不但應前，正見崔、張魂夢鍾愛處。【凌眉】"休言語，靠後些"，鶯叱卒子之辭。"靠後些"之語，元人賓白亦時有，叱之令其退後，猶今叱人云"還不走也"。時本有刻"休言語"一句，爲生唱以止鶯。"靠後些"一句，爲鶯唱以止生。且批云"夢中兩人猶相愛如此"，真所謂痴人前不堪説夢也。【封眉】即空主人曰："休胡説，靠後些"，鶯叱卒子之詞。俗本有刻"休言語"爲生唱以止鶯。"靠後些"爲鶯唱以止生。且批云"夢中兩人猶相愛如此"，真所謂痴人前不堪説夢也。杜將軍你知道③他是英杰，【陳眉】夢中猶記杜將軍。【硃眉】夢中言語，光景逼真。【三合眉】復拈着普救寺杜將軍，逼真夢裏

---

① 賊心腸饞眼腦天生得劣：饞，封本作"儳"；得，驪本、延本無。張本作"賊心腸眼腦天生劣"。
② （卒子云）你是誰家女子，黈夜渡河？（旦唱）休言語，靠後些：（旦唱），屠本作"（鶯云）你禁聲"；渡河，張本作"至此"；休言語，封本作"休胡説"。弘本作"（生云）我對他説。（旦云唱）休言語，靠後些。（外云）你是誰家女子，黈夜渡河？（旦云）你休胡説"，範本、龍本、繼本、羅本、湯沈本同，但無科介"（旦云唱）"，"（外云）"作"（卒云）"；羅本同，但"休言語"作"你與我休言語"；容本、起本、徐參本、虎本、何本、陳本、秀本、硃本、天李本、六幻本、湯本、魏本、岫本同，但科介"（旦云唱）"作"（鶯唱）"，"（外云）"作"（卒云）"。驪本、延本作"休言語，靠後些"，毛本作"（正末云）待我對他説。（旦兒唱）休言語，靠後些。（卒云）你是誰家女子，黈夜渡河？（旦兒云）你不知呵。（唱）"。
③ 杜將軍你知道：你，徐畫本、徐音本作"恁"，驪本、延本、張本、三合本作"您"；知道，張本作"知"。羅本作"杜將軍杜將軍"，屠本作"杜將軍"。

光景。【峒眉】夢中猶記杜將軍。人生想得意事大都如此。覷一覷着你爲了①醢【凌旁】一作"醯"。醬，指一指教你化做脀【凌旁】一作"茵"。【湯沈旁】音營。血②——騎着匹白馬來也③。【羅眉】醢，音海。醬，音繚。【範眉】【龍眉】宛如夢中事，錦心綉口如此。【羅眉】着，音招。白，音擺。也，音耶。【起眉】【虎眉】醬，一作"膿"，非。【徐畫眉】【田眉】【三合眉】至此是夢境。【徐參眉】夢中到也會驚唬人。原是個隔神，驚破一天好事。【陳眉】光影必真，妙甚！【秀眉】醢，音希，醋也。醬，音農。【硃眉】復拈着杜將軍、普救寺，非夢而何？【張眉】添"饞"字，非。"覷覷"兩句俗多"一"字。【封眉】醢，音海，作"醯"，誤。脀，音遼，作"酱"，誤。【容夾】【湯夾】復拈着杜將軍、普救寺，非夢而何？【驥夾】【延夾】鍬，七消反。撅，叶渠靴反。鈌，與月同叶。歹，叶郎夜反。醢，音海。脀，音遼。血，叶希也反。【三合夾】醬，音咏。【毛夾】鍬，七消反。酱，音盈。硬圍着普救，言往事也；強當住咽喉，言今日也。"賊心腸"句，言凡爲賊者，盡如是耳。俗解三句俱指飛虎，則誤認辛子爲飛虎矣。"休言語"二句，指生靠後些，與賓白"你靠後"同。此于對辛子時急擾二句，殊妙。他本刪去科白，遂致解者以"休言語"二句指辛子，則"言語"二字既不合，"靠後"與賓白亦不應，大謬。你不知呵，接辛白"你是誰家女子"來，言你不知我，豈不知白馬耶？他本改"你休胡說"，亦謬。醢醬，顧玄緯改作"醯醬"，"醢"是仄字，不叶。

---

① 覷一覷着你爲了：覷一覷，繼本、容本、起本、虎本、何本、陳本、秀本、硃本、天李本、六幻本、湯本、魏本、峒本、毛本作"瞅一瞅"；着，徐畫本、徐音本、驥本、延本、三合本、潘本作"教"。羅本、屠本作"瞅一瞅爲了"，張本作"覷覷教你爲"。
② 指一指教你化做脀血：做，範本、龍本作"做了"；脀血，繼本、何本、湯沈本作"酱血"。弘本作"指一指化做脀血"，羅本作"指一指化爲作做醬血"，屠本、徐參本作"指一指化做脀血"，容本、起本、虎本、陳本、秀本、硃本、天李本、湯本、魏本、峒本、毛本作"指一指化做醬血"，徐畫本、徐音本、三合本、潘本作"指一指教你化爲醬血"，張本作"指指教你化醬血"。
③ 騎着匹白馬來也：匹，弘本、範本、龍本、繼本、屠本、容本、起本、虎本、陳本、秀本、硃本、天李本、六幻本、湯本、湯沈本、魏本、峒本作"一匹"。羅本作"騎着一匹白馬敢則來也"，徐參本作"騎着一匹白馬也"。

王本又欲改"鬻醬",反以爲"醯醬"無出,不知《曲禮》有"醯醬在内"句,言醯與醬也。蒝血,碧筠本改作"膿血",王本又改作"脀血",引詩"取其血脀"爲據。但董詞亦有"都教化蒝血"語;《漢書》"中山淫蒝"。蒝,酗酒意,言蒝與血也。參釋曰:此卒子與飛虎不涉,"硬圍"句,借引相形起耳。俗認賓作主,遂至扮演家皆以飛虎入夢,謬甚。【潘夾】憑你説得勢焰,難免卒子之手,此時連白馬將軍也用不着了。

（卒子搶旦下）（末驚覺云）①【潘旁】不必涅槃,已成滅度,自此以後,張口中并無姐姐鶯鶯等。呀,元來却是夢裏②。且將門兒推開看③,只見④一天露氣,滿地霜華⑤,【潘旁】悟矣悟矣。曉星初上,殘月猶

---

① （卒子搶旦下）（末驚覺云）：弘本作"（外搶旦下）（生云）",羅本、繼本、容本、起本、徐參本、虎本、陳本、秀本、硃本、天李本、湯本、魏本、峒本作"（卒搶鶯下）（生云）小姐小姐。（搜住琴童科）（琴云）哥哥怎麽？（生云）小姐搶在那裏去了？（琴云）這裏那有那勾當。（生云）",何本同,但"搶在"作"你在";徐畫本、徐音本、三合本作"（卒搶鶯下）（衆搶科）（童）相公怎麽？（生驚覺科）",驪本、延本作"（外搶旦下）（生叫小姐）（僕云）哥哥怎麽？（生云）",張本作"（卒搶鶯下）（生搜琴童科）（童）相公怎麽？（生）",六幻本作"（卒子搶鶯下）（生驚覺云）小姐小姐。（琴童云）哥哥怎麽？（生云）",封本作"（卒搶鶯下,生驚叫云）小姐小姐。（童驚醒云）哥哥怎麽？（生覺云）",毛本作"（卒搶旦兒下）（正末叫云）小姐小姐。（搜住僕科）（僕云）哥哥怎麽？（正末云）"。
② 呀,元來却是夢裏：呀,容本、起本、徐參本、虎本、陳本、秀本、硃本、天李本、湯本、魏本、峒本、封本作"咍",何本無。徐畫本、徐音本、三合本作"咍,做了一場夢",驪本、延本、毛本同,但無"咍"字;張本同,但"咍"作"呀"。潘本作"咍,做了一場大夢"。
③ 且將門兒推開看：門兒,封本作"窗兒";看,屠本作"了",容本、起本、徐參本、虎本、陳本、秀本、硃本、天李本、湯本、封本、毛本作"看,呀",驪本、延本作"開得門兒看"。
④ 只見：驪本、延本作"但見"。
⑤ 華：毛本作"花"。

明。①無端喜鵲高枝上②，一枕鴛鴦夢不成。【起眉】【虎眉】今本皆失琴童白，則後天明白無因。【硃眉】夢裏光景。【三合眉】崔張命薄一至於此，便做得一夢也不美滿的。【封眉】俗本于"（生驚叫科）"後有"（摟住童科）"惡關目，不思是床前打鋪耶？【三合夾】哈，音貽。【毛夾】高枝上，董詞作"高枝噪"，似較妥。【潘夾】長亭別去，鶯鶯之形不存矣；卒子搶下，鶯鶯之影亦滅矣。所謂最難打滅者，隨即打滅。猛然驚覺便可悟，向來色相都是幻也。覺字是一部西廂大結束處，向來都是夢，在夢豈知夢耶？惟覺而後知其爲大夢也。情緣既盡，關頭悉破，便將門兒推開，現出天空地闊境界來。此時張生胸中眼中，豈復存向來妄相乎？"一天露氣"六句，便可當張回頭一偈。一枕鴛鴦夢不成，所爲既覺，不復夢也。

【雁兒落】綠依依牆高柳半遮，【羅眉】綠，音律。靜悄悄門掩清秋③夜，疏剌剌林梢落葉風，昏慘慘雲際④穿窗月。⑤【謝眉】按各坊本：執手臨期別婿君，據鞍未語且消魂。舉頭日近長安遠，暮暮朝朝莫倚門。【範眉】【龍眉】疊字對詞，奏之令人悽絕。【羅眉】落，音澇。月，音曰。【繼眉】疊字絕妙，從古詩"青青河畔柳"脫胎。【容眉】【湯眉】妙，妙！入神。【徐音眉】氣慨突兀，大肖夢來。【陳眉】【峒眉】明月蘆花何處尋？【陳補眉】實甫長于用疊。【湯沈眉】三曲賦旅邸夢回之景，悽絕可念。【潘夾】此一闋是補寫從前夜境。

---

① 弘本、驥本、延本此處多"（生念）"，毛本此處多"（念）"。
② 無端喜鵲高枝上：喜鵲，弘本、範本、龍本、羅本、繼本、容本、起本、徐畫本、徐音本、徐參本、驥本、虎本、何本、陳本、延本、張本、天李本、湯本、湯沈本、三合本、魏本、峒本、封本、毛本、潘本作"燕鵲"。屠本作"無端燕鵲啼枝上"，硃本作"勿斷燕鵲高上枝"，六幻本作"無端燕雀高枝噪"。
③ 清秋：徐參本作"清坡"，魏本、峒本作"清波"。
④ 昏慘慘：湯本作"這昏慘慘"。雲際：羅本作"雲際滿"。
⑤ 範本、龍本此處後多"（生歌）竹影響南窗，月光照東壁。誰知睡驚覺，枕邊兩泪滴"。

【得勝令】驚覺我的是①顫巍巍竹影走龍蛇，虛飄飄莊周②夢蝴蝶，【湯眉】妙，妙！絮叨叨【湯沈旁】音刀。促織兒無休歇，【羅眉】顫，音戰。竹，音注。龍，平聲。絮，音歲。【凌眉】王伯良因認第二句第二字宜仄，竟改"周"爲"子"，非也。説已見前。【秀眉】促織，即蟋蟀蟲也。蓋秋月新凉，婦女皆紡織，故曰"促織"。【封眉】即空主人曰：俗本于"虛飄飄""絮叨叨"上增字，可厭，讀者勿惑。王伯良改"莊周"爲"莊子"，非是，説已見前。韵悠悠砧聲兒不斷絶。【硃眉】入神。痛煞煞傷別，【羅眉】煞，音灑。急煎煎好夢兒應難捨；冷清清的③咨嗟，嬌滴滴玉人兒何處也？【潘旁】五百年公案至此方結。【容眉】【湯眉】妙。【徐畫眉】【田眉】這第三段是覺境。【徐音眉】夢後覺境，大堪按拿。【陳眉】説夢多韵。【硃眉】妙人。【驥夾】【延夾】蝶，叶爹。叨，音刀。舍，上聲。【毛夾】莊周夢蝴蝶，王本以"周"字平韵，不叶。改作"莊子"，大謬。説見第十一折。【潘夾】此一闋，是直寫現前覺境。"嬌滴滴玉人何處也"一句，乃掃塵語也。一部《西廂記》，于此收攝殆盡。非大覺人道此語不出，自從空王之境。撞着五百年風流業冤以來，蓋無日無時而不知其處也，始而相逢玉人在佛殿處；繼而聯吟玉人在花園處；又繼而附薦玉人在齋壇處；又繼而就宴玉人在東閣處；又繼而聽琴玉人在東墻處；又繼而待月玉人在西廂處；又繼而就歡玉人在書齋處；即終而送別玉人在長亭處；及此旅夢初回，爽然自失，竟以一語了之。始悟前者種種勞塵都無是處，張于此可謂萬緣俱空一絲不挂。

（僕云）天明也，咱早行一程兒，前面打火去。④（末云）店小

---

① 驚覺我的是：的，徐畫本、徐音本、驥本、延本、張本、三合本、毛本、潘本無。羅本作"俺呀"。
② 虛飄飄：徐畫本、徐音本、驥本、延本、湯沈本、三合本、毛本、潘本作"原來是虛飄飄"。莊周：驥本、延本作"莊子"。
③ 冷清清的：羅本、繼本、屠本、徐畫本、徐音本、何本、張本、三合本、封本、潘本作"冷清清"。
④ 天明也，咱早行一程兒，前面打火去：也，封本作"了也"；兒，驥本、延本無。屠本作"天明了，早行一程兒"。

二哥，還你①房錢，鞴了馬者。②【徐參眉】誰想是夢。正好在馬上覓趣。【驥夾】【延夾】鞴，音備。【潘夾】始以一童而至逆旅，終以一童而去逆旅，此雙屨西歸之候也。"天明也"三字，童亦恍然大覺。向來多是夢，則多是黑夜，今早方覺，方是天明。前面是何去處，及早行程，發大猛勇。童亦善才化身，有此了徹，于是《西廂記》已畢。

【鴛鴦煞】柳絲長咫尺情牽惹，【羅眉】長，音昌。【徐畫眉】【田眉】咫尺，猶云近似，謂柳絲之長、牽惹之物，近似人情之牽惹也。【秀眉】咫，音只。水聲幽彷彿人嗚咽。【延眉】咫尺，猶云近似，謂柳絲之長，牽惹之物，近似人情之牽惹也。水聲之幽，嗚咽難叩，彷彿人聲之嗚咽也。是風人比真意。斜月殘燈，半③明不滅。唱道是④舊恨連綿，【凌眉】此處"唱道是"，徐、王亦皆刪之，猶前見也。新愁鬱結；【羅眉】鬱，入聲。【徐音眉】新舊交加，苦，苦。恨塞離愁⑤，滿肺腑難淘瀉。【羅眉】塞，音色。淘，音逃。【秀眉】淘，音陶。除紙筆代喉舌，

---

① 還你：弘本、羅本、容本、起本、徐畫本、徐音本、徐參本、驥本、虎本、何本、陳本、秀本、碌本、延本、張本、天李本、六幻本、湯本、湯沈本、三合本、魏本、封本、毛本作"算還你"。

② "店小二哥"至"鞴了馬者"：屠本作"算還店小二房錢，鞴上馬者。昨日個執手臨歧別細君，據鞍未語已消魂。舉頭日近長安遠，暮暮朝朝莫倚門"。潘本無。弘本此句後多"（生念）執手臨期別婿君，據鞍未語且消魂。舉頭日近長安遠，暮暮朝朝只倚門"，徐畫本、徐音本同，但無"（生念）"；驥本同，但首句作"執手臨歧別細君"，末句作"暮暮朝朝莫倚門。（唱）"，延本同驥本，但無"（唱）"，張本、三合本同驥本，但無"（生念）""（唱）"。範本此句後多"（生歌）泣聽恨離歌，杯銜別時酒。自從今日去，當復相思否？（琴童云）請相公上馬者"，龍本同，但"恨離歌"作"別離歌"。容本、起本、徐參本、虎本、何本、陳本、秀本、碌本、天李本、湯本、魏本、峒本、毛本此句後多"（琴伺上馬科）"。

③ 半：張本作"不"。

④ 唱道是：徐畫本、徐音本、驥本、延本、張本、三合本、毛本、潘本無。

⑤ 恨塞離愁：驥本、延本、張本、湯沈本、毛本作"別恨離愁"，六幻本作"恨塞愁添"，封本作"恨塞愁填"。

【羅眉】筆，音卑。喉，音侯。千種相思①【凌旁】一作"思量"。【湯沈旁】一作"相思"。對誰説！【虎眉】不，今本作"半"，亦了了。千種思量，一作"萬種相思"。【凌眉】相思，一舊本作"風流"，蓋此乃王實甫之筆已完，故以"除紙筆"二句結之。千種風流，統言《西廂》一記，而寓自譽也。要知下本爲續筆無疑矣。【張眉】乃離爲別，既別爲離。【峒補眉】作者説出自己心事。【封眉】"恨塞愁填"句是承上二句，俗本誤作"恨塞離愁"，便不成語。思量，時本亦作"風情"，亦作"風流"，皆可，然不若"思量"悠永。蓋此乃實甫之筆已完，故以"除紙筆"二句結之，雖統言《西廂》一記，而亦以自寓也。【驥夾】【延夾】咽，叶衣也反。結，叶機也反。舌，音蛇。【凌夾】"相思"二字仍周本，不敢改作"風流"，然"風流"爲是。【毛夾】咫尺，相近也，與"彷彿"同。別恨離愁，即舊恨新愁。千種相思對誰説，原用柳耆卿詞：縱有千種風流，待與何人説。董詞亦屢引之，但此改"相思"二字耳。或仍作"千種風流"，不通。徐天池曰：除紙筆代喉舌，言今夜相思，非紙筆以記，則此恨無從説與鶯。蓋爲下折寄書地也。【潘夾】【鴛鴦煞】一闋，是作者自寓著書之意，與崔張事無涉。"柳絲長"八句，正所爲千種相思處也，自古及今，天下之人誰無相思，舊恨新愁，連綿鬱結，相思豈是一種。但所思有可對人説者，有不可對人説者。其不可對人説者，則不得不藉紙筆以代喉舌也。自先天一畫以來，凡經史百家以及騷賦樂章詩詞歌曲，皆所謂紙筆代喉舌者。所不能盡者，則假之紙筆，此皆各有不能告語之故，而特藉是以自爲陶寫焉耳。莊子荒虛誕幻而托之寓言十九；屈平幽憤離愁，惟嘆哲王之不寤；太史公文成數十萬，猶以鬱結不能道意；但欲藏之名山，以待後人，此皆所謂相思對誰説也。然則古來著書立説家，斷非無爲而作，其必有不得其平而後鳴者乎。而惜乎可以自貽，難以持贈，讀"千種相思對誰説"七字，駡盡世間著衣吃飯人，笑盡世間讀書識字人。作西廂者，其自居何等，而尚有續西廂，更有竄西

---

① 千種相思：弘本、羅本、容本、起本、徐參本、虎本、陳本、秀本、硃本、天李本、湯本、湯沈本、魏本、峒本、封本作"千種思量"，範本、龍本、屠本作"萬種相思"。

厢者，能不蒙面地下與。（并下）

【絡絲娘煞尾】都則爲一官半職，阻隔得千山萬水。①【繼眉】一本有"【絡絲娘煞】都則爲一官半職，阻隔得千山萬水"，今删去。【徐參眉】前頭還有趣，莫恨，莫恨。【虎眉】絡絲娘，坊本遺此增彼。【陳補眉】傳實甫作至此而卒，味此煞語，非卒也，只作至此，其結構本如是耳。【湯沈眉】一本有"【絡絲煞】都則爲一官半職，阻隔得千山萬水"。

---

① 【絡絲娘煞尾】都則爲一官半職，阻隔得千山萬水：【絡絲娘煞尾】，弘本、羅本作"【絡絲娘】"，容本、起本、徐參本、虎本、何本、陳本、秀本、碛本、天李本、湯本、魏本、峒本作"【絡絲娘煞】"；都則爲，徐畫本、徐音本、三合本作"都只爲"。繼本、屠本、驥本、延本、張本、六幻本、湯沈本、封本、潘本無。範本、龍本此曲後多"（生云）昨夜夜半枕上，分明夢見語多時。依舊桃花面，頻低柳葉眉。半羞還半喜，欲去又依依。覺來知是夢，不勝悲。正是：夢短夢長俱是夢，愁多愁少總成愁。（下）"。

題目　小紅娘成好事　　老夫人問由情
正名　短長亭斟別酒　　草橋店夢鶯鶯①

【凌眉】此【煞尾】必是欲續者所增，應非實甫筆。

【容尾】【湯尾】總批：文章至此，更無文矣。【徐畫尾】【田尾】【延尾】《駱金鄉與徐文長論草橋驚夢一篇》：金鄉子云：第一段如孤鴻別鶴，落寞淒愴；第二段如牛鬼蛇神，虛荒誕幻；第三段如夢蝶初回，晨雞乍覺。不勝其驚怨悲愁也。文長公復書云：向來尋常看過，今拈出旅、夢、覺三字。所謂鼓不桴不鳴，今而後當作一篇絕奇文字看矣。【徐音尾】【陳尾】【硃尾】【魏尾】【峒尾】翻空揭出夢境，的是相思畫譜。【三合】湯若士總評：天下事原是夢，會真叙事固奇，實甫既傳其奇，而以夢結之，甚當。漢卿紐于俗套，必欲以榮歸為美，續成一套。其才華雖不及實甫，猶有可觀。關後復有人拾鄭恒求配處，插入五曲，如乞兒癰疽，臭不可言。惜乎漢卿欲附驥尾，反坐續貂，冤哉！李卓吾總評：文章至此，更無文矣。徐文長總評：駱金卿云：第一段如孤鴻別鶴，落寞淒愴；第二段如牛鬼蛇神，虛荒誕幻；第三段如夢蝶初回，晨雞乍覺，不勝其驚怨悲愁也。余向來尋常看過，今拈出旅、夢、覺三字，所謂鼓不桴不鳴，今而後當作一篇絕奇文字看矣！【潘尾】說意：讀長亭一篇，已知為西廂大結束也。天地之理相交則過，相望則差，萼跗必離；煙滅不守；川行溢坎；蓬飛斷根，苟非形影豈能長聚哉？即人一身亦匪堅持四大本空，五蘊匪有。以神運形，如車隨馬，馬既脫鞘，車亦歇轍，況以兩體之人而必圖共穴之計，不知神與形之相散久矣！則聚也不如速離之為愈也，《易》曰："說而後散之，故受之以渙，渙者，離也。"即使崔張百年繾綣，非張死崔，即崔死張，必待皓首涕泣，而言長別，不益成見尾之羞哉！則方及其說而即散之，而後知

---

① 題目：小紅娘成好事，老夫人問由情。正名：短長亭斟別酒，草橋店夢鶯鶯：範本、龍本作"題目：小琴童傳捷報，崔鶯鶯寄汗衫。正名：鄭伯常干捨命，張君瑞慶團圞"。六幻本無"題目""正名"，羅本、繼本、屠本、容本、起本、徐畫本、徐音本、徐參本、虎本、何本、陳本、秀本、硃本、張本、天李本、湯本、湯沈本、三合本、魏本、峒本、封本、潘本無。延本、三合本此句後多"北西廂卷四終"，毛本此句後多"西廂記卷之四終"。

爲物之不可窮也已，然則"草橋"一篇又何爲？繼長亭而作也，夫長亭之別，足以結崔張之案而未足以結西廂之案也。西廂舍崔張其別有案乎？凡夫西廂之地，西廂之事，西廂之人，皆爲崔張而設，凡有一之未盡，即崔張之案之尚有未結也。今觀"草橋"一篇，而凡西廂之地、西廂之事、與西廂之人俱以一夢銷之，及其既覺而俱無復有存焉者。今夫古今一逆旅也、大地一空王也、人生一夢覺也，以旅店始，即以旅店終，去來之無常也。此西廂所由終始也，甫至蒲東而即游蕭寺，甫去蒲東而不見蕭寺，則西廂之地已無復有存焉者也。空王本空也，翠被香濃得心之事、花開花謝傷心之事、硬圍普救驚心之事、白馬仗劍快心之事、則皆西廂之事也。而今皆付之飄飄蝴蝶也，拘管夫人齊攢侍妾皆西廂之人也，而今已都睡，則皆已人寂也。嬌滴滴玉人，則尤西廂之一人而今已不知其何處也，然後知前此之皆爲幻設也，則皆夢也。覺而後知其爲夢也，則又烏知非逆旅之中，如邯鄲生者，授忽復追行幻中，生幻爲一晷刻之事，而皆覺不復存者哉。嗟乎！人生天地間又誰適而非夢也者。恩愛擬于空華，聚散同于野馬，縱以崔張之緣止以一覺消之，而凡夫西廂之地、西廂之事、西廂之人俱無復有存焉者，此五百年業冤所由立時斬盡也。雖然西廂之地、之事、之人，俱消于張之一夢矣，而張之人遂存不復消乎，西廂之始張以一童而至逆旅；西廂之終張以一童而去逆旅，始從西來終從西去，童之言曰："早行一程"，前面去而竟不知其去之何從也。陶朱游五湖；留侯從赤松；張仲堅入海島；姚平仲入青城山，皆不知其去之何從者。今張生之去同一，見首不見尾焉，則唯有飄飄焉，渺渺焉，望之雲山烟水之外而已，則西廂之結而仍然未結也，物不可窮焉，故也，《易》之所以終未濟也。

【驪尾附】注一十四條

【新水令】（董詞："動是經年，少是半載，恰第一夜。"）破題兒，見前。言愁恨纏起頭也。

【白】想昨夜的受用，便是今日的凄凉。言不想昨夜那樣受用，便變做今日這樣凄凉。見容易離闊也。

【步步嬌】此正追想昨夜之受用，可憎的別，言可愛得异樣也。

【喬木查】徐云：打草驚蛇，只用見成語，以驚蛇喻已趕趁之疾速。"打草"二字元不要緊，特不可削去之耳，却用不得王魯事爲解。又云：大抵詞曲引成句，如摘花不揀枝葉，如此處不揀出"打草"二字。前"怎生教十年窗下無人問"句，只言其人之可愛，"十年窗下"四字，本無要緊，而亦不揀去。又，紅娘責教張生所取者，只"人散"二字，而不揀出"酒闌"二字，皆此類。又有取渾成一句而拆爲兩用者，如鶯拜兄妹處，本是殷勤欽敬，于禮當合，而兩用之曰"殷勤于禮，欽敬當合"，使板漢讀之，必成削圓方竹矣。如此戲用，自是作家一種別趣。然"打草驚蛇"語，元詞常用。（《百花亭》劇："任從些打草驚蛇。"）大略亦疾忙驚動之意，似不必只以"驚蛇"二字，喻行之疾速也。

【攪箏琶】此曲比元調多"自別離已後"以下四句，變體也。【驥眉】又洗一番冤屈。扯，裂開也。穩下，安頓也。廝齊攢，即前"影兒也似不離身"也。（董詞："哭得俏，似痴呆。"）陡峻，高貌。呻嚛，形容其瘦甚之意。（董詞："那一和煩惱呻嚛。"）此調多句元譜不載，然亦不能備載。元詞諸調增減，他曲類可考見。白仁甫《秋夜梧桐雨》劇【攪箏琶】曲，較元譜亦多數句，正此格也。金本不知，遂妄以己意，削去"愁得來陡峻"及末"翠裙"二句，止以"瘦得來呻嚛"收調，且訾"掩翠裙"句與"瘦得來"句意重。不知"掩過翠裙三四摺"，正俊語可賞，而謂翠裙之掩過，正以足"瘦得來呻嚛"意也。蘇長公謂"小兒強作解事"，正此。

【錦上花】（董詞："正美滿，被功名，使人離缺。"）有限姻緣，有分限之姻緣也。害不倒，猶言害不了。較些，略可些也。言向時之愁懷，以成親而較可；向時之思量，以別離而又掉不下也。麨，風吹盤旋之貌。（元詞："羊角風麨地麨天。"）回折，或作"凹折"，《雍熙樂府》作"曲折"，"曲"字聲不叶，皆字形相近之誤。

【清江引】此皆言張生旅館凄凉之狀。（董詞："床上無眠，愁對如年夜。"）末句亦代張生說，客程未免沽酒，醒看已非昨夜歡娛之處，驚疑不知身在何處也。柳耆卿詞："今朝酒醒何處？楊柳外、曉風殘月。"

【慶宣和】末"却元來是俺姐姐、姐姐"，係疊句，見前"張解元識人多"折，俗本去下"姐姐"二字，及古本下句亦有"却元來是俺"五字，俱非。（董詞："是人後疾忙快分說，是鬼後應速滅云云，却是姐姐、那姐姐。"）兩"後"字及"那"字，俱助語詞。

【喬牌兒】爲人須爲徹，是有始有終之意。不藉，丟弃之意。言衣服都不顧，繡鞋都沾濕也。（董詞："事到而今已不藉。"）又，（"幾番待撇了不藉。"）可證。

【甜水令】此下三調，皆鶯唱曲也。古注以爲張生代鶯之詞，殊謬。第謂俱作別後說，不必以前四句爲追憶往事較是。蓋賓白言"我爲足下，顧不得迢遞"，故言今日之別離，便離思縈牽，捱過時日，花開花謝，猶爲較可。但就影隻形孤，纔團圓而忽分散，其何以堪？所以"尋思來又甚傷嗟"。而今來追及你，欲同去也。舊"月圓雲遮"，"遮"字平聲，不叶。（《墻頭馬上》劇："方信道花發風篩，月滿雲遮。"）或"滿"字之誤。【驟眉】的是"滿"字之誤。蓋第二字仄，則第四字平不妨矣，今更。然前云"半吐初生月"，又云"曉風吹殘月"，後又云"花殘月缺"，又云"雲際穿窗月"，又云"斜月殘燈，半明不滅"，并此凡六見，不免重疊。

【折桂令】張生蓋言今日離別，不久相會。故鶯鶯言，你固以此言勸我，但我只慮你做瓶墜簪折，半路拋弃，如使妾有白頭之嘆等語。若我則一意從君，不羡他人之豪傑驕奢，而生死以之也。豪傑驕奢，只泛語，俗本作"只戀豪傑"，反墮俗境。瓶墜簪折，用白樂天詩語。《詩》："穀則異室。死則同穴。"

【水仙子】"硬圍普救"三句，指孫飛虎。休言語、靠後些，指卒子。下又舉杜將軍以懼之也。顧本"醢醬"，醢音海，肉醬也。《禮記》有醢人。《史記》：漢誅彭越，盛其醢，遍賜諸侯。諸本俱作"醯"，不倫，以字形相近而誤。然據譜得平聲乃叶，或當作"鬻醬"耳。鬻，音尼，亦肉醬也。鬻與醢或音相近之誤。膋，音遼，腸間脂膜也，詩"取其血膋"。一本作"營血"，營，音與營同。酗酒之外無他解。古本作"膿血"，語殊不雅。董本作"都教化醬血",實甫語本出此,恐亦臂、薔字形相近之誤。徐云:全篇皆夢中語,從天而降,模寫如畫。

【雁兒落】三曲賦旅邸夢回之景,凄絕可念。(董詞:"閃出昏慘慘的半窗月。")

【德勝令】爲竹聲驚覺,始知是夢。莊子,元作"莊周",不叶,説見第三折。【驪眉】莊子改得極是。(董詞:"急煎煎的促織兒聲相接。")

【鴛鴦煞】柳絲之長,將情牽惹;水聲之幽,似人嗚咽。崔娘書,所謂觸緒牽情也。咫尺,猶云近似。古本"千種風流對誰説",風流,今本作"相思"。徐云:風流,是稱述鶯之情況。然上文皆説旅邸凄凉,此結語不應突稱鶯之風流,當從今本。言今夜相思,非紙筆以紀,則此恨無從説與他人,蓋爲下折寄書地也。

西廂記五劇第四本終[①]

[①] 西廂記五劇第四本終:弘本作"奇妙全相注釋西廂記卷之四",繼本作"重校北西廂記四卷",延本、三合本作"北西廂卷四終",毛本作"西廂記卷之四終"。範本、龍本、羅本、屠本、容本、起本、徐畫本、徐音本、徐參本、驪本、虎本、何本、陳本、秀本、六幻本無。

【凌尾附】西廂記第四本解證

第二折

出落：猶今俗言"出脫"也，元曲有"出退得全別即是出落意"。舊評音律精熟，詞有寫你新詞，"出落著風流幸義"，可想見大略更新洗發之意。徐解"盡也，太也，越人俗言和扇也"，不知何義。王解"出類以對，別樣亦影響"。

量這些大小車兒如何載得起：甚言其愁多，而車小難載也。"這些大小"言不多大小也，元人"有些娘大些個大"，皆言小。今人言物小者，亦言有得。偌多大小，明白可證，向解爲隨行大小之車。夫車不過夫人與鶯耳，夫人前白已云"輛起車兒先回去"，此時只有鶯。車有何大小之車在，況鶯只言自己車小，載不起滿胸煩惱耳，豈凡車皆在內耶？固自非是徐解云"大小即多少，言眼前所見之車，能有多少，而載得許多離愁"。以大小爲多少，更悖謬不通。又有謂大小字下宜讀，而言這些大的小車兒意是，而亦不必如此瑣屑。

【六幻本】五劇箋疑

四之四　草橋驚夢

半林黃葉：葉，音夜。

離恨重疊：離，一作"愁"。疊，音爹。

昨夜個翠被：夜，一作"日"。

身軀兒趄：趄，且去聲。

可憎的別：別，邦也切。

恰便是半吐初生月：恰便是，一作"恰兀似那"。

助人愁：一作"惱人愁"。

怎孤眠：怎，一作"復"。

風裂：裂，郎夜切。

幾時溫熱：熱，仁蔗切。

蛩：音窮。

薄又怯：怯，巨也切。

難將兩氣接：接，音姐。

打草驚蛇：王魯爲當塗令，黷貨爲務。會稽民連狀，訴其主簿賄賂。魯判曰："汝雖打草，我已驚蛇。"懲此驚彼之意，即諺云"打水魚頭痛"之謂也。此曲引用，但借其文，不泥其意，只是黑夜獨行，疾忙警動意。一本"打"上有"做個"二字。

他把我心腸扯：一本"腸"下有"兒"字。

因此上不避路途賒：一本無"上"字，一本無"因此上"三字。

瞞過俺能拘管的夫人：一作"穩下俺那收管的夫人"。

穩住俺厮齊攢的侍妾：穩住，安頓也，一作"說過"。厮齊攢，影兒般不離身意。妾，音且。

哭得我也似痴呆：一本"和我也哭的似痴呆"。呆，音耶。

到日西斜：一作"到日初斜"，或"到西日初斜"。

唓嗻：廟中守門鬼，東曰唓，西曰嗻。音車遮。

却早寬掩過翠群三四摺：一本"却早"上有"則離得半個日頭"七字。却早寬，一作"可早覺"。

方纔窨貼：方纔，一作"纔方"。貼，湯也切。

使人離缺：缺，區也切，一作"別"。

害不了的情懷：一作"害不倒愁懷"。

却纔較些：較些，略可些也，一作"覺些"。

掉不下的思量：一無"的"字。

清霜淨碧波：一本自此起至"何處困歇"作【么篇】。

道路凹折：凹，一作"回"。折，音者。

楚：寺絕切，叶徐靴切，風吹盤桓之貌。今人云走來走去，亦曰楚來楚去。

何處困歇：歇虛也切。

店房兒裏没話說：一本無"房"字。說，書遮切，後同。

今宵酒醒何處也：一本"今"上有"看"字，一本"酒"作"醉"。

香羅袖兒拽：拽，音夜。

却元來是俺姐姐、姐姐：却元來是，一作"真個是"，一本不叠"姐姐"字，一本無"俺"字。

你是爲人須爲徹：一本無"是"字，似責備之詞，非感激語氣。徹，音扯。

將衣袂不卸：卸，一作"藉"。

脚心兒敢踏破也：但言"敢"字，多是疑詞，猶曰倘也，或者也，俗言七八也，一本作"管"字。

唧唧：北方創瘡甚者，口作唧唧聲，勞苦疲極者亦唧唧。

想著你廢寢忘餐：想著你，一作"我想那"。

猶自較争些：較，一作"覺"。

鳳隻鸞孤：孤，一作"單"。

最苦是離別：一本無"是"字。別，去聲。

跋涉：俱平聲。

雖然是：一作"你勸我"。

你呵，休猜做瓶墜簪折：白樂天詩："井底銀瓶墜，銀瓶欲上絲繩絶。石上磨玉簪，玉簪欲成終久折。瓶墜簪折似何如，似妾今朝與君別。"你呵休猜做，一作"你休做"，一無"你呵"二字。折，平聲。穴：平聲。

鍬：七消切。

橛：渠靴切。

杰：平聲。

瞅一瞅：一作"覷一覷"。

著你爲了醃臢：一本"著"作"教"，"臢"作"醢"。醢，音海。

教你化做膋血：一無"教你"二字。膋，音遼，一作"薔"，一作"膿"。

血：希也切。

騎著一匹白馬來也：一無"一"字。

虛飄飄：一本"虛"上有"卻元來"三字。

夢蝴蝶：昔者莊周夢爲蝴蝶，栩栩然蝴蝶也，俄然覺，則蘧然周也。不知周之夢爲蝴蝶與？蝴蝶之夢爲周與？蝶，音爹。

絮叨叨：叨，音刀。

嗚咽：咽，衣也切。

半明不滅：半，一作"不"。

唱道是舊恨連綿：一本無"唱道是"三字。

鬱結：結，機也切。

恨塞愁添：一作"恨離愁"，一作"別恨離愁"。

代喉舌：舌，音蛇。

千種相思：千，一作"萬"。相思，一作"思量"，一作"風流"。

【絡絲娘煞尾】都則爲一官半職，阻隔得千山萬水：前三本俱有【絡絲娘煞尾】二句，爲結上起下之辭是也。至此實父之文情已完，故云"除紙筆代喉舌，千種相思對誰說"，是了語也，復作不了語可乎？明屬後人妄增，不復錄。

【會注】

【弘注】蒲東故事詳見第五折【落梅花】下。

【弘注】蕭寺故事詳見第一折【賞花時】下。

【弘注】【範注】打草驚蛇：出《書言》，又《開元遺事》（範本無"又《開元遺事》"）。昔王魯爲當塗令，贖貨爲務。會稽民連狀訴簿（範本作"部"）賄賂，魯判曰："汝雖打草，吾已蛇驚（蛇驚，範本作"驚蛇"）。"懲此驚彼之意。【羅注】【秀注】打草驚蛇：昔王魯爲當令，贖貨爲務。有主簿亦貪賄之甚，【秀眉】賄，音悔。會稽民連狀訴于魯，魯判曰："汝雖打草，吾亦蛇驚矣。"懲彼驚此之意。【起注】【陳注】【硃注】【湯注】【峒注】打草驚蛇：昔王魯爲當塗令，贖貨爲務。會稽民連狀訴部賄賂，魯判曰："汝雖打草，吾亦驚蛇。"

懲此驚彼意。【徐音注】【魏注】打草驚蛇：懲此驚彼（魏本此後多"意"），昔王魯爲當塗令，贖貨爲務。會稽小民連狀訴彼賄賂，魯批云："汝雖打草，吾已驚蛇。"【徐參注】打草驚蛇：謂懲此儆彼意。

【起注】【徐音注】【陳注】【硃注】【湯注】【魏注】【峒注】啡嘛：今廟中守門鬼，東曰啡，西曰嘛。

【起注】【徐音注】【陳注】【硃注】【湯注】【魏注】【峒注】跋涉：山行曰跋，水行曰涉。

【弘注】瓶墜簪折：出《樂天詩集》，又《群玉》。"井底引銀瓶，銀瓶欲絕繩。石上磨玉簪，欲成中央折。瓶墜簪折奈何如，似妾今朝與君別。"【範注】瓶墜簪折：出《白樂天詩集》，云："井底引銀瓶，銀瓶欲上絲繩絕。石上磨玉簪，玉簪欲成終久折。瓶墜簪折是何如，似妾今朝與君別。"【羅注】【秀注】瓶墜簪折：白樂天詩云："井底引銀瓶，銀瓶欲上絲繩絕。石上磨玉簪，玉簪欲成終久折。瓶墜簪折是何如？似妾今朝與君別。"【起注】【徐參注】【陳注】【硃注】【湯注】【魏注】【峒注】瓶墜簪折：樂天詩："井底引銀瓶，銀瓶欲上絲繩絕。石上磨玉簪，玉簪欲成終又折。瓶墜簪折是何如，似妾（似妾，硃本作"妾似"）今朝與君別（徐參本此處多"離"）。"【徐音注】瓶墜簪折：樂天詩："瓶墜簪折是何如，似妾今朝與君別。"

【弘注】死則同穴：出《毛詩》大車篇："生則同室，死則同穴。謂予不信，有如曒日。"誓之詞也。【範注】【羅注】同衾共穴：出（羅本無"出"）《毛詩》大車篇："生則同衾，死則共穴。"

【弘注】【範注】莊周夢蝴蝶：出《詩學》，又《莊子》。昔者莊周夢爲蝴蝶，翩翩（翩翩，範本作"翻翻"）然蝴蝶也，俄然覺則蘧蘧然周也，不知莊周（範本此處多"之"）夢爲蝴蝶歟？蝴蝶之夢爲莊周歟？胡蝶（範本無"胡蝶"）必有分矣，此謂物化。【羅注】【秀注】莊周夢蝴蝶：昔者莊周夢爲蝴蝶，翩翩然蝴蝶也。俄然覺時則蘧蘧然周也。【秀眉】蘧，音渠。不知其莊周之夢爲蝴蝶歟？（秀本此處多"抑"）蝴蝶之夢爲莊周歟？必有分矣，此謂物化。【起注】【陳注】【硃注】【湯注】【峒注】莊周夢蝴蝶：莊周夢爲蝴蝶，翩翩

（翩翩，陳本、湯本作"翻翻"，硃本作"栩栩"）然蝴蝶也，俄然覺則蘧蘧然周也，不知莊周之夢爲蝴蝶歟？蝴蝶之夢爲莊周歟？必有分矣，此之謂物化。【徐音注】夢蝴蝶：莊周夢爲蝴蝶，翩翩然飛。【徐參注】夢蝴蝶：莊周夢爲蝴蝶。【魏注】夢蝴蝶：莊周夢爲蝴蝶，翻翻然蝴蝶也，俄然覺則蘧蘧然周也，不知莊周之夢爲蝴蝶歟？蝴蝶之爲莊周歟？必有分矣。

【起注】字音

欹，音欺。掉，音罩。凹，音窩。蜇，音制。摑，音厥。醯，音希。膋，音瑩。趄，七途反。蛩，音窮。珊，音山。剌，音臘。颭，音占。

【徐音注】字音

掉，罩。凹，窩。蜇，雪。摑，厥。醯，希。膋，瑩。趄，七途反。蛩，窮。珊，山。剌，蠟。颭，占。

【徐參注】字音

掉，音罩。凹，音坳。蜇，音制。摑，音決。醯，音希。膋，音勞。蛩，音窮。剌音蠟。

【陳注】【硃注】【湯注】字音

欹，欺。掉，罩。峻，信。凹，窩。蜇，制。摑，厥。醯，希。膋，瑩。趄，土途反。蛩，窮。珊，山。剌，臘。颭，占。

【魏注】【峒注】字音

掉，罩。凹，窩。蜇，制。摑，厥。醯，希。膋，瑩。趄，七途反。蛩，窮。珊，山。剌，蠟。颭，占。

西廂記五劇第五本①

[元] 王實甫　填詞

張君瑞慶團圞雜劇②

①西廂記五劇第五本：弘本作"奇妙全相注釋西廂記卷之五"，徐畫本作"重刻訂正元本批點畫意北西廂卷五，元大都關漢卿續"，驥本作"新校注古本西廂記卷五【驥夾】此卷徐士范本直署元關漢卿撰，今無確證，姑仍舊。"，延本作"北西廂卷五"，張本作"張深之先生正北西廂秘本卷五"，湯沈本作"西廂會真傳卷五"，三合本作"三先生合評元本北西廂卷五"，毛本作"西廂卷之五"。範本、龍本、羅本、屠本、容本、起本、徐音本、虎本、何本、陳本、秀本、硃本、天李本、六幻本、湯本、魏本、峒本、封本無。

②元王實甫填詞張君瑞慶團圞雜劇：徐畫本、三合本作"第五折，正名：小琴童傳捷報，崔鶯鶯寄汗衫。鄭伯常干捨命，張君瑞慶團圞"，張本、湯沈本同，但無"第五折，正名"。驥本作"元大都王實甫編，明會稽方諸生校注，明山陰徐渭附解、吳江詞隱生評、古虞謝伯美山陰朱朝鼎同校"，延本作"元大都王實甫編關漢卿續，明山陰延閣主人訂正"，六幻本作"關漢卿續西廂記"，毛本作"西河毛甡字大可論定并參釋，山陰葉維侯屏侯邵炳赤文較訂"。弘本、範本、龍本、羅本、屠本、容本、起本、徐音本、虎本、何本、陳本、秀本、硃本、天李本、湯本、魏本、峒本、封本無。

楔子①

【範眉】關漢卿續《西廂記》，極力模擬，然比之王本，終自鈎鈢。元人樂府稱"四大家"，而漢卿與焉。獨以激厲勝，少遜實甫耳。故自不失爲兄弟也。
【秀眉】元人樂府稱"四大家"，而漢卿與焉，獨以激勵勝少游、實甫耳，故自不失爲兄弟也。

（末引僕人上開云）② 自暮秋③與小姐相別，倏經半載之際④，

---

① 楔子：弘本作"天賜團圓　第一折"，範本、龍本、徐音本、魏本、峒本作"第十七齣　泥金捷報"，羅本作"第十七齣"，屠本作"第十八折"，容本、起本、徐參本、虎本、陳本、秀本、碌本、湯本、湯沈本作"第十七齣　泥金報捷"，徐畫本作"第一套　泥金捷報"，驥本作"第五折，楔子引曲一章用皆來韵生，第一套商調曲一十二章重用尤侯韵旦，第二套中呂宮一十九章重用支思韵生，第三套越調曲一十六章重用真文韵紅，第四套雙調曲二十章用魚模韵生旦紅參。一套（今本第十七折）報第"，何本作"報捷"，延本、張本作"第一折"，天李本作"泥金報捷"，三合本作"第一套　捷報"，封本作"第十七齣　泥金報捷，元大都關漢卿續"。
② （末引僕人上開云）：範本、龍本、徐畫本、徐音本、三合本作"（生上云）"，并于此後多"別來半載音書絕，一寸離腸千萬結。難相見，易相別，只是玉梅花是雪。兩地相思無處説，惆悵夜來烟月。想得此時情切，泪沾紅袖颭"。封本作"生上云"。
③ 自：屠本作"自從"，驥本、延本作"小生自去歲"。暮秋：張本、封本作"去秋"。
④ 倏經半載之際：之際，驥本、延本作"餘矣"，範本、龍本、羅本、繼本、徐畫本、徐音本、張本、六幻本、湯沈本、三合本無。屠本作"不覺半載"，容本、起本、徐參本、虎本、何本、陳本、秀本、碌本、天李本、湯本、魏本、峒本、封本、毛本作"已經半載"。

【羅眉】俟，音束。托賴祖宗之蔭①，一舉及第②，得了頭名狀元③。【繼眉】坊本作"得了頭名狀元"，與後詩白相背。【虎眉】坊本作"一舉及第，頭名狀元"，却與後詩白相失。【陳眉】脫去考試事，甚超卓。【硃眉】張生亦望□了。【魏眉】【峒眉】脫出考試事，甚超卓。如今在客館④，聽候聖旨御筆除授⑤。【謝眉】前朝"聖旨"二字，今只用"聖旨"，以別優劣。惟恐小姐挂念⑥，且修一封書⑦，令琴童家去⑧，達知夫人⑨，便知小生

---

① 托賴祖宗之蔭：托賴，羅本、繼本作"托"，徐畫本、徐音本、三合本作"幸賴"；之蔭，硃本作"之庇蔭"，張本、毛本作"福蔭"。驥本、延本作"今小生托賴祖宗福蔭"。

② 及第：容本、起本、虎本、陳本、秀本、硃本、天李本、湯本、封本作"得第"，徐參本、魏本、峒本作"登第"。

③ 得了頭名狀元：羅本、繼本、容本、起本、徐參本、虎本、何本、陳本、秀本、硃本、天李本、六幻本、湯本、湯沈本、魏本、峒本作"忝中探花郎"，徐畫本、三合本作"得中高科"，驥本、延本、毛本作"得了探花郎"，封本作"忝中頭名狀元"，張本無。

④ 如今在客館：客館，弘本、羅本、繼本、容本、起本、徐參本、虎本、何本、陳本、秀本、硃本、天李本、六幻本、湯本、湯沈本、魏本、峒本、封本作"客館中"，毛本作"旅館中"。驥本、延本作"今在旅館中"，徐畫本、徐音本、三合本、張本無。

⑤ 聽候聖旨御筆除授：聖旨，弘本、容本、起本、虎本、何本、陳本、硃本、湯本作"○○"，秀本作"皇上"，羅本、繼本、六幻本、湯沈本、封本、毛本無。徐畫本、徐音本、三合本作"御筆親除"，驥本、延本作"聽候御筆親除"，張本作"目今聽候御筆親除"。

⑥ 小姐挂念：小姐，驥本、延本、張本作"俺小姐"；挂念，徐參本、魏本、峒本作"挂念"。徐畫本、徐音本、三合本作"老夫人、小姐挂念"。

⑦ 且修一封書：且，毛本作"特"，封本無。徐畫本、徐音本、三合本作"特修書一緘"，徐參本、魏本、峒本作"且修書一封"，驥本、延本作"特修家書一緘"，張本作"特地修書一緘"。

⑧ 令琴童家去：家去，羅本作"回去"。繼本、容本、起本、徐參本、虎本、何本、陳本、秀本、硃本、天李本、六幻本、湯本、魏本、魏本、封本作"先令琴童回去"，徐畫本、徐音本、驥本、延本、張本、三合本、毛本作"着琴童賚去"。

⑨ 達知夫人：徐畫本、徐音本、三合本作"報知夫人、小姐"，徐參本、繼本、虎本、何本、秀本、硃本、天李本、六幻本、魏本、峒本、封本作"達知夫人、小姐"，驥本、延本、毛本作"達知老夫人和小姐"，張本作"報知老夫人和小姐"。

得中①，以安其心。琴童過來②，你將文房四寶來③，我寫就家書一封④，與我星夜到河中府去⑤。見小姐時，説⑥："官人怕娘子憂⑦，

---

① 便知小生得中：便知，徐畫本、徐音本、驥本、延本、張本、三合本作"使知"。虎本、何本、陳本、秀本、砆本、天李本、六幻本、湯本、魏本、峒本、封本、毛本無。
② 琴童過來：徐畫本、徐音本、三合本作"書寫就了，琴童何在？（童）有何鈞旨"，張本同，但"鈞旨"作"吩咐"；驥本、延本作"書寫就了，琴童"，毛本作"書寫就了，琴童過來。（僕應科）（正末云）"。弘本此句後多"（僕上云）"，羅本、繼本、容本、起本、徐參本、虎本、何本、陳本、秀本、砆本、天李本、湯本、魏本、峒本、封本此句後多"（琴童應科）（生云）"。
③ 你將文房四寶來：四寶，弘本作"至寶"，秀本作"四寶過"。徐畫本、徐音本、驥本、延本、張本、三合本、封本、毛本無。
④ 我寫就家書一封：就，羅本、繼本、魏本無；家書，封本作"書信"。徐畫本、徐音本、三合本作"我這一封書"，毛本作"你將這書一封"，驥本、延本、張本無。
⑤ 與我星夜到河中府去：與我，封本作"你與我"；到，毛本作"回"。徐畫本、徐音本、三合本作"星夜送到河中府去"，驥本、延本作"你將這書星夜回河中府"，張本作"你將這封書星夜送到河中府去"。
⑥ 説：徐畫本、徐音本、三合本作"則説"。
⑦ 憂：羅本、繼本、徐畫本、徐音本、何本、六幻本、三合本作"憂憶"，驥本、延本、張本作"擔憂"，砆本作"憂煩"。

特地先着小人將書來①。"即忙接了回書來者②。過日月好疾也呵③！④

【仙呂】【賞花時】相見時紅雨紛紛點⑤綠苔，【羅眉】綠，音律。【繼眉】李賀詩：桃花亂落如紅雨。【湯沈眉】紅雨，謂落花也。別離後黃葉蕭蕭⑥凝暮靄。【虎眉】點，或作"滿"，無趣。"別離"句，今本一作"却離了"，一作"相違了"，但便于唱。【秀眉】二句詠一年景象。今日見⑦梅開，別離⑧半載。【天李旁】好！【起眉】王曰：人傳王實夫至《郵亭夢》而止，又云"碧雲天，黃花地"而止。漢卿所補【商調】【集賢賓】【挂金索】，俊語殊不減前。王固北曲大宗，關亦不北曲衰宗。【徐音眉】秋復徂春，離情佳況，促景無似。【徐參眉】早見花落花開。【封眉】早離，時本作

---

① 將：驥本、延本作"賷"，張本作"送"。來：羅本、繼本、容本、起本、徐參本、虎本、何本、陳本、秀本、硃本、天李本、六幻本、湯本、魏本、峒本、封本作"來報喜"，徐畫本、徐音本、三合本作"來報知了"。
② 即忙接了回書來者：即忙接了，徐畫本、徐音本、三合本作"急忙取"，封本作"即忙討了"。驥本、延本作"疾忙索了回書便來"，張本無。
③ 過日月好疾也呵：過，羅本、繼本、容本、起本、徐畫本、徐音本、徐參本、何本、陳本、硃本、六幻本、三合本作"這"。驥本、延本作"日月過得好疾也呵"，虎本、秀本、天李本、湯本、魏本、峒本作"這日月好難過也呵"，封本作"這日月好快過也呵"，毛本作"這日月過得好疾也呵"，張本無。封本此句後多"楔子"。
④ "托賴祖宗之蔭"至"過日月好疾也呵"：範本、龍本作"幸賴先人福蔭，得中高科。恐夫人小姐挂心，不免修書一封，先着琴童回去報知，以安其心。琴童何在？（僕上云）有何鈞旨？（生云）我這一封書，星夜送到河中府，見小姐時，則説官人怕娘子憂憶，特地先着小人將書來報知了。急忙取回書來者，這日月好疾也呵"，屠本作"托賴祖宗福蔭，一舉及第，如今聽候聖旨御筆親除。但恐夫人小姐不知，先修家書，令琴童報復，以安其心。琴童，你與我到河中府送一封家書去來。（做寫書付童科）琴童，你到家時，只説我特地著你報復夫人、小姐，免使憂慮。我若受了官呵，不敢久留。你須取下回音，疾便來者"。
⑤ 點：弘本作"滿"。
⑥ 蕭蕭：起本、徐參本、秀本、硃本、天李本、湯本、魏本、峒本作"瀟瀟"。
⑦ 見：範本、龍本作"又"。
⑧ 別離：範本、龍本、屠本作"相違了"，徐畫本、六幻本、湯沈本、三合本作"恰離了"，封本作"早離了"，驥本、延本、張本、毛本作"忽驚"。

"別離"，誤。① 琴童，我囑付你的言語記着②：則說道**特地寄書來**③。（下）【毛夾】參釋曰：李賀詩：桃花亂落如紅雨。

（僕云）得了這書，星夜望河中府走一遭。④（下）⑤

---

① 毛本此處多"（帶云）"。
② 琴童，我囑付你的言語記着：記着，容本、起本、徐參本、秀本、硃本、天李本、湯本、魏本、峒本、封本、毛本作"小心記着"。範本、龍本、徐畫本、徐音本、三合本作"你見小姐呵"，驥本、延本、張本無。
③ 則說道：驥本、延本、張本無。書來：湯沈本作"來書"。
④ 得了這書，星夜望河中府走一遭：得了這書，範本、龍本作"得這書"，起本、徐參本、繼本、秀本、硃本、天李本、湯本、魏本、峒本、封本、毛本作"領了這書"，驥本、延本作"得了這書，不敢久停"。屠本作"且喜官人中了頭名狀元，着我領了一封家書，徑到河中府夫人、小姐行報喜取來"。
⑤ 羅本此處多"（生云）琴童將書去了，須索等他回音。（下）"。

第一折①

　　（旦引紅娘上開云）② 自張生去京師③，不覺半年④，杳無⑤音信。這些神思不快⑥，【凌眉】"些"下宜有"時"字，古本脫落。妝鏡懶

---

① 第一折：六幻本作"續之一　泥金報捷"，毛本作"第十七折　捷報"，弘本、範本、龍本、繼本、屠本、容本、起本、徐畫本、徐音本、驥本、虎本、何本、陳本、秀本、硃本、延本、張本、天李本、湯本、湯沈本、三合本、魏本、峒本無。
② （旦引紅娘上開云）：羅本、徐參本、繼本、硃本、六幻本、湯沈本、魏本、峒本作"（鶯紅上云）"，屠本作"（鶯引紅上）"，容本、起本、虎本、何本、陳本、秀本、張本、天李本、湯本、封本作"（鶯紅上）　（鶯云）"，毛本作"（旦兒引紅上）（云）"。
③ 去京師：屠本作"去了"，驥本、延本、毛本作"去秋上京"，張本作"上京"。
④ 不覺半年：年，六幻本作"載"。弘本、羅本作"不覺半年而已"，容本、起本、徐參本、虎本、何本、陳本、秀本、硃本、天李本、湯本、魏本、峒本作"半年有餘"，驥本、延本作"到今春却早半年光景"，封本作"已是半年"，毛本作"到今春半年光景"。
⑤ 杳無：張本作"到今杳無"。
⑥ 這些神思不快：這些，弘本、羅本、繼本、容本、起本、虎本、何本、陳本、硃本、六幻本、湯本、湯沈本、魏本、峒本作"這些時"，屠本作"如今正值暮春，這些時"。驥本、延本作"俺這些時神思不安"，張本同，但無"俺"字；毛本同，但"不安"作"不快"。

抬①，腰肢瘦損②，茜裙寬褪③，好煩惱人也呵！④【三合夾】茜，倉甸切，從清倩。

【商調】【集賢賓】雖離了我⑤眼前，【羅眉】眼，音焉。前，音千。悶却在⑥心上有；【三合眉】寸結愁腸，一筆勾出。不甫能⑦離了心上，又早⑧眉頭。【範眉】宋詞："今朝眼底，明朝心上，後日眉頭。"又李易安詞："纔下眉頭，起上心頭。"【繼眉】詩餘："今朝眼底，明朝心上，後日眉頭。"又李易安詞："纔下眉頭，又上心頭。"【徐畫眉】【田眉】【延眉】當"悶"字爲句。昨日成親，是眼前之悶少離；今日別離，是悶又有于心上也。

---

① 懶抬：屠本、秀本作"懶臨"，驥本、延本、毛本作"慵抬"，張本作"慵臨"。
② 腰肢瘦損：瘦損，弘本、羅本、繼本、屠本、容本、起本、徐參本、虎本、何本、陳本、秀本、碌本、天李本、六幻本、湯本、湯沈本、魏本、峒本、毛本作"消瘦"。封本作"坐臥無聊"。
③ 茜裙寬褪：屠本作"羅裙寬掩"，驥本、延本作"茜裙寬掩"，封本作"恍惚如夢"。
④ "（旦引紅娘上開）"至"好煩惱人也呵"：好煩惱人也呵，屠本作"好是傷感人也"，容本、起本、徐參本、虎本、何本、陳本、秀本、碌本、張本、天李本、湯本作"好生煩惱人也呵"，驥本、延本、毛本作"好生傷感人也呵"，魏本、峒本作"好生煩悶人也呵"。範本、龍本作"（鶯引紅娘上云）野花芳草，寂寞關山道。柳吐金絲鶯語早，惆悵香閨暗老。羅帶悔結同心，獨憑朱欄思深，別後秦臺鳳杳，夢回湘浦魚沉。（紅云）春愁南陌，千里音書隔。細雨飛飛梨花白，燕拂繡簾金額。盡日相望王孫，塵滿衣上淚痕。夜夜枕幃香冷，覺來獨自消魂。（鶯云）自與張生別來，不覺又是春暮，綠何音信杳然，好生傷感也呵"，徐畫本、徐音本、三合本同，但"（鶯引紅娘上云）"作"（鶯紅上）"，"（鶯云）"後作"自張生去秋上京，到今春恰早半年光景，杳無音信。這些時神思不安，妝鏡懶抬，腰肢瘦損，茜裙寬褪，好生煩惱人也呵"。
⑤ 雖離了我：我，徐畫本、徐音本、驥本、延本、六幻本、三合本作"這"，張本無。封本作"纔離了"。
⑥ 悶却在：在，範本、龍本、徐畫本、徐音本、驥本、延本、三合本作"在我這"，屠本作"又早"，張本、六幻本作"在我"。毛本作"却在"。
⑦ 不甫能：徐畫本、徐音本、張本、三合本作"甫能"。
⑧ 又早：屠本作"又在"，起本、徐參本、虎本、何本、碌本、天李本、六幻本、湯本、魏本、峒本、封本、毛本作"又早在"，張本作"早"。

【秀眉】宋詞云："今朝眼底，明朝心上，後日眉頭。"忘了時依然還又①，惡思量無了無休。【虎眉】雖，一作"自"，似是。今本"早"字下盡無"在"字。惡，一作"啞"。【封眉】時本作"雖離"，誤。"眼前悶"對"心上有"，以"悶"字屬下句，讀者誤。惡思量，猶不良會，亦反詞也。大都來一寸眉峰，怎當他許多顰皺？【羅眉】頭，音偷。惡，音懊。顰，音頻。新愁近來接着舊愁，廝混了難分新舊。【天李旁】妙甚！【羅眉】着，音招。廝，音似。舊愁似太行山隱隱②，新愁似天塹水悠悠。【容旁】相思畫。【謝眉】好辨別，渾然天成。【羅眉】行，音杭。塹，音漸。【起眉】李曰："離了心上，又早眉頭"，把古詞融鑄。分"新""舊"二字，又說"廝混了難分新舊"，使人顛倒費思、顰眉皺眼。【徐畫眉】【田眉】"忘了依然還又"句，總了得前四句。末二句是狀其多愁也，舊愁略無減，新愁日有增。俗本"穩穩"訛爲"隱隱"，是微茫意，未盡形容。【徐音眉】山高水深，莫寫愁模。【徐參眉】可謂淚溢九曲，恨壓三峰。【陳眉】態度堪憐。【秀眉】塹，音箭。【姝眉】相思畫。【延眉】"忘了依然還又"句，總了得前四句。末二句是狀其多愁也，舊愁略無減，新愁日有增。隱隱，是微茫意，未盡形容。【張眉】首二句襯字多，俗又添作四句讀者，非。第三句俗少"時"字，非。第五、六、七句俱少一字。穩穩，言不轉動也，訛"隱隱"，非。【湯眉】相思畫。【湯沈眉】當于"悶"字爲句，指昨日成親言也；"却在我"句，自今日離別言也。不甫能，猶云未曾得也。末二句是狀其多愁也。隱隱，徐本作"穩穩"，語殊不雅。【驥夾】【延夾】"眼前"勿斷。【毛夾】此懷遠詞也。"雖離了眼前"指人，言其上眉頭，亦懷人之見于顰眉者也。俗以人上眉頭難解，遂于"眼前"下增一"悶"字，與下文"愁"字、"思量"字雜見，無理。不知此曲起調只宜七字一句，"離了眼前有"，此實七字也，豈有"悶"是實字，

---

① 忘了時：弘本、容本、起本、徐畫本、徐音本、徐參本、六幻本、三合本、魏本、峒本作"忘了"。還又：徐參本作"在又"。
② 隱隱：徐畫本、徐音本、張本、三合本作"穩穩"。

而填作襯字之理？況"眼前""心上"，俱着人言，亦元詞襲語。如關漢卿《金綫池》劇"這廝閑散了，雖離了眼底，忔憎着又上心頭"，可驗。向非原本，則數百年含冤之句無雪日矣。況此曲純以空筆掀翻，最妙。大略云：雖離了眼前，而忽在心上；纔離心上，又在眉頭。其懷思之無已如此，但眼前心上，尚無痕可尋，而眉則顰皺儼然矣。眉有幾何，容得如許顰皺耶？且思有"新舊"，去時爲舊，今來爲新。既則新舊厮混，而不可別，然且舊愁如山推不去，新愁似水方再來也。李易安詞："此情無計可消除，才上眉頭，又上心頭。"范希文詞："都來此事，眉間心上，無計相回避。"元詞："忽的眼前無，依然心上有。"并前所引關漢卿《金綫池》劇諸句，興此俱同。陋者但知爲用李易安詞，而不知元詞用法原自如此，反訾爲"繚戾"，亦可怪矣。況新愁接舊愁，本用董詞"眉上新愁壓舊愁"句，乃并蒙抹殺，且謂未成婚前爲舊愁，彼幾曾認古詞而強分新舊，妄解斷耶？參釋曰：隱隱，俗作"穩穩"，字形之誤。

（紅云）姐姐往常針尖不倒，其實不曾閑了一個綉床，如今百般的悶倦。① 往常也曾不快，將息便可②，不似這一場③，清減得十分利害。④

【消遙樂】（旦唱）曾經消瘦，每遍猶閑⑤，這番最陡。【羅眉】陡，音斗。（紅云）姐姐心兒悶呵，那裏散心耍嗱。⑥（旦唱）

---

① 往常針尖不倒，其實不曾閑了一個綉床，如今百般的悶倦：往常，驥本、延本、湯沈本、毛本作"往常時"；針尖，峒本作"針綫"；悶倦，封本作"倦怠"。範本、龍本、徐畫本、徐音本、張本、六幻本、三合本無。
② 可：徐畫本、徐音本、驥本、延本、張本、三合本作"好"。
③ 這一場：徐畫本、徐音本、驥本、延本、張本、三合本作"這番"。
④ "姐姐往常針尖不倒"至"清減得十分利害"：利害，徐畫本、徐音本、驥本、延本、張本、三合本作"利害也"。屠本作"姐姐往常針尖兒不倒，不曾閑了半時。情思也曾不快，不似這番清減"。
⑤ 每遍：硃本作"每變"。猶閑：弘本作"由閑"。
⑥ 姐姐心兒悶呵，那裏散心耍嗱：悶，陳本作"閑"；耍咱，張本作"咱"。屠本作"姐姐，我和你閑散心去來"，驥本無。

何處忘憂①？看②時節獨上妝樓，【田補眉】欲忘憂而上妝樓，所見如此，又增其憂也。【封眉】時本作"看時節"，誤。手捲珠簾③上玉鉤，空目斷山明水秀。見④蒼煙迷樹，衰草連天，【範眉】李景詞："手捲珍珠上玉鉤。"王和甫詞："憑高不見，芳草連天遠。"【繼眉】【秀眉】李景詞："手捲真珠上玉鉤。"王和甫詞："憑高不見，芳草連天遠。"野渡橫舟。【繼眉】韋蘇州詩："野渡無人舟自橫。"【容眉】【湯眉】妙，妙！【徐音眉】又畫出樓愁景象。【徐參眉】真傷心。【虎眉】猶，坊本多誤作"由"。今本于"何處"句上添"你着我"三字，便寬了。上，今本多作"控"。【陳眉】曲入畫影。【張眉】第四句多一字，俗作兩句，非。"目斷"連下文俱括盡，後又添"見了些"，非。【湯沈眉】"空目斷"數語，是見景不見人之意，妙甚。【三合眉】滿目淒涼，不堪回首。【魏眉】【峒眉】曲入畫景。【毛夾】曾經，非這番也；每遍，更不止一番也，但這番險耳。此三句答賓白作一斷，何處忘憂，又承挑白，另起，文理最明。今或刪去挑白，反訾"這番"句為翻起，"何處"句為接落，以為兩下不稱。此何故也？幸元明以來，相傳幾四百年，不乏文理人，獨猶存是本。萬一不幸早遇是君，則投覆久矣。吁！可畏也。"何處忘憂"七句，但一路填詞，而意見言外，如云必欲忘憂，除非望遠，但空見爾爾，則又何能忘憂耶？"空"字內有止見此而不見人意，此正如昔人所稱"王龍標詩，外極其象，內極其意"，此填詞最高處。且亦本董詞"無計謾登樓，空目斷、故人何許"并"楚天空闊、烟迷古樹"諸句，而或者訾為填句，無理。且"手捲真珠上玉鉤"，出李景詞；"憑高不見，芳草連天遠"，出王和甫詞。竟痛加塗抹，謂"珠玉"等字，隨手雜用，則病狂甚矣。他可勿復

---

① 何處忘憂：忘，容本、硃本、湯本作"妄"。範本、龍本作"你着我何處忘憂？（紅云）姐姐，登樓去罷"，屠本作"你着我何處忘憂"。徐畫本、徐音本、三合本此句後多"（紅）姐姐，登樓去罷"。
② 看：封本作"悶"。
③ 珠簾：虎本、何本、陳本、硃本、天李本、湯本、湯沈本作"朱簾"。
④ 見：張本無。

道耳。

（旦云）紅娘，我這衣裳，這些時都不似①我穿的。（紅云）姐姐，正是"腰細不勝衣"。②

【挂金索】（旦唱）裙染榴花，睡損胭脂皺；紐結丁香，掩過③芙蓉扣；綫脱珍珠，【羅眉】脱，音討。【虎眉】脱，一作"斷"。泪濕④香羅袖；楊柳眉⑤顰，人比黄花瘦。【謝眉】四比絶佳，漢卿才思于此見也。【範眉】【繼眉】李易安詞："人似黄花瘦。"【羅眉】黄，音荒。【起眉】王曰：裙染、紐結、泪濕、眉顰，本描消瘦情態，乃點妝出許多顔色，翻疑入錦綉叢中，了不盡的熱鬧。【徐畫眉】【田眉】【延眉】太倉大王首可此折，亦未必盡然耶。此雖不及前四折，以後評之，當以此爲最。【徐音眉】淡景自然。【徐參眉】杜韋娘不似舊時，把風流頓減。【秀眉】譬喻何等切實。【凌眉】王元美獨賞此曲爲俊語，謂不減前。不知數語止似佳詞，曲中勝場不在此。前後曲自有勁敵。【張眉】第二、四、六句俱少一字。【湯沈眉】此詞俊甚，惜下二語不對。李易安詞："簾卷西風，人似黄花瘦。"【三合眉】聲調都雋。【魏眉】有關目，妙妙。【毛夾】此曲寫憔悴，是元詞排調語。《蕭氏研鄰詞説》：四句兼比賦，"榴花睡皺，芙蓉紐寬"，此賦也。"衣泪濕而斷綫如珠，柳眉顰而秋花減盡"，此比也。參釋曰：李易安詞："簾捲西風，人比黄花瘦。"

（僕人上云）奉相公⑥言語，特將書來與小姐⑦。恰纔前廳上見

---

① 都不似：驥本、延本作"不似"，張本作"都不是"。
② "紅娘，我這衣裳"至"正是腰細不勝衣"：我這衣裳，徐畫本、徐音本、三合本作"我這衣"，徐參本、魏本、峒本作"這些衣裳"；正是，驥本、延本作"是"。屠本作"紅娘，你看我的衣裳，這些時都穿不得了"。
③ 掩過：羅本作"寬掩過"。
④ 泪濕：弘本作"泪濕透"。
⑤ 眉：弘本作"腰"。
⑥ 相公：容本、起本、徐參本、虎本、陳本、秀本、硃本、天李本、湯本、魏本、峒本、封本、毛本作"官人"，驥本、延本、張本作"俺官人"。
⑦ 將：驥本、延本、張本、毛本作"賫"，硃本、湯本無。小姐：徐畫本、徐音本、三合本作"姐姐"。

了夫人①，夫人好生歡喜②，着入來③見小姐，早至後堂④。（咳嗽科）【硃眉】關目好。（紅問云）誰在外面⑤？（見科）（紅見僕人，紅笑云）你幾時來⑥？可知道昨夜燈花報⑦，【秀眉】爆，音暴。今朝⑧喜鵲噪。姐姐正煩惱哩。你自來⑨？和哥哥來⑩？（僕云）哥哥⑪得了官也，着我寄書來⑫。（紅云）你則在這裏等着⑬，我對俺姐姐説了呵⑭，你進來⑮。（紅見旦笑科）（旦云）這小妮子⑯怎麼？（紅云）

---

① 夫人：秀本、封本、毛本作"老夫人"。
② 夫人：封本、毛本作"老夫人"。歡喜：驥本、延本作"喜歡"。
③ 着入來：秀本作"着入來"，驥本、延本作"着我入去"。
④ 後堂：驥本、延本作"後廳"。
⑤ 誰在外面：外面，弘本作"外"，繼本、容本、起本、徐參本、陳本、秀本、硃本、天李本、六幻本、湯本、湯沈本、魏本、峒本、封本、毛本作"外廂"。徐畫本、徐音本、張本、三合本作"是誰"。
⑥ 你幾時來：範本、龍本無。驥本、延本作"琴童，你幾時來到"。
⑦ 報：繼本、容本、起本、徐畫本、徐音本、驥本、虎本、何本、陳本、秀本、硃本、延本、天李本、六幻本、湯本、湯沈本、三合本、魏本、峒本、封本、毛本作"爆"。
⑧ 今朝：弘本、起本、虎本、何本、秀本、天李本作"今日"。
⑨ 自來：範本、龍本、徐畫本、徐音本、三合本作"自來也"，驥本、延本作"自家來"。
⑩ 和哥哥來：來，範本、龍本、徐畫本、徐音本、驥本、延本、三合本作"同來"。張本作"和官人同來"。
⑪ 哥哥：徐畫本、徐音本、三合本作"東人"，張本作"官人"。
⑫ 着我寄書來：着我，六幻本、毛本作"先着我"；寄書來，徐畫本、徐音本、三合本作"送書來報喜"。驥本、延本、張本作"先着我送書來報喜"。
⑬ 你則在這裏等着：你則在，範本、龍本作"你在"；等着，陳本、硃本、張本、湯本作"等"。驥本、延本作"你且在這裏等"。
⑭ 我對俺姐姐説了呵：俺姐姐，繼本、容本、起本、徐畫本、徐音本、徐參本、虎本、何本、陳本、秀本、硃本、天李本、湯本、三合本、魏本、峒本、封本、毛本作"姐姐"。驥本、延本、張本作"我對姐姐説了"。
⑮ 你進來：範本、龍本、徐畫本、徐音本、驥本、延本、張本、三合本作"你入來"，繼本、容本、起本、徐參本、虎本、何本、陳本、秀本、硃本、天李本、湯本、魏本、峒本、封本作"喚你進來"，毛本作"喚你入來"。
⑯ 這小妮子：徐畫本、徐音本、三合本作"小妮子"，驥本、延本作"這小妮子又"，毛本作"這妮子又"。

姐姐，大喜，大喜！① 咱姐夫得了官也②！（旦云）這妮子見我悶呵③，特故④哄我。【範眉】【秀眉】怨曠伎倆，無過此折。（紅云）琴童在⑤門首，見了夫人了⑥，使他進來見姐姐⑦，姐夫有書⑧。【徐參眉】報道故人有書來。【陳眉】【硃眉】得這一帖解鬱湯。【魏眉】【峒眉】魂消魄散符到了。（旦云）慚愧⑨，我也有盼着他的⑩日頭！喚他入來。（僕入見旦科）⑪（旦云）琴童，你幾時離京師？⑫（僕云）離京一月多

---

① 大喜，大喜：徐畫本、徐音本、張本、六幻本、三合本作"喜也喜也"，驥本、延本作"大喜"，毛本作"且喜"。
② 咱姐夫得了官也：驥本、延本、張本作"俺姐夫得了官了"，毛本作"俺姐夫有書來了"。
③ 悶呵：驥本、延本作"悶"。
④ 特故：張本作"特來"。
⑤ 琴童在：驥本、延本、毛本作"我不哄姐姐，琴童來在"。
⑥ 夫人了：秀本作"老夫人了"，驥本、延本作"老夫人"，毛本作"夫人"。
⑦ 進來見姐姐：進來，張本、毛本作"入來"。驥本、延本作"入來見小姐"。
⑧ 姐夫有書：繼本、容本、起本、徐參本、虎本、何本、陳本、秀本、硃本、天李本、湯本、魏本、峒本、封本作"說道姐夫有書"，驥本、延本作"姐夫有書來"，六幻本、湯沈本作"說姐夫有書"，毛本作"說姐夫得了官來"。
⑨ 慚愧：驥本、延本、毛本作"慚愧也"。範本、龍本此句後多"謝天地"。
⑩ 他的：毛本作"他信兒的"。
⑪ （僕入見旦科）：羅本、封本此後多"（琴云）小夫人，琴童叩頭"。繼本、容本、起本、徐參本、虎本、何本、陳本、秀本、硃本、天李本、湯本、魏本、峒本作"（琴云）小夫人，琴童叩頭"，六幻本作"（琴云）小夫人叩頭"。
⑫ 琴童，你幾時離京師：京師，何本、六幻本作"京師的"。驥本、延本作"你幾時離京師，哥哥得了那裏官也"。毛本此句後多"哥哥見在那裏"。

也①，我來時哥哥去吃游街棍子②去了。（旦云）③這禽獸不省得④，狀元⑤喚做誇官，游街三日。（僕云）夫人說的便是。有書在此。（旦做接書科）⑥【封眉】時本作"（鶯接書科）"，非是。

【金菊香】⑦早是我只因他去⑧減了風流，【起眉】【虎眉】早，一作"只"，非。不爭你寄得書來又與我添些兒⑨證候。【謝眉】上下句相反，意更佳。【徐畫眉】【田眉】【徐音眉】得書不以爲喜，誠重恩愛而薄

---

① （僕云）離京一月多也：弘本作"一月多也"，羅本作"（琴應云）一月多也"，繼本、容本、起本、徐參本、虎本、何本、陳本、砾本、天李本、六幻本、湯本、湯沈本、魏本、峒本、封本作"（琴童云）一月多也"，徐畫本、徐音本、張本、三合本作"（童）一月來也"，驥本、延本、毛本作"（僕云）我離京師，將次一月"，秀本作"（琴童云）一月多了"。
② 哥哥去吃游街棍子：哥哥，徐畫本、徐音本、三合本作"東人"；棍子，驥本、延本作"棍"。張本作"官人游街耍子"。
③ （旦云）：封本作"（鶯微笑云）"。
④ 這禽獸不省得：毛本作"原來如此。你不省的"。
⑤ 狀元：驥本、延本、張本、毛本作"中了狀元"。
⑥ "（僕人上云）奉相公言語"至"（旦做接書科）"：（旦做接書科），驥本、延本作"（僕遞書科）（旦唱）"，魏本作"（琴遞書鶯接書科）"，封本作"（紅接書與鶯科）"，徐畫本、徐音本、張本、三合本無。屠本作："（童上云）奉着官人的家書，來到前廳上見了夫人，夫人十分歡喜。而今又入後堂，見小姐去。（紅童相見科）（紅云）你幾時來的。怪的昨夜燈花報，今朝喜鵲鳴。姐姐正煩惱哩。哥哥和你同來了？（童云）哥哥得了官也，着我先來報喜。（紅引童見鶯科）（鶯云）這丫頭見我心悶，又來哄我。（紅云）琴童見在門首，有姐夫的家書，怎敢說謊？（鶯問童科）（接書科）謝天謝地，我也有盼着他的日頭。琴童，你幾時離京？（童云）小人離京一月了。（鶯云）官人得了官時，雖是可喜，轉覺添上我些愁煩也。"範本、龍本此後多"（鶯念云）自從消瘦減容光，萬轉千回懶下床。不爲傍人羞不起，爲郎憔悴却羞郎。（紅云）姐姐，姐夫書上寫着甚麼？可曾念着紅娘哩"，何本此後多"（紅云）姐姐，姐夫書寫着甚麼，可曾念着紅娘哩"。
⑦ 【金菊香】：六幻本、封本作"【金菊花】"。
⑧ 早是我：徐參本作"早則是"，驥本、延本作"早是"。只因他去：屠本作"因他去也"，張本作"因他去後"，六幻本、三合本作"因他去"。
⑨ 又與我添些兒：兒，羅本、繼本、容本、起本、徐畫本、徐音本、徐參本、驥本、虎本、何本、陳本、秀本、砾本、延本、張本、天李本、六幻本、湯本、湯沈本、三合本、魏本、峒本、封本、毛本無。屠本作"倒與我添些"。

功名也。【秀眉】此又番上公案。【延眉】得書不以爲喜，而反添證候，誠重恩愛而薄功名也。【三合眉】得書不以爲喜，重恩愛而薄功名也。說來的話兒不①應口【田補旁】凑。，無語②低頭，【三合旁】似他人語。【羅眉】頭，音偷。書在手，淚凝眸③。【謝眉】低頭、在手、凝眸，以身體字串。【容眉】【湯眉】妙，妙！【徐畫眉】【田眉】【延眉】似他人語。【張眉】俗少"全"字。末句少一字。【湯沈眉】"說來的"句，言今書至而人不早回來之意。似他人語。【毛夾】此曲接書，後曲開書，又後曲念書，步驟甚細。故未開書以前，純是寫怨，見書以後，然後略及捷音耳。"無語低頭"二句，自摸語，似搊彈家詞，最妙。此尚得董西廂遺法，近不能矣。王伯良曰：前賓白謂生"此一行，得官不得官，疾便回來"，今書至而人不至，是"話不應口"也，故又病也。參釋曰"書在手"句，正描清科白"接書"二字。"書在手"勿斷。一句下。（旦開書看科）④

【醋葫蘆】我這裏開時⑤和淚開，他那裏修時⑥和淚修，多管閣着⑦筆尖兒，【羅眉】時，音詩，下同。筆，音彼。未寫早淚先流⑧，【容旁】妙！【湯眉】好！寄來的書淚點兒兀⑨【凌旁】一作"猶"。【湯沈旁】一作"兀"。自有。【繼眉】兀，一作"猶"。【起眉】兀，今作

---

① 不：範本、龍本作"好不"，張本作"全不"。
② 無語：範本、龍本作"無言"。
③ 淚凝眸：驥本、延本、毛本作"淚盈眸"。
④ （旦開書看科）：徐畫本、徐音本、三合本無。
⑤ 開時：三合本作"開時節"。
⑥ 修時：徐畫本、徐音本、驥本、延本、三合本作"修時節"。
⑦ 多管閣着：範本、龍本、繼本、張本、六幻本、湯沈本作"多管是閣着"，羅本、屠本、徐畫本、徐音本、驥本、延本、三合本、毛本作"多管是"。
⑧ 早：屠本、徐畫本、徐音本、驥本、延本、張本、六幻本、三合本、毛本無。淚先流：徐參本作"先淚流"。
⑨ 寄來的：羅本、繼本、屠本、容本、起本、徐參本、虎本、何本、陳本、秀本、硃本、張本、天李本、六幻本、湯本、湯沈本、魏本、峒本、毛本作"寄來"。兀：範本、龍本作"古"，驥本、延本作"固"，湯沈本作"猶"。

"猶",亦可。我將這新痕把舊痕湮透①,【容旁】妙!【範眉】【繼眉】【秀眉】【湯沈眉】秦少游詞:"新啼痕間舊啼痕。"【封眉】"這新痕"上時本多一"將"字,謬。正是一重愁翻做②兩重愁。【羅眉】湮,音因。重,音冲。愁,音篍,下同。【容眉】【湯眉】妙,妙!【徐參眉】啓書彼此酸心,三公不以易其愛。【陳眉】【魏眉】【岣眉】知心哉。【硃眉】知心哉,妙。【三合眉】愁何其多。【毛夾】此曲單拈"開書"二字,因開時而想其修時,因已有淚而想其亦有淚。且不特修時有淚也,其未修之先,應先有淚矣。且不特臆度也,寄來之書,淚點固自有者。開時之淚新痕也,修時之淚舊痕也,新痕將舊痕湮透矣。我淚一重愁,見其有淚又一重愁,非以一愁爲兩愁乎?或謂鶯與張各愁爲兩重,則是以兩地爲兩重矣。兀自,他本作"古自",古、兀同,解見前。參釋曰:秦少游詞:"新啼痕間舊啼痕。"

(旦念書科)"張珙百拜奉啓芳卿可人③妝次:【容旁】【硃眉】奉承。【容眉】【湯眉】奉承忒過。【魏眉】奉承真酸。自暮秋拜違④,倏爾⑤

---

① 我將這新痕把舊痕湮透:我將這,徐畫本、徐音本、張本、湯沈本、三合本、封本作"我這"。湮透,範本、龍本作"來湮透"。屠本作"新痕把舊痕來湮透",驥本、延本作"這新痕將舊痕湮透"。

② 正是:範本、龍本作"正是這",徐畫本、徐音本、驥本、延本、張本、三合本、毛本作"這的是",羅本無。翻做:繼本、屠本、容本、起本、徐參本、虎本、何本、陳本、秀本、硃本、延本、天李本、六幻本、湯本、湯沈本、魏本、岣本、封本、毛本作"翻做了"。

③ 張珙:屠本作"琪"。百拜奉啓芳卿可人:容本、起本、徐參本、虎本、何本、陳本、秀本、硃本、天李本、湯本、魏本、岣本作"百拜奉啓鶯娘芳卿可人",驥本、延本作"再拜奉書芳卿可人",張本作"再拜奉啓芳卿可人",封本作"百拜奉啓鶯娘芳卿賢妻",六幻本作"再拜奉啓鶯娘芳卿",毛本作"再拜奉書鶯娘芳卿可人"。

④ 自暮秋拜違:徐畫本、徐音本、三合本作"伏自去歲暮秋違",驥本、延本作"伏自去歲暮秋別違",張本作"伏自去秋拜違",封本作"自去秋拜違",毛本作"伏自去歲暮秋拜違"。

⑤ 倏爾:羅本、繼本、容本、起本、徐參本、虎本、何本、陳本、秀本、硃本、天李本、六幻本、湯本、湯沈本、魏本、岣本、封本作"迨今"。

半载。上赖祖宗之荫，下托贤妻之德①，举中甲第②。即日于招贤馆寄迹③，以伺圣旨御笔除授④。惟恐夫人⑤与贤妻忧念，特令琴童奉书驰报⑥，庶几免虑⑦。小生身虽遥而心常邇矣⑧，恨不得⑨鹣鹣比翼，【罗眉】鹣，音兼。邛邛⑩并驱。【起眉】张生书与诸本稍异同，但"邛邛"作"莺莺"，可笑。【秀眉】张生书与他本稍异同。但"邛邛"作"莺莺"者，可笑。邛，音昂。重功名而薄恩爱者，诚有浅见贪饕之罪。⑪【罗

---

① 上赖祖宗之荫，下托贤妻之德：毛本作"托贤妻之德"。
② 举中甲第：举，罗本、继本、容本、起本、徐参本、虎本、何本、陈本、秀本、硃本、天李本、魏本、峒本、封本作"幸"，屠本、骥本、延本作"叨"，毛本作"功"。张本作"叨中鼎甲"。
③ 即日于招贤馆寄迹：即日，罗本、继本、起本、徐参本、虎本、何本、陈本、秀本、硃本、天李本、汤本、峒本作"即今"。张本作"目今寄迹招贤馆"，封本作"即今于招贤馆"。
④ 以伺圣旨御笔除授：以伺，秀本、魏本作"以俟"，封本作"听候"；圣旨，弘本、范本、龙本、容本、起本、虎本、何本、陈本、硃本、汤本作"○○"，秀本作"皇上"，罗本、继本、徐畫本、徐音本、骥本、延本、六幻本、汤沈本、封本、毛本无。张本作"听候除授"，三合本作"以伺御第除授"。
⑤ 夫人：峒本、封本作"老夫人"。
⑥ 奉书驰报：骥本、延本作"赍书驰达"，张本、毛本作"赍书驰报"。
⑦ 庶几免虑：罗本、继本、容本、起本、徐参本、虎本、何本、陈本、硃本、汤本、魏本、峒本作"俱候兴居"，秀本作"祗候兴居"，天李本作"问候兴居"，六幻本作"并侯兴居"，封本作"兼候起居"，张本无。
⑧ 小生身虽遥而心常邇矣：罗本、继本、容本、起本、徐参本、虎本、何本、陈本、秀本、硃本、张本、天李本、六幻本、汤本、汤沈本、魏本、峒本、封本、毛本作"小生身遥心邇"，骥本、延本作"奈小生身虽远而心常邇也"。
⑨ 恨不得：骥本、延本、毛本作"恨不作"。
⑩ 邛邛：弘本作"莺莺"，骥本、延本、张本作"蛮蛮"。
⑪ 重功名而薄恩爱者，诚有浅见贪饕之罪：浅见，徐畫本、徐音本、三合本作"浅恩"。张本作"幸勿以重功名而薄恩情，深加谴责，感荷良深"。

眉】饕，音滔。【徐參眉】真真恩愛。他日面會，自當請謝不備。① 後成②一絕，以奉③清照：④ 玉京仙府探花郎，寄語蒲東窈窕娘。指日拜恩衣畫錦，定須⑤休作倚門妝。⑥【起眉】諸本妄作"頭名狀元"等語者，亦曾讀至此不？【虎眉】張生書與諸本稍異同，但"邛邛"作"鶯鶯"，可笑。諸本作"頭名狀元"等語者，亦曾讀至此不？【田補眉】二書皆劣，詩亦多惡。得不高《會真記》。【凌眉】徐文長云：三書皆劣，詩亦多惡。睹《會真記》中，崔與張書何等秀雅悲感，而可如此草草耶？《秦中雜記》曰：進士及第後爲探花宴，以少俊二人爲探花使。詩話曰：進士杏園初日探花郎，少俊二人爲探花使，遍游名園。若他人先折得名花，則被罰。故此詩言探花郎，正言其得第耳，非如今世之第三名。俗本不解而誤添"第三名"，遂有謂其前後曲白稱"狀元"之自相予盾者，正未夢見也。【湯沈眉】二書皆劣，詩亦多惡。睹《會真記》中，崔與張書何等秀雅悲感，而可如此草率耶？【三合眉】二書皆劣，詞亦多惡，睹《會真記》中，崔與張書何等秀雅悲感，而可如此草率耶？【封眉】即空主人曰：《秦中雜記》云：進士及第後爲探花宴，以少俊二人

---

① 他日面會，自當請謝不備：請謝，驥本、延本作"負荊請罪"，封本作"荊謝"。張本作"如許潤私，統容面悉"。
② 後成：羅本、繼本、容本、起本、徐參本、虎本、何本、陳本、秀本、碌本、天李本、湯本、魏本、峒本、封本作"偶成"，徐畫本、徐音本、驥本、延本、張本、三合本、毛本作"後綴"。
③ 以奉：羅本、繼本、容本、起本、徐參本、虎本、何本、陳本、秀本、碌本、天李本、六幻本、湯本、魏本、峒本、封本作"附奉"。
④ 弘本此處多"詩曰"，驥本此處多"張珙再拜頓首。詩曰"，毛本此處多"珙頓首再拜。詩曰"。
⑤ 定須：驥本、延本、張本、毛本作"是須"。
⑥ 弘本此處多"（旦喜不自勝）探花郎是第三名"，範本、龍本此處多"（鶯云）慚愧，探花郎早是第三名也呵。（紅云）他中了探花郎，不日衣錦還鄉。妾與姐姐賀喜，賀喜"，徐畫本、徐音本、三合本同，但無"妾"字。羅本、繼本、六幻本、湯沈本此處多"（鶯云）慚愧，探花郎早是第三名也"。容本、起本、徐參本、虎本、何本、陳本、碌本、天李本、湯本、魏本、峒本、毛本此處多"（鶯云）慚愧也，探花郎是第三名"，秀本同，但"慚愧也"作"好慚愧也"。張本此處多"慚愧，探花郎是第三名也呵"，封本此處多"慚愧也。探花郎是用最年少美姿容的"。

爲探花使。《詩話》云：進士杏園初日探花郎，少俊二人爲探花使，遍游名園，若他人先折得名花，則被罰。故此詩言探花郎，正謂其少俊得第耳，非如今世之第三名。俗本不解，而誤添"（鶯云）探花郎是第三名"，遂有謂其前後曲白稱狀元之自相矛盾者，正未夢見也。【驥夾】【延夾】蛩蛩，亦作"邛邛"，音窮。【三合夾】鶼，音謙。饕，音叨。【毛夾】此詩與此白俱出董詞，或抹此詩，或刪此白。天下固不乏馬腫背者，但李代桃僵，則不甘耳。再拜，俗作"百拜"，字形之誤。邛邛，即"蛩蛩"。倚門，謂倚門望也，與倚市門不同。

【幺篇】當日向西廂月底潛，今日向瓊林宴上搊①。【羅眉】月，音曰。搊，上聲。【張眉】搊，跳躍意。【湯沈眉】搊，以手攪人之謂。【封眉】搊，俗本多誤作"趨"。誰承望跳東牆脚步兒②占了鰲頭？【徐畫眉】【田眉】【三合眉】妥而溜亮，貌亦堂堂。【陳眉】終身成就一個探花郎。【延眉】妥而溜亮，調亦堂堂。怎想道③惜花心養成折桂手？【徐參眉】折桂手多會偷花。【張眉】第三、四句俱多一字。脂粉叢裏包藏着④錦繡？【謝眉】應上前面"跳東牆"句。【羅眉】着，音招。從今後晚妝樓改做了至【湯沈旁】一作"志"。公樓⑤！【範眉】【秀眉】即事數對，亦自斐然。【容眉】【湯眉】映帶相思處，妙，妙！【起眉】志，今作"至"，亦可。

---

① 向：弘本、羅本、容本、起本、徐參本、虎本、陳本、秀本、磩本、天李本、湯本、魏本、峒本、毛本作"呵"，屠本、徐畫本、徐音本、驥本、延本、張本、三合本、封本俱作"在"，繼本、何本、六幻本、湯沈本俱作"呵在"。搊：容本、起本、徐參本、虎本、何本、陳本、秀本、磩本、湯本、魏本、峒本作"趨"。
② 誰承望：張本無。脚步兒：徐畫本、徐音本、驥本、延本、張本、三合本、毛本作"脚兒"。
③ 怎想道：徐畫本、徐音本、驥本、延本、三合本作"誰承望"，魏本作"怎想到"，張本無。
④ 叢裏：羅本作"中"，屠本作"叢"。包藏着：範本、龍本作"到包藏着"，徐畫本、徐音本、驥本、延本、張本、三合本作"包藏"，毛本作"包着"。
⑤ 改做了：繼本、何本、陳本、張本作"改做"。至公樓：弘本、容本、起本、徐參本、虎本、何本、陳本、秀本、磩本、天李本、湯本、魏本、峒本作"志公樓"，徐音本作"志公樓"。

【徐畫眉】【田眉】【延眉】崔誇己識人，故曰"晚妝樓可改做至公堂"矣。【徐音眉】句句文人本色，惜無契司馬者。【虎眉】志，今作"至"，亦可。【凌眉】晚妝樓改作至公樓，猶言私宅今爲官衙也。唐人凡官宦所居皆曰"至公"，如云公館、公廨。故既爲官，則晚妝樓可爲至公樓矣。徐、王皆云：崔誇己識人，故云"晚妝樓可改作至公堂"矣。意亦通。但唐時校士處亦如本朝稱"至公堂"耶？況原言"樓"不言"堂"也。舊本又有作"志公"者，不知何義。【碌眉】【魏眉】映帶相思處，妙。【湯沈眉】至公樓，猶今言至公堂。元詞亦常用此語。崔誇己識人，故云云。【三合眉】映帶相思處，巧妙。【峒眉】映帶相思妙處。【封眉】元尚仲賢《柳毅傳書》劇："他本望到至公樓，獨占鰲頭。"楊顯之《瀟湘雨》劇："你若到至公樓，占了鰲頭。"可證。時本多誤作"志公"。【凌夾】搊，搊弄也。王注謂"醉而人扶攙之"，非。【驥夾】【延夾】搊，音叉收反。【毛夾】"當日"二句，言此即西廂月下人也。"誰承望"句承上言，"跳墻"者亦然，猶云：此子亦參政也。"怎想道"又轉入自誇意，言誰想折桂者皆從惜花養成之，錦心繡腸皆從脂粉包藏之。然則當日所稱"晚妝樓上"者，不當改名至公樓耶！參釋曰：搊，搊搜，喬樣也，與傷同。《李逵負荊》劇"暢好是忒搊搜"，俗解作攙扶，大謬。劉虛白詩"猶着麻衣待至公"，唐宋試士處，俱有此名。

（旦云）① 你吃飯不曾？（僕云）上告夫人知道：早晨至今，空立廳前，那有飯吃？②（旦云）紅娘，你快取飯與他吃。③（僕云）感

---

① 驥本、延本、封本、毛本此處多"琴童"。
② "上告夫人知道"至"那有飯吃"：羅本、繼本作"未曾吃飯"，容本、起本、徐參本、虎本、何本、陳本、秀本、碌本、天李本、湯本、魏本、峒本、封本作"小人未曾吃飯"，徐畫本、徐音本、三合本作"上告夫人知道：早晨至此，未曾吃哩"，驥本、延本、張本、毛本作"不曾吃"，六幻本、湯沈本作"未曾吃"。
③ 紅娘，你快取飯與他吃：紅娘，容本、起本、徐參本、虎本、何本、陳本、碌本、天李本、湯本、三合本作"咍，紅娘"；你，封本作"著"，六幻本無；快，張本作"快去"。驥本、延本作"你快取我吃的飯與他吃"，毛本作"紅娘，你快取我吃的飯與他吃"。

蒙賞賜①，我每就此吃飯②。夫人寫書③，哥哥着小人索了夫人回書④，至緊，至緊⑤。【三合眉】餓殺琴童，書那得去？（旦云）紅娘，將筆硯⑥來。（紅將來科）（旦云）⑦書却寫了，無可表意⑧。只有汗衫一領⑨，裹肚一條，襪兒⑩一雙，瑤琴一張，玉簪一枚，斑管一枝。

---

① 感蒙賞賜：繼本、徐畫本、徐音本、驥本、延本、六幻本、湯沈本、三合本、毛本無。
② 我每就此吃飯：我每，繼本、容本、起本、徐參本、虎本、何本、陳本、秀本、硃本、天李本、六幻本、湯本、湯沈本、魏本、峒本作"小人"。驥本、延本、張本、毛本作"小人一壁吃飯"，封本作"小人一邊吃飯"。
③ 夫人寫書：容本、起本、徐參本、虎本、何本、陳本、秀本、硃本、天李本、湯本、湯沈本、峒本、封本作"夫人就寫下書"，驥本、延本、毛本作"夫人上緊寫回書"，張本作"夫人上緊寫書"，三合本作"夫人快寫回書"，魏本作"夫人就此下書"。
④ 哥哥着小人索了夫人回書：弘本作"那張生哥哥着煩夫人回書"，繼本、六幻本、湯沈本作"哥哥望着回書"，容本、起本、虎本、陳本、秀本、硃本、天李本、湯本、魏本、峒本作"俺哥哥着煩夫人回書"，徐畫本、徐音本、三合本作"俺東人分付夫人回信"，徐參本作"俺哥哥望回書"，驥本、延本、毛本作"官人分付着小人索了回書便來"，何本作"俺哥哥望着回書"，張本作"官人吩咐着小人索了回書快回去哩"，封本作"俺哥哥盼望回音"。
⑤ 至緊至緊：驥本、延本、張本、毛本無。
⑥ 筆硯：徐畫本、徐音本、張本、三合本作"紙筆"，驥本、延本作"紙墨筆硯"，何本作"筆硯過"。
⑦ （紅將來科）（旦云）：弘本作"（紅科）（旦云）"，羅本、繼本、徐參本、六幻本、湯沈本作"（寫科）"，容本、起本、虎本、陳本、硃本、天李本、湯本、魏本、峒本作"（寫科）（鶯云）"，驥本、延本作"（紅做問科）寄些甚麼去"，何本作"（寫書）（鶯云）"，秀本、張本作"（寫書科）（鶯）"，封本作"（紅捧置幾上）（鶯寫科了云）"，毛本作"（做寫科了）（云）"。
⑧ 書却寫了，無可表意：却，張本無。驥本、毛本作"書寫了也，無可表意的"。
⑨ 只有汗衫一領：一領，魏本、峒本、毛本作"一件"。驥本、延本作"有汗衫一件"。
⑩ 襪兒：繼本、起本、徐參本、虎本、何本、陳本、秀本、硃本、天李本、湯本、魏本、峒本、封本、毛本作"絹襪"。

琴童，你收拾得好者①。紅娘，取銀十兩來②，就與他盤纏③。【繼眉】《會真記》："玉環一枚，寄充君子下體所佩。玉取其堅潔不渝，環取其始終不絕。兼亂絲一絇，文竹、茶碾子一枚。數物不足見珍，意者欲君子如玉之貞，俾志如環不解。泪痕在竹，愁緒縈絲。"此却衍之成一段佳話，真一莖草可化丈六金身。（紅娘云）姐夫得了官④，豈無這幾件東西⑤，寄與他有甚緣故⑥？（旦云）你不知道，這汗衫兒呵，⑦

---

① 琴童，你收拾得好者：你，徐畫本、徐音本、張本、三合本無。驪本、延本作"你用心收拾"，魏本、峒本作"你收拾"，封本作"紅娘，你都包裹好者"。
② 紅娘，取銀十兩來：銀十兩，弘本、羅本、繼本、起本、徐畫本、徐音本、虎本、何本、秀本、張本、天李本、六幻本、湯沈本、三合本作"十兩銀"，徐參本、魏本、峒本作"十兩銀子"，毛本作"白銀十兩"。驪本、延本作"紅娘，去取白銀十兩"，陳本、硃本、湯本作"紅娘，你取十兩銀來"，封本作"取十兩銀來"。
③ 就與他盤纏：就與他，繼本、容本、起本、徐參本、虎本、何本、陳本、秀本、硃本、天李本、湯本、魏本、峒本作"與琴童做"，徐畫本、徐音本、張本、六幻本、湯沈本、三合本、封本作"與他"。驪本、延本作"與他路上做盤費"，毛本作"與琴童路上做盤費"。
④ 得了官：徐畫本、徐音本、張本、六幻本、三合本作"做了官"，驪本、延本作"得了官職"。
⑤ 這幾件：弘本、容本、起本、虎本、陳本、天李本、湯本、魏本、峒本、封本、毛本作"這幾件兒"，秀本作"幾件兒"，硃本作"這件兒"。東西：六幻本作"東些"。
⑥ 甚緣故：驪本、延本、毛本作"甚麼意思"。
⑦ "（旦云）你吃飯不曾"至"你不知道這汗衫兒呵"：你不知道這汗衫兒呵，弘本、繼本、容本、起本、徐參本、虎本、陳本、秀本、硃本、天李本、湯本、魏本、峒本作"你不知道"，徐畫本、徐音本、驪本、延本、三合本、毛本作"你怎麼知得我心中事，你試聽我說與你者。（紅）汗衫兒主何意"，張本作"你怎麼知得我心中事體，我說與你者。這汗衫呵"，湯沈本作"你不知這汗衫。（唱）"。屠本作："（鶯云）琴童遠來，紅娘，快取飯與他吃。（童云）感蒙賜飯，就此候書。官人臨行時分付，着小人取了夫人、小姐回音，急急歸來。（鶯做寫書科）琴童，我書雖寫了，無物可寄。止有汗衫一領，裹肚一條，布襪一雙，瑤琴一張，玉簪一枚，斑管一枝。你須收拾好者。紅娘，取白銀十兩，與他做路費，即便回者。（紅云）姐姐，這汗衫兒，要他做甚麼"。

【梧葉兒】① 他若是和衣臥②，便是和我③一處宿；【範眉】【秀眉】此意本鄒長倩《遺公孫賢良書》來。【羅眉】和，音活。宿，音秀。但黏着他④皮【湯沈旁】一作"肌"。肉，【羅眉】着，音招。皮，音陪。【起眉】【虎眉】皮，一作"肌"，覺雅。【張眉】貼着皮肉，插白。俗訛作正曲，非。不信⑤不想我溫柔。【徐畫眉】【田眉】【延眉】亦可。【陳眉】【峒眉】說得親切題目。【湯眉】妙！（紅云）這裏肚要怎麼⑥？（旦唱）常則不要離了⑦前後，守着他⑧左右，緊緊的繫在心頭⑨。【羅眉】常，音昌。前，音先。繫，音係。頭，音偷。（紅云）這襪兒如何⑩？（旦唱）拘管他⑪胡行亂走。【容旁】妙！【羅眉】胡，音呼。行，音興。【徐音眉】寄着身軀去了，第一要着。【徐參眉】節節有意，惟拘管他行走意，自相關切。【硃

---

① 弘本此處多"（旦唱）這汗衫"，繼本、容本、起本、徐參本、虎本、秀本、硃本、天李本、湯本、魏本、峒本此處多"（鶯唱）這汗衫"。
② 他若是和衣臥：他若是，徐畫本、徐音本、陳本、張本、三合本作"若是"。驥本、延本作"若是和衣兒臥"。
③ 和我：羅本作"和咱"，屠本作"與我"。
④ 但黏着他：黏，秀本、魏本、峒本、封本、毛本作"粘"，六幻本作"貼"。徐畫本、徐音本、驥本、延本、張本、三合本作"貼着"。
⑤ 不信：羅本作"我不信道他"。
⑥ 要怎麼：屠本作"要做甚麼"，徐畫本、徐音本、三合本作"兒主何意"，驥本、延本作"主何意"，張本作"兒"。
⑦ 常則不要離了：弘本、繼本、容本、起本、徐參本、虎本、何本、陳本、秀本、硃本、天李本、湯本、湯沈本、魏本、峒本、毛本作"常不離了"，羅本作"這裏肚常不離"，屠本、徐畫本、徐音本、驥本、延本、張本、三合本、封本作"常不要離了"，六幻本作"長不離了"。
⑧ 守着他：羅本作"常常的守在"，屠本作"常只是守着"，徐畫本、徐音本、驥本、延本、張本、三合本作"守着"。
⑨ 羅本此處多"緊緊的可敢繫在心頭"。
⑩ 如何：羅本作"如何話說"，屠本作"要做甚麼"，驥本、延本作"主何意"，封本作"爲何"。張本無。
⑪ 拘管他：範本、龍本、屠本作"拘管得他"，羅本作"這襪兒我則要你拘管他不要"，徐畫本、徐音本、三合本作"收管的他"。

眉】曲盡題目，説得親切。【湯眉】更妙，更切。【三合眉】他要亂走，襪兒也管不得。【魏眉】禁他胡行，更真切。【驥夾】宿，叶修，上聲。肉，叶柔，去聲。（紅云）這琴他那裏①自有，又將去怎麽②？

【後庭花】【張眉】借用【仙呂】。（旦唱）當日五言詩緊趁逐③，【範旁】收拾前意。【謝眉】五言詩，重挽起"月色溶溶夜"意，于此更覺相思切。後來因④七弦琴成配偶。【羅眉】逐，音畫。弦，音賢。【秀眉】收拾前意。他怎肯⑤冷落了詩中意，我則怕生疏了弦上手。【羅眉】落，音澇。則，入聲。【徐音眉】琴童愈妙。（紅云）玉簪呵，有甚主意⑥？（旦唱）我須有個⑦緣由，他如今功名成就，則怕他⑧撇人在腦背後。【羅眉】由，音憂。則，入聲。（紅云）斑管，要怎的⑨？

---

① 這琴：弘本作"琴童"，何本作"瑶琴"。他那裏：範本、龍本、徐畫本、徐音本、三合本作"那裏"。
② 又將去怎麼：又，範本、龍本無；怎麼，驥本、延本、張本、毛本作"怎生"。屠本作"帶去何用"，徐畫本、徐音本、三合本作"將去怎生"。
③ 當日：弘本、繼本、容本、起本、徐畫本、徐音本、虎本、何本、陳本、秀本、碔本、天李本、六幻本、湯本、湯沈本、三合本、魏本、峒本作"當時"，範本、龍本、屠本、驥本、延本、張本、毛本作"當初"，羅本作"當日爲"，徐參本作"當時呵"，封本作"當時那"。趁逐：碔本作"趁着"。
④ 後來因：繼本、徐畫本、徐音本、驥本、何本、延本、延本、張本、六幻本、湯沈本、三合本作"後來"。
⑤ 怎肯：繼本、何本作"肯"。
⑥ 玉簪呵，有甚主意：玉簪呵，繼本、何本、六幻本、湯沈本作"玉簪"；主意，容本、起本、徐參本、虎本、陳本、秀本、碔本、天李本、湯本、魏本、峒本、封本作"意"。驥本、延本作"這玉簪，主何意"，張本作"這玉簪兒"，毛本作"這玉簪呵，有甚意"。
⑦ 須：容本、起本、徐參本、陳本、秀本、碔本、天李本、湯本、魏本、峒本、封本作"須索"。有個：張本作"有"。
⑧ 則怕他：徐畫本、徐音本、張本、三合本作"則怕"，驥本、延本作"我則怕"。
⑨ 斑管要怎的：怎的，範本、龍本、徐畫本、徐音本、秀本、三合本作"怎麼"。驥本、延本作"這斑管主何意"，張本作"這斑管兒"。

（旦唱）湘江兩岸秋，當日娥皇因①虞舜愁，【徐畫旁】娥皇句雖好，太多書。今日鶯鶯爲君瑞憂。【徐參眉】吊古思今，無不同調。這九嶷山下竹，【羅眉】嶷，音疑。共②香羅衫袖口——③【田補眉】言琴及詩，似屬請客。斑管亦多繁辭，以娥皇自比亦不倫。乃"玉簪"三語，殊簡俊。【湯沈眉】九嶷山下竹，是淚所染；香羅衫袖口，亦是淚所漬。故此處用一"共"字。而下隨繼云："都一般啼痕溼透。"方得其趣。【魏眉】寄物都是寄人去，妙盡。【徐畫夾】【田夾】帶過下文。【驥夾】【延夾】逐，叶直由反。竹，叶帚。

【青哥兒】都一般啼痕④溼透。【秀眉】溼，音因。似這等淚斑宛然依舊⑤，【繼眉】劉夢得樂府："斑竹枝，斑竹枝，淚痕點點寄相思。楚客欲聽瑤瑟怨，瀟湘深夜月明時。"【虎眉】今本或無"似這等"三字，却與"都一般"不稱。【張眉】俗少"并"字。借用【仙呂】。【封眉】非謬，時本誤作"依舊"。萬古情緣⑥一樣愁。【徐畫旁】【田旁】凑。【羅眉】溼，音因。愁，音篘。【湯沈眉】萬古情緣，蓋根上娥皇之淚，而煞之曰"一樣愁"

---

① 因：毛本作"爲"。
② 共：羅本作"搵"。
③ 羅本此處多"則知搵香羅衫袖口"。
④ 啼痕：弘本、範本、龍本、羅本、繼本、容本、起本、徐畫本、徐音本、徐參本、虎本、何本、陳本、秀本、硃本、天李本、六幻本、湯本、湯沈本、三合本、魏本、峒本、封本作"啼痕啼痕"。
⑤ 似這等淚斑：淚斑，弘本、容本、起本、虎本、何本、陳本、秀本、硃本、天李本、六幻本、湯本、湯沈本、封本作"淚斑淚斑"，範本、龍本、繼本、屠本作"淚斑斑"，羅本作"淚斑斑宛然"。徐畫本、徐音本、三合本作"淚斑淚斑"，徐參本、魏本、峒本作"似這般淚斑淚斑"，驥本、延本作"淚斑"，張本作"并淚斑"。宛然依舊：封本作"宛然非謬"，毛本作"依舊"。
⑥ 萬古情緣：羅本作"萬古情牽都則是"，徐畫本、徐音本、驥本、延本、張本、三合本作"萬種情緣"。

也。**涕泪交流**①，**怨慕難收**。② 對學士叮嚀③説緣由，【羅眉】學，音效。叮，音丁。嚀，音寧。由，音憂。**是必**④【湯沈旁】徐本無"是必"二字。**休忘舊**。【容眉】【徐畫珠眉】【硃眉】【湯眉】物去人亦去矣。【陳眉】總是這句着力。【封眉】"休忘舊"上時本多"是必"二字。【毛夾】贈物寓詞，昉于漢秦嘉、徐淑，然元稹本記亦原有贈貽一段，故董詞與此皆用之。"九嶷山下竹"諸語，尚出董詞。他若是和衣卧，單指卧時因衣而想，至卧料其不忍卸也。但粘着皮肉，則又不止卧時矣。裹肚，本概前後左右然，故折作三層説，此以絮見妙。繫在心頭，以繫結在心也。趁逐，猶追隨，《蘇小卿》劇"馮員外怕人相趁逐"。此指聯詩説，因琴及詩是因主及客法，以聯詩、聽琴，從前二大關目也。董詞亦有"瑶琴是你咱撫，夜間曾挑鬥奴"語。撇人腦背後，猶言撩在一邊也，北凡言僻處皆稱"腦背後"，如《李逵負荊》劇"把煩惱都丢在腦背後"，此以"腦"字關説耳。娥皇虞舜，總比夫婦，然亦用董詞"當日湘妃別姚虞"諸語。"這九嶷山下竹"起至曲末，又因泪斑將衫袖與湘管比觀，以見不可忘舊。總有意爲長短參錯，以示章法。"丁寧"二語，亦雜用董詞"一件件對他分付，并休把文君不顧"諸語。參釋曰：怨慕難收，似用《孟子》。"怨慕也"句，指舜皇事。又參曰：元詞亦有"怎肯孤負了有疼熱的惜花心，生疏了没包彈的畫眉手"，與"生疏了弦上手"語同。

（旦云）⑤琴童⑥，這東西收拾好者⑦。（僕云）理會得。⑧

---

① 涕泪交流：羅本作"好教我兩泪交流"。
② 封本此處多"紅娘，喚琴童過來。（紅喚童入科，鶯云）琴童"。
③ 叮嚀：繼本、驥本、延本、六幻本、三合本、毛本作"丁寧"。
④ 是必：羅本作"教他是必要"，徐畫本、徐音本、驥本、延本、三合本、封本無。
⑤ （旦云）：封本作"（紅交書物與童科）（鶯云）"。
⑥ 琴童：封本作"你將書與這東西"，弘本、羅本、繼本、容本、起本、徐參本、虎本、何本、陳本、秀本、硃本、天李本、六幻本、湯本、湯沈本、魏本無。
⑦ 這東西收拾好者：收拾，驥本、延本作"收拾得"。屠本作"途路中須要用意者"，封本作"用心收拾好者"。
⑧ （僕云）理會得：屠本無。範本、龍本、徐畫本、徐音本、三合本此句後多"（鶯云）你且聽我道"。

【醋葫蘆】（旦唱）①你逐宵野店上②宿，休將包袱③做枕頭，【徐畫旁】既然中了，豈無枕頭被者？怕油脂膩展污了恐難酬④。【羅眉】逐，音書。宿，音秀。袱，音伏。頭，音偷。膩，音二。倘或水浸【湯沈旁】一作"侵"。雨濕休便扭⑤，【繼眉】侵，今本作"浸"。【虎眉】浸，一作"侵"，似勝。我則怕乾時節熨不開褶皺⑥。【範眉】【秀眉】繾綣馳戀之思，疊生錯出。【繼眉】褶，音蝶。一樁樁一件件細⑦收留。【羅眉】乾，音干。樁，音莊。【容眉】【砅眉】【湯眉】【三合眉】【魏眉】不是愛那東西。【徐畫眉】【田眉】【延眉】真率。【徐音眉】是極真率語，亦極細密語。【徐參眉】珍重物，正所以珍重人。【田補眉】亦鍥鑿。【陳眉】諄諄叮嚀，有深味。【秀眉】樁，音妝。【張眉】褶，訛"濕"，非。細，訛"自"，非。【湯沈眉】真率語。【峒眉】諄諄叮嚀，有味。【三合夾】稠，音酬。【毛夾】總囑精細，與下折"傾倒藤箱子"一曲，工力悉敵。元詞本色率如此。怕油脂污了急難酬，諸本"急"作"恐"，字形之誤。或遂以"怕""恐"字復，刪去"怕"字，則展轉訛誤矣。酬，作回謝解，猶云"賠"也。水侵，俗作"水浸"，亦字形之誤。此字調宜平聲，且"侵"是水入，"浸"是入水，大關文

---

① （旦唱）：弘本作"（旦囑付琴童）"。
② 野店上：範本、龍本、羅本、屠本、徐參本、魏本、峒本作"在野店上"，張本作"野店"。
③ 休將：徐畫本、徐音本、驥本、延本、三合本、毛本作"休教"。包袱：範本、龍本、屠本、徐參本、魏本、峒本作"包袱兒"，羅本作"這包袱兒"。
④ 怕油脂膩：怕，六幻本無。徐畫本、徐音本、張本、三合本、毛本作"怕油脂"，驥本、延本作"油脂"。恐：毛本作"急"。酬：屠本作"收"，徐畫本、徐音本、張本、三合本作"稠"。
⑤ 水浸雨濕：徐畫本、徐音本、三合本作"雨濕着"，繼本、驥本、延本、六幻本、毛本作"水侵雨濕"。休便扭：羅本作"休便要扭"。
⑥ 我則怕：張本作"則怕"。褶皺：徐畫本、徐音本、三合本作"濕皺"。
⑦ 一件件：張本作"件件"。細：羅本、繼本、屠本、容本、起本、徐參本、虎本、何本、陳本、秀本、砅本、天李本、六幻本、湯本、湯沈本、魏本、峒本、封本作"仔細"，徐畫本、徐音本、驥本、延本、三合本作"自"。

理。一椿椿，指囑語；一件件，指寄物。然一氣下七字句，勿斷。參釋曰：總囑似單重衣服，下折【耍孩兒】曲同此。

【金菊花】①書封雁足此時修，【羅眉】足，音莘。情繫人心早晚休？長安望來天際頭，【羅眉】頭，音偸。倚遍西樓，人不見，水空流。【謝眉】牽引之意，于此發見。【徐畫眉】好！【徐參眉】【魏眉】【峒眉】不盡餘韵。【田補眉】"人不見"句，秦少游詞。【湯沈眉】末語用秦少游詞句。【毛夾】"書封"二語，對仗精確。早晚，猶言多早晚，即幾時也。"長安望來"三句，非更倚樓也，正緊承"幾時休"來，追往事耳。言西樓倚遍矣，人何在耶？此用董詞"望野橋西畔，小旗沽酒，是長安路"，并"地裏又遠關山阻"諸句。參釋曰：舊解"人不至"則盼望情絶，故云"早晚休"，如此則"長安望來"又不接矣。"人不見，水空流"，見秦少游詞。

（僕云）小人拜辭，即便去也。②（旦云）琴童，你見官人對他說。③（僕云）說甚麼④？

【浪裏來煞】⑤【封眉】陶久成論曲：【商調】中是【浪來裏煞】。（旦唱）他那裏爲我愁，【羅眉】爲，未聲。愁，音簉。我這裏因他瘦。

---

① 【金菊花】：秀本、六幻本、毛本作"【金菊香】"。
② （僕云）小人拜辭，即便去也：拜辭，羅本、容本、起本、徐參本、虎本、何本、陳本、秀本、硃本、天李本、六幻本、湯本、湯沈本、魏本、峒本作"拜領回書"，徐畫本、徐音本、張本、三合本作"拜辭了夫人"。驥本、延本作"（僕云）則今日拜辭了夫人，便索回去"，毛本同，但"便索"作"即便"。封本無。
③ （旦云）琴童，你見官人對他說：見，羅本、容本、起本、徐畫本、徐音本、徐參本、虎本、何本、陳本、秀本、硃本、張本、天李本、六幻本、湯本、湯沈本、三合本、魏本、峒本作"去見"。屠本作"（旦云）琴童，你回去見了官人，只道我說來"，驥本、延本作"（旦云）琴童，你到京師，見俺官人時，你說"，封本作"你見官人說"，毛本作"（旦兒云）你回去見官人呵，你說"。
④ （僕云）說甚麼：說，張本作"又說"。羅本、屠本、容本、起本、徐參本、虎本、何本、硃本、天李本、湯本、魏本、峒本、封本無。
⑤ 【浪裏來煞】：封本作"【浪來裏煞】"。

臨行時啜賺【湯沈旁】哄弄之意。人的①巧舌頭：【徐畫眉】【田眉】啜賺，哄弄之謂。指歸期約定②九月九，【羅眉】行，音興。啜，音拙。賺，音綻。頭，音偷。約，音要。不覺的過了小春③時候。【陳眉】【硃眉】度日如年。到如今悔教夫婿覓封侯。【容旁】【湯旁】妙！【範眉】【秀眉】觀此詞，安得少艾之慕奪于慕君，人由情欲中來，固自不可磨滅。【羅眉】到，音倒。【繼眉】"悔教夫婿覓封侯"，王昌齡詩。【起眉】李曰：不肯認一喜字，却"悔教夫婿覓封侯"，正得這輩人賣弄情態。【徐音眉】妙，妙！婦人女子情話畢至矣。【徐參眉】這也由你肯不得。【張眉】九月九在去年暮春，正今年放榜後，時節纔相照應。訛"小春"，非。末句多二字。【三合眉】你何曾教他去？【峒眉】此話亦可對琴童說麼？可不是一家兒。【驥夾】【延夾】掇，古作"啜"。【毛夾】啜，音底活反。【毛夾】此以病與怨期二意囑付作結，與前"添些證候""話不應口"二意照應。首二句一斷，言病也。啜賺，誆騙也，如《殺狗》劇"啜賺俺潑家私"。王本改"掇賺"，反謂"啜賺"無據，妄矣。古詞之不可改，類如此。"啜賺"句另起，一氣至末，言怨期也。約定九月九而過小春者，猶詩云"五日為期，六日不詹"也，猶俗言"約清明而過穀雨"也。此是方語、現成語。而或又訾云"秋後送別，豈約歸期在重九之理"？則請問此時已是次年，暮春而尚稱為"小春時候"，此何故也？嗟乎！蔡中郎已贅牛府，而強解事者必欲打算其何日問聘、何日贅合，古詞之遭不幸，一至此乎？參釋曰：【煞曲】俱擬致生語，妙在全不及得官一句，且結出"悔"字，若反以得官為恨者，一何俊也。董詞諸曲原如此。悔教夫婿覓封侯，見王昌齡詩。又參曰：啜，元詞音掇，與字書音輟不同，說見第四折。

---

① 臨行時啜賺人的：啜賺人的，徐畫本、徐音本、三合本作"啜賺我"，驥本、延本作"掇賺我"。張本作"臨行啜賺"。
② 約定：羅本作"約定在"。
③ 不覺的過了小春：過了，範本、龍本作"已過了"，羅本無；小春，徐畫本、徐音本、三合本作"小春的"。驥本、延本作"已過了小春"，張本作"已過了暮春"。

（僕云）得了回書，星夜回俺哥哥話去。（下）①【凌眉】如此煞尾詞，豈嫩筆所辨？從來世眼皆取濃麗，不識當行，故"珠簾掩映"等句便爲絶倒，而此等法皆抹殺矣。

【容尾】【湯尾】總批：寄物都是寄人，妙，妙！【徐音批】看書處摹盡喜憂情，回書處訴盡相思味。一轉一折，步步生情。妙，妙！【陳尾批】看書處摹盡喜憂情，回書處訴盡相思味。一轉一拐，步步生情。【硃尾】寄物都是寄人去。妙，妙。【三合尾】湯若士總評：愁怨動人！李卓吾總評：寄物都是寄人去。徐文長總評：太倉大王首可此套，此雖不及前四折，以後當以此套爲最！【魏尾】總批：看書處摹盡喜憂情，回書處訴盡相思味。一轉一拐，步步生情。妙！妙！【峒批】看書處，摹盡喜憂情；回書處，訴盡相思味。一轉一摺，步步生情。

【驥尾】附注一十三條

【賞花時】紅雨，謂落花也。李賀詩："桃花亂落如紅雨。"忽驚半載，諸本作"別離半載"，與上句重，誤。

【集賢賓】雖離了這眼前，謂下文之愁悶，非謂人也。直至"心上有"，作一句讀，襯七字。首三句，大略以眼前、心上、眉頭之愁悶，錯綜成文耳。（元詞："忽的眼前無，依然心上有。"）不甫能，猶云未會得也。李易安詞："此情無計可消除，纔下眉頭，又上心頭。"范希文詞："都來此事，眉間心上，無計相回避。"隱隱，古本作"穩穩"，入曲語，殊不雅。

---

① （僕云）得了回書，星夜回俺哥哥話去。（下）：得了回書，驥本、延本作"將回書"，硃本作"得了書"；星夜回俺哥哥話去，徐畫本、徐音本、張本、三合本作"星夜回話去"，硃本作"速回哥哥話去"，六幻本作"星夜回相公話去"，毛本作"星夜回哥哥去"，秀本作"即便回哥哥話去"，弘本、羅本、繼本、容本、起本、徐參本、虎本、何本、陳本、天李本、湯本、湯沈本、魏本、峒本、封本無"俺"字。範本、龍本、屠本無。羅本此句後多"正名：小琴童傳捷報，崔鶯鶯寄汗衫。鄭伯常干捨命，張君瑞慶團圓"。

【逍遥樂】陡，猶俗言陵陡之意。李景詞："手捲真珠上玉鈎。"王和甫詞："憑高不見，芳草連天遠。"欲忘憂而上妝樓，所見如此，又增其憂也。

【挂金索】俊詞也。惜下二語不對。李易安詞："簾捲西風，人似黃花瘦。"

【金菊香】前賓白謂生："此一行，得官不得官，疾早便回來。"今却書至而人不至，故曰"說來的話兒不應口"也。徐云：無語低頭，只尋常扯湊，自他人旁觀而狀之則可，不應鶯之自稱。"書在手，泪盈眸"一句下，勿斷，"手"字，元不作韻。

【醋葫蘆】古本"泪點兒固自有"，猶言"元自有"也。詞隱生欲作"兀自"，固、兀聲相近，北人元無正音也。秦少游詞："新啼痕間舊啼痕。"（白）徐云：二書皆劣，詩亦多惡。睹《會真記》中，崔與張書何等秀雅悲感，而可如此草草耶？

【幺】擁，手擁也，以手扶擁人也。言宴之醉而人扶擁之也。"跳東墙"二句，即連用"誰承望"三字，然元不相對。唐王保定《摭言》，載劉虛白與太平裴公早同研席，及公主文，虛白猶舉進士，簾前獻詩曰："二十年前此夜中，一般燈燭一般風。不知歲月能多少，猶着麻衣待至公。"至公樓，猶今言"至公堂"，元詞亦常用此語。崔蓋誇己識人，故曰晚妝樓今可改做至公堂矣。

【梧葉兒】董本鶯鶯寄生，有衣一襲、瑤琴一張、玉簪一枝、斑管一枚及白羅褲、汗衫、裹肚、綿襪、藍直繫【驪眉】疑即所謂衣一襲者。、絨縧、青衫、瑗兒諸物。瑗，音院，佩絞也。每物俱有囑付之詞，然不如此詞爲俊。

【後庭花】趁逐，追隨之謂。（《蘇小卿》劇："馮員外怕人相趁逐。"）撇人腦背後，俊語也。簪管，琴。董疊字《玉臺》三曲，俱繁而率。此言琴而及詩，似屬請客，斑管亦多繁辭；以娥皇自比，亦不倫。不如"玉簪"三語爲簡而俊。（元詞有"怎肯孤負了有疼熱的惜花心，生疏了沒褒彈的畫眉手"。）更勝。

【青哥兒】"都一般啼痕湮透"二句，屬上曲。"萬古情緣"以下，又總囑付之也。

【醋葫蘆】油脂展污恐難酬，言展污則難以酬贈人也。大都此曲俱傷鏤鑿。

侵，舊訛作"浸"，"水侵雨濕便扭"等，皆不成語。"油脂"上元有"怕"字，與下"恐"字礙，今去之。

【金菊香】前此常望其歸，今既不至，故但修書爲寄，而盼望其來歸之情，牽繫人心者，早晚且休也。"倚遍西樓"與前"獨上妝樓"犯重，"人不見，水空流"，用秦少游詞句。

【浪裏來煞】掇賺，哄人也。古本作"啜賺"，無據，姑從今本。王昌齡詩："忽見陌頭楊柳色，悔教夫婿覓封侯。"

【六幻本】五劇箋疑

楔子

紅雨紛紛點綠苔：唐詩："桃花亂落如紅雨。"點，一作"滿"。

恰離了半載：一作"別離半載"，一作"相違了半載"。

續之一　泥金報捷

雖離了這眼前悶：一作"雖離了我眼前"句。悶，自屬下句；雖，一作"自"。

不甫能：未曾得也。

又早在眉頭：一作"又早眉頭"，無"在"字。

忘了依然還又：一本"了"下有"時"字。

惡思量：惡，一作"啞"。

太行山隱：隱隱，一作"穩穩"。

天塹：《陳史》：孔範曰："長江天塹，虜豈能飛渡？"

何處忘憂：一本"何處"上有"你著我"三字。

手捲珠簾上玉鉤：上，一作"控"。

綫脫珍珠：脫，一作"斷"。

早是我因他去：一本"我"下有"只"字。

添些證候：一本"些"下有"兒"字。

開時和淚開：一本"時"下有"節"字，下句同。

多管是閣著筆尖兒，未寫泪先流：一本無"是"字，一本無"閣著"二字，一本"寫"下有"早"字。

泪點兒兀自有：兀，一作"猶"。

我將這新痕：一本無"將"字。

正是一重愁：一作"這的是一重愁"。

今日呵在瓊林宴上搊：宋太宗太平興國八年，宋郊等及第，賜宴始就瓊林苑，遂爲制。一本無"呵"字，一本無"在"字，一本呵、在二字作"向"。搊，音義收切，以手攪人也。

怎想道惜花心：怎想道，一本亦作"誰承望"。

包藏著錦綉：一本無"著"字。

至公樓：即今言至公堂，元詞嘗用。鶯自誇識人才也。至，一作"志"。

但貼著他皮肉：貼，一作"黏"，一本無"著他"二字。皮，一作"肌"。

長不離了前後：一作"長則不要離了前後"。

守著他左右：一本無"他"字。

拘管他：一作"收管的他"。

當時五言詩緊趁逐：時，一作"日"。逐，直六切。

後來七弦琴：一本"來"下有"因"字。

則怕他撇人：一無"他"字。

娥皇：《湘川記》：娥皇、女英，舜之二妃。舜南巡，殂于蒼梧之野。二妃追之，至于洞庭，淚下染竹，竹爲之斑。死爲湘水神。

九嶷山下竹：在道州營道縣北，山有九峰，行者難辨，故曰九嶷。竹，音冃。

啼痕啼痕：一本不疊。

似這等淚斑淚斑：一無"似這等"三字，一本"淚斑"二字不疊。

萬古情緣一樣愁：古，一作"種"。

是必休忘舊：一無"是必"二字。

休將包袱：將，一作"教"。

油脂膩：一本"油"上有"怕"字，一本無"膩"字。

水侵雨濕：一本"侵"作"浸"，一作"雨濕著"。

熨不開摺皺：摺，一作"顯"。

仔細收留：一作"自收留"。

書封雁足：足，上聲。

啜賺人的巧舌頭：啜賺，哄弄也。人的，一作"我"。

不覺的過了小春時候：一本"已過了小春的時候"。

【會注】

【弘注】【範注】紅雨：出《詩學》。李賀字長吉，詩曰："桃花亂落如紅雨。"

【弘注】太行山故事詳見第二折【離亭宴拍煞】下。【羅注】太行山：唐狄仁杰授并州法曹，親在河陽。【羅眉】行，音杭。仁杰登太行山，反顧見白雲孤飛，謂左右曰："吾親舍在其下。"瞻望久之，雲散乃去。【起注】【陳注】【硃注】【湯注】【魏注】【峒注】太行山：唐狄仁杰登太行山，反顧見白雲孤飛，謂左右曰："吾親舍在其下。"瞻望久之。【徐音注】太行山：狄仁杰登此山，望雲思親。

【弘注】天塹：出《詩學》，又《群玉》。長江天塹，古以爲限。塹，坑阱也。言江河如天生之塹坑也，故云天塹。【範注】天塹：出《詩學》。長江天塹，古爲浪。塹，坑阱也。言江河如天生之塹坑，曰故云天塹。【羅注】【秀注】天塹：魏文帝欲伐吳，孔範曰："長江天塹，豈能飛渡？"言江河如天生之坑阱也。【起注】【陳注】【硃注】【湯注】【魏注】【峒注】天塹：長江天塹，古爲限。塹，坑阱也。言江河如天生之塹坑（陳本、硃本、湯本、魏本、峒本作"也"）。【徐音注】天塹：塹，坑阱也。江河如天生之塹。【徐參注】天塹：長江天塹，言江河天生之塹也。

【弘注】【範注】瓊林宴：出《書言》。宋太平（範本作"祖"）興國八年，宋郊等并賜（範本無）及第，賜宴始就瓊林宴，遂爲制。【起注】【湯注】瓊林宴：宋太宗（湯本作"祖"）興國八年，宋郊等并及第，賜宴始就瓊林（湯本此後多"宴"），遂爲制。【徐音注】瓊林宴：宋郊及第，太宗賜宴瓊林，遂爲例。【陳注】【硃注】【魏注】【峒注】瓊林宴：宋太祖（魏本、峒本作"宗"）興國八年，宋郊等并及第，賜宴瓊林，遂爲制（魏本、峒本作"例"）。

【弘注】【範注】【羅注】鰲頭：出《列子集》（羅本無"出《列子集》"），

又（羅本無）《列陽（列陽，範本、羅本作"劉湯"）問》。渤海之東，六（範本、羅本作"大"）壑中有五山，一岱輿，二圓嶠，三方壺，四瀛洲，五蓬萊。臺觀皆金玉，所居之人，皆仙聖之種。五山之根無連屬，常隨波上下往來，不得暫時停息。帝恐流（羅本作"滾"）于西極，使巨鰲十五，舉首而戴之，迭爲三番，六萬歲一交焉，五山如時（羅本作"峙"）而不動。故進士文魁（文魁，範本、羅本作"及第"），謂之"占鰲頭"，文章所稱（範本、羅本無"文章所稱"）。【起注】【陳注】【硃注】【湯注】【魏注】【峒注】鰲頭：渤海之東大壑中有五山，一黛輿，二圓嶠，三方壺，四瀛洲，五蓬萊。五山根無連屬，常隨波上下。帝恐流于西極，使巨鰲十五，舉首而戴之，迭爲三番，六萬歲一交焉。五山始峙而不動。故進士及第，謂（硃本此處多"之"）"占鰲頭"。【徐音注】鰲頭：渤海之東大壑中有五山，曰岱輿，圓嶠，方壺，瀛洲，蓬萊。五山無根，隨波上下。帝恐流于西極，使巨鰲十五，舉首戴之，六萬年一換。故登及第，謂之"占鰲頭"。【徐參注】鰲頭：鰲魚能戴山，今進士及第曰"占鰲頭"。

【弘注】折桂故事詳見第三折【寄生草】下。

【弘注】【範注】【羅注】【秀注】汗衫：出（羅本、秀本無）《炙谷子》。燕朝袞冕有曰紗中單。漢王與項王（範本、羅本、秀本作"羽"）戰，汗透中單，改名汗衫。【起注】【陳注】【硃注】【湯注】汗衫：燕朝袞冕有白紗中單。漢王與項羽戰，汗透中單，改名汗衫。【徐音注】汗衫：漢王與項羽戰，汗透中單，因名汗衫。【徐參注】汗衫：中單也。漢王與項羽戰，汗透中單，改名汗衫。

【弘注】【範注】五言詩：出《氏族》，又（範本無"《氏族》，又"）《古今詩話》。蘇武、李陵俱爲侍中，武（範本無）使匈奴，其後武歸漢，（範本此處多"李"）陵置酒作詩送別，其辭曰（其辭曰，範本作"云"）："携手上河梁，游子暮何之？徘徊溪中側，恨恨不得辭。"武辭陵詩（範本此處多"曰"）："雙鳧俱北（範本作"比"）飛，一鳧獨南翔。子今留斯館，我今歸故鄉。"五言詩自蘇武、李陵（蘇武、李陵，範本作"武、陵"）始也。【起

注】【陳注】【湯注】【魏注】【峒注】五言詩：蘇武、李陵俱（陳本此處後多"爲侍中"）使匈奴，蘇武歸漢，李陵置酒作詩送別云："携手上河梁，游子暮何之？徘徊溪中側，恨恨不得辭。"武辭陵云（陳本作"詩曰"）："雙鳧俱北飛，一鳧獨南翔。子今留斯館，我今歸故鄉。"五言詩自武始（陳本、湯本、魏本、峒本作"陵始也"）。【硃注】五言詩：蘇武、李陵作始也。

【弘注】七弦琴：出《氏族》《太古遺音》《史記》，出處不一。舜彈五弦之琴，歌《南風》之詩而天下治。文、武王加二弦，象七星。伏羲作琴以修身理性，反其天真也。琴者，禁也，以正人心也。《琴操》曰："琴長三尺六寸六分，象三百六十六日。廣六寸，象六合。上曰池，下曰濱。前廣後狹，象尊卑也。上圓下方，法天地也。五弦象五行，大弦爲君，小弦爲臣，文武又加二弦，以合君臣之意。"【範注】【羅注】【秀注】七弦琴：【羅眉】弦，音賢。出《氏族》（羅本、秀本無"出《氏族》"）、《太古遺音》《史記》，出處不一。伏羲作琴，【秀眉】羲，音希。以修身理性，舜彈五弦琴，歌《南風》之詩而天下治。五弦象（羅本、秀本作"按"）五行也，文武王（羅本、秀本無）加二弦，象七星，以合君臣之義。（羅本、秀本此處多"中正之體"）大弦爲君，小弦爲臣，因名七弦琴（羅本無）。【起注】【陳注】【硃注】【湯注】【魏注】【峒注】七弦琴：伏羲作琴，以修身理性，舜彈五弦琴，歌《南風》之詩而天下治。五弦象五行也，文武加二弦，象七星，以合君臣之義。大弦爲君，小弦爲臣，因名七弦琴。

【弘注】娥皇：出《湘川記》，又《博物志》。娥皇，堯之二女，舜之二妃也。舜南巡狩，崩于蒼梧之野，二妃追之至洞庭之山，淚下染竹，竹爲之斑。死爲湘水神。又號云湘妃竹。【範注】娥皇：出《湘川記》。娥皇，堯之二女也，妻舜。舜南巡狩，崩于蒼梧之野，二妃追之至洞庭之山，淚下染竹，竹爲之斑，死爲湘水神，即今斑竹是也，又云湘妃竹。【羅注】【秀注】娥皇：《湘川記》：娥皇、女英，堯之二女也。以之妻舜，舜南巡狩，崩于蒼梧之野。二女追之至洞庭之山，淚下染竹，竹爲之斑，死焉。湘水神，即今斑竹是也，又名湘妃竹。【起注】【陳注】【湯注】【魏注】【峒注】娥皇：堯二女也，舜妻。

舜南巡狩，崩于蒼梧之野，二妃追之（陳本、湯本、魏本、峒本作"至"）洞庭山，泪下染竹，竹爲之斑，死爲湘江神，即今斑竹、湘妃竹。【徐音注】娥皇：堯女娥皇、女英，妻于舜。舜南巡狩，崩于蒼梧之野，二妃追至洞庭，泪下染竹，竹爲之班。死爲湘江神，即今班竹，謂湘妃竹也。【硃注】娥皇：堯二女也，舜妻。舜崩蒼梧，二妃泪下染竹，竹爲之斑，死爲湘江神，即今斑竹、湘妃竹。

【弘注】【範注】【羅注】虞舜：出《通鑒》（羅本無"出《通鑒》"）。虞有天下之號，義善傳聖日舜，故云（羅本作"曰"）虞舜。

【弘注】九疑山：故事出《群書備數》。九疑山，今道州營道縣北。九山相似，行者難辨疑惑，故曰九疑。朱明峰、石城峰、石樓峰、娥皇峰、舜源峰、女英峰、蕭韶峰、桂林峰、梓林峰。【範注】九疑山：在今道州營道縣北，山有九峰相似，行者難辨疑惑，故曰九疑。名曰朱明峰、石城峰、石婁峰、娥皇峰、舜源峰、女英峰、蕭韶峰、桂林峰、梓林峰。【羅注】九嶷山：在今道州寧遠縣北。【羅眉】嶷，音疑。山有九峰，周回百餘里。其形相似，行者難辨，多所疑惑，故名九嶷。其一曰蕭韶，二曰女英，三曰石城，四曰娥皇，五曰朱明，六曰桂林，七曰華蓋，八曰巴林，九曰石樓。【起注】【陳注】【硃注】【湯注】【峒注】九嶷山：在今道州營道縣北，山有九峰，名曰朱明峰、石城峰、石婁峰、娥皇峰、舜源峰、女英峰、蕭韶峰、桂林峰、梓林峰。（硃本此處多"此九峰也"。）【徐音注】九嶷山：今屬道州，山有九峰相似，故名九嶷。【徐參注】九嶷山：在今道中營道縣北，山有九峰曰九嶷。【秀注】九嶷山：【秀眉】嶷，音疑。在今道中寧遠縣北。山有九峰，周回百餘里。其形相似，行者難辨，多所疑惑，故名九嶷山。【魏注】九嶷山：在今道州營道縣北，山有九峰相似，故名九嶷山。

【弘注】小春：出《陰陽節要》，又《歲時記》。十月天時和暖似春，故名曰小春。【範注】小春：出《陰陽節要》。十月天氣和暖似春，故云小陽春。

【弘注】覓封侯：出《百將傳》。班超，字仲昇，有大志，不修小節。家貧，爲官傭書養母，投筆嘆曰："大丈夫當傚傅介子、張騫，立功異域，以取封侯。安能久事筆硯乎?"左右笑之。超曰:"小子安知壯士之志哉?"有相者曰:"虎頭燕頷,飛而食肉,萬里侯相也。"出征西域,安集五千餘國,封定遠侯。【範注】覓封侯:出《百將傳》。班超,字仲昇,有大志,不修小節。家貧,爲官傭書養母,投筆嘆曰:"大丈夫當傚傅介子,安能久事筆硯乎。"左右笑之。超曰:"小子安知壯士之志哉?"出征西域,安五十餘國,封定遠侯。【羅注】覓封侯:《百將傳》:漢班超有大志,不修小節,家貧爲傭,書屯田册以養母。一日投筆嘆曰:"大丈夫當傅介子,斬樓蘭以立功異域而覓封侯,安能久事筆硯乎?"左右笑之,超曰:"小子安知壯士之志哉?"出征西域,安五十餘國,封定遠侯。【起注】【陳注】【硃注】【湯注】【魏注】【峒注】覓封侯:漢班超有大志,家貧,傭書于任校尉(魏本此後多"家"),因細忿,遂投筆而出使西域,立降五十餘國。後(硃本無)官封定遠侯。【徐音注】覓封侯:漢班超使西域,降五十餘國,封定遠侯。唐詩云:"悔教夫婿覓封侯。"【徐參注】覓封侯:班超投筆爲假司馬,服西域而封侯。【秀注】覓封侯:漢班超有大志,不修小節。家貧爲傭,書屯田册以養母。一日投筆嘆曰:"大丈夫當傅介子,斬樓蘭以立功異域而覓封侯,安能久事筆硯乎。"左右笑之。超曰:"小子安知壯士之志哉?"出征西域,安五十餘國,封定遠侯。

【起注】字音

倏,音束。行,音杭。塹,音漸。鶼,音兼。饕,音滔。擷,楚鳩反。膩,尼,去聲。嶷,音疑。啜,音拙。賺,音綻。

【徐音注】字音

倏,束。行,杭。塹,漸。鶼,兼。饕,叨。擷,楚鳩反。膩,尼,去聲。啜,拙。賺,綻。袱,伏。

【徐參注】字音

倏音束,忽然。塹,音漸。鶼,音兼,比翼鳥。饕,音滔,貪饕。嶷,音宜。啜,音拙。賺,音站。

【陳注】

倏,束。塹,漸。鶼,兼。饕,滔。擷,楚鳩反。膩,尼,去聲。嶷,疑。啜，拙。賺，綻。袱，伏。

【硃注】

倏，叔。行，杭。塹，漸。鶼，兼。饕，滔。擻，楚鳩反。膩，尼，去聲。嶷，疑。啜，拙。賺，站。袱，伏。

【湯注】【魏注】【峒注】字音

倏，束。行，杭。塹，漸。鶼，兼。饕，滔。擻，楚鳩反。膩，尼，去聲。嶷，疑。啜，拙。賺，綻。袱，伏。

第二折①

（末上云）畫虎未成君莫笑，安排牙爪始驚人。②【羅眉】爪，音抓。本是舉過便除③，奉聖旨④，着翰林院編修國史⑤。他每那知我的心⑥，甚麽文章做得成⑦！【三合眉】做得文章成的，也不是人。使琴

---

① 第二折：範本、龍本、繼本、容本、起本、徐音本、徐參本、虎本、陳本、秀本、硃本、湯本、湯沈本、魏本、峒本、封本作"第十八齣　尺素緘愁"。羅本作"第十八齣"，屠本作"第十九折"，何本作"緘愁"，徐畫本、三合本作"第二套　尺素緘愁"，驥本作"二套（今本第十八折）酬緘"，天李本作"尺素緘愁"，六幻本作"續之二　尺素緘愁"，毛本作"第十八折　寄衫"。
② 畫虎未成君莫笑，安排牙爪始驚人：範本、龍本作"桃蹊不作從容住，秋藕絕來無續處。當時無奈鳥聲哀，今日重尋芳草路。兩地共成悲切，一寸愁腸千萬結。分開燕侶鶯儔，目斷魚封雁帖"，驥本、延本、張本、毛本、潘本無。
③ 本是舉過便除：羅本、繼本、何本、六幻本、毛本此句前多"小生"。舉過，徐畫本、徐音本、三合本作"舉過的"。範本、龍本作"小生僥幸及第"，驥本、延本作"小生本是舉過的便除授"，張本作"小生滿望除授後便可出京"，湯沈本作"小生忝中頭甲，即便除授"，封本作"本是舉過便除，奉"。
④ 奉聖旨：容本、湯本作"奉○○"，何本作"奉聖恩"，張本作"不想奉聖旨"。範本、龍本、封本無。
⑤ 着翰林院編修國史：範本、龍本作"官授翰林編修之職"，驥本、延本、張本作"着在翰林編修國史"。
⑥ 他每那知我的心：弘本此句前多"多住兩月"。羅本、繼本、容本、起本、徐畫本、徐音本、徐參本、虎本、何本、陳本、秀本、硃本、天李本、六幻本、湯本、湯沈本、三合本、魏本、峒本、封本作"多住兩月，誰知我的心事"，驥本、延本作"因此多住兩月，他每那知道我的心"，張本作"誰知俺的心事"，毛本作"因此多住兩月，他每那知我的心事"，範本、龍本無。
⑦ 甚麽文章做得成：範本、龍本無。

童遞佳音①,不見回來②。這幾日睡臥不寧③,飲食少進④,【徐參眉】【陳眉】【硃眉】【峒眉】舊病又發了。【秀眉】書生眷戀之情,何思之切也。【魏眉】舊病又發。給假在驛亭中將息⑤。早間太醫院着人來看視⑥,下藥去了⑦。我這病,盧扁⑧也醫不得。自離了小姐,無一日心閑⑨也呵!【延眉】此後三枝甚切事情。以後三枝雖無甚警語,却鋪敘真樸,化俗語爲雅調,則時時有之。前曲艷情易動人,後題切事,其措詞更難于前也。世謂關漢卿續者,便甲乙次品之,予未敢信其品也。

【中呂】【粉蝶兒】從到京師,思量心旦夕如是⑩,向心

---

① 使琴童遞佳音:遞,弘本、羅本、繼本、容本、起本、徐畫本、徐音本、徐參本、虎本、何本、陳本、秀本、硃本、天李本、六幻本、湯本、湯沈本、三合本、魏本、峒本、封本、毛本作"遞送"。範本、龍本作"前日使琴童送的家書",驥本、延本作"使琴童去了",張本作"琴童去了"。
② 不見回來:不見,範本、龍本作"不見他",羅本、繼本、容本、起本、徐畫本、徐音本、徐參本、虎本、何本、陳本、硃本、張本、天李本、六幻本、湯本、湯沈本、三合本、魏本、峒本、封本、毛本作"又不見"。驥本、延本無。
③ 寧:張本、三合本作"安"。
④ 少進:徐音本、驥本、延本、張本、三合本作"無味"。
⑤ 給假在驛亭中將息:驛亭,徐畫本、徐音本、張本、三合本作"郵亭"。範本、龍本作"就搬在館驛中將息"。
⑥ 早間太醫院着人來看視:着人來看視,範本、龍本作"着醫人來看俺",容本、起本、徐參本、虎本、何本、陳本、秀本、硃本、天李本、六幻本、湯本、湯沈本、魏本、峒本、封本作"醫官來看視",徐畫本、徐音本、張本、三合本作"差醫士來看視",驥本、延本、毛本作"差醫士來診視脉息"。羅本、繼本作"早間太醫來看視"。
⑦ 下藥去了:弘本、範本、龍本作"下了藥去了",徐參本、魏本、峒本作"下藥去",驥本、延本作"說是七情傷感,這太醫明說着我證候。下了一貼藥去了",張本作"下藥"。
⑧ 盧扁:驥本、延本、張本句前多"便是盧扁"。繼本、容本、秀本、湯本、封本作"盧扁需",徐參本作"盧醫"。
⑨ 心閑:範本、龍本作"放得心下",驥本、延本作"放心得下",張本作"心寬",毛本作"放下"。
⑩ 心:徐參本作"起"。如是:封本作"如熾"。

頭橫倘着①俺那鶯兒。【容旁】【硃眉】【湯眉】妙！【羅眉】着，音照。請醫師②，【虎眉】坊本或作"請醫師"，不知下文正以"良"字爲眼目。看診罷，【秀眉】胗，音整。一星星説是③。【羅眉】診，音軫。一，音已。【田補眉】一星星説似，猶言説得着也。【陳眉】【峒眉】這樣好明醫。【封眉】如熾，時本誤作"如是"。醫士，時本誤作"醫師""良醫"，俱非。本意待④推辭，則被他⑤察虛實，【羅眉】則，入聲。不須看視⑥。【徐參眉】指下了了，真僞難瞞。【張眉】言醫説來，皆似是我之虛實，怎禁他早已看破，如何推辭得？訛"不須看"，非。第七句少二字。

【醉春風】他道是醫雜證⑦有方術，治相思無藥餌。【羅眉】術，音書。餌，音耳。鶯鶯⑧，你若是知我害相思⑨，我甘心兒死、死⑩。【容旁】【硃眉】【湯眉】妙，妙！【天李旁】感恩知己，不得作情緣會

---

① 橫倘着：範本、龍本、徐畫本、徐音本、驥本、延本、張本、三合本、毛本作"則是橫倘着"。
② 醫師：弘本、羅本、繼本、容本、起本、徐畫本、徐音本、徐參本、驥本、虎本、何本、陳本、秀本、硃本、延本、張本、天李本、湯本、三合本、魏本、峒本、毛本作"良醫"，封本作"醫士"。
③ 是：徐畫本、徐音本、驥本、延本、張本、六幻本、三合本、毛本作"似"。
④ 本意待：羅本作"本待"，徐畫本、徐音本、三合本作"其意"，驥本、延本、張本作"意待"。
⑤ 則被他：徐畫本、徐音本、驥本、延本、張本、三合本無。
⑥ 不須看視：張本作"怎禁窺視"。範本、龍本、何本此句後多"（生云）那醫人那知我就裏呵"。
⑦ 他道是：徐畫本、徐音本、驥本、延本、張本、三合本無。證：弘本作"病"。
⑧ 鶯鶯：弘本、範本、龍本、繼本、容本、起本、徐畫本、徐音本、徐參本、驥本、虎本、何本、陳本、秀本、硃本、延本、天李本、六幻本、湯本、湯沈本、三合本、魏本、峒本、封本、毛本作"鶯鶯呵"，張本作"小姐呵"。
⑨ 你若是知我害相思：羅本作"知我害相思"，徐畫本、徐音本、驥本、延本、三合本、毛本作"你還知道我害相思"，張本作"你若知俺害相思"。
⑩ 我甘心兒死、死：我，屠本、驥本、延本、張本無；死、死，範本、龍本、羅本、徐畫本作"爲你死"。徐音本、驥本、延本、張本、三合本作"爲你死、死"。

也。真處不可言喻。【羅眉】爲，去聲。【起眉】死死，一作"爲你死"，便不活潑了。【田補眉】兩"死"字係疊句，與前"早癢、癢""那冷、冷"一例。【虎眉】死死，一作"爲你死"，便不活潑了。【秀眉】"甘心兒死死"，合着"心兒裏癢癢"調，此名反關意。【凌眉】俗本作"爲你死"，少一"死"字，便失調矣。【張眉】言害相思，小姐未必知，果知，則死也不枉，"你若"字，正是覬幸意，訛"還"，非。【湯沈眉】兩"死"字係疊句，與前"早癢、癢""那冷、冷"一例，不容更着襯字也。一作"爲你死"，非但失調，且不活潑了。【三合眉】"死、死"二字妙言，一死不足以贖知己。**四海無家，一身客寄，半年將至。**【羅眉】客，音楷。【徐音眉】長房縮地，一咬咀好藥兒。【徐參眉】【魏眉】【峒眉】意越逼側，情越活潑。【驥夾】【延夾】術，叶繩朱反。【毛夾】向心頭橫儻着鶯兒，用董詞。説似，説與我也。此頂賓白"明説着我癥候"來。本意待推辭，言己欲推辭以諱其説，已早被識破矣。不須看視，與"看脈罷"似矛盾，但此云"不須"，言即不看視亦曉耳，況看視耶？所以他急道，此相思無療法也。"鶯鶯"下又轉，言雖是難療，若使鶯知此，則亦甘心耳。自起至此凡七轉，一轉一妙。"四海"三句，言今乃如此。甘心爲你相思死，與"四海無家，一身客寄"，俱出董詞。參釋曰：此與前折作對偶，俱用虛寫。蓋未合以前，則以傳書遞簡爲微情；既合以後，又以寄物緘書爲餘思。皆作者阿堵也。

（僕上云）我則道哥哥除了①，元來在驛亭中抱病②。須索回書

---

① 我則道哥哥除了：道，驥本、延本作"説"；除了，羅本、六幻本、湯沈本、魏本作"除了官職"，繼本、容本、起本、徐畫本、徐音本、徐參本、虎本、陳本、秀本、硃本、天李本、湯本、三合本、峒本、封本作"除了職"，驥本、延本、毛本作"除授了"。屠本作"我則道官人受了職"，張本作"俺回來問"。
② 元來在驛亭中抱病：亭，羅本、繼本、容本、起本、徐畫本、徐音本、徐參本、虎本、何本、陳本、秀本、硃本、天李本、六幻本、湯本、湯沈本、三合本、魏本、峒本、封本、毛本無。張本作"説官人在驛中抱病"。

去咱①。(見了科)(末云)②你回來了也③。【徐畫旁】回束的又不氣惱，有此一笑之來。【容夾】【硃眉】【湯眉】妙！

【迎仙客】疑怪這④噪花枝靈鵲兒，垂簾幕喜蛛兒，正應着短檠上夜來燈爆【湯沈旁】一作"爆"。時。⑤【謝眉】靈鵲、喜蛛，翻前案。【羅眉】鵲，音悄。着，音照。【徐參眉】必有兆報。【秀眉】一紙回音，三報兆應，异哉！【凌眉】爆，今本作"報"，不如"爆"字勝。《漢宮秋》劇"管喜信爆燈花"。末句一本作"淚珠兒滴濕了封皮上上字"，較此尤俊。【張眉】"疑怪"是白，口氣貫下，何等文情。于"檠上"加"正應着"，非。若不是斷腸詞，決定是⑥斷腸詩。【陳眉】俱有之。【魏眉】【峒眉】知心人，自猜得。(僕云)小夫人有書至此。(末接科)⑦寫時管情【凌旁】一作"雨"。淚如絲⑧。【起眉】【虎眉】"多管"句，今本"管情淚如

---

① 須索回書去咱：索，範本、龍本無；咱，屠本無。驥本、延本作"須索送回書去"，張本作"須索送回書去咱"。

② (末云)：羅本、繼本、容本、起本、徐畫本、徐音本、徐參本、虎本、何本、陳本、秀本、硃本、張本、天李本、六幻本、湯本、湯沈本、三合本、魏本、峒本、封本作"(生笑云)"。

③ 你回來了也：羅本、繼本、何本、六幻本此句前多作"琴童"。了，徐畫本、徐音本、三合本無。張本作"你回來也，是好應驗呵"。範本、龍本此句後多"(僕云)小人回來了"。

④ 疑怪這：徐畫本、徐音本、驥本、延本、張本、三合本作"疑怪"。

⑤ 正應着短檠上：着，徐畫本、三合本、毛本作"了"。張本作"檠上"。爆：屠本、六幻本、湯沈本作"報"。屠本、羅本、繼本此後多"小夫人有書在此。(生接科)"，六幻本此後多"(琴云)小夫人有書在此。(生接科)"。

⑥ 是：屠本、羅本、繼本、封本無。

⑦ 小夫人有書至此。(末接科)：至此，徐音本、徐參本、何本、秀本、硃本、三合本、峒本作"在此"。屠本、羅本、繼本、驥本、延本、張本、六幻本、毛本無。

⑧ 寫時管情淚如絲：寫時，弘本、範本、龍本、徐畫本、徐音本、延本、驥本、三合本作"寫時節"。屠本、羅本作"寫時節雨淚如絲"，繼本、容本、起本、徐參本、虎本、何本、秀本、硃本、天李本、湯本、封本作"寫時節多管淚如絲"，陳本、六幻本、湯沈本、魏本、峒本作"寫時節多管是淚如絲"，毛本作"寫時節管清淚如絲"。屠本此句後多"(童云)小夫人并不曾下淚"。

絲"，腐甚。既不呵①，怎生泪點兒②封皮上漬？【羅眉】雨，音玉。封，音裴。【田補眉】"血"字，避上"泪"字。【徐音眉】接書喜愁，兩地相似，故不禁言之凄凄如此。【封眉】即空主人曰：爆，今多作"報"，不如"爆"字勝。《漢宮秋》劇："管喜信爆燈花。"時本曲白多舛錯。【驥夾】【延夾】爆，今作"報"。泪，古作"血"。【毛夾】靈鵲、喜蛛、燈爆，皆元時得書襲語，然在所必有。故前折見紅白，此折入生曲，皆其故爲布置處。清泪如絲，應前折"修時和泪修"曲，但封書時，祇着"書封雁足此時修"一語，并不及泪，故此又補入。然祇一點便了，與前折纏綿又別。參釋曰"若不是"二語，是未接書時，擬議如此。

（末讀書科）"薄命妾崔氏拜覆③，敬奉才郎君瑞文幾④：自音容去後，不覺許時，仰敬之心，⑤未嘗少息。縱⑥云日近長安遠，何故

---

① 呵：徐畫本、徐音本、驥本、延本、張本、三合本、毛本作"沙"。
② 泪點兒：徐畫本、徐音本、三合本作"血點兒"。
③ 拜覆：容本、起本、徐畫本、徐音本、徐參本、虎本、何本、陳本、秀本、硃本、天李本、湯本、湯沈本、三合本、魏本、峒本、封本作"斂衽拜覆"。
④ 敬奉才郎君瑞文幾：敬奉，羅本、繼本、六幻本無。容本、起本、徐畫本、徐音本、徐參本、虎本、何本、陳本、秀本、硃本、天李本、湯本、湯沈本、三合本、魏本、峒本、封本作"君瑞才郎文几"，驥本、延本、毛本作"君瑞才郎吟几"，張本作"君瑞才郎"。
⑤ 自音容去後，不覺許時，仰敬之心：驥本、延本此句前多"伏自"。羅本、繼本、容本、起本、徐畫本、徐音本、徐參本、虎本、何本、陳本、硃本、張本、天李本、六幻本、湯本、湯沈本、三合本、魏本、峒本、封本、毛本作"別逾半載，奚啻三秋，思慕之心"，秀本同，但"之心"作"之情"。
⑥ 縱：羅本、繼本、容本、起本、徐畫本、徐音本、徐參本、虎本、何本、陳本、秀本、張本、天李本、六幻本、湯本、湯沈本、三合本、魏本、峒本、封本、毛本作"昔"。

鱗鴻之杳矣①？莫因花柳之心②，弃妾恩情之意③？正念間④，琴童至⑤，得見⑥翰墨，始知中科，使妾喜之如狂。【徐畫諸眉】才人之筆。郎之才望，亦不辱相國之家譜也。⑦今因琴童回⑧，無以奉貢⑨，聊有⑩瑤琴一張，玉簪一枚⑪，斑管一枝⑫，裹肚一條，【羅眉】裹，音

---

① 何故鱗鴻之杳矣：矣，屠本、驥本、延本作"然"。羅本、繼本、容本、起本、徐畫本、徐音本、徐參本、虎本、何本、陳本、秀本、碏本、張本、天李本、六幻本、湯本、湯沈本、三合本、魏本、峒本、封本、毛本無。

② 莫因花柳之心：花柳，範本、龍本、屠本作"花粉"；之心，驥本、延本無。羅本、繼本、容本、起本、徐畫本、徐音本、徐參本、虎本、何本、陳本、秀本、碏本、張本、天李本、六幻本、湯本、湯沈本、三合本、魏本、峒本、封本、毛本無。

③ 弃妾恩情之意：恩情，範本、龍本作"恩憐"，屠本作"恩愛"。羅本、繼本、容本、起本、徐畫本、徐音本、徐參本、虎本、何本、陳本、秀本、碏本、張本、天李本、六幻本、湯本、湯沈本、三合本、魏本、峒本、封本、毛本無。

④ 正念間：屠本作"念間"，羅本、繼本、容本、起本、徐參本、虎本、何本、陳本、秀本、碏本、天李本、六幻本、湯本、湯沈本、三合本、魏本、峒本、封本、毛本作"妾今始信斯言矣"，徐畫本同，但"斯言"作"始言"；徐音本同，但"斯言"作"此言"。張本作"妾今信斯言矣"。

⑤ 至：屠本作"適"。

⑥ 得見：驥本、延本作"得視"，張本作"接"。

⑦ "始知中科"至"亦不辱相國之家譜也"：相國，屠本作"先相國"。羅本、繼本、容本、起本、徐畫本、徐音本、徐參本、虎本、何本、陳本、秀本、碏本、天李本、六幻本、湯本、湯沈本、魏本、峒本、封本作"知君瑞置身青雲，且悉佳況，少慰離人沉思。有君如此，妾復何言"，三合本同，但"君瑞"作"君"；毛本同，但"君瑞"作"君已"。張本作"知君置身青雲，且悉佳況。得君如此，妾復何言"。

⑧ 今因琴童回：羅本、繼本、容本、起本、徐畫本、徐音本、徐參本、虎本、陳本、秀本、碏本、張本、天李本、六幻本、湯本、湯沈本、三合本、魏本、峒本、毛本作"琴童促回"。

⑨ 奉貢：弘本、屠本、驥本、延本作"爲貢"，羅本、繼本、容本、起本、徐畫本、徐音本、徐參本、虎本、何本、陳本、秀本、碏本、張本、天李本、六幻本、湯本、湯沈本、三合本、魏本、峒本、封本、毛本作"達意"。

⑩ 聊有：弘本、羅本作"聊布"，羅本、繼本、屠本、容本、起本、徐音本、徐參本、虎本、何本、陳本、秀本、碏本、張本、天李本、六幻本、湯本、湯沈本、三合本、魏本、峒本、封本、毛本作"聊具"，徐畫本作"聊"。

⑪ 枚：範本、龍本、張本作"枝"。

⑫ 枝：張本作"枚"。

果。汗衫一領，襪兒一雙①，權表妾之真誠②。【徐參眉】寄物統在一"詳"字。【陳眉】【硃眉】直書處無限情味。匆匆草字欠恭③，伏乞情恕不備④。謹依來韵，遂繼一絕云：⑤闌干倚遍盼才郎，莫戀宸京黃四娘。病裏得書知中甲⑥，窗前覽鏡試新妝。"【範眉】【龍眉】鶯鶯有答徵之書，文辭甚佳。何不節其略載之，而為此腐語也？【繼眉】鶯鶯書，坊本訛傳日甚，今依元本正之。【起眉】【虎眉】【秀眉】鶯鶯書元失真，而坊本訛傳日甚，今照舊木刪正，庶幾可觀。那風風流流的姐姐⑦！似這等女子⑧，

---

① 襪兒一雙：弘本、範本、龍本、屠本、驥本、延本作"襪兒一對"，羅本、繼本、容本、起本、徐畫本、張本、天李本、六幻本、湯本、湯沈本、三合本、魏本、峒本、封本、毛本作"絹襪一雙"。
② 權表妾之真誠：範本、龍本、屠本作"權表寸心"，羅本、繼本、容本、起本、徐畫本、徐音本、徐參本、虎本、何本、陳本、秀本、硃本、張本、天李本、六幻本、湯本、湯沈本、三合本、魏本、峒本、封本、毛本作"物雖微鄙，願君詳納"。
③ 匆匆草字欠恭：草，驥本、延本無。羅本、繼本、容本、起本、徐畫本、徐音本、徐參本、虎本、何本、陳本、秀本、硃本、張本、天李本、六幻本、湯本、湯沈本、三合本、魏本、峒本、封本、毛本作"春風多厲"。
④ 伏乞情恕不備：情恕，驥本、延本作"情照"。羅本、繼本、容本、起本、徐畫本、徐音本、徐參本、虎本、何本、陳本、秀本、硃本、張本、天李本、六幻本、湯本、湯沈本、三合本、魏本、峒本、封本、毛本作"千萬珍重，珍重千萬"，秀本作"千萬珍重"。
⑤ 謹依來韵，遂繼一絕云：羅本、繼本、容本、起本、徐畫本、徐音本、徐參本、虎本、何本、陳本、秀本、硃本、天李本、湯本、三合本、魏本、峒本、封本作"依來韵敬書一絕，統乞清照"，張本作"依來韵敬和一絕"，六幻本作"後依來韵，敬書一絕，就乞清照"，湯沈本作"謹依來韵，敬書一絕，統乞清照"，毛本作"後依來韵，敬書一絕，統乞清照。（念）"。弘本此句後多"詩曰"。
⑥ 病裏：範本、龍本作"病中"。知中甲：張本作"知及第"，毛本作"懷舊事"。
⑦ 那風風流流的姐姐：範本、龍本、繼本、徐畫本、徐音本、六幻本、湯濱本、三合本此句前多"我"。羅本作"我那風風流流的小姐"，驥本、延本作"我那風流小姐"，張本作"俺那風流的姐姐"。
⑧ 女子：弘本作"女"，範本、龍本、虎本作"女娘"，徐參本作"的女子"。

張珙死也死得着了。①【三合眉】不由你不死。【毛夾】杜詩："黃四娘家花滿溪。"後凡指狹斜，皆可稱黃四娘，猶晚唐人稱謝秋娘也。記中唱和傳遞詩，凡九首。參釋曰：懷舊事，俗改"知中甲"。即不對又不雅，可恨。

【上小樓】②這的③堪爲字史，當爲款識【湯沈旁】音志．，有柳骨顏筋，張旭張顛④，【田補眉】張旭即張顛，不若易"張芝"。【凌眉】張旭即張顛，王伯良改爲"張芝"，然此句不宜用韵。【張眉】識，去聲。張芝，俗作"張顛"，顛即旭，不應重出。【封眉】即空主人曰：張顛，王伯良改爲"張芝"。然此句不宜用韵。義之獻之⑤。【羅眉】觚，音斤。旭，音蓄。羲，音希。【容眉】【徐畫珠眉】【硃眉】【湯眉】【三合眉】或者不是字好。此一時，彼一時，佳人才思，【羅眉】思，音四。⑥俺鶯鶯世間無二。⑦【徐音眉】情人眼裏西施字。【徐參眉】有這樣風標，當使鬼哭，豈譽口也。【秀眉】想像形容，曲盡一篇大旨。【張眉】第一二句少一字，合調。【湯沈眉】款識，古鐘鼎銘也。張旭即張顛，舊重用，是誤。彼一時，指顏柳諸人；此一時，指鶯鶯。言鶯之才思與昔人無二之謂。【三合眉】張旭即張顛。"此一時"指鶯言，鶯之才思與昔人無二。【驥夾】【延夾】識，音志。

---

① 範本、龍本此處多"豈敢別戀花柳之心，小姐好不知人也"，容本、起本、徐畫本、徐音本、徐參本、虎本、陳本、硃本、天李本、湯本、湯瀋本、三合本、魏本、峒本、封本、毛本此處多"且莫說別的"，驥本、延本此處多"也"，何本此處多"且說的別的"，秀本此處多"也且莫說別的"。
② 弘本此處多"（生誇鶯書）"。
③ 這的：弘本、範本、龍本、羅本、繼本、屠本、容本、起本、徐參本、虎本、何本、陳本、秀本、硃本、天李本、六幻本、湯本、湯沈本、魏本、峒本、封本、毛本作"這的是"。
④ 顛：驥本、張本作"芝"。
⑤ 羲之獻之：弘本、羅本、繼本、屠本、容本、起本、虎本、秀本、硃本作"獻之羲之"。
⑥ 羅本此處多"若論着"。
⑦ 範本、龍本此處多"（生云）這封書呵"。

【幺篇】俺①做經咒般持，【繼眉】持，一作"侍"。符籙般使。【羅眉】籙，音綠。【封眉】般視，時本作"般使"，誤。高似②金章，【天李旁】神物！重似金帛，貴似金貲。【謝眉】疊三"金"字，用得停妥。【虎眉】使，一作"侍"。貲，一作"貲"。這上面③若僉個押【延旁】"花"字。字，使個令史，差個勾使，則是一張忙不及印赴期的④咨示。【羅眉】則，入聲。【容眉】【硃眉】【湯眉】妙，妙！【起眉】王曰：俗語、諺語、經史語，裁爲奇語，如天衣遍身無縫。【田補眉】沒正經却有趣，填詞中之决不可少者。【徐參眉】件件勝人，的是士女班頭。【陳眉】字好、文章好、針指好，都只是情好、意好、顏色好。【張眉】咨示必有印，鶯書可當咨示，特無印爾。"則似張"者，言似一張云云。俗不辨，正覩混讀者，非。【魏眉】【峒眉】俗語、諺語、經史語，裁爲奇語，如天衣通身無縫。【驥夾】【延夾】下"使"字，去聲。【毛夾】掌字者曰字史，掌文書者曰令史，勾人者曰勾使。款識，古鐘鼎銘也。張顛即張旭，古詞不照顧每如此。此亦用董詞"若使顆砂印，便是偷期帖兒，私期會子"。

（末拿汗衫兒科）⑤ 休説文章⑥，則看他這針黹⑦，人間少有。

【魏眉】【峒眉】字好、文章好、針指好，都只是情好、意好、顏色好。

---

① 俺：繼本、屠本、何本無，驥本、延本、六幻本作"我"。
② 高似：羅本作"端的高似"。
③ 這上面：徐畫本、徐音本、驥本、延本、張本、三合本無。
④ 則是一張忙不及印：驥本、延本作"則似張怕不及印"，張本作"則似張不及印"，毛本作"則是張忙不及印"。赴期的：魏本、峒本作"赴期約"。
⑤ （末拿汗衫兒科）：羅本、繼本作"拿汗衫"，容本、起本、徐參本、虎本、陳本、秀本、硃本、天李本、湯本、魏本、峒本、毛本作"（見汗衫科）"，封本作"（看汗衫科）"，屠本無。
⑥ 休説文章：屠本作"且休題他那文章才思"。
⑦ 則看他這針黹：屠本作"則這一件汗衫兒上針指"，驥本、延本作"看他這女工針黹"，峒本作"則看他這個情"。

【滿庭芳】怎不教張生愛爾①，【凌眉】爾，時本作"你"，非韵。堪鍼工出色②，【天李旁】妙！【湯沈旁】一作"生色"。【羅眉】針，鍼同。色，音灑。【封眉】即空主人曰：爾，時本作"你"，非韵，後同。時本作"生色"。女教爲師。【繼眉】首首應前，更翻新意。生色，今作"出色"，非。【秀眉】生色，今盡作"出色"，非也。【天李眉】妙！幾千般用意針針③是，可索尋思。【羅眉】針，鍼同。索，音曬。長共短又沒④個樣子，窄和寬想像着⑤腰肢，【羅眉】長，音昌。窄，音責。好共歹無人試⑥。想當初做時，用煞那⑦小【湯沈旁】一作"悄"。心兒。【範眉】【龍眉】首首應前，更翻新意。古詩："裁縫無處等，以意忖情量。"【繼眉】古詩："裁縫無處等，以意忖情量。"【容眉】【硃眉】【湯眉】妙，妙！或者不是汗衫好。【徐畫珠眉】【三合眉】或者不是汗衫好。【田補眉】趣。【虎眉】生色，今或作"出色"。小，一作"俏"，似更嫵媚。【陳眉】【峒眉】極盡贊詞。【張眉】此曲專美其針爾。"針針"正言其是處不錯，到底不懈也。無人試，上添"好共歹"，非。【驥夾】【延夾】煞那，朱作"盡了"。【毛夾】此亦咏物詞，與前折各一機杼，可索尋思，可推尋其用意處，"長共短"三句是也。小心，即細心，正指用意，與"可索尋思"不同。參釋曰："你"字入齊微韵，

---

① 怎不教張生愛爾：爾，範本、龍本、羅本、繼本、容本、起本、徐參本、虎本、何本、陳本、秀本、硃本、天李本、六幻本、湯本、湯沈本、魏本、峒本作"你"；張生，驥本、延本、張本作"張郎"。徐畫本、徐音本、三合本、毛本作"怎不叫張郎愛你"。
② 堪鍼工出色：堪，弘本、羅本、屠本、徐畫本、徐音本、驥本、延本、張本、六幻本、湯沈本、三合本、封本、毛本作"堪與"。繼本、容本、起本、徐參本、虎本、何本、陳本、秀本、硃本、天李本、湯本、魏本、峒本作"堪與鍼工生色"。
③ 針針：徐畫本、徐音本、驥本、延本、三合本、毛本作"般般"。
④ 沒：徐畫本、徐音本、驥本、延本、張本、三合本、毛本作"無"。
⑤ 着：屠本、徐參本、張本無。
⑥ 好共歹無人試：試，徐畫本、徐音本、三合本作"識"。張本作"無人試"。
⑦ 用煞那：範本、龍本、何本作"用煞那一片"，繼本、張本作"用煞"，徐畫本、徐音本、三合本作"用煞了"。

說見前。

小姐寄來這幾件東西①，都有緣故②，一件件我都猜着③。【徐參眉】寄來的物件，還要知音人兒解。

【白鶴子】【張眉】借用【正宮】。這琴，他教我閉門學禁指④，【羅眉】學，音效。留意譜聲詩⑤。調養聖賢心，洗蕩巢由⑥【田補旁】一作"箏笛"。耳。【天李旁】妙！【範眉】【龍眉】【秀眉】忖度件件，兩心如契。【容眉】【徐畫珠眉】【陳眉】【硃眉】【湯眉】鶯鶯又與琴俱來了。【徐畫眉】【田眉】【延眉】亦并通。【田補眉】東坡《聽琴》詩："歸家且覓千斛水，洗淨從來箏笛耳。"【秀眉】忖度件件，兩心如契。【凌眉】巢由，王伯良以為"箏笛"之誤。東坡《聽杭僧維賢彈琴詩》："歸家且覓千斛水，洗盡從來箏笛耳。"大是，然不敢改舊本。【張眉】用"巢由"原無謂，或改作"箏笛"，亦拗而未妥。【湯沈眉】五曲"裹肚"最勝，"襪兒"次之，"斑管"重"湘江兩岸秋"意，"玉簪"塞白無謂。巢由，方作"箏笛"，東坡詩云："洗盡從來箏笛耳。"【三合眉】五曲"裹肚"最勝，餘皆塞白。鶯鶯與五者俱來。【封眉】箏笛，時本誤作"巢由"。蘇長公《聽杭僧維賢彈琴》詩："歸家且覓千斛水，洗盡從來箏笛耳。"王前十六折中【白鶴子】【耍孩兒】皆倒行，此皆順行。

【二】⑦ 這玉簪，纖長如竹笋，細白似葱枝，溫潤有清香，

---

① 小姐寄來這幾件東西：幾件，屠本作"些"。徐參本作"小姐寄的東西"，驥本作"我知小姐心意，這幾般兒東西"，何本作"我看小姐寄來這幾件東西"，延本、毛本作"我知小姐心意，這幾般兒"。
② 緣故：徐參本作"緣的"，陳本、魏本、峒本作"緣故的"。
③ 猜着：弘本、羅本、繼本、屠本、容本、起本、徐參本、虎本、陳本、秀本、硃本、天李本、六幻本、湯本、湯瀋本、魏本、峒本、封本作"猜着了"，範本、龍本、徐畫本、徐音本、何本、三合本作"猜着了呵"。
④ 他：徐畫本、徐音本、驥本、延本、三合本作"當"，張本無。指：毛本作"止"。
⑤ 譜聲詩：徐畫本、徐音本、驥本、延本、三合本、毛本作"識聲詩"，峒本作"譜中詩"。
⑥ 巢由：屠本作"箏笛"。
⑦ 【二】：驥本、延本、毛本作"【四煞】"。

瑩潔無瑕玼。【天李旁】好！【湯沈旁】疵同。【羅眉】瑕，音霞。玼，音茲。【容眉】【陳眉】【硃眉】【湯眉】鶯鶯又與玉簪俱來了。【徐畫珠眉】鶯鶯又與玉簪俱來。【徐音眉】猜出物事，與鶯鶯付琴童，如出一口，自是作者工緻處。【驥夾】【延夾】玼，與疵同。【三合夾】音恣。【毛夾】玼，疵同，上聲。

【三】這斑管，霜【田補旁】一作"霜"。枝曾栖鳳凰①，泪點②漬胭脂。【徐畫眉】【田眉】"泪點漬"句，見其爲斑管。【湯沈眉】霜枝，經霜之枝。"泪點漬"句，見其爲斑管。【封眉】時本多作"霜枝曾栖鳳凰時，因甚泪點漬胭脂"，學究之氣熏人。當時舜帝慟娥皇，【羅眉】慟，音動。今日③淑女思君子。【繼眉】此枝坊本訛錯不堪，今依元本正之。【容眉】【陳眉】【硃眉】【湯眉】【峒眉】斑管裏也有鶯鶯。【徐畫珠眉】斑管裏有鶯鶯。【徐參眉】看的是物，想的是人。物到人亦到，路遙心不遙。【張眉】"今日"下添"教"字，非。【魏眉】手檢的是物，心想的是人，正是物到人亦到，路遙心不遙。

【四】④這裏肚，手中一葉綿，燈下幾回絲，表出腹中愁，果稱心間事。【天李旁】好！【容眉】【徐畫珠眉】【陳眉】【硃眉】【湯眉】【峒眉】裏肚裏也有鶯鶯。【秀眉】睹物察心思，一團意趣。

---

① 霜枝曾：繼本、屠本、驥本、延本、張本、封本作"霜枝"，徐畫本、徐音本、三合本作"雙枝"，湯沈本、封本作"曾霜枝"，魏本、峒本作"雙枝曾"。鳳凰：弘本、容本、起本、徐參本、虎本、何本、陳本、秀本、硃本、六幻本、湯本、湯沈本、魏本、峒本作"鳳凰時"。
② 泪點：弘本、容本、起本、徐參本、虎本、何本、陳本、秀本、硃本、六幻本、湯本、湯瀋本、魏本、峒本作"因甚泪點"，範本、龍本作"因甚的泪點"。
③ 今日：弘本、範本、龍本、羅本、容本、起本、徐音本、徐參本、驥本、虎本、陳本、秀本、硃本、延本、天李本、湯本、三合本、魏本、峒本、封本、毛本作"今日教"。
④ 【四】：驥本、延本、毛本作"【二煞】"。

【五】①這鞋襪兒②,【虎眉】坊本作"鞋襪兒",非。鍼腳兒細似蟣子,【羅眉】針,鍼同。腳,音攪。蟣,音記。【秀眉】蟣,音己。絹帛兒膩似鵝脂③,既知禮④不胡行,願足下當如此。【容旁】妙,妙!【湯旁】妙!【羅眉】胡,音乎。行,音興。【容眉】【陳眉】【硃眉】【湯眉】不見襪,却見鶯鶯。【徐畫珠眉】不見襪,只見鶯鶯。【田補眉】五曲裏肚最勝,襪兒次之,斑管重前"兩岸秋"意,玉簪塞白無謂。【三合眉】非猜詩謎杜家,不能領悟至此。【毛夾】《白虎通》云:"琴者,禁也,禁止于邪以正人心也。"孟郊《楚竹吟》云:"識聲者謂誰?秋夜吹贈君。"此云"閉門"、曰"留意",是倒妝語,謂當學禁止而閉門,識聲詩而留意也。俗作"學禁指",字聲之誤;"識聲時",字形之誤。調養聖賢心,此用白行簡《琴詩》"全辨聖人心"語。洗蕩箏笛耳,此用嵇康論"聽箏笛琵琶,則形疏而志越;聞琴瑟之音,則體靜而心閒"語。俗本以箏笛為巢由,此亦字形之誤。而解者遂起紛紛之疑,不知古無詠琴及巢由者,且箏笛又非偶見語。如白樂天《廢琴詩》:"不辭為君彈,縱彈人不聽。何物使之然?羌笛與秦箏。"東坡《聽彈琴》詩:"歸家且覓千斛水,洗盡從來箏笛耳。"此正現成有本之句,作者既精深淹博絕人,考索而傳解者,率舎陋乖舛,遂致古詞之妙,失盡本來。即如此曲亦平平耳。"不疑"四句,字字有出,且"不疑"四句竟字字差錯。曲中如引儻多,向非有善本踪迹可尋,其亥豕相去可勝窮乎?閱古至此,尚不憬然知懼,而妄肆譏彈,任情刪改,嗟乎已矣。"溫潤有清香,瑩潔無瑕玼",此用董詞"玉取其潔白純素,微累纖瑕不能污"諸語。霜枝諸本作"雙枝",字聲之誤。方干詩"松含細韻

---

① 【五】:驥本、延本、毛本作"【一煞】"。
② 鞋襪兒:羅本、繼本、屠本、容本、起本、徐畫本、徐音本、徐參本、驥本、虎本、何本、陳本、秀本、硃本、延本、張本、天李本、湯本、湯沈本、三合本、魏本、峒本、封本、毛本作"襪兒"。
③ 絹帛兒膩似鵝脂:絹帛兒,徐畫本、徐音本、驥本、延本、三合本作"絹片兒",毛本作"絹兒帛";膩似,徐參本、峒本作"膩如"。張本作"絹片似鵝脂"。
④ 既知:範本、龍本作"小生既知"。禮:徐畫本、徐音本、驥本、何本、延本、張本、三合本、毛本作"你"。

在霜枝"，古無稱"雙枝"者。"裹肚"四句，似古《子夜歌》，雙關特俊。"襪兒"末句，代鶯語，俏甚。既不"胡行"而又"當如此"，較前"胡行亂走"又進一層。俗本"知你"作"知禮"，亦字聲之誤。王伯良曰：舊注謂雙枝并兩管而吹之，不知此筆管非簫管也。董詞"紫毫管未曾有"可證。

琴童，你臨行，小夫人對你說甚麼①？（僕云）着哥哥休別繼良姻②。【羅眉】官人。【硃旁】語別家人也。（末云）小姐，你尚然不知我的心哩！③【徐畫夾】一片冰心。

【快活三】冷清清客店④兒，【繼眉】舍，今作"店"，非。【虎眉】舍，今多作"店"，非。風淅淅，【謝眉】說盡旅中情況，自覺悽楚。【羅眉】客，音楷。淅，音昔。雨絲絲⑤，雨兒零，風兒細，⑥夢回時，多少傷心事！⑦【範眉】【龍眉】【起眉】【秀眉】【延眉】人言《西廂》後卷不及前卷，自是情盡才盡。何優劣論也？【徐參眉】此恨綿綿無盡時。【張眉】第一、二句俱多一字。"舍"訛"店"，非。【湯沈眉】"雨兒零"九字作一句讀。兩"兒"字是襯字，"細"字元非押韻。【三合眉】"雨兒零"九字作一句讀，兩"兒"字是襯字，"細"字亦非押韻。【毛夾】此曲一氣直下，至"到不得蒲

---

① 對你説甚麼：屠本作"説些甚麼來"。秀本此句後多"來"。
② 着哥哥休別繼良姻：着哥哥，羅本、繼本作"着哥哥休忘舊意"，徐畫本、徐音本、三合本作"着東人"；休，屠本作"休要"。容本、起本、徐參本、虎本、陳本、秀本、天李本、湯本、湯沈本、峒本、封本作"着哥哥休忘舊意，別繼新姻"，何本作"着哥哥休忘舊意，別紅娘姐"，硃本、魏本作"着哥哥休忘舊意，別繼新婚"，張本作"着官人休別繼良緣"，毛本作"他說哥哥得官便回來，這句話兒不應口"，驥本、延本無。
③ "琴童，你臨行"至"你尚然不知我的心哩"：你尚然不知我的心哩，張本"我"作"俺"，屠本"心"作"心事"，何本"哩"作"哩呵"；毛本作"他那裏知道我來"，驥本、延本無。六幻本無。屠本此句後多"你只看我眼前受用的光景"。
④ 客店：繼本、容本、起本、徐參本、虎本、何本、陳本、秀本、硃本、張本、天李本、六幻本、湯本、魏本、峒本、封本、毛本作"客舍"。
⑤ 雨絲絲：弘本作"雨絲兒"。
⑥ 雨兒零風兒細：張本作"雨零風細"。
⑦ 事：範本作"時"。屠本此句後多"（童云）小夫人只請官人早早回去"。

東寺"止,總訴其急欲歸而不能歸之情也。王本既刪此曲前賓白,而又以此曲無着,欲移向"一身客寄,半年將至"之下,則錯亂極矣。且此至"蒲東寺"一截,應前折"歸期九月九"一段。"小夫人"至【賀聖朝】一截,應前折"丁寧休忘舊"一段,脉絡甚清。王既刪前白,又因【賀聖朝】曲碧筠本有誤,如"招婿"作"招甚","那樣温柔這般才思"作"温柔這般才思",文理難認,遂并刪【賀聖朝】曲,則于"別繼良姻"一囑付,又無應矣。豈繼良姻者而在閑街花柳耶?幸元本瞭然,一雪其舛耳。參釋曰:雨零風細夢回時,本七字句,俗添兩"兒"字,則"風兒細"似韵脚矣。數語最絮聒。客舍清冷又得風雨,風雨之餘剛值夢回,傷心可數耶,故曰"多少"。

【朝天子】四肢不能動止,急切裏盼不到①蒲東寺。小夫人須是你見時②,【張眉】"你見"句,俗訛"甚"。【封眉】何似,時本誤作"須是"。別有甚閑傳示?③ 我是個浪子官人,風流學士,【羅眉】學,音效。【天李眉】照應,趣! 怎肯帶殘花折舊枝④。【張眉】"殘

---

① 急切裏盼不到:徐畫本、徐音本、驥本、延本、張本、三合本作"急切到不得"。
② 小夫人須是你見時:須是你見時,範本、龍本作"須是你見時節",徐畫本、徐音本作"何是你見時",驥本、延本、作"何似你見時節",六幻本作"何似你見時"。張本作"你見夫人近何似",三合本、封本、毛本作"何是你見時"。
③ 甚閑傳示:弘本作"甚休傳示",徐參本、魏本、峒本作"閑傳示"。羅本、繼本、屠本、徐畫本、徐音本、湯沈本、三合本此句後多"(琴云)再無他説",容本、起本、徐參本、虎本、何本、陳本、秀本、硃本、天李本、湯本、魏本、峒本此句後多"(琴云)再無他語",驥本、延本此句後多"(僕云)着哥哥休別繼良姻。(生云)小姐你尚然不知我的心裏",張本此句後多"(童)則這話便是",六幻本此句後多"(琴云)着哥哥休忘舊意,別繼新姻。(生云)小姐,你尚然不知我的心哩",封本此句後多"(童云)只此一節,再無他語",毛本此句後多"再無他語,只着哥哥休別繼良姻。(正末云)小姐你尚然不知我心裏"。
④ 帶:弘本、範本、龍本、羅本、繼本、屠本、容本、起本、徐參本、虎本、何本、陳本、秀本、硃本、天李本、湯本、湯沈本、魏本、峒本、封本、毛本作"去帶",六幻本作"去戴",封本作"戴"。折舊枝:驥本、延本作"折故枝",張本作"舊枝"。

花"下添"折"字，非。【封眉】戴作"帶"，非。自從①、到此，【張眉】始，叶韵，訛"從"連下作句，非。【封眉】自兹句作"從"，非。甚的是閑街市②。【徐畫眉】【田眉】【延眉】【湯沈眉】語欠調妥。【田補眉】甚的是閑街市，言從不曾胡行亂走也。【徐參眉】真不忍胡行亂走。【虎眉】兹，坊本盡作"從"。"不游"句，今一作"甚的是"，不妥。【硃眉】便不胡行亂走了。【魏眉】【峒眉】便不敢胡行亂走了。【毛夾】四肢不能動止，以傷心得病也。急切裏到不得蒲東寺，非不欲歸也。"小夫人"以下另起。別有甚閑傳示，正接前賓白一問，而又問之，故曰"別有"。曰"閑傳示"，閑，餘也。兩問正別，而伯良反以爲複，正坐不解耳。"浪子官人"以下，是答"別繼良姻"前一層意，言花柳尚不顧，況繼姻耶？"自思、到此"，各二字成句，或作"自兹"則無理，或作"自從"則無韵。甚的是，言不識何者是也。

【賀聖朝】少甚宰相人家，招婿的③嬌姿？【徐畫珠旁】艷質。其間或有個人兒似爾④，【虎眉】或，一作"縱"，似妥。那裏取那温柔⑤，這般才思？想鶯鶯意兒⑥，【天李旁】妙！怎不教人夢想眠

---

① 自從：弘本、範本、龍本、屠本、容本、起本、虎本、何本、陳本、秀本、硃本、天李本、湯本、魏本、峒本、封本作"自兹"，張本作"自始"，毛本作"自思"。
② 甚的是閑街市：弘本作"有甚閑傳示"，羅本作"再不閑游街市"，容本、起本、徐參本、虎本、何本、陳本、秀本、硃本、天李本、湯本、湯沈本、魏本、峒本、封本作"不游閑街市"。
③ 招婿的：弘本、羅本、屠本作"招婿"，徐畫本、徐音本、三合本作"招甚"。
④ 其間或有個人兒似爾：弘本、容本、起本、徐畫本、徐參本、虎本、陳本、秀本、硃本、天李本、湯本、湯沈本、三合本、魏本、峒本、封本作"其間或有個人似你"，羅本作"那其間或有個人兒似你"，繼本、六幻本作"其間縱有個人兒似你"，屠本作"這其間或有個人似你"，徐音本作"其或有個人似你"。
⑤ 那温柔：徐參本、峒本作"温柔"，毛本作"那樣温柔"。
⑥ 想鶯鶯意兒：想，繼本、屠本、容本、起本、徐參本、虎本、陳本、秀本、硃本、天李本、六幻本、湯本、湯瀋本、魏本、峒本、封本無。羅本作"我這裏是鶯鶯的好意兒"。

思。①【田補眉】此曲非直宮調不協，前後重複，工拙天淵，便爲刪去。【虎眉】【秀眉】眠，一作"興"，似是不知【二煞】又有"坐想行思"，而興、居二態，描寫幾盡，此可見古本不容易易一字也。【凌眉】此調係【黃鐘】。金在衡疑爲竄入，王伯良以語句不倫，前後重複，工拙天淵，直刪去，良是。然舊本悉有，姑存之。【硃眉】妙！妙！【張眉】別本此處有【賀聖朝】一曲，不惟【本宮】內無此調，且詞與末折內【雁兒落】意同，更俗甚，刪之。【湯沈眉】此曲方本不載。【封眉】即空主人曰：此調係【黃鐘】，金在衡疑爲竄入，王伯良以語句不倫，直刪去，良是。然舊本悉有，姑存之。天台陶久成《分調類編》【中呂宮】【賀聖朝】下注云：與【黃鐘】【商調】出入。則即空説誤。【毛夾】此曲雖係【黃鐘宮】調，然與【中呂】【商調】本自出入。此正答"休別繼良姻"一囑。祇"鶯鶯意兒"二句，與【賀聖朝】本調不合，似有錯誤。金在衡疑此曲爲竄入，而王伯良竟刪之，則妄甚矣。元詞作法必有參白，參白一刪勢必刪曲，何者？以曲中呼應盡無着耳。伯良頗識詞例，亦曾取元劇參白一探討耶？豈有通本參白一筆刪盡，而猶欲分別曲文定是否者？卷首所謂以曲解曲，以詞核詞，真百世論詞之法也。"想鶯鶯"二句另起，起下曲"收拾寄物"，正元詞三昧。但其文似有誤耳，今悉照原本，不敢增易，以俟知者。

　　琴童來，將這衣裳東西收拾好者。②

　　【耍孩兒】【張眉】借用【般涉調】。則在書房中傾倒個③藤箱

---

① "【賀聖朝】少甚宰相人家"至"怎不教人夢想眠思"：驪本、延本、張本無。
② 琴童來，將這衣裳東西收拾好者：琴童來，繼本、徐畫本、徐音本、湯沈本、三合本作"來"，容本、起本、虎本、何本、秀本、天李本、湯本、封本作"琴童，你來"，六幻本作"琴童"。徐參本作"你來將這物件收拾好者"，驪本、延本作"琴童，這衣服東西收拾的好者"，陳本、硃本、魏本、峒本作"你來將這衣裳東西收拾好者"，張本作"琴童，將這東西收拾好者"，毛本作"琴童，你將這衣裳東西收拾好者"，羅本無。何本此句後多"（琴云）理會得"。
③ 則在：弘本、繼本、屠本、容本、起本、徐畫本、徐音本、徐參本、驪本、虎本、何本、陳本、秀本、硃本、延本、張本、天李本、六幻本、湯本、湯沈本、三合本、魏本、峒本、封本、毛本無。個：驪本、延本無。

子，向箱子裏面鋪幾張紙①。【張眉】"兒"訛"綿"，非。放時節用意取包袱②，【凌眉】"袱"字失韵，復與下重，當有誤。王伯良改爲"須索用心思"。【張眉】"須索用心思"訛"用意取包袱"，與下文重，非。【封眉】時本誤作"用意取包袱"，王伯良因失韵，故改爲"須索用心思"。休教藤刺兒抓住綿絲。【羅眉】袱，音伏。刺，音次。抓，音掐。【容眉】【湯眉】妙，妙！高抬在衣架上怕吹了顏色③，亂穰在包袱中恐銼了褶【湯沈旁】音蝶。兒④。【羅眉】色，音灑。袱，音伏。銼，音挫。褶，音蝶。【繼眉】褶，音蝶。【封眉】䙝，時本作"褶"，非。當如此，切須⑤愛護，【張眉】"切"訛"是"，非。勿得因而。⑥【範眉】【龍眉】應前囑琴童語。【繼眉】應前【醋葫蘆】一枝。【容眉】【徐畫珠眉】【珠眉】【湯眉】都是不能描寫的，却描寫到此，更妙在不了。【徐畫眉】【田眉】【延眉】何等真率！【徐音眉】亦自真率！【徐參眉】故用未了語，乃愁中耍，急中閑。【虎眉】錯，坊本作"銼"，非。切須，或作"須教"，便不切了。【陳眉】【峒眉】口頭語，人却指點不出。【秀眉】"因而"者，乃怠慢之意。【湯沈眉】應前【醋葫蘆】一枝。囑付語，果真率。【三合眉】真率語，亦應前【醋葫蘆】一枝！【魏

---

① 向箱子裏面鋪幾張紙：屠本作"箱子裏鋪着幾張紙"，徐畫本、徐音本、三合本作"裏面鋪取幾張紙"，徐參本、湯沈本、魏本、峒本作"向箱子裏面鋪着幾張紙"，驥本、延本作"裏面鋪取幾張綿紙"，張本作"裏面鋪幾張兒紙"，毛本作"向箱子裏面鋪幾張兒紙"。

② 用意取包袱：驥本、延本、張本、毛本作"須索用心思"。

③ 高抬在衣架上怕吹了顏色：抬，屠本作"搭"；怕，毛本作"怕風"。徐畫本、徐音本、驥本、延本、張本、三合本作"高挂在衣架上怕風吹了顏色"。

④ 亂穰在包袱中恐銼了褶兒：恐銼，屠本、何本、六幻本作"恐錯"，張本作"怕挫"。繼本作"亂裏在包袱中恐錯了褶兒"，徐畫本、徐音本、三合本作"若是亂裏在包袱中怕銼了了䙝兒"，驥本、延本作"亂裏在包袱中怕錯了䙝兒"，封本作"亂穰在包袱中恐錯了䙝兒"。

⑤ 切須：弘本、羅本、繼本、何本、六幻本作"須教"，徐畫本、徐音本、三合本作"是須"。

⑥ 範本、龍本此處多"（生云）我原先呵"。

眉】故用未了語，乃愁中藥、急中閑。【三合夾】袿，音質。【毛夾】首曲結寄物，末曲結寄書，次曲申結"歸期不應口"一囑，三曲申結"休別繼良姻"一囑，章法秩然。觀此益信前白與曲之不得刪矣。傾倒，或作"頓倒"，或作"顛倒"，皆字形之誤。須索用心思，俗作"用意取包袱"，既不叶，又難解，大謬。"高抬"二句，正申上意，言衣架包袱之不當，所以須箱也。北人稱挂曰抬，因而，解見第九折。袛及衣服者，舉一以概餘耳。參釋曰：一曲只一意，反覆纏綿，此是元詞本色。第自《草橋》以前，微有不然，故如出二手。但不得明指爲何人作耳。若過爲升降，極詈續貂，則又豈知音者耶？

【二煞】①恰新婚纔燕爾，爲功名來到此②。【羅眉】爲，去聲。長安憶念③蒲東寺。昨宵愛④春風桃李花開夜，今日愁⑤秋雨梧桐葉落時。【羅眉】長，音昌。昨，音造。愁，音篘。落，音澇。【繼眉】"春風"二句，白樂天詩。【起眉】王曰："昨宵"二句，不入唐律，也應入六朝。【田補眉】"春風"二語，白樂天《長恨歌》。【張眉】"春風"緊接來文方一氣，若添襯字便隔礙。況分"昨宵""今日"于兩句首，何謂？【湯沈眉】"東風"二句，白樂天詩。愁⑥如是，【羅眉】愁，音篘。身遙心邇，坐想行思。【謝眉】因翻前面"怎敢因而"案。【徐畫眉】【田眉】【延眉】此後三套，備數而已！【三合眉】以下三段，備數而已！【魏眉】【峒眉】句堪入唐律。【封眉】目斷，時本俱作"憶念"。憶，時本作"愛"，非。情，時本作"愁"，非。【毛夾】"恰新婚"三句，言甫婚而即離，則懷歸極矣。昨宵個春風桃李花開夜，言昨新婚時，秋夕也，而翻似春夜；今日個秋雨梧桐葉落時，言今客寄時，正春候也，而翻似秋日。其愁如是。自"身遙心邇""行坐

---

① 【二煞】：驥本、延本、毛本作"【四煞】"。
② 來到此：徐畫本、徐音本、三合本作"故在此"。
③ 憶念：封本作"目斷"。
④ 昨宵愛：徐畫本、徐音本、三合本作"昨朝愛"，封本作"昨宵憶"，毛本作"昨宵個"，張本無。
⑤ 今日愁：毛本作"今日個愁"，張本無。
⑥ 愁：封本作"情"。

思歸"，而猶疑"歸期不應口"，何也？此申結"冷清清"至"蒲東寺"節。參釋曰"春風桃李"二句，見白樂天詩。心邇身遐，見本傳鶯鶯書。

【三煞】這天高地厚情，直到①海枯石爛時。此時作念何時止，【羅眉】情，音青。作，音早。直到②燭灰眼下纔無泪，蠶老心中罷却絲③。【羅眉】燭，音主。却，音巧。【範眉】【龍眉】李義山詩："春蠶到死絲方盡，蠟炬成灰淚始乾。"【繼眉】【秀眉】【湯沈眉】李義山詩："春蠶到死絲方盡，燭炬成灰淚始乾。"【田補眉】"燭灰"二語，李義山詩。我不比游蕩④輕薄子，輕【湯沈旁】一作"縛"。夫婦的⑤琴瑟，【繼眉】弃，一作"輕"。拆鸞鳳的雄雌⑥。【羅眉】薄，音保。拆，音册。【徐參眉】都從心坎中流出。【虎眉】罷却絲，一作"却有絲"，泥甚。輕，一作"弃"。【封眉】俗本"燭"上多"直到"二字。罷却絲，俗本有作"却有絲"者，謬。"夫婦"二句，填"的"字不得。【毛夾】"天高地厚"二語，鶯情無盡也。"燭灰蠶老"二句，感鶯無盡也。情感如是，而猶疑爲弃夫妻繼別姻何也？此申結"浪子官人"至【賀聖朝】節。參釋曰：春蠶到死絲方盡，蠟燭成灰淚始乾，見李義山詩。

【四煞】⑦不聞黃犬音，難傳紅葉詩，【繼眉】韓夫人詩："殷勤謝紅葉，好去到人間。"驛⑧長不遇梅花使。【羅眉】薄，音保。拆，

---

① 直到：張本、六幻本作"到"。
② 直到：屠本、徐畫本、徐音本、張本、三合本、封本無。
③ 罷却絲：繼本、何本作"却有絲"。
④ 我不比游蕩：我，徐畫本、徐音本、驥本、延本、三合本無。張本作"不比"，毛本作"須不比"。
⑤ 輕夫婦的：繼本、六幻本作"弃夫婦的"，屠本、徐畫本、徐音本、驥本、延本、三合本、封本作"輕夫婦"，張本作"拋夫妻"，毛本作"弃夫妻"。
⑥ 的雄雌：屠本、徐畫本、徐音本、驥本、延本、張本、三合本、毛本作"雄雌"，陳本作"的雌雄"。
⑦ 【四煞】：驥本、延本、毛本作"【二煞】"。
⑧ 驛：徐畫本、徐音本、張本、三合本作"路"。

音冊。【繼眉】陸凱詩："折梅逢驛使，寄與隴頭人。"【田補眉】作"驛長"語俊。孤身去客①三千里，【封眉】客邸，時本多做"去國""去客"，皆非。一日歸心十二時【羅眉】國，音過。時，音詩。。憑欄視②，聽江聲浩蕩③，看④山色參差。⑤【羅眉】色，音瀝。參，平聲。差，平聲。【範眉】此可入律。【容眉】【湯眉】妙在不了。【徐音眉】此等情思，江山為之流連。【陳眉】餘音不絕。【秀眉】參差，不齊貌。寫生眼。【硃眉】【峒眉】餘音不絕。【張眉】"江濤"二句皆憑欄所視，文有理會。"濤"俗作"聲"，非本意。【湯沈眉】陸凱詩："折梅逢驛使，寄與隴頭人。"憑欄視，似於下"聽"字、"看"字不妥，查元本作"處"字。【封眉】"憑闌"等句，正言其身居帝里，神游河中。時本"思"作"視"，"濤"作"江"，又漏"恍如""空見些"字，則難通矣。【驥夾】【延夾】使，去聲。【毛夾】此節結寄書，純用反語起下曲，言不聞黃犬，不傳紅葉，不逢驛使，所以去國之久，歸心之切，憑欄之遠也。一氣注下。【煞尾】與第十五折作法相近，此正著望童不至時說。或又驚曰：琴童才至，便云不遇梅使，不知爾在夢中，我在夢中矣。參釋曰：黃犬，陸機事；紅葉，于祐事；驛使，范曄事。

【尾】憂則憂我在⑥病中，【羅眉】則，入聲，下同。喜則喜你來到⑦此【三合旁】是那個？。投至得引人魂⑧卓氏音書至，【羅眉】

---

① 去客：弘本、羅本、繼本、容本、起本、徐參本、驥本、虎本、何本、陳本、秀本、硃本、延本、天李本、湯本、湯沈本、魏本、峒本、毛本作"去國"，徐畫本、徐音本、張本、三合本作"作客"，封本作"客邸"。

② 視：封本作"思"。

③ 聽江聲浩蕩：聽江聲，張本作"江濤"；浩蕩，徐畫本、徐音本、三合本作"浩大"。封本作"恍如聽濤聲浩蕩"。

④ 看：驥本、延本作"見"，封本作"空見些"，秀本、張本無。

⑤ 範本、龍本此處多"（生云）琴童聽着"。

⑥ 在：張本無。

⑦ 到：張本無。

⑧ 人魂：弘本、羅本、容本、起本、徐參本、虎本、陳本、秀本、硃本、天李本、湯本、魏本、峒本作"魂靈"。

投，音偷。得，上聲。【容眉】【湯眉】是那個至？【虎眉】魂靈，今一作"人魂"，不如。【封眉】人魂，作"魂靈"，非。**險將這害鬼病的**①**相如盼望死。**②【繼眉】《史記》：司馬相如常有消渴疾。【徐參眉】爽語快心，令人酣醉。【湯沈眉】尾語俊。【毛夾】此承上來，言始以不得書而致病，今人至而書亦竟至，則始何其可憂，今何其可喜也。投至得，又作一轉，言書雖可喜，然病亦幾危矣。"引人魂"與"害鬼病"對，俗本作"引魂靈"，誤。（下）

【容尾】【湯尾】總批：妙，妙！見物都是見人來。【陳尾】【硃尾】批：見物如見鶯，描盡得遠書景趣。【三合尾】湯若士總評：極力摹畫處，不乏人工，終傷天巧。此關之所以不如王也！李卓吾總評：見物都是見人來。徐文長總評：前套因物達誠之意，與此套睹物懷人之思，關合不差。是極得"相思"二字深旨而摹之者。

【驥尾附】注一十五條

【粉蝶兒】（董詞："我心頭橫着這鶯鶯。"）一星星説似，即前白"太醫指下明説着我證候"意，猶言説得着也。下言我待推辭，不是此證候，他却察得虛實，的確不須再看視也。古本作"其意推辭"，不妥。

【醉春風】（董詞："鶯鶯你還知道我相思，甘心爲你相思死。"）又（"四海無家，一身客寄。"）古本"甘心兒爲你死"，下句多五字，今刪去。兩"死"字係叠句，與前"早癢癢""那冷冷"一例，不容更着襯字也。俗本去一"死"字，是本調少一句矣，更謬。

【迎仙客】古本"燈爆時"，今本作"報"，似"爆"字勝。元詞多用"燈爆"。（馬致遠《漢宮秋》劇："管喜信爆燈花。"）沙，助語詞，古本作"血點兒"，對"皮上潰"，避上句"泪"字耳，然不若"泪點"較妥，今從"泪"。

---

① 害鬼病的：徐畫本、徐音本、張本、三合本作"害鬼病"，驥本作"鬼病"。
② 六幻本此後多："未必臨邛色更殊，文君早已怨相如。暮雲深鎖陽臺路，腸斷崔娘一紙書。"

【上小樓】字史，掌字之史也。款識，古鐘鼎銘也。【驥眉】自來無人道破。張旭即張顛，舊重用，定誤。"彼一時"指顏柳諸人，"此一時"指鶯鶯言。鶯之才思，僅古昔數人可比，今世無與爲伍也。

【幺】徐云：沒正經却有趣，填詞中之決不可少者。（董詞："若使顆硃砂印，便是偷期帖兒，私期會子。"）

【滿庭芳】張郎愛爾，俗本作"張郎愛你"，入齊微韻，非。幾千般用意般般是，作句；可索尋思，又句。調法如此。而"般般是"三字意，實與下句相屬，言其做時曾費尋思，即下"長共短"數句意。用煞那小心兒，正可索尋思也。朱本作"用盡了"，俱佳。徐云：自是趣况可拾。

【白鶴子】五曲"裏肚"最勝，"襪兒"次之，"斑管"重前"湘江兩岸秋"意，"玉簪"塞白無謂，琴詞"學禁指"，語生。識聲時，或作"聲詩"。徐云：識，當音志，言記憶而不忘也。似太文，更詳。調養聖賢心，屬措大腐語。箏笛，舊作"巢由"，蓋字形相近之誤。【驥眉】此等誤寧獨字形？蓋俗子不解文義，不讀書之故耳。東坡《聽杭僧惟賢彈琴詩》："歸家且覓千斛水，洗盡從來箏笛耳。"

【三煞】霜枝栖鳳凰，筠本作"雙枝"。注又謂并兩管而吹之也，謬甚。此"斑管"是筆管，非簫管也。（董詞："紫毫管未曾有。"）可證。霜枝，經霜之枝，即今所謂霜管、霜毫之意也。

【一煞】末二句代鶯言也。

【快活三】雨兒零、風兒細、夢回時，九字作句，兩"兒"字襯字。勿以"風兒細"作句，"細"字元非押韻也。

【朝天子】甚的是閙街市，言從不曾胡亂行走也。自從、到此，當各二字成文，上二字省一韻。今本作"自兹到此"，即叶調，然句殊不妥，不從。詞隱生作"自始"。舊、諸本【快活三】調上有："生云：臨行時夫人對你説甚麽來？"白一段，于"冷清清客店兒"數語，意既不接，且此調有"小夫人何似見時？別有甚閒傳示？"則上白復犯重。凡記中多以曲代白，有"小夫人"二句，即并白"夫人説甚麽來"一句，亦不必用。與第二折"萬福先生"句一例，今刪去。又【白鶴子】五曲後，當即接【耍孩兒】諸曲，"收拾簪管"等物，今間【快活三】一調，總之上下文義，殊不相蒙。似置前"四海無家，一身客寄，半年將至"之下，次序乃當耳。舊本【朝天子】後又有【賀聖朝】一調，【賀聖朝】係【黃鐘宮】曲，此曲于本調復句字不叶，金在衡以宮調不倫，疑爲竄入。不知"少甚宰相人家，招甚嬌姿"，語既不通；"其間或有個人兒似你"，"你"字入齊微韵，不叶。"那裏取溫柔這般才思"，又與前"彼一時，此一時，佳人才思"語重。"鶯鶯意兒，怎不教人夢想眠思"，是窮乞兒凑插作句，全不成語。首"宰相人家"二語，又與末套【雁兒落】"若說起絲鞭士女圖"二語，前後重複，且工拙不啻天淵，其爲小人竄入無疑。非直宮調之不協已也，今直刪去。

【耍孩兒】頓倒，整頓之意。舊第三句作"放時節用意取包袱"，"袱"字失韵，復與下兩"包袱"重，非。古本"怕風吹了顏色"，但對下"怕錯了程兒"，多一字，今本無"風"字。因而，見第三折，言當如此愛護，勿得因而輕易損壞之也。漢卿之不逮實甫，無論才情遠近，實甫直以自然爲勝場，漢卿極力刻畫，遂損天成，去之更遠。【驥眉】確論。

【四煞】白樂天《長恨歌》："春風桃李花開夜，秋雨梧桐葉落時。"

【三煞】李義山詩："春蠶到死絲方盡，蠟燭成灰淚始乾。"

【二煞】今本"驛長不遇梅花使"，古本作"路長"。《南史》陸凱寄范曄詩："折梅逢驛使，寄與隴頭人。"則當從"驛"爲古，而"路長"亦不若"驛長"語俊，今從"驛"。江聲浩蕩，古本作"浩大"，似不如"浩蕩"較妥。

【尾】尾語俊甚。引人魂卓氏音書至，古本脫"人"字。

【六幻本】五劇箋疑

續之二　尺素緘愁

旦夕如是：夕，平聲。

盧扁：春秋時齊人秦緩，字越人。著《八十一難經》。當黃帝時，有扁鵲者，神醫也。越人與扁鵲術相類，故人號曰扁鵲焉。家于盧，因名盧醫。楊雄

《法言》曰：扁鵲，盧人也。而盧多醫，今盧東有扁鵲墓。

向心頭橫倘著俺那鶯兒：一本"心頭下"有"則是"二字。

請良醫：一作"請醫師"。

本意待推辭：一作"其意推辭"。

則被他：一本無。

他道是醫雜證：一本無"他道是"三字。

鶯鶯呵，你若是知我害相思，我甘心兒死死：一本無"呵"字，一作"鶯鶯呵，你還知道我害相思，我甘心兒爲你死死"。

靈鵲喜蛛：樊噲問陸賈曰："人君受命于天，有瑞應乎？"曰："目瞤得酒食，燈花得錢財。喜鵲噪而行人至，蜘蛛集而百事喜。小而有徵，大亦宜然。故目瞤而祝之，燈花則拜之，鵲噪則喂之，蜘蛛集則獲之。天下大寶，人君重位，非天命何以得之？"

正應著：著，一作"了"。

燈報時：報，一作"爆"。

斷腸詞：宋朱淑貞，姿容端麗，善屬文。不幸父母失審，下配庸夫，孤負此生，所作詩詞皆斷腸。

多管是淚如絲：一作"管情淚如絲"，一作"管兩淚如絲"。

既不呵，怎生淚點兒封皮上漬：一作"既不沙，怎生血點兒封皮上漬"，一作"既不呵，怎生淚珠兒滴濕了封皮上字"。

這的是堪爲字史：一本無"是"字。

當爲款識：三代鐘鼎，撥蠟爲款，鏤刻爲識。款謂陰字，是凹入者。識，音志，謂陽文，是凸出者。

柳骨顏觔：唐柳公權書，筆勢勁媚；顏真卿書，筆勢遒婉。范文正公《祭石曼卿》文云："曼卿之筆，柳骨顏筋。"

張旭張顛：張旭，吳人也，善草書。每大醉，叫呼狂走乃下筆，或以髮濡墨而書。既醒自視，以爲神，不可復得，故稱張顛焉。記誤爲二人矣。

此一時：一本上有"乃"字。

符籙般使：使，一作"侍"。籙，音慮。

這上面若簽個押字：一本無"這上面"三字。

則是一張：一無"一"字。

怎不教張生愛你：一作"怎不教張郎愛爾"。

堪與針工出色：一無"與"字，一本"出"作"生"。

針針是：一作"般般是"。

又沒個樣子：沒，一作"無"。

用煞那小心兒：那，一作"了"；小，一作"俏"。

他教我學禁指：他，一作"當"。

留意譜聲詩：譜，一作"識"。

巢由：逸士。傳巢父者，因年老以樹為巢寢。堯以天下讓焉，巢父曰："君之牧天下，亦猶子之牧孤犢焉。予無用天下為也。"牽犢而去。又聞堯命許由為九州長，由避之，洗耳于水濱。巢父責之曰："子若處高崖深谷，誰能見乎？今浮游俗間，苟求名譽，污吾犢口。"乃牽犢于上流飲之。

霜枝曾栖鳳凰時，因甚泪點漬胭脂：一本無"時因甚"三字，一無"曾""時因甚"四字。霜，一作"雙"。

今日淑女思君子：一本"日"下有"教"字。

這鞋襪兒：一無"鞋"字。

絹帛兒：帛，一作"片"。

既知禮不胡行：禮，一作"你"。

冷清清客舍兒：舍，一作"店"。

急切裏盼不到蒲東寺：一作"急切到不得蒲東寺"。

小夫人何似你見時，別有甚閑傳示：以上俱想像書物中意，以下始訊及口授之詞。所以琴白云："著哥哥休忘舊意，別繼良姻。"生乃表白心事"我是個"云云也。此乃是鶯極緊切處，生最問心處，不容草草。俗本乃以生問琴答之白，置于【五煞】之下。既已問答在前，豈俟再問再答而始表白耶？殊失緩急次第，于文情人不通。一本作"小夫人須是你見時，別有甚閑傳示"。

自從到此：從，一作"茲"。

甚的是閑街市：一作"不游閑街市"。

賀聖朝：王伯良以此調語句不倫，刪去。

縱有個人兒似你：縱，一作"或"。

夢想眠思：眠，一作"興"。

傾倒個藤箱子：一作"頓倒藤箱子"。

向箱子裏面鋪幾張紙：一本無"向"字，"鋪"下有"取"字。

放時節用意：一本"放時節須索用心思"。

高抬在衣架上：抬，一作"挂"。

怕吹了顏色：一本"怕"下有"風"字。

亂穰在包袱中：一本"亂"下有"若是"二字。穰，一作"裏"。

恐錯了摺兒：錯，一作"銼"；摺，一作"裡"。

須教愛護：一作"是須愛護"，一作"切須愛護"。

來到此：一作"故在此"。

昨宵愛：宵，一作"朝"。

到海枯石爛時：一本"到"上有"直"字。

直到燭灰眼下纔無淚：一本無"直到"二字。

蠶老心中却有絲：却有，一作"罷却"。

我不比：一本無"我"字。

拚夫婦的琴瑟，折鸞鳳的雌雄：一本"拚"作"輕"，無二"的"字。

紅葉詩：明皇時，顧況與友人游，苑中坐，流水得大梧葉，題詩曰："一入深宮裏，年年不記春。聊題一片葉，將寄接流人。"況和之云："愁見鶯啼柳絮飛，上陽宮女斷腸時。帝城不禁東流水，葉上題詩欲寄誰？"亦題葉，放上流波中。後十餘日，有人從苑中，又于葉上得詩，以示況曰："一葉題詩出禁城，誰人酬和獨含情。自嗟不及波中葉，蕩漾乘春取次行。"又宣宗時，盧渥舍人應舉之歲，偶臨御溝，見一紅葉，葉上乃有一絕，異之。及宣宗省宮人，詔許從百官司吏，時渥任范陽，獲其一焉。睹紅葉而吁怨久之，曰："當時偶题随流，不谓郎君收却。"验其书，无不讦焉。诗曰："水流何太急，深宫尽日西。殷勤谢红叶，好去到人间。"又唐僖宗时，宫女韩夫人题诗红叶，御沟流出。士人于祐拾之，亦题一叶，放水中流入。韩得之。后帝放出宫女三千，韩与焉。韩泳为媒，嫁祐。及礼成，各出红叶，殆天合也。韩于诗正与卢事同，则不可知矣。总之深宫闲寂日，有题红当不止三人也。难得佳句，是以不尽传。

驿长不遇梅花使：驿，一作"路"。

孤身作客三千里：作客，一作"去国"，一作"去客"。

听江声浩荡：荡，一作"大"。

害鬼病的相如：一无"的"字。

【会注】

【弘注】【范注】【秀注】卢扁：【秀眉】扁，音贬。出《酉阳杂俎》，又《医书》，又《翰墨》。（范本无"《酉阳杂俎》，又"，秀本无"出《酉阳杂俎》，又《医书》，又《翰墨》"）齐渤海郡郑县人扁鹊，姓秦，名缓，字越人。前扁鹊，黄帝时人；后扁鹊，春秋时人。《八十一难经》云："秦越人，与轩辕时扁鹊相类，故仍号扁鹊。又家于卢国，因（秀本此处多"即"）名卢医。卢越之东有扁鹊冢。"所谓卢扁即良医也。（扁即良医也，秀本作"医扁鹊"）【起注】【徐参注】【陈注】【硃注】【汤注】【魏注】【峒注】卢扁：扁鹊，姓秦，名缓，字越人，又家于卢国，因名卢医。【徐音注】卢扁：卢医扁鹊，古之善医者。

【弘注】【范注】【罗注】【秀注】灵鹊喜珠灯报（范本、罗本、秀本无"灯报"）：出《书言》，又《西京杂记》（范本无"又《西京杂记》"，罗本、秀本无"出《书言》，又《西京杂记》"）。樊哙问（罗本、秀本此处多"于"）陆贾，曰："自古人君受命于天，有瑞应乎？"贾曰："目瞤得酒食，灯花得钱财，乾（范本、罗本、秀本作"喜"）鹊噪而行人至，蜘蛛集而百事喜（秀本无）。小而有徵，大亦宜然。故目瞤则祝之，灯花则拜之，鹊噪则餧（罗本、秀本作"喂"）之，【秀眉】喂，音畏。与之食也。蜘蛛集则获之。天下大宝，人君重位，非天命何以得之?"【起注】【徐音注】【徐參注】【陳注】【硃注】【湯注】【魏注】【峒注】靈鵲喜珠：陸賈曰："目瞤得酒食，燈花得財物（財物，徐參本作"財利"，湯本作"錢財"），喜鵲（徐音本、徐參本、陳本、硃本、魏本、峒本此處多"噪"）而行人至，蜘蛛集而（徐音本無）百事喜（徐音本作"吉"）。"

【弘注】斷腸詞：出《古今詩話》，又《淑貞詩》。宋淑貞作《斷腸詩》，亦作《斷腸詞》，其詩詞之間，蓋不幸父母失審，乃嫁市井，下配傭夫，固負此生矣。故其詩詞皆斷腸也。【範注】斷腸詞：出《古今詩話》，又《淑貞詩集》。宋女朱淑貞，姿容甚美，善屬文詞。不幸父母失審，乃嫁市井，下配傭夫，孤負此生。所作詩詞皆斷腸。【羅注】【秀注】斷腸詞：《古今詩話》：朱淑真，宋女，姿容甚美，善屬文詞。不幸父母失于審諦，乃嫁市井，下配傭夫，孤負此生匹配（秀本作"偶"）。所作詩名《斷腸集（秀本作"詩"）》。【起注】【徐參注】【陳注】【硃注】【湯注】【魏注】【峒注】斷腸詞：朱淑貞姿容甚美，善屬文詞。不幸嫁市井（硃本無"嫁市井"），下配傭夫，辜負此生。其所作之詩詞皆斷腸。

【弘注】斷腸故事詳見第三折【油葫蘆】下。

【弘注】黃四娘：出杜《尋花》："黃四娘家花滿蹊，千朵萬朵壓枝低。"【範注】黃四娘：杜子美時名妓也，杜子美詩云："黃四娘家何處是？幽橋流水曲江邊。"又云："黃四娘家花滿蹊，千朵萬朵壓枝低。"【起注】【陳注】【硃注】【湯注】【峒注】黃四娘：杜子美時名妓也，"黃四娘家何處是？幽橋流水曲江邊。"【魏注】黃四娘：杜子美時名妓。

【弘注】【範注】柳骨顏觔：出《群雲》。唐柳公權、顏真卿二公皆善書，柳筆勢勁，顏筆道婉，故世稱"柳骨顏觔"。又范文正公《祭石曼卿》云："曼卿之筆，顏觔柳骨。"【羅注】【秀注】柳骨顏觔：唐柳公權、顏真卿二公皆善書，柳筆勢遒勁，顏筆勢婉雅，故世稱"柳骨顏觔"。又范文正公《祭石曼卿》云："曼卿之筆，顏觔柳骨。"【起注】【徐參注】【陳注】【硃注】【湯注】【魏注】【峒注】柳骨顏筋（柳骨顏筋，徐參本作"顏筋柳骨"）：唐柳公權、顏真卿二人皆善書，柳筆勢勁，顏筆道婉，世稱"柳骨顏筋"。【徐音注】柳骨顏筋：唐柳公權、顏真卿皆善書，柳筆勢頸，顏筆道婉，故世稱"柳骨顏筋"。

【弘注】張旭張顛：出《群玉》，又《啓蒙翰墨六帖》。張旭，蘇州吳人，善書。每大醉，叫呼狂走乃下筆。或以頭濡墨而書，既醒自視，以爲神不可復得，世呼"張顛"。【範注】張旭張顛：出《郡玉》。張旭，吳人也，善書。每大醉，叫呼狂走乃下筆。或以髮濡墨而書，既醒自視，以爲神不可復得，故稱"張顛"。【羅注】【秀注】張旭、張顛：張旭，吳人也，善書。【羅眉】旭，音蓄。每大醉，叫呼狂走乃下筆，或以頭髮濡墨于墻壁，亂塗而書。既醒自視，以爲神妙，不可復得，故稱"張顛"。【起注】【徐參注】【湯注】【魏注】【峒注】張旭張顛：張旭，吳人也，善書。每大醉，叫呼狂走乃下筆。或以髮濡墨而書，既醒自視，以爲神，不可復得（徐參本無）。【陳注】【硃注】張旭張顛：張旭，吳人也，善書。每大醉，叫呼狂走乃下筆。或以髮濡墨而書，既醒自視，以爲不可復得，神也。

【弘注】獻之羲之：出《晉書》，又《翰墨》。王獻之，即羲之之子，書法一也。王獻之，字逸少，尤善草隸，常臨池學書，池水盡黑。論者稱其筆勢"飄若游雲，矯若驚龍"。【範注】獻之羲之：晉王獻之，羲之子，書法一也。王獻之，字逸少，尤善草隸，常臨池水盡黑，論者稱其筆勢"飄若游龍，矯若驚蛇"。【羅注】【秀注】獻之羲之：【羅眉】羲，音希。晉王獻之，字子敬，羲之子，書法一也，風流冠于江左，論者稱其筆勢活似龍蛇。【起注】【徐參注】【陳注】【湯注】【峒注】獻之羲之：晉王獻之，乃羲之之子。（陳本此處多"書法一也"）羲之尤善草隸，論者稱其筆勢"飄若游龍，矯若驚蛇（徐參本作'鴻'）"。【徐音注】張旭張顛，獻之羲之：皆古之善書者。【硃注】獻之羲之：王獻之，羲之子。【魏注】獻之羲之：晉人，姓王，兄弟并善書。羲之尤善中隸，論者稱其筆勢"飄若游龍，矯若驚蛇"。

【弘注】【範注】【羅注】【秀注】巢由耳：【秀眉】巢、由皆唐時人也。出（羅本無）《逸士傳》。巢父者，因年老以樹爲巢，寢其上，號曰巢父。堯（羅本此處多"將"）以天下讓巢父（羅本"巢父"作"之"），巢父曰："君之牧天下，亦猶予之牧孤犢焉。【秀眉】犢，音讀，牛子也。予無用天下爲也。"牽犢而去。又聞堯召許由爲九州長，由避之，洗耳于水濱，巢父責之曰："子若處高崖闊谷，誰能見乎？今浮游俗間，苟求名譽，污吾犢口。"乃牽犢于上流飲之。又有樊仲父牽牛飲水，見巢由洗耳，馳（秀本作"驅"）牛而還，恥令（秀本無"令"）牛飲其下流也。【起注】【陳注】【硃注】【硃注】【湯注】【魏注】【峒注】洗蕩巢由耳：唐人（唐人，魏本作"唐堯時"）許由遁于潁水之陽，箕山之（硃本無）下，堯召爲九州長，由不欲聞，臨水（硃本作"流"）洗耳。時（硃本無）遇巢父，牽牛欲飲之，見由在彼洗耳，問其故，恐污牛口，乃牽牛于上流飲之。（硃本此處多"惡沽名"）【徐音注】洗巢由耳：唐堯時，許由遁于潁水，堯召爲九州長，許由不欲聞，臨水洗耳。巢父方牽牛飲，知其故，乃牽牛上流飲之，恐污牛口也。【徐參注】巢由耳：巢父、許由，乃唐堯時隱士，耳惡着一利語。

【弘注】斑管：出《博物志》。舜南巡狩不返，葬於蒼梧之野。娥皇、女英追之不及，至洞庭山，淚下染竹即斑，死爲湘妃，又爲湘水神。【範注】斑管：即湘妃竹。注十七折。【起注】【陳注】【硃注】【湯注】斑管：即今之湘妃竹也。

【起注】【陳注】【硃注】【湯注】【魏注】【峒注】淑女君子：詩云（魏本作"經"）："關關雎鳩，在河之洲。窈窕淑女，君子好逑。"

【羅注】【起注】【陳注】【湯注】【魏注】【峒注】風流學士：宋陶穀爲翰林學士。太宗（太宗，魏本作"宋太祖"，起本、陳本、湯本、峒本作"時宋太祖"）即位，命頒詔天下。至江南，韓熙載因穀驕傲，陰（起本、陳本、湯本作"陰謀詭計，暗"）使妓女秦弱蘭，假作驛卒之女，灑掃郵亭。穀見而喜之，遂同枕席，贈一曲名《風光好》。次日，熙載設宴，當席，使歌女歌之。穀慚，遂北歸。故時人稱曰（稱曰，魏本作"號穀爲"，起本、湯本、峒本作"稱陶穀爲"，陳本作"稱陶穀"）"風流學士"（陳本無"風流學士"）。【徐音注】風流學士：宋陶穀使江南，韓熙載因穀驕傲，陰使妓女秦弱蘭假作驛卒之妻，灑掃郵亭。穀見而喜之，遂同枕席。贈一曲名《風光好》。次日熙載設宴，當筵使妓女歌之。穀大慚。北歸時，人號風流學士，時穀官居翰林也。【硃注】

宋陶穀爲翰林學士，頒詔江南。韓熙載因穀驕傲，陰使妓女假驛卒之女，灑掃郵亭。穀見喜，同枕席，贈一曲曰《風光好》。次日，熙載設宴，當筵使妓女歌之。穀慚，遂北歸。故時人稱陶穀爲"風流學士"。

【弘注】春風桃李花開夜：出《古文·長恨歌》。"芙蓉如面柳如眉，對此如何不淚垂。春風桃李花開夜，秋雨梧桐葉落時。"見芙蓉則思鶯鶯之面，見楊柳則思鶯之眉。春風花開，艷陽之辰；秋雨夜落，淒涼之際。對此景物，使人傷悲。【範注】【陳注】【硃注】花開夜葉落時：楊貴妃死，唐明皇思之不已，白樂天作《長恨歌》以（硃本無）譏之，曰："芙蓉如面柳如眉，對此如何不淚垂。春風桃李花開夜，金井梧桐葉落時。"【羅注】【秀注】花開（秀本此處多"夜"）葉落時：楊貴妃縊死馬嵬坡，明皇自蜀回，思之不已，每于花開葉落，痛傷悲恨，故白樂天《長恨歌》以譏之，云："芙蓉如面柳如眉，對此如何不淚垂。春風桃李花開夜，秋雨梧桐葉落時。"【起注】【湯注】【魏注】【峒注】花開夜葉落時：楊貴妃死于馬嵬山，唐明皇思之不已，白樂天作《長恨歌》，譏之曰："芙蓉如面柳如眉，對此如何不淚垂。春風桃李花開夜，金井梧桐葉落時。"【徐參注】花開夜葉落時：白樂天《長恨歌》云："芙蓉如面柳如眉，對此如何不淚垂。春風桃李花開夜，秋雨梧桐葉落時。"

【弘注】黃犬音故事詳見第四折【混江龍】下。

【釋義】紅葉詩：出《氏族》，又《群玉》。韓夫人者，唐僖宗時宮女也。嘗題紅葉云："流水何太急，深宮盡日閒。殷勤謝紅葉，好去到人間。"放御溝中，士人于祐拾之，就題一葉："曾聞葉上題紅怨，葉上題詩寄阿誰？"置溝上流，宮女韓夫人拾之。後祐托韓泳門館，因帝放宮女三千人，泳作伐嫁祐。及成禮，各于笥中取紅葉相示，乃曰："事豈偶然？"一日，泳開宴，曰："今日可謝媒人。"韓笑答曰："一聯佳句隨流水，十載幽思滿素懷。今日却成鸞鳳友，方知紅葉是良媒。"【範注】【羅注】【陳注】紅葉詩：唐僖宗時，宮女韓夫人題詩于紅葉云："流水何太急，深宮盡日閒。殷勤謝紅葉，好處到人間。"放御溝中流出，士人于祐拾之，復題一葉云："曾聞葉上題紅怨，葉上題詩寄阿誰？"放溝上流入宮，韓夫人拾之。後帝放宮女三千人，韓泳作伐嫁祐。及成禮,各取紅葉視之。祐曰:"今日可謝媒。"夫人曰:"一聯佳句隨流水,十載幽思滿素懷。今日却成鸞鳳友,方知紅葉是良媒。"【起注】【湯注】【峒注】紅葉詩:宮女韓夫人,題詩于紅葉之上,云:"流水何太急?深宮盡日閑。殷勤謝紅葉,好去到人間。"題畢,乃命宮人放之于御溝,下流而出,時有士人于祐拾之,後題一葉云:"曾聞葉上題紅怨,葉上題詩寄阿誰?"遂放之于溝,上流入宮,時韓夫人拾之。後帝放宮女三千人,韓泳作伐,韓夫人適于祐。及成禮,各取紅葉視之。祐曰:"今日可謝媒。"夫人曰:"一聯佳句隨流水,十載幽思滿素懷。今日却成鸞鳳友,方知紅葉是良媒。"【徐音注】紅葉詩:唐宮人韓氏,題詩于紅葉云:"流水何太急?深宮盡日閑。殷勤謝紅葉,好去到人間。"葉投御溝流去,時士人于祐拾得之,因取一葉題云:"曾聞葉上題紅怨,葉上題詩寄阿誰?"放溝上流入宮,時韓夫人拾得之。後帝放宮女三千人,韓泳作伐,爲于祐娶韓夫人。及禮成,各出葉視之,曰:"事非偶然?"因聯詩:"一聯佳句隨流水,十載幽思滿素懷。今日始成鸞鳳友,方知紅葉是良媒。"【徐參注】紅葉詩:韓夫人宮中題紅葉,于祐拾之。後出宮,女爲祐所得。【硃注】宮女韓夫人,題詩紅葉,放御溝下流而出。時士人于祐拾之,復題一葉,放御溝上流入宮。韓夫人拾之。後帝放宮女,夫人得配于祐。及成禮,各取紅葉視之。祐曰:"今日可謝媒。"夫人曰:"一聯佳句隨流水,十載幽思滿素懷。今日却成鸞鳳友,方知紅葉是良媒。"【魏注】紅葉詩:宮人韓夫人題詩于紅葉云:"流水何太急,深宮盡日閑。殷勤謝紅葉,好去到人間。"題畢,投御溝下流而出。有士人于祐拾得之,因取一葉亦題云:"曾聞葉上題紅怨,葉上題詩寄阿誰?"放溝之上流入宮,適韓夫人拾得之。後帝放宮女三千人,韓泳作伐,爲于祐娶韓夫人。及成禮,各出葉視之。曰:"事豈偶然?"因作聯句曰:"一聯佳句隨流水,十載幽思滿素懷。今日却成鸞鳳友,方知紅葉是良媒。"今《紅葉記》是也。

【弘注】【範注】【羅注】【陳注】【秀注】梅花使:出《詩學》,又《翰墨》(範本無"又《翰墨》",陳本、羅本、秀本無"出《詩學》,又《翰墨》")。(陳本此處多"晉")陸凱與范曄相善,【秀眉】凱,音慨。自江南寄梅花一枝,詣長安與曄，贈詩曰（羅本、秀本作"云"）："折梅逢馹使，寄與隴頭人。江南無所有，聊贈一枝春。"（羅本、秀本此處多"隴頭即長安也"）【起注】【硃注】【湯注】【魏注】【峒注】梅花使：晋陸凱與范曄相善，自江南寄梅花一枝，詩一首，曰："折梅逢驛使，寄與隴頭人。江南無所有，聊贈一枝春。"【徐參注】梅花使：陸凱折梅寄范曄曰："折梅逢馹使，寄與隴頭人。江南無所有，聊贈一枝春。"曄在江北，故云。

【弘注】【範注】【羅注】【峒注】卓氏音書：出《西京雜記》，又《群玉》。（出《西京雜記》又《群玉》，範本作"即卓文君。詳十一折"，羅本、峒本無）（羅本、峒本此處多"漢"）司馬相如將聘茂陵女子爲妾，（羅本、峒本此處多"其妻"）卓文君作《白頭吟》三疊以自絕。于此但舉其一，云："凄凄重凄凄，嫁娶不須啼。願得一心人，白頭不相離。"相如感之（範本、羅本、峒本此處多"乃"）止。【起注】【陳注】【硃注】【湯注】卓氏音書：司馬相如將聘茂陵女子爲妾，其妻卓文君作《白頭吟》三疊以自絕，相如感之，乃止。【徐音注】卓氏音書：司馬相如欲聘茂陵女子爲妾，其妻卓文君寄書作《白頭吟》，一絕云："凄凄重凄凄，嫁女不須啼。願得同心人，白頭不相離。"相如感之，遂止。【魏注】卓氏音書：司馬相如將聘茂陵女子爲妾，其妻卓文君作《白頭吟》三疊以自絕，相如感之乃止。其一云："凄凄重凄凄，嫁女不須啼，願得同心人，白頭不相離。"相如感之，乃止不娶。

【弘注】病相如：出《西京雜記》。司馬相如素有消渴病，悅文君色，遂發痼疾。【範注】病相如：出《西京雜記》。司馬相如素有消渴疾，但思文君，遂發痼疾。【起注】【陳注】【硃注】【湯注】病相如：司馬相如消渴病，但思文君，遂發（硃本作"廢"，湯本此後多"焉"）。【徐音注】病相如：相如素有渴病，但思文君，病遂發。【魏注】【峒注】病相如：司馬相如素有渴病，但思文君，病即發。

【起注】字音

瓜，音孤。診，音軫。餌，音二。蟻，音己。觔，音斤。抓，音爪。刺，音次。旭，音蓄。

【徐音注】字音

䪜，軫。餌，二。蟻，己。舢，斤。抓，爪。刺，次。旭，蓄。

【徐參注】字音

䪜，音軫。餌，音二。蟻，音己。舢，音斤。刺，音次。旭，音畜。

【陳注】字音

瓜，抓。䪜，軫。餌，二。蟻，己。舢，金。抓，瓜。刺，次。旭，蓄。

【硃注】字音

瓜，孤。䪜，軫。餌，二。蟻，己。舢，斤。抓，瓜。刺，次。旭，蓄。

【湯注】【魏注】【峒注】字音

瓜，抓。䪜，軫。餌，二。蟻，己。舢，斤。抓，瓜。刺，次。旭，蓄。

第三折①

　　（净扮鄭恒上開云）自家姓鄭，名恒，字伯常②。先人拜禮部尚書，【陳眉】【峒眉】原來也是公子。不幸早喪③。後數年又喪母④。先人在時⑤，曾定下俺姑娘的女孩兒⑥鶯鶯爲妻，不想姑夫亡化⑦，鶯鶯孝服未滿⑧，不曾成親。【秀眉】此又爲起初始末根由。俺姑娘將着這靈襯，引着鶯鶯⑨，回博陵下葬⑩。爲因路阻，不能得去⑪。【羅眉】

---

① 第三折：範本、龍本、湯沈本作"第十九齣　詭謀求配"，羅本作"第十九齣"，繼本作"第十九齣　詭謀匹配"，屠本作"第二十折"，容本、起本、徐音本、徐參本、虎本、陳本、硃本、湯本、魏本、峒本、封本作"第十九齣　鄭恒求配"，徐畫本作"第三套　鄭恒求配"，驥本作"三套（今本第十九折）拒婚"，何本作"求配"，秀本作"第十九齣　懇求匹配"，天李本作"鄭恒求配"，六幻本作"續之三　詭謀求配"，三合本作"第三套　求配"，毛本作"第十九折　求婚"。
② 常：六幻本作"長"。
③ 不幸早喪：峒本作"不幸喪早"，張本無。
④ 後數年又喪母：又，毛本無。驥本、延本作"後又數年喪母"，張本無。
⑤ 先人在時：張本作"在時"。
⑥ 曾：繼本、秀本作"已曾"。女孩兒：張本作"女兒"。
⑦ 不想姑夫亡化：亡化，延本、張本作"去世"。驥本作"俺姑夫官拜前德宗朝相國之職，不想姑夫去世"。
⑧ 孝服未滿：未滿，毛本作"在身"。驥本、延本作"因有父服在身"。
⑨ 俺姑娘將着這靈襯引着鶯鶯：將着這，硃本作"將"。驥本、延本作"俺姑娘引小姐扶靈柩"，張本、毛本作"俺姑娘引着鶯鶯扶靈柩"。
⑩ 下葬：徐參本作"卜葬"，驥本、延本、張本、六幻本、毛本作"安葬"。
⑪ 不能得去：張本作"寄居河中府"。驥本、延本、毛本此句後多"在普救寺寄居"。

爲，去聲。數月前寫書來①，喚我同扶柩去②。因家中③無人，來得遲了④。我離京師，來到河中府，⑤打聽得孫飛虎欲擄鶯鶯爲妻⑥，得一個張君瑞⑦退了賊兵，俺姑娘許了他⑧。我如今到這裏⑨，没這個消息便好去見他⑩；既有這個消息⑪，我便撞將去呵⑫，【秀眉】撞，

---

① 寫書來：驥本、延本作"俺姑娘捎書來"。
② 喚我同扶柩去：柩，驥本、延本作"靈柩"。張本作"喚俺"。
③ 家中：驥本、延本、毛本作"家下"。
④ 來得遲了：驥本、延本作"事冗不能迭辦，以此來的遲了"，張本作"來遲了一步"。
⑤ 我離京師，來到河中府：驥本、延本、毛本作"我離了京師，來到河中府，尋個下處安歇"，張本作"不想到這裏"。
⑥ 打聽得孫飛虎欲擄鶯鶯爲妻：孫飛虎，弘本、羅本、繼本、何本、陳本、秀本、六幻本作"因孫飛虎"，驥本、延本作"賊徒孫飛虎領兵"，毛本作"因賊徒孫飛虎"。張本作"聽說孫飛虎要虜鶯鶯"。
⑦ 張君瑞：範本、龍本、屠本、徐畫本、徐音本、張本、六幻本、三合本作"秀才張君瑞"，驥本、延本、毛本作"秀才張君瑞設計"。
⑧ 俺姑娘許了他：許了，羅本、繼本、容本、起本、徐參本、虎本、何本、陳本、秀本、硃本、天李本、六幻本、湯本、湯沈本、魏本、峒本、封本、毛本作"復許了"。驥本、延本作"我姑娘把鶯鶯許了他"，張本作"俺姑娘把鶯鶯又許了他"。
⑨ 我如今到這裏：到這裏，羅本、繼本、徐畫本、徐音本、何本、六幻本、三合本作"到此"，驥本、延本作"既到這裏"。容本、起本、徐參本、虎本、陳本、天李本、湯本、魏本、封本、毛本作"又聞得張君瑞連中甲第"，秀本作"又聞得張君瑞得中科第"，硃本作"又聞得張君瑞中甲第"，峒本作"又聞張君瑞連中甲第"。
⑩ 没這個消息便好去見他：他，容本、起本、徐參本、虎本、陳本、硃本、天李本、湯本、魏本、封本、毛本作"姑娘"。驥本、延本作"若没這個消息便自好去相見"，秀本作"没奈他何怎生好去見姑娘"，峒本作"没得這個消息便好去見姑娘"，羅、繼本、徐畫本、徐音本、何本、張本、六幻本、湯沈本、三合本無。
⑪ 既有這個消息：弘本、容本、起本、徐參本、驥本、虎本、陳本、秀本、硃本、延本、天李本、湯本、湯沈本、魏本、峒本、封本、毛本作"既聽得這個消息"，張本無。
⑫ 我便撞將去呵：我，張本作"俺如今"；將，驥本、延本、毛本作"入"。羅本、繼本、徐畫本、徐音本、何本、六幻本、湯沈本、三合本作"不好去見得，便撞將去呵"。

音壯。没①意思。這一件事②，都在紅娘身上。我着人③去喚他，【謝眉】白不犯正文，愈見才思。【徐畫眉】【魏眉】俏紅雖巧，難做兩國軍師。【徐參眉】此行多是撞木鐘，唤紅娘亦難作兩國軍師。【陳眉】【峒眉】紅娘難做兩國軍師。則說："哥哥從京師④來，不敢來見⑤姑娘，着紅娘來下處來⑥，有話去對姑娘行說去⑦。"去的人好一會了⑧，不見來⑨。見姑娘和他有話說⑩。（紅上云）鄭恒哥哥在⑪下處，不來見夫人⑫，

---

① 没：羅本、繼本、徐畫本、徐音本、何本、六幻本、三合本作"也没"，張本作"恐没"。
② 這一件事：陳本、魏本作"這件事"。
③ 我着人：驥本、延本作"我且令人"，張本作"俺且着人"。
④ 京師：弘本作"京"。
⑤ 來見：羅本、繼本、容本、起本、徐參本、虎本、何本、陳本、秀本、碌本、天李本、六幻本、湯本、峒本、封本、毛本作"徑來見"，驥本、延本、張本作"造次來見"，魏本作"徑往見"。
⑥ 來下處來：徐參本作"在下處來"，驥本、延本作"來下處"，張本作"下處來"。
⑦ 有話去對姑娘行說去：有話，範本、龍本、徐畫本、徐音本、三合本作"有說話"；去對，弘本、驥本、湯沈本作"去"，羅本、繼本、容本、起本、徐參本、虎本、何本、陳本、秀本、碌本、魏本、峒本、封本、毛本作"對"。屠本作"有句話對姑娘說知"，延本作"有說話去姑娘行說去"，張本作"有話對姑娘行說"。
⑧ 去的人好一會了：去的人，驥本、延本作"這去的人"，張本作"人去"；好一會了，弘本、徐畫本、徐音本、三合本作"好一會"。屠本作"然後再來拜見"，羅本、繼本、容本、起本、徐參本、虎本、何本、陳本、秀本、碌本、天李本、六幻本、湯本、湯沈本、魏本、峒本、封本、毛本無。
⑨ 不見來：屠本作"不知爲何不來"，張本作"怎麼還不見來"，羅本、繼本、容本、起本、徐參本、虎本、何本、陳本、秀本、碌本、天李本、六幻本、湯本、湯沈本、魏本、峒本、封本、毛本無。
⑩ 見姑娘和他有話說：範本、龍本、徐畫本、徐音本、三合本作"若來呵，和他有話說"，容本、起本、徐參本、虎本、何本、秀本、碌本、天李本、湯本、魏本、峒本、封本、毛本作"若紅娘來呵，且瞞過張生得中那邊，方可和他說話"，驥本、延本作"若來呵，和他別有話說。（下）"，陳本作"若紅娘呵，且瞞過張生得中那邊，方可和他說話"，羅本、繼本、張本、六幻本無。
⑪ 在：屠本作"已到"。
⑫ 不來見夫人：見，屠本作"拜見"。驥本、延本、峒本作"不來見老夫人"，秀本作"不見老夫人"。

却唤我説話①。夫人着我來②，看他説甚麽③。（見浄科）哥哥萬福，夫人道④："哥哥來到呵，怎麽不來家裏來⑤？"（浄云）我有甚顔色見姑娘⑥？【封眉】時本（恒云）下有"我有甚顔色見姑娘"一句。此時恒對紅方説"要揀吉日成合親事"，不曾説出鶯鶯復許張生話頭，如何便説"無顔"？大誤。我唤你來的缘故是怎生⑦？當日⑧姑夫在時，曾許下這門親事⑨。我今番⑩到這裏，姑夫孝⑪已滿了，特地央及你去夫人行説

---

① 却唤我説話：屠本作"却來唤我"，張本作"唤俺説話"，峒本作"唤我説話"。
② 夫人着我來：秀本作"夫人着我"，張本作"夫人着俺來"，毛本作"老夫人着我來"，屠本無。
③ 看他説甚麽：甚麽，驪本、延本作"甚麽話"。屠本作"不知有何説話"。
④ 夫人：驪本、延本、毛本作"老夫人"。道：屠本作"説"。
⑤ 怎麽不來家裏來：不來，羅本、繼本、何本、六幻本、湯沈本作"不徑到"，容本、起本、虎本、陳本、秀本、硃本、天李本、湯本、魏本、峒本、封本、毛本作"不徑來"，徐參本作"不在"，驪本、延本、張本作"不到"。屠本作"如何不到家裏"。
⑥ 我有甚顔色見姑娘：範本、龍本此句前多"紅娘"。有甚，羅本、繼本、容本、起本、徐畫本、徐音本、徐參本、虎本、何本、陳本、秀本、硃本、天李本、六幻本、湯本、湯沈本、三合本、魏本、峒本作"有甚麽"，毛本作"甚麽"。屠本作"我有甚麽顔色來見姑娘"，驪本、延本作"我甚麽顔色見俺姑娘"，張本作"我怎麽好就見姑娘"，封本無。
⑦ 我唤你來的缘故是怎生：我，驪本、延本無；是，羅本、繼本、容本、起本、徐參本、虎本、何本、陳本、硃本、天李本、湯本、魏本、峒本、封本、毛本作"道是"。屠本作"（紅云）你是的親的侄兒，爲何不好相見。（恒云）"，張本作"我唤你來説"，六幻本、湯沈本無。
⑧ 當日：屠本作"想當日"，毛本作"當時"。
⑨ 曾許下這門親事：張本作"曾許下親事"。
⑩ 我今番：驪本、延本、張本作"我今"。
⑪ 孝：驪本、延本作"孝服"。

知①，揀一個吉日，了這件事②，好和小姐一答裏下葬去③。【秀眉】樞音究。不爭不成合④，一答裏⑤。若說得肯呵⑥路上難廝見，我重重的相謝你⑦。【徐參眉】恒諒不能施其工巧矣。（紅云）這一節話⑧再也休題。鶯鶯已與了別人了也⑨。（淨云）道不得"一馬不跨雙鞍"⑩！可怎生父在時曾許了⑪我，父喪之後母到⑫悔親？這個道理那裏

---

① 特地央及你去夫人行說知：央及，張本作"央"；夫人，毛本作"老夫人"；說知，徐畫本作"知"。驥本、延本作"特地央你去老夫人行說"。
② 了這件事：了，弘本、羅本、繼本、容本、起本、徐參本、驥本、虎本、何本、陳本、秀本、延本、張本、天李本、湯本、湯沈本、魏本、峒本、封本、毛本作"成合了"，範本、龍本作"良時就成合了"，屠本、徐畫本、徐音本、六幻本、三合本作"良辰成合了"。碎本作"成合了這件親"。
③ 好和小姐一答裏下葬去：一答裏下葬去，範本、龍本、屠本作"一合裏下葬去"，羅本、繼本、容本、起本、徐參本、虎本、何本、陳本、秀本、碎本、天李本、六幻本、湯本、湯沈本、魏本、峒本、封本、毛本作"一搭裏扶樞去"。張本作"好和一搭裏下葬去"。
④ 不成合：驥本、延本、毛本作"不成合呵"。
⑤ 一答裏：張本作"一"。
⑥ 若說得肯呵：徐參本無。
⑦ 相謝你：屠本作"相謝"，徐參本、張本、魏本作"謝你"。
⑧ 這一節話：驥本作"這一節"。
⑨ 鶯鶯已與了別人了也：鶯鶯，屠本作"小姐"；別人了，羅本、繼本、容本、起本、虎本、陳本、秀本、碎本、張本、天李本、六幻本、湯本、峒本、封本、毛本作"張生"，徐畫本、徐音本、湯沈本、三合本作"別人"。徐參本、何本作"鶯鶯已與張生也"，驥本作"小姐已許了別人也"，延本作"小姐已許了別人了也"，魏本作"鶯鶯已許了張生也"。
⑩ 道不得"一馬不跨雙鞍"：道不得，羅本、繼本、徐畫本、徐音本、何本、湯沈本、三合本作"道不得個"；跨，毛本作"鞴"。屠本作"難道是'一馬重跨雙鞍'"，驥本作"却不道'一馬不鞴兩鞍'"，張本作"道不得個'一馬不鞴雙鞍'"。
⑪ 許了：羅本、繼本、屠本、容本、起本、徐畫本、徐音本、徐參本、驥本、虎本、何本、陳本、秀本、碎本、延本、張本、天李本、六幻本、湯本、湯沈本、三合本、魏本、峒本、封本、毛本作"許下"。
⑫ 到：羅本作"到却"，屠本作"轉"，繼本、徐畫本、徐音本、何本、張本、湯沈本、三合本作"却"。

有①！（紅云）即②非如此説。當日孫飛虎將半萬賊兵來時③，哥哥你在那裏④？若不是那生呵⑤，那裏得俺一家兒來⑥？今日太平無事⑦，却來争親⑧；倘被賊人擄去呵⑨，哥哥如何去争⑩？【容夾】【湯眉】那丫頭也狠。【徐畫眉】【魏眉】【峒眉】"賊擄"二字，真可中言折獄。【徐參眉】"賊虜"二字，片言折獄。【陳眉】一刀兩斷。（净云）與了一個富家，也不枉了⑪，却與了⑫這個窮酸餓醋。偏我不如他⑬？我仁者

---

① 這個道理那裏有：屠本作"那有這個道理"。
② 即：屠本作"哥哥"，範本、龍本、徐畫本、徐音本、徐參本、驥本、延本、張本、天李本、湯沈本、三合本、魏本、峒本、毛本作"却"。
③ 當日孫飛虎將半萬賊兵來時：將半萬賊兵來時，屠本作"以半萬賊兵，擄俺姐姐"，弘本、羅本、繼本、容本、起本、徐參本、虎本、何本、陳本、秀本、碳本、天李本、六幻本、湯本、湯沈本、魏本、峒本、封本、毛本作"將半萬人馬來時"。驥本、延本作"當日草寇孫飛虎將半萬人馬來時"。
④ 哥哥你在那裏：屠本無。
⑤ 若不是那生呵：那生，驥本、延本作"張生"。屠本作"那時若非張生"。
⑥ 那裏得俺一家兒來：一家兒，驥本、延本、張本作"一家兒性命"。屠本作"俺一家兒都難逃死，因此夫人將小姐許了張生。當初哥哥不來救難"。
⑦ 今日太平無事：屠本作"此時太平"。
⑧ 親：屠本作"婚"。
⑨ 倘被賊人擄去呵：屠本作"倘或賊人擄去"。
⑩ 哥哥如何去争：屠本作"你與誰争"，羅本、繼本、容本、起本、徐參本、虎本、何本、陳本、秀本、碳本、天李本、六幻本、湯本、湯沈本、魏本、峒本、封本、毛本作"你往那裏去争"，張本作"哥哥却和誰説"。
⑪ 也不枉了：屠本作"也好"，張本作"也還不枉"。
⑫ 却與了：屠本作"與了"，驥本、延本作"却與"，張本作"與"。
⑬ 偏我不如他：偏我，驥本、延本作"我偏"。範本、龍本無。

能仁、身裏出身的根脚①，又是親上做親②，況兼他父命③。（紅云）他到不如你④？嗏聲！⑤【毛夾】此打匹科調也，元詞原有打牙譚匹調例，院本中所必有者，況鄭恆鬧哨藍本《董詞》，又不得不爾。此原在文章套數之外，別一眼目。按唐鄭協律，名恆，字伯常，見秦貫《墓銘》。特以配博陵崔氏，偶同。董解元遂取恆實之，後竟相傳爲詞家故事，不可易矣。如《鴛鴦被》劇"性狼也夫人，毒心也鄭恆"類。

【越調】【鬥鵪鶉】⑥ 賣弄你⑦仁者能仁，倚仗你⑧身裏出身；至如你⑨官上加官，也不合⑩親上做親。【範眉】俚雅互陳，便是當家。【羅眉】做，音造。又不曾執羔雁⑪邀媒，獻幣帛問【湯沈旁】

---

① 我仁者能仁、身裏出身的根脚：屠本作"我本是仁者能仁、身裏出身生來，尚書的兒子"，範本、龍本、何本無。
② 又是親上做親：弘本、徐畫本、徐音本、三合本作"又是親"，羅本、繼本、容本、起本、徐參本、虎本、陳本、秀本、硃本、天李本、六幻本、湯本、魏本、峒本、封本、毛本作"又是親上的親"，屠本作"取得姑娘的女兒"，何本作"我是親上的親"，張本作"他比我甚的"，範本、龍本無。
③ 況兼他父命：屠本作"他那些兒勝似我哩"，範本、龍本、張本無。
④ 他到不如你：他到，範本作"他道"，龍本作"俺道"。屠本作"你從來不識潘安貌"，毛本作"他道你不如"。
⑤ 嗏聲：範本、龍本作"嗏聲！生來不識潘安貌，事去纔施張敞眉"，屠本作"過後方描張敞眉"。
⑥ 弘本、範本、龍本、羅本、繼本、容本、起本、徐參本、虎本、何本、陳本、秀本、硃本、延本、天李本、湯本、魏本、峒本此處多"（紅唱）"。
⑦ 你：徐畫本、徐音本、三合本作"他"。
⑧ 倚仗你：徐畫本、徐音本、三合本作"倚仗他"，驥本、延本作"倚着你"。
⑨ 至如你：羅本作"則待要你"，徐畫本、徐音本、三合本作"他道是"，徐參本、峒本作"至如今"，驥本、延本作"你道是"，張本作"縱教你"，魏本作"至如今你"。
⑩ 也不合：弘本、範本、龍本、繼本、容本、起本、徐參本、虎本、何本、陳本、秀本、硃本、天李本、六幻本、湯本、湯沈本、魏本、峒本、封本、毛本作"也不教你"，羅本作"既不合你"，屠本作"不教你"，徐畫本、徐音本、驥本、延本、三合本作"不曾教"，張本作"誰許你"。
⑪ 又不曾執羔雁：執，張本無。徐畫本、徐音本、三合本作"又不爭報雁"。

徐作"謝"。肯①。【羅眉】帛,音擺。【田補眉】謝肯,舊有是語。恰洗了塵②,便待要過門③。枉腌【湯沈旁】不潔意。了他④金屋銀屏,枉污了他⑤錦衾綉裯。【謝眉】深好起發意,此關氏不亞于王氏也。【範眉】相國在日親許,未爲無因。【羅眉】衾,音欽。裯,音因。【繼眉】此後二齣,以俚語、書語捏合成腔,半雅半俗,故自當行。【起眉】王曰:蕢梓土鼓,不妨從朔。【徐音眉】腌了,臊了,小紅何等不屑。【徐參眉】舌劍唇槍。【凌眉】徐士範曰:俚雅互陳,便是當家。問肯,王作"謝肯"。【峒眉】從這裏講貧富,千古特見。【封眉】王伯良作"謝肯"。

【紫花兒序】⑥枉蠢了他⑦梳雲掠月,枉羞了他⑧惜玉憐香,枉村【湯沈旁】徐作"紂"。了他⑨殢雨尤雲。【羅眉】蠢,上聲。月,音曰。殢,音利。尤,音憂。【容眉】"枉"得有趣。【徐畫眉】【田眉】【徐音眉】紂,村蠢之意。【湯眉】有趣。當日⑩三才始判,兩儀⑪初分;【徐畫

---

① 獻幣帛問肯:獻,張本無;問,延本、六幻本、毛本作"謝"。徐畫本、徐音本、三合本作"獻帛謝肯",驥本作"幣帛謝肯"。
② 恰洗了塵:徐畫本、徐音本、驥本、延本、張本、三合本作"就洗塵"。
③ 便待要過門:徐畫本、徐音本、驥本、延本、張本、三合本作"便過門"。
④ 枉腌了他:羅本作"枉誤了他",徐畫本、徐音本、驥本、延本、張本、三合本作"枉腌了"。
⑤ 枉污了他:徐畫本、徐音本、驥本、延本、三合本、毛本作"枉臊了"。
⑥ 弘本、範本、龍本、容本、起本、徐參本、虎本、何本、陳本、秀本、碐本、天李本、湯本、魏本、峒本此處多"(紅唱)"。
⑦ 枉蠢了他:張本作"枉蠢了"。
⑧ 枉羞了他:徐畫本、徐音本、驥本、延本、三合本、毛本作"枉紂了他",徐參本、魏本、峒本作"枉費了他",張本作"枉羞了"。
⑨ 枉村了他:張本作"枉村了"。
⑩ 當日:毛本作"當日個"。
⑪ 兩儀:弘本、羅本、繼本、容本、起本、徐畫本、徐音本、徐參本、驥本、虎本、何本、陳本、秀本、碐本、延本、張本、天李本、湯本、湯沈本、三合本、魏本、峒本、封本作"二儀",毛本作"二氣"。

旁】【田旁】【延旁】却不好。乾坤，清者爲乾，濁者爲坤①，人在中間相混②。【凌眉】王伯良曰"兩儀"，"儀"字得仄聲乃妙。"三才"以下自是本色，而人以爲學究，王元美譏《㑳梅香》劇正以此等語。【羅眉】濁，音罩。君瑞是君子清賢③，【虎眉】貧，或作"賢"。鄭恒是小人④濁民。【容旁】【湯旁】狠。【範眉】【秀眉】"三才"以下是小兒嘎號，然不妨作鄭家侍婢本色語。【羅眉】濁，音罩。【起眉】李曰：這忏鄭恒處，絶是小兒嘎號，却不妨侍婢本色語。【徐畫眉】【魏眉】這忏鄭恒處，絶無小兒啼號，不如侍婢知己語。【田補眉】迂板不似婢子語。【徐參眉】何當談天論地，分別人品？【陳眉】【湯沈眉】【三合眉】"三才"以下數語却迂板，且不似婢子語。【封眉】王伯良曰"兩儀"，"儀"字得仄聲乃妙。《字彙》叶語綺切音，擬《高唐賦》"惟高堂之大體兮，殊無物類之可儀"。張生、你個，時本作"君瑞""鄭恒"。【驥夾】【延夾】後"濁"字，借叶去聲。【毛夾】後"濁"字，借叶去聲。自起至"殢雨尤雲"止，承賓白"做親"來。"仁者能仁"四句皆成語，言賣弄你有德性，倚仗你有門第耶？然做親不可也。至如你官上加官，也不教親上做親也。至如你，他本改"你道是"，便不貫矣。"執羔雁"與"獻幣帛"對，碧筠本刪去"羔"字，且謂婚禮無羔，最爲可笑。君不聞鄭衙內要牽羊擔酒耶？謝肯，勿作"問肯"，係俗禮，今尚有之。《舉案齊眉》劇"想當初許了的親，他不曾來謝肯"。洗塵，以鄭初到言。柱腌了他，五"他"字，俱指鶯。腌、臊，皆不嚓。紂，猶村也，元詞"你桂英性子實村紂"。"金屋銀屏"五句由漸而入，最有步驟，顛倒不得。"三才始判"數語，正譚匹之最奇者。《來生債》劇"別是個乾坤嘆濁民"，董詞亦有"教我怎不陰唆，是閻王的愛民"，正

---

① 爲坤：屠本、延本作"坤"。
② 中間相混：徐畫本、徐音本、驥本、延、張本、三合本作"其中相混"，毛本作"中厮混"。
③ 君瑞是君子清賢：清賢，弘本、繼本、容本、起本、徐參本、虎本、何本、陳本、秀本、硃本、天李本、六幻本、湯本、三合本、魏本、峒本、毛本作"清貧"。封本作"張生是君子清貧"。
④ 鄭恒：羅本作"你"，封本作"你個"。小人：驥本、延本作"小兒"。

（净云）①賊來，怎地他一個人退得②？都是③胡説！（紅云）我對與你説。④

【天净沙】⑤把河橋【湯沈旁】一作"橋梁"。飛虎將軍⑥，叛蒲東擄掠人民，【秀眉】掠，音略。半萬賊屯合寺門⑦，【張眉】賊，訛"兵"，及"屯"下添"合"者，俱非。手横着霜刃⑧，【繼眉】刃，今作刀，非韵。【封眉】霜，作"雙"，誤。高叫道要鶯鶯做⑨壓寨夫人。【容旁】【湯眉】畫。【羅眉】掠，音料。壓，音雅。【起眉】【虎眉】橋梁，一作"河東"，悖甚。刃，一作"刀"，非韵。【徐參眉】仔細序事，着人知因。【硃眉】曲盡如畫。

---

① 封本此處多"這小妮子無禮，我且不計較"。
② 怎地他一個人退得：羅本、繼本、容本、起本、徐參本、虎本、何本、陳本、秀本、硃本、天李本、湯本、湯沈本、魏本、峒本、封本作"他一個人怎的退得"，徐畫本、徐音本、三合本作"他一個人怎生退得"，驥本、延本、毛本作"怎的退得"，張本作"他怎生退得"，六幻本作"他怎的退得"。
③ 都是：弘本、容本、起本、徐參本、虎本、陳本、秀本、硃本、天李本、湯本、湯沈本、魏本、峒本、封本作"却是"。
④ "（净云）賊來"至"我對與你説"：我對與你説，羅本、繼本、徐畫本、徐音本、張本、三合本作"我説與你聽"，容本、起本、徐參本、驥本、虎本、陳本、秀本、硃本、延本、天李本、湯本、魏本、峒本、封本、毛本作"我對你説"，何本、六幻本作"我説與你聽咱"，湯沈本作"我説你聽"。屠本作"我想那時呵"。
⑤ 弘本、範本、龍本、容本、起本、徐參本、虎本、何本、陳本、秀本、硃本、天李本、湯本、魏本、峒本此處多"（紅唱）"。
⑥ 把河橋飛虎將軍：把河橋，弘本、羅本、容本、起本、徐參本、虎本、何本、陳本、秀本、硃本、天李本、湯本、魏本、峒本、封本作"把橋梁"，徐畫本、徐音本、三合本作"那河橋"。
⑦ 半萬賊屯合寺門：賊，驥本、延本作"兵"，徐參本、硃本、峒本作"賊兵"；屯合，張本作"屯"。毛本作"半萬兵屯寺門"。
⑧ 手横着霜刃：霜刃，弘本、龍本作"雙刀"，範本、羅本、屠本、繼本、容本、起本、徐參本、虎本、何本、陳本、秀本、硃本、天李本、湯本、魏本、峒本作"雙刃"。徐畫本、徐音本、三合本作"横着霜刃"。
⑨ 做：徐參本無。

（净云）半萬賊①，他一個人濟甚麼事②？（紅云）賊圍之甚迫③，夫人④慌了，和長老商議，拍手高叫⑤："兩廊不問僧俗⑥，如退得賊兵的⑦，便將鶯鶯與他⑧爲妻。"【羅眉】老，上聲。【陳眉】當時若是僧退兵去，鶯却做尼姑也，那裏到你來？忽有游客張生⑨，應聲而前曰⑩："我有退兵之策⑪，何不問⑫我？"夫人⑬大喜，就問其計何

---

① 半萬賊：賊，弘本、屠本、徐參本作"賊兵"，驥本、延本作"人"。封本無。
② 他一個人濟甚麼事：一個人，驥本、延本作"一個"；甚麼事，毛本作"甚事"。屠本作"張生一人濟得甚事"，封本無。
③ 賊圍之甚迫：之，羅本、繼本、容本、起本、徐畫本、徐音本、徐參本、虎本、何本、陳本、秀本、硃本、張本、天李本、湯本、湯沈本、三合本、魏本、峒本、毛本無；甚迫，驥本、延本作"甚急"。屠本作"當時賊圍甚急"，封本無。
④ 夫人：容本、起本、徐參本、驥本、虎本、陳本、秀本、硃本、延本、天李本、湯本、湯沈本、魏本、峒本、毛本作"老夫人"，何本作"俺夫人"。
⑤ 拍手高叫：屠本、徐畫本、徐音本、張本、湯沈本、三合本、毛本作"高叫"。
⑥ 不問僧俗：屠本作"人等"，張本作"不論僧俗"。
⑦ 如退得賊兵的：的，張本作"者"。屠本作"但有能退兵者"。
⑧ 便將鶯鶯與他：屠本作"情願以小姐"。
⑨ 忽有游客張生：忽，羅本、繼本、容本、起本、徐參本、虎本、何本、陳本、秀本、硃本、天李本、六幻本、湯本、湯沈本、魏本、峒本、毛本作"時"。弘本作"忽有游客"，張本作"那時張生"。
⑩ 前曰：弘本、羅本、繼本、容本、起本、徐畫本、徐音本、徐參本、驥本、虎本、何本、陳本、秀本、硃本、延本、張本、天李本、六幻本、湯本、湯沈本、三合本、魏本、峒本、毛本作"言"。
⑪ 我有退兵之策：策，張本作"計"。屠本作"我能退兵"。
⑫ 問：驥本、延本作"求"。
⑬ 夫人：驥本、延本作"老夫人"。

在①。生云②:"我有一故人③白馬將軍,見統十萬之衆④,鎮守⑤蒲關。我修書一封⑥,着人寄去⑦,必來救我⑧。"不想書至兵來⑨,其困⑩即解。【徐參眉】真見事有繇來,不比泛泛。

【小桃紅】⑪ 洛陽才子善屬【湯沈旁】音祝。文⑫,火急修書信⑬。【徐畫旁】【田旁】【延旁】凑插。【羅眉】洛,音澇。【封眉】"洛陽"上,俗本多"若不是"三字,謬。陳危困,時本作"修書信",犯下。⑭ 白馬

---

① 就問其計何在:何在,屠本作"安出",何本、六幻本作"安在"。驥本、延本作"問其退兵之策"。
② 生云:羅本、繼本、容本、起本、徐畫本、徐音本、徐參本、虎本、何本、陳本、秀本、硃本、天李本、六幻本、湯本、湯沈本、三合本、魏本、峒本、封本、毛本作"那生道",張本作"張生道"。
③ 一故人:弘本、羅本、繼本、容本、起本、徐畫本、徐音本、徐參本、驥本、虎本、陳本、硃本、延本、張本、天李本、六幻本、湯本、湯沈本、三合本、魏本、峒本、封本、毛本作"故人",何本作"個故人",秀本作"故友"。
④ 統:屠本作"領"。之衆:羅本、繼本、容本、起本、徐參本、虎本、何本、秀本、硃本、張本、天李本、六幻本、湯本、湯沈本、魏本、峒本、封本、毛本作"大兵",徐畫本、徐音本、三合本作"之兵"。
⑤ 鎮守:驥本、延本作"鎮守着"。
⑥ 我修書一封:我,屠本作"若"。驥本、延本作"他修了一封書",何本作"我這裏修書一封"。
⑦ 寄去:屠本作"送去",範本、龍本作"報去",徐畫本、徐音本、張本、三合本作"傳去"。
⑧ 必來救我:何本作"其人必來救我",硃本作"必來救",驥本、延本無。
⑨ 不想書至兵來:不想,羅本、繼本、容本、起本、徐參本、虎本、何本、陳本、秀本、硃本、天李本、六幻本、湯本、湯沈本、峒本、封本、毛本作"果然";兵來,驥本、延本作"兵臨"。魏本作"果然書去兵來"。
⑩ 困:魏本作"圍"。
⑪ 弘本、範本、龍本、容本、起本、徐參本、虎本、何本、陳本、硃本、天李本、湯本此處多"(紅唱)不是",羅本、屠本、徐畫本、湯沈本、三合本此處多"若不是",徐音本、秀本、魏本、峒本、毛本此處多"(紅)若不是"。
⑫ 善屬文:羅本作"細論文"。
⑬ 火急修書信:火急,羅本作"火速";修書信,秀本作"綉書信",封本作"陳危困"。
⑭ 徐畫本、徐音本、三合本此處多"請"。

將軍到時分，滅了烟塵。【羅眉】白，音擺。① 夫人小姐都心順，則爲他威而不猛，言而有信，② 因此上不敢慢于人。【陳旁】巧合得妙。【硃旁】【湯旁】【容眉】【徐畫眉】腐得妙！【謝眉】總翻前案。【範眉】【龍眉】【秀眉】三學究語，一段天成。【羅眉】則，音自，爲，去聲。【繼眉】《禮記》："曾子曰：'居此能敬其親，而不敢慢于人。'"【徐音眉】鄭恒大村，以紅娘小雅應之，何患不咋舌而反走乎？【徐參眉】【陳眉】若非紅娘，恩也難報，信也難全。【驥夾】屬，音祝。分，去聲。【毛夾】參釋曰：二曲叙前事也，"半萬兵屯寺門"本六字句，或作"屯合"，或作"賊兵"，俱非。火急修書信，屬文之速也。言而有信，能踐退兵之語也。又參曰：若不是、怎得俺，兩兩叫應。俗本或無"怎得俺"字，而王本并删"若不是"，則無解矣。

（淨云）我自來未嘗聞其名③，【容眉】【徐畫硃眉】【湯眉】到得你聞名時，却不好了。知他會也不會④！你這個小妮子⑤，賣弄他偌多⑥！【陳眉】却早知名了。（紅云）便又駡我⑦！

---

① 毛本此處多"怎得俺"。
② 驥本、延本此處多"俺"。
③ 自來：驥本、延本作"素來"。未嘗聞其名：屠本作"不曾聞此人之名"，張本作"未聞其名"。
④ 知他會也不會：屠本、容本、起本、徐參本、陳本、秀本、硃本、天李本、湯本、湯沈本、魏本、峒本、封本、毛本無。
⑤ 你這個小妮子：你這個，驥本、延本作"您個"。屠本無。
⑥ 賣弄他偌多：偌多，容本、起本、徐參本、虎本、何本、陳本、秀本、硃本、天李本、湯本、湯沈本、魏本、峒本、毛本作"偌多本事"。屠本作"你只管賣弄他。再有些甚麽好處，你都説將來我聽"。
⑦ （紅云）便又駡我：容本、起本、徐參本、虎本、何本、陳本、秀本、硃本、天李本、湯本、魏本、峒本、封本、毛本作"（紅云）怎麽便駡我？須索説你聽咱"，驥本、延本作"（紅云）休駡"，屠本、繼本、徐畫本、徐音本、張本、三合本無。

【金蕉葉】① 他憑着②講性理《齊論》《魯論》，作詞賦③韓文柳文，他識道理爲人敬【湯沈旁】一作"做"。人④，【秀眉】數語稱贊張生，忒甚。俺家裏有信行知恩報恩⑤。【延旁】此四句却用得迂，非丫鬟語。【羅眉】着，音招。作，音早。行，音興。【繼眉】"俺家人"，今本作"俺家裏"，非。【起眉】【虎眉】家人，今本作"家裏"，非。【徐畫眉】【田眉】"憑着"四句，却用得迂，非丫鬟語。但丫鬟硬調文袋，人情往往如此，反有趣。有信行，俱說張生好處，添"俺家裏"三字，便非作者之意。【容眉】【湯眉】曲好。【凌眉】爲人敬人，無非譽生語；知恩報恩，自然說將鶯謝張。王改爲"爲人做人"，而又言"知恩報恩"，說張生好處，則無謂矣。【延眉】有信行，俱說張生好處，添"俺家裏"三字，便非作者之意。【張眉】做，訛"敬"，非。有信行，言張生爲人如此，俺家人知其恩，自然報他。徐文長刪"俺家人"，非。【湯沈眉】丫鬟未必如此通徹，反涉于腐。有信行，俱是說張生好處，添出"俺家裏"三字，確屬老夫人，非。【三合眉】"憑着"四句，用得迂，非丫鬟語。但丫鬟硬調文袋，人情往往如此，反覺有趣。【魏眉】曲好，

---

① 弘本、範本、龍本、容本、起本、徐畫本、徐音本、徐參本、虎本、何本、陳本、秀本、硃本、延本、張本、天李本、湯本、三合本、魏本、峒本、毛本此處多"（紅唱）"。
② 他憑着：徐畫本、徐音本、三合本作"憑着"，驥本、延本、張本作"憑着他"。
③ 作詞賦：屠本作"作辭賦"，羅、容本、起本、徐參本、何本、陳本、秀本、硃本、天李本、湯本、湯沈本、魏本、峒本、封本作"作賦詞"。
④ 他識道理爲人敬人：他，羅本作"俺家裏"。徐畫本、徐音本作"道理數爲人做人"，驥本、延本作"道禮數爲人做人"，張本作"識道理爲人做人"，毛本作"識禮數爲人敬人"。
⑤ 俺家裏有信行知恩報恩：俺家裏，弘本、繼本、容本、起本、虎本、何本、陳本、硃本、張本、天李本、湯本、三合本、魏本、封本、峒本、毛本作"俺家人"，羅本作"老夫人"，徐畫本、徐音本、驥本、延本無。屠本此句後多"（恒云）我怎麽不如他，他怎麽强似我"，範本、龍本、羅本、繼本、徐畫本、徐音本、延本、張本、六幻本、三合本此句後多"（恒云）我便怎麽不如他"，容本、起本、虎本、何本、陳本、秀本、硃本、天李本、湯本、魏本、封本、峒本、毛本此句後多"（恒云）就憑你說，也畢竟比不得我"。

若非紅娘，恩也難報，信也難盡。【峒眉】曲好，若非紅娘，恩信兩難全。【驥夾】論，平聲。

【調笑令】①你值一分，他值百十分②，螢火焉能比月輪？【羅眉】百，音擺。月，音曰。輪，平聲。【秀眉】螢火蟲之光也，腐草受日月精華所化。高低遠近都休論，我拆白道字辯與你個清渾③。【羅眉】拆，音釵。白，音擺。【起眉】【虎眉】今本遺"且"字，讀之便覺間強。【容眉】【硃眉】【湯眉】【三合眉】异想。【凌眉】拆白道字，頂真續麻，皆元劇中語。【湯沈眉】拆白道字，頂真續麻，皆元時語。（净云）這小妮子省得甚麼拆白道字④？你拆與我聽⑤。（紅唱）君瑞是個"肖"字這壁着個"立人"⑥，你是個"木寸"⑦"馬户""尸巾"。【陳旁】罵得毒狠。【天李旁】妙。【範眉】【龍眉】不像紅娘口吻，忒陋。【羅眉】着，音招。【容夾】【湯眉】聰明。【驥夾】【延夾】渾，平聲。【毛夾】為人敬人，頂

---

① 弘本、範本、龍本、羅本、徐畫本、容本、起本、徐參本、虎本、何本、陳本、秀本、硃本、延本、張本、天李本、湯本、三合本、峒本、封本、毛本此處多"（紅唱）"。
② 他值：弘本、徐畫本、驥本、延本、三合本作"他是"，羅本作"張生有"。百十分：屠本作"百分"。
③ 我拆白道字辯與你個清渾：我，羅本作"我向這"，容本、起本、徐參本、虎本、陳本、秀本、硃本、天李本、湯本、湯沈本、魏本、峒本、封本作"我且"；拆白道字，範本、龍本、徐畫本、三合本作"折白道字"，驥本、延本作"拆白字"。張本作"我折白道字辨個清渾"，毛本作"我且拆白字道與你個清渾"。
④ 這小妮子省得甚麼拆白道字：小，六幻本無；拆，張本作"折"。範本、龍本作"小妮子省得甚麼折白道字"，徐畫本、三合本作"這小妮子省得甚折白道字"，驥本、延本作"小妮子省得甚麼拆字"。
⑤ 你拆與我聽：拆，弘本作"訴"，範本、龍本、徐畫本、三合本、張本作"折"，羅本、繼本、容本、起本、徐參本、虎本、何本、陳本、秀本、硃本、天李本、湯本、湯沈本、魏本、峒本、封本、毛本作"說"。驥本、延本作"你試拆與我聽者"。
⑥ 君瑞：封本作"他"。這壁：魏本作"這邊"。着個"立人"：毛本作"立着個人"。
⑦ 你是個：張本作"你是"。木寸：弘本、繼本、容本、起本、徐畫本、徐參本、虎本、何本、陳本、秀本、硃本、張本、天李本、六幻本、湯本、湯沈本、三合本、魏本、峒本、封本、毛本作"寸木"，羅本作"寸木下"。

"禮數"言，或作"爲人做人"，字形之誤。"有信行"二句，亦指生，一氣數去，正見彼此俱重恩信人也。俗本增"俺家人"三字，反與上曲複，且錯雜矣。拆白道字、頂針續麻，皆元詞打匹科例。參釋曰："肖"字着"立人"，是"俏"字，餘見下白。

（淨云）木寸①、馬戶、尸巾，你道我是個②"村驢屌"。我祖代是相國之門③，到不如你個白衣、餓夫、窮士④？做官的則是做官⑤！【陳眉】巧語奇思，他也不是白衣。【容眉】【湯眉】醜。【硃眉】醜極。【魏眉】【峒眉】老張已非白衣，不思不思。【驥夾】【延眉】屌，音見前。

【禿廝兒】（紅唱）他憑⑥師友君子務本，【徐畫眉】【田眉】【延眉】太調文矣，一之已甚。你倚父兄仗勢⑦欺人。⑧ 虀鹽日月不嫌貧，【徐畫旁】【田旁】塞句。【徐畫硃眉】【容眉】【硃眉】【湯眉】這個丫

---

① 木寸：弘本、羅本、繼本、容本、起本、徐畫本、徐參本、虎本、何本、陳本、秀本、硃本、張本、天李本、六幻本、湯本、湯沈本、三合本、魏本、峒本、封本、毛本作"寸木"。
② 你道我是個：驥本、毛本作"你說我是"，延本作"你道我是"。
③ 我祖代是相國之門：相國之門，羅本、繼本、何本作"相國之家"，驥本、延本作"相門之子"。張本作"我祖代官宦"。
④ 到不如你個白衣、餓夫、窮士：你個，陳本作"那個"。羅本、繼本作"到不如一個白衣窮士"，屠本作"倒不如他個窮酸餓夫"，容本、起本、徐參本、虎本、何本、硃本、天李本、湯本、湯沈本、魏本、峒本、封本作"到不如那個白衣餓夫"，驥本、延本作"倒不如白衣窮士"，秀本作"到不如那白衣餓夫"，張本作"我到不如那白衣窮士"，六幻本、毛本作"倒不如那個白衣窮士"。
⑤ 做官的則是做官：範本、龍本、徐畫本、三合本作"窮的則是窮，做官的則是做官"，屠本作"富貴的只是富貴，貧賤的只是貧賤"，容本、起本、徐參本、虎本、何本、秀本、硃本、天李本、湯本、魏本、峒本、封本作"窮士則是窮士，做官的則是做官"，羅本、繼本、驥本、延本、張本、六幻本、湯沈本、毛本無。
⑥ 憑：範本、龍本、繼本、屠本、何本、六幻本作"憑着"，徐畫本、三合本作"學着"，驥本、延本、張本作"學"。
⑦ 倚：範本、龍本、屠本、六幻本作"倚着"。仗勢：封本作"勢力"。
⑧ 範本、龍本、繼本、屠本、徐畫本、驥本、何本、延本、張本、六幻本、三合本、封本、毛本此處多"他"。

頭也辨，牽強。【秀眉】薑，音賣。治百姓新民、傳聞①。【謝眉】此下二折以貧富比喻，有法。【羅眉】薑，音賣。百，音擺。傳，音穿。【徐參眉】説得更清，貴不露一登第字。【湯沈眉】大是腐爛。"薑鹽"一語更湊插。【三合眉】倚父兄勢欺人的都是鄭恒。【魏眉】薑，音賣。【封眉】勢力，時本作"仗勢"。

【聖藥王】②這厮③喬議論，有向順。【繼眉】【虎眉】有，一作"無"。你道是官人則合做官人④，信口噴⑤，【田補眉】《藍采和》劇"信口胡噴"。不本分。【羅眉】則，音自。做，音造。分，音奮。你道窮民到老⑥是窮民，却不道⑦"將相出寒門"！【羅眉】寒，音酣。【陳眉】【容眉】【硃眉】【湯眉】【魏眉】大是。【秀眉】叠連回復，可謂長舌婦也。【三合眉】爲窮酸出色。【驥夾】【延夾】噴，平聲。【毛夾】鄭固瞞張及第，見前賓白，而紅又喬爲不知，故就賓白中"相門窮士"暗作翻折，非不知張亦宦門之後，非窮民也。"薑鹽"三句，略逗張之得第意，言惟不嫌貧，故到底不貧也。"這厮喬議論"二段，一低一昂，各有語氣。有向順，正無向順也，然故作反語。猶云：此論果然，官人果只合做官人，但信口非本分語也，若以爲窮民到了是窮民，則又有有然者。蓋暗應張堪聞也。參釋曰：信口噴，"噴"或作"嗔"，不合。《藍采和》劇："都做了狂言詐語，信口胡噴。"

---

① 治百姓新民傳聞：新民，龍本作"新名"，羅本作"是軍民"。徐畫本、驥本、延本、三合本、毛本作"博得姓名新堪聞"，張本作"博得個姓名新堪聞"。
② 弘本、容本、起本、徐參本、虎本、何本、陳本、秀本、硃本、天李本、湯本、魏本、峒本此處多"（紅唱）"。
③ 這厮：封本作"你"，張本無。
④ 你道是官人則合做官人：你道是，毛本無。徐畫本、驥本、延本、張本、三合本作"官人只合做官人"。
⑤ 噴：徐畫本、三合本作"嗔"。
⑥ 你道：張本無。到老：屠本作"到底"，徐畫本、驥本、延本、三合本、毛本作"到了"。
⑦ 却不道：羅本作"豈不聞"，徐畫本、驥本、延本、張本、三合本、毛本作"却不見"。

（浄云）這椿事①，都是那長老秃驢弟子孩兒②，我明日慢慢的和他説話。【羅眉】秃，音獨。

【麻郎兒】（紅唱）他出家兒【湯沈旁】一作"人"。慈悲爲本③，【繼眉】古謂"人"爲"兒"，如《陶靖節傳》"見鄉里小兒"之類。【張眉】俗少"也"字。方便④爲門。横死眼不識好人，招禍口不知分寸。【謝眉】此下三折以善惡比喻，有法。【容眉】【徐畫珠眉】【硃眉】【湯眉】紅娘又護和尚了。【田補眉】上二句説長老，下二句説鄭恒。【徐參眉】素愛和尚，定幫他。【魏眉】【峒眉】紅娘又做和尚了。【徐畫夾】【田夾】【延夾】横，去聲。【毛夾】參釋曰：出家兒，僧家通稱。兒，勿作"的"。"慈悲"二句，暗指成就此事意。"横死"二句，借哨鄭語，反見本之能知人又知事意。

（浄云）這是姑夫的遺留⑤，我揀日⑥牽羊擔酒，上門去⑦，看姑娘怎麽發落我⑧！

【幺篇】（紅唱）⑨訕斤⑩，【魏眉】訕，音散。發村，使狠⑪，

---

① 這椿事：屠本作"這個"，徐參本、魏本、峒本作"這一椿事"。
② 長老：範本、龍本、羅本、繼本、屠本、容本、起本、徐畫本、徐參本、虎本、何本、陳本、秀本、硃本、張本、天李本、六幻本、湯本、湯沈本、三合本、封本、毛本作"法本"。弟子孩兒：陳本作"窮弟子孩兒"，魏本、峒本作"孩兒弟子"。
③ 他出家兒慈悲爲本：他，驥本、延本無；出家兒，範本、龍本、羅本、屠本、徐參本、魏本、峒本作"出家人"。張本作"他出家人慈悲也爲本"。
④ 方便：張本作"方便也"。
⑤ 姑夫：驥本、延本、毛本作"俺姑夫"。遺留：徐參本作"遺命"。
⑥ 我揀日：驥本、延本、毛本作"我"。
⑦ 上門去：屠本作"上門"，驥本、延本作"自上門"，魏本作"大門去"，毛本作"自上門去"。
⑧ 怎麽：張本作"怎生"。我：硃本作"他"。
⑨ （紅唱）：弘本、屠本、繼本無。
⑩ 訕斤：羅本作"訕斤"，容本、起本、虎本、陳本、秀本、硃本、天李本、湯本、湯沈本、峒本作"赸斤"，徐畫本、張本、三合本作"你看訕筋"，驥本、延本、封本作"你看訕斤"。
⑪ 使狠：弘本作"使恨"。

【容旁】【湯眉】妙，妙。【範眉】【秀眉】中原諺語。【凌眉】徐士範曰：中原諺語。甚的是①軟款溫存。【羅眉】訕，音山。舩，音斤。硬打捱強②爲眷姻，不睹事強諧③秦晉。【羅眉】睹，音肚。【繼眉】訕，音疝。毀，誹也。【張眉】"硬打奪"句，訛"應答強奪"，非。不睹事，不識事也。【驥夾】強，去聲。【毛夾】倔強者爲"訕斤"。硬打捱，只是"硬"字。打捱，助辭，即打頦、打孩，隨聲立字，原無定旨，故亦隨地可襯（上拈下瓦），如呆打孩、悶打孩。《酷寒亭劇》"凍的他顫篤速打頦歌"是也。王本作"打強"，謬。強爲強諧，興上曲兩"不"字對。參釋曰：軟款，係元習語，徐本改"願款"，無據。

　　（淨云）姑娘若④不肯，着⑤二三十個伴儅，抬上⑥轎子，到下處脫了衣裳⑦，趕將來，還你一個婆娘！⑧【陳眉】【硃眉】這計大妙。【容夾】【湯眉】【魏眉】【峒眉】好計較。【三合眉】此計甚妙。

　　【絡絲娘】（紅唱）⑨你須是鄭相國嫡親的⑩舍人，須不是孫

---

① 甚的是：陳本作"甚的"。
② 捱強：徐畫本、驥本、延本、三合本作"強奪"，張本作"奪強"。
③ 不睹事：弘本作"不親事"。強諧：徐參本、魏本作"強爲"，驥本、延本、張本作"要諧"。
④ 若：屠本作"倘若"。
⑤ 着：屠本作"我着"。
⑥ 抬上：秀本作"抬乘"。
⑦ 到下處脫了衣裳：到，屠本作"扛到"；下處，驥本、延本作"下處呵"。秀本作"脫了衣裳"。
⑧ 趕將來，還你一個婆娘：趕，弘本、容本、起本、徐畫本、徐參本、驥本、虎本、何本、陳本、秀本、硃本、延本、張本、天李本、湯本、湯沈本、三合本、魏本、峒本、封本、毛本作"急趕"。範本作"過了一宿，恁明日急趕將來，還作一個婆娘"，龍本同，但"還作"作"還你"；羅本、繼本、六幻本作"急趕將來還你個婆娘"，屠本作"過了一夜，待明日趕將來時，只還他一個婆娘"。
⑨ （紅唱）：屠本無。
⑩ 須是：屠本作"雖是"。鄭相國：羅本作"崔相國"。嫡親的：弘本、羅本、繼本、起本、徐參本、虎本、何本、陳本、秀本、張本、天李本、六幻本、湯本、湯沈本、魏本、峒本、毛本作"嫡親"，硃本作"的親"。

飛虎家生的①莽軍。【羅眉】國，音鬼。莽，上聲。【繼眉】飛虎句有照應。喬嘴臉、腌軀老、死身分，【凌眉】元人謂身爲"軀老"，謂錢爲"鏝老"，蓋市語。今人亦猶有以"老"爲市語者，惟"腌"與"死"乃詈語。徐謂"軀老"爲鄙賤人語，未考。少不得有家難奔。【容旁】忒毒！【羅眉】軀，音區。分，音奮。【徐畫眉】【田眉】【延眉】軀老，雜劇往往用此，爲鄙賤人之語。【徐參眉】罵得臉紅。【湯眉】聰明。【湯沈眉】軀老，北人鄉語，多以"老"作襯字。雜劇往往用此爲鄙賤人之語。【驥夾】【延夾】臉，音斂。（淨云）兀的那②小妮子，眼見得受了招安了也③。我也不對你說④，明日我要娶，我要娶！⑤（紅云）不⑥嫁你，不嫁你！⑦【容眉】【陳眉】【硃眉】【湯眉】妙。

【收尾】⑧佳人有意郎君俊，我待不喝采【湯沈旁】嗑，煩稱也。徐本作"喝采"，非。其實怎忍⑨。【羅眉】嗑，音合。其，音欺。【繼眉】嗑，音合，口合也。【虎眉】嗑，煩你也。坊本或作"喝采"，非。【秀眉】

---

① 須不是：羅本作"怎做了"，徐畫本、驥本、延本、張本、三合本作"到做了"。家生的：繼本作"家生"。
② 兀的那：屠本作"你這"。
③ 招安了也：屠本作"他的囑托了也"。
④ 我也不對你說：你，羅本、繼本、何本作"他"。屠本無。
⑤ 明日我要娶、我要娶：屠本作"明日我定要娶，定要娶"。
⑥ 不：屠本作"他不"。
⑦ "【絡絲娘】（紅唱）"至"不嫁你"：容本無。
⑧ 範本、龍本、起本、徐參本、虎本、何本、陳本、秀本、硃本、天李本、湯本、魏本、峒本此處多"（紅唱）"，羅本此處多"豈不聞"，徐畫本、驥本、延本、三合本此處多"我則知"，毛本此處多"可知道"。
⑨ 我待：張本無。不喝采其實怎忍：喝采，弘本、屠本作"合采"，羅本作"嗑采"，繼本、徐參本、虎本、何本、陳本、硃本、六幻本、湯沈本、魏本、峒本作"嗑來"。容本、起本、秀本、天李本、湯本、封本作"不嗑來其實怎認"。

嗑，音喝。【張眉】第二句多一字。（淨云）你喝一聲我聽①。【羅眉】嗑，音合。（紅笑云）②你這般頰嘴臉③，則好偷韓壽下風頭香④，傅何郎左壁廂粉⑤。【範眉】【龍眉】【繼眉】下風、左壁，新甚。【羅眉】則，音自。頭，音偷。何，音呵。【起眉】王曰：關漢卿自有《城南柳》《緋衣夢》《竇娥冤》等雜劇，聲調絕與鄭恒問答語類，亦剩技也。使王實夫不死，恐到此只亦不酸不醋的話。【徐畫眉】【田眉】【延眉】【三合眉】末二句拾殘敗之意，隱語嘲之，縱得了，是下風香、傅過粉也。【陳眉】【硃眉】有趣極。【凌眉】言其非韓、何一流中人，猶俗云"只好做地腳下泥"之謂。下風、左壁，語甚俊，他解甚舛。詳《解證》中。【湯沈眉】末二語俊甚，嘲恒縱得了，不過拾人之殘，是即下風香、傅過粉也。【封眉】"佳人"二句，乃紅反言，嘲恒也。下二句正其喝采語。人見"有意"字與"俊"字、"喝采"字，以為是贊張生，便誤。下風、左壁卑，恒非其儔也。徐謂隱語，嘲其拾殘敗，更為謬陋。【毛夾】佳人有意郎君俊，調之也。元詞以稱美為喝采，下二句，正喝采也。偷香在下風，傅粉在左壁，則采可知矣。此打乑之最雋者。徐天池云：蓋嘲拾鶯之已殘也。喝采，俗作"嗑來"，字形之誤。（下）⑥

---

① 你喝一聲我聽：喝，羅本、繼本、徐畫本、六幻本作"嗑"，容本、起本、徐參本、虎本、陳本、秀本、硃本、天李本、湯本、湯沈本、魏本、峒本、封本作"再嗑"。屠本作"我真道不如他"，何本作"再嗑一聲我聽"，張本無。

② （紅笑云）：弘本、羅本、繼本、容本、起本、徐參本、驥本、虎本、何本、陳本、硃本、延本、天李本、湯本、湯沈本、魏本、峒本、封本、毛本作"（紅云）"，龍本作"（紅笑）"，徐畫本、秀本、三合本作"（紅）"，屠本、張本無。

③ 你這般頰嘴臉：屠本無。

④ 則好偷韓壽下風頭香：則好偷，屠本作"你則好偷"，徐畫本、三合本作"你則是"。驥本、延本作"你則是韓壽下風頭的香"。

⑤ 傅何郎左壁廂粉：傅，範本、龍本無；左，徐參本作"半"。弘本作"何郎左壁粉"，徐畫本、驥本、延本、三合本作"何郎左壁廂的粉"。

⑥ （下）：弘本、羅本、繼本、屠本、容本、起本、徐參本、虎本、何本、陳本、秀本、硃本、天李本、湯本、湯沈本、魏本、峒本、毛本無。

（净脱衣科云）① 這妮子擬定都和那酸丁演撒②！我明日自上門去見③俺姑娘，則做④不知。【三合旁】既曉，何須問？【容夾】【硃眉】【湯眉】既知，何必問？我則道⑤："張生贅在衛尚書家⑥，做了女婿⑦。"俺⑧姑娘最聽是非，他自小又愛我⑨，必有話說⑩。休說別個⑪，則這一套衣服也衝動他⑫。【容旁】【湯旁】醜。【範眉】衝，音冲。【魏眉】【峒眉】裝捏鄭恒，不值一文。自小京師同住，慣會尋章摘句。

---

① （净脱衣科，云）：弘本作"（净云，脱衣科）"，羅本、繼本、容本、起本、徐參本、虎本、何本、陳本、硃本、天李本、六幻本、湯本、湯沈本、魏本、峒本作"（恒脱衣科）（紅下）（恒云）"，徐畫本作"（鄭）"，秀本作"（恒脱衣科）（紅下）"，張本、三合本作"（鄭）"，封本作"（恒云）"，毛本作"（净脱衣科）（紅下）（净云）"。

② 擬定：屠本作"已定"，張本作"一定"。那酸丁：弘本、羅本、繼本、容本、起本、徐畫本、徐參本、虎本、何本、陳本、秀本、硃本、張本、天李本、湯本、湯沈本、三合本、魏本、峒本、封本、毛本作"酸丁"。演撒：屠本作"演撒上了我"。

③ 我：張本作"俺"。去見：弘本、容本、起本、徐參本、驥本、虎本、陳本、秀本、硃本、延本、天李本、六幻本、湯本、魏本、峒本、封本、毛本作"見"。

④ 則做：張本作"佯做"。

⑤ 我則道：驥本、延本作"我則說道"，張本作"則道"，屠本、湯沈本作"只說"，峒本作"我道"。

⑥ 贅在：羅本、繼本、徐畫本、張本、湯沈本、三合本作"在"，屠本作"見在"。家：峒本作"府中"。

⑦ 女婿：峒本作"女婿了"。

⑧ 俺：六幻本作"我"。

⑨ 他自小又愛我：自小，屠本作"自小兒"。張本無。

⑩ 必有話說：羅本、繼本、容本、起本、徐參本、虎本、何本、陳本、秀本、硃本、天李本、六幻本、湯本、湯沈本、魏本、峒本、封本、毛本作"必有好話"，屠本作"必須這般妙計，方纔得這老婆"，張本作"他必有話說"。

⑪ 別個：範本、龍本、羅本、繼本、容本、起本、徐畫本、徐參本、虎本、何本、陳本、秀本、硃本、張本、天李本、六幻本、湯本、湯沈本、三合本、魏本、峒本、封本、毛本作"別的"，屠本作"別的人才"。

⑫ 則這：驥本、延本、毛本作"則俺這"，何本作"止這"。也衝動他：屠本作"也要打動了他"。

姑夫許我①成親，誰敢將言相拒？我②若放起刁來，且看鶯鶯那去③！【陳眉】【硃眉】說來得人怕。且將壓善欺良意④，權作尤雲殢雨心。⑤【羅眉】壓，音押。【魏眉】殢，替，遲也。（下）⑥（夫人上云）夜來鄭恒至⑦，不來見我⑧，喚紅娘去問親事。據我的心⑨，則是與孩兒是⑩；況兼相國在時已許下了⑪。我便是違了先夫的言語⑫。做我

---

① 許我：張本作"已許"。
② 我：張本作"俺"。
③ 且看鶯鶯那去：那去，羅本、繼本、容本、起本、徐參本、虎本、何本、陳本、秀本、硃本、天李本、湯本、湯沈本、魏本、岣本、毛本作"那裏去"。屠本作"定要鶯鶯同去"。
④ 且將壓善欺良意：驥本、延本此句前多"（淨念）"，毛本此句前多"（念）"。封本無。
⑤ 權作尤雲殢雨心：封本無。
⑥ （下）：弘本、範本、龍本、羅本、繼本、徐畫本、何本、張本、三合本無。
⑦ 夜來：徐參本作"昨夜"。至：屠本作"到了下處"。
⑧ 不來：屠本作"如何不來"。我：張本作"俺"。
⑨ 據我的心：我，張本作"俺"。屠本作"也不見來回話。這個親事"。
⑩ 則是：屠本作"還是"。孩兒是：羅本、繼本、何本、張本、六幻本、湯沈本作"侄兒的是"，屠本作"孩兒的是理"，容本、起本、徐畫本、徐參本、虎本、陳本、秀本、硃本、天李本、湯本、三合本、魏本、岣本、封本作"侄兒是"，驥本、延本、毛本作"孩兒的是"。
⑪ 況兼相國在時已許下了：相國，徐畫本、張本、三合本作"相公"；在時，驥本、延本作"在日"。屠本作"況是老相公先日許下"。
⑫ 我：張本作"俺"。先夫：驥本、延本、毛本作"夫主"。的言語：屠本作"之命"。

一個主家的不着①,這廝每做下來②。擬定則與鄭恒③,他有言語,怪他不得也。④ 料持下酒者,今日他敢來見我也。⑤【徐參眉】夫人好没分曉。【秀眉】崔老夫人言無決斷,非相門命婦態度也。(净上云)來到也⑥,不索報覆⑦,自入去見夫人⑧。(拜夫人哭科)(夫人云)孩兒⑨,既來到這裏⑩,怎麽不來見我⑪?(净云)小孩兒有甚嘴臉來

---

① 做我一個主家的不着:羅本、繼本、容本、起本、徐參本、虎本、何本、陳本、秀本、硃本、天李本、湯本、湯沈本、魏本、峒本、封本作"不料",屠本作"只因這廝每做下來了",徐畫本、張本、三合本作"做一個主家不正",驥本、延本作"只因",毛本作"則因"。
② 這廝每做下來:下來,徐畫本、三合本作"下來也",驥本、延本、毛本作"下來了,不是呵"。羅本、繼本、容本、起本、徐參本、何本、湯沈本作"這廝每做下來。着我首鼠兩端不決,且待鄭恒來見我,再作區處",虎本、陳本、秀本、硃本、天李本、六幻本、湯本、湯沈本、魏本、峒本、封本同,但"不決"作"展轉不決";屠本作"我也只做個主家不着",張本無。
③ 擬定則與鄭恒:屠本作"鄭恒今來",羅本、繼本、容本、起本、徐參本、虎本、何本、陳本、秀本、硃本、張本、天李本、六幻本、湯本、湯沈本、魏本、峒本、封本無。
④ 他有言語,怪他不得也:他,屠本作"雖",驥本、延本、毛本作"今他"。羅本、繼本、容本、起本、徐參本、虎本、何本、陳本、秀本、硃本、張本、天李本、六幻本、湯本、湯沈本、魏本、峒本、封本無。屠本此句後多"如之奈何"。
⑤ 料持下酒者,今日他敢來見我也:料持,驥本、延本、毛本作"料辦",張本作"辦";我,張本作"俺"。羅本、繼本、屠本、容本、起本、徐參本、虎本、何本、陳本、秀本、硃本、天李本、六幻本、湯本、湯沈本、魏本、峒本、封本無。
⑥ 來到也:屠本無。
⑦ 不索報覆:屠本作"不須通報"。
⑧ 自入去見夫人:夫人,屠本作"俺姑娘",徐參本作"夫",驥本、延本作"去",秀本作"夫人也"。張本作"自入去",毛本作"自入見去"。
⑨ 孩兒:徐參本、魏本、峒本無。
⑩ 既來到這裏:屠本作"既到此",繼本、徐畫本、何本、張本、六幻本、三合本作"既到這裏",徐參本、魏本、峒本無。
⑪ 怎麽不來見我:徐參本、魏本、峒本無。

見姑娘①！（夫人云）鶯鶯爲孫飛虎一節，【羅眉】爲，去聲。等你不來，無可②解危，許張生也③。（淨云）那個張生？敢便是狀元④？我在京師看榜來⑤，年紀有二十四五歲，洛陽⑥張珙，誇官游街三日⑦。第二日頭答正來到⑧衛尚書家門首，尚書的小姐十八歲也⑨，結着彩樓⑩，在那御街上，則一球正打着他。我也騎着馬看，險些⑪打着我。【三合旁】好嘴臉。【容夾】【湯眉】醜。【虎眉】【秀眉】"我也騎着馬"三句，非古本而酷肖小人口吻，綽有水滸家風，故并錄。【湯沈眉】【三合眉】"我也騎着馬"三句，非古本，而酷肖小人口吻，綽有水滸家風。他家麓使梅香十餘人⑫，【羅眉】麓，音粗。把那⑬張生橫拖倒拽入去。他口⑭

---

① 小孩兒有甚嘴臉來見姑娘：小孩兒，弘本、屠本作"你孩兒"，容本作"小孩"，徐畫本、張本、湯沈本、三合本、毛本作"孩兒"，封本作"小侄"；嘴臉，羅本、繼本、徐畫本、何本、張本、六幻本、湯沈本、三合本作"面顏"。驥本作"孩兒有甚麼面目來見姑娘"，延本作"孩兒有甚面目來見姑娘"，徐參本、魏本、峒本無。
② 無可：屠本作"無人"。
③ 許張生也：許，徐畫本、三合本作"已許了"，驥本、延本、張本、湯沈本作"許了"。屠本作"許下張生了"。
④ 敢便是狀元：羅本、繼本、容本、起本、徐參本、虎本、何本、陳本、秀本、硃本、天李本、六幻本、湯本、湯沈本、魏本、峒本、封本作"敢便是中探花的張生"，徐畫本、張本、三合本作"敢便是今科探花郎"，驥本、延本、毛本作"敢是新狀元"。
⑤ 我在：屠本作"我前日在"。看榜來：羅本作"看來"。
⑥ 洛陽：峒本作"是洛陽"。
⑦ 誇官游街三日：誇官，峒本作"跨馬"。屠本作"誇官三日"。
⑧ 頭答：六幻本作"頭踏"。正來到：屠本作"正到"。
⑨ 十八歲也：屠本作"十八九歲，人物標致"，徐畫本、三合本、毛本作"年十八歲"，驥本、延本作"十八歲"，張本無。
⑩ 結着：毛本作"正結着"。
⑪ 險些：屠本作"險些兒也"。
⑫ 他家麓使梅香十餘人：他家麓使，容本、湯本、峒本、封本作"他家裏使"；十餘人，驥本、延本作"十餘個"。毛本作"他家裏粗使的梅香十餘個"。
⑬ 把那：驥本、延本、張本、三合本作"把"。
⑭ 他口：驥本、延本、張本作"他口裏"。

叫道："我自有妻，我是崔相國家女婿！"那尚書有權勢氣象①，那裏聽②？則管拖將入去了③。這個却纔便是他本分④，出于無奈⑤。【容旁】【湯眉】妙。尚書說道⑥："我女奉聖旨⑦，結彩樓⑧，你着崔小姐做次妻。他是先奸後娶的，不應取他。⑨"鬧動京師，因此認得他。⑩（夫人怒云）我道這秀才不中抬舉，今日果然負了俺家。俺相

---

① 那尚書有權勢氣象：有權勢氣象，羅本、繼本、容本、起本、徐參本、虎本、何本、陳本、秀本、碳本、天李本、六幻本、湯本、湯沈本、魏本、峒本、封本作"是權豪勢要之家"，驥本、延本、毛本作"有權勢"。張本作"那尚書"。
② 那裏聽：羅本、繼本、容本、起本、徐參本、虎本、何本、陳本、秀本、碳本、天李本、六幻本、湯本、湯沈本、魏本、峒本、封本作"那裏聽說"，徐畫本、三合本作"那裏肯聽"，張本作"那裏肯聽說"。
③ 則管拖將入去了：入，徐畫本、三合本作"進"。張本無。
④ 這個却纔便是他本分：驥本、延本、天李本、湯本、三合本、魏本、峒本、封本、毛本作"這個秀才便是他"，羅本、繼本、容本、起本、徐畫本、徐參本、虎本、何本、陳本、秀本、碳本、張本、六幻本、湯沈本無。
⑤ 出于無奈：羅本、繼本作"是出于無奈"，容本、起本、徐參本、虎本、何本、陳本、秀本、碳本、天李本、六幻本、湯本、湯沈本、魏本、峒本、封本、毛本作"他也是出于無奈"，驥本、延本作"本出于無奈"，徐畫本、張本、三合本無。
⑥ 尚書說道：羅本、繼本、容本、起本、徐參本、虎本、何本、陳本、秀本、碳本、天李本、六幻本、湯本、湯沈本、魏本、峒本、封本、毛本作"那尚書又說道"，張本作"道"。
⑦ 我女：徐參本作"他女"，六幻本作"我"。奉聖旨：陳本、虎本作"奉　　"。
⑧ 結彩樓：羅本、繼本、容本、起本、徐參本、虎本、何本、陳本、秀本、碳本、天李本、六幻本、湯本、湯沈本、魏本、峒本、封本、毛本作"招女婿"，張本作"結彩樓招你"。
⑨ 你着崔小姐做次妻。他是先奸後娶的，不應取他：羅本、繼本、容本、起本、徐參本、虎本、何本、陳本、秀本、碳本、天李本、六幻本、湯本、湯沈本、魏本、封本作"聞說那崔小姐是先奸後娶，法合離易，今且着他爲次妻"，張本作"他是先奸後娶的，則好做個次妻罷"，峒本作"且聞說那崔小姐是先奸後娶，法當離異，今且着他爲次妻"，毛本作"且聞說那崔小姐是先奸後娶的，法令離異，今且着他爲次妻"。
⑩ 鬧動京師，因此認得他：羅本、繼本、容本、起本、徐參本、虎本、何本、陳本、秀本、碳本、天李本、六幻本、湯本、湯沈本、魏本、封本、毛本作"因此鬧動京師，故認得他是張生"，張本作"因此鬧動京師，侄兒認得他"，峒本作"因此鬧動京師，是以認得他是張生"。

國之家①，世無與人做次妻之理②。【羅夾批】豈肯作。既然張生奉聖旨娶了妻③，孩兒④，你揀個⑤吉日良辰，依着姑夫的言語⑥，依舊入來做女婿者⑦。【謝眉】讒言用的當，故夫人信之者真也。【容眉】【陳眉】【硃眉】【湯眉】【三合眉】小人偏會妝點是非，婆子偏會聽是非。【徐參眉】小人慣張虛狀，婆子偏聽風聞。【秀眉】了無酌見，豈是宦家規模。【魏眉】【峒眉】小人便會張皇虛狀，婆子偏是聽信風聞。（淨云）倘或張生有言語⑧，怎生⑨？（夫人云）放着我哩⑩。明日揀個吉日良辰⑪，你便過門

---

① 之家：羅本、張本作"之女"。
② 世無與人做次妻之理：人，峒本無。張本作"豈有做次妻的理"。
③ 既然張生奉聖旨娶了妻：奉聖旨，徐畫本、張本、三合本無，陳本、虎本作"奉"。封本無。
④ 孩兒：峒本作"我孩兒"。
⑤ 揀個：毛本作"選個"。
⑥ 依着姑夫的言語：姑夫的，弘本、徐參本、峒本作"姑娘的"，張本作"姑夫"。驥本、延本、毛本無。
⑦ 依舊入來做女婿者：入來，羅本、繼本、容本、起本、虎本、何本、陳本、秀本、硃本、天李本、六幻本、湯本、湯沈本、魏本、峒本、封本作"來我家"，徐參本作"來俺家"。驥本、延本、毛本無。
⑧ 倘或張生有言語：言語，弘本、羅本、繼本、容本、起本、徐參本、虎本、何本、陳本、秀本、硃本、天李本、六幻本、湯本、魏本、峒本、封本作"言語呵"。範本、龍本、徐畫本、驥本、延本、張本、湯沈本、三合本、毛本無。
⑨ 怎生：範本、龍本、徐畫本、驥本、延本、張本、湯沈本、三合本、毛本無。
⑩ （夫人云）放着我哩：放着，羅本、繼本、容本、起本、徐參本、虎本、何本、陳本、秀本、硃本、天李本、六幻本、湯本、魏本、峒本、封本作"放心有"。範本、龍本、徐畫本、驥本、延本、張本、湯沈本、三合本、毛本無。
⑪ 明日揀個吉日良辰：範本、龍本、羅本、繼本、容本、起本、徐畫本、徐參本、驥本、虎本、何本、陳本、秀本、硃本、延本、張本、天李本、六幻本、湯本、湯沈本、三合本、魏本、峒本、封本、毛本無。

來①。(净云)②中了我的計策了③。准備筵席④，茶禮花紅⑤，剋日過門者⑥。(同下)【峒眉】有此鄭恒，亦有此夫人乎？非此夫人，安有此鄭恒乎？(潔上云)老僧昨日買登科記看來⑦，張生頭名狀元⑧，授着⑨河中府尹。誰想夫人⑩没主張，又許了鄭恒親事。老夫人不肯去接⑪，我將着肴饌⑫，【秀眉】肴，音爻；饌，音篆。【魏眉】肴，音爻。直至十里長亭，接官走一遭。(下)(杜將軍上云)奉聖旨⑬，着小官⑭主兵蒲關，提調河中府事，【羅眉】調，去聲。上馬管軍，下馬管

---

① 你便過門來：過門來，驥本、延本、毛本作"過門"。範本、龍本、羅本、繼本、容本、起本、徐畫本、徐參本、張本、六幻本、湯沈本、三合本無。
② (净云)：範本、龍本作"(鄭恒喜云)"，羅本、繼本、徐參本、虎本、何本、陳本、秀本、硃本、天李本、六幻本、湯本、魏本、峒本、封本作"(恒喜云)"，徐畫本、張本、三合本作"(鄭喜科)"，毛本作"(净喜云)"。
③ 中了我的計策了：驥本、延本作"中計了"，張本作"中了俺的計了"，封本作"如此多謝姑娘"，毛本作"中了計也"。
④ 准備筵席：驥本、延本、張本、湯沈本、毛本作"准備"。
⑤ 茶禮花紅：徐參本、魏本、峒本作"花紅茶禮"。
⑥ 剋日過門者：驥本、延本、張本、毛本作"過門者"。張本此句後作"第四折"。
⑦ 買登科記看來：範本、龍本、徐畫本、張本作"買登科錄看"，羅本、繼本、容本、起本、徐參本、驥本、虎本、何本、陳本、秀本、硃本、延本、天李本、六幻本、湯本、湯沈本、三合本、魏本、峒本、毛本作"買登科錄看來"，封本作"聞報"。
⑧ 張生頭名狀元：張生，驥本、延本、毛本作"張生是"。範本、龍本、徐畫本、張本、三合本作"張先生果然及第"，羅本、繼本、容本、起本、虎本、何本、陳本、秀本、硃本、天李本、六幻本、湯本、湯沈本、峒本、封本作"張先生果然高第"，徐參本作"張生果是高第"，魏本作"張先生果然登第"，封本作"張先生"。
⑨ 授着：範本、龍本、羅本、繼本、容本、起本、徐畫本、徐參本、虎本、何本、陳本、秀本、硃本、張本、天李本、六幻本、湯本、湯沈本、三合本、魏本、峒本、封本作"除授"，驥本、延本、毛本作"除授着"。
⑩ 夫人：驥本、延本、封本、毛本作"老夫人"。
⑪ 老夫人不肯去接：驥本、延本、毛本此句前多"眼見的"。封本作"不肯去接"。
⑫ 我將着肴饌：我，張本作"老僧"。封本作"我同徒弟法聰"。
⑬ 奉聖旨：陳本、虎本作"奉　"，封本作"下官奉聖旨"。
⑭ 着小官：封本無。

民。①【秀眉】唐宋時俱以軍民帶管，故有擅專之權。誰想君瑞兄弟一舉及第②，正授河中府尹，不曾接得③。眼見得在老夫人宅裏下④，擬定⑤乘此機會成親。小官牽羊擔酒⑥，直至老夫人宅上⑦，一來慶賀狀元⑧，二來做主親⑨，與兄弟成此大事⑩。【徐參眉】亦是為友伸氣。左右那裏？將馬來，⑪到河中府走一遭。（下）【謝眉】承上起下，總是作家；不泛不浮，方為老手。【虎眉】今本盡增夫人白一段，前後皆不相貫，

---

① 上馬管軍，下馬管民：驥本、張本、延本、毛本無。
② 誰想君瑞兄弟一舉及第：誰想，範本、龍本、容本、起本、徐畫本、虎本、秀本、硃本、天李本、湯本、三合本作"且喜"。羅本、繼本、徐參本、何本、陳本、六幻本、湯沈本、魏本、峒本、封本作"且喜君瑞兄弟一舉得第"。
③ 不曾接得：接得，羅本、繼本、容本、起本、徐參本、虎本、何本、陳本、秀本、硃本、天李本、六幻本、湯本、峒本、封本作"遠迎"，魏本作"遠接得"，毛本作"遠接"。徐畫本、張本、湯沈本、三合本無。
④ 眼見得在老夫人宅裏下：眼見得在，弘本作"眼見在"，範本、龍本作"如今在"，羅本、繼本、容本、起本、虎本、何本、陳本、秀本、硃本、天李本、六幻本、湯本、魏本、峒本、封本、毛本作"如今在崔"，驥本、延本作"今在"。徐畫本、張本、湯沈本、三合本無。
⑤ 擬定：張本作"一定"，驥本、延本無。
⑥ 小官牽羊擔酒：封本無。
⑦ 直至老夫人宅上：羅本、繼本、容本、起本、徐參本、虎本、何本、陳本、秀本、硃本、天李本、六幻本、湯本、魏本、峒本、毛本作"直至其宅"。封本作"我今直至其宅"。
⑧ 慶賀狀元：範本、龍本、徐畫本、三合本作"慶賀及第"，羅本、繼本、容本、起本、徐參本、虎本、何本、陳本、秀本、硃本、天李本、六幻本、湯本、湯沈本、魏本、峒本、封本作"慶賀登第"，張本作"賀喜"。
⑨ 二來做主親：做，弘本作"就"，張本無。範本、龍本作"第二來做主親事"，羅本、繼本、容本、起本、徐參本、虎本、何本、陳本、秀本、硃本、天李本、湯本、湯沈本、魏本、峒本、封本作"第二來就主親事"，徐畫本、三合本作"第二來"，六幻本、毛本作"二來就主親事"。
⑩ 與兄弟成此大事：成此大事，範本、龍本、羅本、繼本、容本、起本、徐參本、虎本、陳本、秀本、硃本、天李本、湯本、湯沈本、魏本、峒本、封本作"成此佳偶"，徐畫本、三合本作"做主成此親事"，何本、六幻本作"成此佳配"。張本無。
⑪ 左右那裏？將馬來：封本作"傳左右，即速伺候"。

依古本刪去。【毛夾】按元稹娶京兆韋僕射女，其曰衛尚書者，隱"韋"字也。但此本董詞"鄭恒曰：'珙以才授翰林學士，衛吏部以女妻之'。"，并"衛尚書家女孩兒新來招得風流婿"諸語，與作者無預耳。參釋曰：張中第三名探花，此又云張生"敢是狀元"，後折亦稱"新狀元"，似矛盾，不知此正撒浪作子虛語處，不可不曉。

【容尾】總批：紅娘爲何如此護着張生？疑心疑心。【陳尾】【硃尾】批：護張生甚尖利，罵鄭恒忒狠毒。【湯尾】總批：紅娘如此護着張生？疑心疑心。【三合尾】湯若士總評：險些兒嬌滴滴玉人去也，又虧殺白馬將軍來也！李卓吾總評：紅娘爲何如此護着張生？怪不得鄭恒疑心。徐文長總評：鄭恒是個勢利中刻薄人。【魏尾】總批：頌張生處是護法善門，罵鄭恒處是語如虎賁。【峒批】頂張生是護法善門，罵鄭恒是禦侮虎賁。

【驪尾附】注一十三條

（白）"他倒不如你"作句，"喋聲"另讀。俗本作一句讀，却換"倒"字作"道"字，非。

【鬥鵪鶉】仁者能仁，誇己行止；身裏出身，誇己門第。今本"執羔雁邀媒"，古本去一"羔"字。婚禮止有雁、羔，士贄也。去"羔"字，于義似順，而與下"獻幣帛謝肯"，對不整，從今本。謝肯，舊有是語。（《舉案齊眉》劇："想當初許了的親，他不曾來謝肯。"）俗本作問肯，非。洗塵，即今洗泥之謂。過門，成親也。"金屋銀屏"六句，俱指鶯鶯。腌，腌臢，不潔也。

【紫花兒序】接上曲來。三"他"字俱指鶯鶯。枉紂了他惜玉憐香，"紂"字即"村"字之意。（元詞："你桂英性子實村紂。"）二儀，"儀"字得仄聲乃叶。徐云："三才"以下數語，却迂板，且不似婢子語。

【天淨沙】半萬兵屯合寺門，六字句，"合"字襯。"兵屯"連讀勿斷，調法如此。

【小桃紅】古本及諸本，調首有"若不是"三字，遂并全調文理不通；惟秣陵本無之，今從。"俺"字，猶言我；家，指夫人言也。威而不猛，指張之能退賊兵，猶所謂不戰而屈人之兵也。言而有信，退兵能副其言也。末句言：我家因此不敢慢他，而以親事酬謝之也。"猛"字元不用韵。

【金蕉葉】古本"爲人做人"，于義似重，然婢子口，正自不妨。今本作"爲人敬人"，則"敬"字反無下落矣。下"有信行知恩報恩"，俱是説張生好處，觀文勢自見。俗本添"俺家裏"三字，却屬老夫人，非。

【調笑令】拆白道字，頂真續麻，【驥眉】頂真續麻，見元劇。今訛作"頂針"。皆元時語也。肖字着立人，"俏"字也。木寸，古本作"寸木"。"尸巾"爲屄，古"豕"字，此却音雕，上聲，韵書無，俗字也，褻詞也。前第三折末套張生白"這屄病就可"。（董詞："諕得紅娘忙扯着道，休廝合造，您兩個死後不争，怎結束這禿屄。"）

【禿厮兒】大是腐爛，"薑鹽"三句，更大湊插。

【聖藥王】首六句，兩段相對，末句總承。有向順，反言其不識向順也。官人只合做官人，正喬義論也。窮民到了是窮民，正信口噴也。古本作"信口嗿"，"嗿"字于"信口"不倫。（《藍采和》劇："都做了狂言詐語，信口胡噴。"）

【麻郎兒】古謂和尚爲"出家兒"。《冷齋夜話》：安和尚云：出家兒家間樹下，辦那事，如救頭然。上二句説長老，下二句説鄭恒。

【幺】徐云：軟款，古語本是"願款"，誤沿作"軟"。硬打强，斷；奪爲眷姻，作句，與下句對。打强之强，去聲，係方語。

【絡絲娘】奴婢所生子，謂之家生。（元詞有"家生哨"。）喬嘴臉、腌軀老、死身分，九字作句，比元調增二字，各三字爲對。軀老，調侃身也，北人鄉語，多以老作襯字，如眼爲綠老，鼻爲嗅老，牙爲柴老，耳爲聽老，手爲爪老，拳爲扣老，肚爲庵老之類。（董詞："然撒撒地做些腌軀老。"）有家難奔，駡其不得還鄉也。

【收尾】我則知佳人有意郎君後，言我只曉得佳人之有意，必待郎君之俊者。鄭恒之村蠢，何以動鶯鶯也？故下云"不喝采其實怎忍"。喝采，喝恒之決配不得鶯鶯也。末二語俊甚。徐云：蓋嘲恒縱得鶯鶯，亦不過拾人之殘，言其先已婚張，非處子也。香由風送，故着一"風"字。左壁廂，猶言左邊。古人尚右而卑左，故曰左壁廂。

【白】鄭恒云："這妮子擬定都和那酸丁演撒。"演撒，調侃謂有，見前注。言紅娘一定與張生有了。前張生寄詩與鶯鶯，只言探花郎，後白又言得了探花郎，董本亦言"明年張珙殿試中第三人及第"。此後白，鄭恒言張生"敢是狀元"，法本亦云張生"頭名狀元"，張生亦自稱"新狀元河中府尹"，後曲又言"新狀元花生滿路"，殊自矛盾。

【六幻本】五劇箋疑

續之三　詭謀求配

賣弄你、倚仗你：二"你"字，一作"他"。

至如你：一作"他道是"。

也不教你：一作"不曾教"。

又不曾執羔雁，邀媒獻幣帛謝肯：一作"又不爭執雁，邀媒獻帛謝肯"。

恰洗了塵，便待要過門：一作"就洗塵，便過門"。

金屋：漢武帝幼時，景帝問曰："兒欲得婦否？"長公主指其女曰："阿嬌好否？"武帝曰："若得阿嬌，當以金屋貯之。"

濁者為坤：濁，去聲。

枉腌了他：一無"他"字。

枉污了他：污，一作"臊"，無"他"字。

枉羞了他：羞，一作"紂"。

人在中間相混：中間，一作"其中"。

君瑞是君子清貧：貧，一作"賢"。

把河橋：一作"把橋梁"。

手橫著霜刃：霜，一作"雙"。一作"橫著霜刀"，無"手"字。

雒陽才子善屬文：一本"雒"上有"若不是"三字。屬，音祝，此叶咒。

白馬將軍到時分：一本"白"上有"請"字。

因此上：一本"因"上有"俺"字。

識道理爲人敬人：一作"道理數爲人做人"。

俺家裏有信行：一無"俺家裏"三字。裏，一作"人"。

他直百十分：直，一作"是"。

我折白道字：一本"我"下有"且"字，一本無"道"字。

寸木馬戶尸巾：村驢屌也。按《篇韵》：屌，音鳥，吊上聲，男音也。字從尸從吊，別有屌字，音北，又音豕，與屌無涉。此言村驢屌，其爲屌字無疑，疑當時如此寫耳。且以馬戶爲驢，豈胡虜既無同文之書，而漢卿亦欠問奇之功乎？紅娘折了別字，煩人白日弄屌。

他憑著師友：一作"他學師友"，一作"他學著師友"，一作"他憑師友"。

你倚著父兄：一本無"著"字。

他虀鹽日月：一無"他"。

治百姓新民，傳聞：一作"博得姓名新，堪聞"。

有向順：有，一作"無"。

你道是官人：一無"你道是"三字。

信口噴：噴，一作"嗔"。

到老是窮民：老，一作"了"。

却不道將相出寒門：道，一作"見"。

他出家兒：一無"他"字。

訕斤：中原諺語，毀誹也。訕，一作"赸"，一本"訕"上有"你看"二字。

軟款温存：軟，一作"願"。

硬打捱强爲眷姻：一作"硬打强奪爲眷姻"。

嫡親舍人：一本"親"下有"的"字。

須不是孫飛虎：一作"倒做了孫飛虎"。

喬嘴臉：臉，音斂。

腌臢老：雜劇往往以此爲鄙賤之稱，北人鄉語多以"老"字爲襯。

有家難奔：奔，去聲，一作"迸"。

佳人有意郎君俊：一本"佳人"上有"我則知"三字。

我待不嗑來：嗑，煩稱也。嗑來，徐本作"喝采"。嗑，音課。

則好偸韓壽下風頭香，傅何郎左壁厢粉：一作"你則是韓壽下風頭的香，何郎左壁厢的粉"。

【會注】

【弘注】執羔雁：出《禮記》。凡執物以爲相見之禮。贄，卿贄羔，大夫贄雁，故壻亦有奠雁之禮。羔取其群而不失類，自潔素也。雁取知時，且飛有行列也。【範注】執羔雁：出《禮記》。"禮，士大夫接見皆有贄，卿贄羔，大夫贄雁。"故壻亦有奠雁之禮。羔取不失群而自潔，雁取知時不再偶，飛有行列。【羅注】【秀注】執羔雁：《禮記》云："士大夫接見皆有贄，卿贄羔，大夫贄雁。"故壻亦有奠雁之禮。羔取不失群而自潔，雁取知時不再偶，飛有行列。【起注】【徐參注】【陳注】【硃注】【湯注】【魏注】【峒注】羔雁：《禮記》："士大夫接見皆有贄，卿贄羔，大夫贄雁。"（湯本此處多"取"）壻親迎時（徐參本作"允"，陳本、硃本、湯本作"亦"，魏本作"皆"）有奠雁。羔取其（魏本無）不失群而自潔，雁取其（陳本、魏本無）知時而不再偶。

【弘注】【範注】【羅注】【起注】【陳注】【秀注】【硃注】【湯注】【魏注】【峒注】金屋：出《啓蒙》（羅本、起本、陳本、秀本、硃本、湯本、魏本、峒本無"出《啓蒙》"）。漢武帝幼時，（魏本此處多"父"）景帝問（範本、羅本、起本、陳本、秀本、硃本、湯本、魏本、峒本此處多"曰"）："兒欲得婦否？"長公主指其女曰："阿嬌好否？"武帝曰："若得阿嬌，當以金屋貯之（硃本無）。"【秀眉】貯，音住。

【弘注】【範注】三才：出《群書備數》，天地人曰三才（曰三才，範本作"也"）。【羅注】三才：天、地、人也。《通鑒》云：盤古氏明天地之道，達陰陽之變，爲三才首君。【起注】【徐參注】【陳注】【硃注】【湯注】【魏注】【峒

注】三才：天地人也。

【弘注】【範注】二儀：出《易經》，天地是也。【起注】【徐參注】【陳注】【硃注】【湯注】【魏注】【峒注】二儀：（硃本此處多"即"）天地也。

【弘注】威而不猛：出《論語》。此聖人中和之氣，見于威儀動作之間，所以威而不猛也。【範注】威而不猛：出《論語》。聖人得中和之氣，所以威而不猛也。【羅注】威而不猛：《論語》：子曰：君子正其衣冠，尊其瞻視，儼然人望而畏之，斯亦威而不猛乎？

【弘注】言而有信：出《論語》。此子夏論人倫之大，朋友寓于中。言人交朋友，當言而有信。【範注】言而有信：出《論語》。此子夏論人倫之大，朋友寓于中，與朋友交，言而有信。【羅注】言而有信：子夏曰：賢賢易色，事父母能竭其力，事君能致其身，與朋友交，言而有信。

【弘注】不敢慢于人：出《孝經》《小學》《禮記》，此皆孔子謂曾子之言。居上能敬其親，而不敢慢于人。言在上者教之既盡，則人亦興于禮，而知所教矣。【範注】【羅注】不敢慢于人：出《禮記》，此皆孔子謂曾子之言。居上能敬其親，而不敢慢于人，言在上者教之既盡（既盡，羅本作"禮"），則人亦興于禮，而知其教矣（羅本作"也"）。

【弘注】【範注】【羅注】【陳注】【硃注】【秀注】【峒注】齊論：出《論語》序。齊論（範本、羅本、陳本、秀本、硃本、峒本無"齊論"）別有《問王》《知道》（峒本此處多"二篇"），以其（硃本無）琅邪、膠東諸儒傳之，故曰齊論。【起注】【湯注】齊論：出《論語》序。以其琅邪、膠東諸儒傳之，故曰齊論。

【弘注】【範注】【羅注】【起注】【陳注】【秀注】【湯注】【峒注】魯論：出（範本、羅本、起本、陳本、秀本、湯本作"亦"，起本、峒本作"亦出"）《論語》序。以其魯國諸儒傳之，故曰魯論。【硃注】魯論：亦出《論語》詩。以魯國者諸儒傳之，故曰魯論。【魏注】齊論魯論：見《論語》序。其琅邪、膠東諸儒傳者曰齊論，以魯國諸儒傳者曰魯論。

【弘注】【範注】【羅注】【秀注】韓文：門人李漢序。（範本、羅本、秀本此處多"師"）韓愈，字退之，唐之文宗。李漢序云："詭然而蛟龍翔，蔚然而虎鳳躍，鏘然而韶鈞鳴。【秀眉】鏗，音坑。日光玉潔，周情孔思，千態萬狀，卒澤于仁義道德，雨如也，洞視萬古。"【起注】【陳注】【硃注】【湯注】【魏注】【峒注】韓文：韓愈，字退之，乃唐之文宗。

【弘注】【範注】【羅注】【秀注】柳文：劉禹錫序。柳宗元，字子厚。文章卓偉，"上方嚮文章，昭回之光，下飾萬物。天下文士，爭執所長，與時而奮，粲然繁如星麗天，芒寒色正，人望而教者，五行而已。河東柳子厚，斯人望而教者歟"。【起注】【陳注】【硃注】【湯注】【魏注】【峒注】柳文：柳宗元，字子厚。唐之文人。

【弘注】【範注】虀鹽：出（羅本無"出"）韓文。韓愈《送窮文》："太守（太守，範本、羅本作'大學'）四年間，朝虀暮鹽。"【起注】【徐參注】【陳注】【硃注】【湯注】【魏注】【峒注】虀鹽：唐（徐參本、魏本無）韓退之《送窮文》："大學四年（陳本、硃本、湯本此處多'間'），朝虀暮鹽。"

【弘注】【範注】出家：出《詩學》，又《要覽·毗婆沙論》云："家者，是煩惱（範本此處多'業障之本'）因緣；夫出家者，為滅垢累故（範本無'故'），宜遠離也。"【羅注】【陳注】【秀注】【硃注】【湯注】出家：《釋氏要覽·（陳本、秀本、硃本、湯本無"釋氏要覽"）毗婆沙論》云："家者，是煩惱業障之本因錄，夫出家者，為滅垢累，宜遠離也。"【起注】【魏注】【峒注】出家：《毗婆沙（峒本作"娑"）論》云："家者，是煩惱因緣業障之本；夫出家者，為滅垢累，宜遠離也。"【徐參注】出家：家者，是煩惱業因緣，業障之本，故出之。

【羅注】韓壽下風頭香：見第二齣下。

【起注】字音

腌，音庵。嚲，音贊，遲也。虀，音賫，乃熟菜黃虀也。訕，音散，言人訕言毀謗也。衝，音冲。淆，音爻，饌也。刁，音雕。

【陳注】【硃注】字音

腌，庵。嚲，替，遲也。虀，音賫，乃熟菜黃虀也。禿，獨，去聲，今吳越嘲人不生髮，曰禿子。訕，音散，言人訕言毀謗。衝，冲。淆，爻。

【湯注】字音

腌，庵。孱，孨，遲也。虀，音賷，乃熟菜黃虀也。禿，獨，去聲，今吳越嘲人不生髮，曰禿子。訕，散，言人訕言毀謗也。衝，冲。淆，爻，饌也。刁，雕。

【峒注】字音

孱，孨，遲也。虀，音賷。訕，音散。淆，爻，饌也。

第四折①

　　【謝眉】鬧道場、跳粉墻,并此折同體。【封眉】榮歸,時本作"還鄉",誤。(夫人上云)誰想張生負了俺家,去衛尚書做女婿去②。今日不負老相公③遺言,還招鄭恒爲婿。今日好個日子④,過門者⑤,准備下筵席,鄭恒敢待來也。⑥(末上云)⑦ 小官奉聖旨⑧,正授⑨河中府

---

① 第四折:範本、龍本、繼本、起本、徐音本、虎本、陳本、秀本、硃本、湯本、湯沈本、魏本、峒本作"第二十齣　衣錦還鄉",屠本作"第二十一折",徐畫本作"第四套　衣錦還鄉",驥本作"四套(今本第二十折)完配",何本作"還鄉",天李本作"衣錦還鄉",六幻本作"續之四　衣錦還鄉",三合本作"第四套　榮歸",封本作"第二十齣　衣錦榮歸",毛本作"第二十折　團圓"。
② 去衛尚書做女婿去:衛尚書,弘本、徐畫本、張本、三合本作"衛尚書家",範本、龍本作"衛尚家";去,範本、龍本、徐畫本、張本、三合本作"去了"。驥本、延本、毛本作"去衛尚書家做了女婿"。
③ 今日不負老相公:張本此句前多"只索"。不負老相公,驥本、延本作"不忘老相國"。毛本作"如今不忘老相公"。
④ 好個日子:弘本作"好日頭",驥本、張本、延本、毛本作"是個好日子"。
⑤ 過門者:驥本、張本、延本、毛本作"過門"。
⑥ "(夫人上云)"至"鄭恒敢待來也":羅本、繼本、容本、起本、徐參本、虎本、何本、陳本、秀本、硃本、天李本、六幻本、湯本、湯沈本、魏本、峒本、封本無。弘本此段道白屬上折尾,此後開始"第四折";範本、龍本此段道白屬上折尾,此後開始"第二十齣";徐畫本、三合本此段道白屬上折尾,此後開始"第四套"。
⑦ (末上云):驥本、延本作"(生騎馬上開)"。
⑧ 小官:羅本、繼本、起本、徐畫本、徐參本、陳本、六幻本、湯本、湯沈本、三合本、魏本、峒本作"下官"。奉聖旨:弘本、範本、龍本、容本、起本、虎本、陳本、湯本作"奉　　"。
⑨ 正授:封本作"除授"。

尹。今日衣錦還鄉①，小姐的金冠霞帔都將着②，若見呵③，雙手索送過去。【容旁】【湯眉】妙！【三合旁】妙人！【徐參眉】承奉老婆娘。誰想有今日也呵！④ 文章舊冠乾坤內，姓字⑤新聞日月邊。【陳眉】【硃眉】胸中早定。【魏眉】該如此。【峒眉】當如是。

【雙調】【新水令】⑥ 玉【湯沈旁】一作"玉"。鞭驕馬⑦出皇都，【羅眉】馬，音媽。皇，音荒。【繼眉】一鞭嬌馬出皇都，自是俊語。別作"玉鞭驄馬"，非。【起眉】【虎眉】【秀眉】"玉鞭嬌馬"對起，是描寫錦歸境界。今或以"一鞭驄馬"，自誇俊巧者，是弄巧而成拙也。【封眉】時本多作"玉鞭"，不如"一鞭"有致。暢風流玉堂人物。今朝三品職⑧，昨日一寒儒。【羅眉】昨，音造。寒，音酣。御筆親除，【羅眉】筆，音彼。將名姓翰林注⑨。【驥夾】【延夾】物，叶務，後同。

【駐馬聽】⑩ 張珙如愚，酬志了三尺龍泉萬卷書；【羅眉】

---

① 還鄉：封本作"榮歸"。
② 將着：驥本作"將着者"。弘本此句後多"誰想有今日也"。
③ 若見呵：張本作"見呵"，封本作"見他呵"。
④ 誰想有今日也呵：呵，羅本、繼本、容本、起本、徐參本、虎本、何本、陳本、秀本、天李本、六幻本、湯本、湯沈本、魏本、峒本無。弘本作"（生念）"。驥本、延本此句後多"（生念）"，毛本此句後多"（念）"。
⑤ 姓字：容本作"姓名"，驥本、延本、毛本作"姓氏"。
⑥ 弘本、範本、龍本、羅本、繼本、容本、起本、徐參本、何本、陳本、秀本、硃本、延本、天李本、湯本、魏本、峒本、毛本此處多"（生唱）"。
⑦ 玉鞭驕馬：玉鞭，驥本、何本、延本、六幻本、封本、毛本作"一鞭"；驕馬，弘本、容本、起本、徐畫本、虎本、陳本、秀本、硃本、天李本、湯本、三合本、魏本、峒本作"嬌馬"，範本、龍本作"驄馬"。羅本、繼本、張本、湯沈本作"一鞭嬌馬"。
⑧ 職：毛本作"貴"。
⑨ 名姓：弘本、羅本、繼本、容本、起本、徐畫本、徐音本、徐參本、虎本、何本、陳本、秀本、硃本、張本、天李本、湯本、三合本、魏本、峒本、封本作"姓名"。翰林注：驥本、延本作"翰林裏注"。
⑩ 容本、起本、徐音本、徐參本、虎本、何本、陳本、秀本、硃本、天李本、湯本、魏本此處多"（生唱）"。

龍，平聲。【魏眉】"如愚"四字，收煞了一部西廂關鑰。【峒眉】"如愚"字，一部《西廂》關鑰。鶯鶯有福，穩請【湯沈旁】一作"受"。了①五花官誥七香車。【範眉】【龍眉】收煞一篇意思，在此兩句。【徐畫眉】穩情取，北方人語，放心之意，言做定得也。【秀眉】"酬志了三尺龍泉""穩請了五花官誥"，收煞一篇關鑰，在此兩句。身榮難忘借僧居，愁來猶記題詩處。【羅眉】愁，音篍。【繼眉】"身榮"二句，有顧盼。【湯沈眉】當初迷戀鶯鶯，拋棄功名，似痴呆懵懂一般，故曰"如愚"。"身榮"二語，有顧盼。【封眉】忘，去聲，音妄。從應舉，夢魂兒②不離了蒲東路。【容眉】【湯眉】映帶相思處，有情。【起眉】王曰："張珙如愚"四句，收煞了一部《西廂》關鑰。【徐畫珠眉】映帶相思的有情。【徐音眉】吐氣身顯，誇耀內榮，不失措大本色。【陳眉】【硃眉】酒醒人遠意味。【驥夾】【延夾】福，叶府。忘，去聲，後同。【毛夾】忘，去聲。一鞭，或作"玉鞭"；驕馬，或作"嬌馬"。"如愚"者，《會真記》生自云："不謂當年終有所蔽。"

（末云）接了馬者。（見夫人科）③新狀元河中府尹婿張珙參見④。（夫人云）休拜，休拜！⑤【三合旁】話蹊蹺。你是奉聖旨的⑥女

---

① 穩請了：繼本、何本作"穩請取"，徐畫本、徐音本、驥本、延本、延本、六幻本、三合本、毛本作"穩受了"。
② 夢魂兒：徐畫本、徐音本、三合本作"夢"，張本作"夢魂"。
③ （末云）接了馬者。（見夫人科）：（末云），範本、龍本、徐畫本、徐音本、三合本作"（做道科，生云）"，徐參本無。封本作"（請見夫人，夫人上，生拜科云）"。
④ 新狀元：羅本、繼本、容本、起本、徐參本、虎本、何本、陳本、秀本、硃本、天李本、六幻本、湯本、湯沈本、魏本、峒本作"新任"，封本、毛本作"新狀元任"。婿：徐畫本、徐音本、張本、三合本無。參見：驥本、延本作"謹參"。
⑤ 休拜休拜：弘本、羅本、繼本、容本、起本、徐參本、陳本、秀本、硃本、天李本、湯本、湯沈本、魏本、峒本、封本無。
⑥ 奉聖旨：弘本、範本、龍本、容本、起本、虎本、陳本、硃本、湯本作"奉　"。的：六幻本無。

婿，我怎消受得你拜①！

【喬牌兒】（末唱）我謹②躬身問起居，夫人這慈【湯沈旁】一作"辭"。色③為誰怒？【羅眉】色，音煞。我則見丫鬟使數都④廝覷，【羅眉】則，入聲。莫不我身邊有甚事故⑤？【湯沈眉】使數，猶言使用人也，亦方語，元詞屢用。末句譜只五字句，以"有"字作襯字，自叶矣。【徐參眉】真猜不破。【虎眉】慈，一作"辭"，亦可。邊，一作"上"。【陳眉】令人驚疑。【驥夾】【延夾】廝，叶借，平聲。【毛夾】廝，借葉，平聲。元詞曲身為"躬身"，如董詞"飲罷躬身向前施禮"類。使數，使用人數也。有甚事故，或以《雍熙樂府》作"有些事故"，遂疑"甚"字宜平，非也。"有"字是正文，則"甚"與"些"字，總襯字，可不拘耳。

（末云）⑥小生⑦去時，夫人親自餞行，喜不自勝。今日⑧中選得官，夫人反行⑨不悅，何也？（夫人云）你如今那裏想着俺家⑩？道不得個"靡不有初，鮮克有終"⑪。我一個女孩兒⑫，雖然妝殘⑬

---

① 我怎消受得你拜：得，弘本、羅本、繼本、起本、虎本、何本、秀本、天李本、六幻本、湯沈本無。徐參本作"怎消得你拜"，驥本、延本作"我怎麼消的你拜我也"。
② 我謹：徐畫本、徐音本、驥本、延本、三合本作"謹"，張本無。
③ 夫人這：驥本作"這"，張本無。慈色：繼本作"詞色"。
④ 我則見：徐參本、硃本、湯本、魏本、峒本作"我只見"，封本作"則見"。使數：徐音本作"數使"。都：徐畫本、徐音本作"空"。
⑤ 莫不：徐參本、魏本、峒本作"莫不是"。甚：張本無。事故：徐參本作"故事"。
⑥ （末云）：徐畫本、徐音本、張本、封本無。
⑦ 小生：封本作"小婿"。
⑧ 驥本、延本、毛本此處多"小生"。
⑨ 反行：封本作"反"。
⑩ 想着俺家：弘本、魏本、峒本作"想俺家"，徐參本作"想我家"，驥本、延本、毛本作"想俺家娘兒每"。
⑪ 道不得個"靡不有初，鮮克有終"：驥本、延本無"個"。徐參本、魏本、峒本無。
⑫ 女孩兒：三合本作"女孩兒家"，峒本作"女兒"。
⑬ 妝殘：虎本、陳本、硃本、天李本、湯本作"殘妝"。

貌陋，他父爲前朝①相國，若非賊來，足下甚氣力②到得俺家？今日一旦置之度外，却于衛尚書家作婿③，豈有是理④！（末云）夫人聽誰説⑤?⑥ 若有此事⑦，天不蓋，地不載，害老大小疔瘡⑧！【羅眉】此是猪八戒語。【容夾】【硃眉】【湯眉】【魏眉】【峒眉】謔！

【雁兒落】⑨ 若説着絲鞭⑩仕女圖，【繼眉】仕女圖，出《烟花記》。端的是塞滿章臺路。【範眉】【龍眉】《仕女圖》，出《烟花傳》。章臺，張敞事。【羅眉】着，音招。塞，音色。【繼眉】張敞罷朝會，過走馬章臺街，使御吏驅，自以便面拊馬。【秀眉】"絲鞭仕女圖""塞滿章臺路"，言其美

---

① 前朝：封本作"當朝"。
② 氣力：驪本、延本、毛本作"風力"。
③ 于：範本、龍本、徐音本、徐參本、驪本、延本、三合本、魏本、峒本作"與"。婿：弘本、羅本、繼本、容本、起本、徐音本、驪本、虎本、陳本、秀本、硃本、延本、張本、天李本、六幻本、湯本、湯沈本、三合本、封本、毛本作"贅"。
④ 豈有是理：羅本、繼本、容本、起本、虎本、何本、陳本、秀本、硃本、天李本、六幻本、湯本、湯沈本、封本、毛本作"其理安在"，張本作"是何道理"。
⑤ 夫人聽誰説：驪本、延本作"老夫人聽誰説來"，虎本、何本、陳本、張本、天李本、六幻本、湯本、湯沈本、封本、毛本此句後多"來"。
⑥ 徐參本、魏本、峒本此處多"張珙"。
⑦ 此事：秀本作"此等事"。
⑧ 害老大小疔瘡：害老大小，羅本、繼本、容本、起本、虎本、陳本、硃本、天李本、湯本、湯沈本、封本、毛本作"害個老大的"，徐畫本、徐音本、徐參本、張本、三合本、魏本、峒本作"害老大的"，驪本、延本作"害老大"。秀本、六幻本無。
⑨ 弘本、範本、龍本、容本、起本、徐音本、徐參本、虎本、何本、陳本、秀本、硃本、延本、天李本、湯本、魏本、峒本此處多"（生唱）"，毛本此處多"（唱）"。
⑩ 説：徐參本作"論"。絲鞭：羅本作"遞絲鞭"。

麗者且多，而不肯忘舊好也。小生呵**此間懷舊恩**①，**怎肯別處尋親去**②【湯沈旁】一作"新配"。【謝眉】心認非認，待推怎推？【田眉】叙得雅而妥。【徐參眉】斷斷另無他意。【虎眉】新配，今盡作"親去"，對固不工，意又不顯。"新""親"似易訛，"去""配"則不易訛，何故？【凌眉】徐改"此間"爲"故國"，夫蒲東路，豈"故國"乎？且字太文，與"別處"對非當行也。況字宜用平，用仄則拗矣。【湯沈眉】叙得妥雅。唐周昉善仕女圖。【峒眉】"配"字已錯，看者何不改了？【封眉】新娶，時本多誤作"新配親去"。

【**得勝令**】③豈不聞"君子斷其初"，我**怎肯忘得**④**有恩處**？【羅眉】得，上聲。【凌旁】《雍熙樂府》作"我難忘有恩處"。**那一個賊畜**【湯沈旁】一作"丑"。**生**⑤【凌眉】畜生，元曲有作"丑生""醜生"者，一義。北無"畜"字正音耳。**行嫉妒，走將來老夫人行廝間阻**⑥？【羅眉】行，音興。行，音杭。間，音見。【田眉】賊醜生，罵鄭恒爲賊牛也。不

---

① 呵：弘本、範本、龍本、羅本、繼本、容本、起本、徐畫本、徐音本、徐參本、驥本、虎本、何本、陳本、秀本、碌本、延本、張本、天李本、六幻本、湯本、湯沈本、三合本、魏本、峒本、封本、毛本作"向"。此間：徐畫本、徐音本作"故國"。恩：毛本作"來"。
② 怎肯：何本、張本、六幻本作"怎"，毛本作"怎肯到"。尋親去：容本、起本、徐參本、虎本、何本、陳本、秀本、碌本、天李本、六幻本、湯本、三合本、魏本作"尋新配"，封本作"尋新娶"。
③ 弘本、容本、起本、徐音本、徐參本、虎本、何本、陳本、秀本、碌本、天李本、湯本、三合本、魏本、峒本此處多"（生唱）"。
④ 我怎肯忘得：得，封本、六幻本作"了"。徐畫本、徐音本、驥本、延本、張本、毛本作"怎忘了"。
⑤ 畜生：弘本、徐畫本、徐音本、驥本、延本、毛本作"丑生"，羅本作"子"，張本作"丑"。
⑥ 走將來：張本作"走來"。老夫人行：羅本、繼本、何本、六幻本、湯沈本、封本作"夫人行"，徐畫本、徐音本、驥本、延本、張本、毛本無。間阻：弘本、繼本、容本、起本、虎本、陳本、秀本、碌本、天李本、湯本、三合本、魏本、峒本作"見阻"。

能勾①嬌姝，早共晚②施心數；說來的無徒③，遲和疾④上木驢。【容旁】【徐參眉】【硃眉】【湯眉】【魏眉】忐慌！【羅眉】上，音賞。【徐畫眉】【田眉】【延眉】此指行妒畜生也。施心數，設計較也，指鄭恒也。【徐音眉】錦回而猶有爭親之事，作者深意。可作"請宴停婚"觀也，作"乘夜逾墻"觀也，可作"草橋驚夢"觀也。慎勿草草略過。【湯沈眉】施心數，猶言計較也。無徒，無籍之謂。【驤夾】【延夾】斷，都亂反。疾，借叶，去聲。【毛夾】疾，借菜，去聲。舊來，俗作"舊恩"，與下曲重。親去，俗作"新配"，又失本韻，俱非。有恩，指前成親言。觀此，則益信前折"知恩報恩"之宜屬生矣。醜生，即畜生，字音之轉。北音無正字，如《緋衣夢》劇"殺了這賊醜生"，《魔合羅》劇"老丑生無端忐下的"，又作"丑生"，可驗。那一個，不指鄭，泛指，言是誰也。施心數，論心事也，北人稱心事為"心數"，如前"老夫人心數多"類。無徒，無籍之徒。木驢，刑具也。言不能勾與之早晚論心，反說來的似無籍所為，早晚間該爾爾矣。無徒、木驢，俱自指，與"賊醜生"指他人异。參釋曰：唐周昉有《仕女圖》，漢《張敞傳》"走馬章臺街，君子斷其初"，元詞成語。

（夫人云）是鄭恒說來，繡球兒打着馬了⑤，做⑥女婿也。你不信呵⑦，喚紅娘來問。【陳眉】【峒眉】說鄭恒便不足信了。（紅上云）我

---

① 不能勾：徐參本作"不能"，峒本作"不能見"。
② 早共晚：張本作"早晚"。
③ 無徒：範本、龍本、徐參本、魏本、峒本作"奸徒"。
④ 遲和疾：張本作"遲疾"。
⑤ 馬了：範本、龍本、羅本、繼本、容本、起本、徐畫本、徐音本、徐參本、虎本、何本、陳本、秀本、硃本、張本、天李本、六幻本、湯本、湯沈本、三合本、魏本、峒本、封本作"馬"。
⑥ 做：範本、龍本、徐畫本、徐音本、徐參本、張本、魏本、峒本作"做了"，羅本、繼本、容本、起本、虎本、何本、陳本、秀本、硃本、天李本、湯本、湯沈本、三合本作"已做衛尚書"，驤本、延本、毛本作"你做"，六幻本作"已做了衛尚書"，封本作"已做衛家"。
⑦ 信呵：範本、龍本、徐參本作"信"。

巴不得見①他。元來得官回來②，慚愧③，這是非對着也④。（末背問云）紅娘，小姐好麼？（紅云）爲你別做了⑤女婿，俺小姐依舊嫁了鄭恒也⑥。【容旁】妙！【三合旁】一餐婆氣。（末云）有這般蹺蹊的事⑦！【謝眉】高低相拚，優劣相較，分別盡美惡。【陳眉】驚殺人！【魏眉】【峒眉】天翻地覆。

　　【慶東原】⑧那裏有糞堆上長出⑨連枝樹，淤泥中生出⑩比目魚，【羅眉】長，上聲。淤，音遇。不明白展污了⑪姻緣簿？【張眉】明白，分明也。上添"不"字，非。鶯鶯呵，你嫁個油炸⑫猢猻的丈夫；【羅眉】白，音擺。炸，音閘。猢，音斛。猻，音孫。紅娘呵，你伏

---

① 見：魏本、峒本作"要見"。
② 得官回來：驥本、延本、毛本作"得了官回來了"。
③ 慚愧：驥本、延本無。
④ 是非：三合本作"事非"。也：魏本、峒本作"了也"。
⑤ 做了：範本、龍本、徐參本、何本、魏本、峒本作"做了衛家"。
⑥ 嫁了：秀本作"許了"，張本作"嫁"。也：封本作"哥哥也"。
⑦ 有這般蹺蹊的事：有，何本作"世間有"；的事，繼本、容本、起本、徐畫本、徐音本、虎本、何本、陳本、秀本、碌本、天李本、六幻本、湯本、湯沈本、三合本、封本作"事"，驥本、延本作"的事也"。張本作"有這蹺蹊事"。
⑧ 弘本、範本、龍本、容本、起本、徐音本、虎本、何本、陳本、秀本、碌本、天李本、湯本、三合本、魏本、峒本此處多"（生唱）"，毛本此處多"（唱）"。
⑨ 那裏有糞堆上長出：長出，弘本、範本、龍本、羅本、徐參本、魏本、峒本作"生長"，繼本、容本、起本、虎本、何本、陳本、秀本、碌本、天李本、六幻本、湯本、湯沈本、三合本、封本作"長"，驥本、延本、張本、毛本無。徐畫本、徐音本作"那裏糞堆上"。
⑩ 淤泥中生出：生出，弘本、範本、龍本、羅本、繼本、容本、起本、徐參本、虎本、何本、陳本、秀本、碌本、天李本、六幻本、湯本、湯沈本、三合本、魏本、峒本、封本作"生"，張本無。徐畫本、徐音本、驥本、延本、毛本作"淤泥裏"。
⑪ 不：張本無。了：峒本作"上"。
⑫ 你嫁個油炸：嫁個，封本作"嫁得個"。徐畫本、徐音本、驥本、延本作"嫁的個油炸來的"，張本作"嫁的個油炸"，毛本作"嫁個個油炸來"。

侍個烟薰猫兒的①姐夫；張生呵②，你撞着個水浸老鼠的③姨夫。【範眉】【龍眉】嘲訕三丈夫，成聯的對。【田眉】三"夫"字用得天然。【秀眉】油炸、烟薰、水浸，三畜形容鄭子極也。【湯沈眉】舊以"不明白"斷，遂不可解。三"夫"字，用得天然。罵人語，有趣。這廝壞了④風俗，傷了時務⑤。【徐畫旁】【田旁】【延旁】湊。【羅眉】着，音招。鼠，上聲。時，音詩。【容眉】【硃眉】【湯眉】【魏眉】吃醋。【徐參眉】欽心變作醋心，活活悶死。【陳眉】趣。【張眉】末二句俱少二字。【峒眉】有些醋心。【驥夾】【延夾】俗，叶鋤。猫，音毛，作苗音，非。【毛夾】那裏有，言斷無此事也。不明白展污了姻緣簿，言背地裏豈可便污蔑如此。"猢猻丈夫"諸句，亦一氣，作教坊訕匹，急遽無轉顧語。猶董詞"坐似一猢猻，口啜似猫坑"諸句。人物，勿指鶯；風俗人物，言所傷實多也。參釋曰：不明白，連"展污"讀，言豈不分明展污了耶？亦通。人物，俗作"時務"非。

【喬木查】（紅唱）妾前來拜覆，省可裏⑥心頭怒。【田眉】省可，猶言減省也。間別時來⑦安樂否？【羅眉】間，音見。你那新夫人⑧何處居？比俺姐姐是何如⑨？【徐參眉】你問姐姐？【陳眉】要得極

---

① 你伏侍個烟薰猫兒的：的，虎本、何本、硃本、天李本、湯本無。徐畫本、徐音本、驥本、延本作"伏侍個烟薰過的猫兒"，張本、毛本作"侍候個烟薰猫兒"。
② 張生呵：徐畫本、徐音本、驥本、延本、張本、毛本作"君瑞呵"，秀本作"（紅唱）張生呵"。
③ 你撞着個水浸老鼠的：你撞着個，峒本作"俺撞着"。徐畫本、徐音本、驥本、延本作"撞着個水浸來的老鼠"，張本、毛本作"撞着個水浸老鼠"。陳本、秀本、天李本、湯本、三合本、魏本無"個"。
④ 這廝壞了：徐畫本、徐音本、驥本、延本、毛本作"村了"，張本作"壞了"。
⑤ 時務：徐畫本、徐音本、驥本、延本、張本、毛本作"人物"。
⑥ 省可裏：張本作"省可"。
⑦ 間別時來：弘本、範本、龍本、羅本、繼本、容本、起本、徐參本、虎本、陳本、秀本、硃本、天李本、六幻本、湯本、湯沈本、三合本、魏本、峒本、封本、毛本作"間別來"，徐畫本、徐音本、驥本、延本作"自別來"，張本作"自別以來"。
⑧ 新夫人：張本作"新人"。
⑨ 是何如：張本作"何如"。

妙!【凌眉】此忽雜入鶯、紅俱唱,北劇之變體也。《雍熙樂府》此曲在【慶東原】前。省可裏,猶"猛可裏"也。王謂"減省些",則下數語何謂?【魏眉】【峒眉】要問極妙!【驥夾】【延夾】覆、否,俱音府。【毛夾】參唱例,已解見前。但鶯、紅參唱外,祇下場雜數曲為眾唱。此院本科例,更無有參外、淨等諸襍色者。梁伯龍曰:一句一斷,咄咄逼人,真元人本色。

(末云)和你也葫蘆題了也①。【天李旁】妙,妙!小生為小姐受過的苦,諸人不知,瞞不得你②。不甫能成親,焉有是理?③【秀眉】葫蘆提,注見前折。

【攪爭琶】④ 小生若求⑤了媳婦,則⑥目下便身殂。【羅眉】則,入聲。殂,音祖。怎肯忘得⑦待月回廊,【羅眉】得,上聲。難撇下吹簫⑧伴侶。⑨【封眉】拋撇,時本誤作"難撇"。受了些活地獄,下了

---

① 和你也葫蘆題了也:和,湯沈本作"連";題,弘本作"啼",羅本、起本、徐參本、驥本、虎本、陳本、秀本、碌本、延本、天李本、湯本、三合本、封本、毛本作"提"。繼本、徐畫本、徐音本、何本、張本、湯沈本作"和你也葫蘆提了",六幻本作"連你也葫蘆提了"。
② 瞞不得你:繼本、容本、起本、虎本、何本、陳本、碌本、天李本、湯本句、三合本、魏本、峒本、封本、毛本此句前多"須"。徐參本作"瞞你不得"。
③ 不甫能成親,焉有是理:不甫能,羅本作"不能勾",徐畫本、徐音本、張本作"甫能勾",驥本、延本作"不甫能勾"。繼本、容本、起本、徐參本、虎本、何本、陳本、秀本、碌本、天李本、六幻本、湯本、湯沈本、三合本、魏本、峒本、封本、毛本無。
④ 弘本、範本、龍本、繼本、容本、起本、徐音本、徐參本、虎本、何本、陳本、秀本、碌本、延本、天李本、湯本、三合本、魏本、峒本此處多"(生唱)",毛本此處多"(唱)"。
⑤ 求:封本作"別求"。
⑥ 則:徐畫本、徐音本、驥本、延本、張本作"只"。
⑦ 怎肯忘得:怎肯,弘本、繼本、容本、徐參本、虎本、何本、毛本作"我怎肯",封本作"我怎"。徐畫本、徐音本、驥本、延本、張本作"怎忘"。
⑧ 難撇下:徐畫本、徐音本、驥本、延本、張本、六幻本、毛本作"撇下",封本作"拋撇下"。吹簫:範本、龍本作"吹簫的"。
⑨ 毛本此處多"我是"。

些死工夫。【徐參眉】訴不盡多少隱衷。不甫能得做妻夫①，【封眉】區區，時本誤作"妻夫"。見將着夫人②誥敕，【羅眉】得，上聲。着，音招。縣君③名稱，【起眉】"見將"二句，今或作白，不識何解？【徐畫眉】【田眉】【延眉】【三合眉】"夫人"二句，時本作白。【虎眉】【湯沈眉】"見將"二句，今或作白，不識何解？【封眉】即空主人曰："夫人誥敕"二句係本調添句，故不必韵。俗本作白，非。怎生待歡天喜地，兩隻手兒分付與④，你劃地【湯沈旁】即平白地也。到把人⑤妝誣。【田眉】劃地，平白地也。【秀眉】劃，音產。【凌眉】"夫人誥敕"以下二語，本調添句，故不必韵。詳前第四本第四折。【張眉】"夫人"二句插白，訛作正曲，非。親，訛"分"，非。【魏眉】【峒眉】滿腔心事，滿口說與。【驥夾】【延夾】獄，叶豫。夫婦，古作"妻夫"。【毛夾】受了些、下了些，俱頂賓白來，指舊日言。不甫能，才能也，言我之得此匪易也。妻夫，或作"夫妻"，或作"夫婦"。"妻"既失韵，"婦"亦不叶，況"妻夫"習稱，如董詞"不如是權做妻夫"類。怎生待，設法如何之意，劃地，窣地也。劃、窣，字聲之轉。妝誣，妝砌誣罔也，或作"贓誣"，字形之誤。王伯良曰："夫人誥敕，縣君名稱"二句，他本或作白，因與原調譜不合，且失韵耳。不知此調字句可增減，且可攙無韵數句。如《梧桐雨》劇"他不如呂太后般弄權，武則天似篡位，周褒姒舉火取

---

① 不甫能得做妻夫：妻夫，驥本、延本作"夫婦"。羅本作"不能勾得做夫妻"，繼本、徐畫本、徐音本、何本、張本作"甫能得做夫婦"，容本、起本、徐參本、虎本、陳本、秀本、碛本、天李本、湯本、三合本、魏本作"甫能得做夫妻"，湯沈本作"甫能勾得做夫婦"，峒本作"甫能勾爲夫婦"，封本作"甫能得遂區區"。
② 見將着夫人：見將，徐參本作"將見"，六幻本作"現將"，毛本作"我將"。徐畫本、徐音本作"夫人的"，驥本、延本作"至如夫人"。
③ 縣君：徐畫本、徐音本、驥本作"縣君的"。
④ 兩隻：何本作"兩"。分付與：張本、峒本作"親付與"。
⑤ 你劃地到把人：你，繼本、屠本、容本、起本、徐畫本、徐音本、徐參本、驥本、虎本、何本、陳本、秀本、碛本、延本、張本、天李本、六幻本、湯本、湯沈本、三合本、魏本、峒本、封本、毛本無。峒本作"他劃地把我"。

笑，紂妲已敲脛觀人。早間把他哥哥壞了，貴妃有千般不是，也合饒過他一面擒拿"，上六句俱無韵可證。

（紅對夫人云）我道①張生不是這般人，則喚小姐出來自②問他。（叫旦科）③姐姐，快來問張生。④我不信他直恁般薄情⑤。叫見他呵⑥，怒氣冲天，實有緣故。⑦（旦見末科）（末云）小姐間別無恙？【羅眉】間，音見。恙，音樣。【秀眉】恙，音樣。（旦云）先生萬福。【容旁】【湯眉】妙！【謝眉】因"先生萬福"四字，以起下文。（紅云）姐姐有

---

① 我道：屠本作"夫人，我說"。
② 喚：羅本、繼本、容本、起本、徐參本、驥本、虎本、何本、陳本、秀本、碌本、延本、天李本、六幻本、湯本、湯沈本、三合本、魏本、峒本、封本、毛本作"請"，屠本作"待"。自：屠本作"自去"。
③ （叫旦科）：屠本無。
④ 姐姐快來問張生：範本、龍本作"張生來了，姐姐你出來，正好問他。（鶯云）聽得張生得官回來"，屠本作"姐姐，張生回來了，請出來相見。（鶯云）聽得張生得官回來"，驥本、延本作"姐姐，張生來了。你出來，正好問他。（旦上云）聽得張生得官回來"，張本、毛本作"姐姐，張生來了。你出來，正好問他"。弘本、容本、起本、徐參本、虎本、何本、陳本、秀本、碌本、天李本、六幻本、湯本、湯沈本、三合本、封本此句後多"其事便知端的"，羅本、繼本、徐畫本、徐音本此句後多"便知端的"。
⑤ 我不信他直恁般薄情：直，屠本作"這"；恁般，驥本作"恁的"；薄情，徐參本作"薄幸"，六幻本作"薄情呵"。張本、毛本無。
⑥ 叫見他呵：叫，範本、龍本、驥本、延本作"我"；呵，弘本作"時"。屠本作"待見他"，羅本、繼本、容本、起本、徐畫本、徐音本、徐參本、虎本、何本、陳本、秀本、碌本、張本、天李本、六幻本、湯本、湯沈本、三合本、魏本、峒本、封本、毛本無。
⑦ 怒氣冲天，實有緣故：範本、龍本作"且問他幾句，出我這怒氣咱"，驥本、延本同，但無"咱"；屠本作"問個端的"，羅本、繼本、容本、起本、徐畫本、徐音本、徐參本、虎本、何本、陳本、秀本、碌本、張本、天李本、六幻本、湯本、湯沈本、三合本、魏本、峒本、封本、毛本無。

的言語，和他説破。①（旦長吁云）待説甚麽的是②！【三合眉】美静可憐。

【沈醉東風】③ 不見時准備着④千言萬語，得相逢都變做⑤短嘆長吁。【羅眉】時，音詩。備，音被。着，音招。得，上聲。長，音昌。【容眉】【硃眉】【湯眉】畫。他急攘攘⑥却纔來，我羞答答⑦怎生覰。【羅眉】覰，音砌。【秀眉】覰，音趣。將腹中愁恰⑧待伸訴，及至相逢一句也無⑨。【秀眉】點出相思意。【封眉】根前，時本誤作"相逢"。則⑩道個"先生萬福"。【範眉】【龍眉】古詩曰："胸中辟積千般事，到得相逢一語無。"曲盡人情。【繼眉】古詩："胸中辟積千般恨，到得相逢一語無。"【容眉】【硃眉】【湯眉】【峒眉】窮神極態，妙絶，妙絶！【起眉】李曰：古詩云："胸中辟積千般事，到得相逢一語無。"此轉添一語曰"剛道個

---

① 姐姐有的言語，和他説破：有的，繼本、起本、虎本、何本、陳本、秀本、硃本、天李本、湯本、三合本、魏本、峒本、毛本作"有"，屠本作"有的是"；和他説破，屠本作"如何不説也"，驥本、延本、張本、毛本作"和他説麽"，硃本作"和他説"。容本無。

② （旦長吁云）待説甚麽的是：（旦長吁云），容本無；待説甚麽的是，範本、龍本作"待有甚麽的説話"，驥本、延本作"説甚的"，張本無"麽"。屠本無。

③ 弘本此處多"（旦唱）"，範本、龍本、繼本、屠本、容本、起本、徐參本、虎本、何本、陳本、秀本、硃本、延本、湯本、湯沈本、三合本、魏本、峒本此處多"（鶯唱）"，徐音本此處多"（生）"，天李本此處多"（鶯云）"，毛本此處多"（唱）"。

④ 不見時：徐畫本、徐音本作"我這裏"，驥本、延本、湯沈本作"我這裏不見時"。准備着：三合本作"准備"。

⑤ 得：峒本作"到"。做：徐畫本、徐音本作"了"。

⑥ 攘攘：弘本、羅本、繼本、容本、起本、徐參本、驥本、虎本、何本、陳本、秀本、硃本、延本、天李本、湯本、湯沈本、三合本、魏本、峒本、封本、毛本作"穰穰"。

⑦ 羞答答：徐畫本、徐音本、驥本、延本、毛本作"羞答答的"。

⑧ 將腹中愁恰：張本、峒本作"腹中愁却"。

⑨ 相逢：封本作"根前"。也無：屠本作"無"。

⑩ 則：範本、龍本作"剛則"，羅本、繼本、屠本、容本、起本、徐畫本、徐音本、徐參本、虎本、何本、陳本、秀本、硃本、張本、天李本、湯本、湯沈本、三合本、魏本、峒本、封本、毛本作"剛"，驥本、延本作"倒"。

先生萬福"，湍盡頭更著一波，舒舒婉婉，無餘法，有餘味。【徐音眉】欲言不言，若疏若親，的的真情，亦的的至情。【徐參眉】摹景逼真，張鶯奪魄。妙境難言。【虎眉】剛，一作"則"。【陳眉】無上妙諦。【湯沈眉】【魏眉】窮神極態，妙絕。【三合眉】的真兒女子氣骨。【毛夾】參釋曰：此曲用董詞"比及夫妻每重相遇，各自准備下千言萬語，及至相逢却没一句"。

（旦云）① 張生，俺家何負足下②？足下見弃③妾身，去衛尚書家爲婿④，此理安在⑤？（末云）誰説來？（旦云）鄭恒在夫人行説來。⑥（末云）小姐如何聽這廝⑦？張珙之心，惟天可表⑧。

【落梅風】⑨ 從離了蒲東路⑩，來到⑪京兆府，見個佳人世

---

① （旦云）：徐畫本、徐音本、封本無。
② 俺家何負足下：何，驪本、延本作"有何"，張本作"有甚"。屠本作"俺家裏那些兒虧負了你"。
③ 足下見弃：見弃，容本、起本、徐參本、虎本、陳本、秀本、天李本、湯本、三合本、魏本、峒本、封本、毛本作"竟弃"。屠本作"你却弃了"，驪本、延本作"見弃"，張本作"你見弃"。
④ 去衛尚書家爲婿：屠本作"到衛尚書家招贅"。
⑤ 此理安在：容本、起本、徐參本、虎本、陳本、秀本、砆本、天李本、湯本、三合本、魏本、峒本、封本、毛本作"于心何安"。
⑥ （末云）誰説來？（旦云）鄭恒在夫人行説來：行，屠本作"前"。驪本、延本、封本、毛本無。
⑦ 聽這廝：屠本作"聽這廝之言"，驪本、延本作"聽鄭恒這廝説"，封本作"也聽那廝讒言"，毛本作"也聽這廝説"。
⑧ 表：驪本、延本作"表也"。
⑨ 【落梅風】：羅本、繼本、容本、徐畫本、徐音本、徐參本、何本、陳本、砆本、張本、湯本、三合本、魏本、峒本作"【落梅花】"。弘本、範本、龍本、繼本、屠本、容本、起本、徐音本、徐參本、虎本、何本、砆本、延本、天李本、湯本、湯沈本、三合本、魏本、峒本此後多"（生唱）"，毛本此後多"（唱）"。
⑩ 路：弘本、羅本、繼本、容本、起本、徐畫本、徐音本、徐參本、驪本、虎本、何本、延本、張本、天李本、六幻本、湯本、湯沈本、三合本、魏本、峒本、毛本作"郡"，砆本無。
⑪ 來到：羅本作"早來到"。

不曾①回顧。【範眉】【龍眉】心熱如此。【容夾】【硃眉】【湯眉】真！【三合眉】好個守清規的丈夫。便揣個衛尚書家女孩兒爲了②眷屬，【繼眉】硬捏，作"硬揣"，非。【秀眉】揣，音端。【封眉】揣音圍，後同。曾見他影兒的③，也教④滅門絶户！【範旁】【龍旁】忒俗。【起眉】坊本"的"作"呵"，"教"字下增一"他"字，何等費力累口。【田眉】言自蒲東至京兆，一路見婦人，即回顧尚不曾，焉有入贅衛尚書家事乎？【虎眉】揣，當作"捏"。坊本"的"作"呵"，"教"字下增一"他"字，何等費力累口。【硃眉】激切。【驥夾】【延夾】屬，叶繩朱反，後同。【毛夾】自蒲至京，訴去時事。但"來到"，或作"去到"，反泥。

（末云）⑤ 這一樁⑥事，都在紅娘身上，我則將言語傍⑦着他，看他說甚麼。紅娘，我問⑧人來，說道你與小姐將簡帖兒⑨去喚鄭恒來。【天李旁】妙絶。【徐畫眉】【田眉】【湯沈眉】【三合眉】此倒跌法也，有

---

① 見個：徐畫本、徐音本、驥本、延本作"至如見個"，張本作"至如見"。世不曾：羅本、繼本、六幻本作"是不曾"。
② 便揣個衛尚書家女孩兒爲了：便揣個，弘本、屠本、容本、徐參本、虎本、何本、陳本、秀本、硃本、天李本、六幻本、湯本、湯沈本、三合本、魏本、峒本、封本作"硬揣個"，羅本、繼本作"硬捏個"，徐畫本、徐音本、驥本、延本、毛本作"硬揣着"；女孩兒，屠本無。張本作"硬揣着尚書女兒爲"。
③ 的：羅本作"呵"。
④ 也教：徐畫本、徐音本、驥本、延本作"則教他"，張本作"教"，三合本作"教也"。
⑤ （末云）：徐畫本、徐音本、張本、封本無。
⑥ 一樁：屠本作"樁"。
⑦ 我：張本作"俺"。傍：屠本作"譏"，秀本作"詰"，張本作"激"。
⑧ 問：屠本作"聞"，徐畫本、徐音本作"們"。
⑨ 簡帖兒：屠本作"簡兒"，陳本、硃本、湯本作"簡帖先"。

意趣。（紅云）痴人①！我不合與你作成②，你便看得我一般了③。

【甜水令】④ 君瑞先生，不索躊躇，【羅眉】索，音煞。【秀眉】躊，音酬；躇，音除。存想之意。何須憂慮。那廝本意⑤糊突；俺家世清白，祖宗賢良，相國名譽。我怎肯他根前⑥寄簡傳書。【謝眉】重翻寄柬傳書事證果。【羅眉】白，音擺。國，音鬼。前，音千。【容眉】【徐畫珠眉】【珠眉】【湯眉】只爲你曾寄柬傳書來。【徐參眉】與你曾幹此事來。【陳眉】【峒眉】一之謂甚，其可再乎！【魏眉】只爲你曾幹此事來。【驥夾】【延夾】突，叶同盧反。

【折桂令】⑦ 那吃敲才怕不⑧口裏嚼蛆，【秀眉】蛆，音趨。那廝待⑨數黑論黄，惡紫奪朱。【羅眉】嚼，音爵。黑，上聲。黄，音荒。

---

① 痴人：屠本、驥本、毛本無。
② 作成：毛本作"如此"。
③ 我一般了：我，弘本、羅本、繼本、徐畫本、徐音本、張本無。容本、起本、虎本、何本、陳本、秀本、硃本、天李本、湯本、湯沈本、三合本、魏本、峒本、封本作"一般兒易了"，徐參本作"一般兒易事"，驥本、延本作"我一般了也"，六幻本作"一般易了"，毛本作"一般兒了也"。
④ 【甜水令】：徐參本、魏本、峒本作"【甜兒令】"，弘本此後多"（紅對生説）"，範本、龍本、繼本、屠本、容本、起本、徐音本、徐參本、虎本、何本、陳本、秀本、硃本、延本、天李本、湯本、湯沈本、三合本、魏本、峒本此後多"（紅唱）"，毛本此後多"（唱）"。
⑤ 那廝本意：驥本、延本作"那廝本意便"，張本作"本意便"。
⑥ 怎肯：容本作"肯"。他根前：羅本、繼本、容本、起本、虎本、何本、陳本、秀本、硃本、天李本、六幻本、湯本、湯沈本、三合本、魏本、峒本作"他跟前"，徐畫本、徐音本、驥本、延本、張本、毛本作"去他行"。
⑦ 弘本此處多"（紅駡恒）"，容本、起本、徐音本、徐參本、虎本、何本、陳本、秀本、硃本、天李本、湯本、三合本、魏本此處多"（紅唱）"。
⑧ 吃敲才：徐畫本、徐音本作"吃敲頭"。怕不：羅本、張本無。
⑨ 那廝待：弘本、繼本、徐畫本、虎本、何本、陳本、秀本、硃本、天李本、六幻本、湯本、湯沈本、三合本、魏本、峒本作"那廝"，屠本作"只待"，徐參本作"那賊"，封本作"待"，張本無。

惡，入聲。【硃眉】全仗你遮蓋。俺姐姐更做道**軟弱**①**囊揣**，【田眉】囊揣，不硬挣之意。怎嫁那②**不值錢人樣鰕駒**。【繼眉】鰕，音加，牡豕也。【徐畫眉】【田眉】【三合眉】鰕駒，猶云蝦樣人也。此不能仰之丑疾，是謂戚施。【徐音眉】鰕，作蝦。猶云蝦樣人也。此不能仰之醜疾。【凌眉】人樣鰕駒，即馬牛襟裾之意，詈之為畜類也。鰕，音加，即猪。《左傳》"與鰕從己"是也，徐注：鰕駒，是鰕樣人也。此不能仰之疾，是為戚施，蓋見煮熟之蝦，跎背而妄意之。并"鰕"字亦不識矣。王伯良直改為"蝦"，而亦從其說，蓋俗本亦有刻"蝦"字者耳。**你個東君索與鶯鶯**③**做主**，【羅眉】索，音灑。**怎肯將嫩枝柯折與**④**樵夫**。【徐畫眉】【田眉】"愛你個"二句，以向日退兵活命之恩言也。**那厮本意**⑤**囂虛**，【範眉】【龍眉】囂，今樂院中亦有此語。**將足下虧圖，有口難言，氣夯**【凌旁】音響。【湯沈旁】徐作"夯"。**破**⑥**胸脯**。【羅眉】囂，音僥。夯，音眩。【虎眉】今本無"夯"字，亦通。【陳眉】全仗你遮蓋。【秀眉】夯，音炫。【張眉】□□□□張生□□□□云云俺□□□云我怎□□□特那吃□□□嚼殂云云，□□下關會毫□□漏，行文何等之妙。于本意□即添"那厮"者，絕無照應，大差。夯，滿極之謂，上聲。鶯花，時本多誤作"鶯鶯"。夯，音響，捷夯，大用力。【湯沈眉】敲才，南曲所謂喬才也。囊揣，不硬挣之意。鰕駒，猶言蝦兒樣的人，不能偃仰戚施之疾也。囂虛，挾詐也。【封眉】即空主人曰：人樣鰕駒，即馬牛襟裾之意，詈之為畜類也；徐謂猶云蝦樣人也，此不能仰之醜疾，是謂戚施。王伯良直改為"蝦"，而亦從其說，俱妄謬可笑。鰕，牡豕也，《左傳》"盡歸

---

① 更：張本、毛本作"便"。軟弱：容本作"弱"。
② 那：徐畫本、徐音本、驥本、延本作"兀那"。
③ 你個東君索與鶯鶯：你個，羅本無；鶯鶯，封本作"鶯花"。徐畫本、徐音本、驥本、延本、張本、毛本作"愛你個俏東君與鶯花"，六幻本作"你個俏東君索與鶯花"。
④ 嫩枝柯：三合本作"嫩枝"。與：徐畫本、徐音本作"與了"。
⑤ 本意：徐畫本、徐音本、驥本、延本、張本、封本、毛本無。
⑥ 夯破：繼本、屠本、湯沈本作"破"，羅本、秀本作"券破"。

吾艾豭"，始皇上會稽，立石文曰："夫爲寄豭，殺之無罪。"注曰：他室是所不當淫，故殺之無罪。則此是説鶯恒亦是所不當婚也。鶯花，時本多誤作"鶯鶯"。夯，音響。捷夯，大用力。【徐畫夾】【田夾】豭，音蝦。夯，音響。【驃夾】【延夾】趄，音趣。揣，平聲。夯，音響。脯，音蒲。【毛夾】夯。音響。"那廝本意"至"名譽"，一氣下，句斷而意接，言爲此説者，他本意欲塗抹俺門楣也，《薛仁貴》劇"將別人功績强糊突"，即塗抹之意。若以"家世清白"三句爲起下，"怎肯"便不通矣。那廝、那吃敲才，那廝連詬他人誣己者，頂賓白"我問人來"，不指鄭言。至"人樣蝦駒""樵夫"，方是詬鄭。吃敲才，該吃打人也，《曲江池》劇"那其間悔去也吃敲賊"。數黑論黄、惡紫奪朱，謂言不實也，然亦元時習用語。《對玉梳》劇"據此賊罪不容誅，正待偎紅倚翠，論黄數黑，惡紫奪朱"，《薛仁貴》劇"着甚來數黑論黄，也則是惡紫奪朱"。如此不一，此正所謂切脚填詞之例。而或又詬云，用《論語》矣。噫！渠只認《論語》，不認元詞，又何必自稱解《西厢》也。囊揣，即軟弱也，《㑳梅香》劇"往嘗時病體囊揣"。人樣蝦駒，言樣是人而實蝦駒也，蝦駒，癩駒，猶言疥駝，以蛙蝦本癩物，故癩稱蝦。此兼釋賓白"嫁鄭"一語，言我所云嫁鄭者，亦虚語也。况我疇昔爲此者，亦祇是愛君得所主耳。伊何人斯，肯復爲此耶？此正辯傳簡，應賓白"看得一般"諸語。而解者謂"東君"指杜，"敲才"指鄭，便驢頭馬嘴不相對矣。東君，日神，見《離騷》《九歌》及《漢書志》。鶯花，藉春日爲主人，此以"鶯"字借及之耳。愛你，是紅愛生；折與，是紅折與人，正指傳簡也。那廝嚚虚，仍詬誣己者。將足下虧圖，言將于足下使虧負計策也。夯，氣動貌，言將借嚚虚之説以圖足下，于己難辨，故曰"有口難言"。氣夯胸脯，若指鄭虧生，何煩紅怒若此耶？二折中多訕匹語，既俱着鄭，若復誤認辯訐爲訕匹，則春秋最苦是鄭忽矣。做主、嚚虚、虧圖、氣夯，俱元習語。《蝴蝶夢》劇"告爺爺與孩兒做主，那裏會定計策厮虧圖"，《竇娥冤》劇"使不着調嚚虚的見識"《王粲登樓》劇"不由我肚兒裏氣夯"。參釋曰：人樣蝦駒，舊注謂猶俗言蝦兒樣人，指戚施不能仰者。《太平樂府》高安道詞"靠棚頭的先蝦着脊背"。

（紅云）張生①，你若端的不曾做女婿呵②，我去夫人根前一力保你③。等那廝來，你和他兩個對證。④（紅見夫人云）張生并不曾人家做女婿⑤，都是鄭恒謊⑥，等他⑦兩個對證。（夫人云）既然他不曾呵⑧，等鄭恒那廝來對證了呵⑨，再做説話⑩。（潔上云）誰想張生一舉成名，得了河中府尹。⑪老僧一徑到夫人那裏慶賀⑫。這門

---

① （紅云）張生：張生，容本、起本、徐參本、虎本、陳本、秀本、硃本、天李本、湯本、三合本、魏本、峒本作"張先生"，何本作"你先生"。封本無。
② 你若端的不曾做女婿呵：你若，張本作"若"，封本作"你"。屠本作"你端的不曾招贅"。
③ 我去夫人根前一力保你：夫人，驥本、延本作"老夫人"；根前，羅本、繼本、容本、起本、徐音本、徐參本、驥本、虎本、何本、陳本、秀本、硃本、延本、張本、天李本、六幻本、湯本、湯沈本、三合本、魏本、峒本、毛本作"跟前"。屠本作"你到夫人前"。
④ 等那廝來，你和他兩個對證：兩個，羅本、繼本、容本、起本、徐參本、驥本、虎本、何本、陳本、秀本、硃本、延本、天李本、六幻本、湯本、湯沈本、三合本、魏本、峒本、封本、毛本無。屠本作"自去分理"。
⑤ 并不曾人家做女婿：屠本作"并無招贅之事"。
⑥ 謊：羅本作"説話"，繼本、屠本、容本、起本、徐音本、虎本、何本、陳本、秀本、硃本、天李本、六幻本、湯本、湯沈本、三合本、魏本、峒本、毛本作"説謊"，驥本、延本、張本作"謊計"，封本作"哥哥説謊"。
⑦ 等他：秀本作"等他來"。
⑧ 他不曾呵：呵，徐音本無。屠本作"如此"。
⑨ 那廝來對證了呵：羅本、繼本、容本、起本、虎本、何本、陳本、秀本、硃本、天李本、六幻本、湯本、三合本、魏本、峒本、封本、毛本作"來對證了"，屠本作"來對證明白"。
⑩ 説話：屠本作"理會"，容本、起本、驥本、虎本、陳本、秀本、延本、天李本、六幻本、湯本、湯沈本、三合本、峒本、封本、毛本作"話説"。
⑪ 誰想張生一舉成名，得了河中府尹：羅本、繼本、容本、起本、虎本、何本、陳本、秀本、硃本、天李本、湯本、三合本、魏本、峒本、毛本作"昨接張生不遇，今在老夫人宅中"，六幻本、湯沈本同，但"昨"作"昨日"；屠本作"誰想張生中了狀元，除授河中府尹"。封本無。
⑫ 老僧一徑到夫人那裏慶賀：一徑到，張本作"接官到了，再去"；夫人，驥本、何本、延本、毛本作"老夫人"。屠本作"老僧先去賀了夫人"。封本無。

親事①，幾時成就②？當初也有老僧來，【陳眉】【硃眉】【魏眉】【峒眉】始終得和尚力。【三合眉】張生到底得和尚力。老夫人没主張③，便待要與鄭恒④。若與了他，今日張生來，却怎生？⑤（潔見末叙寒温科）（對夫人云）夫人⑥，今日却知老僧的是⑦，張生決不是那一等没行止的秀才⑧。【容眉】【徐畫珠眉】【硃眉】【湯眉】原來有一等没行止的秀才。他如何敢忘了夫人⑨？況兼杜將軍是證見⑩，如何悔得他這⑪親事？

① 這門親事：屠本作"然後再言親事"，封本作"張生這門親事"。
② 幾時成就：幾，弘本作"已"。羅本、繼本、屠本、容本、起本、驥本、虎本、何本、陳本、秀本、硃本、延本、張本、天李本、六幻本、湯本、湯沈本、三合本、魏本、峒本、封本、毛本無。
③ 老夫人没主張：老夫人，張本作"如何夫人"；没主張，封本作"聽人言語"。屠本作"近日聞得夫人失了主張"，羅本、繼本、容本、起本、虎本、何本、陳本、秀本、硃本、天李本、六幻本、湯本、湯沈本、三合本、魏本、峒本、毛本此句後多"聽人言語"。
④ 便待要與鄭恒：屠本作"又要將小姐嫁與鄭恒"。
⑤ 若與了他，今日張生來，却怎生：張生，封本作"張先生"；怎生，範本、龍本、徐畫本、毛本作"怎生了"。屠本作"不知此事如何是了"，驥本、延本作"若是與了他，今日張生來，却怎生也"，張本作"若與了他，府尹今日來，却如何了也"。
⑥ 夫人：驥本、延本、封本作"老夫人"。
⑦ 却知老僧的是：的是，容本、起本、徐參本、魏本、峒本、封本作"説的是"。範本、龍本、徐畫本、徐音本作"却信老僧説的是"，屠本作"張生着老僧看定了"，驥本、延本、張本作"始知老僧説的是"。
⑧ 張生決不是那一等没行止的秀才：張生，容本、起本、虎本、何本、陳本、秀本、張本、天李本、六幻本、湯本、三合本、魏本、峒本、封本、毛本作"張先生"；那一等，徐畫本、徐音本作"這等"。屠本作"不是忘恩負義之人"。
⑨ 他如何敢忘了夫人：夫人，驥本、延本作"老夫人"。封本作"如何肯忘了老夫人"，屠本無。
⑩ 是證見：羅本、繼本、容本、起本、徐參本、虎本、何本、陳本、秀本、天李本、六幻本、湯本、三合本、魏本、峒本、封本、毛本作"是盟證"，屠本作"作證"，硃本作"明證"。
⑪ 如何悔得他這：封本作"怎麼悔得這"。

（旦云）張生此一事，必得杜將軍來方可。① 【湯旁】【容眉】急得狠！

【雁兒落】② 他曾笑孫龐真下愚③，若是論賈馬非英物④，【秀眉】孫龐賈馬，是孫臏、龐涓、賈誼、馬融。正授着征西元帥府，兼領着陝右⑤河中路。【羅眉】着，音招。陝，音閃。【徐音眉】畢竟杜將軍是始終月老。【徐參眉】杜、張一時濟了。【虎眉】今本"論"字上增"若是"二字，何爲哉？【凌眉】王伯良曰：末二句言正管得鄭恒着也。【湯沈眉】曲稚俗。

【得勝令】⑥ 是咱⑦前者護身符，今日有權術。【羅眉】前，音千。符，音夫。術，音書。【田眉】此二句言正管得鄭恒着也。來時節定把先生⑧助，決將賊子誅。【羅眉】賊，平聲。【容眉】【徐畫珠眉】【湯眉】【三合眉】也是令表兄，如何這樣毒？【徐參眉】鄭恒也是你令表兄，如何這樣情？【陳眉】【硃眉】也是令表兄，如何這樣狠？【魏眉】他也是你令表兄，

---

① （旦云）張生此一事，必得杜將軍來方可：張生此一事，屠本作"紅娘，你與張生説，此事"，容本、陳本、硃本、湯本、三合本作"張先生一事"，驪本、秀本、延本、毛本作"此一事"，封本作"你與張生説，此事"；來，屠本作"親來"。張本無。屠本此句後多"（生云）料他目下便到也"。

② 弘本此處多"（旦唱）"，範本、龍本、繼本、屠本、容本、起本、徐音本、徐參本、虎本、何本、陳本、秀本、硃本、天李本、湯本、湯沈本、三合本、魏本、峒本此處多"（鶯唱）"，毛本此處多"（唱）"。

③ 他曾笑孫龐真下愚：他曾，驪本、延本作"這個人"，張本作"杜將軍"，毛本作"杜將軍呵，他曾"。徐畫本、徐音本作"這個人笑孫龐真個愚"。

④ 若是論賈馬非英物：若是，範本、龍本作"他若是"，屠本作"他曾"，繼本、起本、徐參本、驪本、虎本、何本、陳本、秀本、硃本、延本、張本、天李本、六幻本、湯本、湯沈本、三合本、魏本、峒本、封本、毛本無。徐畫本、徐音本作"論賈馬非人物"。

⑤ 着：張本作"得"。陝右：弘本、範本、龍本、徐參本作"陝西"。

⑥ 弘本此處多"（旦唱）"，羅本此處多"呀，他"，容本、起本、徐參本、虎本、何本、陳本、秀本、硃本、天李本、湯本、三合本此處多"（鶯唱）"。

⑦ 咱：張本作"君"，毛本作"他"。

⑧ 先生：毛本作"他來"。

如何這樣毒？【峒眉】也是表兄，如何恁毒？他不識**親疏，啜賺**①**良人婦**。【羅眉】賺，音站。【繼眉】啜賺，音拙站。你②**不辨賢愚，**③ **無毒不丈夫**。【起眉】李曰：是咱前者護身符，恁般的句巧。下截覺古本間强，難說非情盡才盡。【驥夾】【延夾】術，叶繩朱反。【毛夾】"孫龐"二句，用董詞"文章賈馬，豈是大儒；智略孫龐，是真下愚"。"征西"二句，亦用董詞白"特授鎮西將軍、蒲州太守、兼關右兵馬處置使"，故他本稱杜為"孤"，以其為太守也。但與前杜自開白又不合，此又子虛耳。是他、定把他、他若是，三"他"字俱指生。俗本改"定把他來助"為"定把先生助"，則是對生語矣，大謬。不識親疏，言不辨鄭與己是中表，不便做親也。良人婦，言己已為生婦也。此正用董詞"鄭衙内與鶯鶯舊關親戚，恐嚇使為妻室，不念鶯鶯是妹妹"語。若以親指張，疏指鄭，則親疏不倫。且以中表許配之人而稱良人婦，更不當。且"啜賺"亦不合，從來誤解。參釋曰：護身符，指殺賊言，《岳陽樓》劇"則這殺人的須是你護身符"。有權術，頂上曲來。"征西"二句是有權，"孫龐"二句是有術。啜賺，誆騙也，解見第十七折。

（夫人云）着小姐去卧房裏去④者。（旦下）⑤（杜將軍上云）下

---

① 啜賺：羅本作"啜賺了"。
② 你：徐畫本、徐音本、驥本、延本、張本作"君若"，毛本作"他若"，羅本無。
③ 範本、龍本、徐畫本、徐音本、驥本、延本、張本、毛本此處多"便是"。
④ 去卧房裏去：屠本作"卧房内去"，容本、起本、陳本、天李本、湯本、三合本、魏本、峒本作"去卧房去"，碳本作"去卧房"，張本、六幻本作"卧房裏去"，湯沈本作"去卧房裏"。
⑤ （旦下）：弘本、羅本、繼本、屠本、容本、起本、陳本、秀本、碳本、六幻本、三合本、魏本、峒本無。

官離了蒲關①，到普救寺②，第一來慶賀兄弟咱③；第二來就與兄弟成就了這親事④。（末對將軍云）小弟托兄長虎威⑤，得中一舉⑥。今者回來⑦，本待做親⑧。有夫人的侄兒⑨鄭恒，來夫人行説道⑩，

---

① 下官離了蒲關：下官，弘本、屠本、張本、毛本作"小官"；蒲關，張本作"蒲東"。封本無。
② 到普救寺：寺，屠本作"寺裏"。張本作"早到普救寺也"，封本無。
③ 第一來慶賀兄弟咱：第一來，弘本、驥本、延本、六幻本無；慶賀，徐音本作"賀喜"。屠本作"第一來爲賀兄弟"，羅本、繼本、容本、起本、徐參本、陳本、秀本、硃本、天李本、湯本、湯沈本、三合本、魏本、峒本、毛本作"慶賀兄弟"，張本、封本無。
④ 第二來就與兄弟成就了這親事：第二來，湯沈本無。屠本作"第二來與兄弟成就親事"，羅本、繼本、容本、起本、徐參本、陳本、秀本、硃本、天李本、六幻本、湯本、三合本、魏本、峒本、毛本作"就與兄弟成就了這門親事"，張本、封本無。驥本、延本此句後多"者"。
⑤ 小弟托兄長虎威：小弟，驥本、延本作"你兄弟"；兄長，弘本作"兄"；虎威，封本作"覆蔭"。羅本、繼本、容本、起本、徐參本、陳本、秀本、硃本、天李本、湯本、三合本、魏本、峒本、毛本作"哥哥，小弟托哥哥虎威"，屠本作"哥哥，小弟仗兄虎威"，六幻本、湯沈本作"哥哥，小弟托兄虎威"。
⑥ 得中一舉：得中，弘本作"中"，範本、龍本、徐畫本、徐音本、驥本、延本作"誤中"，羅本、繼本、容本、起本、徐參本、陳本、秀本、硃本、天李本、湯本、三合本、魏本、峒本、毛本作"偶中"。屠本作"誤中高選"，封本作"僥幸一第"。
⑦ 今者回來：今者，屠本、容本、陳本、硃本、驥本、延本、張本、六幻本、湯本、三合本、毛本作"今日"。封本作"今者"。
⑧ 本待做親：做親，羅本、繼本、容本、起本、徐參本、陳本、秀本、硃本、天李本、湯本、三合本、魏本、峒本、封本、毛本作"畢親"。屠本作"正欲成此親事"。
⑨ 有夫人的侄兒：夫人，驥本、延本、毛本作"老夫人"。屠本作"誰想夫人之侄"。
⑩ 來夫人行説道：説道，羅本、繼本、容本、起本、徐參本、陳本、秀本、硃本、天李本、湯本、湯沈本、三合本、魏本、峒本、封本、毛本作"詭説"，驥本、延本作"謊計説道"，張本作"説"。屠本作"誇言小弟"。

你兄弟在衛尚書家作贅了①。夫人怒欲悔親②,依舊要將鶯鶯與鄭恒③,焉有此理④?道不得個"烈女不更二夫"⑤。【容夾】【湯眉】便是不是個烈女麽?【陳眉】却也一個半丈夫了。【硃眉】便不是個烈女麽?(將軍云)此事夫人⑥差矣。君瑞也是禮部⑦尚書之子,況兼又得一舉⑧。夫人一不招白衣秀士⑨,今日反欲罷親⑩,莫非理上不順⑪?(夫人

---

① 你兄弟在衛尚書家作贅了:你兄弟,羅本、繼本、容本、起本、徐參本、陳本、硃本、天李本、湯本、湯沈本、三合本、魏本、峒本、毛本作"小弟"。屠本作"贅在衛尚書府內",張本作"小弟在衛尚書家入贅",封本作"小弟在衛尚書家作贅"。
② 夫人怒欲悔親:屠本作"夫人輕信,將悔前盟"。
③ 依舊要將鶯鶯與鄭恒:將鶯鶯與鄭恒,驥本、延本、毛本作"將小姐與鄭恒為妻",張本、封本作"將小姐與鄭恒"。屠本作"欲把鶯鶯招了鄭恒"。
④ 焉有此理:屠本作"世無此理",驥本、延本作"那裏有此理",六幻本、湯沈本作"那有此理",毛本作"豈有此理",羅本、繼本、容本、起本、徐參本、陳本、秀本、硃本、張本、天李本、湯本、三合本、魏本、峒本、封本無。
⑤ 道不得個"烈女不更二夫":魏本、峒本作"道不得'一女不更二夫'",屠本無。
⑥ 此事:驥本、延本、張本無。夫人:封本作"老夫人"。
⑦ 君瑞:範本、龍本、徐畫本、徐音本、張本作"俺君瑞",屠本作"俺兄弟"。禮部:屠本、封本無。
⑧ 況兼又得一舉:得,範本、龍本、徐畫本、徐音本作"中";一舉,羅本、繼本、容本、起本、徐參本、陳本、秀本、硃本、天李本、六幻本、湯本、三合本、魏本、峒本、封本、毛本作"高第"。屠本作"況今日衣錦榮歸"。
⑨ 夫人一不招白衣秀士:一,徐畫本、徐音本作"誓",驥本、延本作"亦",六幻本、湯沈本作"世"。羅本、繼本、容本、起本、徐參本、陳本、秀本、硃本、天李本、湯本、三合本、魏本作"夫人云世不招白衣人",屠本作"又非白衣之士",張本作"夫人誓不推白衣秀士",封本作"聞夫人云三世不招白衣女婿",毛本作"向夫人云世不招白衣秀士"。
⑩ 今日:屠本無。欲:徐畫本、徐音本作"與"。罷親:羅本、繼本、容本、起本、徐參本、陳本、秀本、硃本、天李本、六幻本、湯本、三合本、魏本、峒本、封本作"罷親與鄭恒"。
⑪ 莫非理上不順:非,驥本、延本、張本、毛本作"于"。屠本作"是何說也"。

云）當初夫主①在時，曾許下這廝，②不想遇此一難③。虧張生請將軍來④，殺退賊衆⑤。老身不負前言，欲⑥招他爲婿。不想鄭恒説道⑦，他在衛尚書家做了女婿也⑧，因此上我怒他⑨，依舊許了鄭恒⑩。【秀眉】語言走滾，非命婦之談吐，令人可哂。（將軍云）他是⑪賊心，可知道誹謗他⑫。老夫人如何便信得他⑬？（净上云）打扮得整整齊齊的⑭，則等做⑮女婿。【容旁】【湯眉】好貨！今日好日頭⑯，牽

---

① 夫主：屠本、驥本、延本作"先夫"，封本作"先相國"。
② 許下這廝：這廝，屠本、封本作"鄭恒"，張本作"那廝"。羅本、容本、起本、陳本、秀本、碎本、天李本、湯本、三合本、魏本、峒本作"許了鄭恒"。屠本此句後多"後來"。
③ 遇此一難：此，封本作"前"。張本作"遇難"。
④ 虧張生請將軍來：虧，毛本作"多虧"；徐畫本、徐音本無"來"。驥本、延本、張本作"多虧張生請將軍"。
⑤ 殺退：屠本作"退了"。賊衆：張本作"賊兵"。
⑥ 欲：張本無。
⑦ 不想鄭恒説道：説道，驥本、延本、毛本作"來説道"，六幻本作"説"。張本作"叵耐那廝説"，封本作"昨鄭恒來説"。
⑧ 做了女婿也：也，屠本、驥本、延本、湯沈本、封本、毛本無。張本作"招贅"。
⑨ 因此上我怒他：我怒他，弘本作"我怒也"，羅本、繼本、容本、起本、徐參本、陳本、秀本、碎本、天李本、六幻本、湯本、湯沈本、三合本、魏本、峒本、毛本作"生怒"，屠本作"怪他薄情"，驥本、延本作"我怒"。封本作"因此"。
⑩ 鄭恒：範本、龍本、徐畫本、徐音本作"鄭恒也"。
⑪ 是：驥本、延本、毛本作"正是"。
⑫ 可知道誹謗他：可知道，秀本無；他，屠本作"君子"。張本作"可知妄生誹謗"，封本作"可知他是誹謗"。
⑬ 老夫人如何便信得他：信得他，容本、起本、徐參本、陳本、秀本、碎本、天李本、六幻本、湯本、三合本、魏本、峒本、封本作"輕信"，驥本、延本、張本作"輕信他"，毛本作"輕信也"。屠本作"夫人如何輕信"。
⑭ 打扮得整整齊齊的：整整齊齊，徐畫本、徐音本、碎本、張本作"齊齊整整"。驥本、延本作"小人打扮的整整齊齊"。
⑮ 則：張本作"只"。做：驥本、延本作"過門做"。
⑯ 日頭：天李本作"日子"，湯本、三合本、峒本、毛本作"日可"。

羊擔酒，過門走一遭①。【容夾】【湯眉】老面皮。（末云）② 鄭恒，你來怎麼③？（淨云）苦也④！聞知狀元回⑤，特來⑥賀喜。【湯旁】【容夾】也通得。【三合眉】通得。（將軍云）你⑦這廝，怎麼要詐騙良人的妻子⑧，【秀眉】詐，音匡；騙，音片。行不仁⑨之事，我根前有甚麼話說⑩？我聞奏⑪朝廷，誅此賊子⑫。【容眉】【湯眉】唬那個？好個杜硬挈。【徐畫珠眉】好個杜硬挈。【徐參眉】【魏眉】好個幫媒的。【陳眉】【硃眉】好個硬幫手！【三合眉】好個杜硬手。【峒眉】好幫手！

【落梅風】⑬（末唱）【封眉】時本作"（生唱）"，誤。你硬⑭撞入

---

① 過門：羅本、繼本、湯沈本作"去"。走一遭：屠本作"去也"，容本作"去走一遭"，驥本、延本、張本作"走一遭去"。
② （末云）：封本作"（生見恒怒云）"，毛本作"（作見正末退後科）（正末云）"。
③ 怎麼：徐參本、魏本、峒本作"怎的"。
④ 苦也：屠本無。
⑤ 聞知狀元回：狀元，羅本、繼本、容本、起本、徐參本、陳本、秀本、硃本、天李本、六幻本、湯本、湯沈本、三合本、魏本、峒本、封本作"大人"。驥本、延本作"小人聞知狀元回來"。
⑥ 特來：驥本、延本無。
⑦ 你：羅本、繼本、屠本、六幻本、湯沈本無。
⑧ 怎麼要詐騙良人的妻子：良人的，弘本、容本、起本、徐參本、陳本、秀本、硃本、天李本、湯本、三合本、魏本、峒本、封本作"人的"，毛本作"人家"。羅本、繼本、六幻本、湯沈本作"你怎麼詐騙人的妻子"，驥本、延本作"怎生要詐騙人妻"。
⑨ 仁：封本作"義"。
⑩ 我根前：羅本、繼本、驥本、延本、六幻本、湯沈本作"我跟前"，屠本作"我面前"，容本、起本、徐參本、陳本、秀本、硃本、天李本、湯本、三合本、魏本、峒本、毛本作"到我跟前"，徐畫本、徐音本作"來我跟前"，封本作"到我根前"。話說：弘本作"說"，羅本、繼本、徐畫本、徐音本、湯沈本、魏本、峒本作"說話"。
⑪ 我聞奏：羅本、繼本、六幻本、湯沈本作"待我奏聞"，屠本作"我明日奏聞"，徐畫本、徐音本、張本、三合本、封本、毛本作"我奏聞"，硃本作"我聞奏過"。
⑫ 誅此賊子：屠本作"定行誅了你這賊子"，徐參本作"誅了此賊"。封本此句後多"（紅向恒云）你可爭麼"。
⑬ 【落梅風】：容本、徐畫本、徐音本、徐參本、陳本、硃本、湯本、三合本、魏本、峒本作"【落梅花】"。
⑭ 硬：徐畫本、徐音本、三合本作"便"。

桃源路,不言個誰是主,被東君把你個蜜蜂兒①攔住。不信呵,去那綠楊影裏聽②杜宇,【田眉】咱,語詞,不作"我"字用。一聲聲道"不如歸去"。【範眉】【龍眉】嘲訕之間,且婉且厲。【羅眉】一,音已。【容眉】【徐畫珠眉】【湯眉】曲不好。【陳眉】【硃眉】曲稚俗。【魏眉】詞語稚俗。【毛夾】東君,接上"誰是主"來,正自視爲主人也。與前曲"東君"相應。不信呵,他本改"試聽咱";聽杜宇,王本改"啼杜宇",俱非。

(將軍云)③ 那廝若④不去呵,祇候拿下⑤。(净云)不必拿⑥,小人自退親事與張生罷⑦。【容旁】【硃眉】【湯眉】不濟。(夫人云)相

---

① 被東君把你個蜜蜂兒:東君,何本、張本作"東風";把,徐參本作"做";你個,驥本、延本作"個";蜜蜂兒,封本作"賊蜂"。徐畫本、徐音本作"被東風把個蜜蜂兒"。

② 不信呵,去那:徐畫本、徐音本、驥本、延本作"你聽咱"。聽:驥本、延本作"啼"。

③ (將軍云):張本無。

④ 那廝若:屠本此處多"鄭恒那廝若",驥本、延本作"那廝",封本作"這廝若"。

⑤ 祇候拿下:拿下,羅本、繼本、容本、起本、徐參本、虎本、何本、陳本、秀本、硃本、天李本、湯本、三合本、魏本、峒本、封本、毛本作"拿下者"。範本、龍本、徐畫本、徐音本作"祇候人來拿下者",屠本作"叫手下人拿了問罪",驥本、延本作"祇候人拿下了",張本作"祇候人拿下者"。

⑥ 不必拿:屠本作"將軍",容本作"不必"。

⑦ 自退親事與張生罷:親事,張本作"親";與,驥本、延本作"與了";罷,容本無。屠本作"自去親事讓與張生"。

公①息怒,趕出去便罷②。【湯眉】也勢利。(淨云)③ 罷,罷!④ 要這性命怎麼⑤,不如觸樹身死。⑥ 妻子空爭不到頭,風流自古戀⑦風流。三寸氣在千般用⑧,一日⑨無常萬事休。(淨倒科)【範眉】【龍眉】【虎眉】鄭君何苦若是!【容眉】【徐畫珠眉】【硃眉】【湯眉】也是個大妙人。【徐參眉】這死爲色乎?抑爲氣乎?可以死,可以無死。【秀眉】鄭子觸樹而死,玩之可慘。【三合眉】烈漢子。【魏眉】【峒眉】死便烈,不是痴。(夫人

---

① 相公:屠本、徐參本、封本作"將軍"。
② 趕出去便罷:趕,羅本、繼本、虎本、何本作"趕他"。屠本作"將他趕將出去罷",容本、起本、徐參本、陳本、秀本、硃本、天李本、湯本、三合本、魏本、峒本作"趕他出去罷",封本作"趕他出去罷了"。
③ (淨云):範本、龍本、羅本、繼本、屠本、容本、起本、徐參本、虎本、何本、陳本、秀本、天李本、湯本、三合本、魏本、峒本、封本作"(恒怒云)",徐畫本、徐音本作"(鄭怒科)",驥本、延本作"(淨直叉出科)(淨云)",毛本作"(淨怒云)"。
④ 罷罷:範本、龍本、徐畫本、徐音本、張本作"今日鶯鶯與君瑞爲了夫婦,有何面目見江東父老";羅本、繼本、容本、起本、虎本、何本、陳本、秀本、硃本、天李本、六幻本、湯本、三合本、魏本、峒本、封本、毛本作"罷罷罷,妻子被人要了,有何面目見江東父老",徐參本同,但"要"作"占";屠本作"今日老婆又爭不將來,姑娘又趕我出去,有何面目見江東父老"。弘本、驥本無。
⑤ 要這性命怎麼:要這,範本、龍本、徐畫本、徐音本、六幻本作"我要這",容本、陳本、湯本、三合本、峒本作"要",硃本作"這";怎麼,屠本作"何用",徐參本作"怎的"。張本作"我要這性命何用"。
⑥ 不如觸樹身死:封本無。延本、毛本此句後多"(念)"。
⑦ 戀:驥本作"愛"。
⑧ 三寸氣在千般用:三寸,毛本作"三分";千般用,羅本、繼本作"千般計"。範本、龍本、屠本、徐畫本、徐音本、張本、六幻本作"何須苦用千般計"。
⑨ 一日:範本、龍本、容本、起本、徐畫本、徐音本、徐參本、虎本、何本、陳本、秀本、硃本、張本、天李本、湯本、三合本、魏本、峒本、封本、毛本作"一旦"。

云）① 俺不曾逼死他②，我是他親③姑娘，他又無父母，我做主葬了者。④ 着喚鶯鶯⑤出來，今日做個慶喜的茶飯⑥，着他兩口兒成合者。⑦（旦紅上，末旦拜科）⑧【徐音眉】夫人必欲左袒鄭恒，不知何謂？雖是婦人愛壻俗情，予謂作者故爲是團圓圖，無非以求异于諸傳奇之粉本也。【毛夾】鄭死科目，悉藍本董詞，以完由歷，實有不得不然者。董詞"鄭恒對衆但稱死罪，非君瑞之愆，我之過矣。倘見親知，有何面目？今日投階而死"諸語，正與此間科白字字廓填。而陋者必痛詬作者爲忍心，田父見伯喈，烏得不切齒不孝耶？院本凡收場，必有演說一篇，在孤等口中，今亡之矣。慶喜筵席，正演說臨了一句，俗本入夫人口中，固非。而僞古本稱杜爲孤，仍無演說。此處但當以餼羊存意可耳。

① 羅本、繼本、容本、起本、徐參本、虎本、何本、陳本、秀本、硃本、天李本、六幻本、湯本、三合本、魏本、峒本、封本、毛本此處多"可憐可憐"。
② 他：毛本作"來"。
③ 他親：毛本作"嫡親"。
④ "俺不曾逼死他"至"我做主葬了者"：屠本作"既是這廝死了，須令人殯葬了者"，張本作"俺雖不曾逼死他，可憐他無父母，俺做主葬了者"。
⑤ 着喚鶯鶯：範本、龍本、六幻本作"（將軍云）請鶯鶯小姐"，驪本、延本、張本作"（杜云）請小姐"，毛本作"（杜云）着鶯鶯"。
⑥ 慶喜：弘本、容本、起本、徐畫本、徐音本、徐參本、驪本、虎本、陳本、秀本、硃本、延本、張本、天李本、湯本、三合本、魏本、峒本作"慶賀"，何本作"賀喜"。
茶飯：範本、龍本、羅本、繼本、驪本、何本、延本、張本、六幻本、毛本作"筵席"。
⑦ "着喚鶯鶯出來"至"着他兩口兒成合者"：着他兩口兒成合者，範本、龍本作"和俺君瑞成合了親事，教他美滿團圓者"，驪本、延本作"着他兩口兒成婚者"，六幻本作"着他兩口兒成合了親事者"，封本作"教他兩口兒成合也"，毛本作"着他兩口兒成合了者"。屠本作"（杜云）夫人，今日吉日良辰，請小姐出來與君瑞成了親事，帶挈下官吃個慶喜筵席"。
⑧ （旦紅上，末旦拜科）：範本、龍本作"（鶯引紅上）（生鶯做相拜結親科）（群念云）感謝將軍成始終，多承老母主家翁。夫榮妻貴今朝足，願得鴛幃百歲同"，屠本作"（鶯引紅上，生相見做親科）（衆云）昔賴將軍退賊功，今蒙老母主家翁。始知風侶三生定，惟願鴛幃百歲同"，徐畫本、徐音本無。

【沽美酒】（末唱）①門迎着②駟馬車，戶列着③八椒圖，【秀眉】椒，音焦。④四德三從宰相女，平生願⑤足，托賴着⑥衆親故。【羅眉】德，上聲。托，音討。着，音招。【繼眉】【湯沈眉】《菽園雜記》云：龍生九子，贔屭、鴟吻之類，椒圖其一也。形如螺螄，性好閉，故立門上，即今之銅環獸面也。【張眉】第四句少一字。【三合眉】椒圖，龍九子之一。形如螺螄，性好閉，立門上，即今之銅環獸面。【封眉】椒圖，龍九子之一。形如螺螄，性好閉，立門上，故用之。【驥夾】【延夾】足，叶疽，上聲。

【太平令】⑦若不是大恩人拔刀相助，怎能勾好夫妻⑧似水如魚。【天李旁】好。【繼眉】先主曰："孤之有孔明，如魚之有水也。"得意也當時題柱⑨，【凌旁】一作"常記得當時題柱"，尤俊。正酬了今生夫婦。⑩【徐畫眉】【田眉】【延眉】舉將除賊，當時題目，却是好意。佳兒佳婦，今生夫婦，正足以酬之而無恨也。【三合眉】言舉將除賊，當時題目，

---

① （末唱）：範本、龍本作"（群唱）"，屠本作"（合唱）"，驥本作"齊唱"，延本作"（衆合）"。
② 門迎着：弘本、範本、龍本、羅本、繼本、屠本、容本、起本、徐參本、虎本、何本、陳本、秀本、硃本、張本、天李本、六幻本、湯本、三合本、魏本、峒本、毛本作"門迎"。
③ 戶列着：弘本、範本、龍本、羅本、屠本、容本、起本、徐音本、徐參本、虎本、何本、陳本、秀本、硃本、張本、天李本、六幻本、湯本、三合本、魏本、峒本、毛本作"戶列"。
④ 羅本、徐畫本、徐音本、驥本、延本、張本、封本此處多"娶了個"。
⑤ 願：羅本作"志願"。
⑥ 托賴着：弘本、繼本、容本、起本、徐參本、驥本、虎本、何本、陳本、秀本、硃本、延本、天李本、湯本、三合本、魏本、峒本、毛本作"托賴"。
⑦ 弘本此處多"（齊唱）"，羅本、容本、起本、徐參本、虎本、何本、陳本、秀本、硃本、天李本、湯本、三合本、峒本、封本此處多"（衆唱）"，魏本此處多"（生）"。
⑧ 好夫妻：峒本作"做夫妻"。
⑨ 得意也當時題柱：徐畫本、徐音本、驥本、延本、張本、六幻本作"好意也當時題目"。
⑩ 羅本此處多"我呵常言道"。

却是好的。自古、相女、①配夫，【羅眉】相，去聲。【田眉】相，視也。【封眉】自古相女配夫，六字三韵。新狀元花生滿路②。【徐參眉】夫榮妻貴，可酬夙願。（使臣上科）③【起眉】王曰：一部烟花本子，到此却覺淡，政爾不得不淡。【凌眉】舊本有"使臣上科"四字，此必有敕賜常套科分，故後【清江引】云。然以常套，故止言科而不詳耳。猶前云"發科了""雙鬥醫科範了"之類，俗本以"四海無虞"爲使臣上唱，謬非。【張眉】"自古"三句，俱兩字，俗讀作一句，可笑。【湯沈眉】"相女"句，蓋成語，猶視也。稱君瑞盡做狀元，直訛到底。【魏眉】一部烟花本子，到此却覺淡，正爾不得不淡。【封眉】時本多漏"（使臣上科）"并敕旨，則【錦上花】【清江引】所云無着落矣。【驥夾】【延夾】目，叶暮。【毛夾】"若不是大恩人"二句，接上"托賴衆親故"來。得意也當時題柱，"得意也"三字直貫下句；題柱，用相如題橋事，以"別時青雲有路"諸語，曾題過不得第不歸也。故此言得意處，以當時題柱，正足酬配合之意，不然，白衣女婿，辱莫相國，何以成就耶？蓋從來相國之女配夫，必新狀元花滿路，然後可也。所以既賴衆親，又賴得第也。參釋曰：椒圖，形似螺，以性好閉，故銅鐶像之。《尸子》云"法螺蚌而閉户"是也。然似有品制，非泛列者。如《墙頭馬上》劇"身爲三品官，户列八椒圖"類。又參曰：張初稱探花，而此稱狀元，説見前。今或改作"新探花新花滿路"，拘極。

【錦上花】（末唱）④ 四海無虞，皆稱臣庶；諸國來朝，萬歲山呼；行邁羲軒，【秀眉】邁，音賣。德過舜禹；聖策神機，

---

① 羅本此處多"却元來"。
② 新狀元花生滿路：張本作"新探花新花條路"。
③ （使臣上科）：屠本作"（使上）小官乃天朝使臣，奉着俺主上的敕命，封河中府尹張珙與崔氏結爲夫婦去來"，封本作"（使臣上，衆相見科）"，弘本、範本、龍本、羅本、繼本、容本、起本、徐參本、何本、陳本、秀本、碎本、張本、天李本、湯本、三合本、魏本、峒本、毛本無。
④ （末唱）：範本、龍本作"（使臣上唱）"，屠本作"（使臣唱）"，毛本作"（衆唱）"。

仁文義武。①【謝眉】先鋪排風花雪月，後敷演忠孝賢良。【羅眉】國，音鬼。行，音興。德，上聲。策，上聲。【繼眉】【錦上花】，今作"使臣唱"，非。【湯沈眉】【錦上花】一作"使臣上唱"，亦涉常套。【三合眉】腐氣逼人。【魏眉】好祝願，不消多。朝中宰相賢，天下庶民②富；萬里河清，五穀成熟；戶戶③安居，處處④樂土；鳳凰來儀，麒麟屢出。⑤【羅眉】庶，音書。樂，去聲。【容眉】【徐畫珠眉】【硃眉】【湯眉】做官的就說做官話了，醜也不醜？【陳眉】做官的就說做官的話，醜。【峒眉】做官的就說做官話。【驥夾】【延夾】熟，叶同屬。出，叶杵。【毛夾】"朝中"下是【幺】，原本混列，不敢析出。此是樂府結例，如"天子壽萬年，延年萬歲期"等。所謂"亂"也，即此。猶見漢魏後樂府遺法。

　　【清江引】⑥謝當今盛明唐聖主⑦，【封眉】時本聖作"盛"，帝作"聖"，皆非。敕賜爲夫婦。永老⑧無別離，萬古常完聚⑨，【容

---

① 屠本、封本此下作"【幺】"。
② 庶民：三合本作"臣民"。
③ 戶戶：屠本作"處處"。
④ 處處：屠本作"人人"。
⑤ "【錦上花】"至"麒麟屢出"：屢出，屠本作"并出"，并于此後多"（使云）小官今日奉聖旨敕賜張君瑞崔鶯鶯同爲夫婦，望闕謝恩"。張本無。封本此句後多："（使臣讀旨，衆跪科，讀云）皇帝敕曰：朕覽征西元帥杜確表奏，前河中軍亂，孫彪欲劫擄故相崔珏之女，賴今新授河中府尹張珙，彼時亦寓普救寺中，爲保護其家備至。珏妻鄭氏，業許以女妻珙，因珙赴試，鄭恒乃敢乘機詭譖，遂欲奪婚，本當重究，念已懼罪身死，姑免追論。崔女鶯鶯，仍准配珙爲妻，永諧二姓之歡，用廣朝廷之化。欽哉，故諭，謝恩。（衆拜科）"
⑥ 弘本此處多"（唱）"，羅本、容本、起本、何本、陳本、秀本、硃本、天李本、六幻本、湯本、三合本此處多"（生鶯唱）"，屠本此處多"（合唱）"，徐畫本、徐音本、徐參本、魏本、峒本此處多"（衆唱）"，毛本此處多"（正末旦兒同唱）"。
⑦ 謝當今盛明唐聖主：謝當今盛明，屠本作"謝了當今"；聖主，驥本、延本、封本、毛本作"帝主"。張本作"謝當今垂簾雙聖主"，封本作"謝當今聖明唐帝主"。
⑧ 永老：屠本作"永遠"。
⑨ 常完聚：驥本、延本、張本作"常圓聚"，三合本作"完聚"，毛本作"長完聚"。

旁】忒些。願普天下有情的都成了①眷屬。【範眉】【龍眉】"普天下"三句,大至公好之量。【羅眉】情,音青。【容眉】【徐畫珠眉】【硃眉】公道。【徐音眉】好色同民,正合看《西廂》一部傳贊。【徐參眉】【魏眉】最願得是。【三合眉】大菩薩。【峒眉】願得是。【毛夾】此亦元詞習例,如《牆頭馬上》劇亦有"願普天下姻眷皆完聚"類,但此稱"有情的",此是眼目,蓋概括《西廂》書也,故下曲即以"無情的鄭恒"反結之。觀"敕賜"句,益知當時必有敕文演說一篇作結,惜已軼耳。

【隨尾】②【封眉】時本作"【隨尾】",非。則因月底聯詩句,【羅眉】則,音自。月,音曰。成就了怨女曠夫③。顯得有志的狀元④能,無情【田旁】一作"緣"。的鄭恒苦。【羅眉】得,上聲。情,音青。【凌眉】無情,王改"無緣",意亦佳。【封眉】時本作"無情",誤。(下)⑤【毛夾】獨拈聯詩,從所始也,且亦見古來行文者不尚周到意。此以君瑞、鄭恒雙收,董詞反單收鄭恒,更奇。"無情"頂上曲"有情",一掉作結,如神龍之尾。或改"無情"作"無緣",彼必以鄭非無情,但無分耳。不知情不如是解也。《會真記》不明云"登徒子非好色者"耶?諸本【清江引】下,無下場科注,而以此曲為眾唱。此不然者,豈別有唱念例耶?餘說見前。參釋曰:諸本有"幾謝將軍成始終"一詩,又或有"蒲東蕭寺景荒涼"一詩,俱係後人詠西廂而誤入之者。又或無總目四句,俱非原本。

---

① 有情的:三合本作"有情人"。成了:屠本作"為了"。
② 【隨尾】:羅本作"【大尾】",驥本、延本、毛本作"【隨煞】",封本作"【收尾】"。容本、起本、徐音本、陳本、秀本、硃本、天李本、湯本、三合本此後多"(眾唱)",徐參本、魏本、峒本此後多"(合唱)"。
③ 曠夫:容本作"曠"。
④ 有志的狀元:狀元,容本、起本、徐參本、何本、陳本、秀本、硃本、天李本、湯本、魏本、峒本、封本作"君瑞"。三合本、毛本作"那有志的君瑞"。
⑤ "【隨尾】"至"無情的鄭恒苦。(下)":無情的,羅本作"無情",驥本、延本、六幻本、封本作"無緣的"。張本無。

題目　小琴童傳捷報　崔鶯鶯寄汗衫
正名　鄭伯常干捨命　張君瑞慶團圞①

西廂記五劇第五本終②

【容尾】【湯尾】總批：不得鄭恒來一攪，反覺得沒興趣。【又批】讀《水

---

① "題目"至"張君瑞慶團圞"：弘本作："題目：幾謝將軍成始終（生），多承老母主家翁（旦）。夫榮妻貴今朝足（夫），願得鴛幃百歲同（外）。詩曰：蒲東蕭寺景荒涼，至此行人暗斷腸。楊柳尚牽當日恨，芙蓉猶帶昔年妝。問紅夜月人何處？共約東風事已忘。惟有多情千古月，夜深依舊下西廂。"範本、龍本作："詩曰：蒲東蕭寺景荒涼，至此行人暗斷腸。楊柳尚牽當日恨，芙蓉猶帶昔年妝。問紅夜月人何處？共約東風事已忘。惟有多情千古月，夜深依舊下西廂。"羅本作："幾謝將軍成始終，多承老母主家翁。夫榮妻貴今朝足，願得鴛幃百歲同。總詩：蒲東蕭寺景荒涼，至此行人暗斷腸。楊柳尚牽當日恨，芙蓉猶帶昔年妝。問紅夜月人何處？共約東風事已忘。惟有多情千古月，夜深依舊下西廂。"容本作："詩曰：幾謝將軍成始終，多承老母阿家翁。夫榮妻貴今朝是，願得鴛鴦百歲同。"徐參本同，但無"詩曰"，"幾謝"作"多謝"，"多承"作"還承"；陳本、硃本、湯本、三合本同，但"多承"作"還承"，"願得"作"願效"；秀本、天李本同，但無"詩曰"，"多承"作"還承"，"願得"作"願效"；魏本、峒本同，但無"詩曰"，"幾謝"作"感謝"，"多承"作"還承"，"願得"作"願效"。徐畫本、徐音本作："鄭衙內施巧計，老夫人悔姻緣。杜將軍大斷案，張君瑞慶團圓。蒲東蕭寺景荒涼，至此行人暗斷腸。楊柳尚牽當日恨，芙蓉猶帶昔年香。問紅夜月人何處？共約東風事已忘。惟有多情千古月，夜深依舊下西廂。"驥本、延本作："正名：鄭衙內施巧計，老夫人悔姻緣。杜將軍大斷案，張君瑞兩團圓。總目：張君瑞要做東床婿，法本師住持南贍地。老夫人開宴北堂春，崔鶯鶯待月西廂記。"毛本同，但"鄭衙內施巧計"作"小琴童報喜信"，"要做"作"巧做"，"南贍"作"南禪"。六幻本無"題目""正名"。繼本、屠本、起本、何本、張本、封本無。

② 西廂記五劇第五本終：弘本作"奇妙全相注釋西廂記卷之五"，範本、龍本作"重刻元版題評音釋西廂記卷下終"，羅本作"重校北西廂記二卷終"，繼本作"重校北西廂記五卷終"，屠本作"新刊合并王實甫西廂記卷下終"，徐音本作"徐文長先生批評真本西廂記下卷終"，驥本作"新校注古本西廂記卷五終"，何本作"北西廂記卷下終"，六幻本作"關漢卿續西廂記竟"，湯本作"湯海若先生批評西廂記卷之下"，峒本作"徐先生批評西廂記終"，封本作"詳校元本西廂記卷之下終"，毛本作"西廂記卷之五終"。容本、起本、徐畫本、延本、張本、三合本、魏本無。

滸傳》，不知其假；讀《西廂記》，不厭其煩。文人從此悟入，思過半矣。【又批】嘗讀短文字，却厭其多。一讀《西廂》曲，反反覆覆，重重疊疊，又嫌其少。何也？何也？【又批】讀他文字，精神尚在文字裏面；讀至《西廂》曲、《水滸傳》，便只見精神，并不見文字耳。咦，異矣哉！【又批】或曰：作《西廂》者，鄭恒置之死地，毋乃太毒？我謂說謊學是非的不死，要他何用？又曰：鶯原屬鄭，獨不思張乃得之孫飛虎之手，非得之鄭恒也。若非杜將軍來救，鶯定爲孫飛虎渾家矣。鄭恒去向飛虎討老婆，少不得也是一個死。【徐音尾】總批：嘗讀短文字，却厭其多；一讀《西廂》曲，反反覆覆，重重疊疊，又嫌其少。何也？何也？【徐參尾】全在紅娘口中，描寫鶯鶯嬌癡，張生狂興。人謂一本《西廂》，予謂是一軸風流畫。前半本合處妝病，後半本離處妝夢。【陳尾】【硃尾】批：總結處精密工致，然鄭恒來，更有興趣。全在紅娘口中，描寫鶯鶯嬌癡、張生狂興。人謂一本西廂，予謂是一軸風流畫。前半本合處妝病，後半本離處妝夢，相思腔調全在此中迫真。卓老謂《西廂記》是化工筆，以人力不及巧至也。付物肖行，奇花萬狀；摹情布景，風流百端；空庭月下，葉落秋空。反復歌咏，不覺凡塵都死，神魂若知。所以卓老果會讀書。【天李尾】莊生《秋水》篇，靖節《閒情賦》，長卿傳，當與并傳。具眼者須不作劇本觀也。【三合尾】湯若士總評：鶯原屬鄭，獨不思張乃得之孫飛虎之手，非得之鄭恒也。若非杜將軍來救，鶯定爲孫飛虎渾家矣。鄭恒去向飛虎討老婆，少不得也是一個死。李卓吾總評：不得鄭恒來一攪，反覺得沒興趣。徐文長總評：作《西廂》者，置鄭恒于死地，毋乃太毒？我謂說謊學是非的不死，要他何用？【魏尾】不得鄭恒一攪，反覺沒興趣。又批：嘗讀短文字，却厭其多，一讀《西廂》曲，反反復復，重重疊疊，又嫌其少。何也？何也？【峒尾】批：一部《西廂》，全在紅娘口中描寫：鶯鶯嬌癡，張生狂興。人謂一本《西廂》，予道是一軸風流畫譜。【毛尾】附辨：第十九折内鄭恒白下，予據世傳秦貫所撰《鄭恒崔夫人合祔墓銘》，以爲《董西廂》入恒之由。後從毛馳黃許，見秦貫銘拓，稱府君諱"遇"，不諱"恒"，末有眉山黃恪《辨證》。而馳黃亦遂筆之入詩，辨坻中且以駁陳仲醇《品外錄》所載之謬。及予考王本所載《墅談》，稱內黃野中掘得《墓志》，其中是諱"恒"；後又傳汲縣令葺治得《志》，石地中亦是諱"恒"，與《品外錄》所載皆同。但瘞止一處，不宜各地掘出。而東平宋十河又稱，全椒張貞甫爲磁州守，磁屬武安，治西有民瘞冢，得鄭崔志石，亦是諱"恒"。臨川陳大士，曾載跋語，在崇禎甲戌歲，則志石所出，不惟地殊，抑且時異，尤屬可怪。暨予過秣陵，親見周雪客所藏志拓，與馳黃所藏同，而中亦稱諱"恒"。是必諸拓所傳，原欲實恒名，而故爲贋志，以示有由。若馳黃所藏本，則又改"恒"爲"遇"，爲之出脫，實則皆贋物也。豈有一志石，而瘞無定地，發無定時，文無定名之理？此公然可知耳。馳黃、雪客，皆博雅好古，而雪客家藏書尤富，然猶彼此難據如此。況逞臆解斷，全無考索，其不至狂惑鮮矣。金陵富樂院妓劉麗華，作《西廂記題辭》，有云："長君嘗示予崔氏墓文，始知崔氏卒屈爲鄭婦，又不書鄭諱氏。"其題在嘉靖辛丑，則知是時又有偽爲崔氏墓志，與諸本崔鄭合志書諱氏者，又異。第其所稱"長君"，不知何人，即志文亦不傳。又臨安汪然明，于崇禎甲申歲，刻《西廂記》，其發凡有云"崔鄭元配墓志，崇禎壬申方發于古冢"。則知偽本疊出，復有在前所稱數本之外者。考古之宜慎如此。【附詞話】元周高安論曲，有云：《西廂》【麻郎兒】"忽聽、一聲、猛驚"，【太平令】"自古、相女、配夫"，爲六字三韵，最難。今按："自古"六字在末劇，然則在元，何嘗分末劇爲《續西廂》耶？且亦何嘗不并許耶？

【驥尾附】注二十一條

【新水令】一鞭驕馬出皇都，舊作"玉鞭"，與下"玉堂"重；及"驕"作"嬌"，俱非。

【駐馬聽】當初迷戀鶯鶯，拋棄功名，如"無意求官，有心聽講"之類，似痴呆懵懂一般，故曰"如愚"。如今纔得了正項功名，酬得平日讀書之志也。蒲東路，古本作"蒲東語"，似不妥。

【喬牌兒】使數，猶言使用人也，亦係方語。元詞屢用。末句，《雍熙樂府》作"有些事故"，以"甚"字仄聲，不叶耳。然此句譜只五字句，以"有"

字作襯字，自叶矣。

【雁兒落】唐周昉善仕女圖。徐云：叙得雅而妥。

【德勝令】君子斷其初，是當時見成語，謂君子當决斷于起初也。元詞屢用此語。北人方語，謂牛爲"丑生"。（《魔合羅》劇："老丑生無端忐下的。"）（《曲江池》劇白："打這小丑生。"）又（《緋衣夢》劇："殺了這賊醜生，天平地平。"）（《鴛鴦被》劇："去了那個醜生，撞着這個短命。"）丑、醜聲同，通用。賊醜生，蓋罵鄭恒爲賊牛也。無徒，謂無籍之徒。木驢，刵人刑具也。

【慶東原】不明白展污了婚姻簿，七字句，襯二字，"不明白"連下讀，勿斷。【驥眉】舊以"不明白"斷，遂不可解。反詞，猶言可不明白也。明白，即分明之謂。言鶯鶯决無配鄭恒之理，若如此，是連理之樹生于糞堆，比目之魚生于淤泥，豈非分明展污了婚姻之簿耶？三"夫"字，用得天然，以鶯配恒，是殺風景的事，而人品又不相當，是"村了風俗，傷了人物"也。人物，今本作"時務"，并存。徐云：罵人語有趣，自別。

【喬木查】省可裏心頭怒，猶言減省些煩惱也。

【攬筝琶】息婦，古本作"新婦"，然北人鄉語類呼妻爲息婦子，不若從今本。今本"不甫能得做夫妻"，"妻"字不韻，誤。古本作"妻夫"，良是。但與上句"下了些死工夫"，押兩"夫"字，重。秣陵本作"夫婦"，"婦"字復仄聲，不叶。今并存。金本以"至如夫人誥敕，縣君名稱"二句作白，渠以較元譜多此兩語，且俱不韵故耳。朱本亦遂因之。不知此調末段，增減句字，與句不必韵，元有此體。【驥眉】大抵爲人出罪，必證見的確，始能服人。吾謂論詞亦然。（白仁甫《秋夜梧桐雨》劇："他不如呂太后般弄權，武則天似篡位，周褒姒舉火取笑，紂妲己敲脛觀人。早間把他哥哥壞了，貴妃有千般不是，看寡人也合饒過他一面擒拿。"）上六句全不用韵，直至末句以一韵收之，正此體也。剗地，猶言平白地也。贓誣，古本作"贓語"，誤。

【沉醉東風】（董詞："比及夫妻每重相遇，各自准備下千言萬語，及至相逢，却沒一句。"）

【落梅風】蒲東郡，今本作"蒲東路"，然首句元不押韵。言自蒲東至京兆一路，見婦人即回顧尚不曾，焉有入贅衛尚書家之事乎？

【甜水令】言張生不必疑慮，鄭恒這樣人，我決不替他寄簡傳書也。

【折桂令】吃敲才，罵鄭之詞。（《曲江池》劇：「那其間悔去也，吃敲賊。」）（《酷寒亭》劇：「吃劍敲才。」）（羅貫中《龍虎風雲》劇：「一個個該剐該敲。」）古本作「敲頭」，無據。敲，亦刑也。詞隱生云：南曲所謂喬才，乃敲才之省文訛字也。（孫繼昌散套：「寄與你個三負心的敲才自思省。」）數黑論黃，謂其言之不實，正嚼蛆之意。惡紫奪朱，斷章取義，惡張生形已之短也。囊揣，不硬挣之意。（馬東籬《黃梁夢》劇：「俺如今鬢髮蒼白，身體囊揣。」）（鄭德輝《㑳梅香》劇：「往常時病體囊揣。」）（《玉壺春》劇：「那裏怕邐惹着這囊揣的秀才，我則怕兀良殺軟弱的裙釵。」）人樣蝦駒，古注謂：猶俗言蝦兒樣人，不能偃仰，戚施之疾也。（《太平樂府》高安道詞：「靠棚頭的先蝦着脊背。」）言鶯鶯便極軟弱不長進，亦不嫁鄭恒這等人樣蝦駒的人也。愛你個你個俏東君，與鶯花做主，以向日退兵活命之恩言也。嚚虛，挾詐也。虧圖，謀害也。（關漢卿《竇娥冤》劇：「使了些不着調，虛嚚的見識。」）（《後庭花》劇：「教把誰虧圖。」）夯，大用力之謂，謂氣之甚而至破胸脯也。

【雁兒落】（董詞：「文章賈馬，豈是大儒；智略孫龐，是真下愚。英武，笑韓彭不丈夫。」）末二句，言正管得鄭恒着也。

【德勝令】前日能退孫飛虎，今日必有權術以退鄭恒也。不識親疏，只以情愛言，張生是親，鄭恒是疏也。

【落梅風】東君，指杜將軍，古本作「東風」。咱，語詞不作我字用。舊「綠楊影裏聽杜宇」，與上「你聽咱」之「聽」重，非。

（白）舊作「（孤云）着喚鶯鶯出來。」云云，將軍不當云「喚」，亦不當稱鶯鶯。若作夫人說，又非作者以將軍玉成其婚之意。從今本，作「請小姐出來」，餘從古本。

【沽美酒】八椒圖，楊用修《藝林伐山》引《菽園雜記》謂：龍生九子，不成龍，各有所好，如贔屭、鴟吻之類。椒圖，形似螺螄，性好閉，故立于門上。又《尸子》云：法螺蚌而閉户。《後漢・禮儀志》：殷以水德王，故以螺着戶。今門上銅鐶獸面，一名椒圖。元詞所謂"戶列八椒圖"，以此。【驥夾】《菽園雜記》原文謂：出《山海經》《博物志》，今二書皆不載。

【太平令】當時題目，指退賊兵言，此張生好意，今生既成夫婦，正足以酬之而無恨也。自古、相女、配夫，各二字成句。詞隱生云：相女配夫，蓋成語。相，猶視也，視其女而配夫，言佳人必配才子也。

【隨煞】無綠，諸本俱作"無情"，誤甚。諸本曲後有"感謝將軍成始終"一詩，此盲瞽說場詩也。筠本總目後有"蒲東蕭寺景荒涼"一詩，亦後人詠《西廂》之作。本記五折，每折後有正名四語，末簡以總目四語終之。此外不容更加一字矣。今并刪去。東床婿，舊作"東窗"。南贍地，舊作"南禪"。今佛家南贍部州之贍，皆讀作平聲，蓋贍、禪聲相近之故，俱誤，今改正。

【凌尾附】西廂記第五本解證

第三折

佳人有意郎君俊，我待不喝彩其實怎忍；則好偷韓壽下風香，傅何郎左壁粉。此皆紅娘反語，嘲恒也。"佳人有意郎君俊，紅粉無情浪子村"，元人諺語。紅反言覺恒之俊，忍不住耍。"喝彩"下二句正其喝彩語，元劇中如此類甚多，如《范張雞黍》劇中云："首陽山殷夷齊撐的肥胖，汨羅江楚三閭（口加床）的醉也匹配。"《金錢》劇中云："五湖內撐翻了范蠡船，東陵門鋤荒了邵平瓜，舞翠盤云過來波齊管仲。鄭子產假忠孝，龍逢比干。"今曲有："碎磚兒砌不起陽臺，破船兒撐不到藍橋。"總是反語，一樣機括今人，見"俊"字與"喝彩"字，以爲贊張生佳語，不知其嘲恒。王伯良解爲"佳人之有意，必待郎君之俊者，而鄭恒村蠢，何以動鶯鶯"。此不知所謂而強爲之辭。又言："喝恒之配不得鶯鶯，則采字無謂。"徐本又注云："縱得了是下風香，傅過粉，隱語嘲其拾敗殘。"更爲謬陋。紅娘方極口罵鄭恒小人濁民、村驢屌、喬嘴臉、腌軀老、死身分、有家難奔，而暇念及于拾殘香耶？且紅以爲"枉蠢了他梳雲掠月"等語，皆是惜鶯，以爲非恒記，而暇譏恒拾殘香耶？紅爲鶯心腹婢，其護張者皆護鶯也，而自爲此敗興之語，以作嘲耶？措大管窺之見，貽笑大方。

【六幻本】五劇箋疑

續之四　衣錦還鄉

一鞭驕馬：一作"玉鞭驄馬"，一"驕"作"嬌"。

玉堂人物：物，音務，後同。

將名姓翰林注：名姓，一作"姓名"。

鶯鶯有福：福，音府。

七香車：《杜陽雜編》：唐公主下降，乘七香步輦，四面綴以香囊，貯辟邪、瑞龍等香，皆外國所貢异香也。

身榮難忘：忘，去聲。

我謹躬身：一本無"我"字。

夫人這慈色：一無"夫人"二字，慈，一作"辭"。

使數：使用人也，亦方言。

都厮覷：都，一作"空"。厮，平聲。

莫不我身邊：邊，一作"上"。

向此間懷舊恩：此間，一作"故國"。

怎別出尋新配：一作"怎肯別處尋親去"。

我怎肯忘了有恩處：一作"我難忘有恩處"，一作"怎忘了有恩處"。了，一作"得"。

賊畜生：一作"賊醜生"，一作"賊丑生"。

老夫人行厮間阻：一本無"老"字，一本無"老夫人行"四字。間，一作"見"。

施心數：如云使計較。

遲和疾：疾，去聲。

糞堆上長連枝樹：一本無"長"字。一本"長"下有"出"字。

淤泥中生比目魚：一本無"生"字，一本"生"下有"出"字。中，一本作"裏"。

你嫁個油炸獱獩的丈夫：一作"嫁得個油炸來的獱獩丈夫"。

你伏侍個烟薰猫兒的姐夫：一作"伏侍個烟薰過的猫兒姐夫"。

張生呵，你撞著個水浸老鼠的姨夫：一作"君瑞呵，撞著個水浸來的老鼠姨夫"。

這廝壞了風俗，傷了時務：一作"村了風俗，傷了人物"，無"這廝"二字。俗，音鋤。

間別來：一作"自別來"。

來拜覆安樂否：覆、否，俱音府。

怎肯忘得待月回廊：一本"怎"上有"我"字，一無"肯"字、"得"字。

撇下吹簫伴侶：一本"撇"上有"難"字。

活地獄：獄，音豫。

不甫能做得妻夫：一作"甫能得做夫婦"。妻夫，一作"夫妻"。

現將著夫人誥敕，縣君名稱：一無"現將著"三字，"人"下"君"下俱有"的"字。一作"至如夫人誥敕，縣君名稱"。二句一本作白。

劃地：平白地也。劃，音產。

不見時准備著千言萬語：不見時，一作"我這裏"。

都變做，做，一作"了"。

我羞答答：一本下有"的"字。

剛道個：剛，一作"則"，一作"倒"。

見個佳人是不曾回顧：一作"至如見個佳人世不曾回顧"。

硬揣個衛尚書：一本"揣"作"捏"，一本"個"作"著"。

曾見他影兒的：的，一作"呵"。

也教滅門絕戶：一作"則教他滅門絕戶"。

本意糊突：突，音塗。

他跟前：一作"去他行"。

吃敲才：猶諺云打殺杯也。或云即喬才、悖才。一作"頭"。

那廝數黑論黃：一作"廝"下有"待"字。

囊揣：不硬挣之意。揣，平聲，一作"湍"。

怎嫁那不值錢人樣豰駒：《左傳》："公猪曰艾豰。"今日豰駒，是嘲爲小公猪耳。或作"蝦"，云蝦兒樣的，不能偃仰，戚施之疾，殊無意義。一本"嫁"下有"兀"字。

你個俏東君索與鶯花做主：一本無"俏"字。鶯花，一作"鶯鶯"。一本無"索"字。

折與樵夫：一本"與"下有"了"字。

那廝本意嚚虛：一無"本意"二字。嚚虛，挾詐也。

夯：罄上聲，呼朗切。大用力以肩舉物也。一本無此字。

脯：音蒲。

他曾笑孫龐真下愚：一作"這個人笑孫龐真個愚"。

論賈馬非英物：英，一作"人"。

有權術：術，音繩朱切。

他不識親疏：他，一作"那廝"。

你不辨賢愚：你，一作"君若"。

無毒不丈夫：一本上有"便是"二字。

被東風把你個蜜蜂兒攔住：風，一作"君"。一本無"你"字。

不信呵，去那綠楊影裏聽杜宇：一作"你聽咱綠楊影裏啼杜宇"。

門迎駟馬車：成都有昇仙橋，司馬相如題其柱曰："不乘駟馬車，不復過此橋。"一本"迎"下有"著"字。

戶列八椒圖：龍生九子，一曰椒圖，形如螺螄，性好閉。故置門上，即銅環獸也。唯官署得用。一本"列"下有"著"字。

四德：婦言、婦容、婦工、婦德。一本"四"上有"娶了個"三字。

三從：孔子曰："婦人，伏于人也。是故無專制之義，有三從之道焉。在家從父，出嫁從夫，夫死從子。"

平生願足：足，疽上聲。

詫賴著衆親故：一本無"著"字。

好意也當時題目：舉將除賊，許以鶯妻，當時題目原是好意。今日夫婦完美，正以酬之也。俗本作"得意也當時題柱"，詳上下文意，與題柱事無涉。目，音暮。一作"嘗記得當時題目"。

錦上花：此曲一作（使臣上唱），一作（使臣上科，生唱）。使臣科範，必有舊套，如考試、鬥醫之類，即下敕賜爲夫婦是也。以俗套，故不錄，非以下皆使臣唱也。

山呼：漢武帝有事華山，至中岳，親登崇山。御史乘馬在廟傍，聞呼萬歲者三，至今呼萬歲者曰"山呼"云。

則因月底聯詩句：則，一作"只"。

有志的狀元能：狀元，一作"君瑞"。

無緣的鄭恒苦：緣，一作"情"。

舊本原有注釋諸家，頗多异同。強半迂疏，十九聚訟。將爲破疑乎？適以滋疑也。至有大可商者，漫不置辭，更于大紕繆處，迄無駁正。訛以承訛，錯上多錯，無或乎其不智也。世界原是疑局古，今共處疑團。不疑何從起信，信體乃是疑根。我今所疑，孰非前人之確信也；我今所信，孰非來者之大疑也。疑者不箋，箋者不疑。以疑箋疑，疑有了期乎？湖上閔寓五識。

【會注】

【弘注】翰林：出《書言》。翰林院在禁中，乃人主燕居之所。玉堂承明，金鑾在焉。皆應供奉人，自學士以下，工伎皆隸籍其間，皆稱學士。【範注】出《書言》。翰林院在禁中，乃人主燕居之所，玉堂承明，金鑾在焉。帝王經筵之處，謂之翰林。【起注】【陳注】【硃注】【湯注】【魏注】【峒注】翰林：玉堂承明，金鑾在焉。（魏本此處多"學士所居"）帝王經筵之處。

【弘注】三尺龍泉：出《詩學》，又《博物志》，又《晉書》。三尺龍泉，皆劍名。高祖提三尺劍取天下。張華問雷煥曰："斗牛之間，常有紫氣？"煥曰：

"寶劍之精，上徹于天耳。"古人佩劍所以防身也。【範注】三尺龍泉：劍也，出《詩學》。高祖提三尺劍取天下。張華問雷煥曰："斗牛之間，常有紫氣？"雷煥曰："寶劍之精，上徹于天耳。"古人佩劍所以防身也。【羅注】【秀注】三尺龍泉：劍也。漢高祖提三尺劍取天下。晉張華問雷煥曰："斗牛之間常有紫氣，何謂也？"雷煥曰："寶劍之精，上徹于天耳。在豫章豐城地界。"古人佩劍，所以防身也。【起注】【陳注】【湯注】【魏注】【峒注】三尺龍泉：劍也。漢高祖提三尺劍取天下。晉張華問陳（峒本作"雷"）煥曰："斗牛之間，常有紫雲？"煥對曰："寶劍之精，上徹于天。在豫章豐城縣。"華即補煥爲豐城縣令。掘獄得二劍，一曰龍泉，送與華；一名太阿，自佩。後煥（陳本作"華"）子持劍過延平津，劍躍入水，但見二龍，各長數丈而去。煥子曰："先公化去之言，張公終合之説，其信乎？"【硃注】三尺龍泉：劍也。漢高皇提三尺劍取天下。晉張華問雷煥曰："斗牛之間，常有紫雲？"煥對曰："寶劍之精，上徹于天。在豫豐城縣。"華即補煥爲豐城縣令。掘獄得二劍，一名龍泉，送與華；一名太阿，自佩。後華子持劍過延平津，劍躍入水，但見二龍，各長數丈而去。【徐音注】三尺龍泉：雷煥爲豐城令，掘獄得二劍，一名龍泉，一名太阿。

　　【弘注】七香車：出《杜陽編》。漢唐公主下降，乘七寶步輦，四面綴香囊，貯辟邪、瑞麟等香，皆异國所獻，故名。【範注】七香車：出《杜陽編》。漢唐公主下降，乘七寶步輦，四面綴以香囊，貯辟邪、瑞龍等香，皆外國所貢异香，因名焉。【羅注】【起注】【陳注】【秀注】【硃注】【湯注】【魏注】【峒注】七香車：《杜陽編》（起本、陳本、硃本、湯本、魏本、峒本無"杜陽編"），漢唐公主下降，乘七（硃本作"之"）寶步輦，四面綴以香囊，貯辟邪、瑞龍等香，（湯本此處多"此香"）皆外夷（起本、陳本、硃本、湯本、峒本作"國"）所貢（起本、陳本、硃本、湯本此處多"中華"）异香（异香，峒本作"者"），因名之焉（之焉，起本、陳本、硃本、湯本無，峒本作"焉"）。【徐音注】七香車：漢唐公主昔嫁，乘七寶步輦，四面綴以异香，因名七香車。

【弘注】萬卷書：出《群玉》。唐李邕，願一見秘書李嶠，曰："秘閣萬卷，豈時日能習耶？"未幾辭去。嶠試問奧篇，了辯如響。【範注】【羅注】【起注】【陳注】【硃注】【湯注】【魏注】【峒注】萬卷書：出《群玉》（羅本、起本、陳本、硃本、湯本、魏本、峒本無"出《群玉》"）。唐李邕，願一見（一見，硃本作"見一"）秘書李嶠。曰："秘（硃本作"閉"）閣萬卷，豈時日能（時日能，起本、湯本作"能時日"）習耶？"未幾辭去。

【弘注】仕女圖：出《烟花傳》。柳陌花街仕女，花艷如雲之多。其女之多，色之秀，尤士中出仕，擇其尤者，或招便爲婿。故名焉。【範注】【羅注】【秀注】仕女圖：出《烟花傳》。柳陌花街仕女，花艷如雲之多。色之秀，尤士中出仕，擇其尤者。仕女，即仕宦之女也。【起注】【陳注】【硃注】【湯注】【魏注】【峒注】仕女圖：出《烟（魏本作"胭"）花傳》。柳陌花街仕女，花艷如雲之多。仕女，即仕宦女子（女子，陳本作"之女也"，峒本作"之女子"）。【徐音注】仕女圖：出《胭花傳》。言柳陌花街，仕宦女子多艷如圖畫。雲之多，色之秀，尤士中出仕，擇其尤者。仕女，即仕宦之女也。

【弘注】章臺：出《地志》。孟康曰：章臺在長安中。張敞走馬章臺街，即此。【範注】【羅注】、秀注章臺：出（羅本、秀本無"出"）《地志》。孟康曰："章臺，在長安中。"張敞走馬章臺街也（羅本、秀本'也'）。【起注】【徐音注】【陳注】【硃注】【湯注】【魏注】【峒注】章臺：章臺在長安中。張敞走馬章臺街。

【弘注】連理樹故事詳見第二折【離亭宴帶歇拍煞】下。【範注】連理：即連理枝，詳七折下。

【弘注】比目魚故事詳見第二折【得勝令】下。

【弘注】先生故事詳見第二折【小梁州】下。

【弘注】萬福故事詳見第二折【小梁州】下。

【弘注】尚書故事詳見第一折【石榴花】下。

【弘注】蒲東：出《地志》。蒲東，即今山西蒲州是也。【範注】蒲東：即今山西蒲州是也。【起注】【徐音注】【陳注】【硃注】【湯注】【魏注】【峒注】

蒲東：即今山西蒲州。

【弘注】【範注】京兆府：出《地志》。《禹貢》："雍州之域。"即今西安府是也。東晉置京兆尹。【起注】【陳注】【硃注】【湯注】【魏注】【峒注】京兆府：《禹貢》："雍州之域。"即今西安府。東晉置京兆府。【徐音注】京兆府：晉之京畿。

【弘注】家世清白：出《通鑒》。楊震性公廉，子孫蔬食步行。或欲令開產業，震曰："使後世稱爲清白吏子孫，以此遺之，不亦厚乎？"【範注】【羅注】【秀注】家世清白：出《通鑒》（羅本、秀本無"出《通鑒》"）。楊震令子孫食蔬，全其產業。後人稱（羅本、秀本此處多"其"）爲清白世家。【起注】【徐音注】【陳注】【硃注】【湯注】【魏注】【峒注】家世清白：楊震性（徐音本無"性"，硃本作"姓"）公廉，子孫蔬食步行。或欲令開產業，震曰："使後世稱爲清白吏子孫。"

【弘注】惡紫奪朱：出《論語》。朱，正色；紫，間色。以間色而奪正色，聖人所以惡之也。猶利口之人，爲能是非也。【範注】【羅注】【秀注】惡紫奪朱：《論語》云："朱，正色；紫，間色。"以間色而奪正色，聖人所以惡之，猶佞人也。

【弘注】孫臏、龐涓、賈誼、馬武。

【弘注】陝西即陝右。

【弘注】河中路：即山西蒲州是也。

【弘注】桃源路故事詳見第一折【耍孩兒】四煞下。【範注】桃源路：即武陵源。詳一折下。【起注】【陳注】【硃注】【湯注】【魏注】【峒注】桃源路：即武陵源避秦故事。

【弘注】杜宇故事詳見第一折【賞花時】下。

【弘注】不如歸去：出《詩學》。即杜鵑也。梅聖俞《禽言》："不如歸去，春山雲暮。萬木兮參天，蜀天兮何處？人言有翼可歸飛，安用禽啼向高樹。"【範注】不如歸去：鳥聲也，名杜宇，又名杜鵑，又名子規。其鳴甚哀，曰："歸去歸去。"一説唐明皇與天師游月宮，魂化爲杜鵑，啼叫天師"歸去歸去"。

又，梅聖俞《禽言》："不如歸去，春山雲暮。萬木兮參天，蜀天兮何處？人言有翼可歸飛，安用禽啼向高樹。"【羅注】【秀注】不如歸去：鳥聲也，名杜宇，又名杜鵑，又名子規。其鳴甚哀，曰"歸去，歸去"。又梅聖俞禽言："不如歸去兮，春山雲暮。萬木參天兮，蜀天何處？人言有翼可歸飛，安用禽啼向高樹？"【起注】【陳注】【硃注】【湯注】【魏注】【峒注】不如歸去：鳥聲也，名杜宇，又名杜鵑，又名子規。此鳥鳴甚悲哀，曰："不如歸去（陳本、硃本、湯本此處多"也"）。"

【弘注】【範注】駟馬車：出《成都記》，又《詩學》。王鼎臣拜會稽太守，長安廝吏乘駟馬車來。（範本此處多"駟，四匹也"）又，蜀郡成都有昇仙橋，司馬相如題其柱曰："不乘駟馬車，不復過此橋。"【羅注】駟馬車：蜀成都府有昇仙橋，司馬相如題其柱曰："不乘駟馬車，不復過此橋。"【起注】【陳注】【硃注】【湯注】【魏注】【峒注】駟馬車：駟者，乃（魏本作"馬"）四匹也。蜀成都府有昇仙橋，司馬相如題其柱曰："不乘駟馬車，不復過此橋。"【徐音注】駟馬車：駟，四匹馬也。司馬相如題昇仙橋柱曰："不乘駟馬車，不復過此橋。"

【弘注】八椒圖：帝王之門，以椒圖壁。如馬援名椒房親也。今貴家大族，其門墻八字樣，亦以椒塗之，故名八椒圖。【範注】【羅注】【秀注】八椒圖：帝王之門，以椒塗壁去穢氣，如馬援名椒房親也。今大族門墻八字樣，或用椒圖，因名焉。【起注】【魏注】【峒注】八椒圖：帝王之門，以椒圖壁去穢氣。馬援名（魏本、峒本作"乃"）椒房親也。今大族門墻八字樣，或用椒塗（魏本、峒本作"圖"）。【徐音注】八椒圖：古宦族大家門外八字墻，名八椒圖。【陳注】【硃注】【湯注】八椒圖：帝王之門，以椒塗壁去穢氣，如馬援乃椒房親也。今大族門墻八字樣，椒塗。

【弘注】三從：出《禮記》。孔子曰："婦人，伏于人也。"是故無專制之義，有三從之道，在家從父，適人從夫，夫死從子。【範注】三從：三從之道，出《禮記》。孔子曰："婦人，伏于人也。"是故無專制之義，有三從之道，在家從父，出嫁從夫，夫死從子。【羅注】【起注】【陳注】【秀注】【硃注】【湯

【注】【魏注】【峒注】三從：孔子曰："婦人，伏于人也。"是故（起本、陳本、硃本、湯本、魏本、峒本無"是故"）無專制之義，有三從之道，在家從父，出嫁從夫，夫死從（陳本、硃本、湯本此處多"其長"）子。

【弘注】【範注】四德：出《周禮》。婦言辭令，婦德貞順，婦工絲麻，婦容婉娩。【羅注】【秀注】四德：《周禮》：婦有四德者，謂婦言辭令，婦德貞順，婦工絲麻，婦容婉娩。【起注】【陳注】【硃注】【湯注】【魏注】【峒注】四德：婦言辭令，婦德貞（陳本、硃本此處多"正"，湯本、魏本、峒本此處多"順"），婦工絲麻，婦容婉娩。此謂四德。

【弘注】題柱故事詳見前【沽美酒】下。

【弘注】狀元故事詳見第四折【上小樓】下。

【範注】似水如魚：出《通鑒》。劉先主之得孔明，情好日蜜，關張不悅。備解之曰："孤之有孔明，如魚之有水也，願諸君勿復言。"關張乃止。【羅注】【秀注】似水如魚：劉備之得孔明，情敬日篤。關張不悅，備解之曰："孤之有孔明，如魚之有水也，願諸君勿復言。"關張乃止。【起注】【陳注】【硃注】【湯注】【峒注】似水如魚：劉玄德同關、張三顧草廬，得孔明，情好日密。關張等心不悅。玄德解之曰："孤之得孔明，如魚之得水也。"

【弘注】【範注】萬歲（範本無"萬歲"）山呼：出《詩學》。漢武帝用事華山，至中岳，親登崇山。御史乘馬在廟傍，聞呼萬歲者三，即今臣民呼萬歲曰山呼。【羅注】【秀注】山呼：漢武巡狩至中岳，登高峰。聞山下呼"萬歲"者三，即今臣民效之，呼萬歲曰山呼。

【弘注】羲軒：出《帝王世紀》。太昊伏羲，伏牛乘馬，故曰伏羲。黃帝姓公孫，名軒轅。舜禹，《帝王世紀》："舜姓姚，禹姓似，舜禹乃有天下之號。"【範注】羲軒：出《帝王世紀》。太昊伏羲，伏牛乘馬，故曰伏羲。黃帝姓公孫，名軒轅。舜姓姚，禹姓似，舜禹乃有天下之號。【羅注】【秀注】羲軒舜禹（秀本無"舜禹"）：《帝王世紀》：太昊伏羲氏，伏牛乘馬，故曰伏羲。黃帝姓軒轅，舜姓姚，禹姓姒。舜禹，乃有天下之號。

【弘注】河清：出《拾遺記》。黃河千年一清，則聖人出世。【範注】黃河清：水色本黃，清則聖人出，天下平。【起注】【陳注】【硃注】【湯注】【峒注】黃河清：即今之黃河。水色本黃，焉能得清？清即有聖人出，而天下人民太平（人民太平，陳本、硃本作"太平矣"，峒本作"太平"）。【徐音注】黃河清：黃河澄清，天下太平。

【弘注】鳳凰來儀：出《尚書傳》。雄曰鳳，雌曰凰。鳳凰，靈鳥。舜時來儀，文王時鳴于岐山。《書》曰："簫韶九成，鳳凰來儀。"【範注】鳳凰來儀：詳八折悲鳳下。舜時來儀，文王時鳴岐山。【羅注】【秀注】鳳凰來儀：見八出（見八出，秀本作"詳八折"）悲鳳下。【起注】【陳注】【硃注】【湯注】【峒本】鳳凰來儀：虞舜時，伯夔作樂，簫韶九成，鳳凰來儀。【徐音注】鳳凰來儀：舜時有鳳凰來儀。

【弘注】麒麟屢出：出處不一。又《博物志》。牝曰麒，牡曰麟。中國有聖人出則見。成康麟見郊藪；章帝三年，麟見陳留；元光三年，麟見穎川；晉武帝，麟見郡國；咸寧見平原，又見河南；咸和見遼東；唐高宗見鄭城，又見幽城，十七年見京師；玄宗見陝西，又見東川。爲百獸之長。【範注】麒麟屢出：其出也不一，又《博物志》。牝曰麒，牡曰麟。中國有賢聖出則見。成康時見郊藪；章帝三年見陳留；元光三年見穎川；晉武帝時見郡國；咸能時見平原，又見河南；咸和時見遼東；唐高宗時見鄭城，又見幽城，十七年見京師；玄宗時見陝西，又見東川。爲百獸之長也。【羅注】麒麟屢出：其出也不一。《博物志》：牝曰麒，牡曰麟，中國有聖人出則見。成康時見于郊藪，章帝三年見陳留，元光三年見穎川，咸和時見遼東，唐高宗時見鄭城，又見幽城，十七年見京師，玄宗時見陝西，又見東川。爲百獸之長也。【起注】【湯注】麒麟屢出：牝曰麒，牡曰麟。凡中國有聖人出，則麒麟出。見主天下太平。四年出見于陳留。又元光三年出見于穎川。【徐音注】麒麟出：牝者曰麒，牡者曰麟。凡中國有聖人出，則麒麟現。【陳注】【硃注】【峒注】麒麟屢出（峒本無"屢出"）：牝曰麒，牡曰麟。凡中國有聖人出，則麒麟出。見主天下太平。

【羅注】怨女曠夫：孟子答齊宣王《好色章》曰："昔者大王好色，愛厥妃。當是時也，內無怨女，外無曠夫。"【羅眉】好，去聲。

【起注】字音

驄，音蔥，乃馬之美名。暢，音唱，乃舒懷也。酬，音綢，作謝也。覷音趣，以目視人也。嫉，音疾，即急也。妒，音睹。剗，音產，削也。躊躇，音酬廚，乃疑慮也。贅，音墜。帔，音彼。疔，音丁。姝，音朱。淤，音于。炸，音扎。詛，音俎。蛆，七余反。嚚，音梟。券，音勸。

【徐音注】字音

驄，匆。剗，產。帔，披。疔，了。淤，污。炸，扎。詛，俎。蛆，七余反。嚚，梟。券，勸。貑，蝦。

【陳注】字音

驄，蔥，乃馬之美者。暢，唱，乃舒懷也。酬，綢、酬同，謝也。覷，趣，以目視人也。嫉，疾，即急也。妒，睹。剗，產，削也。贅，墜。帔，被。疔，丁。姝，朱。淤，于。炸，扎。躊躇，酬廚，乃疑慮也。詛，俎。蛆，七余反。嚚，梟。券，貫。

【硃注】字音

驄，蔥。暢，唱。酬，綢。嫉，疾。剗，產。贅，墜。帔，被。姝，朱。淤，于。炸，扎。躊躇，酬廚。詛，俎。蛆，疽。嚚，梟。券，貫。妒，睹。疔，丁。

【湯注】字音

驄，蔥，乃馬之美名。暢，唱，乃舒懷也。酬，綢，作謝也。覷，趣，以目視人也。嫉，疾，即急也。妒，睹。剗，產，削也。躊躇，躊躇，乃疑慮也。贅，墜。帔，披。疔，丁。姝，朱。淤，于。炸，扎。詛，俎。蛆，七余反。嚚，梟。券，勸。

【峒注】字音

驄，音蔥。剗，音產。妒，音睹。帔，音彼。疔，音丁。淤，音于。炸，音扎。詛，音俎。蛆，七余反。嚚，音梟。券音勸。